dtv

Mary North ist jung, selbstbewusst und aus guter Familie. In ihrem ganzen Leben musste sie noch nichts Schwereres heben als ein Cocktailglas. Zu Beginn des Zweiten Weltkriegs meldet sie sich impulsiv zur Truppenunterstützung – wird in London dann aber nur als Hilfslehrerin eingesetzt. Dabei lernt sie Tom kennen und lieben, der bei der Schulbehörde arbeitet. Aber ihre Verlobung begegnet größeren Hindernissen als nur dem Widerstand von Marys Familie. Eines Tages kommt Toms Freund Alistair auf Heimaturlaub. Sein Zusammentreffen mit Mary löst in beiden heftige, nie gekannte Gefühle aus, die sie einander, aus Loyalität gegenüber Tom, nicht gestehen. Als Alistair zurück an die Front muss, sind Briefe ihre einzige Möglichkeit, in Verbindung zu bleiben. Und bald überschattet das Drama des Krieges alles andere …

Chris Cleave hat u. a. als Kolumnist für den englischen ›Guardian‹ geschrieben, als Barmann und Hochseematrose gearbeitet und eine Internetfirma aufgezogen. Bereits sein erster Roman, ›Brief an einen Attentäter – Lieber Osama‹, wurde mit zahlreichen Preisen ausgezeichnet, sein zweiter, ›Little Bee‹, zu einem Weltbestseller. Cleave lebt mit seiner Familie in London.

Chris Cleave

Die Liebe in diesen Zeiten

Roman

Deutsch von
Susanne Goga-Klinkenberg

dtv

Ausführliche Informationen über
unsere Autoren und Bücher
www.dtv.de

Von Chris Cleave
sind bei dtv außerdem erschienen:
Little Bee (21406)
Gold (21590)
Brief an einen Attentäter – Lieber Osama … (21689)

Alle handelnden Figuren in diesem Roman sind erfunden,
jede Ähnlichkeit mit realen Personen, ob lebend oder tot,
wäre rein zufällig.

FSC
www.fsc.org
MIX
Papier aus verantwortungsvollen Quellen
FSC® C019821

Ungekürzte Ausgabe 2018
dtv Verlagsgesellschaft mbH & Co. KG, München

Titel der englischen Originalausgabe:
›Everyone Brave Is Forgiven‹
(Sceptre, London 2016)

Umschlaggestaltung: dtv unter Verwendung eines Fotos aus dem
Trunk Archive/Condé Nast Ltd/Cecil Beaton
Satz: C.H.Beck.Media.Solutions, Nördlingen
Druck und Bindung: Druckerei C.H.Beck, Nördlingen
Gedruckt auf säurefreiem, chlorfrei gebleichtem Papier
Printed in Germany · ISBN 978-3-423-21754-5

Für meine Großeltern –
Mary & David, NJ & M

1. Teil

Bewahrung

Um 11.15 Uhr wurde der Krieg erklärt, und um zwölf hatte sich Mary North als Freiwillige verpflichtet. Sie tat es um die Mittagszeit, bevor die Telegramme ankamen, damit ihre Mutter es ihr nicht noch verbieten konnte. Sie schloss die Schule ohne Abschluss ab. Nach der Abfahrt vom Mont-Choisi ließ sie ihre Ski-Ausrüstung unten am Hang liegen und telegrafierte von Lausanne aus ans Kriegsministerium. Neunzehn Stunden später kam sie, noch immer im Skipullover, in einer dichten Dampfwolke am Bahnhof Victoria an. Die Lokomotive stieß ein schrilles Pfeifen aus. Also London. Eine Stadt, die Anfänge liebte.

Mary begab sich sofort ins Kriegsministerium. Die Tinte auf der Karte, die man ihr dort aushändigte, roch noch nach Salz. Sie eilte quer durch die Stadt, verzweifelt darauf aus, auch nicht eine Minute des Krieges zu verpassen, und getrieben von der Sorge, das könnte bereits geschehen sein. Als sie über den Trafalgar Square lief und einem Taxi winkte, flatterten Tauben vor ihr auf, ihr Flügelschlag war wie tausend Messer, die gegen Rotweingläser klirrten und um Ruhe baten. Er konnte jeden Augenblick beginnen – dieser gefürchtete und wunderbare Krieg – und auf keinen Fall ohne sie gewonnen werden.

Denn was war der Krieg, wenn nicht Lastwagen und Kampfmoral in Helmen? Und was war Kampfmoral, wenn nicht hundert Millionen kleine Konversationen, deren Summe Männern die nötige Tapferkeit verlieh, um vorzurücken? Das wahre Herz des Krieges lag im Smalltalk, auf den Mary sich ausgezeichnet verstand. Der Morgen, wolkenlos und noch nie da gewesen, passte zu ihrer Stimmung. In London eilten zehntausend junge Frauen unter einem transparenten Himmel zu ihren neuen Stellen, auf Befehl aus den verborgenen Kammern von Whitehall tief im alten Marmorherzen der Bestie. Mary überließ sich nur zu gern dem Strom der Willigen.

Das Kriegsministerium hatte keine weiteren Einzelheiten genannt, was ein gutes Zeichen war. Man würde sie als Verbindungsoffizierin einsetzen oder als Attaché in einem Generalstab. Die Sprechrollen gingen immer an Mädchen aus gutem Hause. Man munkelte sogar, es würden Spioninnen gebraucht, was ihr am besten gefallen hätte, weil sie dann sie selbst sein könnte, nur mit einem doppelt so aufregenden Leben.

Mary hielt ein Taxi an und zeigte dem Fahrer ihre Karte. Er hielt sie auf Armlänge weg, schaute blinzelnd auf das hingekritzelte rote X, das die Stelle markierte, an der sie sich melden sollte. Mary fand ihn unerträglich langsam.

»Dieses große Gebäude in der Hawley Street?«

»Ja«, sagte Mary. »So schnell es geht.«

»Das ist die Hawley Street School, oder?«

»Das glaube ich nicht. Ich soll mich nämlich zum Kriegseinsatz melden.«

»Oh. Ich wüsste nicht, was außer der Schule sonst noch da sein soll. Der Rest der Straße sind bloß Wohnhäuser.«

Mary wollte schon widersprechen, hielt dann aber inne und zupfte an ihren Handschuhen. *Natürlich* gab es keinen glitzernden Turm neben den Horse Guards, der die Aufschrift »Ministerium für wilde Intrigen« trug. *Natürlich* musste sie sich an einer unauffälligen und harmlosen Stelle melden.

»Na schön. Dann machen sie mich wohl zur Lehrerin.«

Der Mann nickte. »Kann schon sein. Wahrscheinlich meldet sich die Hälfte der Londoner Lehrer zum Kriegsdienst.«

»Dann hoffen wir mal, dass sich der Rohrstock als wirksam gegen die feindlichen Panzer erweist.«

Der Mann fuhr so gemächlich zur Hawley Street, wie es der Ablieferung einer weiteren Lehrerin angemessen schien. Mary war bemüht, sich als ganz normale junge Frau zu geben – als Mädchen, für das eine Taxifahrt ungewohnt extravagant war und die Aussicht, als Lehrerin zu arbeiten, geradezu aufregend. Sie setzte die Miene eines Menschen auf, der ganz im gegenwärtigen Augenblick aufging, wie es ihrer Vermutung nach auch Milchkühe oder Gänse taten.

Als sie die Schule erreichten, kam sie sich beobachtet vor. Gemäß ihrer Rolle gab sie dem Taxifahrer nur ein Viertel des Trinkgelds, das er normalerweise von ihr bekommen hätte. Immerhin war dies der erste Test. Sie imitierte den zaghaften Gang eines gewöhnlichen Mädchens, das zu einem Vorstellungsgespräch geht. Als hätte die Luft etwas dagegen, von ihr geteilt zu werden. Als würde der Boden zurückschrecken, weil jeder ihrer Schritte ihn verletzte.

Sie fand das Büro der Leiterin und stellte sich vor. Miss Vine nickte, ohne vom Schreibtisch aufzublicken. Vogelgesicht, Strickjacke, Brille an einer Kette, wie man sie an Badewannenstöpseln fand.

»North«, wiederholte Mary bedeutungsvoll.

»Ja, ich habe Sie durchaus gehört. Sie übernehmen die Turmfalken-Klasse. Beginnen Sie mit dem Klassenbuch. Lernen Sie so rasch wie möglich die Namen.«

»Jawohl«, sagte Mary.

»Haben Sie schon einmal unterrichtet?«

»Nein«, erwiderte sie, »aber ich stelle mir das nicht so schwer vor.«

Die Augen der Schulleiterin verwandelten sich in winterliche Teiche. »Ihre Vorstellungen sind hier nicht von Relevanz.«

»Verzeihung. Nein, ich habe noch nicht unterrichtet.«

»Na schön. Seien Sie entschieden, gestatten Sie keine Freiheiten und unterschätzen Sie nicht die Bedeutung einer ordentlichen Handschrift für ein Kind. Wie die Hand, so der Verstand.«

Mary war der Ansicht, dass die »Schulleiterin« es ein wenig übertrieb. Vielleicht sollte sie es Miss Vines Vorgesetzten gegenüber erwähnen, wenn sie erst herausgefunden hatte, wo sie hier wirklich gelandet war. Zugegeben, die Detailgenauigkeit der Frau war eindrucksvoll. Becher mit angespitzten Bleistiften, Dosen mit Heftzwecken. Ein säuberlicher Stapel Gesangbücher, jedes in anderes Papier eingebunden, als hätten das wirklich Kinder gemacht, als sei es eine Aufgabe gewesen, die man ihnen in der ersten Woche des neuen Schuljahrs gestellt hatte.

Die Schulleiterin blickte auf. »Ich kann mir nicht vorstellen, warum Sie so grinsen.«

»Entschuldigung«, sagte Mary. Sie konnte ein verschwörerisches Zwinkern nicht unterdrücken und wurde verlegen, als es nicht erwidert wurde.

»Turmfalken«, erklärte die Schulleiterin. »Durch den Flur, dritte Tür links.«

Als Mary das Klassenzimmer betrat, verstummten einunddreißig Kinder, die an Klapp-Pulten saßen, schlagartig. Köpfe drehten sich zu ihr, weitaufgerissene Augen musterten sie. Die Kinder mochten acht oder zehn Jahre alt sein, schätzte sie – wobei Kinder natürlich unter einer schrecklichen Unsichtbarkeit litten und man die Augen sorgfältig schulen musste, um sie überhaupt wahrzunehmen.

»Guten Morgen, Kinder. Ich heiße Mary North.«

»Guten Morgen, Miss North.«

Die Kinder sagten es in jenem zeitlosen Singsang, der sich an der Grenze zwischen Fügsamkeit und Spott bewegt. Es war so perfekt, dass Marys Magen sich zusammenzog. Das wurde hier langsam etwas zu realistisch.

Vor der Mittagspause unterrichtete sie Mathematik und danach Aufsatz und hoffte, dass endlich jemand den Vorhang beiseiteziehen und sie vom Vorsprechen zum eigentlichen Engagement befördern würde. Als es am Ende des Schultages läutete, lief sie zum nächsten Postamt und schickte ein indigniertes Telegramm ans Kriegsministerium, in dem sie erkennen ließ, hier müsse ein Irrtum vorliegen.

Natürlich war es kein Irrtum. Denn während man London in der kommenden großen Verschiebung vieles vorwerfen würde – all die Konvois, denen im Nebel ihr Geleitschutz abhandenkam; all die Geschütze, die mit nicht darauf passenden Verschlüssen ausgeliefert wurden; all die Liebenden, die mit Herzen des falschen Kalibers ausgestattet wurden –, zweifelte niemand je daran, dass sich die große alte Hauptstadt ganz hervorragend darauf verstand, einen wissen zu lassen, wo genau man mit dem Kampf zu beginnen hatte.

September 1939

Mary weinte fast, als sie erfuhr, dass ihre erste Aufgabe als Lehrerin darin bestehen würde, ihre Klasse aufs Land zu evakuieren. Und als sie herausfand, dass London seine Zootiere mehrere Tage vor seinen Kindern evakuiert hatte, war sie empört. Wenn man schon ins Exil musste, sollte die Hauptstadt ihre Kinder doch bitte höher schätzen als Papageien und Moschusochsen.

Sie überprüfte ihren Lippenstift im Taschenspiegel und hob die Hand.

»Ja, Miss North?«

»Ist es nicht eine Schande, dass die Tiere zuerst evakuiert wurden?«

Sie sagte es so, dass alle Kinder es hören konnten, die am Sammelpunkt vor dem leeren Londoner Zoo auf die Evakuierung warteten. Zaghafte Beifallsrufe. Der kühle Blick der Schulleiterin verunsicherte Mary etwas. Aber es war doch nicht richtig, zuerst den Tieren die Rettungsleine hinzuwerfen? War das nicht so eine Altmännerentscheidung, wie sie schon der alte Noah getroffen hatte: die Arche mit stummem Viehzeug statt mit lebenden Kindern zu füllen, die nur Widerworte gegeben hätten? So hatte man die besten Wurzeln der Menschheit ertrinken lassen. Darum waren Männer das gewalttätige Inzucht-Produkt der Nachkommen von Ham, Sem und Japhet, und fähig, in der Saison den Krieg zu erklären, in der Mary ihr Augenmerk auf feines Kammgarntuch hatte richten wollen.

Die Schulleiterin seufzte nur. Also. Der Grund für die Verzögerung war schlicht der, dass man den Namen eines Seidenäffchens nicht auf einen Gepäckanhänger schreiben, es nicht in ein Zweite-Klasse-Abteil begleiten und mit einer angemessenen Gastfamilie in den Cotswolds versehen musste. Die niederen Primaten brauchten lediglich einen Lastwagen für die Hinfahrt und am Ziel anständiges Futter, während die höheren Hominiden, die auf Namen wie Henry und Sarah hörten, eine Vielzahl von Bedürfnissen hatten, die eine pflichtbewusste Bürokratie nicht nur voraussehen, sondern auch erfüllen und darüber hinaus dokumentieren musste, und zwar auf Formularen, die erst noch von der Druckerei kommen mussten.

»Ich verstehe«, sagte Mary. »Danke.«

Natürlich war das der Grund. Sie hasste es, achtzehn zu sein. Einsicht und Empörung fraßen sich durch die Vernunft wie heiße Kohlen durch Ofenhandschuhe. Darum also wimmelte es in London immer noch von Kindern, während der Zoo verlassen war und dreihundert Portionen Affenfutter in kleinen, aus Zeitungspapier gedrehten Tüten zum Preis von einem halben Penny unverkauft und verloren im Kiosk lagen.

Sie hob noch einmal die Hand, ließ sie aber gleich wieder fallen.

»Ja?«, fragte Miss Vine. »Noch etwas?«

»Entschuldigung. Nein.«

»Gut.«

Die Schulleiterin wandte sich einen Augenblick von den Reihen der Kinder ab und fixierte Mary mit einem Blick, der von Nächstenliebe nur so troff.

»Vergessen Sie nicht, Sie sind jetzt auf unserer Seite. Bei den Erwachsenen, wissen Sie?«

Mary konnte beinahe spüren, wie sogar ihre Knochen vor Abneigung knackten. »Danke, Miss Vine.«

Diesen Augenblick nutzte das einzige farbige Kind der Schule, um sich vom Sammelpunkt wegzustehlen und am Haupttor des Zoos emporzuklettern, das mit einem Vorhängeschloss gesichert war. Die Schulleiterin fuhr herum.

»Zachary Lee! Komm sofort herunter!«

»Und was, wenn nicht? Schicken Sie mich dann aufs Land?«

Die ganze Schule schnappte nach Luft. Der Negerjunge, zehn Jahre alt und unbesiegbar, salutierte. Er schwang die mageren braunen Beine über das Tor, wobei er sich am vorletzten und letzten schmiedeeisernen O von LONDON ZOO festhielt, als wären es die Griffe eines Turnpferds, und ward nicht mehr gesehen.

Miss Vine wandte sich an Mary. »Sie holen den Nigger wohl besser zurück, nicht wahr?«

Es war ihre erste Rettungstat in diesem Krieg. Die kupferrote, lebhafte Mary North durchkämmte den verlassenen Zoo, auf Wegen, die noch gut gepflegt waren. Allein fühlte sie sich besser. Sie rauchte heimlich eine Zigarette. Mit der anderen Hand massierte sie ihre Stirn, überzeugt, dass sie den Verdruss daran hindern konnte, sich dort einzunisten. Man konnte Kümmernisse vertreiben, so wie man Asche vom Ärmel schnippte oder eine verirrte Biene durchs offene Fenster hinausbugsierte.

Sie hatte schon das Giraffengehege und die Käfige der großen Raubkatzen überprüft. Als sie jemanden husten hörte, schlich sie auf Zehenspitzen durch ein Tor, dessen Riegel geöffnet war, ins Affengehege. Sie stapfte durch das Stroh. Ein Geruch von Urin und Moschus stieg auf, der ihr Herz erschrocken schneller schlagen ließ. Aber sie hoffte, ein Zoowärter hätte es wohl gemerkt, wenn beim Durchzählen auf dem Evakuierungslastwagen ein ganzer Gorilla fehlte.

»Komm raus, Zachary Lee, ich weiß, dass du hier drinnen bist.«

Es war unheimlich, im Gorillahaus zu stehen und durch das verschmierte Glas nach draußen zu blicken. »Na komm schon, Zachary, Schätzchen. Sonst bekommen wir beide Ärger.«

Ein zweites Husten, es raschelte unter dem Stroh. Dann, mit seinem weichen amerikanischen Akzent: »Ich komme nicht raus.«

»Na schön«, sagte Mary. »Dann werden wir beide hier zusammen verrotten, bis der Krieg vorbei ist. Und niemand wird je erfahren, wie talentiert wir uns dabei angestellt hätten.«

Sie setzte sich neben den Jungen, nachdem sie vorher ihre rote Jacke mit dem rosa Seidenfutter nach unten auf dem Stroh ausgebreitet hatte. Es fiel ihr schwer, missgelaunt zu bleiben. Man konnte über den Krieg sagen, was man wollte, aber er hatte sie aus Mont-Choisi befreit, und zwar pünktlich vor einem Nachmittag mit einer Doppelstunde Französisch, und hielt vielleicht weitere Wohltaten bereit. Sie zündete sich die nächste Zigarette an und blies den Rauch durch einen Streifen Sonnenlicht.

»Dürfte ich auch eine haben?«, fragte das leise Stimmchen.

»Höflich gefragt«, sagte Mary. »Und nein. Erst wenn du elf bist.«

Vom Sammelpunkt ertönte eine Trillerpfeife. Das konnte entweder bedeuten, dass schwere Bomber im Anflug waren, oder aber, dass man die Kinder in zwei etwa gleich starke Mannschaften für eine Runde Schlagball eingeteilt hatte.

Zachary schob den Kopf aus dem Stroh. Mary staunte noch immer über seine braune Haut, die kastaniendunklen Augen. Als er zum ersten Mal gelächelt hatte, war sie ganz entzückt gewesen über die aufblitzende rosa Zunge. Sie hätte erwartet, diese wäre – na ja, nicht braun, aber gewiss ein ähnlicher Gegensatz zu Rosa wie braune Haut zu weißer. Eine bläuliche Zunge vielleicht, wie bei einem Skink. Es hätte sie nicht überrascht zu erfahren, dass sein Blut schwarz und sein Stuhl elfenbeinfarben war. Er war der erste Neger, den sie aus der Nähe sah – von den Plakaten der Minstrel-Shows einmal abgesehen –, und sie musste sich immer noch beherrschen, damit sie ihn nicht anglotzte.

Er hatte Stroh in den Haaren. »Miss? Warum haben die die Tiere weggebracht?«

»Aus ganz unterschiedlichen Gründen«, sagte Mary und zählte sie an den Fingern auf. »Die Flusspferde, weil sie solche schrecklichen Feiglinge sind. Die Wölfe, weil man nie genau weiß, auf wessen Seite sie stehen. Und die Löwen, weil sie mit dem Fallschirm direkt über Berlin abgeworfen werden, um Herrn Hitlers Großkatzen zu erledigen.«

»Die Tiere sind also auch im Krieg?«

»Natürlich. Wäre es nicht absurd, wenn nur wir allein kämpften?«

Der Gesichtsausdruck des Jungen verriet, dass er es noch nie aus dieser Perspektive betrachtet hatte.

Mary nutzte die Gelegenheit. »Wie viel ist zwei mal sieben?«

Der Junge begann zu rechnen, entschlossen und pflichtschuldig wie ein Kind, das zumindest so lange nicht aufgeben wird, bis ihm die Finger ausgehen. Nicht zum ersten Mal in dieser Woche unterdrückte Mary ein Lächeln und den erfreulichen Verdacht, dass Unterrichten vielleicht nicht der schlechteste Weg war, die Mußestunden zwischen Frühstück und gesellschaftlichem Leben zu verbringen.

Am Dienstagmorgen hatte Mary das Klassenbuch überflogen und kleine Glasflaschen mit Milch verteilt, bevor sie die Namen ihrer einunddreißig Kinder auf braune Gepäckanhänger geschrieben und durch die obersten Knopflöcher ihrer Mäntel gefädelt hatte. Natürlich hatten die Kinder die Schilder getauscht, sowie sie ihnen den Rücken kehrte. Sie waren auch nur Menschen, selbst wenn sie sich noch nicht viel Mühe gegeben hatten, groß zu werden.

Und natürlich hatte sie darauf bestanden, sie mit den vertauschten Namen anzusprechen – auch wenn Jungen dann Elaine hießen und Mädchen Peter –, wobei sie völlig ernst blieb. Sie freute sich, dass die Kinder so leicht zum Lachen zu bringen waren. Wie sich herausstellte, bestand der einzige Unterschied zwischen Kindern und Erwachsenen darin, dass Kinder bereit waren, doppelt so viel Energie darauf zu verwenden, nicht traurig zu sein.

»Ist es zwölf?«, fragte Zachary.

»Was soll zwölf sein?«

»Zwei mal *sieben*«, erinnerte er sie in dem entrüsteten Ton, der Erwachsenen gebührte, die Fragen stellten und keinen Gedanken an den emotionalen Aufwand verschwendeten, den die Beantwortung erforderte.

Mary zuckte entschuldigend mit den Schultern. »Zwölf ist schon ziemlich nah dran.«

Wieder ertönte die Trillerpfeife. Über den Gehegen zogen Möwen hoffnungsvolle Kreise. Die Erinnerung an die Fütterungszeiten war noch da. Mary spürte einen Stich. Alle Stundenpläne dieser Welt wehten jetzt einfach durch den blauen Himmel, flatterten im Wind.

»Dreizehn?«

Mary lächelte. »Soll ich es dir zeigen? Du bist ein gescheiter Junge, aber du bist zehn Jahre alt und hinkst im Rechnen hoffnungslos hinterher. Mir scheint, bisher hat sich niemand die Mühe gemacht, es dir ordentlich beizubringen.«

Sie kniete sich ins Stroh, ergriff seine Hände – es verblüffte sie noch immer, dass sie sich nicht wärmer anfühlten als weiße Hände – und zeigte ihm, wie er bei sieben anfangen und sieben Finger weiterzählen konnte. »Verstehst du jetzt? Sieben und noch mal sieben ist vierzehn. Es geht nur darum, nicht aufzuhören.«

»Oh.«

Wie überrascht und enttäuscht kleine Jungs aussahen, wenn die Magie dem Verstand unblutig den Sieg überließ.

»Wie viel wäre denn drei mal sieben, Zachary, jetzt, da du schon zwei mal sieben hast?«

Er untersuchte seine ausgestreckten Finger und schaute zu ihr hoch.

»Wie lange?«

»Wie lange was?«

»Wie lange schicken die uns weg?«

»Bis London wieder sicher ist. Es sollte nicht allzu lange dauern.«

»Ich hab Angst, aufs Land zu fahren. Ich möchte so gern, dass mein Vater mitkommt.«

»Eltern können nicht mitkommen. Ihre Arbeit ist wichtig für den Krieg.«

»Glauben Sie das?«

Mary schüttelte entschieden den Kopf. »Natürlich nicht. Die Arbeit der meisten Leute ist großer Unsinn, oder nicht? Versicherungsstatistiker und Schadensregulierer und Professoren für Kauderwelsch. Die meisten wären weit nützlicher, wenn sie Limericks aufsagen und ihre Socken mit Glitzerkram ausstopfen würden.«

»Mein Vater tritt in der Minstrel-Show im Lyceum auf. Ist das nützlich?«

»Für die Moral ganz sicher. Wenn die Minstrels nicht gebraucht würden, hätte man sie vermutlich schon vor Tagen evakuiert. In einem Gospel Train.«

Doch der Junge wollte nicht lächeln. »Auf dem Land werden sie mich nicht haben wollen.«

»Warum, um Himmels willen?«

Die Leidensmiene, die Kinder aufsetzten, wenn jemand hoffnungslos begriffsstutzig war.

»Ach, verstehe. Nun, ich möchte mal behaupten, dass sie

einfach nur schrecklich neugierig sein werden. Du musst wohl damit rechnen, dass sie dich anstupsen und betasten, aber sobald sie begriffen haben, dass es sich nicht abwaschen lässt, nehmen sie es dir sicher nicht übel. Die Menschen sind im Grunde ziemlich fair.«

Der Junge wirkte gedankenverloren.

»Egal«, sagte Mary, »ich komme mit, wo immer wir auch hinfahren. Ich verspreche dir, ich lasse dich nicht allein.«

»Die werden mich hassen.«

»Unsinn. Sind etwa die Minstrels in Polen einmarschiert? Hat vielleicht eine Gruppe von Theaternegern das Sudetenland besetzt?«

Er schaute sie langmütig an.

»Siehst du? Den Leuten auf dem Land bist du allemal lieber als die Deutschen.«

»Ich will aber trotzdem nicht hin.«

»Aber das ist doch gerade der Spaß dabei. Es ist einfach ein riesengroßes Spiel, bei dem alle dahin müssen, wohin man sie schickt. Jeder, der wichtig ist, macht dabei mit.«

Überrascht begriff sie, dass es ihr überhaupt nichts ausmachte, weggeschickt zu werden. Es war ein gigantisches Roulette – so musste man es betrachten. Die Kinder würden frische Landluft bekommen, und sie … nun, was war das Land denn anderes als zahllose Heathcliffs, die frei verfügbar waren?

Stellen wir uns doch mal vor, dachte sie, *dass dieser Krieg uns noch alle überraschen wird. Nehmen wir mal an, dass uns der Evakuierungszug in eine wilde Gegend bringt, weit weg von diesen gesitteten Straßen, in denen jeder Dritte eine Anekdote über meine Mutter kennt oder im Wahlkreis meines Vaters abstimmt.*

Sie sah sich selbst auf dem Land, in einem hübschen Dorf mit lebhaften jungen Menschen, die der Krieg in einem neuen Muster angeordnet hatte. Es wäre, als drehte man ein Kaleidoskop, nur mit Tanz und Grammophon. Und schon um es ihrer Freundin Hilda zu zeigen, würde sie sich in den ersten Mann verlieben, der auch nur halbwegs interessant erschien.

Sie drückte die Hand des farbigen Jungen und freute sich über sein Lächeln, als die fröhliche Stimmung auf ihn übersprang. »Na komm schon. Sollen wir zurück zu den anderen gehen und zusehen, dass wir auch noch ein bisschen Spaß abkriegen?«

Sie standen auf, und Mary klopfte dem Kind die Strohhalme ab. Der Junge war knochig, hatte die Augen weit aufgerissen – er wirkte, als würde er gerade gründlich mit Röntgenstrahlen durchleuchtet –, und sein schwarzes Haar stand widerspenstig in die Höhe. Sie schüttelte lachend den Kopf.

»Was ist?«

»Zachary, ich weiß wirklich nicht, warum wir uns die Mühe machen, dich zu evakuieren. Du siehst aus, als hätte dich schon eine Bombe getroffen.«

Er verzog das Gesicht. »Na, und Sie rauchen *so*.«

Er ahmte Mary nach, rauchend wie Bette Davis, so als besitze die brennende Craven »A« einen ungeheuren Auftrieb. Die Zigarette drängte empor, so dass das Handgelenk elegant gestreckt wurde, und ließ die ersten beiden Finger die Geste einer gelangweilten Heiligen formen, die ihren Segen erteilt.

»Ja, genau so!«, sagte Mary. »Jetzt zeig mir aber auch, wie du es machen würdest.«

Geschickt wie ein Zauberer, der einen Penny in der Hand verbirgt, drehte Zachary die imaginäre Zigarette herum, so dass die Glut unter seiner gewölbten Hand glomm. Er schaute misstrauisch nach links und rechts, nahm einen tiefen Zug, wandte sich ab und öffnete den Mundwinkel zu einem kleinen Spalt, aus dem er den Rauchstrahl ins Stroh hinunterblies. Es ging nahezu unsichtbar schnell, ein Spatz, der von einem Baum kackt.

»Guter Gott. Du rauchst, als hätte die ganze Welt es dir verboten.«

»Ich rauche wie ein Mann«, sagte das Kind blasiert.

»Nun denn. Dann brauche ich dir außer Lesen, Schreiben und Rechnen nichts mehr beizubringen.«

Sie nahm seinen Arm, und sie gingen los – wobei er fragte, ob die Löwen bei Tag oder Nacht über Berlin abgeworfen würden, und sie antwortete, dass es vermutlich nachts geschehen würde, weil es überwiegend Nachttiere seien, obwohl, wer konnte das im Krieg schon sagen?

Sie gingen durch das Drehtor am Ausgang. Mary ließ den Jungen vorgehen, damit er sich nicht – was wirklich ein Witz gewesen wäre – erneut davonmachte, sobald sie auf der falschen Seite stand. Wären ihre Rollen vertauscht, hätte sie der Gelegenheit nur schwer widerstehen können.

Auf dem Rasen hatte man die ganze Schule in Dreierreihen aufgestellt. Sie hielt Zachary kameradschaftlich am Arm, bis ihr die Schulleiterin einen Blick zuwarf. Mary änderte den Griff, so dass er strenger wirkte.

»Mit dir beschäftige ich mich später, Zachary«, sagte Miss Vine. »Du kannst mit Nachsitzen rechnen, sobald man mir ein Gebäude zuteilt, in das ich dich sperren kann.«

Zachary lächelte aufreizend. Mary schob ihn rasch an den Reihen entlang, bis sie ihre eigene Klasse gefunden hatte. Dort holte sie die unscheinbare, vernünftige Fay George aus ihrer Dreiherreihe und ließ sie mit dem wiedergefundenen Entflohenen eine neue bilden, wobei sie das Mädchen anwies, ihn fest an der Hand zu halten. Fay tat wie geheißen, doch erst, nachdem sie ihre Handschuhe aus der Manteltasche geholt und angezogen hatte. Zachary nahm es kommentarlos hin und schaute einfach nur geradeaus.

Die Schulleiterin kam zu Mary, rümpfte die Nase, als sie den Geruch nach Zigaretten bemerkte, und blickte demonstrativ himmelwärts. So als flöge dort ein Bombergeschwader, das Mary übersehen hatte. Miss Vine packte Zachary an den Schultern und schüttelte ihn geistesabwesend und nicht ohne Zuneigung. Es war, als wollte sie fragen: So, und was machen wir jetzt mit dir?

»Ihr jungen Leute habt doch keine Ahnung von den Schwierigkeiten.«

Mary nahm an, dass der Tadel ihr galt, obwohl er auch an das Kind oder – da die Schulleiterin noch immer zum Himmel blickte – die jungen Piloten der Luftwaffe oder irgendwelche sorglosen Cherubim gerichtet sein konnte.

Mary biss sich von innen auf die Wange, um nicht zu lächeln. Sie mochte Miss Vine – die Frau bestand nicht nur aus Vipern und Krinoline. Doch ihr Argwohn war so öde. Als könnte man dem Leben nicht vertrauen.

»Es tut mir leid, Miss Vine.«

»Miss North, haben Sie viel Zeit auf dem Land verbracht?«

»Oh ja. Wir verbringen oft das Wochenende im Wahlkreis meines Vaters.«

Es war eines der Dinge, die sie eigentlich nicht sagen wollte.

Miss Vine ließ Zacharys Schulter los. »Dürfte ich Sie einen Moment allein sprechen?«

»Bitte.«

Sie traten beiseite.

»Was hat Sie bewogen, sich freiwillig als Lehrerin zu melden?«

Mary war zu stolz, um zuzugeben, dass sie sich nicht für eine bestimmte Aufgabe gemeldet hatte – dass sie sich einfach nur freiwillig gemeldet und angenommen hatte, dass die Angelegenheit zu ihren Gunsten geregelt würde, wie es dank irgendwelcher unsichtbaren Einflüsse bisher immer geschehen war.

»Ich dachte, unterrichten könnte mir liegen.«

»Nun, junge Frauen Ihrer Herkunft ziehen diesen Beruf gewöhnlich nicht in Betracht.«

»Ach, so würde ich das nicht sehen. Wenn man Frauen meiner Herkunft für etwas tadeln möchte, dann wohl eher dafür, dass sie überhaupt keine Arbeit in Betracht ziehen.«

»Und warum haben Sie es getan, meine Liebe?«

»Ich hatte gehofft, es wäre weniger anstrengend als das ständige Nichtstun.«

»Aber es gibt doch sicher eine Art des Kriegseinsatzes, die Ihnen glanzvoller erscheint?«

»Sie setzen nicht gerade viel Vertrauen in mich, Miss Vine.«

»Sehen Sie denn nicht, dass Sie unmöglich sind? Meine anderen Lehrerinnen sind entweder ganz geblendet oder entmutigt von Ihnen. Und Sie sind zu selbstbewusst. Sie wollen sich mit den Kindern anfreunden, aber die brauchen etwas anderes als eine Freundin.«

»Ich glaube, ich mag Kinder eben.«

Die Schulleiterin betrachtete sie mit unverhohlenem Mitleid. »Sie können nicht die Freundin von einunddreißig Kindern sein, die alle weitaus mehr brauchen, als Sie sich vorstellen können.«

»Ich verstehe durchaus, was sie brauchen.«

»Sie machen diese Arbeit jetzt seit vier Tagen und glauben schon, Sie würden alles verstehen. Dies ist ein landläufiger Fehler, der leider bei jungen Frauen, die nicht dringend auf die zwei Pfund und siebzehn Shilling pro Woche angewiesen sind, nur schwer zu korrigieren ist.«

Mary stellte innerlich die Stacheln auf und musste sich beherrschen, um nichts zu sagen.

»Alle Auffälligkeiten in dieser Woche kamen aus Ihrer Klasse. Wutanfälle, Missgeschicke, Fluchtversuche. Die Kinder glauben, sie könnten sich bei Ihnen Freiheiten erlauben.«

»Sie tun mir leid, Miss Vine. Sie müssen sich für wer weiß wie lange Zeit von ihren Eltern trennen. In dieser Lage könnte ein bisschen Nachsicht –«

»– sie töten. Ich habe keine Ahnung, was die kommenden Wochen und Monate bringen werden, aber ich bin mir sicher, wenn es zum Austausch von Feindseligkeiten kommt, müssen wir stets wissen, wo sich jedes Kind gerade befindet, damit wir alle umgehend in den Luftschutzbunker bringen können. Kein Kind darf unbeaufsichtigt irgendwo in der Weltgeschichte herumlaufen.«

»Es tut mir leid. Ich werde mich bessern.«

»Ich fürchte, ich kann es nicht riskieren, Ihnen die Zeit dafür zu geben.«

»Wie bitte?«

»Um zwölf Uhr heute Mittag werden wir zu Fuß nach Marylebone gehen und dort um ein Uhr den Zug besteigen. Den Zielort hat man mir nicht genannt, aber ich vermute, dass er sich in Oxfordshire oder den Midlands befindet.«

»Nun, dann …«

»Es tut mir leid, aber ich werde Sie nicht mitnehmen.«

»Miss Vine!«

Die Schulleiterin legte ihr die Hand auf den Arm. »Ich habe Sie gern, Mary. Gern genug, um Ihnen zu sagen, dass Sie als Lehrerin gänzlich ungeeignet sind. Suchen Sie sich etwas, das Ihren vielen Begabungen angemessener ist.«

»Aber meine Klasse …«

»Die übernehme ich selbst. Jetzt schauen Sie nicht so. Ich habe durchaus Erfahrung im Unterrichten.«

Aber die Namen, dachte Mary. *Ich habe jeden einzelnen Namen gelernt.*

Sie stand einen Augenblick da, darauf bedacht, eine ausdruckslose Miene zu bewahren, wie ihre Mutter es sie gelehrt hatte. »Nun gut.«

»Ihre Familie kann stolz auf Sie sein.«

»Sie sind zu freundlich«, sagte Mary, weil man das eben sagte.

Zwölf Uhr kam viel zu schnell. Sie holte ihren Koffer von dem Wagen, auf dem das Gepäck der Lehrerinnen lag, und sah zu, wie die ganze Schule in Dreierreihen über die Outer Circle Road evakuiert wurde. Die Turmfalken kamen zuletzt: ihre einunddreißig Kinder, alle Namen sorgfältig auf braune Gepäckanhänger geschrieben. Enid Platt, Edna Glover und Margaret Eccleston bildeten die erste Reihe, immer gemeinsam, immer miteinander flüsternd. Vier Tage lang waren sie von ihrem Getuschel so in Anspruch genommen gewesen, dass Mary nie gewusst hatte, ob sie die Mädchen zum Schweigen auffordern oder sie fragen sollte, ob sie nicht an diesen aufregenden Themen teilhaben könne.

Als Nächste kamen Margaret Lambie, Audrey Shepherd und Nellie Gould: Audrey, deren Gasmaskenbehälter mit Plakatfarbe bemalt war; Nellie mit ihrer Puppe, die Pinkie hieß, und Margaret, die ein bisschen Französisch sprach.

Mary blieb zurück. Auf der grünen Grasnarbe neben dem verlassenen Zoo wurde es ruhiger. George Woodall, Jack Taylor und Graham Brown marschierten mit schwingenden Armen wie Infanteriesoldaten. John Cumberland, Harry Rogers und Carl Richardson, die hinter ihnen gingen, machten sich mit Schimpansenlauten über sie lustig. Henriette Wisby, Elaine Newland und Beryl Waldorf, die Schönheiten der Klasse, stolzierten Arm in Arm dahin und runzelten die Stirn über die ungehobelten Jungs. Dann kamen Eileen Robbins, Norma Reeve und Rose Montiel, blass und ängstlich.

Es folgten Patricia Fawcett, Margaret Taylor und June Knight, deren Mütter einander recht gut kannten und deren spätere Töchter und Enkelinnen die Bekanntschaft gewiss fortsetzen würden, solange die Kriege der Männer es zuließen, dass man bei Tee und Biskuitkuchen gesellschaftlichen Umgang pflegte. Dann Patrick Joseph, Gordon Abbott und James Wright, ständig kichernd und sich nach hinten zu Peter Carter,

Peter Hall und John Clark umschauend, die irgendwelchen Unsinn ausheckten, der vermutlich mit Ohnmachtsanfällen oder Tinte zu tun haben würde.

Schließlich kam die freundliche Rita Glenister, die den winzigen, in Tränen aufgelösten James Roffey an der Hand hielt, und in der allerletzten Reihe Fay George und Zachary. Der farbige Junge ignorierte Mary, nahm einen letzten Zug von seiner imaginären Zigarette und schnippte die Kippe weg. Dann ging er mit den anderen davon, singend, an einen Ort, der noch keinen Namen hatte. Mary schaute ihm nach. Zum ersten Mal hatte sie ein Versprechen gebrochen.

In ihrem Elternhaus in Pimlico saß Mary ihrer Freundin Hilda beim Abendessen gegenüber, während ihre Mutter kalten Hackbraten von einem Tablett servierte, das sie selbst aus der Küche geholt hatte. Da Marys Vater im Parlament war und kein Besuch erwartet wurde, hatte ihre Mutter allen Bediensteten außer der Köchin freigegeben.

»Wann werdet ihr denn evakuiert?«, fragte ihre Mutter. »Ich dachte, du wärst schon weg.«

»Oh, ich werde ihnen bald nachreisen. Sie wollten, dass sich eine gute Lehrerin um die Nachzügler kümmert.«

»Erstaunlich. Wir hätten gar nicht erwartet, dass du dich dafür eignen würdest, nicht wahr, Hilda?«

Hilda blickte auf. Sie hatte ihre Scheibe Hackbraten in Drittel geschnitten und ein Drittel in Befolgung ihres Schlankheitsplans beiseitegelegt. Er war der aktuellen Ausgabe von *Silver Screen* entnommen, trug den Titel »Zwei-Drittel-Kurven« und hatte angeblich Ann Sheridan zu ihrer Figur für *Chicago – Engel mit schmutzigen Gesichtern* verholfen.

»Pardon, Mrs. North?«

»Wir hatten nicht gedacht, dass Mary zur Lehrerin taugen würde, nicht wahr, meine Liebe?«

Hilda schaute Mary unschuldig an. »Und sie hat den Einsatz in der Schule so stoisch hingenommen.«

Hilda war sehr gut darüber im Bilde, dass Mary die Lehrerinnenrolle keineswegs ergeben übernommen und sie obendrein nicht länger als eine Woche ausgeübt hatte. Mary setzte ein Lächeln von wohlberechneter Bescheidenheit auf. »Das Unterrichten ist kriegswichtig, weil es Männer für den Militärdienst verfügbar macht.«

»Ich hatte eher erwartet, du würdest dir einen Admiral verfügbar machen.«

»Hilda! Noch so ein Satz, und dein abgetrennter Kopf wird aufs Tor gespießt, als düstere Warnung.«

»Verzeihung, Mrs. North, aber ein hübsches Ding wie Mary ist doch nicht für eine so reizlose Aufgabe wie das Unterrichten geschaffen.«

Hilda wusste ganz genau, dass Mary von ihrer Mutter ständig irgendwelcher Flirts verdächtigt wurde. Das war typisch für Hilda – eine ausgeklügelte Falle stellen und zuschnappen lassen, während sie sich scheinbar ganz auf ihren Hackbraten konzentrierte.

»Ich bin ganz schön beeindruckt, dass sie es durchhält«, sagte Hilda. »Ich selbst kann nicht mal eine Abmagerungskur durchhalten.«

Mit Messer und Gabel und geradezu unerträglicher Sorgfalt schnitt sie von jeder einzelnen grünen Bohne auf ihrem Teller ein Drittel ab. Dann reihte sie die kurzen Stücke sorgfältig neben dem aussortierten Hackbraten auf.

Mary konnte es nicht länger mit ansehen. »Warum um Himmels willen schneidest du die alle so?«

Hildas rundes Gesicht wirkte sehr arglos. »Sind die Drittel nicht richtig?«

»Herrgott noch mal, leg doch einfach jede dritte Bohne beiseite. Das ist eine Diät, keine Obduktion.«

Hilda sackte leicht in sich zusammen. »Ich bin nun mal nicht so klug wie du.«

Mary warf ihr einen wütenden Blick zu. Hildas dunkle Augen glitzerten.

»Wir haben alle verschiedene Gaben«, sagte Marys Mutter. »Du bist eben gewissenhaft und freundlich.«

»Aber ich finde es so tapfer, dass Mary als Lehrerin arbeitet. Während wir Übrigen nur vom Wohnzimmer in den Salon schlittern.«

Marys Mutter tätschelte Hildas Hand. »Es dient auch, wer in Anstand lebt.«

»Aber etwas für den Krieg zu tun«, sagte Hilda »*wirklich* etwas zu tun.«

»Gewiss, ich bin stolz auf meine Tochter. Dabei hatten wir im Sommer noch befürchtet, sie könnte eine Sozialistin sein.«

Und da lachten sie alle drei laut heraus. Was für ein Gedanke.

Nach dem Essen, auf der Dachterrasse über den sechs Stockwerken cremeweißen Stucks, war Hilda ganz schwach vor Lachen, während Mary innerlich kochte. Ihre weißen Kleider leuchteten flammend rot, als über Pimlico die Sonne sank.

»Du Wespenzitze«, sagte Mary und zündete sich eine Zigarette an. »Jetzt muss ich bis in alle Ewigkeit so tun, als hätte man mich nicht gefeuert. Hast du das wegen Geoffrey St. John getan?«

»Wie kommst du denn auf die Idee?«

»Na ja, zugegeben, vielleicht habe ich ihn ein bisschen …«

»Ein bisschen was?«

»Ein bisschen geküsst.«

»Beim …?«

»Beim Queen-Charlotte-Ball.«

»Und er war dort als …?«

»Na schön. Als dein Begleiter.«

»Interessant.«

»Sehr«, sagte Mary. »Denn du bist offenbar immer noch sauer.«

»Sieht so aus.«

Mary stützte die Ellbogen aufs Balkongeländer und warf einen müden Blick auf London. »Weil du in diesen Dingen nicht entspannt bist.«

»Ich bin eben sehr traditionell eingestellt. Aber sieh es mal positiv. Du hast jetzt eine Vollzeitstelle als Lehrerin.«

»Und du hast auf Mutter gespielt wie auf einem billigen Pianola.«

»Und du musst dir deine Stelle zurückholen oder zumindest so tun, als hättest du sie noch. Jedenfalls habe ich dich beim Michaelmas-Ball vom Hals.«

»Der Ball, du Genie, findet nicht während der Unterrichtszeit statt.«

»Aber du wirst ja auf dem Land sein. Selbst deiner Mutter dürfte klar sein, dass hier niemand mehr ist, den du unterrichten könntest.«

Mary überlegte. »Das wird dir noch leidtun.«

»Irgendwann werde ich dir natürlich verzeihen. Vielleicht lade ich dich sogar zu meiner Hochzeit mit Geoffrey St. John ein. Du könntest meine Brautjungfer werden.«

Sie schauten Schulter an Schulter über die dunkler werdende Stadt.

»Wie war es?«, fragte Hilda schließlich.

Mary seufzte. »Am schlimmsten ist, dass es mir wirklich gefallen hat.«

»Aber ich habe ihn zuerst kennengelernt«, erwiderte Hilda.

»Ach, doch nicht der Kuss. Ich meinte das Unterrichten.«

»Was redest du denn nun schon wieder?«

»Nein, ehrlich! Ich hatte einunddreißig Kinder, allesamt

blitzgescheit. Und jetzt, wo sie weg sind, kommt mir alles ziemlich öde vor.«

Die Stadt lag nun verdunkelt da, Himmel und Erde wie vertauscht. Eben noch hatte sie den Abendsternen mit einer Million Lichtpunkten geantwortet.

»Und was hattest du an Geoffreys Kuss auszusetzen?«, fragte Hilda.

Oktober 1939

Als der Krieg erklärt wurde, beschloss Tom Shaw, darauf zu verzichten. Die Sache würde ohnehin nicht lange dauern – die Kriegsteilnehmer auf beiden Seiten würden kurz vor dem Abgrund dann doch zurückschrecken, wie Kinder es taten, wenn sie sich auf dem Spielplatz gegenseitig herausforderten.

Wenn man dreiundzwanzig war, brauchte es zum Traurigsein schon besonderes Geschick. Doch dummerweise bemerkte er ständig Dinge, die einen melancholisch stimmen konnten. Er bemerkte, wie sich die Schauspieler im West End nicht die Mühe machten, sich abzuschminken, wenn wenig Zeit zwischen Matinee und Abendvorstellung blieb – es konnte passieren, dass man in Soho einen Rosencrantz antraf, der im gleichgültigen Nachmittagslicht sein halbes Pint trank. Er bemerkte den fein säuberlich abgeweideten Kreis im Gras, wo ein Pferd auf der Gemeindewiese festgebunden war – der Kreis war unweigerlich von geometrischer Perfektion, egal ob das Tier nun lebhaft oder ruhig, bockig oder gehorsam war.

Seine Kollegen von der Schulaufsichtsbehörde hatten sich alle zur Armee gemeldet, und sein Vorgesetzter war ins Ministerium befördert worden, um die Evakuierung zu koordinieren. Tom schien der einzige Mann in London zu sein, der den Krieg nicht als unterhaltsame Parade betrachtete, die man keinesfalls verpassen durfte. Daher hatte man ihm die Leitung eines Schulbezirks übertragen. Die Beförderung wäre durchaus ein Grund zum Feiern gewesen, hätte ihm die Beobachtungsgabe gefehlt, um zu bemerken, dass die Schulen leer waren.

Er ging in der Morgendämmerung spazieren. Hoch oben auf dem Parliament Hill reiften die Brombeeren, sie wollten schier bersten vor leuchtender Süße, wie sie sie nur in den besten Jahren besaßen. In jedem anderen Jahr hätten schon längst Kinder die Sträucher geplündert. Tom nahm seinen Hut ab und füllte ihn mit Beeren.

Er schaute auf seinen neuen Einflussbereich hinunter, der gerade erwachte: der Gelehrsamkeitsunterabschnitt von Kentish Town und Chalk Farm. Im Norden wurde sein neues Lehensgebiet von der Bahnlinie begrenzt, über der schon Dampf aufstieg, als der erste Trupp Evakuierter nach Westen gebracht wurde. Der Regent's Canal, auf dem sich die Lastkähne drängten, die Waren von den Docks beförderten, bildete die Südgrenze. Innerhalb dieser Grenzen würde kein Kind Lesen und Schreiben lernen, keine Lehrerin würde ihr Gehalt in einem rot versiegelten Umschlag erhalten, keine Kreide würde aus ihrem kreidezeitlichen Schlummer geweckt, um in Stangen gepresst und auf Schultafeln aufgebracht zu werden, solange er es nicht anordnete. Er schaute vorsichtshalber nach rechts und links und hob dann gebieterisch den Arm.

»Lernt, kleine Menschen! Ich befehle es!«

Er hatte den Mund voller Brombeeren, was den Effekt ein wenig schmälerte. Er ließ den Arm sinken und fragte sich, was er mit dem Tag anfangen sollte. Die noch vorhandenen schulpflichtigen Kinder waren die am wenigsten reizvollen – die Verkrüppelten und mit Geburtsfehlern Behafteten, die auf dem Land niemand aufnehmen wollte. Natürlich auch die Negerkinder – man hatte nur wenige von ihnen evakuiert, und selbst diese kamen bereits nach und nach zurück. Die Evakuierung war ein Schönheitswettbewerb, bei dem die Kleinen in Gemeindesälen aufgestellt wurden und die Bauerntrampel sich die blonden aussuchen durften.

Tom blieben zwanzig eingemottete Schulen und ein kleines

Häufchen Kinder, die nicht für den Unterricht geeignet waren, da sie entweder zu schwierig oder zu einfältig waren. Um sich aufzumuntern, übte er, eine Brombeere von seiner Hand auf den Ellenbogen zu schnippen und von dort aus in den Mund zu befördern. Er stellte sich nicht sonderlich geschickt an – von sechs Versuchen war keiner erfolgreich –, war aber sicher, dass er mit der Zeit besser würde. Es zeigte die große Torheit des Krieges, dass er Nationen aneinander maß, ohne derartige Talente zu berücksichtigen.

Tom sah auf. Jenseits seiner Zone erstreckte sich London, Sumpfland im Osten, weiße Marmormauern im Westen. Entlang der Themse testete man eine Flotte von Miniatur-Zeppelinen. Sie waren mit Tauen verankert und sollten auf verschiedene, wenngleich vage und unspezifische Weise Schutz bieten. Die stumpfen Nasen der Ballons schwangen in der wechselhaften Brise hin und her wie unsichere Kompasse, die der Norden im Stich gelassen hat.

Mit seinem Hut voller Brombeeren ging er den Hügel hinunter, zurück in die rasende Stadt mit den wie Pilze aus dem Boden schießenden Rekrutierungbüros. Fremde suchten seinen Blick, darauf bedacht, die neue Solidarität zu bezeugen. *DEIN* MUT, *DEINE* FRÖHLICHKEIT, *DEINE* ENTSCHLOSSENHEIT stand auf Plakatwänden, die früher für Seife geworben hatten.

Es war erst acht – zu früh fürs Büro –, also kehrte er in seine Mansarde zurück. Sein Zuhause bestand aus einem Wohnzimmer und zwei dazugehörigen Schlafzimmern und befand sich in einem Stadthaus an der Prince of Wales Road. Man hatte den Dachboden in eine Wohnung verwandelt, wie man die Mauren in Christen verwandelt hatte, pflegte sein Mitbewohner Alistair Heath zu sagen. Mit erhobenem Schwert und unter ständiger Gefahr des Rückfalls in den ursprünglichen Zustand. Im Winter drang bitterkalte Zugluft herein, im Sommer herrschte eine geradezu hundstägige Hitze, die man nur ein wenig lindern konnte, indem man in der kleinen Kochecke den Kopf unter den laufenden Wasserhahn hielt.

Tom traf Alistair in seiner Pyjamahose auf den nackten Dielenbrettern sitzend an, wo er Pfeife rauchte und Fetzen von Zeitungspapier ins Fell einer roten Katze stopfte. Kopf und Schultern waren bereits fertig, aus den leeren Augenhöhlen quollen Druckerzeugnisse.

»Mein Gott«, sagte Tom, »ist das Julius Caesar?«

Alistair blickte nicht auf. »Düstere Zeiten, alter Junge. Der Präparator hat ihn halb fertig zurückgeschickt. Falls du möchtest, Tee ist in der Kanne.«

»Warum haben sie ihn nicht fertig gemacht?«

»Vielleicht war er zu widerspenstig.«

»Wohl eher unersättlich. Weißt du noch, wie er nach einer tollen Nacht immer prahlerisch hereinstolziert kam?«

Alistair grinste um den Pfeifenstiel herum. »Ich vermisse den alten Lotterkater. Er kam mit der ersten Post – die Vermieterin hat ihn gerade hochgebracht. Gegerbt, säuberlich gefaltet und in Packpapier gewickelt. Nicht gerade sein größter Auftritt.«

»Vielleicht war er einfach platt.«

»Ich stopfe ihn jetzt mit Leitartikeln voll, bis ihm die Weisheit zu den Ohren rauskommt.«

Tom bot ihm seinen Hut mit den Brombeeren an. »Ich mache Marmelade. Willst du eine?«

Alistair griff zu. »Guter Gott, vergiss die Marmelade. Daraus könntest du Claret machen.«

Tom schüttete die Brombeeren in einen Topf, sammelte ein paar Ausreißer auf und gab etwas Wasser dazu.

»Hatte Caesar keinen Begleitbrief?«

»Eine Entschuldigung. Geschäft geschlossen, zu unserm Bedauern, et cetera, et cetera, hiermit senden wir Ihnen das Material zurück. Ich kann mir nicht vorstellen, dass im Krieg Tierpräparatoren besonders gefragt sind.«

»Man sollte ihn einfach absagen«, meinte Tom.

Er stellte die Kochplatte an und sah zu, wie Alistair den Bauch des Katers zunähte, wobei er sich recht geschickt anstellte. Er brachte eine Reihe kleiner, säuberlicher Stiche an, die ganz verschwinden würden, sobald man das Fell darüberkämmte. Tom hatte Alistairs kräftige, geradezu unverschämt geschickte Hände immer bewundert. Alistair konnte das Grammophon reparieren und Klavier spielen – lauter Dinge, bei denen Tom ganz unbrauchbar war –, und das auch noch völlig mühelos, als besäßen seine Hände ein Eigenleben. Er stellte Tom im Grunde ziemlich in den Schatten, obwohl er selbst das vermutlich gar nicht bemerkte. Alistair war blond und kräftig und besaß die stoische Gabe, Krieg und kaputte Wasserrohre mit demselben unbekümmerten Lächeln abzutun, als müsste man mit so etwas einfach rechnen. Er war attraktiv, aber nicht, weil er auffallend gutaussehend gewesen wäre, sondern weil er den Blick anderer freundlich akzeptierte und ihnen in die Augen sah. Tom hatte die Erfahrung gemacht, dass Frauen Alistair oft erst auf den zweiten Blick interessant fanden, etwas an ihm aber regelmäßig diesen zweiten Blick auslöste.

Alistair klopfte die Pfeife aus. »Ich bin heute Abend nicht zu Hause. Ich bringe Lizzie Siddal aufs Land.«

»Oh. Welches Gemälde?«

»Das ›Küss mich, ich kann nicht schwimmen‹-Bild.«

»*Ophelia*?« Tom ahmte den Blick und die fromme Geste der Hände nach.

»Wir haben eine Kiste für sie gebaut und fahren sie in einem neutralen Lastwagen nach Wales.«

»Ich wusste gar nicht, dass ihr auch andere habt. Sag bloß, es existiert irgendwo eine Flotte regierungseigener Lastwagen, auf denen UNBEZAHLBARE KUNSTSCHÄTZE steht.«

»Hör schon auf. Du bringst es fertig, einer banalen logistischen Operation alle Romantik zu nehmen.«

»Darfst du es mir überhaupt erzählen, wenn es so geheim ist?«

»Du wirst es Hitler wohl kaum weitersagen, oder?«

»Nein, es sei denn, sie geben mir meinen geheimen Funksender zurück.«

»Es ist eine schlimme und traurige Angelegenheit«, sagte Alistair. »Ich habe allein fünf Monate damit zugebracht, *Ophelias* Rahmen zu restaurieren – nur den Rahmen! –, und jetzt packen wir sie ein und vergraben sie wer weiß wie lange in irgendeinem alten Bergwerksschacht.«

Tom kippte den gesamten Teezucker aus dem Einmachglas in den Topf, braune Klumpen eingeschlossen.

»Ich hätte ja nichts dagegen, aber die Vorstellung, dass sie da unten allein in der Dunkelheit ist. Da fragt man sich schon, was passiert, wenn wir den Krieg verlieren.«

Tom rührte den Zucker unter die Früchte. »Es wird keinen richtigen Krieg geben.«

»Und wenn wir nun alle davongefegt werden und keiner sich mehr an Ophelia erinnert und sie für alle Ewigkeit dort in der Finsternis tief in einem Berg bleiben muss?«

»Dann hat die Nachwelt immer noch Caesar. Mit seiner Hilfe können sie unsere Ästhetik rekonstruieren. Auch wenn du ihn zu prall gestopft hast.«

Alistair betrachtete den Kater kritisch. »Habe ich das? Nein. Der alte Bursche musste immer auf sein Gewicht achten. Hier siehst du ihn in einer seiner schlankeren Phasen.«

»Du machst das gar nicht schlecht. Du könntest wirklich als Konservator arbeiten.«

»Du solltest die Tate jetzt sehen«, sagte Alistair. »Die Fenster sind vernagelt, in der großen Galerie hallt es, und die Bilder sind in alle Winde zerstreut.«

»Dann signier ihn und sag, es sei moderne Kunst. Übrigens, ich bin heute Abend zum Essen verabredet. Die Hochzeit ist gewiss, du kannst schon mal anfangen, an deiner Trauzeugenrede zu arbeiten.«

Alistair hielt den halb ausgestopften Kater ans Ohr und horchte. »Caesar befiehlt, dass du alles verraten und nichts auslassen sollst.«

»Nun, sie heißt Mary North und –«

»Mein Gott, Tom Shaw, wirst du etwa gerade rot?«

»Das liegt nur an der Marmelade. Der Topf ist so heiß.«

Alistair stopfte Papier ins Hinterviertel des Katers. »Caesar vermutet, sie ist schön, klüger als du und kann nicht kochen.«

»Caesar kennt eben meinen Typ.«

»Dann wirst du mir verzeihen, wenn ich nicht alles stehen und liegen lasse und den Bleistift für eine Hochzeitsrede spitze. Es wird genauso enden wie alle deine Romanzen, Tommy: Du schaust betrübt der verschwindenden Gestalt eines netten Mädchens nach, das dich gernhat, aber zögernd zu dem unvermeidlichen Schluss gelangt ist, dass du weder reich noch ein guter Tänzer bist.«

Tom drehte das Gas höher. »Diesmal ist es anders. Ich habe mich schon mehrmals länger mit Mary unterhalten. Wir haben einiges gemeinsam.«

»Als da wäre?«

»Zum Beispiel unsere Ansichten, was Kinder betrifft.«

»Das habt ihr schon besprochen? Dabei habe ich dir meines Wissens noch nicht mal erklärt, woher die Babys kommen.«

»Nicht, wie man sie bekommt, sondern wie man sie unterrichtet.«

»Ihr habt doch nicht etwa über die Arbeit geredet?«

»Sie hat mit mir geredet, wenn du es genau wissen willst. Ich selbst bin gar nicht zu Wort gekommen.«

»Und was war die Kernaussage?«

»Dass sich das Unterrichten ändern muss. Dass die Lehrer die Verbündeten der Schüler sein müssen, nicht nur ihre Zuchtmeister.«

Alistair gähnte. »Caesar verkündet, dass Mary ihm Kopfschmerzen bereitet.«

»Das verkündet Caesar, bevor er weiß, dass Mary ganz schön attraktiv ist.«

»Warum interessiert sie sich dann für dich? Ich bin erstaunt, dass du überhaupt auf ihrer Netzhaut erscheinst.«

»Sie ist in mein Büro gekommen und hat mich um eine Stelle gebeten. Anscheinend hat das Kriegsministerium sie als Lehrerin eingeteilt, und sie hatte auch eine Stelle in der Hawley Street School bekommen, wurde aber als unverbesserlich vor die Tür gesetzt. Jetzt will sie eine neue Klasse haben.«

»Ich dachte, du hättest keine mehr?«

»Das habe ich ihr auch gesagt, doch sie hat darauf bestanden. Ich sagte: ›Tut mir leid, aber wir haben schon alles evakuiert, was zwei Beine und einen Kopf hat.‹ Worauf sie erwiderte: ›Tut mir leid, aber damit gebe ich mich nicht zufrieden.‹ Sie stemmte die Hände in die Hüften und lief rosa an, ganz reizend. Natürlich habe ich sie gefragt, was sie verdammt noch mal von mir erwarte, und sie sagte: ›Dass Sie mich verdammt noch mal zum Abendessen einladen.‹«

Alistair starrte ihn an.

»Was ist?«

»Womit soll ich anfangen? In meinen Augen hast du drei sehr dringende Probleme. Erstens: unangemessenes Verhalten im Beruf. Zweitens: hässliches Äußeres.«

Tom zählte an den Fingern mit. »Und drittens?«

»Deine Marmelade kommt ganz schön in Schwung, alter Junge.«

»Verdammt!«

Der Topf brodelte mörderisch und spuckte heiße Lava in alle

Richtungen. Tom wagte einen Vorstoß, wobei er den Topfdeckel als Schild vor sich hielt und mit dem ausgestreckten Löffel das Gas herunterdrehte. Das Brodeln verklang zu einem beleidigten Zischen und schließlich zu einem gelegentlichen boshaften Ploppen, wenn ein Rest eingeschlossener Luft entwich.

»Meinst du, das war noch rechtzeitig?«

Tom stocherte im Topf. »Es wird auf jeden Fall schön fest. Und entweder große Klasse oder ungenießbar.«

»So ein Mädchen kennen wir doch alle.«

Tom ignorierte ihn. »Dass ich Mary kennengelernt habe, hat mir zum ersten Mal das Gefühl gegeben, dass dieser Krieg vielleicht nicht komplett furchtbar wird.«

»Oh, Tommy, nur weil dich die Erwachsenen mal im Kinderzimmer allein gelassen haben, heißt das noch nicht, dass du die Tapete bemalen darfst.«

»Hör auf. Das ist kein Kinderkram. Ich gehe mit ihr zu Spencer's.«

Er versuchte sich in einem weltläufigen Ton, der aber ziemlich unsicher herauskam. Vielleicht hatte Alistair nicht so unrecht. *Und*, dachte er, *mein Gott – sie ist erst achtzehn.* Das Schlimmste war, dass er ihr Alter nur wusste, weil er von seinem Büro schnurstracks in die Personalabteilung gegangen war und sich ihre Akte angesehen hatte.

»Tut mir leid«, sagte Alistair, »ich wollte dich nicht entmutigen. Ich bin nur neidisch auf dein Abendessen.«

»Ach, ist schon gut. Wenn ich richtig drüber nachdenke, hat sie es vielleicht ganz anders gemeint. Womöglich will sie nur über eine Stelle reden.«

Alistair hob eine Augenbraue und widmete sich wieder seiner Präparatorentätigkeit.

»Was ist?«, fragte Tom.

»Nichts.«

»Nein, sag schon.«

Alistair biss ein Stück Garn ab und fädelte es ein. »Du bist der einzige Mensch auf Erden, der darüber grübelt, wie genau ›Abendessen‹ gemeint sein könnte.«

»Ja, aber wie *ist* es in diesem Zusammenhang gemeint? Will sie damit andeuten, dass sie in mir mehr sieht als nur die Chance auf eine Stelle? Oder will sie im Gegenteil demonstrieren, dass ich nur das und nichts anderes bin, weil sie sich bei mir problemlos selbst zum Essen einladen kann, ohne zu befürchten, dass es falsch ausgelegt werden könnte?«

Alistair starrte einen Moment ins Leere. »Tut mir leid, jetzt kann ich dir nicht mehr folgen. Könntest du mir bitte mit verschiedenfarbigen Stiften ein Diagramm zeichnen?«

»Oder vielleicht ist sie sich ihrer Haltung mir gegenüber ebenso wenig sicher wie meiner Absichten ihr gegenüber und hat daher, da sie enorm klug ist, den Vorschlag in einer absichtlich unklaren Weise gemacht, um zu sehen, wie ich ihn auslege. Du weißt schon, um zu sehen, wie ich reagiere.«

»Und wie hast du reagiert?«

»Ich hatte möglicherweise einen kleinen Knoten in der Zunge.«

»Na wunderbar. Muss ich auch den noch aufdröseln? Erst mache ich aber Caesar fertig.«

»Ach, geh zum Teufel. Aber mal ehrlich, was meinst du? Du bist doch ein erfahrener Mann.«

»Ich bin ein erfahrener Mann, der gerade das Hinterteil eines verstorbenen Imperators zunäht.«

»Schon, aber trotzdem.«

Alistair verdrehte die Augen und ließ Nadel und Faden sinken. »Es gibt zwei Arten von Abendessen und zwei Arten von Frauen. Und nur eine Kombination dieser vier Elemente, bei der beides grässlich ist.«

»Aber wenn das nun bei mir der Fall wäre!«

Alistair sagte nichts. Er vollendete die Naht, riss den Faden durch und stellte den Kater auf die Pfoten. Er drohte gleich wieder umzukippen, und Alistair spreizte die Gliedmaßen, bis das Tier einigermaßen sicher stand. »Na bitte. Caesar beugt sich keinem Mann.«

Er setzte sich im Schneidersitz auf den Boden, wobei er den Kater nachdenklich musterte. Irgendetwas stimmte auch mit seiner eigenen Haltung nicht, sein Rücken wirkte seltsam steif, und das machte Tom ein wenig traurig. Mitunter war ihre Nummer, in der er den unerfahrenen Jungen neben Alistairs Mann von Welt gab, nicht mehr wirklich komisch. Irgendwann in den Anfängen ihrer Freundschaft waren sie in diese Rollen verfallen – erst war es ein spontaner Witz gewesen, den sie für wert befunden hatten, ausgebaut und schließlich zur Gewohnheit gemacht zu werden. Und nun saßen sie hier, zwei Finken, von der Evolution darauf getrimmt, sich von einer bestimmten Frucht zu ernähren, die vermutlich demnächst aussterben würde.

Tom nahm das leere Einmachglas, klopfte die letzten verkrusteten braunen Zuckerreste heraus, spülte es aus und stellte es in einen Kochtopf mit Wasser. Während das Glas sterilisiert wurde, tauchte er einen Löffel in die Marmelade und pustete darauf.

Im hellen Morgenlicht, das durch das einzige Oberlicht der Mansarde fiel, leuchtete die Marmelade auf dem Metalllöffel. In der Mitte war sie von einem tiefen Indigo. An den flacheren Rändern schwächte sich die Farbe zu einem schlaffen Karmesinrot ab. Er schloss die Augen und kostete. Wie der glückliche Zufall es wollte, hatte er den Topf exakt an der Grenze zur Karamellisierung vom Herd genommen, der Geschmack bewegte sich zwischen honigsüß und bitter. Die Süße der Brombeeren entfaltete sich, aber nicht ganz, sie veränderte sich und wurde tiefer, bis sie sich mit dem aufreizenden Hauch eines größeren Aromas hinten an der Zunge auflöste. Zurück blieben eine

Frage, die er nicht in Worte kleiden konnte, und eine Galaxie winziger Körnchen auf der Zunge.

Er stand eine ganze Minute mit geschlossenen Augen da, bevor er noch einen Löffel probierte. Er war sich ganz und gar unsicher. Vielleicht war dies das Exquisiteste, das je ein Mensch gekocht hatte, vielleicht aber auch nur ganz gewöhnliche Brombeermarmelade an einem durchschnittlich hellen Oktobermorgen in einer unscheinbaren Mansarde, in der zwei typische Junggesellen die eigentlichen Pflichten des Tages vor sich herschoben und stattdessen Beschäftigungen nachgingen, in denen sie nicht glänzten. Vielleicht war es nur ganz gewöhnliche Marmelade, und vielleicht war Caesar, korpulent und knubbelig, mit leeren Augenhöhlen, aus denen Zeitungspapier quoll, nur ein armer, ausgestopfter Kater.

Tom goss die Marmelade in das heiße, ausgekochte Einmachglas, schloss den Deckel und hielt das Glas unter kaltes Wasser, damit sich ein Vakuum bilden konnte. Er trocknete das Glas von außen ab, leckte an einem Buchaufkleber, pappte ihn auf die flache Stelle für das Etikett und schrieb darauf: »London 1939.«

»Na und?«, sagte er dann. »Auch wenn sie wirklich nur eine Stelle will – Unterrichten ist wichtig, und ich dachte, es könnte ihr liegen.«

»Ich komme schon wieder nicht mit. Willst du sie nun heiraten oder einstellen?«

»Leisten kann ich mir beides nicht. Ich war ihr nur dankbar für das zivilisierte Gespräch. Ganz ehrlich, möglicherweise ist sie der einzige Mensch in dieser Stadt außer dir und mir, der begreift, dass man auf vielerlei Weise dienen kann. Dass es nicht unpatriotisch ist, wenn man sich weigert, wie ein Schuljunge loszurennen und mit Spielzeuggewehren auf die Deutschen zu schießen.«

»Die haben aber angefangen.«

»Du weißt, was ich meine.«

Alistair versuchte zu lächeln.

»Was ist los?«, wollte Tom wissen.

»Ich nehme an, wir alle müssen jetzt unsere Arbeit unter die Lupe nehmen und uns fragen, inwiefern sie der Sache dient. Und wenn man eine einfache Antwort darauf findet, hat man Glück gehabt.«

»Aber das betrifft uns doch nicht, oder? Mich mit meinem Schulbezirk und dich, der du durchs ganze Land reist und unser Kulturerbe in Höhlen versteckst. Die Frage wäre wohl eher relevant bei … na ja … einem Spekulanten oder einem Dieb.«

Alistair kniff den Kater in den Schwanz und richtete ihn himmelwärts, wie Caesar es zu Lebzeiten gern getan hatte.

»Ich komme jeden Morgen an einer Rekrutierungsstelle in der Regent Street vorbei. In der Schlange kann man die unglaublichsten Gespräche hören. Ich glaube, manche fürchten sich weniger davor, in den Krieg zu ziehen, als vor der Schande, sich eingestehen zu müssen, dass ihr Land ganz gut ohne die Arbeit zurechtkommt, die sie bisher geleistet haben. Letztlich kommt der Mann von der Straße natürlich zu demselben Schluss wie die Militärs – dass sich umbringen lassen das Mindeste ist, was man unter diesen Umständen tun kann, nur gelangen beide auf unterschiedlichen Wegen zu dieser Schlussfolgerung.«

»Du hast ziemlich lange darüber nachgedacht, was?«

»Ich hatte nichts Besseres zu tun. Die Turners sind schon seit Wochen weg. Wir haben noch ein paar Romantiker, die wir aus den Seitengalerien räumen müssen, und dann ein halbes Dutzend Surrealisten. Bald sind nur noch die Bilder übrig, die auch von mir sein könnten.«

»Aber du hast es doch so oft gesagt: Wir dürfen nicht zulassen, dass sie Barbaren aus uns machen. Es muss jemand dableiben, der weiß, wie man das alles wieder zusammenfügt.«

Alistair schaute auf seine Hände. »Nun, es ist so … Das werde nicht ich sein.«

Tom spürte den Schock der Worte, bevor er ihre Bedeutung ganz erfasste. Seine Adern blockierten, ein Gefühl nahenden Unheils, Zeit, die sich wie ein Schließmuskel zusammenzog. Einen Herzschlag lang dröhnte es in seinen Ohren.

»Mein Gott, du hast dich doch nicht …«

Alistair blickte auf. »Es tut mir leid. Gestern.«

Tom stand da, das Einmachglas noch immer fest umklammert.

»Schon gut«, sagte er. »Schon gut. Da lässt sich sicher etwas machen. Es muss ein Verfahren für Leute geben, die sich versehentlich gemeldet haben. Das kommt sicher fünfzigmal am Tag vor. Es gibt garantiert irgendein System dafür.«

»Der ganze Sinn des Systems ist ja wohl, dass man nicht zurückkann. Ich habe feierlich einen Vertrag unterzeichnet. Und es war ohnehin das Richtige. Ich gehe, Tom.«

»Wann?«

»Das haben sie mir nicht gesagt. Sie haben mir Sold für drei Tage gezahlt und gesagt, ich solle auf Anweisungen warten. Es wird eine Grundausbildung geben und eine für Offiziersanwärter, und dann gehe ich wohl dahin, wo ich gebraucht werde.«

»Das ist nicht irgendein abscheulicher Witz?«

»Leider nicht.«

Tom setzte sich neben seinen Freund auf den Boden und sah sich im Zimmer um. Die Mansarde hatte sich vor seinen Augen verändert. Das unbekümmerte Durcheinander aus Krimskrams verwandelte sich plötzlich in banale Jugenderinnerungen. Unter seinem Blick schüttelte die sorgsam kultivierte Exzentrik – vom ungefegten Boden bis zu den verstreuten Büchern aus der Bibliothek – ihren Zauber ab, bis nur noch eine Dachwohnung in einem mittelmäßigen Londoner Stadtteil übrig blieb. Die Wohnung würde der Vermieterin zurückgegeben werden, das Leben ihrer Bewohner der Welt.

So schnell geht es also zu Ende, dachte Tom. *Alle Dinge, die wir zu etwas Besonderem machen, sind nur dem Alltäglichen entliehen und müssen ohne Vorwarnung zurückgegeben werden.*

»Tut mir leid, dass ich das mit den Schuljungen gesagt habe.«

»Schon gut. Viele sind ja genau das, du hättest mal die Warteschlange sehen sollen. Ich bin vierundzwanzig und kam mir vor wie ein Tattergreis.«

Tom schluckte. »Meinst du, ich sollte mich auch freiwillig melden?«

»Guter Gott. Wieso?«

»Na ja, bis jetzt hatte ich einfach noch gar nicht drüber nachgedacht.«

Alistair bewarf ihn mit einer Kugel Zeitungspapier. »Du bist zum Lehrer geboren, du Trottel. Finde heraus, wie du deine Arbeit wieder tun kannst, und dann tu sie. Wenn man Schulkinder in einem stillgelegten Minenschacht in Wales aufbewahren könnte, würde ich darauf bestehen, dass du dich mit mir meldest, aber bis dahin sage ich, dass Krieg nicht auf deinem Stundenplan steht.«

Tom schwieg eine Minute. »Danke.«

»Ich dachte, du würdest es schwerer nehmen.«

»Du wirst mir fehlen.«

»Ganz sicher. Dann hast du keinen mehr, der dich aufmuntert. Darum schenke ich dir Gaius Julius Caesar. Wann immer du ihn anschaust, stell dir vor, er würde sagen: ›Tom, Herrgott noch mal, Kopf hoch!‹«

Alistair drehte den Kater dabei herum, so dass dieser Tom unmittelbar ansprach. Er hatte zwei große Mantelknöpfe als Augen angenäht, die perlmuttartig glänzten und gar nicht zueinander passten und Tom mit einem alarmierenden, leicht irren Blick überwachten.

»Ich möchte dir das hier schenken«, sagte Tom und überreichte Alistair das Marmeladenglas.

Alistair las das Etikett. »Ungelenk beschriftet, aber ein beachtlicher Jahrgang, der 39er. Ich glaube, ich werde es einlagern. Und wenn der Krieg zu Ende ist, machen wir es zusammen auf, ja?«

Tom sah ihn an. »Wirst du zurechtkommen?«

»Woher soll ich das wissen?«

»Tut mir leid.«

»Mein Gott, mir tut es leid«, sagte Alistair.

Er legte sich auf den Boden und hielt die Marmelade vor das Oberlicht.

»Tee?«, fragte Tom schließlich.

»Wenn du welchen machst.«

»Leider hat jemand den ganzen Zucker aufgebraucht.«

Alistair schwieg. Tom sah zu, wie scharlachrotes und violettes Licht über das reglose Gesicht seines Freundes wanderte.

Oktober 1939

Da Mary weder ihrer Mutter über den Weg laufen durfte noch irgendwem anders, der das vielleicht tat, musste sie sich einen ganzen Tag allein beschäftigen. Der Herbst war gekommen und brachte Regenschauer, die die erhitzte Kriegsstimmung abkühlten. Am Embankment fegte der Südwestwind durchs Geländer, an dem sonst Kinder ihre Stöcke entlangrattern ließen. Auf dem Spielplatz in den Kensington Gardens schrubbte der Wind den drachenlosen Himmel und ließ leere Schaukeln in ihrem eigenen verwaisten Rhythmus schwingen.

Wie beraubt London wirkte, wie langweilig und fügsam ohne seine lästigen Kinder. Hier und da entdeckte Mary ein einzelnes Kind, das die Evakuierung zurückgelassen hatte. Die Streuner raschelten allein durchs Laub, verloren und mit verschlossenem Blick. Wenn man ermutigend lächelte, starrten sie einen nur ausdruckslos an. Mary konnte es ihnen nicht verdenken. Wie sonst sollte man den Leuten begegnen, die einem die Spielkameraden entführt hatten?

Der Wind, der sie durchpustete, war schon durch halb London geweht und hatte dabei den zinnernen Zerfallsgeruch aller fehlenden Dinge angenommen. Mary zog den Regenmantel enger und ging weiter. Im Regent's Park riss der Wind die nassen gelben Blätter von den Bäumen. Rosskastanien lagen in ihren Schalen da, dunkel und schimmelfleckig. Sie vermutete, dass die Natur ihnen nur einen einzigen Zweck zugedacht hatte, nämlich den, dass immer, bis ans Ende aller Tage, Jungen in kurzen Hosen kommen und sie aufsammeln und auf Schnürsenkel fädeln und jede einzelne von ihnen mit ungestümer, unwahrscheinlicher Hoffnung versehen würden.

Mary entdeckte ein Café, in dem man sie nicht kannte, und setzte sich ganz nach hinten, weit weg vom beschlagenen Fenster. Sie nahm Bleistift und Papier aus der Tasche, um bei zu lange gezogenem Tee an Zachary zu schreiben.

Schon die Adresse machte ihr zu schaffen. Es war eines jener Dörfer in einem entlegenen Winkel Englands, an die sich London nur erinnerte, wenn dort etwas Unheilvolles geschah – ein Erdrutsch oder die Geburt eines zweiköpfigen Fohlens –, das den Namen in die Zeitung brachte. Sie wusste nicht, wie Eltern es ertragen konnten, Briefe an ihre Kinder dorthin zu adressieren. Corfe Mullen, Cleobury Mortimer, Abinger Hammer: Fraglos waren dies von trübem Nebel und plötzlichen Katastrophen erfüllte Orte, wo man niemanden kannte und über die man nichts wusste. Orte voller Landvolk, unheimlich und mit Knollennasen, das sich in Vollmondnächten mit Hühnerblut beschmierte.

Lieber Zachary,
ich fühle mich ganz schrecklich, weil ich mein Versprechen, bei Dir zu bleiben, nicht halten konnte, aber ich hoffe, Du verstehst, dass die Evakuierung nötig war.

Sie kaute auf dem Stift. Nun, da das große, massive London verdunkelt und eingegraben war, herrschte eine furchtbare Stille, die auch der nasse Wind nicht übertönen konnte. Der Herbst war gekommen, die Deutschen nicht.

Bestimmt hast Du eine Familie gefunden, die sich gut um Dich kümmert.

Der Wind rüttelte an den Fenstern des Cafés, und wegen des

völligen Fehlens schriller kleiner Stimmen war gut zu hören, wie Besteck auf Porzellan kratzte, als das Paar in der Ecke Erbsen über seine Teller jagte. Es waren Eltern, natürlich waren es Eltern: woher sonst die filigranen Sorgenfalten. *Haben wir wirklich das Richtige getan?*

An jeder Straßenecke, an der Mary an diesem Tag vorbeigekommen war, erklärten Plakate, dass die Kinder evakuiert bleiben sollten – dass es das schönste Weihnachtsgeschenk für Herrn Hitler wäre, sie nach Hause in die Gefahr zu holen.

Ich bin mir sicher, Du bist ganz furchtlos.

Mary runzelte die Stirn und radierte den Satz aus. Die Behörden hielten das Individuum für einen Handschuh, in den man nur eine Parole steckten musste, um ihn zu beleben. Sie sah ihren Vater, wie er in einem fensterlosen Raum im Parlamentsgebäude saß und im Ausschuss ebensolche Sätze niederschrieb. Den ganzen Morgen über hatte der feuchte Südwestwind an den Ecken der neuen Parolen gezerrt, hatte sie von den Plakatwänden gerissen und dabei die fossilen Schichten früherer Ermahnungen in ihren Kleistersedimenten freigelegt.

Obwohl ich Dich nur eine Woche unterrichtet habe, sollst Du wissen, dass Du ein feiner Kerl bist, wenn auch ein absoluter Tunichtgut, und dass ich Dich ein klein wenig vermisse. Ich hoffe, es ist alles in Ordnung bei Dir, aber falls nicht – und falls Du es über Dich bringen kannst, einer albernen Frau ein Versprechen zu geben, obwohl sie ihres schon gebrochen hat –, dann versprich bitte, mir zu schreiben und es mich wissen zu lassen.

Sie unterzeichnete den Brief mit »Miss North«, steckte ihn in den Umschlag und ging hinaus in den Regen, um einen Briefkasten zu suchen.

Sie kam um fünf nach Hause, als es gerade dämmerte. Die Haustür schwang auf, sowie sie den Fuß auf die erste Stufe der Eingangstreppe gesetzt hatte.

»Danke, Palmer«, sagte sie und reichte ihm den Regenmantel.

»Wie war der Unterricht?«, rief ihre Mutter aus dem Salon.

»Nun, du weißt ja, wie Kinder sind.«

»Ich kenne nur dich, Liebling, und möchte behaupten, dass nicht alle so unerträglich sind.«

Mary steckte den Kopf durch die Tür. »Ich hab dich auch gern, Mutter.«

»Zum Glück hatte ich immer Nanny zur Hand, wenn es zu realistisch wurde.«

»Wo ist Hilda? Ich habe ihren Mantel im Flur hängen sehen.«

»Ich habe sie in die Spülküche geschickt. Ich weiß nicht, was ihr euch von diesen Zigaretten versprecht, aber auf jeden Fall ruinieren sie die Vorhänge.«

»Sie machen schlank.«

Ihre Mutter senkte die Stimme. »Dich vielleicht, Liebling. Bei Hilda scheint das Gegenteil der Fall zu sein.«

»Vielleicht zündet sie sie am falschen Ende an.«

»Ihr Leben ist ein Karussell von stumpfsinnigen Männern und Karamell-Eclairs. Ich habe ihr gesagt, sie soll Kriegsdienst leisten wie du oder sich wenigstens einen Mann suchen, der es tut.«

»Sie denkt, Geoffrey St. John passe zu ihr.«

»Zwiebeln passen auch zu Kutteln, Liebling, aber im Topf sehen sie furchtbar miteinander aus.«

»Rede doch nicht so abfällig über Geoffrey, Mutter – er küsst recht gut.«

Ihre Mutter bedachte sie mit einem wissenden Blick, der vermutlich reiner Bluff war. So waren Mütter – immer dieses Glitzern in den Augen, das Allwissenheit suggerierte und auch, dass man nun selbst mit Reden dran war. Dies war die Samtschnur, die Mütter einem anboten: Schweigen, stark genug, dass man eine Schlinge daraus knüpfen konnte.

Mary eilte aus dem Salon und warf ihrer Mutter noch eine Kusshand zu.

Im Flur empfing sie der vertraute Geruch des Hauses – Bienenwachs fürs Geländer, Brasso-Politur, mit der die Messingstangen an der Treppe behandelt wurden. Ein Hauch von Kochwäsche. Irgendwo tief im Inneren klapperte Geschirr, als ein Hausmädchen die Überreste des Nachmittagstees in Angriff nahm. Kohle polterte von der Schaufel in die Kohlenschütte. An diesem Abend würden wohl zum ersten Mal seit März die Kamine angezündet.

Hilda stand in der Spülküche am kleinen Fenster und rauchte.

»Und, was machen die wilden Intrigen?«

Mary grinste. »Tom wird weiter bearbeitet, ich rufe ihn heute noch einmal an. Ich bin mir sicher, dass er eine Stelle für mich finden kann. Ich erinnere ihn ständig daran, dass es einen Haufen Kinder gibt, die nicht evakuiert wurden.«

Hilda mimte einen Buckligen mit grässlich verzerrtem Gesicht.

»Ach, lass das. Ich sehe nicht ein, warum sie nicht auch die Chance bekommen sollen, etwas zu lernen. Ich muss Tom nur dazu überreden.«

»Er kommt mir vor wie ein Waschlappen. Ihr geht essen, du flehst ihn praktisch an, dich zu küssen, und doch bietet er dir weder Lippen noch berufliche Unterstützung. Ich würde ihn abschreiben.«

»Ja, aber er ist ein Mann, verstehst du? Du könntest dir

schneller einen stricken, als einen serienmäßig hergestellten zu finden, der passt.«

»Schreib ihn ab, Liebling, bevor der Waschlappen dich durchweicht.«

»Im Grunde ist Tom einfach nur ein bisschen schüchtern. Wenn ich mit ihm zusammen bin … ist es wirklich nett.«

Hilda zog die Augenbrauen hoch.

»Nein, ehrlich! Tom ist ein reizender Mensch.«

»Wie ist er denn so? Details, bitte.«

»Nachdenklich. Interessant. Mitfühlend.«

»Lauter Synonyme für hässlich.«

»Ganz und gar nicht. Er ist groß, mit sanften braunen Augen. Ziemlich hinreißend, ehrlich gesagt. Er selbst scheint das nicht zu merken, was ich sehr süß finde.«

»Denk dran, du magst ihn nur, weil er dir eine Stelle besorgen kann.«

»Die ich nur brauche, weil du mich da reingeritten hast.«

»Ist es etwa meine Schuld, wenn du deiner Mutter nicht die Wahrheit sagen willst?«

»Wer macht das schon? Ich bin wirklich hart gestraft, und das nur wegen eines einzigen kleinen Kusses.«

Hilda gab sich verwundert. »Kuss?«

»Nein! Oh, Hilda, jetzt sag nicht, dass du schon drüber weg bist. Ich habe den ganzen verdammten Tag im Regen zugebracht und für die Indiskretion mit Geoffrey gebüßt.«

Hilda gähnte. »Du kannst ihn gerne haben, wenn du möchtest. Er weigert sich immer noch rundweg, sich freiwillig zu melden.«

»Genau wie du.«

»Weshalb ich einen Mann brauche, den ich edelmütig unterstützen kann.«

»Wenn auch in absentia.«

»Nein, im Pelz.«

»Tom will sich nicht melden, und das bewundere ich. Er … es passt einfach nicht zu ihm.«

Hilda riss die Augen auf. »Mary North!«

Mary lächelte. »Ja, was denn?«

»Du hast tatsächlich eine Schwäche für den Mann!«

»Nein, nein, aber er hat – ach, du weißt schon, diese *Augen*, und er ist … na ja, ich finde es so schön, dass er das Unterrichten wichtig findet, weil ich diese Meinung teile.«

»Seit wann?«

»Seit man mir gesagt hat, ich könnte es nicht. Warum müssen wir immer tun, was man uns sagt?«

»Um das Leben angenehm und gesellig zu machen?«

»Sagt das Mädchen, das in der Spülküche raucht! Warum sagst du nicht einfach zu Mutter: ›Ich werde in Ihrem Salon rauchen, und wenn Sie die Vorhänge dann ersetzen müssen, lassen Sie mich wenigstens ein Muster aussuchen, das nicht ganz so scheußlich ist.‹ Sie würde dich dafür respektieren.«

»Sie würde mich nie wieder einladen.«

»Was dich zwingen könnte, deinen Freundeskreis zu erweitern.«

Hilda blinzelte.

»Ach, so hab ich's nicht gemeint«, sagte Mary. »Du bist eben so, wie du bist, und ich bin so, wie ich bin.«

»Nämlich anscheinend fest entschlossen, dich in Tom zu verlieben, weil es gegen jeden nur erdenklichen Strich geht.«

»Ein Abendessen, ein Mittagessen und drei Telefongespräche. Das würde ich kaum Liebe nennen.«

»Und wie dann? Willst du, dass er dir eine Stelle besorgt, oder willst du, na ja, ihn?«

Mary biss sich auf die Lippe. »Geht auch beides?«

»Wenn ich nein sagte, würdest du es erst recht tun, oder?«

Mary ergriff ihren Arm. »Und für dich müssen wir einen netten Soldaten finden.«

»Ich würde auch einen Flieger nehmen. Nur Marineblau schließe ich aus.«

»Wie alle anständigen Mädchen. Ich werde die Augen offen halten. Natürlich ist das so oder so ganz lächerlich. Es gibt ja überhaupt keine Kampfhandlungen.«

»Du lieber Gott, nein«, erwiderte Hilda. »Wir wollen sie in Paradeuniform, nicht im Kampfanzug.«

November 1939

Eine Artilleriegranate stieg im Regen über der Ebene von Salisbury auf. Sie wurde langsamer, als sie den Zenit ihrer Flugbahn erreichte. Das weite Grasland unter ihr bewegte sich in einem grünen Schleier, der sich aus der Nähe in regenschwere Gräser und Moose auflöste. Mit dem Aufschrei eines Neuanfangs fiel die Granate vom Himmel und begrub sich selbst im Schlamm.

Der Aufschlagzünder versagte, die Granate explodierte nicht. Sie lag in einem Bett aus schwarzem Schlamm am Grund einer flachen Schlucht. Ihr Mechanismus zitterte. Das Ding hielt sich nur mit Mühe zurück.

Drei Meilen entfernt stand Alistair Heath im strömenden Regen, während ihn ein Sergeant Major anschrie.

»WAS LÄSST MEIN GRAS WACHSEN?«

»Blut, Blut, Blut!«, erwiderten die Männer.

»WESSEN BLUT?«

»Des Feindes Blut!«

»WESSEN FEIND?«

»Des Königs Feind!«

Alistair absolvierte den Bajonettdrill ohne Begeisterung. Er hörte die Granate fallen – ein Streuner vom Schießstand. Das größte Problem mit diesem Krieg war, dass ihn noch keiner so richtig beherrschte.

Das Wort Granate verband er immer noch mit anderen Dingen – dem Schmuck, den seine Schwestern bei den Sommerbällen trugen, Abendkleidern, Tanzflächen. Wenn die Ausbilder von Granatbeschuss sprachen, kam ihm unweigerlich das Bild einer Haubitze in den Sinn, die einen Strom glitzernder, goldgefasster Edelsteine über einen blauen Horizont feuerte.

»HEATH!«

»Ja?«

»VIELLEICHT GLAUBEN SIE, DASS SIE ÜBER ALLDEM STEHEN? SCHENKEN SIE DIESEM LEBENSWICHTIGEN DRILL EINHUNDERT PROZENT IHRER GESCHÄTZTEN AUFMERKSAMKEIT, MR. HEATH?«

»Oh ja, absolut.«

»OH JA ABSOLUT WAS?«

Alistair hatte keine Ahnung, worauf der Sergeant Major hinauswollte.

»Ja, ich schenke ihm meine volle Aufmerksamkeit.«

»JA ICH SCHENKE IHM MEINE VOLLE AUFMERKSAMKEIT WAS?«

Der Mann war wahrscheinlich geistig zurückgeblieben. Der Wind blies über die weite Ebene von Salisbury – hässlich und verdorrt, vernarbt von verkohltem Metall, das zu gewaltsamen Formen abgekühlt war. Es war ein Südwestwind, salzig feucht vom Ärmelkanal, schneidend von den Purbeck Hills. Er war durch keine Stadt gekommen, trug nichts vom Geruch der Menschen und ihrer Tröstungen in sich. Er verlangsamte Alistairs Denken und machte seine Finger taub. Und hier stand der Sergeant Major unbeirrt in Wind und Regen vor ihm – so wie seit zwei Wochen jeden Tag –, die Brust vorgeschoben, den Bauch eingezogen, das Gesicht zinnoberrot vor Wut. Er starrte Alistair an und erwartete anscheinend noch immer, dass der etwas sagte.

»Oh!«, sagte Alistair. »Ich meinte, *Sir.*«

Die anderen Männer lachten. Nach einem Monat durfte man dieses Wort eigentlich nicht mehr vergessen.

»WAS, SIR?«

»Wie bitte?«

»WELCHE BOTSCHAFT WOLLEN SIE SIR VERMITTELN, SIR?«

»Oh, ich verstehe. Verzeihung, ich schenke dieser Übung einhundert Prozent meiner Aufmerksamkeit, Sir.«

»SCHON BESSER«, erwiderte der Sergeant Major.

Alistair fand es erfreulich, dass der Mann so dachte. Der Bajonettdrill ging weiter.

»WAS LÄSST MEIN GRAS WACHSEN?«

»Blut, Blut, Blut!«

»ICH KANN SIE NICHT VERSTEHEN, MEINE DAMEN! WESSEN VERDAMMTES BLUT?«

»Des Feindes Blut!«

»WESSEN SCHRECKLICHER NAZIFEIND?«

»Des Königs schrecklicher Nazifeind!«

»DANN TÖTET DIESEN FEIND! WAS GLAUBT IHR, WOZU DAS SPITZE ENDE GUT IST? TÖTET IHN, BEVOR ER EUCH TÖTET!«

Die Männer brüllten, und der Sand quoll in Klumpen aus den Säcken, die sie mit ihren Bajonetten bearbeiteten. Jede Wunde, die Alistair dem nassen Sack zufügte, riss ein entsprechendes Loch in seine Moral. Wie sehr er das hasste – die unermüdliche Tyrannei des Sergeant Major und die schleichende Kälte von Salisbury, die sich nach zwei Wochen in triefend nassen Zelten wie eine Infektion im Körper ausbreitete. Vor allem aber hasste er das kurze Aufflackern von Wärme, das der Hass in einem weckte. Man stellte sich den Sergeant Major vor der Spitze des Bajonetts vor und spürte ein garstiges kleines Zucken bei dem Gedanken, zuzustechen.

Er setzte das Bajonett nur mit so viel Nachdruck ein, wie unbedingt nötig war, um den Feind des Königs auszuweiden, und als es vorbei war und der Sergeant Major in seine Trillerpfeife blies, ging Alistair ein Stück von den anderen weg. Er löste den Helm und ließ sich vom Regen den Sand aus dem Gesicht spülen. Er warf den Tornister auf ein Grasbüschel und duckte sich in den Windschatten, um seine Pfeife anzuzünden. Der feuchte Tabak zitterte im Pfeifenkopf. Ein Streichholz nach dem anderen erlosch. In trübseliger Erschöpfung sah Alistair zu, wie das letzte flackernd erstarb.

»B-Brauchst du Feuer, H-Heath?«

Es war Duggan, der Einzige unter ihnen, der schon das unbestimmte Alter jenseits der dreißig erreicht hatte. Er war auch der Einzige, der die Sardinen aus den Rationsbüchsen mit Standard-Klappmesser und -gabel häutete und entgrätete, als nähme er den Tee bei Fortnum's ein. Er hielt das Gewehr ein Stück vom Körper weg, wenn sie marschierten, so wie man ein Kind trägt, das sich in die Hose gemacht hat.

»Danke«, sagte Alistair.

Mit Duggans Feuerzeug ging es viel einfacher. Alistairs Pfeife zog, und der milde blaue Rauch war tröstlich. Er schien in Richtung London zu wehen.

»L-L-Lust auf Gesellschaft?«

Alistair betrachtete den Pfeifenkopf. »Nach diesem Drill fehlen mir etwas die Worte, fürchte ich.«

Duggan setzte sich auf seinen umgedrehten Tornister. »F-falls du an der Weisheit des Alters interessiert bist – ich tu immer so, als wäre der S-Sandsack nur ein S-Sandsack.«

Alistair blickte auf. »Dich stört es also auch?«

»So wie ich es sehe, ist das ganze blutrünstige G-Gebrüll eher für die M-Männer gedacht. Du wirst Offizier, oder?«

»Das hoffe ich. Ich soll eine weitere Ausbildung machen, vorausgesetzt, ich überstehe die jetzige, ohne den Sergeant Major mit dem Bajonett abzustechen.«

Duggan brachte eine Zigarette zum Brennen. »Ich g-glaube, dass sie einem d-das gar nicht mal ankreiden würden. Außerdem möchte ich behaupten, dass es bei der Offiziersausbildung z-zivilisierter zugeht.«

Alistair nickte. »Sie gruppieren uns um eine Käseplatte. Der befehlshabende Offizier fragt: ›Was wird dazu gereicht?‹ Und wir rufen im Chor …«

»Port! Port! Port!«

»Wessen Port?«

»Des Königs Port!«

Alistair grinste. »Na bitte. Wir haben das Zeug zum Offizier.«

Duggans Lächeln war dünn wie Draht. Er deutete mit dem brennenden Ende seiner Zigarette auf die wellige Ebene. »Ist das nicht ein trostloser Flecken Erde?«

Alistair paffte vor sich hin. »Es war ein Paradies, bevor die Armee hier einfiel. Lauter kleine Dörfer mit reizenden Cottages, jedes mit einem lodernden Kaminfeuer und einem draußen angebundenen Einhorn.«

»K-klingt wie Peckham.«

»Lebst du da?«

Duggan erschauerte. »In dem S-Sinn, in dem die menschliche Seele e-ewig lebt, lebt niemand in Peckham. Manche von uns wohnen pro tempore dort, G-Gott steh uns bei.«

»Ich wohne nördlich vom Fluss. Camden.«

»Oh, wie g-glanzvoll. Und was hast du da gemacht, bevor du angefangen hast zu m-machen, was die Armee dir sagt?«

»Ich war ein sehr untergeordneter Restaurator in der Tate. Ich habe Tee gekocht und die Putzkolonne ermahnt, die Leinwände nicht mit Vim zu scheuern.«

»Da fragt man sich, wie die Nation o-ohne dich zurechtkommen soll.«

»Ach, und du warst der Erzbischof von Canterbury?«

»Ich bin Schauspieler. Das Stottern v-verschwindet auf der B-Bühne.«

»Und du hast dich hierfür gemeldet?«

»Ich war es l-leid, immer den Zweiten M-Mörder zu spielen. Und da bin ich nun und probe den E-Ersten.«

»Und wie findest du die Rolle?«

»Die Kostüme sind ein bisschen eintönig, aber man hat nicht so viel T-Text zu lernen.«

»Das einzige Stück, das es hoffentlich nicht ins Westend schafft.«

»Amen.«

Alistair klopfte die Pfeife an der Seite seines Stiefels aus. »Vermisst du London?«

Duggan zuckte die Schultern. »Was soll ich sagen. Es vermisst m-mich ja auch nicht.«

Alistair lächelte. »Ich vermisse, dass ich mich um meinen eigenen Kram kümmern darf.«

»D-Das vermisse ich auch.«

»Bist du verheiratet?«

Duggan hielt die Zigarette hoch und ließ den Wind die Asche wegblasen. »Du b-bist ganz schön jung, was?«

Im Südwesten war der Horizont nicht mehr zu sehen, verschwunden in zinkgrauem Nebel. Über ihnen senkte sich die Wolkendecke, schwarze Regenschnüre zogen sie herab. Während sich das Wetter verschlechterte, tauschten die Männer auf ihrem kaum noch sichtbaren Abschnitt der Ebene zwischen Gras und sinkendem Himmel düster belustigte Blicke: immer das Gleiche, nur einfach noch etwas schlimmer.

Der Sergeant Major blies in seine Trillerpfeife. »ES ZIEHT NEBEL AUF! AUFGEPASST, IHR HOFFNUNGSLOSEN BASTARDE! AUFGEPASST!«

Duggan runzelte die Stirn. »Worauf g-genau sollen wir aufpassen? Wird es dieser schreckliche Mensch denn nie müde, unklare Äußerungen von sich zu geben?«

Alistair blies in seine Hände, um sie zu wärmen. »Was meint er wohl, was sollen wir tun?«

»Bezüglich des N-Nebels? Den können wir schlecht erschießen, oder? Und trotzdem haben sie uns d-das hier gegeben.«

Duggan schnippte mit dem Fingernagel gegen den Gewehrlauf und erzeugte ein Geräusch wie der leblose Klang einer kaputten Fahrradklingel.

»Meinst du, er will, dass wir uns wärmer anziehen?«

»Ich h-hab schon alles an, was sie uns gegeben haben. Du nicht?«

»Vielleicht will er, dass wir was essen. Um bei Kräften zu bleiben.«

»Hat der Sergeant M-Major uns befohlen, was zu essen? Ich glaube, ich kann es nicht ertragen, schon wieder angebrüllt zu werden.«

»Wir könnten die Initiative ergreifen.«

»Hat er uns ausdrücklich a-angewiesen, die Initiative zu ergreifen?«

»Ich habe Marmelade im Tornister.«

Duggan sah ihn an. »Du schleppst Marmelade mit dir rum? Reicht d-dir die Standard-Quälerei nicht aus?«

Alistair öffnete seinen Tornister und holte Toms Einmachglas heraus. »Brombeer. Habe ich als Erinnerung an zu Hause dabei. Ich wollte sie für das Kriegsende aufheben, aber das wäre sinnlos, falls man vorher an dem Elend hier stirbt. Hast du einen Löffel oder sonst was, mit dem wir sie essen können?«

Duggan schaute sich um. »L-lachst du auch nicht? Ich habe nämlich ein paar Kekse, die m-meine liebe Mutter gebacken hat.«

Irgendwo in der Nähe brüllte der Sergeant Major wieder, doch der Wind wehte nur Fetzen herüber. Duggan holte vorsichtig die Kekse aus dem Tornister. Sie waren in ein blaues Geschirrtuch gewickelt und mit einer Kordel verschnürt.

Jetzt spülte der Nebel in einem lautlosen Strom über die Kompanie und ließ die Ebene gänzlich verschwinden. Nichts war mehr zu sehen außerhalb der engen Kapsel, in der jeder für sich hockte. Alistair und Duggan lagen auf ihren Tornistern, rauchten und sprachen mit leiser, müder Stimme, antworteten dem Grau, das sie umgab, mit ausdruckslosen Augen.

Alistairs Denken stockte. Nach zwei Wochen in bitterer Kälte und zermürbendem Wind und dem unablässigen Geschrei des Sergeant Major war er so tief erschöpft, dass ihn nur der Anblick der weiten Ebene davon überzeugt hatte, dass ihm ein Rest von Größe geblieben war. Nun aber fühlte er sich ausgelöscht. Er blies in seine Hände und wartete auf die Pfeife und den Befehl, der ihm wieder einen Daseinszweck verleihen würde.

Duggan nestelte an dem Knoten, mit dem die Kekse in dem blauen Tuch verschnürt waren. Seine Finger hielten inne, als das Licht dunkler wurde. Zwei Stiefel sanken zwischen Alistair und Duggan in den Schlamm. Die beiden Männer blickten auf.

»ACH, WIE REIZEND! DIE GENTLEMEN AUS LONDON SIND ZUM PICKNICK AUFS LAND GEFAHREN!«

Graue Gestalten flossen im Nebel ineinander. Sie wurden zu Männern, die Alistair wiedererkannte, die Gesichter belebt von Solidarität oder Schadenfreude. Er stand auf. Duggan tat es ihm nach, platzierte aber erst noch sein Paket behutsam auf dem Tornister.

»ZUFRIEDEN, DUGGAN?«

Er nickte. »Jawohl, Sergeant M-Major.«

»LIEGT DAS PAKET AUCH GANZ SO, WIE ES IHNEN GEFÄLLT?«

»J-Ja, danke, Sergeant Major.«

Ohne den Blick von Duggan zu wenden, stieß der Sergeant Major mit dem Stiefel das Päckchen vom Tornister und zertrat es. Er zermalmte es mit dem Absatz, bis es halb im Schlamm versunken war.

»UND JETZT?«

Duggan betrachtete das schmutzige Geschirrtuch und die Kekskrümel, die sich im Regen auflösten. Dann blickte er auf.

»Jetzt m-muss Ihre Frau mir wohl neue K-Kekse backen, wenn ich das nächste Mal b-bei ihr bin, Sergeant Major.«

Die ganze Kompanie hielt den Atem an. Der Sergeant Major wippte auf den Fersen und lächelte langsam, zeigte ein Grinsen, das die Zähne bis zum Zahnfleisch entblößte. Der Wind zerrte an den Regenjacken der Männer.

»Nun gut, Duggan«, sagte er schließlich. Es war das erste Mal, dass irgendeiner von der Kompanie ihn in normalem Tonfall sprechen hörte. Er zog sich zurück und hockte sich, vom Wind abgewandt, neben seinen eigenen Tornister, um mit unbekannten Personen über Funk zu konferieren.

Die Kompanie scharte sich um Duggan. Nun, da der Zwischenfall vorbei und der Sergeant Major mit anderen Dingen beschäftigt war, schüttelten einige Duggan die Hand. Man bot ihm eine Zigarette an und zündete sie für ihn an, als klar wurde, dass seine eigenen Hände zu sehr zitterten.

Alistair beobachtete, wie sich die Männer Duggan gegenüber verhielten: kumpelhaft, aber bereit, sich zu zerstreuen, falls ein zorniger Sergeant Major zurückkehrte. Sie kannten sich noch nicht aus mit den Gepflogenheiten der Armee – ob eine solche Aufsässigkeit rasch vergessen war oder lange übelgenommen wurde. Manche lachten unsicher. Niemand versuchte, den Zwischenfall nachzuspielen. Sie warteten nervös im Nebel: eine zufällige Ansammlung von Gemüsehändlern, Mechanikern und Buchhaltern, alle mit Gewehr über der Schulter.

Alistair hielt sich ein wenig abseits und betrachtete sie müde und etwas besorgt. Seine Pfeife ließ sich nicht mehr anzünden, seine Finger waren steif und gefühllos. Er hob Toms Einmachglas aus dem Schlamm auf, wischte es ab und steckte es wieder in den Tornister. (Eigentlich sollte er jetzt in der Mansarde sitzen und die verdammte Marmelade mit dem Löffel essen.) Es war ein Kampf, sich, während man am ganzen Körper bis tief in die Muskeln hinein vor Kälte zitterte, darauf zu konzentrieren, so trocken wie möglich zu bleiben und nicht einfach in Tränen auszubrechen.

Die Dämmerung brach herein, und mit ihr kam das Brummen eines Motors. Ein Lkw mit Plane, dessen abgeklebte Scheinwerfer im Nebel sittsam nach unten zu blicken schienen. Er hielt mit laufendem Motor. In der Fahrerkabine glomm es orange, der Fahrer rauchte. Der Sergeant Major sprang auf die Motorhaube und richtete das Wort an die Kompanie.

»SO, IHR GLÜCKLICHEN! DAS WETTER SIEHT NICHT ALLZU ERFREULICH AUS, UND DA ICH EIN GÜTIGER GOTT BIN, SCHENKE ICH EUCH ALLEN EINE GEMÜTLICHE WARME NACHT IN DER KASERNE! EINPACKEN, REINSPRINGEN, UND BEHAUPTET BLOSS NICHT, DADDY WÄRE NICHT DER BESTE!«

Laute Beifallsrufe. Alistair hievte seine steifen Glieder über die Ladeklappe und fiel in das lachende Durcheinander der Männer, die auf den Bänken auf der Ladefläche saßen. Der Mann links von ihm schlug ihm auf den Rücken und bot ihm eine trockene Zigarette an. Alistair rauchte sie gierig. Mit einem Schmerz, der so durchdringend war, dass es schon wieder lustig schien, kehrte das Gefühl in seine Hände und Füße zurück.

Um ihn herum widmete sich die Kompanie jetzt ausgiebigem Gejammer. Die Gesichter wurden flüchtig erhellt, wenn jemand an seiner Zigarette zog, und die Männer bezeichneten die Ebene als Ort des Bösen und zählten die körperlichen Veränderungen und erfindungsreichen sodomistischen Praktiken auf, denen sie Adolf Hitler am Ende des Krieges unterziehen würden, weil er sie gezwungen hatte, die Winterwochen hier in dieser wüsten Gegend zu verbringen, während sie doch allesamt junge, gutaussehende Männer waren, die wichtige Friedensarbeit wie Trinken, Flirten und ihren Rausch Ausschlafen zu leisten hatten.

Die Armee war, das wurde unmissverständlich deutlich, eine

Ansammlung von Arschlöchern, und die hohen Tiere waren die schlimmsten Arschlöcher von allen. Die Männer verdammten den eisigen Wind, der durch die Lkw-Plane blies, und fluchten über die harten Metallbänke, auf denen sie saßen. Sie ließen durchblicken, dass der optimale Aufbewahrungsort für diese Bänke der Arsch des Fahrers sei, dem klar und deutlich mitgeteilt wurde, dass es nicht zu viel verlangt gewesen wäre, ein paar Sitzkissen aus der Kaserne mitzubringen.

Als Nächstes ging es gegen die Stiefelmacher, die als Material für die Stiefel, die hier alle tragen mussten, blanken Hass verwendet hatten und deren Werk das eisige Wasser nicht abhielt, sondern geradezu anzog. Diese Stiefel würde man den Stiefelmachern in den Arsch stecken.

Danach verliehen die Männer der Hoffnung Ausdruck, dass die Konstrukteure des Lee-Enfield MkIII-Gewehrs beim Urinieren, Koten oder Ejakulieren eine ähnliche Blockade erfahren möchten, wie sie den Männern regelmäßig widerfuhr, wenn sie im gefrorenen Schlamm des Schießplatzes ausgestreckt lagen und mit tauben Fingern versuchten, dem Magazin eine Kugel zu entlocken. Es wurde entschieden, dass sämtliche Stiefelmacher (deren Stiefel sich bereits in ihren Ärschen befanden) wiederum in die Ärsche der Herren Lee und Enfield eingeführt werden sollten, und zwar die Hersteller der linken Stiefel in den Arsch von Mr. Lee und die Hersteller der rechten Stiefel in den Arsch von Mr. Enfield. Zu guter Letzt würden Lee und Enfield einander gegenseitig in den Arsch gesteckt werden, da sie ja anscheinend so scharf auf Hinterlader waren.

Beim Militär gab es einfach nichts, das man in den Augen der Männer nicht besser in den Hohlräumen anderer Personen, Tiere oder Gegenstände untergebracht hätte. In der aufkeimenden Wärme des Lieferwagens, in der die feuchte Kleidung zu dampfen begann und eine Feldflasche mit Schnaps die Runde machte, räumten die Männer die ganze Armee auf, kalibrierten sämtliche Tyranneien und steckten sie wie eine russische Puppe jeweils in den Arsch der nächstgrößeren Tyrannei, bis schließlich der ganze große Kriegsapparat seine letzte Ruhe unweigerlich tief im Allerheiligsten des deutschen Führers fand.

Kurzum, die Männer waren glücklich. Nur der Sergeant Major war aus der Litanei ihrer Kümmernisse ausgenommen, denn ihm verdankten sie die plötzliche Wärme und die gelösten Zungen. Eins musste Alistair diesem prachtvollen Schweinehund lassen: Er besaß ein gewisses Genie. In den letzten zwei entsetzlichen Wochen hatte er die Kompanie fast bis zum Äußersten getrieben und war dann, als er Desertion und Meuterei witterte, wie ein Matador elegant zur Seite getreten. Draußen nahm der Wind Sturmstärke an, und der Sergeant Major saß mit dem Fahrer in der Kabine, während die Kompanie Dampf ablassen konnte und er durch seine Großmut seine Macht über die Männer verdoppelt hatte.

Alistair machte es sich auf der Bank so bequem wie es ging und trank aus der Feldflasche, wenn sie bei ihm ankam. Die Männer waren schon in Ordnung. Man hatte sie bis an die Grenze des Erträglichen getrieben, und wenn ihre Reaktion auch nicht besonders heldenhaft gewesen war, brauchte er sich auf sein eigenes Verhalten auch nichts einzubilden. Sie reichten die Flasche ganz selbstverständlich an ihn weiter. Vielleicht war das schon mehr, als er erwarten durfte.

Als sich die Wärme in ihm ausbreitete und alle darauf warteten, dass der Lkw losfuhr, entspannte sich Alistair allmählich. Nun, da es keine Notwendigkeit zur Wachsamkeit mehr gab, wurde er schläfrig. Bis jetzt war ihm nicht bewusst gewesen, wie erschöpft er wirklich war. Die Augen fielen ihm zu. Die Stimmen, die sich fröhlich beklagten, verschwammen. Sie vermischten sich mit dem Rumpeln des Motors im Leerlauf und dem Tosen des Windes.

Er wurde ruckartig wach, als die Ladeklappe mit einem

Knall geöffnet wurde. Die überraschten Flüche um ihn herum verrieten, dass nicht nur er eingedöst war. Ein kalter Luftzug drang in den Lkw, als die Plane ein Stück zurückgezogen wurde. Der Sergeant Major leuchtete mit der Taschenlampe herein. Die Männer verzogen das Gesicht und kniffen die Augen zu, als der Lichtstrahl über sie hinwegtanzte. An Duggan blieb er hängen.

»Springen Sie raus, Duggan, seien Sie ein braver Junge«, sagte der Sergeant Major.

»W-wie bitte?«

Man hörte nur noch das Tuckern des Motors.

»SCHWERHÖRIG? ICH SAG'S IHNEN NOCH EINMAL, MISTER DUGGAN: SCHNAPPEN SIE SICH DEN TORNISTER, MIT DEM SEINE MAJESTÄT DER KÖNIG SIE IN SEINER GROSSZÜGIGKEIT AUSGESTATTET HAT, UND DANN SPRINGEN SIE WIE EIN BRAVES HOPPELHÄSCHEN AUS DIESEM HÜBSCHEN LKW!«

»W-was?«

»SIE WERDEN ZU FUSS ZUR KASERNE LAUFEN, DUGGAN! ÜBUNG IN NACHTNAVIGATION, SIE GLÜCKSPILZ! HAB IHREN NAMEN ZUFÄLLIG AUS DEM HUT GEZOGEN, SO WAHR MIR GOTT HELFE!«

Duggan rührte sich nicht.

»NA KOMMEN SIE, DUGGAN! WORAUF WARTEN SIE? JEDE MINUTE, DIE SIE HIER DRINNEN AUF DEM ARSCH SITZEN BLEIBEN, IST EINE MINUTE, IN DER IHRE KAMERADEN AUF IHRE WOHLVERDIENTE FLEISCHPASTETE, IHR HEISSES BAD UND DAS WARME BETT VERZICHTEN MÜSSEN!«

»A-Aber ich weiß nicht, wie ich zur K-Kaserne komme.«

»DIE KASERNE IST IN WARMINSTER, DUGGAN, GENAU DA, WO SIE IMMER WAR!«

»Ich weiß, wo die K-Kaserne ist. Ich weiß nur nicht, w-wo wir sind.«

Der Sergeant Major grinste höhnisch. Die lose Plane knatterte heftig, als ein Windstoß den ganzen Lkw erbeben ließ.

»MISTER DUGGAN, BESITZEN SIE NUN 1 IN WORTEN EIN EXEMPLAR DER LANDKARTE, MIT DER SIE ALLE VERSEHEN WURDEN, NÄMLICH DIE GENERALSTABSKARTE SEINER MAJESTÄT IM MASSSTAB 6 ZOLL ZU 1 MEILE ENGLAND/WILTSHIRE DOPPELPUNKT NULL FÜNF ZWO, ODER NICHT?«

»Ja, a-aber ich weiß nicht, w-wo wir darauf sind.«

»MISTER DUGGAN, HABEN SIE AUF MEINE WARNUNG HIN, DASS DER NEBEL DICHTER WIRD, DIE LETZTE SICHT GENUTZT, UM MIT IHREM MARK TWO HANDKOMPASS EINE MESSUNG VORZUNEHMEN UND DAS MESSERGEBNIS GEMÄSS IHRER AUSBILDUNG AUF DIE ZUVOR ERWÄHNTE LANDKARTE ZU ÜBERTRAGEN, UM IHRE POSITION ZU TRIANGULIEREN, ODER NICHT?«

»N-nein, Sergeant Major.«

»Oh«, sagte der Sergeant Major nachdenklich. »Dann könnte es eine lange Nacht für Sie werden. Macht nichts, Lektion gelernt. Und jetzt raus mit Ihnen.«

Duggan erbleichte im harten Licht der Taschenlampe. Seine Augen waren rot. »D-das können Sie nicht m-machen.«

Der Sergeant Major sagte nichts, hielt nur die Taschenlampe unverwandt auf ihn gerichtet. Duggan wandte sich an die Kompanie.

»D-das kann er nicht machen. Er kann m-mich nicht aussondern!«

Alistair konnte es nicht ertragen, mit anzusehen, wie Duggans erwartungsvolles Gesicht in sich zusammenfiel, als die anderen Männer nicht reagierten. Man hörte nur das leise Scharren von Stiefeln auf dem Boden, als sie auf ihren Bänken herumrutschten.

»Duggan«, sagte der Sergeant Major, »ich kann ja verstehen, dass Sie das nicht allein machen möchten, also lasse ich Ihnen die Wahl. Wenn Sie nicht innerhalb von dreißig Sekunden aus diesem Fahrzeug ausgestiegen sind, werden alle aussteigen, und die gesamte Kompanie marschiert mit Ihnen zusammen zur Kaserne. Wollen Sie das, Mister Duggan?«

Duggan war geblendet vom Strahl der Taschenlampe. »Ich … ich …«

Fünf Sekunden Stille, dann zehn. Ein Mann hustete in der Dunkelheit, murmelte etwas. Der harte, kehlige Husten schluckte den ersten Buchstaben: *'aus mit dir!*

Eine Pause, dann husteten auch andere Männer in der Finsternis. *'aus! 'aus mit dir, Teufel noch mal! 'aus, Duggan, du nutzloser 'astard!* Die Männer husteten ihr Urteil heraus, so dass nicht nur ihre Münder sprachen, sondern auch die erschöpften Körper, die gepeinigt und schläfrig waren und nicht wieder hinaus in den Sturm wollten.

Alistair machte nicht mit, aber obwohl er sich wünschte, sie würden aufhören, unternahm er nichts. Duggan wandte sich an ihn – oder fast. Geblendet sprach er eine Stelle knapp rechts von Alistair an. Mit leiser Stimme, die dicht vor dem Brechen war, sagte er: »H-Heath?« Und dann, als keine Antwort kam: »Alistair?«

Alistair schlang die Arme eng um sich. Er hörte das Brüllen des Sturms und spürte die vergängliche Wärme in seinem Körper. Es würde so schnell gehen, mit einem schnellen Schlag würde er in den Zustand der Fühllosigkeit zurückversetzt werden, wenn er da wieder hinausging.

Er zwang sich, Duggan anzusehen. Der Mann hatte ein seltsam flaches, beinahe konkaves Gesicht. Es war ein schwaches Gesicht – das erkannte Alistair jetzt und fragte sich, weshalb es ihm bisher nicht aufgefallen war. Es wäre nicht schwer, eine Abneigung gegen dieses Gesicht zu entwickeln. *Wenn das mein*

Gesicht wäre, dachte er, *hätte ich in seinem Alter wohl gelernt, besser aufzupassen, wen ich beleidige.*

Alistair schaute in das flehende Gesicht und spürte, wie Zorn in ihm aufstieg. Er hatte nur wenige Minuten mit dem Mann gesprochen, daraus erwuchs kein Anspruch auf Verbrüderung. Sie hatten ein paar mehr oder weniger witzige Bemerkungen gewechselt, das war alles. Sie hatten einen Augenblick im Wind gesessen und eine Solidarität genossen, die nun, da er darüber nachdachte, ziemlich selbstzufrieden war und auf der Übereinkunft beruhte, dass sie besser waren als die anderen Männer. Und nun saß er hier, gewärmt vom Whisky ebendieser anderen Männer.

»Alistair?«

Der Wind zerrte an der Plane. Die Männer warteten auf sein Wort. Doch Alistair wollte nicht zurück in den Sturm, und er saß in der Dunkelheit und sagte nichts.

Im Licht der Taschenlampe wurde Duggans flehender Blick schwächer, kümmerlicher und zerfloss dann ganz. Als Duggan, der Schauspieler, Tornister und Gewehr ergriff und zur Ladeklappe stolperte, war sein Gesicht ausdruckslos.

Die Federung vibrierte leicht, als sein Gewicht über die Ladeklappe verschwand. Der Sergeant Major schaltete die Taschenlampe aus und knallte die Klappe zu. Er stieg vorn ein, die Tür schlug zu, und der Lkw setzte sich ruckartig über die Grasbüschel in Bewegung. Hinten saßen alle schweigend da, während das Fahrzeug über die weglose Ebene holperte.

Niemand machte noch Witze oder fluchte oder reichte Whisky herum. Jeder für sich in seiner durchnässten Kleidung wog die Wärme, die er gewonnen hatte, gegen deren Preis ab, und da sie den Preis mit ihrem gemeinsamen Handeln bezahlt hatten, schien es besser, wenn jetzt jeder allein dasaß. Der Regen prasselte auf die Plane und drang in eisigen Strömen durch jeden Spalt. Der Wind schnitt wie Messerklingen.

»Verdammt«, sagte Alistair.

Er nahm Gewehr und Tornister, klammerte sich an die Stahlreifen der Plane, um das Gleichgewicht zu halten, stolperte über die Beine und Tornister der anderen Männer, bis er das Ende der Ladefläche erreicht hatte. Er atmete tief durch und schwang sich über die Klappe.

Der Sturz nahm ihm den Atem. Er verlor seine Ausrüstung, rollte durchs nasse Gras und blieb zusammengekrümmt und keuchend liegen. Zwanzig Minuten Wärme hatten ausgereicht, um ihn das wahre Wesen der Kälte vergessen zu lassen. Im ersten Moment bezweifelte er, dass er es überleben würde. Er rappelte sich auf und stolperte gebückt über den Boden, den Rücken zum Wind, und sammelte erst den Tornister und dann das Gewehr ein. Der Regen hämmerte auf seinen bloßen Kopf – sein Helm war verschwunden. Das Gewehr war glitschig. Er hängte sich das grässliche Ding über die Schulter.

Der Lkw wurde nicht langsamer, womit er auch nicht gerechnet hatte. Hintendrin würden sie alle erleichtert sein, von einer Last befreit. Die Männer würden wieder miteinander reden und sich vornehmen, dem, der rausgesprungen war, einen auszugeben. Sie würden nicht mal alle seinen Namen kennen.

Alistair sah zu, wie die schmalen Strahlen der Rücklichter verschwanden, und kehrte ihnen den Rücken. Er ging den Weg zurück, den sie gekommen waren, schätzte Entfernung und vergangene Zeit ab. Er lehnte sich in den Wind und rief nach Duggan. Nirgendwo waren Sterne. Die Nacht war zornige Dunkelheit.

Drei Meilen weiter westlich erbebte die Blindgänger-Granate, als sich der Lastwagen näherte. Zunächst schickte er nur ein leichtes Vibrieren durch den Boden, unter dem Tosen des Windes. Dann kam er näher, bis das tiefe Dröhnen des Motors den ächzenden Sturm übertönte. Der Aufschlagzünder wurde beinahe ausgelöst. Hinten im Lkw sangen die Soldaten ein Lied von Al Bowlly.

Life is just a bowl of cherries,
Don't take it serious, life's too mysterious

Die Stimmen der Soldaten schwankten mit dem Wagen. Der dünne, blecherne Klang einer Mundharmonika ertönte, und der kalte Metallmantel der Granate antwortete mit einem Zittern. Die Männer klopften mit den Stiefeln den Takt auf den Boden. Der Nachhall durchdrang die Erde, als sich das Rumpeln näherte, bis es sich fast über dem Blindgänger befand.

You work, you save, you worry so,
But you can't take your dough when you go, go, go

Der Lkw war noch acht Meter von der Granate entfernt. Tief in der nassen Erde summten und wackelten die Enden des Aufschlagzünders, bis sie miteinander in Berührung kamen. Der Druck reichte beinahe aus. Der Lastwagen kam näher. Jede Kleinigkeit übertrug sich als Vibration auf den Blindgänger: der zweite Rhythmus, den der Sergeant Major nicht ganz taktfest auf dem Armaturenbrett klopfte, während er nun, da die Männer ihn nicht sahen, fröhlich schunkelte und den kleinen, an einer Kette befestigten Korken seines Flachmanns ploppen ließ und diesen dem Fahrer reichte; die asymmetrische Ladung, verursacht durch die Männer, die sich auf der Seite drängten, auf der weniger Durchzug herrschte; das Quietschen des nassen Keilriemens; der Furz eines Soldaten, der von der harten Bank übertragen und durch die Profilreifen in die gesättigte Erde gesendet wurde.

Die Männer sangen, und der Lastwagen fuhr genau über den Blindgänger hinweg, die Räder rollten auf beiden Seiten an ihm vorbei, ohne ihn zu berühren. Er rutschte noch ein wenig tiefer in den kalten Schlamm, als sich die Vibrationen entfernten. Die Männer fuhren weiter zur Kaserne, ohne zu merken, dass alles neu war. Schließlich hatte die Armee sie nicht mit einer Stoppuhr ausgestattet, die, wann immer ihr Leben verschont wurde, wieder bei null startete. (Und selbst wenn die Armee das getan hätte, wäre die Stoppuhr wohl kaum zuverlässig gelaufen, und die Männer hätten schon längst ein Arschloch vorgemerkt, in dem sie sie unterbringen würden.)

Drei Meilen zurück im Osten fiel der Boden plötzlich ab, so dass Alistair unversehens ins Laufen geriet. Er rannte im Dunkeln blindlings die Böschung hinunter und fand Duggan nur, weil er über ihn stolperte, was einen erschrockenen Aufschrei auslöste. Alistair blieb stehen und stützte sich keuchend auf sein Gewehr.

»Duggan?«

»W-wer ist da?«

»Ich bin's. Heath.«

»Alistair?«

Er kauerte sich hin und versuchte tastend die Ausrichtung von Duggans Körper zu ermitteln. Er lag auf dem Rücken, nicht ganz senkrecht zum Abhang, mit dem Kopf nach oben. Alistair vermutete, dass sie sich in einer flachen Rinne befanden, durch deren Bett geräuschvoll Wasser strömte.

»Bist du verletzt?«

»Weiß nicht. Ich bin g-gestürzt.«

Alistair tastete ihn ab. »Deine Beine liegen im Wasser.«

»Ehrlich? Ich k-kann sie nicht spüren.«

»Komm, ich hole dich hier raus.«

Er nahm seinen Tornister ab, legte ihn auf die Böschung, packte Duggan unter den Achseln und hievte ihn aus dem Wasser.

»So. Bist du noch ganz?«

»Als Schauspieler bin ich sogar noch ganz g-gut.«

»Wo ist dein Tornister?«

»Keine Ahnung.«

»Wo ist deine Waffe?«

»D-Das nennt sich Gewehr, Heath. Das solltest du eigentlich wissen.«

»Wo zum Teufel ist es?«

Der Sturm stöhnte über dem Rand der Rinne.

»Ich w-weiß nicht. Es t-tut mir leid, Alistair.«

»Nicht nötig, du Trottel.« Er stellte sich zwischen Duggan und den Wind.

»Der Sergeant M-Major hat dich auch rausgeworfen, was?«

»So in der Art.«

»Das ist wirklich der allerletzte M-Mistkerl. Ich k-könnte dafür sorgen, dass sie ihn in k-keinen Club in Soho m-mehr reinlassen.«

Alistair half Duggan, sich aufzusetzen. »Kannst du aufstehen?«

»Ich k-kann's versuchen.«

Alistair hielt ihn fest, bis er wieder Gefühl in den Beinen hatte und allein stehen konnte.

»Sollen w-wir gehen?«

»Meinst du, du kannst laufen?«

»Vielleicht nicht das, w-was du unter M-Marschieren verstehst.«

»Du musst einfach nur dein Bestes geben. Hier, nimm meinen Arm.«

Sie kämpften sich zum Rand der Rinne empor. Der Wind entdeckte sie wieder und warf sie fast um, bis sie die Balance fanden und sich gegen ihn lehnten.

»Wir müssen zusammenbleiben!«, schrie Alistair. »Sonst finde ich dich nie wieder!«

»Hast du deinen K-Kompass? Ich hab alles v-verloren.«

Alistair tastete nach dem Umhängeriemen und hielt sich den Kompass vors Gesicht. »Ich kann nichts erkennen.«

»Wie sollen wir denn dann den W-Weg finden?«, rief Duggan. »Hier ist es f-finster wie in einer Bergarbeiterlunge.«

Alistair brüllte ihm ins Ohr. »Der Wind kommt von Südwesten. Die Kaserne liegt ungefähr im Westen. Wenn wir darauf achten, dass wir den Wind immer schräg links haben, zwischen Nase und Schulter, müssten wir es hinbekommen.«

Sie kämpften sich vorwärts, während sich der Sturm gegen jeden ihrer Schritte stemmte. Die durchnässte Kleidung klebte an der Haut, ein weiterer Widerstand, der überwunden werden musste. Die durchweichte Erde saugte an ihren Füßen und gab jeden Schritt nur zögernd frei. Sie mühten sich eine Stunde vorwärts, zwei, wobei Duggans Hand schwerer und schwerer auf Alistairs Schulter lag. Alistair schützte ihn so gut es ging vor dem Wind, doch Duggan wurde immer stiller.

Auch Alistair wurde schwächer. Aus der Dunkelheit vor ihnen kamen seltsame bunte Blitze, die womöglich gar nicht real waren. Fetzen von Liedern und Werbeslogans klangen ihm in den Ohren, so klar und deutlich, dass er kaum an Einbildung glauben mochte. *Brylcreem ins Haar – denn so gefällt es ihr.* Er schüttelte den Kopf, um ihn freizubekommen. *Herrlicher Tag für ein Guinness.* Er zwang sich zurück in die Realität: Wind auf der linken Wange, Duggan über den unebenen Grund führen. Eine Zeit lang klappte es. Er hob den linken Fuß, dann den rechten, dann wieder den linken, dann wieder den rechten, dann *Besser Bovril Tag für Tag.*

Ein Windstoß traf ihn ins Gesicht und weckte ihn abrupt. Er stand reglos da, Duggan lehnte sich gegen ihn. Er wusste nicht, wie lange sie so im Stehen geschlafen hatten. Er rüttelte Duggan wach und ordnete eine Ruhepause an, und sie duckten sich in den armseligen Schutz eines kleinen Hügels, den sie mehr spürten als sahen. Sie legten sich auf den Rücken gegen den kaum erkennbaren Hang und zogen die Knie an. Nun, da sie sich nicht mehr bewegten, war die Kälte erschreckend.

»Duggan?«

Keine Antwort.

Alistair schüttelte ihn. »Duggan! Wir dürfen nicht einschlafen. Dann werden wir bewusstlos.«

Eine kurze Pause. »Das g-geht natürlich nicht. Was würde der Sergeant M-Major ohne uns machen?«

»Vermutlich würde man ihn vors Kriegsgericht stellen, weil er uns hier draußen gelassen hat.«

»Die Versuchung ist groß, n-nur allein deswegen zu sterben.«

»Das ist die Einstellung, mit der wir den Krieg gewinnen.«

»Wie w-weit noch, was meinst du?«

Alistair überlegte. Nach seiner Schätzung hatte sich die Kompanie sechs oder sieben Meilen östlich der Kaserne befunden, als der Lkw kam. Er war sich ziemlich sicher, dass sie in die richtige Richtung gegangen waren, konnte ihr Tempo aber unmöglich schätzen. Mitunter waren sie kaum von der Stelle gekommen. Sie hatten vielleicht zwei oder drei Meilen in ebenso vielen Stunden geschafft, was bedeutete, dass sie noch drei bis fünf Meilen vor sich hatten.

»Nicht mehr weit. Noch eine Stunde, länger dürfte es nicht dauern.«

»Das ist g-gut«, sagte Duggan. »Ich habe noch K-Kekse in der K-Kaserne.«

»Prima. Genau das Richtige.«

»M-Moment mal, alter Junge. Ich habe nicht g-gesagt, dass du welche abbekommst.«

Alistair grinste und spürte, wie sich seine tauben Wangen zum ersten Mal seit Stunden streckten. Er mühte sich wieder auf die Füße, hängte Tornister und Gewehr um und tastete nach Duggans Hand, um ihm aufzuhelfen.

»Komm schon, alter Hund, bringen wir dich zurück in den Zwinger.«

Sie traten wieder in den Sturm und kämpften sich mit schweren Stiefeln vorwärts.

Dann endlich sahen sie das lang ersehnte erste Anzeichen

der Dämmerung. Die Welt nahm langsam wieder Gestalt an. Da die Wolkendecke so dicht und die Sonne noch hinter dem Horizont war, schien das Licht keine einzelne Quelle zu haben, sondern aus den nahegelegenen Grasbüscheln und fernen Hügeln zu leuchten, sogar ihre ausgestreckten Hände verströmten einen blassen Schimmer. Es sah wie etwas Heiliges aus. Selbst der Wind ließ mit der Dämmerung nach. Der Regen wurde zu einem Nieseln und verlor seine Bösartigkeit.

Im schwachen Licht stießen sie auf frische Reifenspuren im nassen Gras. Jetzt mussten sie dem Lkw nur zur Kaserne folgen. Die beiden Männer begriffen, dass sie gerettet waren. Sie schauten einander an und lächelten vorsichtig, in dem Wissen, dass sie es schaffen würden und dass ihre Freundschaft, die in der Dunkelheit gewachsen war, auch bei Licht bestehen würde.

Duggan fand seine Kräfte wieder, musste sich nicht länger an Alistairs Schulter festhalten, und sie gingen zügig nebeneinander nach Westen. Der Regen hörte ganz auf, der Wind legte sich. Die Wolkendecke hob sich langsam. Hinter ihnen ging die Sonne auf, rot und unendlich alt, ihr Leuchten wurde stärker und stärker, während sie höherstieg. Ihre langen Schatten gingen ihnen über die Ebene voraus.

»M-Meine Stiefel bringen mich um«, sagte Duggan grinsend. »Ich vermisse b-bequeme Schuhe. Trägst du lieber Chelsea-Boots oder Schnürstiefel?«

»Ich hab's gern bequem und bevorzuge Budapester.«

»Ich m-mag es, wenn Schuhe einen anständigen Absatz haben. Und ich hab's nicht so mit Wildleder und ähnlichem Kram. Einfach nur ein glattes Leder, d-das anständig glänzt, und die Farbe ist m-mir egal. Schwarz ist mir recht, aber Braun g-geht auch und sogar Beige oder –« Er trat auf den Blindgänger und wurde in Stücke gerissen.

November 1939

In der Kaserne kam Alistair immer wieder zu sich und ertappte sich bei einer Tätigkeit: duschen oder rasieren oder in der Kantine Gemüsesuppe und Brötchen essen. Männer aller Dienstgrade kamen zu ihm und sprachen lautlos mit ihm, und er versuchte aus ihrem Verhalten zu schließen, ob man ihm gerade Trost spendete oder Befehle erteilte. Die Offiziere schienen zu erwarten, dass er irgendetwas sagte. Er versuchte es mit »Sir«, aber sie ließen ihn trotzdem nicht in Ruhe.

Die Explosion hatte ihn taub gemacht. Beim Abendessen landete ein einzelner Tropfen Blut neben seiner Schüssel, und er starrte darauf, bis er begriff, dass er von ihm stammte. Er verfolgte ihn zurück bis zu seinem Ohr. Verlegen ließ er sein Essen unberührt und stand vom Tisch auf.

Im Schlafsaal kehrte sein Gehör allmählich zurück, und er öffnete seinen Spind. Frühmorgens würde wie immer die Ausrüstung inspiziert, und seine war in miserablem Zustand. Er zerknüllte Zeitungspapier, stopfte damit seine Stiefel aus und stellte sie auf den Petroleumofen. Das war gegen die Vorschrift, und Alistair wusste genau, was der Sergeant Major dazu sagen würde: »DIE VORSCHRIFT GIBT ES NICHT OHNE GRUND. WAS WÄRE, WENN NUN JEDER SEINE STIEFEL ZUM TROCKNEN AUF DEN PETROLEUMOFEN STELLEN WÜRDE?« Und Alistair würde sich, genau wie alle Männer, die korrekte Antwort verkneifen: *Dann hätten alle trockene Stiefel.*

Alistair faltete seine beiden Hemden zu vorschriftsmäßigen

Rechtecken und legte sie links oben in den Spind, den Kragen nach hinten, die vordere Kante parallel zur Kante des Metallbords und genau einen halben Zentimeter davon entfernt. Ein früherer Leidensgefährte hatte eine Linie ins Metall gekratzt, um die Ausrichtung zu erleichtern. Dies war die einzige menschliche Dekoration, die Alistair in der Kaserne vorgefunden hatte. In den Höhlen von Lascaux hatte er mit Mineralfarbe gemalte Auerochsen und Urhirsche gesehen. In den Restaurierungswerkstätten der Tate hatte er über Turners Pinselstrichen den Atem angehalten.

Er zog seine Hose aus und wollte sie gerade zusammenfalten, als er einen Umschlag in der Tasche fand. Offenbar war tagsüber Post gekommen, er musste sich mit den anderen Männern angestellt haben, um sie entgegenzunehmen. An diesem Tag hatte es so viele Warteschlangen gegeben. Waffenkammer, Büro des Brigadiers, Wäscherei, Krankenstation. Er hatte sein Gewehr, seinen Bericht, seine Kleidung, seinen Körper ausgehändigt, bis es nichts mehr auszuhändigen gab und man ihn zum leichten Dienst eingeteilt hatte.

Er öffnete den Brief.

Lieber Alistair,
ich, Caesar, habe Tom für Dich im Auge behalten – besser gesagt, ich habe ihn in einem recht ansprechenden Perlmuttknopf behalten, da Du es für angemessen erachtet hast, mich mit einem solchen auszustatten. Ich habe viel zu berichten, also leg die Ohren an. (Immerhin hast Du auch meine Ohren angelegt.)
Seit Du uns verlassen hast, um aufregendere Gefilde aufzusuchen, hat auch das Leben Deines Mitbewohners beträchtlich an Spannung gewonnen. Du weißt, dass ich Menschen und ihre lächerliche Partnerwahl missbillige, aber in diesem Fall muss ich zugeben, dass Dein Freund

Tom wirklich einen Glücksgriff getan hat. Mary North ist das reizendste Geschöpf, das ich je gesehen habe, obwohl es ihr bedauerlicherweise an Fell und Schnurrhaaren fehlt und sie die seltsame Gewohnheit pflegt, auf den Hinterbeinen zu laufen.

Alistair legte den Brief weg und ging zum Petroleumofen. Seine Stiefel dampften, und er drehte sie um, damit die Seiten trocknen konnten, und zog die Zungen heraus. Er musterte die Stiefel kritisch. Er musste sie unbedingt vom Ofen nehmen, bevor sie ganz getrocknet waren, sonst würde das Leder versteinern. Dann bekäme er beim nächsten Marsch Blasen – worauf keine Rücksicht genommen wurde. Man marschierte, bis die Blasen platzten, und dann marschierte man weiter, bis die Füße völlig wund waren. Blasen waren der eigentliche Grund, aus dem die Männer den Feind hassten. Der Überfall auf Polen war schrecklich, gewiss, aber immerhin war es ein Ereignis, das außerhalb der eigenen Stiefel stattgefunden hatte.

Er kehrte zu seiner Pritsche zurück und versuchte, zum Sinn des Briefes vorzudringen. Er hatte nicht geschlafen, seit er um sieben Uhr morgens die Kaserne erreicht hatte und am Tor zusammengebrochen war. Noch immer hatte er das schrille Heulen in den Ohren. Er las den ersten Absatz noch einmal und begriff vage, dass sein Freund Tom aus der Perspektive ihres ausgestopften Katers schrieb. An Caesar konnte er sich ohne weiteres erinnern, sah ihn geschmeidig und katzenhaft durch die alte Mansarde stolzieren. Es fiel ihm jedoch schwerer, sich Toms Gesicht zu vergegenwärtigen, und als er es versuchte, schob sich Duggans davor. Der Mann war so blass gewesen, ausgestreckt im roten Gras im roten Licht des Sonnenaufgangs. Seine Lippen waren dunkel wie Kakao, obwohl sie natürlich blau gewesen sein mussten. Das rote Licht des Sonnenaufgangs war farbenblind. Die dunklen Lippen hatten sich noch eine

Weile bewegt – Duggan hatte etwas gesagt –, doch Alistairs Gehör war weg. Die Lippen waren frei von Farbe und hatten Worte ohne Klang erzeugt.

Sein Blick fiel auf seine Hände, die den dünnen blauen Brief umklammert hielten. Trotz der Dusche hatte er noch schwarze Spuren unter den Fingernägeln und in den Falten der Knöchel. Er hatte versucht, Duggans Kopf hochzuhalten – das fiel ihm jetzt wieder ein. Als müssten wir nicht alle ertrinken.

Gestern Abend hat Tom Mary zu einer Show ins Hammersmith ausgeführt. Ich war nicht eingeladen, wie ich leider sagen muss, doch wenn ich bedenke, was nach ihrer Rückkehr geschah, ist der Abend wohl recht gut verlaufen. Ah, Alistair, ich habe ja immer gesagt, dass Du für einen Menschen recht scharfsinnig geraten bist! Du hast natürlich sofort bemerkt, dass ich nach »ihrer« Rückkehr geschrieben habe, und ja, es stimmt. Tom hat jeglichen Anstand außer acht gelassen und Mary eingeladen, sich die alte Mansarde anzuschauen, und das hat sie weiß Gott getan! Du hättest sehen sollen, mit welcher Verachtung sie den Zustand der Wohnung betrachtete – ich bin mir sicher, sie war in einem früheren Leben einer Deiner Sergeant Majors. Und dann, bevor Tom sie nach Hause gebracht hat, haben die beiden zu Grammophonmusik getanzt und – ach, weißt Du, ich mag keine Katze mehr sein. Mary ist umwerfend, Alistair, das versuche ich Dir zu sagen, und ich bin Dir dankbar, dass Du mich damals vor jenem ersten Essen überredet hast, nicht die Flinte ins Korn zu werfen.

Die Spuren an seinen Fingern störten ihn jetzt sehr. Er legte den Brief beiseite und ließ warmes Wasser in eines der Waschbecken am Ende des Schlafsaals. Er tauchte die Hände hinein und ließ sie einweichen. Das Blut löste sich von seinen Fingern.

Es sickerte in winzigen roten Wolken hervor, entkam jeder Hautfalte und verteilte sich, bis sich das Wasser im weißen Becken blassorange gefärbt hatte. Er trocknete sich die Hände am Unterhemd ab.

Die Sache ist die, Alistair, ich bin schärfer auf sie als sie auf mich. Ich weiß, sie will, dass ich ihr eine Stelle besorge, und ich fürchte, dass sie verschwindet, sobald sie merkt, dass ich das nicht kann. Und dann ist da natürlich noch ihr gesellschaftlicher Stand –

Alistair schloss die Augen und dachte an ihr Grammophon – das tragbare Columbia im abgewetzten Lederkasten. Ein ungeahntes Wunder erwartete einen, wenn man es öffnete: der glänzend polierte Tonarm von Plano-Reflecto, der rotsamtene Teller, auf dem sich die Platten drehten, glanzvolle Debütantinnen auf einem Plüschsofa. Es war wie geschaffen für Friedenszeiten: die Balance des Tonarms, die ein stabiles Fundament voraussetzte, die ruhige Rotation, die von einem Übermaß an Zeit kündete.

– sie kommt aus einer ganz anderen Gesellschaftsschicht, und ich glaube manchmal, dass ihr Interesse an mir vielleicht mehr mit dem zu tun hat, was ihre Familie denken wird, als mit dem, was sie selbst empfindet. Doch vielleicht unterschätze ich sie auch. Vielleicht denkst Du, dass ich einfach nur meinen Mut zusammennehmen und –

Alistair ließ den Brief sinken. Er fragte sich, zu welcher Musik sie getanzt hatten. In dieser Saison war Al Bowlly der letzte Schrei. ›Hold My Hand‹, falls Tom sich das getraut hatte. Alistair lag auf seiner Pritsche und konnte die Musik klar und deutlich im Kopf hören. *Hold my hand, No matter what the weather,*

Just you hold my hand, We'll walk through life together … Er dachte daran, wie Tom mit dem Mädchen getanzt hatte, und war glücklich. Dann endlich kam der Schlaf, und die Musik füllte die Leere in seinem Kopf, wo bisher nur hohes, schrilles Heulen war. Die Platte drehte sich weiter, und er schlief ein, den Brief noch in der Hand. Er hatte Duggan geküsst, bevor er starb. Es schien das Einzige, was er tun konnte.

Die Kompanie stand jetzt um Alistairs Pritsche herum. Niemand sagte etwas. Ein Mann breitete eine Decke über ihn. Ein anderer nahm die Stiefel vom Petroleumofen, bevor sie ganz austrockneten, rieb sie mit schwarzer Schuhcreme ein, polierte sie und stellte sie sorgfältig auf den Spind. Frühmorgens gab es immer eine Inspektion.

März 1940

Beim Frühstück brachte Palmer die Post auf einem Zinntablett. Silber wurde nur benutzt, wenn Marys Vater da war – eine der hundert Eigenheiten, die aus einer längst vergessenen Anweisung der Familie herrühren mochten oder aber spontan irgendwo in Palmers inneren Schaltkreisen entstanden waren, die stets überprüften, was angemessen war. Wenn sie Palmer und seinen Schatz an Handlungsmaximen und überliefertem, allein ihm noch bekanntem Wissen verlören, dann, so dachte Mary, wäre die Familie vermutlich gezwungen, sich aufzulösen. Sie würden alle auseinanderstreben wie Atome, die man aus ihrer Verbindung entlassen hat. Palmer also: mit der Morgenpost auf dem Zinntablett, das dem weißen Umschlag einen austerngrauen Ton verlieh.

»Oh!«, sagte Mary. »Noch einer von Zachary.«

»Also wirklich, du bist doch nicht die Mutter dieses kleinen Niggers«, bemerkte Hilda.

»Nein, ich möchte behaupten, das hätte ich gemerkt.«

Hilda, die nicht Marys Gabe besaß, Palmers fürsorgliche Anwesenheit zu ignorieren, wurde ein wenig rot. Mary zog Zacharys Brief aus dem Umschlag.

»Ich hoffe, du ermutigst ihn nicht noch, indem du antwortest?«

»Schatz, ich habe ihm zuerst geschrieben. Außerdem, musst du ihn wirklich ›Nigger‹ nennen? Das klingt ein wenig engherzig.«

Hilda gähnte. »Na schön, ich bete zehn Ave Maria.«

»Die Neger sind nicht schlechter als wir. An Fähigkeiten, Stärke und Glauben sind sie uns vollkommen ebenbürtig.«

»Wohl kaum!«, sagte Hilda. »Aber ich habe nichts gegen sie. Ich glaube, ich ziehe sie anderen Ausländern sogar vor – bei ihnen weiß man wenigstens, woran man ist.«

»Tatsächlich?«

»Ja, zum Beispiel sollte man so einem auf keinen Fall schreiben.«

»Hör auf. Außerdem geht es nicht so sehr um das Schreiben als darum, ihn zu korrigieren. Sieh dir das an!«

Liehbe Miss North, ich Mak das dorf nich die Anneren Kinder Sint ser gemain. Ich Mak das hauß nich wo ich Wone die Frau Ist ser ser gemain.

Hilda schaute blinzelnd auf die Bleistiftbuchstaben. »Was sagtest du, wie alt das Kind ist?«

»Er ist zehn.«

»Schreibt er mit den Fingern oder mit den Zehen? Ich habe gehört, sie können beides gleich gut.«

»Unsinn. Die Finger benutzt er für die Extraktion von Nasenschleim oder zum Zählen, wenn er unter Druck gesetzt wird. Seine Füße sind dem Fußball vorbehalten. Er ist nicht anders als andere Jungen, nur dass er eine ziemlich originelle Rechtschreibung hat. Er ist ein kluger Kopf, aber es macht sich niemand die Mühe, die Neger angemessen zu unterrichten.«

Hilda zog die Nase hoch. »Er schreibt, als hätte er Großbuchstaben im Sonderangebot gekauft und wollte sie jetzt unbedingt alle auf einmal loswerden.«

»Das kann man doch verstehen. Wenn mir niemand Rechtschreibung beigebracht hätte, würde ich im Zweifelsfall auch lieber groß- als kleinschreiben.«

»Willst du damit sagen, er kann nichts dafür?«

Mary schaute sie anerkennend an. »Endlich hast du es kapiert.«

Die Anneren Kinder Jahgen mich und wen sie mich Fangen Neemen sie maine Kleider wek und sie Tuhn mir mit Stöken Wee oder Mesern Bitte Helfen sie mir.

Marys Lächeln gefror.

»Ja«, sagte Hilda, die über ihre Schulter mitlas, »aber Kinder übertreiben gern, nicht wahr?«

Unt Mir is So Kalt es ist Kalt hir Bitte Helfen sie.

Mary legte den Brief zurück auf das Zinntablett.

»Ich bin mir ziemlich sicher, dass es nicht so schlimm ist«, sagte Hilda. »Meine Neffen muss man einfach nur daran erinnern, dass sie einen Pullover anziehen.«

»Vielleicht sollte ich hinfahren.«

»Ja, und vielleicht solltest du ihm eine Wollmütze stricken und Haferkekse backen, die mit deinen Tränen getränkt sind, und ihm warme Socken schicken.«

»Du könntest ruhig auch eine Socke beisteuern.«

»Er ist in den Cotswolds, Herzchen, nicht auf der Krim.«

Mary ignorierte sie. »Ich gehe zu seinem Vater.«

Hilda schnaubte.

»Nein, wirklich. Ich werde hingehen und meiner Sorge Ausdruck verleihen.«

»Und was soll das nützen?«

»Vermutlich versteht er unser System einfach nicht. Wahrscheinlich ist ihm nicht klar, dass es sein gutes Recht ist, seinen Sohn nach Hause zu holen.«

»Verzeih, wenn ich pedantisch bin«, sagte Hilda, »aber wir haben Krieg.«

»Schon, aber meinst du wirklich, dass sie noch Bomben werfen werden? Wie lang zieht sich diese Sache schon hin?«

»Sechs Monate.«

»Und das Einzige, womit man uns bombardiert hat, sind Plakate, die an unsere Tapferkeit appellieren.«

»Trotzdem, du kannst dem Vater schlecht sagen, er soll den Jungen nach Hause holen.«

»Aber es ist meine Pflicht, ihm zu sagen, dass er es *kann*. Darum geht es doch: Wer nicht so viel mit den Behörden zu tun hat wie ich, weiß vermutlich nicht, dass man einfach ›Nein, danke‹ sagen kann.«

»Du hast also vor, ins Haus einer Negerfamilie zu marschieren –«

»Ich wollte schon vorher anklopfen.«

»– um ihnen zu sagen, was sie mit ihrem Kind tun sollen?«

»Was sie vernünftigerweise tun könnten, ja.«

»Ungeachtet deiner Überzeugung, dass sie ebenso intelligent sind wie wir.«

Mary runzelte die Stirn. »Als Freundin bist du eine Mausefalle – weicher Käse, brutale Schlagfeder.«

»Ich übe nur an dir. Schließlich werde ich eines Tages einen Ehemann haben.«

Mary nahm einen zweiten Umschlag vom Tablett. »Gott steh dem armen Kerl bei.«

»Gott wird auf meiner Seite sein. Er ist auch nur ein Mensch.«

»Oh!« Mary errötete ein wenig. »Von Tom.«

»Komm, lies vor.«

Mary drückte den Brief an sich. »Ich glaube, ich würde lieber –«

»Na los! Sei nicht so prüde!«

»Es ist nur so, dass ich –«

Von der Doppeltür am anderen Ende des Frühstückszimmers, die lautlos aufgeschwungen war, kam ein Hüsteln. Palmers Hüsteln war Entschuldigung und Zäsur zugleich. Er war einfach der Beste, dachte Mary.

»Miss Hilda?«, sagte er.

»Ja?«

»Ich habe mir erlaubt, ein Taxi für Sie anzuhalten.«

Hilda blinzelte überrascht. »Oh. Ja. Danke schön, Palmer.«

Das kaum merkliche Nicken. Die ausdruckslosen Augen, die bereits aus der Erinnerung verschwanden. Palmers Gesicht verschmolz mit Geschirr und Zierleisten, wobei die Art und Weise, in der er den Tag strukturierte, sich völlig mit den eigenen Wünschen zu decken schien – so dass Hilda beim Aufstehen bereits davon überzeugt war, dass sie tatsächlich ein Taxi gewollt hatte. Mary vermutete, dass ein Aktivposten wie Palmer sich in diesen anstrengenden Zeiten gleich einer wohltuenden Salbe über ein Ministerium gelegt hätte. Der Gedanke, er könnte requiriert werden, weckte leise Furcht in ihr.

Sie küsste Hilda auf beide Wangen und winkte ihr von der Eingangstreppe nach, als die Freundin in den nieselfeuchten Morgen hinaustrat. Im Flur öffnete sie Toms Brief.

Sehr geehrte Miss North …

Oh. Eine förmliche Anrede und das Briefpapier der Schulbehörde. Mary fühlte sich plötzlich ganz schwach. Sie lehnte sich gegen die Flurkonsole, auf der eine geschliffene Vase mit Pfingstrosen stand. Bei ihrem letzten Essen hatte sie keinen Wein über Tom ausgekippt. Sie war auch nicht ins andere Extrem verfallen und hatte sich beim Dessert ausgezogen. Sie hatte lediglich – und das schien kaum die kalte Schulter in Form von offiziellem Briefpapier zu verdienen – ein bisschen zu viel getrunken und ihn ganz höflich gebeten, sie zu küssen.

Sehr geehrte Miss North,
den Akten meiner Behörde entnehme ich, dass Sie nach

Ihrer Freistellung vom Posten in der Hawley Street School zurzeit keine Funktion für die Schulbehörde ausüben.

Mary war den Tränen nahe. Es war ja nicht so, als hätte sie das vor ihm geheim gehalten.

Außerdem stelle ich fest, dass Sie meine Behörde mehrmals um eine Möglichkeit ersucht haben, den Kriegsdienst als Lehrerin wieder aufzunehmen.

Ach – vielleicht war sie ein wenig zu hartnäckig gewesen. Aber sie hatte es doch ganz leichthin formuliert – es jedenfalls versucht –, und die Wahrheit war, dass sie wirklich unterrichten wollte und ihn wirklich gernhatte. Vielleicht war es zu plump gewesen, beides zu verlangen. Sie lugte zwischen den Fingern hindurch, während sie den nächsten Satz las, nur für den Fall, dass er unaussprechlich grauenhaft war.

Es freut mich, Ihnen mitteilen zu können, dass meine Behörde Sie für eine Position ausgewählt hat, die an der Hawley Street School neu geschaffen wird. Sie melden sich bitte –

Mary las erst weiter, als sie schon im Taxi saß.

Sie melden sich bitte bei uns, um die Schlüssel entgegenzunehmen und danach das Schulgebäude vorzubereiten. Ihre Aufgabe ist es, einen solide gebauten Klassenraum auszuwählen, der für den Fall eines Luftalarms Zugang zum Keller bietet, und die nötigen Vorkehrungen zu treffen, um eine Klasse gemischten Alters und unterschiedlicher Fähigkeiten zu unterrichten.

Falls Tom beabsichtigt hatte, mittels dieser offiziellen Kommunikation jeden Anschein von Unschicklichkeit zu vermeiden, untergrub sie dies, indem sie in sein Büro stürzte, ihn ins Café gegenüber zerrte und nur drei Schluck Tee trank, bevor sie ihn auf die Wange küsste. Er berührte sein Gesicht, als hätten ihre Lippen greifbare Spuren hinterlassen: einen rauchenden Krater oder ein X in noch feuchter Tinte.

Als sie später allein im nassen, rauen Wind durch die Straßen ging, lächelten ihr Fremde zu. Es war unheimlich. Die Regentropfen waren Champagnerperlen, die auf ihrer Haut zerplatzten. Die in allen Regenbogenfarben schimmernden Öllachen auf dem nassen Asphalt waren winzige Beweise des Paktes.

Sie war wohl verliebt. Dass Tom ein bisschen aufreizend war und es sie ganz und gar nicht störte, konnte als Beweis dienen. Und natürlich wäre es schön, wenn er ein bisschen wagemutiger wäre, aber sie konnte sich gedulden. Tom würde bald begreifen, dass es nichts Wichtigeres gab als Mary North – dass es nur ihre Zauberkraft war, die die Planeten in ihrer Bahn hielt und die Milch daran hinderte, sauer zu werden.

Beinahe ebenso seltsam wie das Verliebtsein war das Gefühl, in jemanden verliebt zu sein, den sie gernhatte: jemanden, den ihre Mutter nicht gutheißen und den Hilda nicht einmal in Betracht ziehen würde. Wäre sie ohne den Krieg einem so gewöhnlichen Mann wie Tom überhaupt begegnet?

Und dies war es, was sie wissen wollte (nun, da sie das Café verlassen hatte und London sie mit seinem Geruch umfing: Kohlenrauch und Auspuffgase und Abluft der Untergrundbahn und Eisenbahnschmierstoffe und Bratfett und Pferdemist und nasse Mauersteine und ausgeatmeter Zigarettenrauch und feuchte Wollmäntel und das schnelle braune Wasser, das durch den Rinnstein floss, und das langsame braune Wasser in den Pfützen, in dem sich Zeitungsschrift auflöste und zerfiel, begleitet von einer Flotte aus Zigarettenkippen) – dies war es, was sie wissen wollte (während die Wolken den Tag verdunkelten und sie den Regenmantel enger um sich zog und die Chalk Farm Road zwischen Autos mit abgeklebten Scheinwerfern überquerte, die nur durch dünne Schlitze Licht verbreiteten, als wären sie nach einer durchzechten Nacht soeben aufgestanden und tasteten nach der Dose mit Aspirin) – dies war es, was sie wissen wollte: Sollte man sich bei der Liebe sicher sein?

Sie ging die Chalk Farm Road entlang, zündete sich eine Zigarette an und atmete ein wenig Übermut aus. Ihre Füße schienen den Gehweg wieder zu berühren, und er war nass, und sie bemerkte die Wasserflecken auf dem rötlichbraunen Leder ihrer Oxford-Schuhe.

Nach ihrem letzten Essen – dem Essen, bei dem sie ein bisschen zu viel Wein getrunken hatte – waren sie auf der Heide von Hampstead Heath spazieren gegangen, in einem Nebel so dick wie Kleister. Man hätte seine Handschuhe verlieren und eine halbe Stunde später wiederfinden können, noch immer auf Handgelenkhöhe in der Luft schwebend. Sie hatte versucht, sich mit ihm in den Schwaden zu verirren, doch er hatte die Situation völlig missverstanden und sie ruhig und zielstrebig zurück in sichere Straßen geleitet. Es hatte sie ein bisschen geärgert, dass sie bei Tom ein Verhalten künstlich herbeiführen musste, das Männer nach Aussage ihrer Mutter gewohnheitsmäßig an den Tag legten, aber sie hatte ihm auf der Stelle vergeben, als er sie stolz und schüchtern anlächelte. Ihr Herz hatte genau den Sprung getan, den Illustrierte für solche Situationen vorschrieben.

So dachte sie jetzt an ihn: sorglos, die Wangen feucht vom Nebel und gerötet, doch ausnahmsweise nicht aus Verlegenheit. War das, was sie empfand, Liebe? Oder fand sie ihn nur süß, weil er nicht zuließ, dass sie sich in Hampstead Heath verirrten und erst Jahre später wiedergefunden wurden, sie in einem zerrissenen Regenmantel und er mit einem Bart, der bis zu den Knien reichte?

Mary eilte weiter und versuchte, sich zu orientieren. Lästigerweise fanden viele Leute den Krieg noch faszinierend und spannend und wurden argwöhnisch, wenn man sich nach dem Weg erkundigte. Solche Leute fragten einen dann, und nicht immer im Scherz, wer der Premierminister sei, als könnte kein feindlicher Spion den Namen auch nur aussprechen, ohne auf der Stelle zu explodieren.

Wie viel besser wäre es, sie zu fragen: Wenn Sie eine von uns sind, wie würden Sie sich dann – rein hypothetisch – vergewissern, dass dieses bebende Gefühl, das Sie in Gegenwart eines Mannes überkommt, der, sagen wir, fünf Jahre älter ist als Sie, gutaussehend, aber keine Wucht, und gesellschaftlich ein bisschen unter Ihnen steht, aber nicht in dem Maß, dass es wirklich ein Problem wäre, vorausgesetzt, Sie zeigen ihm, wie man ein Sherryglas richtig hält, bevor er Ihrem Vater vorgestellt wird – dass dieses Gefühl Liebe ist?

Am schlimmsten wäre es wohl, zu entscheiden, dass es Liebe war, und dann – nachdem der Bund geknüpft war – zu entdecken, dass es doch keine Liebe war. Nein: Am schlimmsten wäre, wenn man entschiede, dass es keine Liebe war, und Jahre später – alt und ungetröstet – entdecken müsste, dass es doch Liebe gewesen war. Nein: Am schlimmsten – am allerallerschlimmsten – war, dass man überhaupt so eine Entscheidung treffen musste.

Sie seufzte und bog nach links in die Hawley Street ab. Bisher hatte sie nie Zeit gehabt, sich die Schule richtig anzusehen. Es war ein düster maskulines Gebäude mit roter Ziegelfassade, die nur von drei spärlichen Zierstreifen aus gelbem Londoner Backstein aufgelockert wurde. Die Fenster stiegen in gotischen Spitzbögen auf; die Giebelgesimse hatten lanzettförmige Verzierungen. Mary fand sie ziemlich lustig: die Spitzen zum Himmel gerichtet, als wollten sie unbefugt heranflatternde Engel aufspießen.

Sie trat von der düsteren Straße in die noch dunklere Schule und benutzte ihr Feuerzeug, um den Lichtschalter zu finden. Die Glühbirnen im Korridor gingen an. Mary rümpfte die Nase. Überall lag Staub, dünn in der Mitte des Korridors und dicker entlang der Sockelleisten, wo der Luftzug kleine Verwehungen aufgetürmt hatte. Man sah die Spuren von Nagetieren, serpentinenförmige Linien, die sie mit ihren nackten Schwänzen hinterlassen hatten, und krümeligen Staub, wo ihr Urin eingesickert und getrocknet war. Dieser viele Staub und dazu der Geruch einer zugenagelten Schule – Tintenfässer und mit Spucke geformte Papierkügelchen und Apfelgehäuse, die in Pulten vor sich hin schimmelten. Was konnte sie ganz allein hier ausrichten, selbst wenn sie sich mit Seifenflocken und Optimismus ans Werk machte, wo doch nur drei Tage Zeit bis Montagmorgen blieben?

Auch die Stille war beunruhigend. In dieser Luft waren das Einmaleins aufgesagt, das unveränderliche Alphabet vorgetragen, das Schullied gesungen worden. Freche Koboldstimmen hatten das Vaterunser in jeder nur erdenklichen Variante und Unbotmäßigkeit aufgesagt. Und nun war diese endlose Hymne verstummt. Der Krieg mochte bislang nicht real sein, die Stille war es.

Sie ging von einem Klassenzimmer ins nächste, schaltete überall das Licht ein und versuchte, die ernste Stimmung abzustreifen, die sie überkommen hatte. Natürlich fühlte man sich in einer Schule ziemlich allein. Die Pultreihen, die Stapel identischer Gesangbücher, die vielen Mantelhaken an den Wänden: alles war in vielfacher Ausfertigung vorhanden, was einen umso einsamer machte.

Sie ging zuerst in den Raum der Turmfalken-Klasse, die sie im September unterrichtet hatte. Sie sah sofort, dass er ungeeignet war. Solide schon – alle Klassenzimmer waren in guter viktorianischer Manier mit Rückgrat und Massivität erbaut –, aber zu weit vom Keller entfernt. Sie ging durch die Korridore und öffnete Türen, bis sie eine fand, hinter der hölzerne Stufen hinabführten.

Unter der Erde roch es älter. Sie fand unordentliche Stapel von veralteten Atlanten, bei denen die Pole noch mit Strudeln markiert waren. Es gab muffige Requisiten von längst vergangenen Theateraufführungen – Tucks Wanderstab, Banquos Leichenhemd, die Mütze von Peter Pan. Ein Maibaum lag schief auf dem Boden, gefesselt von den eigenen Bändern. Der Schein ihres Feuerzeugs reichte nicht aus, um den ganzen Raum zu beleuchten. Hier konnten notfalls fünfzig Kinder Schutz finden.

Mary kniete sich hin, um die Schätze zu sichten. Mustertücher mit Kreuzstich und modrige Zeugnisse mit Noten in Handarbeit und Gedichtvortrag. Übungen in Schönschrift mit pflichtschuldigen Gedichtabschriften: *An der Tür saß an Sommerabenden/Der kleine Hiawatha/Hörte das Flüstern der Kiefern/Hörte das Plätschern des Wassers.*

Sie fühlte sich, als wäre sie fünf Jahre alt oder fünfhundert. Dies waren die Überreste von zehntausend Schulbildungen, die Knochen tief in die Erde hinabgedriftet. Es waren die Fossilien ihres Landes. Sie zu sehen schmerzte, weil der Krieg die dünne Schnur durchtrennt hatte, die jedes Kind durch Kreuzstich und Kalligraphie mit seinen Vorfahren verband. Sie ging wieder nach oben in den Korridor. Es war absolut still. Wie gewalttätig sie war, diese Ruhe, in der doch Kinderstimmen erklingen sollten. Der Schmerz in ihrer Brust verhärtete sich zu Zorn, bis sie zitterte.

Die Spatzen-Klasse war dem Keller am nächsten. Sie überlegte, was zu tun war. Als Erstes würde sie die Bretter von den hohen Fenstern nehmen. Falls ein Luftangriff kam – nun, dafür war der Keller da, doch bis dahin würde sie Licht in ihre Klasse lassen. Und der Staub musste weggefegt und der muffige Geruch durch gründliches Lüften beseitigt werden. Falls sie eine Leiter und Farbe fand, würde sie die Kinder die Wände wieder weiß streichen lassen.

Das Parkett würde geschrubbt werden, auch die Stühle würden ihren Elan wiederfinden, wenn man ihnen erst einmal mit Schraubenzieher und Schwamm zu Leibe gerückt war, und was die Pulte mit ihrer filigranen Chronik aus Kritzeleien betraf, konnte man sie entweder mit Sandpapier abschleifen oder die Ansichten ganzer Schülergenerationen einfach stehen lassen. Mary war das ziemlich egal. Von einigen Rechtschreibfehlern abgesehen fand sie unter den gesammelten Weisheiten, Miss Vine betreffend, nur wenig, was zu korrigieren war.

Die Mäuse hatten sich über das Lehrerpult hergemacht und die Kreideschachtel gefressen, so dass die Kreide verstreut herumlag. Sie hatten das bittere Leder von den Ecken der Turnmatten in der Ecke genagt. Sie hatten die trockenen Samenkörner aus den Säckchen gefressen, mit denen die Kinder Werfen und Fangen spielten. Sie nahmen alles, was der Krieg ihnen geben konnte.

Mary sammelte die Kreide ein und suchte einen Becher dafür. Sie schrieb ihren Namen an die Tafel: »Mary North.« Dann wischte sie das »North« weg und schrieb, nur um auszuprobieren, wie es aussah, stattdessen Toms Familiennamen hin, in der sorgfältigen Schrift, die für die Arbeit an der Tafel erforderlich war. Ihre Finger umklammerten die Kreide so fest, dass es den Anschein hatte, als sei das Weiß der Kreide in ihre Knöchel eingedrungen.

Mary Shaw.

Um herauszufinden, wie es sich anhörte, wandte sie sich um und sagte zur Klasse: »Hallo, Kinder. Mein Name ist Mrs. Shaw.«

Sie schlug die Hände vor den Mund. Tom stand in der Tür. Sie musste ihm zugutehalten, dass er schnell versuchte zu verschwinden, doch die erbarmungslose Physik ließ nicht zu, dass er sich in Luft auflöste. Er wand sich und wollte zurück hinter die Tür schleichen, gab es auf und tat stattdessen so, als hätte er vor sich hin gepfiffen. Dann gab er auch das auf, denn selbst wenn er wirklich nicht gehört hätte, was sie sagte, so stand es doch deutlich sichtbar an der Tafel, in der Marion-Richardson-Schrift, die wegen ihrer modernen und eindeutigen Buchstabenform in Schulen bevorzugt wurde.

Du dumme Gans, dachte sie. *Wenn er halbwegs bei Verstand ist, wird er nie wieder mit dir reden.* Er lächelte resigniert, und das Schlimmste war, dass sie ihn wirklich gernhatte. Seine Unbeholfenheit war verschwunden, nun, da es keine Rolle mehr spielte. Wie er sich der Situation ergab, hatte etwas Aufrichtiges. Erst jetzt erkannte sie, wie schwer es für ihn gewesen sein musste, sie zu mögen und gleichzeitig von ihr mit Bitten bedrängt zu werden. Sie hätte einfach nur begreifen müssen, dass es besser war, langsam und behutsam vorzugehen. Sie ließ die Hände sinken und erwiderte sein trauriges Lächeln.

»Tut mir leid«, sagte sie.

Er betrachtete sie im Dämmerlicht der Glühbirnen.

»Nein«, sagte er. »*Ich* sollte mich entschuldigen, Mrs. Shaw – ich komme zu spät zum Unterricht. Haben Sie schon die Klassenliste überprüft?«

Sie zögerte, dann strahlte sie. »Oh! Ich … nun ja, Sie sind noch rechtzeitig gekommen. Ich wollte gerade damit anfangen.«

Er deutete auf die Pulte. »Ich darf also …?«

»Ja … ja, setzen Sie sich einfach irgendwohin. Nein, besser in die erste Reihe, wo ich Sie im Auge behalten kann.«

Sie verlieh ihrer Miene die angemessene Strenge. Er setzte sich an ein Pult in der ersten Reihe. Seine Knie reichten fast bis zum Kinn, weil der Stuhl so winzig war. Er lachte. Sie runzelte die Stirn.

»Und jetzt Ruhe, Kinder.«

Sie holte Stift und Klassenbuch aus der Schublade des Lehrerpultes, pustete den Staub weg und schlug die erste freie Seite auf. Ganz oben schrieb sie: *Spatzen-Klasse, 2. Halbjahr, 1940.* Sie verzeichnete Toms Namen auf der ersten vorgedruckten Linie.

»Tom Shaw?«

»Hier.«

»Ausgezeichnet«, sagte sie und schaute auf seinen Namen auf der leeren Seite hinunter. »Mein erster Schüler.«

April 1940

»Ich bin sicher, dass du was falsch machst«, sagte Hilda und zuckte zusammen, als Mary den Kamm in ihre Kopfhaut bohrte.

»Diese absurde Frisur ist falsch. Ich halte mich genau an die Anweisungen.«

»Gib her«, sagte Hilda, schnappte sich die amerikanische *Vogue* und deutete auf die Illustration von Schritt 3: »Siehst du? Du sollst sie toupieren. Stattdessen kämmst du sie gerade nach hinten.«

»Ich toupiere doch.«

»Tust du nicht. Ich muss es wissen.«

»Dann mach es doch selbst, wenn du es so gut kannst.«

Mary warf den Kamm auf Hildas Frisiertisch, wo er klappernd zwischen den Porzellanschweinchen landete, die dort standen. Sie zündete sich eine Zigarette an und ließ sich aufs Fußende des Bettes fallen.

»Na schön«, sagte Hilda. »Es tut mir leid. Vielleicht brauchen wir nur mehr Haarnadeln.«

»Ich hab schon die halbe Schachtel aufgebraucht. Diese Frisur ist wider die Natur.«

»Du bist nur eifersüchtig, weil ich als Erste drauf gekommen bin.«

»Wohl kaum. Was wir auf diesen Illustrationen sehen, ist keine Frisur, sondern blanker Unsinn.«

»Aber ein Unsinn, den man in dieser Saison trägt.«

»Und du glaubst, dass Offiziere darauf fliegen.«

»Bei all den Haarklammern kann ich nur hoffen, dass nicht zufällig einer einen Magneten in der Tasche hat.«

»Du solltest für Notfälle ein Kopftuch mitnehmen.«

Hilda schaute flehend in den Frisierspiegel. »Du kannst mich nicht halb fertig sitzenlassen. Ich sehe aus wie Frankensteins Braut.«

»Das ist eine Verbesserung.«

»Sehr charmant. Gehst du so mit den Kindern in deiner Klasse um?«

»Oh nein, als Miss North bin ich die Freundlichkeit in Person. Darum muss ich meine ganze Frustration an dir auslassen.«

»Sind noch Schüler dazugekommen? »

»Bis jetzt habe ich nur vier. Ein mongoloides Mädchen, einen Krüppel und zwei, die nie den Mund aufmachen.«

»Dein Freund meint es wirklich gut mit dir.«

Mary drückte die Zigarette aus. »Es braucht Zeit. Es werden schon mehr, wenn die Eltern erst einmal erkennen, dass es keine Luftangriffe geben wird.«

»Trotzdem, ich würde mir nicht die Mühe machen. Eine Schule wieder aufzumachen für vier hoffnungslose Kinder, das scheint mir ganz schön viel Aufwand.«

»Das ist eben der Unterschied zwischen uns. Ich will eine bessere Welt, und du willst eine bessere Frisur.«

»Das ist wohl kaum ein Lebensziel. Ich möchte die Frisur, damit ich einen Mann in Uniform abbekomme.«

Mary seufzte, stand auf und griff wieder zum Kamm. Hilda lächelte sie im Spiegel an, und Mary erwiderte das Lächeln.

»Ganz so schrecklich ist dein Gesicht ja doch nicht anzusehen«, sagte Mary und rückte Hildas Kopf zurecht. »Bei sehr schwacher Beleuchtung könntest du mit diesem Stil sogar durchkommen.«

»Deine Mängel als Freundin hingegen wären auch in schwärzester Finsternis noch sichtbar.«

Mary tat ihr Bestes, teilte die Haare auf dem Oberkopf in Strähnen und schob jede Strähne mit dem Kamm zu den Wurzeln, bis die Haare aufgeplustert genug waren, um sich gegenseitig zu stützen. Es war eine befriedigende Arbeit, da sie auf Seiten der unterdrückten Haare gegen die tyrannische Schwerkraft kämpfte. Die Luft im Zimmer war warm und angenehm von Zigarettenrauch vernebelt, während draußen frischer Regen ans Fenster peitschte, an der Scheibe herunterrann und Pimlico zu einem Zerrbild zerfließen ließ.

»Und deine Mutter?«, erkundigte sich Hilda nach einer Weile.

»Die habe ich seit Tagen kaum gesehen. Ich hatte gehofft, ihr die Schule zu zeigen, nun, da ich ihr nichts mehr vormachen muss, aber sie ist zu sehr damit beschäftigt, sich für Vater zu prostituieren. Er will unbedingt Minister werden, da gibt es natürlich tausend gesellschaftliche Veranstaltungen.«

»Für eine Mutter wie deine würde ich einen Mord begehen. Falls meine überhaupt irgendwelchen Ehrgeiz besitzt, hat sie ihn in der untersten Schublade versteckt.«

»Ja, aber der Krieg wirbelt doch alles durcheinander, begreifst du das nicht? Vaters Welt erscheint mir jetzt so klein. All diese Komitees aus Männern, die auf demselben Internat waren. All die lächelnden Ehefrauen, die miteinander wetteifern. Und wir Töchter, die ins Rennen um einen Ehemann hetzen, sobald der Startschuss fällt. Wir sind wie schön gestriegelte Fohlen, die brav in ihrer Spur bleiben.«

»Solange du aus meiner Spur bleibst.«

»Vorsicht, Hilda – vergiss nicht, wer die Haarnadeln hat.«

»Komm bloß nicht heulend angelaufen, wenn du deinen kleinen Bettler satthast.«

»Tom ist doch kein Bettler.«

»Du meine Güte, er wohnt auf einem Dachboden. Das hast du mir selbst erzählt.«

»Ja, aber –«

»Auf einem *Dachboden*, Mary. Ich bin mir sicher, du liebst ihn überhaupt nicht. Du liebst nur den Gedanken an das Gesicht deiner Mutter, wenn sie ihn kennenlernt.«

Mary ignorierte sie. Sie steckte die aufgeplusterten Haarsträhnen fest, wobei sie hinten anfing und sich nach vorn vorarbeitete, um einen befriedigenden Hügel zustande zu bekommen.

»Aus demselben Grund schreibst du auch dem kleinen Neger. Du willst es deiner Mutter zeigen! Ich an deiner Stelle würde einfach mit ihr zu den ganzen offiziellen Essen gehen. Zur Not kannst du ja mal die Teetassen zerschmeißen. Oder den Minister für Flugzeugbau küssen. Aber tu es wenigstens, während deine Mutter zuschaut.«

Mary sah sie mitleidig an. »Ich schreibe an Zachary, weil er ein menschliches Wesen ist.«

»Hast du das seinem Vater gesagt? Der war sicher beeindruckt.«

Mary drehte Hildas Kopf vor dem Spiegel hin und her, ein wenig fester als unbedingt nötig. »Ich habe ihm gesagt, er solle sich überlegen, ob er sein Kind nicht heimholen will. Und dass ich ihm einen Platz in einer Schule zusagen kann, die über einen Luftschutzkeller verfügt.«

»Hat er dich so angesehen?« Hilda schnitt eine Grimasse und riss die Augen auf.

»Er trug Jackett und Krawatte wie jeder andere Mann und hat mich sehr höflich empfangen.«

»Hast du ihm bunte Glasperlen als Geschenk gebracht?«

»Er hat mir von seinem Leben in Amerika erzählt.«

»Und die Löffel gezählt, als du weg warst.«

Mary zupfte ein letztes Mal an Hildas Haaren. »Du denkst genau wie der Rest der Gesellschaft.«

»Ach, gut.«

Mary hob den Handspiegel, damit Hilda sich von hinten betrachten konnte.

»Interessant«, war ihr Kommentar.

»Was soll das heißen?«

»Nichts«, sagte Hilda. Es musste wohl reichen, bis sie es zum Friseursalon schaffte.

Mai 1940

Tom lehnte sich in der Mansarde ans Kopfkissen und zog an der Zigarette, die Mary ihm an die Lippen hielt. Sie glomm auf und erleuchtete ihre Gesichter, flackerte und verblasste wieder.

Draußen überwachten Luftschutzwarte die Verdunkelung. Das Licht, das die Stadt immer in einem allumfassenden Schimmer vereint hatte, war auf einzelne Punkte zusammengeschrumpft. Das Licht war wieder, wie in alten Zeiten, ein Freibeuter, jemand, der in dunklen Winkeln hauste. Die Menschen schützten Flammen vor dem Luftzug. Die Schatten wuchsen, verdichteten sich mit jeder Nacht, als könne der Tag die Dunkelheit nicht gänzlich wegspülen.

Tom blies den Rauch zur Decke. Mary legte ihren Fuß auf seinen. Er unterdrückte ein Lachen.

»Was ist?«

»Nichts.«

»Sag's mir, sonst wird es dir leidtun.« Sie zupfte an seinen Brusthaaren.

»Au! Ich dachte nur, wie anders es sich anfühlt.«

Mit betrübtem Blick klopfte sie Asche von der Zigarette. »Jetzt, wo wir es getan haben, liebst du mich nicht mehr.«

»So meine ich es nicht.«

»Wie dann?«

»Eigentlich habe ich gedacht, wie viel mehr ich dich liebe.«

Was er in Wahrheit gedacht hatte: dass er von nun an – bei der Arbeit, im Bus, im Park – zu jedem Straßenhund mit sexueller Erfahrung eine größere Verbindung spüren würde als zu Männern, die noch Jungfrau waren.

»Und was denkst du?«

Mary dachte, wie sehr sie den Krieg genoss. Leidenschaften, die im grellen Licht verworren wirkten, flackerten in der Verdunklung auf. Wer liebte, konnte glühen. Eine intensive Flamme war nicht nötig. Nun konnte sie sich glücklich fühlen, wie es die Altvorderen gewesen waren und ihre Mutter vermutlich nicht. Das Herz der Hauptstadt hatte sich von Pimlico nach Piccadilly bewegt, wo der laute Zirkus der elektrischen Beleuchtung verstummt war und Eros nun ungesehen auf seinem Sockel balancierte und seine Pfeile in die Finsternis entsandte. Sie spürte, wie London sie von innen erleuchtete. Die große tagaktive Stadt lernte die Sprache der Nacht.

Sie sagte: »Ich habe gedacht, dass ich dich liebe.«

»Ich liebe dich auch.«

»Aber du bist ein Mann. Du wirst weiterziehen, um die nächste Siedlung zu plündern.«

Er nickte. »Primrose Hill.«

»Oder Hampstead.«

»Darf ich zuerst dich noch ein bisschen plündern?«

Sie inspizierte ihre Fingernägel. »Ab und an vielleicht. Wenn nichts anderes ansteht.«

»Was das Stehen angeht, kein Problem.«

Sie schnippte gegen seinen Oberschenkel. »Du schmutziger alter Mann.«

»Ich bin vierundzwanzig.«

»Ja. Es ist unanständig.«

Vielleicht war es das tatsächlich. Ihm wurde etwas bange. »Ich liebe dich wirklich, weißt du.«

»Wirklich?«

»Ja.«

»Ganz ehrlich, Tom?«

»Absolut. Ich würde dir gern die Messergebnisse zeigen, aber dazu müssten wir die Wartungsklappe in meiner Brust öffnen.«

»Ja, könnten wir das bitte machen? Ich würde gern sichergehen.«

»Ich habe nicht das richtige Werkzeug dabei.«

Sie rollte sich auf den Rücken und stieß den Rauch in einem blauen Strahl aus. »Ich hasse dich.«

Er runzelte die Stirn. »Das kannst du nicht beweisen.«

»Ich habe mich nicht für dich angezogen. Ich würde nicht mal für dich aus dem Bett aufstehen.«

»Nicht einmal, wenn ich … das hier mache?«

»Vor allem nicht, wenn du das machst.«

Sie hielt ihm die Zigarette wieder an die Lippen, und er zog daran. Das rote Glühen ließ zwei blasse Kreise in der dunklen Mansarde aufleuchten: Caesars Knopfaugen, die sie vom Klavier aus beobachteten. *Herrgott noch mal, Kopf hoch*, musste Tom unwillkürlich denken. Seine Muskeln verspannten sich.

»Was ist los, Liebling?«

»Nichts.« Doch der Augenblick war zerstört. Sie drehte sich auf den Bauch und drückte die Zigarette aus.

Tom wurde schmerzhaft bewusst, dass er seit Tagen nicht an Alistair gedacht hatte. In letzter Zeit bedrückten ihn die Briefe seines Freundes. Nach einem langen Marsch mit schwerem Tornister hatte Alistair geschrieben: *Der Trick besteht darin, zwei Paar Socken anzuziehen, dünne und dicke.* Über das Leben in der Kaserne hatte er geschrieben: *Es ist lustiger, wenn man sich vorstellt, es sei ein Ferienlager, nur mit Gewehren.* Die Briefe waren ohne Substanz. Der letzte wirklich persönliche Brief war im Dezember angekommen, und darin hatte Alistair voller Qual von einem Soldaten geschrieben, der bei der Ausbildung in die Luft geflogen war. Seither spiegelte sich die wachsende Distanz zwischen ihnen auch in den Briefen.

Tom versuchte, den Gedanken an Alistair zu verdrängen. Es

war vier Uhr am Samstagmorgen. Der Wein war beinahe ausgetrunken. Noch eine Stunde Dunkelheit, bevor der Tag anbrach. Mary rollte sich auf den Rücken und zündete die nächste Zigarette an, und er legte die Hand zwischen ihre Schenkel.

Sie stieß einen Rauchring aus. »Der Krieg ist wunderbar. Ist es schlimm, so was zu sagen?«

»Nun, an die Tafel würde ich es nicht gerade schreiben.«

»Ich bin neunzehn und habe meine eigene Schule. Ich kann die Kinder unterrichten, wie es mir gefällt, und ich darf sie sogar in den Arm nehmen, wenn sie sich das Knie aufgeschlagen haben.«

Tom fand es schön, dass sie so glücklich war, aber es war schade, dass sie trotz der Position, die seine Hand eingenommen hatte, immer noch redete.

Er sagte: »Du hättest auch ohne den Krieg etwas Wunderbares gefunden.«

»Aber wir beide wären uns nicht begegnet. Schon der Gedanke macht mich ganz schwindlig. Stell dir vor, wie viele Menschen in diesem Moment genau wie wir im Bett liegen, nur weil der Krieg sie zusammengebracht hat. In Kairo. In Paris.«

»Ja.« Er bewegte die Hand zwischen ihren Beinen.

»Und in Deutschland auch, nehme ich an.«

Seine Hand hielt inne. Eigentlich war das nähere Ziel allgemeine Seligkeit gewesen, und stattdessen waren plötzlich die Deutschen da.

»Immer langsam. Die Hunnen liegen nicht miteinander im Bett.«

»Und wie machen sie dann die kleinen Hunnen?«

»In Fabriken an der Ruhr. Nach genauen Bauplänen.«

Er wünschte, sie würde damit aufhören. Die Welt jenseits der vier Ecken des Bettes konnte zur Hölle gehen und schien fest entschlossen, das auch zu tun. Davon zu reden hieße, sie mit unter die Bettdecke zu holen, herein in die Wärme und die

Dunkelheit. Und nun konnte er nicht mehr aufhören, daran zu denken. Da draußen, irgendwo in der Nacht, zitterte sein bester Freund auf einer Pritsche, mit Bromid im Tee und Postkarten von Betty Grable. Die Schuldgefühle waren wieder da. Er seufzte.

»Was ist los?«, fragte Mary.

»Ich komme mir vor wie ein Arschloch.«

»Warum denn nur?«

»Weil ich mich nicht gemeldet habe. Weil ich hier bin, während die Welt dort draußen ist.«

Mary drückte die Zigarette aus. Bei der Bewegung erzitterten die Bettfedern. Seine Hand zwischen ihren Beinen konnte weder richtig vorrücken noch sich zurückziehen, sondern umfasste sie einfach mit instinktiver Zärtlichkeit.

»Du bist nicht zum Soldaten bestimmt.«

»Warum nicht? Ich kann auch kämpfen.«

»Du könntest niemanden erschießen.«

Sie streichelte sein Gesicht. Es kam ihm vor, als fahre sie mit der Berührung seine eigenen Grenzen nach.

»Ich könnte töten, wenn ich müsste.« Sofort erkannte er, wie absurd es war, damit zu prahlen.

Sie lächelte. Er wurde rot. »Vielleicht glaubst du das nicht, aber ich könnte es.«

Er nahm die Hand zwischen ihren Beinen weg und stützte sich im Dunkeln auf den Ellbogen. Sie knipste ihr Feuerzeug an. Im provisorischen Licht schaute sie ihn so ruhig an, dass er sich schämte.

»Gott. Es tut mir leid.«

»Nicht nötig.«

Sie klappte das Feuerzeug zu, und in der Dunkelheit sah er das helle Negativ der Flamme. Sie rollte sich auf die Seite und legte seine Hand wieder zwischen ihre Beine. »Wenn sie dich einberufen, dann geh. Doch verdirb es nicht schon vorher.«

»Mary, ich …«

»Schsch, Liebling. Der Krieg darf nicht gewinnen.«

Er rückte sein Gesicht ganz nah an ihres. »Als ich vorhin *Ich liebe dich* gesagt habe …«

»Ja?«

»Da habe ich es nicht ernst gemeint. Jetzt aber schon, glaube ich.«

»Oh ja. Ich auch.«

Tom begriff, weshalb die guten Filmschauspieler es nie mit einem Lächeln sagten. Jemanden zu lieben hieß zu erkennen, wie allein man vorher gewesen war. Zu wissen, dass es keine Erlösung aus der Qual gäbe, sollte man je wieder allein sein. Es war nicht unbedingt ein Glücksgefühl.

Danach legte sie ihren Kopf auf seine Brust und gähnte. Ihr kupferrotes Haar floss über ihn.

»Möchtest du schlafen?«, fragte er.

Sie erwog die Frage, als wäre sie ganz neu, und schüttelte den Kopf. Es regnete, und in der Mansarde zog ein graues Licht herauf, das allem seine alltägliche Gestalt zurückzugeben drohte. Tom spürte, wie ihn namenlose Angst überkam, doch Mary lächelte ihn so schelmisch an, dass sein Glaube wiederhergestellt war. Ihr Geruch nach Sex, das komische, konzentrierte Stirnrunzeln, ihre Brüste, die leicht bebten, als sie sich im Bett aufsetzte. Ihr schlanker Bauch. Der Regen kam in Böen, hart, als werfe jemand händeweise Reis ans Fenster.

Er machte Tee, goss ihn in die Marmeladengläser, die sie als Tassen benutzten, und kehrte ins Bett zurück. Sie lehnten sich gegen das Kopfteil und aneinander. Sie waren müde, ihr Blick nach innen gerichtet. Sie vergaßen, den blassen Tee zu trinken. Der Dampf kondensierte am inneren Rand der Gläser.

Er sagte: »Warst du je … du weißt schon. Mit jemandem im Bett?«

Sie blinzelte. »Oh, ja.«

Als hätte es gar nichts zu bedeuten. Toms Angst kehrte zurück. Er war vollkommen auf ein Ja oder Nein gefasst gewesen, doch diese dritte Möglichkeit war ihm überhaupt nicht in den Sinn gekommen: dass es gar nichts zu bedeuten hatte. Ihm war es wie das Wichtigste vorgekommen, das ihm je passiert war. Er war natürlich ein Idiot gewesen. Ihm war, als müsste er jeden Augenblick weinen.

Was er natürlich nicht zulassen würde. Er würde sein Gesicht justieren: zu einem weltmännischen Grinsen. Und wenn sie ganz selbstverständlich weitersprachen, würde er sich unbekümmert dem neuen Thema widmen. Als hätte es in der Tat nichts zu bedeuten und dieses Gefühl, das ihn erfasst hatte – als hätte man ihn durchgestrichen wie den ungeschickten ersten Entwurf zu einem Brief –, auch nicht. Und doch … und doch.

Er begriff, dass es ihm egal wäre, wenn sie mit fünf Männern geschlafen hätte oder sogar mit einem Dutzend: Er wollte nur, dass Mary – die in seinen Armen gezittert und ihr Gesicht an seinen Hals gedrückt hatte – dass Mary davon sprach, als hätte es etwas zu bedeuten. Die Tränen drohten wieder, und er unterdrückte sie.

Sie bohrte die Finger in seine Rippen.

»Liebling?«, fragte er in leichtem Ton.

Sie pikste ihn wieder, und er drehte sich zu ihr. Sie schaute ihn seltsam an, und er verstand nicht. Ihm wurde klar, dass er so vieles nicht verstand. Er hatte seine Jungfräulichkeit verloren – war an einen Ort gesegelt, der auf der Karte als Land ausgewiesen war, und hatte doch nur offenes Meer vorgefunden.

Er konnte ihre Augen nicht lesen. Er fürchtete, sie könne wollen, dass sie sich noch einmal liebten. Er wusste nicht, ob er dazu fähig war. Vielleicht wollte sie auch etwas ganz anderes, und der seltsame und schreckliche Blick, mit dem sie ihn bedachte, war nur das Vorspiel zu einem Gespräch, in dem sie ernst und freundlich sein würde. Sie würde leise bemerken, wie spät es schon sei und dass sie jetzt vielleicht etwas schlafen sollten. Und wenn die Tageszeit gekommen war, da eine junge Frau schicklicherweise auf die Straße gehen konnte, würde sie sich entschuldigen und ihn verlassen.

Er streichelte ihre Wange. Wie jämmerlich er war. Sie hatte seine Reaktion bemerkt und fand ihn lächerlich. Nun, da sie ihn verlassen würde, wurde ihm klar, dass es ihm gar nichts ausmachte, wenn sie nichts für ihn empfand oder für die anderen Männer, mit denen sie geschlafen hatte. Was er nicht ertragen konnte, war, ohne sie zu sein. Wie schrecklich seine Tage von nun an wären. Wie leer.

Sie lächelte.

»Was ist?«, sagte er.

»Ich habe mit niemand anderem geschlafen.«

»Aber wieso …?«

Sie nahm seine Hand. »Ich wollte sehen, ob es dir etwas bedeutet.«

Über ihnen dröhnten Motoren durch die Morgendämmerung. Tom zog die Decke über sie beide. In der improvisierten Dunkelheit hielt er Mary fest an sich gedrückt. Er hatte keine Ahnung, wie das Bettzeug sie beschützen sollte. Der Motorenlärm kam näher und wurde lauter, bis er genau über ihnen war und die Fensterscheiben erzittern ließ. Dann verklang er in Richtung Osten. Flugzeuge wurden abgeliefert oder Piloten ausgebildet – weiter nichts –, und danach lachten sie über ihre eigene Angst.

Bei Sonnenaufgang, als sich der Regen verzogen hatte und die Gehwege nass schimmerten, gingen sie spazieren. Sie trugen die Kleidung, in der sie gestern Abend tanzen gewesen waren; Mary, weil sie nichts anderes dabeihatte, und Tom aus Solidarität. Sie schlenderten ungezwungen nebeneinanderher, hielten sich an den Händen und schwangen die Arme und versuchten nicht, den Pfützen auszuweichen, denn die Liebe schützte sie vor allen Unannehmlichkeiten.

Die Straßen waren fast verlassen – London gehörte ihnen allein –, und wenn es den Liebenden von Zeit zu Zeit gefiel, einen Bäckereiwagen auf seiner Runde vorbeifahren zu sehen oder einen Polizisten auf Streife oder den letzten Fuchs der Nacht, der in einer Gasse nach Essensresten suchte, dann ließen sie es geschehen. Sie schlenderten weiter, bis die Gehwege voller wurden und der Verkehr sich in den Straßen drängte. Sie gingen und brauchten nichts, bis sie plötzlich alles brauchten. Sie merkten, dass sie ausgehungert waren, und stürzten in ein Café und aßen wie die Wölfe. Sie tranken dunklen, zu lange gezogenen Tee, bei dem einem die Zähne im Kiefer summten. Danach beschloss er, dass er unbedingt ein Buch für sie kaufen müsse, und sie beschloss, dass sie ihm unbedingt einen Brieföffner kaufen müsse, und so liefen sie durch die Geschäfte, bis sie beides erledigt hatten und wieder ruhig waren.

Sie saßen auf einer Bank auf dem Trafalgar Square, hielten entzückt ihre neuen Besitztümer in den Händen, und Tom verspürte eine grenzenlose Feierlichkeit. Sie schauten zu, wie sich die schmutzigen Tauben aneinanderdrängten.

Mary gähnte und bettete den Kopf auf seine Schulter.

»Bist du müde? Sollen wir in die Wohnung zurückgehen und schlafen?«

»Ich sollte nach Hause gehen. Palmer ist sicher schon ganz unruhig.«

»Dein Hund?«

»Ja«, antwortete sie und fragte sich, warum sie das gesagt hatte. Die Distanz zwischen ihnen war gar nicht vorhanden – und zugleich so gewaltig, dass sie nicht den Mut gefunden hatte, darüber zu sprechen. Eine schwere Traurigkeit legte sich über sie.

»Woran denkst du?«, fragte er.

»Wie froh ich bin. Und du?«

Er dachte darüber nach, dass sie ein Heim, ein Haustier, Eltern hatte. Er hatte bisher keinen Gedanken daran verschwendet, dass sie sich nicht mit achtzehn Jahren in der Welt materialisiert hatte, mit perfektem karmesinrotem Lippenstift, lachend, in den exakten zeitlichen und räumlichen Koordinaten, in denen er ihr zum ersten Mal begegnet war. Sie war so vollkommen und einzigartig, dass der Gedanke, Freunde – und, schlimmer noch, eine Familie – könnten sie zu einem gewöhnlichen Menschen machen, unerträglich schwer auf seiner Brust lastete.

Er sagte: »Ich auch.«

Sie küsste ihn. »Ich sollte gehen.«

»Oh … ja. Ja, natürlich.« Er schaute sie besorgt an. »Was wirst du deiner Familie sagen?«

Sie strich ihm über die Wange. »Ich werde Vater sagen, dass ich bei meiner Freundin Hilda übernachtet habe. Und Mutter werde ich sagen, dass du reizend bist.«

»Du willst es ihr erzählen?«

»Frauen teilen alles miteinander. Das ist das Privileg, das man uns gestattet, weil wir auf Muskeln und Schnurrbärte verzichtet haben.«

Er drückte ihre Hand. »Ich bringe dich zur U-Bahn.«

Sie verriet ihm nicht, dass sie nie mit der U-Bahn fuhr. (Sie fragte sich, ob man die Fahrkarte vorher kaufen musste oder ob ein Schaffner durch den Wagen kam.) Sie standen von der Bank auf und gingen zurück über den Trafalgar Square und rannten plötzlich los, um die Tauben zu erschrecken. Sie rannten atemlos und lachend und verzweifelt traurig, die Hände fest verschränkt, während die Vögel vor ihnen aufstoben, sich zusammenfanden und emporwirbelten und durch die Wolkendecke, die über der Stadt lag, in den Himmel stiegen. Ein Leben, losgelöst von der umkämpften Erde, etwas, das neu begann und in der friedlichen Luft seine Schleifen und Kurven zog.

Mary umklammerte Toms Hand und fand es herzlos, dass sie beide hier unten bleiben mussten, in London.

»Du musst mich nicht weiter begleiten«, sagte sie.

»Ich wünschte, du müsstest nicht gehen.«

»Ist nur bis Montag. Hol mich von der Arbeit ab.«

»Wirst du denn zurechtkommen?«

»Warum sollte ich nicht zurechtkommen?«

Er dachte über ihre Frage nach. Es gab viele mögliche Gründe. Da war zum einen der Krieg, der, wie er mit zunehmender Gewissheit glaubte, jederzeit den Tod vom Himmel bringen konnte, obwohl er noch gewohnheitsmäßig auf der Meinung beharrte, das Ganze werde im Sande verlaufen. Dann gab es willkürliche Befehle, die sie in unterschiedliche Städte oder gar Länder versetzen konnten, worauf die Entfernung ihr Gift verbreiten und die Hand des geliebten Menschen in bloße Handschrift verwandeln würde.

Außerdem waren da mechanische Unfälle: Es war bekannt, dass Maschinen schlanken Körpern wie dem, an dem er sich jetzt festhielt, oft böswillig begegneten. Lager konnten sich verklemmen, Achsen konnten splittern, Taue konnten reißen. Auch sorgte er sich um Unfälle des Herzens. Sie war schön: Das sahen andere Männer so gut wie er. Sie war intelligent und unkonventionell, und ihre Treue konnte nicht vorausgesetzt werden. Es würden Verehrer kommen, die größer oder reicher waren als er oder – am allerschlimmsten – sie zum Lachen brachten. Wie er sich vor Männern fürchtete, die sie zum Lachen bringen könnten.

Es gab Krankheiten: eine geringere Gefahr als gute Stimmung, doch durfte man auch sie nicht ganz außer Acht lassen. Die Influenza trat einmal in jeder Generation auf und war in ihrer überfällig. Krebs oder Schwindsucht konnten sie ihm entreißen. Ein Kratzer am Finger konnte sich entzünden, eine Fieberblase eine schlimmere Kälte in den Körper lassen. Es gab eine ganze Kategorie bedrohlicher physikalischer Missgeschicke – Stolpern, Ausrutschen und Ersticken; Kollision, Verbrennung und Schock. Ganz zu schweigen von Gefahren, die durch Dritte drohten. Ihre Freundinnen konnten sie ihm entfremden. In Gassen konnten Unholde lauern, die sie ermorden oder ihr noch Schlimmeres antun würden. Ihre Eltern konnten aus einer ganzen Liste seiner Fehler auswählen, sich auf seinen Pazifismus oder seine Armut stürzen. Sie könnten sich anschicken, ihn ihrer Tochter mit allen Tricks und nach allen Regeln der Kunst auszureden. Was die Eltern betraf, neigte sich das Spielfeld sehr zu seinen Ungunsten: Sie hatten sie in jedem Jahr ihres Lebens gekannt, er sie noch nicht einmal zu jeder Jahreszeit.

Und letztlich waren da die Unwägbarkeiten des Gedächtnisses und der Psyche. Sie könnte morgen aufwachen und sich nicht daran erinnern, ihn je gekannt zu haben. Oder sie könnte an einem Café vorbeigehen und abrupt stehenbleiben, weil sie plötzlich in unbezähmbarer Leidenschaft für den Kellner entbrannt war. Und am schlimmsten, weil so viel wahrscheinlicher, war die ganz banale menschliche Unzufriedenheit, die aus der Abwesenheit erwuchs. Wenn er nun etwas gesagt hatte, was sie störte – ein einzelnes Wort konnte reichen –, und sie darüber nachgrübelte und zu dem Schluss gelangte, dass er sie nicht wirklich liebte? Oder wenn er im Bett unzulänglich gewesen war? Je länger er darüber nachdachte, desto sicherer war er, dass er zu wenig oder – schlimmer noch – zu viel getan hatte. Bisweilen hatten sie wie Tiere gestöhnt. Das war doch schrecklich. Sicher würde sie nun allein für sich beschämt daran zurückdenken und ihn nie wiedersehen wollen.

Und dies waren nur die ersten Gedanken, die ihm kamen. Je mehr er grübelte – oh Gott, ihr liebliches Gesicht mit dem spöttischen kleinen Grinsen –, desto besorgter wurde er. Trennung war Luft in den Lungen des Schicksals, und als sie sich nun nach ihrer ersten gemeinsamen Nacht trennen mussten und er sie fragte: »Wirst du zurechtkommen?«, und sie antwortete: »Warum denn nicht?«, erschien es ihm aus vielen Gründen absurd unwahrscheinlich, dass er sie, wenn er jetzt ihre warme Hand losließe und sie in den grauen, nach Frühling riechenden Morgen davonginge, je wiedersehen würde. Es schien unendlich viel sicherer, nah beieinanderzubleiben und die Zerfallskraft der Welt auf andere Liebespaare wirken zu lassen. Doch da er nicht wusste, wie er all das unpathetisch sagen sollte, sagte er einfach nur: »Na schön, dann sehen wir uns am Montag.«

Es war nicht so, als griffe er ein Maschinengewehrnest mit einem Bowie-Messer an oder schnallte sich in den Bordschützensitz eines viermotorigen schweren Bombers. Und niemand sonst würde es erfahren – man bekam keinen Orden dafür, dass man an einem grauen Samstagmorgen inmitten eines europäischen Krieges die Hand einer Frau losließ. Aber daran zu glauben, dass die Geliebte beständig und das Leben milde sein würde, erforderte einen gewissen Mut in einer Stadt, deren Vorlieben eher im Neubeginn als im sicheren Fortbestand lagen.

Als sie sich von ihm entfernte, wandte er ihr den Rücken zu, um zu zeigen, dass er es konnte.

Mary hingegen fiel es gar nicht schwer, von Tom wegzugehen. Sie lief einfach ein Stück, in den Kleidern von gestern. Ja, der Krieg war wie blindes Roulette. Ja, die Stadt war voller schöner Frauen, die ihn in Versuchung führen könnten: Manche waren hinreißender als sie, manche trugen schon Sommerkleider. Doch all das lastete nicht schwer auf ihr, da sie die Dinge von Natur aus leichtnahm und man ohnehin einfach leben musste. Oh, und dennoch –

»Liebling?«, rief sie und drehte sich um.

Doch die Menge hatte ihn verschluckt. Sie hatte sich vorgestellt, er würde noch dort stehen und ihr nachsehen. Und nun war sie schrecklich unsicher, was die Liebe anging.

Juni 1940

Weit oben über dem Zug, den Alistair in Dover genommen hatte, zogen sich Kondensstreifen über den Himmel. Er streckte den Kopf aus dem Fenster in den warmen Sog, der bitter nach Kohlenrauch schmeckte. Er wusste, dass die RAF dort oben den Feind umkreiste, doch von hier unten waren die Flugzeuge unsichtbar klein, und es sah aus, als stiege der Rauch seiner eigenen Lokomotive nach oben und würde dort zu diesen dünnen, gequälten Kondensstreifen. Als wäre die Natur geronnen, als würden Gase sich nicht mehr auflösen, sondern sich nur teilen und umeinanderwickeln; als gäbe es kein Vergessen.

Die Lokomotive pfiff kreischend. London war schon nah, zerrte mit einer unheilvollen Anziehungskraft an seinen Zellen. Er hatte Tom sofort besuchen wollen – nur darum war er hergekommen –, doch nun, kurz davor, hatte er das Gefühl, er müsste erst seine Ruhe wiederfinden. Er würde Tom eine kurze Nachricht mit der Nachmittagspost schicken, den Tag für einige Besorgungen nutzen und sich am Abend mit seinem Freund treffen.

Lieber Tom,
das Regiment hat Urlaub bekommen, den wir uns mit unserem glorreichen Rückzug durch ganz Nordfrankreich wahrlich verdient haben.

Er ließ den Stift sinken und suchte nach dem richtigen Ton. Von der ersten Niederlage in den Ardennen bis zur endgültigen Evakuierung in Dünkirchen hatte der Feind sie aufgerieben. Die Deutschen waren konzentrierter, überzeugter, stärker. Wenn man an den Feind dachte, tat man es mit einer seltsamen Mischung aus Angst und Bewunderung. Es schien absurd, dass man nicht einfach die Hand heben und sagen konnte: »Schaut her, gut gemacht, aber jetzt ist Schluss, ja?«

Ich bin leicht am Arm verletzt, aber garantiert immer noch ein besserer Schlagmann als Du. Außerdem haben sie mich zum Captain befördert. Stell Dir einfach einen leuchtenden Kometen vor, der in der Uniform eines Offiziers mit Verwundetenabzeichen heimwärts zieht.

Noch immer drangen Glassplitter aus ihm hervor – er hatte den Arm gerade noch rechtzeitig vors Gesicht heben können, als in Mont-de-Piété eine Fensterscheibe explodiert war. Es war gar nichts. Es verursachte weniger Schmerz als vielmehr ein unwillkommenes Gefühl der Entfernung von den Menschen um ihn herum. Es hätte ihn nicht überraschen dürfen. Der Krieg machte einsam – die Geliebte, die zurückblieb, das Gespräch, das unterbrochen wurde –, so dass es kaum verwunderlich war, wenn man sich nach einem so knappen Entkommen ein wenig zusammenhanglos fühlte.

Ich vertraue darauf, dass Caesar sich als Anstandskater betätigt und

Es war noch keine Woche her, dass Alistair mit seinen Männern in provisorischen Unterständen am Strand von Dünkirchen gekauert hatte. Granaten waren kreischend niedergegangen und am Strand in unberechenbaren Intervallen explodiert. Alle waren vom Rauch geblendet: ein scharfes Amalgam aus dem schwarzen Ruß brennender Schiffe und dem weißen Chemikalienrauch, mit dem die britischen Zerstörer künstliche Nebelwände erzeugten. Sie vermischten sich zu einem tränentreibenden Dunst, der rote Augen und schmerzende Kehlen hervorrief.

Alistair blickte über den Rand seines Unterstands. »Was sagen Sie zu diesem Wetter?«, rief er seinem Senior Sergeant Blake zu.

»Sehr sommerlich, Sir«, rief der Mann vom benachbarten Unterstand herüber. »Mit Ihrer Erlaubnis gehe ich mit meinen Männern ein Eis essen.«

»Sehr schön«, rief Alistair zurück. »Vielleicht können Sie auch ein paar Liegestühle mitbringen. Die könnten wir hier prima vermieten.«

»Bestimmt, Sir.«

Alistair nickte. »Funken Sie das HQ an und fordern Sie ein Kasperletheater an. Wenn Sie sich gut benehmen, dürfen Sie die Gretel sein.«

Er wartete auf Blakes Antwort, doch der hatte ein paar Granatsplitter mit dem Körper abgefangen und sackte umstandslos zur Seite. Alistair machte eine reflexartige Bewegung, um aus dem Unterstand zu springen und Blake zu helfen. Aber nein, er saß ja hier im Zugabteil und schrieb an Tom. Er rieb sich die Schläfen, um sich in die Gegenwart zurückzuholen.

... dass Caesar sich als Anstandskater betätigt und dass

Alistairs Männer waren zwei Tage am Strand gewesen. In den Rauch mischte sich der Gestank von Fäkalien und Urin. Sie hatten keine Möglichkeit, richtige Latrinen anzulegen, und benutzten ihre eigenen Unterstände. Pro Stunde fielen fünfzig Bomben auf den Strand, pfiffen durch den Dunst, abgeworfen von unsichtbaren Bombern. In größeren Abständen kamen die gelbnasigen Messerschmitts ohne Vorwarnung über die Dünen herangeschossen – so tief, dass man jede Niete erkennen konnte – und wühlten den Sand mit ihren Bordgeschützen auf. Er spritzte in Fontänen hoch und nieselte endlos und fein herunter. Männer starben, die aufgerissenen Augen zum Himmel gerichtet, so dass sich der Sand darin sammelte.

... sich als Anstandskater betätigt und dass Deine Tanzkunst sich verbessert hat.

Er lehnte den Kopf ans Zugfenster und atmete schwer. Grüne Felder sausten vorbei. Nur dies war real, sagte er sich: der reifende Weizen, die Scheune mit den Steinwänden, die Mutterschafe dort drüben. Vor dem Fronteinsatz hatte er nicht geahnt, dass die Zeit zu einem Band werden konnte, in Schleifen gelegt und angeordnet wie die Blütenblätter einer schwarzen Rosette.

Ich will Dir den Spaß mit Deinem Mädchen nicht verderben und werde daher nicht in der Mansarde schlafen. Ich gehe ins Robertson's – das kleine Hotel in der Shooters Hill Road. Komm dorthin, wenn Du diesen Brief bekommen hast.

Der Zug fuhr zischend in Charing Cross ein. Alistair steckte den Brief in einen Umschlag, nahm den Seesack von der Ablage und trat auf den Bahnsteig.

Es war heiß in London. Er ging vom Bahnhof aus nach Norden. Auf seiner Uhr war es zwölf, doch es waren keine Glocken zu hören. Sie waren in ihren Glockentürmen verhüllt und würden nur bei einer feindlichen Invasion geläutet werden. Diese Pläne sollten wohl tröstlich auf die Zivilisten wirken, obwohl Alistair, der den Deutschen in ihrer augenblicklichen Stimmung begegnet war, stark bezweifelte, dass Glocken viel ausrichten würden – ob nun stumm oder läutend oder eingeschmolzen und zu Metallabsätzen für Steptanzschuhe verarbeitet.

Vor einem Briefkasten blieb er stehen, zögerte und steckte dann den Brief wieder in die Tasche. Vielleicht sollte er sich lieber erst ein Zimmer im Robertson's besorgen, bevor er sich dort mit Tom verabredete. Meist hatten sie Zimmer frei, aber im Krieg konnte man nie wissen.

Er wischte sich mit dem Taschentuch Schweiß und Ruß aus dem Gesicht. Körper prallten gegen ihn. Alle schubsten und rempelten. Dies war eine neue Bewegungsform, in die er sich nicht einfügen konnte. Die Stadt war voll keuchender Eile, aber es war nicht mehr die alte Strömung bei Schichtbeginn und -ende, wenn die Masse der Körper gemeinsam dahinfloss wie die Gezeiten. Jetzt schienen alle in unterschiedliche Richtungen zu streben.

Alistair kämpfte gegen eine aufsteigende Ratlosigkeit an. Er konnte sich nicht durch die neuen Menschenmassen schieben. So viele Leute, alle aus dem Tritt. Es kam ihm vor, als seien die nun ungeläuteten Stunden nicht mehr strikt voneinander getrennt, als glitten sie übereinander wie die Schuppen eines schlangenartigen Tieres. Tagschicht und Nachtschicht und Wechselschicht schubsten einander und verwirrten ihn, und während er in der Hauptstadt seine Besorgungen machte, kam es ihm vor, als wäre jeder Bus, in den er stieg, voll mit blassen Mädchen in Overalls. Sie waren entweder auf dem Weg zur Arbeit oder kamen von dort zurück. Er versuchte, mit ihnen zu reden, doch die Sprache hatte sich anscheinend auch verändert. Sein Englisch schien sie zu amüsieren oder zu irritieren. Es war, als hätte er es im Ausland gelernt.

»Sind Sie weit gekommen?«, fragte er einen jungen Mann in Helm und Tweedanzug.

»Was?«, sagte der Mann und schaute ihn argwöhnisch an.

Alistair war es gewöhnt, den Schock des Krieges in den Augen seiner Männer zu sehen. Sein eigener Vorgesetzter war bei Saint-Quentin getötet worden, als der Feind ihre Linien mit

Mörsern beschoss. Alistair brauchte den Befehl zum Rückzug, und als über das Feldtelefon keine Antwort kam, war er eine halbe Meile gelaufen, um in der steinernen Scheune, in der ihr Kommandoposten untergebracht war, Anweisungen einzuholen. Als er dort ankam, stank es nach verbranntem Fleisch, und es war niemand mehr am Leben. Eine Mörsergranate war durchs Dach gedrungen, die steinernen Wände hatten der Druckwelle standgehalten. Die Luft war noch heiß. All seine vorgesetzten Offiziere waren verbrannt und in Stücke gerissen. Der Colonel saß aufrecht an einem Klapptisch, blutlos und grau, den Schnurrbart empört verzogen, den Hörer des Feldtelefons noch fest umklammert. *Dies ist ein schauderhaftes Hotel, ich möchte mich über den unablässigen Lärm beschweren.*

Alistair lief zurück zu seinem Posten, versammelte die Überlebenden der Kompanie und führte sie zur Küste. Die ganze Zeit hoffte er, einem vorgesetzten Offizier zu begegnen, der einen besseren Plan hatte – bis sie nach zehn Tagen zu den Hauptstreitkräften in Dünkirchen stießen. Zwei seiner Sergeants waren tot, ebenso fünf Corporals. Die meisten Männer waren verletzt, sechs mussten zu den Booten getragen werden. Alistair überwachte das Zusammenbauen der Tragbahren.

Er fand es wohltuend, solche praktischen und notwendigen Aufgaben mit den Männern zu erledigen. Nur dann fühlte er sich nützlich. Er konnte gut restaurieren. Hätte die Aufgabe darin bestanden, Europa wieder aufzubauen, statt es in Stücke zu sprengen, hätte Alistair wohl mehr mit seinem Offiziersrang anfangen können und sich weniger gescheut, die Männer anzuführen.

Sie schienen jedoch ganz zufrieden, sich seiner Führung zu unterwerfen. Sie marschierten, wenn er es ihnen befahl. Sie feuerten ihre Gewehre auf den Feind statt aufeinander ab, obwohl sie einen Monat kaum geschlafen hatten. Sie tranken sandigen Tee, verzogen das Gesicht bei besonders lauten Explosionen und schrieben ihren Freundinnen nach Hause. Wenn er seine Runde machte, nannten sie ihn Sir, boten ihm Tee und Kekse an und freuten sich, wenn er in ihrem Unterstand vorbeischaute. Dass seine Anwesenheit ihnen zu helfen schien, war Grund genug, weiterzumachen. Um ihretwillen hoffte er, nicht getötet zu werden – er selbst brachte kein großes Interesse mehr dafür auf. Er versuchte, sein Bestes für sie zu tun und sie zu beruhigen, wenn sie ihn mit weit aufgerissenen Augen anschauten.

Der junge Mann ihm gegenüber wirkte erschrocken. Alistair ergriff seinen Arm, um ihn zu beruhigen, doch der Bursche schob ihn weg und eilte ans andere Ende des Busses. Alistair blinzelte. Natürlich: ein Bus. London.

Er stieg aus, sobald der Bus langsamer wurde. Auf der Straße war nichts so, wie es sein sollte. Die Zigaretten rochen nach brennenden Bauernhöfen, die Passanten verwirrten ihn mit Moschus und Mottenkugeln. Die Bäcker, die doch immer in der Morgendämmerung gearbeitet hatten, schienen nun auch am späten Nachmittag zu backen, vermutlich um die vielen neuen Nachtarbeiter zu versorgen. Als er zu seiner Bank in Piccadilly ging, duftete es nach warmem Brot. Es war tröstlich und beunruhigend zugleich.

Selbst im Ritz hatte man die Essenszeiten ausgeweitet, um sich den Kriegsgepflogenheiten anzupassen. Alistair schaute durch die hohen Fenster und sah Damen, die neben Kuchenetageren und Samowaren lachten, während Männer noch beim Mittagessen saßen. Wenn man in Mayfair gleichzeitig Portwein und Makronen sah, war gewiss das Schlimmste zu befürchten. Warum wirkten die Leute so gelassen?

Alistair lockerte die Krawatte, weil es so heiß war, und ging zum Embankment hinunter, wobei er sich in den Nebenstraßen hielt, um dem höllischen Gedränge zu entgehen. Nun, da er seine kleinen Besorgungen erledigt hatte, kam er sich überflüssig und dumm vor. Er setzte sich auf eine Bank und schaute stirnrunzelnd auf die Themse. Eine ölige Flut kam vom Mündungsgebiet herein und setzte der Strömung des Flusses einen wirren Wellengang entgegen. Die weißen Möwen trieben torkelnd dahin, überhitzt und seekrank.

Er hatte erwartet, dass er den ganzen Nachmittag brauchen würde, um sich mit seinem Bankdirektor, seinem Schneider und dem Familienanwalt zu beraten, hatte jedoch bei allen nur wenige Minuten verbracht und sich dann wieder auf den Weg gemacht. Sie hatten ihn herzlich empfangen, aber zwischendurch auf die Uhr gesehen. Er hatte den Eindruck gewonnen, dass ihm eine wichtigere, undefinierbare Gestalt durch die ganze Stadt folgte, die richtige Terminvereinbarungen getroffen hatte. Vielleicht war der Krieg gut fürs Geschäft. Vielleicht wäre er noch besser ohne die Soldaten, die allen nur im Weg standen.

Alistair sah zu, wie die Möwen zankend durch die Luft tanzten. Er selbst taumelte an diesem heißen Nachmittag quer durch die Zeit. Er hatte jetzt telefonisch ein Zimmer im Robertson's reserviert, die Nachricht an Tom aber immer noch nicht abgeschickt. Er hatte auch wenig Lust, seine alten Kollegen in der Tate zu besuchen. Noch schlimmer, als die Galerie deprimierend und leer vorzufinden, wäre es, wenn man die Bilder nun doch zurückgeholt hätte. Ihm war nicht danach, irgendjemanden zu treffen. Die Stadt hatte ihn auf dem falschen Fuß erwischt.

Er betrachtete die kleinen Strudel im braunen Wasser. Auf der Überfahrt von Dünkirchen in einem feuchten Nebel, der von roten und weißen Blitzen erhellt wurde, hatten sie mitten im Ärmelkanal einen abgestürzten RAF-Mann eingesammelt, der ihnen aus einem winzigen gelben Schlauchboot zuwinkte. Alistair hatte ihm geholfen, an den Tarnnetzen in ihr Boot zu klettern. Der zitternde Mann trug noch Fallschirmgurt und

Schwimmweste, Gesicht und Arme waren schwarz von Öl. Er salutierte, Alistair erwiderte den Gruß. Er besorgte dem Mann ein paar Decken und eine Plane als Schutz vor dem Wind. Es stellte sich heraus, dass sie zusammen etwas zum Rauchen basteln konnten – der Fallschirmspringer hatte eine unbeschädigte Pfeife dabei und Alistair trockenen Tabak. Wortlos teilten sie sich die Pfeife am Fuß des Mastes.

Nach einer Weile fragte Alistair: »Wie war das Wasser?«

»Frisch«, erwiderte der Fallschirmspringer. »Wie war Frankreich?«

»Voll.«

Alistair stand von der Bank auf, die, wie er sich sagte, real war, und machte sich auf den Weg nach Soho. Er konnte unmöglich jetzt schon ins Hotel gehen. Wie die Kugel in einem Tivolispiel prallte er von Café zu Varieté, während London ihm weiter direkt in die Augen schaute. Als hätte die Stadt selbst, in Zylinder und Gamaschen, gegen die Panzer gekämpft.

Nur wenige Meilen entfernt wurden jenseits des Kanals Massen von kaltem Metall zusammengezogen. Jede andere Stadt hätte nervös auf den Fingerknöcheln gekaut und ein Loch gegraben, um sich darin zu verstecken. Alistair wollte den Leuten zurufen: *Die Kugeln sind echt, wisst ihr!* Sie verstanden nicht, dass die Stadt ausgelöscht werden konnte. Dass jede einzelne Person mit dem gleichen verblüfften Gesichtsausdruck sterben könnte, den er bei den ersten Kriegstoten erlebt hatte, damals, in jenen frühen, schockierenden Tagen, bevor die Männer gelernt hatten, damit zu rechnen. *Tut mir schrecklich leid – ich glaube, ich bin tatsächlich getroffen worden.*

Der Abend brach herein, und es war immer noch heiß. In den verdunkelten Straßen mischte sich Alistair unter die anderen Uniformierten. Die gegenseitige Nähe war ihnen ein Trost, auch wenn sie nicht miteinander sprachen. Manche Männer liefen wie er ziellos umher, während andere in den Tanzsälen nach den blassen, erregbaren Mädchen suchten, die vor oder nach ihrer Schicht dort ausgingen – wobei Letztere angeblich die besseren Tanzpartnerinnen waren. Da Mars und Saturn zugleich am Himmel standen, trugen die jungen Luftschutzbeauftragten Seide unter der Uniform. Die uniformierten Mädchen zwinkerten Alistair zu. Er hatte sich selber satt und konnte nur salutieren.

Am besten, er schaute sich irgendeine Show an. Doch in den Kinos liefen nur patriotische Filme, und die Theater waren voller entwurzelter Männer, die wie er zu viel Zeit totschlagen mussten. Es gab Musicals, die in Monte Carlo, Ceylon und Siam spielten, mit Broadway-Stars und Tanzgruppen. London war perfekt darauf vorbereitet, ihm an jedem Ort der Welt einen aufregenden Abend zu verschaffen, dabei wollte er doch nur nach Hause.

Um Mitternacht, in der Dunkelheit, der Stille, die eigentlich von Kirchenglocken erfüllt sein sollte, trug Alistair seinen Seesack zur Waterloo Station. Er verbrachte die Nacht auf dem Bahnsteig und nahm im Morgengrauen den ersten Zug nach Hause, zu seinem Elternhaus. Dort draußen würde es still sein. Er würde lange Spaziergänge unternehmen. Auf dem Land, umgeben von Eichen und Rohrweihen und den vielen anderen außerordentlichen Dingen, die es dort gab, würde er sich bestimmt bald wieder wie er selbst fühlen.

Juni 1940

In der ersten Evakuierungsschule lief es nicht gut, und sie schickten ihn allein in ein anderes Dorf. Der neue Schuldirektor ließ Zachary bei der Schulversammlung aufstehen und sagte, nachsitzen müsse nicht derjenige, der ein Nigger sei, sondern derjenige, der einen solchen schikaniere.

Es war ein Kalksteindorf in einem Kalksteintal, und die Menschen hier waren nie weiter gereist als die Steine der Häuser, in denen sie wohnten. Das Feld hinter dem letzten Haus und vor dem ersten Steinbruch summte nur so vor Sommerfliegen. Zachary war nervös, weil das Feld von überall einsehbar war. Ein völlig verrostetes Traktorgerippe stand da, und es gab Büschel von rotem Baldrian und wuchernde niedrige Heckenrosen, doch nichts, hinter dem man sich verstecken konnte. Es war der denkbar schlimmste Ort, an dem Simone Block sich mit ihm verabreden konnte, aber es war nicht ihre Schuld. Sie kannte sich mit Leuten nicht aus.

Simone hatte gesagt, er sollte sich um acht mit ihr dort treffen, und er wartete seit acht Uhr morgens, nur für den Fall, dass sie das gemeint hatte. Es war ihm wie eines jener Dinge vorgekommen, die er eigentlich verstehen müsste, und sie sollte ihn nicht für noch dümmer halten, als sie es ohnehin schon tat. Er hatte den ganzen Tag gewartet, und jetzt ging die Sonne über dem westlichen Rand des Tals unter. Zachary kniff die Augen zusammen. Der Abhang war eine Welle, und die gelben Steinhäuser des Dorfes waren Fischerboote, die heraufgetuckert kamen und Schleppnetze aus langen schwarzen Schatten hinter sich herzogen. Im Abendnebel wurde der Kirchturm zum Leuchtturm, er glühte rot und leitete die Flotte mit ihrem Licht. Alle würden gerettet. Er war bei der Küstenwache, schaute hinaus aufs wilde Meer und –

Er zwang sich, innezuhalten. Er fiel immer wieder darauf herein, sah, was nicht da war, und sah nicht, was da war: der ausgestreckte Fuß, der ihn ins Stolpern brachte, die Papierkügelchen, die auf seinen Kopf zielten. Auf dem Feld summten Bienen von Blüte zu Blüte, elegant in ihren gestreiften Jacken, nichts im Kopf als ihr Spiel. Je mehr er sich konzentrieren wollte, desto mehr schweifte er ab.

»Wie viel Uhr ist es hier?«, hatte ihn seine Klassenlehrerin gefragt, wobei sie auf das Zifferblatt an der Tafel deutete. Zachary starrte auf die Zeiger und versuchte sich zu erinnern, in welche Richtung sie sich drehten, während ihm die Tränen kamen. Und draußen wurde ein Stier den Weg entlanggeführt, und seine Glocke läutete, und Zachary konnte das metallische Geräusch hören, wie es in der Sommerluft weicher wurde, als es taumelnd emporstieg. Er war wie eine träge Gewitterwolke aus Messing, und er lauschte und nahm sie wahr, und plötzlich starrten ihn alle an, und die Frage lautete noch immer: »Zachary, wie viel Uhr ist es hier?«, und er hatte keine Ahnung – überhaupt keine Ahnung –, und die ganze Klasse lachte ihn aus, und er ließ den Kopf hängen.

Seit September war er allein gewesen, bis Simone ihn vor einer Woche im Vorbeigehen leicht gestreift hatte. Er hatte sich für einen Kratzer oder Klaps gewappnet, doch sie hatte sich nur umgedreht und ihm ein rasches Halblächeln geschenkt – mitten im Klassenzimmer, wo alle es sehen konnten.

Am nächsten Tag hatte sie in der Frühstückspause seine Hand berührt.

»Zachary? Sei nicht traurig.«

Es überraschte ihn in dreierlei Hinsicht. Erstens bemerkte er erst jetzt, dass er traurig war. Zweitens hatte jemand anders es noch vor ihm bemerkt. Und drittens hatte jemand mit ihm gesprochen. Er hatte ganz still dagestanden und zugeschaut, wie sie wegging.

Er dachte jetzt an sie: an ihr schmutzigbraunes Haar und den angeschlagenen Vorderzahn. Ihre Haut, die heller war als die der anderen Kinder. Die Dorfbewohner bekamen im Sommer Sommersprossen und wurden braun, doch sie blieb weiß. Die Mädchen aus der Klasse ließen sie nicht beim Seilhüpfen mitmachen. Er gab sich seinen Gedanken hin: stellte sich vor, so weiß zu sein, dass die Leute einen deswegen verspotteten.

Sie war von weit her, wie er. Sicher müsste er wissen, woher. Andere konnten Simone Block vielleicht anschauen und sagen »Sie ist aus Frankreich« oder »Sie ist aus Holland«, so wie sie auf die Zeiger der Uhr schauen und »fünf vor neun« sagen konnten.

Sie war spät dran. Er fürchtete, dass sie nicht kommen würde. Er fürchtete, dass sie kommen würde. Er versteckte sich am Rand des Feldes, im Schutz von Fingerhut und Waldanemonen. Die Augen der Landkinder streiften immer umher, sie konnten ausgezeichnet sehen. Auf dem Schulhof hatte er erlebt, wie sich ein Junge beim Fußball bückte, einen Stein aufhob und in eine Hecke warf, in der Zachary nur Schatten gesehen hatte. Die Stille wurde dichter, die Kinder rückten heran: Ein betäubtes, blutiges Kaninchen wurde am Schwanz hervorgezogen, dann brach man ihm den Hals. Noch bevor die Beine des Tiers zu zucken aufhörten, wurde das Fußballspiel mit einem Einwurf fortgesetzt.

Obwohl der Abend warm war, fror Zachary vor lauter Hunger. Die Gastfamilie gab ihm nichts zu essen, und es war schwierig, auf den Bauernhöfen nach Fallobst zu suchen, ohne sich zu verraten. Besser hungrig und gut versteckt sein. Er beobachtete, wohin die Kaninchen und die Rehe gingen. Er sah mit den Augen eines Beutetiers, hielt Ausschau nach Lücken, durch die er schlüpfen konnte. Darin war er besser als die Dorfkinder. Er war für sich geblieben, bis Simone auf dem Schulhof ein Stück Papier neben ihm hatte fallen lassen. Er hatte den Fuß daraufgestellt, bis er es gefahrlos aufheben konnte. In einer einzigen fließenden Bewegung hatte er es auseinandergerollt, gelesen und gegessen. *Ich mag dich*, hatte auf dem Zettel gestanden. Sie ahnte nicht, wozu die anderen fähig waren.

Er holte grüne Weizenhalme aus der Tasche, rollte sich auf den Bauch und aß die weichen Teile am Ende der Halme. Mit dem Sonnenuntergang wurde der Nebel dichter. Zachary rollte einen fauligen Baumstumpf beiseite, fing Asseln ein, die weglaufen wollten, und aß sie. Am Ende rollten sie sich zusammen – die Narren, die Halbmenschen, die leicht zerstreuten Stämme aus den Büchern am Anfang der Bibel –, und man konnte sie wie silbrige Pillen knabbern. Er aß summend eine ganze Oktave. Sie schmeckten nach Sommerregen.

Er wollte Simone zurückschreiben, hatte sich aber geschämt. Er wusste nicht, ob er sie auch mochte – oder mochde? Stattdessen war er ganz kurz neben ihrem Pult stehengeblieben, als er am nächsten Tag in die Klasse kam. Er hatte einen Blick gewagt, und sie hatte mit einem so warmen Lächeln geantwortet, dass er sich beinahe vergessen und zurückgegrinst hätte.

Das Licht färbte sich rot. Eine Florfliege landete auf seinem Arm, und er zwickte sie in den Kopf und aß sie auf. Als er hochblickte, watete Simone durchs lange Gras zur Mitte des Feldes. In ihrer weißen Bluse und dem schwarzen Trägerrock ging sie zwischen den Disteln hindurch und versuchte gar nicht, sich zu verstecken. Sein Herz machte einen Sprung. Er zögerte einen Augenblick und erhob sich dann gerade hoch genug über den Fingerhut, dass er ihren Blick auffangen und sie herüberwinken konnte.

Als sie sicher im Schutz des Feldrains war, bürstete er Kiefernnadeln vom trockenen Moos, damit sie sich setzen konnte.

»Lass mich hinter deine Ohren gucken«, sagte sie als Erstes.

Er neigte den Kopf, und sie klappte jedes Ohr nach vorn und schaute dahinter. »Also nicht von der Sonne. Sonst wärst du da heller.«

»Es ist überall gleich.«

»Warst du zuerst normal und bist dann so geworden?«

»Nein. So bin ich, seit ich geboren wurde.«

Sie nickte mitfühlend. »Dann sind deine Eltern schuld.«

»Ich glaube nicht –«

»Scht. Tut es weh?«

»Tut was weh?«

»Deine Haut.«

»Nein, tut sie nicht.«

»Sie fühlt sich gar nicht verbrannt an?«

»Nein.«

»Ich meine nicht schrecklich, so wie *aaaahhhhh*! Ich meine so, wie wenn man zu nah ans Feuer kommt und die Haare sich kräuseln und es wund wird.«

»Es ist nicht wund.«

»Und dein Vater ist ein Kannibale?«

»Er ist Musiker.«

»Dann aber deine Mutter?«

»Sie ist tot, aber sie war Sängerin.«

Simone verschränkte die Arme. »Es muss entweder die Mutter oder der Vater sein.«

»Was müssen sie sein?«

»Derjenige, der Menschen isst. Sonst wäre das Baby weiß.«

Dazu fiel ihm nichts ein. »Wir kommen aus Amerika.«

Simone sah ihn skeptisch an. »Sind die anderen genauso unwissend wie du?«

»Die anderen was?«

»Die anderen Farbigen.«

Er schüttelte den Kopf. »Nur ich war immer dumm.«

»Ich habe nicht dumm gesagt, sondern unwissend.«

»Ist dasselbe.«

»Dumm ist, wenn man nicht lernen kann, unwissend ist, wenn man noch nichts gelernt hat.«

»Also, ich bin dumm. Du hast ja gesehen, was passiert, wenn ich in der Klasse mit Lesen dran bin.«

»Warum sprichst du die Buchstaben nicht einfach so aus, wie sie dastehen?«

»Sie bleiben für mich nicht stehen. Ich weiß nicht, wie man sie zum Stillstehen bringt.«

»Sie stehen doch still, Dummkopf.«

»Nicht für mich.«

Sie ergriff seine Hand. »Du zitterst ja.«

»Tu ich nicht.«

»Warum zitterst du?«

»Ich habe Angst. Du nicht?«

Sie schob seine Hand zurück und schaute ihn so zärtlich an, dass sein Herz sich zusammenzog. »Warum haben sie dich alleine hergeschickt?«

Er wandte sich ab. »Ist egal.«

»Warum fährst du nicht zurück nach London?«

»Wenn ich meinem Vater schreibe, sagt er, ich muss Geduld haben.«

»Dann musst du eben einen besseren Brief schreiben.«

»Beim Schreiben ist es noch schlimmer als beim Lesen. Als würden die Wörter den Stift hassen.«

»Ich schreibe es dir auf. Soll ich das machen?«

Zacharys Blick schweifte über das Feld. Die Sonne war jetzt hinter dem Rand des Tals versunken, und die Schattenlinie raste den östlichen Abhang hinauf. Er schaute zu, wie die flammenden Eichen vom Rande der Dunkelheit gefällt wurden. Er kannte jedes Tier auf dem Hügel und wusste, wie es sich bewegte: Er lernte schnell, wenn er aufmerksam hinschaute. Er kannte die Grenzen der Bauernhöfe und die Fehden der Dorfbewohner, die sich ständig änderten. Er blieb ihnen einen Schritt voraus und scheiterte nur, wenn seine Gedanken innehalten und in Worte gekleidet werden und die Wörter auf dem Papier festgehalten werden mussten. Er war unfähig zu verstehen, wie man Dinge, die ständig in Bewegung waren, anhielt: Er war dumm.

Simone zupfte an seiner Hand. »Was würdest du deinem Vater schreiben wollen, wenn ich es für dich aufschreiben würde?«

»Ich würde schreiben, dass du recht hattest. Dass ich traurig bin.«

Sie blinzelte. »Nur das?«

Er sah sie verwirrt an und fürchtete, er hätte etwas Falsches gesagt. Sie zog seine Hand näher heran. »Ich mag dich. Die anderen sollen sagen, was sie wollen.«

Er wagte ein rasches Lächeln. Sie fragte: »Soll ich dich küssen?«

Er zog die Hand weg. »Nein.«

»Wieso nicht?«

»Ich weiß nicht, was die anderen dann machen.«

»Das ist mir egal.«

Er wandte sich kurz ab, seine Gedanken flossen dahin, streiften über das dunkler werdende Land. Jedes Geräusch war ganz deutlich und klar, das Fließen des Flusses, das Gurren der Waldtauben, die sich für die Nacht niederließen, das Knacken von Zweigen im nahen Unterholz, wo ein Fuchs oder Wiesel zu seiner nächtlichen Runde aufbrach. Er schaute wieder zu Simone, und ihr Gesicht war frei von Angst, und vielleicht sollte er versuchen, worum sie ihn gebeten hatte.

Er schloss die Augen und rückte seine Lippen nahe an ihre, und als sie ihn küsste, standen seine Gedanken einen Moment lang still, und nur der Fluss rauschte, und nur die Zweige im Unterholz knackten, jetzt lauter, es drang fast in sein Bewusstsein, aber nicht ganz, denn es war sein erster Kuss, und er war warm, und einen Augenblick lang lichtete sich die Traurigkeit, und er spürte die Stille in sich. Alles war still. Und dann traf ihn ein schwerer Kieselstein an der Schläfe, und er war wie betäubt, und als er wieder sehen konnte, flogen weitere Steine durch die Dämmerung heran.

Simone wurde getroffen. Der Stein schlug ihr einen Zahn aus, und ihr Auge platzte auf, und alles war voller Blut, und er schlang die Arme um ihren Kopf, um sie zu schützen, doch das machte die Kinder aus dem Dorf nur noch wütender. Sie waren ganz still – und das war schrecklich –, sie johlten und lachten nicht, sie warfen nur einen peitschenden Stein nach dem anderen. Die Luft zischte vor lauter Flusskieseln. Simone begann zu schreien.

Zachary riss die Augen auf, als er sich aus dem Schlaf hochkämpfte und die Hand seines Vaters am Arm spürte.

»Alles in Ordnung, Zachary?«

Er blinzelte. Es war heller Tag, Felder rauschten an ihm vorbei. Ein Dritte-Klasse-Abteil, in dem vier Plätze besetzt waren. Er selbst, sein Vater, eine Frau, die einen Brief schrieb, ein Mann, der Zeitung las. Hinten auf der Witzseite sah man Hitler in Unterhosen: *Schnappen wir ihn uns mit runtergelassenen Panzern.*

»Ja, es geht mir gut, alles in Ordnung.«

»Du hast geträumt. Es sah nicht sehr lustig aus.«

Zachary blinzelte und sah aus dem Fenster. Ein Reh trat aus einem Buchenwäldchen, hoch oben auf einem grünen Hügel.

»Es geht mir gut.«

Das rechte Auge seines Vaters wanderte umher, während das linke ihn fixierte. Als Zachary noch klein war und nach dem Grund fragte, sagte sein Vater immer, er sei mit einem Auge auf der Hut. Sie machten sich einen Witz daraus zu raten, mit welchem Auge. Jetzt sagte sein Vater: »Es tut mir leid, dass ich dich nicht früher geholt habe.«

»Schon in Ordnung.«

»Sie hatten uns davon abgeraten. Sie sagten, die Kinder sollten bleiben, wo sie sind.«

»Schon gut.«

Sein Vater verschränkte die Finger oben auf Zacharys Kopf und strich mit den Daumen über seine Augenbrauen. Das hatte er schon immer gemacht, und einen Augenblick lang kam es Zachary vor, als wäre seither nichts geschehen. Sie hatten Mutter nicht verloren, sie hatten nicht den Ozean überquert, man hatte sie nicht voneinander weggerissen.

Sein Vater sagte: »Deine Lehrerin hat mich gewarnt und gesagt, ich soll dich nach Hause holen. Ich hätte auf sie hören sollen.«

»Miss North?«

»Sie sagte, sie würde die Schule wieder öffnen, und man könnte uns nicht daran hindern, dich nach Hause zu holen. Aber ich dachte, das bedeutet bloß Ärger. Und du weißt, Ärger ist für sie eine Sache und für uns eine ganz andere.«

»Ich verstehe.«

»Aber sieh dich an. Dein armes Gesicht.«

Zachary zuckte mit den Schultern. »Es tut nicht weh. Es sieht nur schlimm aus.«

»Oh weh, ich habe einen Lügner großgezogen. Bist du sonst noch irgendwo verletzt?«

Zachary sah zu ihm auf. »Wenn wir wieder in London sind, kann ich dann bitte in die Schule gehen?«

»Ich weiß nicht, ob das gut wäre.«

»Bitte.«

Sein Vater seufzte. »Wie könnte ich jetzt nein sagen?«

Zachary schaute wieder zum Fenster. Er trug die grauen Shorts und den kurzen grauen Mantel, in denen er aus London evakuiert worden war, und er hatte nichts bei sich außer dem Behälter mit der Gasmaske. Man konnte zwei Dinge mit der Gasmaske machen: sie aufsetzen, so dass der Atem lustig ploppte und die Ventile beim Ein- und Ausatmen klickten und der Atem einen Offbeat hatte. Oder man konnte mit einem Stock über die Rillen des Schlauches fahren, der vom Filter zur Maske führte, und das Zip-Zip vibrierte in den Gummiriemen und klang dann wie ein Waschbrett.

»Soll ich dir noch etwas Salbe auf diese Schnitte tun?«

»Ich wünschte, es wäre wie früher.«

Sein Vater lächelte. »Wann früher? Wenn du in deinem Alter schon anfängst, dich in die Vergangenheit zu wünschen, trägst du bald wieder Windeln.«

»Du weißt, was ich meine.«

»Ich lasse nicht zu, dass sie uns wieder voneinander trennen.«

Von da an war es besser. Flache Hügel pfiffen vorbei, Waldverse und Feldchöre, die Schienen ratterten eilig. Sein Vater schlief ein. London kam näher. Die anderen Passagiere starrten die Neger entweder an oder gaben vor, es nicht zu tun. Wenn sie nicht hinschauten, leckte Zachary seine Fingerspitzen an und aß die Krümel, die er zwischen den Polstern fand. Die Frau neben ihm schrieb einen Brief, als Unterlage benutzte sie ein Buch. Sie hielt inne und dachte nach, sah aus dem Fenster. Schließlich schlief sie ein, der Brief lag auf ihrem Schoß, und Zachary aß ihn auf. Es war ein Blatt, auf eineinhalb Seiten beschrieben, und die blaue Tinte schmeckte nach Simones Nachricht. Als die Frau aufwachte, schaute sie auf ihren Schoß und auf den Boden des Abteils. Dann blickte sie ihn an.

»Hast du den Brief gesehen, den ich geschrieben habe?«

»Warum fragen Sie mich?«, sagte Zachary. »Warum nicht einen von den anderen?«

Seine Lippen und Zunge waren blau. Die Frau sah ihn nachdenklich an, zwinkerte und begann von neuem zu schreiben.

In Reading stieg sie aus und schenkte ihm ein Pfefferminzbonbon.

In Marylebone hielt die Lokomotive an und stieß Dampf aus, als hätte sie Bauchschmerzen. Zachary und sein Vater traten auf den Bahnsteig. Die Menge in der Bahnhofshalle brodelte, hetzte hin und her, getrieben von irgendeinem dringenden Verlangen. London saugte sie gänzlich auf.

Zachary lehnte sich an einen eisernen Pfeiler. Er war schwach vor Hunger, wollte seinem Vater aber nicht noch mehr Kummer bereiten. Das Blut verschwand aus seinem Kopf, und er musste warten, bis die Welt wieder Farbe bekam und seine Ohren nicht mehr klingelten. So könnte Sterben sein, man geriet für immer aus dem Gleichgewicht.

Sie verließen den Bahnhof, gingen heimwärts. Es gab keine rauchenden Krater. Er war neun Monate lang evakuiert gewesen, und die Deutschen hatten nicht ein einziges Mal angegriffen. Für ihn ergab das keinen Sinn, doch er wusste nicht, wie er seinen Vater danach fragen sollte. Die Antwort musste offensichtlich sein. Und wenn er nicht so beschränkt wäre, könnte er sie in Londons unversehrten Straßen erkennen und sagen: »Ah, darum haben sie uns weggeschickt.«

Seine Gedanken schweiften wieder ab. Wenn es Bombenkrater gäbe, könnte man sehen, was unter London war. Man könnte in die Löcher steigen und mit vollen Taschen herauskommen. Fossilien, Gold, Hinweisschilder.

»Möchtest du wirklich direkt in die Schule?«, fragte sein Vater. »Sollen wir dich nicht zuerst ein bisschen saubermachen?«

»Ich möchte hin.«

»Aber wieso? Haben dir die Leute nicht schon genug getan?«

Er wusste nicht, wie er es erklären sollte, wie leid er es war, nie etwas zu verstehen, wie zermürbt und traurig, und dass ein Teil von ihm zu hoffen wagte, dass Miss North einen Trick beherrschte, mit dem sie ihn weniger dumm machen konnte.

»Ich möchte sie einfach sehen.«

»Na schön. Aber wenn es Schwierigkeiten gibt, nehme ich dich raus. Von jetzt an bringen sie uns nicht mehr auseinander.«

Sie gingen durch den Regent's Park, vorbei am See, auf dem Soldaten Frauen in Sommerkleidern umherruderten. Die Männer ruderten schlecht, die Frauen lachten und spritzten mit Wasser. Zacharys Vater zog ihn an der Schulter zu sich heran. »Siehst du sie in ihren Booten? Weißt du, was das Verrückte dabei ist?«

Zachary schaute hin und fragte sich, was sein Vater wohl meinte, doch er sah nichts. Er musste es der großen Kategorie von Wörtern und Uhren, von Geheimnissen hinzufügen, die er nicht verstand. »Tut mir leid. Ich weiß es nicht.«

Sein Vater legte ihm eine Hand auf den Nacken. »Das Wasser. Es ist nur wenige Fuß tief. Wir könnten quer durch den See laufen, wenn wir wollten. Die Schuhe ausziehen und uns um den Hals hängen.«

Zachary lachte leise, da das anscheinend von ihm erwartet wurde.

»Aber die«, sagte sein Vater, »die wissen nicht, dass sie einfach aussteigen und laufen könnten. So wie ich nicht wusste, dass ich einfach kommen und dich nach Hause holen konnte.«

»Schon gut«, sagte Zachary. »Es ist nicht deine Schuld.«

»Wessen sonst? Ich freue mich, dass du zur Schule willst. Vielleicht endest du nicht so dumm wie ich.«

Zachary schaute auf den kleinen See. »Du bist nicht dumm.« Der See sah tief aus.

Er hielt die Hand seines Vaters, und sie gingen den Schleppweg am Kanal entlang, aus dem Park hinaus, in Richtung Hawley Street.

Die schwere Tür der Schule stand offen. Von drinnen hörte man Singen. Waren die anderen alle zurückgekommen? Ihn überraschte gar nichts mehr. Sicher stand es irgendwo geschrieben, und er hatte nur dagesessen und blinzelnd daraufgeschaut.

Er konnte kaum noch denken, weil er so hungrig war. Er schaute sich auf der ordentlichen, sauberen Straße um. Schaute hinunter auf seine zerrissenen Shorts und seine schmutzigen Beine und Schuhe. Er verstand den Streich, den man ihm gespielt hatte, nicht, aber er schämte sich.

In der Schule sangen sie ›When a Knight Won His Spurs‹. Er klammerte sich ans Geländer, war ganz schwach.

Sein Vater hielt ihn fest. »Möchtest du immer noch rein?«

Zachary nickte. Der Flur war dunkel. Er schaute in die ersten Klassenzimmer. Sie waren leer und dunkel. Alle Fenster waren vernagelt. Sie folgten dem Geräusch der Stimmen durch den Flur, vorbei an weiteren leeren Klassenzimmern.

No charger have I, and no sword by my side, Yet still to adventure and battle I ride. Irgendwo im Herzen der Schule sang eine Klasse. Sie fanden den Raum und blieben davor stehen. Zachary öffnete die Tür und blinzelte ins helle Licht.

Though back into storyland giants have fled … Das Singen verstummte, als die Kinder Zachary bemerkten. Es waren nur sieben, keine ganze Klasse, und sie waren auch nicht alle im selben Alter. Er kannte nur zwei von ihnen: Die meisten waren nicht mit ihm evakuiert worden. Die Älteren hörten zuerst auf zu singen, dann verstummten auch die Kleineren. Zuletzt verstummte die Lehrerin, die die Kinder mit dem Rücken zur Tür dirigierte. Sie sang noch weiter, während sie schwungvoll mit den Armen den Takt vorgab.

»… *And the knights are no more and the dragons are* … na, kommt schon, Kinder, was ist denn los, warum singt ihr nicht?«

Sie drehte sich um, und Zachary zuckte zusammen. Dann wurde ihr Gesicht weich. Sie nickte seinem Vater zu, machte einen Schritt auf Zachary zu und nahm ihn in die Arme. Er sackte gegen sie, zu schwach zum Sprechen.

»Zachary Lee«, sagte Mary. »Du kommst wie immer furchtbar spät.«

Juli 1940

Paris war gefallen, und die Großväter bemannten die Pissoirs, als Hitler mit seinem Mercedes-Kabriolett Furchen in die Rasenflächen des Champ de Mars pflügte. Die Invasoren marschierten mit blank geputzten Stiefeln hinter seinem Wagen her, während die alten Männer, deren Kopf vom Weinbrand schmerzte, Gift und Galle gegen das Zinkblech pissten. Es ging darum, Widerstand zu leisten. Dass er auf ihre Schuhe spritzte, war egal.

In ihrem Klassenzimmer in der Hawley Street zeichnete Mary die Umrisse Europas an die Tafel und markierte Paris mit einem Eiffelturm. Sie setzte ihm eine Baskenmütze auf und klemmte ihm ein kleines Baguette unter den Arm, da dies die einzig richtige Art war, ihn zu zeichnen.

»Wer kann mir sagen, wer den Eiffelturm gebaut hat? Ja?«

»War das Napoleon?«, fragte Maud Babington.

Mary lächelte. »Fast.«

Betty Oates wedelte verzweifelt mit der Hand, als würde ihr die fortgesetzte Anwesenheit der Frage in ihrem Körper unerträgliche Schmerzen bereiten.

»Ja, Betty?«

»Gustave Eiffel!«

»Sehr gut. Der Eiffelturm besteht aus eisenhaltigem Metall und besitzt ein Magnetfeld, das in einem Radius von einer Meile Romantik erzeugt.«

George Hampton, der ein bisschen einfach war, wurde bei dem Wort »Romantik« rot. Er war fünfzehn und sah gut aus. Junge

Frauen ließen vor ihm die Handtasche fallen, um ein Gespräch zu beginnen, bis sie bemerkten, was mit ihm los war. Jetzt drückte er beide Handflächen an die Schläfen und machte ein Geräusch wie ein Türscharnier, das dringend geölt werden musste.

Die eifrige Betty schrieb in ihr Übungsheft: *Eiffelturm. Magnetfeld. Romantik ≤ 1 Meile.* George war immer noch aufgewühlt. Poppy Brown, das Mongölchen, kletterte von ihrem Pult und schlurfte zu ihm hinüber. Sie nahm seine Hände und schlug sie gegeneinander, bis George vergessen hatte, was ihn so aufgeregt hatte. Er wackelte mit den Fingern, die zu seiner großen Freude mit wellenförmigen Bewegungen antworteten. *Pop-Pop-Pop*, sagte er, wobei sich bei jedem Plosiv eine Spuckeblase bildete. Die fünfjährige Poppy kletterte wieder auf ihren Platz und starrte mit ihren schrägen braunen Augen, die leicht nach außen schielten, auf die Tafel. Die Zähne des Unterkiefers ragten über die Oberlippe hinaus.

»Danke, Poppy«, sagte Mary.

Poppy deutete auf die Tafel – sie hatte einen Daumen und fünf Finger an der Hand – und sagte: »Das?«

»Ist der Eiffelturm, Schätzchen.«

Poppy bildete ihn mit den beiden Zeigefingern nach und steckte dann einen in jedes Nasenloch.

»Lass das bitte sein.«

Poppy zog die Finger hervor und inspizierte einen Schleimfaden, spektakulär erbsengrün, der ihnen gefolgt war. Dann steckte sie ihn in den Mund.

»Iiiihhh!«, sagte Kenneth Cox. »Das! Ist! Ekel! Haft!«

»Immerhin«, sagte Mary, »ist es noch nicht rationiert, und wir können es Poppy daher nicht verdenken, dass sie sich darüber hermacht.«

Die Klasse beruhigte sich wieder. »So, Kinder. Einige von euch haben die Nachrichten über Paris gehört, und ich nehme mal an, dass ihr euch deswegen Sorgen macht.«

Zachary fragte: »Was ist in Paris passiert?«

»Die Deutschen sind dort angekommen.« Sie sagte es in missbilligendem Ton, als seien die Deutschen zu einem ungelegenen Zeitpunkt oder mit zu viel Gepäck gekommen.

Sie war froh, dass Zachary sich gemeldet hatte. Nach allem, was er erlebt hatte, war er ziemlich furchtsam. Es war schon ein kleiner Sieg, wenn er einmal am Tag die Hand hob.

Sie zeichnete ein Hakenkreuz neben ihren Eiffelturm. »Wer kann mir sagen, was für ein hässliches Symbol das ist?«

Thomas Essom, der Krüppel, umklammerte die Greifreifen seines Rollstuhls. »Hakenkreuz«, flüsterte er.

»Keine Angst. Ihr fallt nicht tot um, nur weil ihr das Wort aussprecht.«

Thomas versuchte es noch einmal. »Hakenkreuz«, sagte er kaum lauter.

Man hatte ihn zusammen mit den Kindern einer anderen Londoner Schule ins West Country geschickt. Sie hatten ihn in den Gemeindesaal geschoben, in dem die evakuierten Kinder ausgewählt wurden. Er hatte die ganze Nacht gewartet. Niemand wollte einen zwölfjährigen pickligen Jungen mit Kinderlähmung. Auch im nächsten Dorf hatten sie ihn nicht gewollt, und schließlich war seine Mutter hingefahren und hatte ihn nach Hause geholt.

So war es der Hälfte von Marys Klasse ergangen: Auf dem Land hatte man sie nicht gewollt. Die Übrigen waren einfach deshalb zurückgeholt worden, weil ihre Eltern sie vermissten und auch das ein Gebrechen war – ein Gefühlsödem oder eine Hypertrophie des Herzens –, unpatriotisch, aber nicht offiziell strafbar. So war es bei Maud, Betty und Kenneth. Nur Beryl Waldorf, die Schönheit, passte nicht ins Schema. Sie war vor einem Monat zurückgekehrt und hatte seither nicht gesprochen. Sie starrte nur aus dem Fenster und schlang die Arme eng um den Körper. Etwas war geschehen – das hatten ihre

Eltern an den Briefen gemerkt. Das Land hatte sie zu sehr gemocht.

Aus diesen acht bestand nun Marys Klasse. Sie waren das, was von Londons Kindern übrig war, die Restluft in seinen Lungen.

Sie sagte: »Gut gemacht, Thomas.« Seine Lippen bebten, und er starrte auf sein Pult. Kinder gaben sich selbst die Schuld an dem, was ihnen zustieß. Deshalb bemühte sie sich in der Freitagsstunde immer, ihnen die Neuigkeiten vom Krieg zu erzählen. Zumindest konnte sie ihnen mit Kreide und geringfügigen Überarbeitungen die großen Strömungen erklären, von denen sie hier angespült worden waren.

An der Tafel markierte sie die Länder, die vorerst dem Feind gehörten. Sie bemühte sich, die Hakenkreuze klein zu halten und die anderen Dinge entsprechend größer: in Norwegen einen Skiläufer mit flatterndem Schal, eine Windmühle in Holland. Sie fand es abscheulich, dass die Zeitungen Landkarten immer mit dem fetten Nazisymbol auf völlig weißem Hintergrund abdruckten, als hätte Hitler eine Armee aus Radiergummis losgeschickt. Es war besser, die Hakenkreuze zu bedrängen, damit sie sich ihren Platz erkämpfen mussten. Sie zeichnete sie auch absichtlich schief. Ihre Hakenkreuze waren degeneriert, sie lehnten in kränklichen Winkeln aneinander und glichen einander wie die Nachkommen von Cousins ersten Grades, die gegen den Rat ihrer Familien geheiratet haben.

Schließlich zeichnete sie Großbritannien, wobei sie den Ärmelkanal großzügig anlegte und den Britischen Inseln dreimal mehr Platz einräumte, als ihnen eigentlich zustand. Sie fand es ungerecht, von Kindern zu verlangen, dass sie die Möglichkeit zum Widerstand erkannten, wenn ihre Insel nur die Größe ihrer eigenen Hand besaß, während sich die Tyrannei von Brest bis Bialystok über die gesamte Tafelbreite erstreckte.

»Seht ihr, der Feind ist nach Frankreich eingerückt, aber weiter wird er nicht kommen, da könnt ihr sicher sein. Wer kann mir sagen, warum?«

Betty hob erneute die Hand, doch Mary ließ sich nicht darauf ein. »Was meinst du, Zachary?«

Seine Augen fokussierten sich wieder. »Ich weiß nicht. Tut mir leid.«

»Das muss es nicht.«

Er seufzte. »Entschuldigung.«

Sie hockte sich neben sein Pult. »Steht den Deutschen vielleicht etwas im Weg? Wasser?«

Seine Augen leuchteten auf. »Ach, das Meer. Der Kanal.«

Sie lächelte. »Siehst du? Du kannst ruhig die Hand heben und das in der Klasse sagen.«

»Ich dachte, es wäre etwas Schwieriges.«

»Ach, da kannst du mir vertrauen. Wenn es schwierig wäre, wüsste ich die Antwort auch nicht, und dann würde ich dich nicht fragen, damit du mich nicht blamierst.«

Er hielt ihrem Blick stand, das Kinn ausnahmsweise erhoben. Sie hoffte, es war nicht zu viel verlangt, wenn sie um sein Vertrauen bat. Nicht sie war es, die man ausgehungert und mit Steinen aus ihrem Evakuierungsort vertrieben hatte. Nicht sie hatte eine Woche im Royal Free Hospital mit Bettruhe und Vitaminspritzen gebraucht, um sich von einer Reise aufs Land zu erholen.

Sie wandte sich wieder an die Klasse. »Und falls sie doch irgendwie den Kanal überqueren, leisten wir entschlossen Widerstand, und dann kommen sie nie bis ins Innere des Landes.«

Die unergründlichen Blicke, mit denen Kinder einen bedachten, wenn sie alles oder nichts verstanden. Vermutlich waren sie einfach müde. Mary beschloss, für heute Schluss zu machen. Sie zog das Columbia-Grammophon auf, das Tom ihr geliehen hatte, und ließ Thomas die Platten aussuchen. Ein Nachmittag mit leichtem Jazz und Tanzmusik stand nicht im

Lehrplan – andererseits war es auch nicht vorgeschrieben, dass man seine Klasse an einem Freitagnachmittag zu Tode langweilen musste.

Thomas hatte sich als geschickter Grammophon-Bediener erwiesen. Er hatte einige Platten von zu Hause mitgebracht – Maurice Chevalier und Cole Porter –, und da die Kinder die ganze Woche über brav gewesen waren, durften alle, die in der Stimmung waren, tanzen. Während die Musik spielte, schlug sie das schwere Gesangbuch auf, in dem die Klasse Sommerblumen gepresst hatte. Die Kinder, die etwas basteln wollten, holten sich welche. Die anderen tanzten zur Grammophonmusik oder gingen in den Flur, um dort Himmel und Hölle zu spielen – auch etwas, was Mary an einem Freitagnachmittag jedem Kind gestattete, das einigermaßen glaubwürdig nachweisen konnte, dass der Krieg nicht seine Idee gewesen war.

Nur Zachary saß allein an seinem Pult und aß den Gummiklebstoff, mit dem er eigentlich die Blumen aufkleben sollte.

»Zachary, gibt es denn nichts, was du nicht isst?«

Er kaute nachdenklich, was erahnen ließ, dass er ihre Frage ernsthaft erwog.

»Wie steht es bei dir zu Hause?«

Er grinste klebrig. »Mein Vater sagt, ich darf in den Laden gehen. Er gibt mir einen halben Penny, und ich habe schon einen halben Penny, also kann ich mir acht Birnendrops für einen Penny kaufen oder vier Malzbonbons für einen Penny, das habe ich noch nicht entschieden.«

Eine Entscheidung, die wohlüberlegt sein wollte. Mary nickte. »Angenommen, du kaufst dir zwei Malzbonbons, wie viele Birnendrops kannst du dann noch kaufen?«

»Vier«, sagte Zachary.

»Und wie viel ist eins minus zwei Viertel mal acht?«

Er schaute sie an, als wäre er erstaunt über so viel Grausamkeit. »Bitte nicht.«

»Aber das ist genau die gleiche Frage. Mathematik ist wie das Leben, nur minus das Wort ›Bonbons‹.«

Er zuckte mit den Schultern. »Kann ich jetzt eine Zigarette haben?«

»Erst wenn du zwölf bist.«

»Aber Sie haben gesagt, ich kann eine haben, wenn ich elf bin.«

»Das war, als du zehn warst. Die Regel lautet: keine Zigaretten, bis sie kürzer als deine Finger sind.«

Er verzog das Gesicht. »Ich hoffe, die Deutschen marschieren ein und erschießen Sie.«

»Deine neue deutsche Lehrerin wäre noch viel strenger. Dafür sind die Deutschen leider bekannt.«

»Werden sie kommen?«, fragte er mit solch unvermittelter Furcht, dass er sie auf dem falschen Fuß erwischte. Die Musik war verstummt – Thomas wechselte gerade die Platte.

Da alle Kinder mithörten, lachte Mary. »Natürlich nicht!«

Natürlich würden die Deutschen kommen. Die Wirklichkeit stand an der Tafel, steckte in ihrem schmerzenden Unterarm. Es war gut und schön, sich patriotische Reden im Radio anzuhören. Doch erst wenn man die ganze Tafel brauchte, um das gewaltige Ausmaß des Blitzkriegs zu erfassen, begriff man, wie wenig Kreide noch nötig wäre, um die Invasion auch auf London auszudehnen.

»Was, wenn sie nachts kommen?«, fragte Zachary. »Wenn es niemand erwartet?«

Sie schüttelte den Kopf. »Wir haben ganze Ministerien voller Leute, die nur dazu da sind, alles zu erwarten. Sie haben Pläne dafür, wenn der Mond viereckig wird und die Sonne ihren Hut verliert. Glaubt mir, Kinder, wir sind vorbereitet.«

Zachary versuchte zu lächeln. Aber die Gestapo würde ihn ermorden, nachdem die Deutschen gewonnen hatten. London würde standhalten und kämpfen – nicht wie Paris. Es würde eine Belagerung geben, mit schrecklichem Hunger. Die Tauben würden gegessen und dann die Ratten, und es würden illustrierte Broschüren verteilt, wie man sie einfangen konnte, und wenn schließlich alle Tauben und Ratten und Haustiere verschwunden waren, würden die Toten in einer systematischen, ordentlichen und wohldokumentierten Weise ausgeschlachtet, entsprechend einem Protokoll, das zweifellos schon in den Notfallakten eines der verschwiegenen Ministerien existierte. Die Überlebenden würden sich den Tod längst herbeiwünschen, wenn die Stadt schließlich fiel.

»Also wird alles gut?«, fragte Thomas.

»Ja, Kinder, alles wird gut.«

Mary lächelte für ihre Klasse. Doch erst am vergangenen Nachmittag hatten sie und Hilda bei einem Eis im Hyde Park darüber diskutiert, was sie tun würden, wenn der Feind käme. Der Nachteil einer guten Schulbildung war, dass man nur zu genau wusste, was Soldaten taten, wenn sie eine sich widersetzende Stadt plünderten – es stand schon bei Vergil und Gibbon.

»Ich denke, die Soldaten werden uns vergewaltigen, bis sie es leid sind, nicht wahr?«, fragte Hilda und gähnte.

Mary leckte an ihrem Eis. »Sehr spaßig wird es sicher nicht.«

»Ich weiß, es ist egoistisch, aber vermutlich sollten wir uns vorher umbringen.«

»Schmilzt dein Eis auch so schnell?«

»Du isst einfach nicht schnell genug.«

»Weil sich Vanille sofort auf den Hüften ablagert. Das ist bekannt.«

»Dann gib mir deins auch noch. Ich habe vor, fett wie ein Bus zu werden – dann vergewaltigen die Deutschen dich zuerst.«

»Ich dachte, wir wollten uns vorher umbringen.«

Hilda schaute sie besorgt an. »Vielleicht bringe ich es nicht fertig.«

»Wenn du möchtest, kann ich dich mit dem Gewehr meines Vaters erschießen. Du weißt, das hübsche mit den Gänsen auf dem Lauf.«

»Ich will dir aber keine Umstände machen.«

»Ach, Kleinigkeit. Es wäre mir ein Vergnügen.«

»Und du? Ich würde dich ungern im Stich lassen.«

»Palmer kann mich erschießen. Ich bin mir sicher, er würde es diskret erledigen.«

»Oh, gut – dann soll Palmer uns beide erschießen, einverstanden? Er besitzt bestimmt eine Sonntagswaffe, die er benutzt, wenn dein Vater im Hause ist, und eine Alltagswaffe für den Rest der Zeit.«

»Es würde mich enttäuschen, wenn es anders wäre.«

»Er soll mir ins Herz schießen. Für die Frisur habe ich den ganzen Morgen gebraucht.«

»Ich werde es ihm sagen. Aber was sollen wir wirklich tun, wenn sie kommen?«

Hilda leckte nachdenklich an ihrem Eis. »Da wäre noch der Fluss. Wir beschweren uns mit Steinen und waten ins Wasser.«

»Schön. Aber auf keinen Fall flussabwärts von Westminster.«

»Guter Gott, nein! Wir wollen uns umbringen, nicht demütigen.«

Mary bemerkte, dass die Klasse sie anschaute. Sie klatschte in die Hände und lächelte. »Na los! Wollen wir noch eine Schallplatte hören?«

Thomas warf das Grammophon an und spielte einen Charleston von den Piccadilly Players. Die Platte gehörte Tom – eine der ersten, die er ihr vorgespielt hatte. Zachary ging ans Klavier und spielte mit. Er fand sofort die Tonart und feuerte spielerische Noten im Offbeat ab. Sobald etwas nicht einfach zu erlernen war, war der Junge sehr gut darin. Beim Versuch, Zugang zu ihm zu finden, hatte sie sich die Zeugnisse der letzten drei Jahre angesehen, seit er aus Amerika gekommen war. Auf jedes hatten seine Lehrerinnen geschrieben: »Muss sich mehr anstrengen.«

»Miss?«, fragte Zachary und blickte von den Tasten auf. »Stimmt was nicht?«

»Es tut mir leid. Was mit dir passiert ist.«

»Sie haben das doch nicht getan.«

»Nein, aber … *wir* haben es getan.«

Achselzucken, ein paar Akkorde. Dann: »Möchten Sie tanzen, Miss?« Er grinste, während seine Finger nur so über die Tasten spritzten.

Sie lachte. »Du lieber Himmel, hör auf!«

Er streckte die linke Hand aus, während die rechte weiterspielte. »Ja?«

Auf der Schallplatte sang die Band ›Sunny Skies‹. »Das sollte ich nicht.«

»Wieso?«

»Ich meine, ich weiß nicht, ob … es … richtig wäre.«

Er lächelte rasch und schaute wieder auf die Klaviatur. »Na schön.«

Mary spürte ein Stechen in der Brust – was ungerecht war, da sie ja nur vernünftig war. Man sollte nicht mit den Kindern tanzen – mit keinem von ihnen und besonders nicht mit einem farbigen. Bis Sonnenuntergang hätte es sich bei allen Eltern herumgesprochen, und dann gäbe es endlosen Ärger.

Aber das Stechen wurde schmerzhafter, als sie Zachary beim Spielen zusah. Und sie dachte: *Und wenn schon.* Vielleicht würde ein mahnender Brief kommen oder sogar ein offizieller Tadel. Aber sollte man dem Feind heutzutage nicht die eigenen Verfehlungen entgegensetzen? Wenn man bedachte, dass die Deutschen womöglich demnächst die Lufthoheit über England erringen würden, bevor sie eine Vorausabteilung mit Panzern schickten, gefolgt von gestaffelter Infanterie, die kollektive Vergeltungsmaßnahmen gegen alle Zivilisten einleiten würde, welche noch Widerstand leisteten, schien Tanzen ein sehr harmloses Vergehen.

»Danke. Wenn ich es mir recht überlege, würde ich gerne tanzen.«

Sie nahm seine Hände. Das Grammophon spielte. Und dort, an dem Ort, der in ihrem ursprünglichen Einsatzbefehl auf der Karte markiert gewesen war, auf dem kleinen Stückchen Parkettboden zwischen Pulten und Tafel, das sie selbst sauber geschrubbt hatte, tanzte Mary mit Zachary Charleston, und ihr schien, sie machten es beide gar nicht schlecht.

August 1940

Tom sagte: »Alistair hat mir geschrieben. Seine Einheit muss wieder raus, und sie haben vorher noch Urlaub bekommen.«

Mary stützte sich aufs Kissen und zündete sich eine Zigarette an. »Er ist dein Freund, du solltest ihn in die Stadt holen.«

»Ich habe es versucht, das weißt du doch. Ich frage mich, ob wir ihn besuchen sollten.«

»In der Provinz? Heuwagen und Bigotterie? Das finde ich nicht sonderlich verlockend.«

»Du weißt, dass es nicht so ist.«

»Außer man ist farbig oder in anderer Weise angreifbar, Liebling.«

»Und wir sind weder das eine noch das andere.«

»Dann werden die Provinzbewohner natürlich brav den Hut vor uns ziehen, die Lämmchen.«

»Ich hoffe, dass ich es mir nie mit dir verscherze.«

»Siehst du?«, sagte Mary und klopfte die Asche ab. »Du bist klüger, als du aussiehst.«

»Aber Alistair fehlt mir. Manchmal mache ich mir Sorgen, dass etwas mit seinem Kopf passiert ist.«

»Du meinst eine Kriegsneurose?«

»Oh Gott, so schlimm nun auch wieder nicht. Seine Briefe sind ganz normal. Und es sind richtige Briefe. Keine – du weißt schon, Poesie.«

»Immerhin.«

»Aber ich kann mir schon vorstellen, dass es seltsam ist, nach dem Einsatz an der Front in die Stadt zurückzukehren.«

Mary runzelte die Stirn. »Sieht Alistair gut aus?«
»Woher soll ich das wissen?«
»Na ja, ist er groß?«
»Ich denke schon. Bestimmt über eins achtzig.«
»Gut. Und seine Augen?«
»Ich kann nicht behaupten, dass ich jemals darauf geachtet hätte.«
»Du bringst mich zur Verzweiflung. Aber er ist ein richtiger Captain, ja? Eigene Zähne, keine erkennbaren Nazitendenzen?«
»In allen Punkten bestätigt.«
»Dann wäre er etwas für meine Freundin. Lass uns zu viert ausgehen. Sag ihm, Hilda sei hübsch, wohlhabend und der Keuschheit abgeneigt. Falls das den armen Mann nicht aus den ländlichen Heuhaufen hervorlockt, sollte er vielleicht lieber dortbleiben.«
»Und du würdest ihn nicht mit mir dort besuchen?«
Mary drückte die Zigarette aus. »Erst wenn die Hölle zufriert.«
»Du solltest nicht ganz England wegen dem verdammen, was einem einzigen Jungen zugestoßen ist.«
»Ich werde verdammen, was mir gefällt. Was hat es denn für einen Sinn, aus einer guten Familie zu stammen, wenn man nicht nach Belieben verdammen kann?«
»Es kommt mir vor, als hättest du eine Schwäche für Zachary.«
»Nicht mehr als für meine anderen Kinder.«
»Aber letzten Monat … Findest du nicht, dass du eine Grenze überschreitest, wenn du mit einem Nigger tanzt?«
»Jetzt fang nicht wieder damit an. Und benutze nicht dieses Wort. Es ist billig.«
»Es ist doch eine Art Spitzname. So wie ›Paddy‹. Wäre der Junge Ire und ich würde ›Paddy‹ zu ihm sagen, hättest du nichts dagegen.«
»Aber er ist Amerikaner. Sein Vater ist vor einer Ewigkeit hierhergezogen. Sag meinetwegen ›Yank‹.«

»Und warum wäre das besser?«

»Weil ›Yank‹ ein richtiges Wort ist und sich auf die Nationalität bezieht, während das bei ›Nigger‹ nicht der Fall ist.«

Tom hob die Hände. »Ich wusste nicht, dass er Amerikaner ist.«

»Das ist die Hälfte aller schwarzen Entertainer. Was glaubst du denn, wo die herkommen?«

»Ich dachte, irgendein Ministerium würde sie liefern, um die Kriegsmoral zu heben.«

»Wie schön! Mein Tom ist immer noch irgendwo dort drinnen.«

»Ich bin wohl nur eifersüchtig.«

Sie küsste ihn auf die Wange. »Liebling, er ist elf Jahre alt.«

»Es ist nur … du weißt schon. Du solltest besser nicht mit ihm tanzen.«

Sie rückte unter der Decke von ihm weg. »Ich tanze, mit wem ich will.«

»Aber du willst doch nicht unbedingt Wellen schlagen, oder?«

»Von schwimmen gehen war keine Rede.«

»Du verstehst doch, was ich dir sagen will.«

»Ich bin mir nicht sicher.«

»Bitte, Mary. Müssen wir wirklich über die Arbeit reden?«

»Ach, wir reden über die Arbeit?«

»Na ja, es kommt mir so vor.«

»Oh, dann sollte ich wohl dein Bett verlassen.«

Sie stakste durch die Mansarde, zog seinen achtlos weggeworfenen Morgenmantel über, setzte sich ans Klavier und schlug einen ironisch dissonanten Akkord an.

Er stöhnte. »Es tut mir leid.«

»Oh, bitte, du brauchst dich nicht für dein Berufsethos zu entschuldigen.«

Er sagte nichts.

Schließlich seufzte Mary. »Was ist los?«

»Du scheinst nicht zu begreifen, welchen Ärger du dir einhandeln kannst.«

»Bezüglich meiner Karriere als Lehrerin? Schlimmer kann es kaum werden. Ich bekomme ein halbes Gehalt und unterrichte eine Klasse aus Zurückgebliebenen, Krüppeln und Ausgestoßenen. Eine Entlassung wäre praktisch eine Beförderung.«

»Du wolltest die Stelle.«

»Und was soll ich jetzt tun? Mich in Dankbarkeit vor dir neigen?«

»Du weißt, ich bin in einer Zwickmühle. Ich möchte die Schulen genauso gern offen halten wie du, aber die offizielle Linie ist, dass wir die Evakuierung durchziehen. Ich habe ein wenig Spielraum, aber es ist ein Drahtseilakt. Verstehst du, wie heikel das ist?«

»Nein, Tom, der Gedanke ist mir nie gekommen. Ich nehme an, es liegt daran, dass du ein Mann mit großer Verantwortung bist und ich nur ein dummes Mädchen.«

Tom hielt sich den Kopf und schwieg eine Minute. »Gut. In Ordnung. Könnte ich jetzt bitte meine Mary zurückhaben?«

Sie zerzauste ihm die Haare. »Erst, wenn du dich bei Miss North entschuldigt hast.«

Tom ergriff ihre Hand und küsste sie. »Es tut mir leid. Ehrlich. Nur ist es schwerer, als du glaubst, die Schule offen zu halten, und bislang funktioniert es nur, weil niemand … davon weiß.«

»Ein bisschen was solltest du mir schon zutrauen. Ich leite eine Schule, keinen Tanzclub. Die Kinder hatten die ganze Woche gearbeitet, es war eine halbe Stunde am Freitagnachmittag.«

»Ob Freitag, Samstag oder der Tag des Jüngsten Gerichts, wenn du mit einem N… Negerjungen tanzt, werden die Leute reden.«

Mary zog die Hand weg. »Meinst du nicht, sie hätten Wichtigeres zu hören? Nun, da die Deutschen so lautstark geworden sind?«

»Aber du weißt, wie die Leute klatschen. Es kann tröstlich sein, sich auf die alten Vorurteile zu besinnen, wenn alles andere im Umbruch ist.«

»Sprechen wir jetzt über die Vorurteile anderer oder über deine, Liebling?«

»Wie bitte?«

»Niemand hat sich beschwert, oder? Ich hätte erwartet, dass Eltern oder irgendwelche Wichtigtuer mir deswegen schreiben. Aber nicht, dass es von dir kommen würde.«

»Mary, bitte.«

»Komm mir nicht mit *Mary.*«

»Entschuldigung. Aber es ist nicht an uns, Dinge zu verändern. Ich bin nur ein Verwaltungsbeamter. Du bist nur eine Lehrerin.«

»Lehren – das tue ich hoffentlich nicht. Denn was haben wir getan? Wir haben die Zootiere und die netten Kinder gerettet und die Kranken und die Schwarzen verdammt. Weißt du, was ich jeden Tag in diesem Klassenzimmer tue? Ich tue alles in meiner Macht Stehende, damit die armen Seelen nicht die offensichtliche Lehre daraus ziehen.«

Oh, der mürrische Gesichtsausdruck, mit dem er sie bedachte! Sie war wütend, und nicht nur auf ihn. Noch während sie sich erregte, wuchs ein hohles Gefühl in ihrem Inneren – dass das ganze Leben womöglich so sein würde. Nicht der mühselige Aufstieg zu etwas Höherem, den sie sich vorgestellt hatte, sondern ein allmähliches Anwachsen von Schwere und Verworrenheit – und nicht zu einer großen Masse, die man sich wie Atlas auf die Schultern laden konnte, sondern in lauter banalen und wenig heldenhaften Fragmenten mit der kollektiven Tendenz, einen zum Gemeinen hinabzuziehen. Vielleicht würde das Leben aus einem Menschen, der sich Mühe gab, einen Menschen machen, der sich bemüßigt fühlte, dies jemand anderem ins Zeugnis zu schreiben.

»Ich an deiner Stelle«, sagte Tom, »würde mich ans Lesen, Schreiben und Rechnen halten.«

»Aber was nützt es, einem Kind das Zählen beizubringen, wenn du ihm nicht beweist, dass es selbst auch zählt?«

Tom hob die Hände. »Tut mir leid, da komme ich nicht mehr mit.«

Mary atmete aus. »Vielleicht ist das tatsächlich so.«

September 1940

Alistairs Regiment fuhr von der Kaserne in Hampshire mit dem überfüllten Acht-Uhr-Zug nach Waterloo. Der Zug spuckte Dampf in den Himmel und sechzig Offiziere und dreihundert Soldaten in die Hauptstadt. Sie hatten vierundzwanzig Stunden Urlaub, in denen sie sich ausruhen und Kräfte sammeln sollten, und den Wunsch, weder das eine noch das andere zu tun.

Alistair stand in seiner neuen Uniform eines Captain der Royal Artillery auf dem Bahnsteig und verabschiedete seine Männer. Es würden Testamente aufgesetzt, Mütter der Unsterblichkeit ihrer Söhne versichert und Vätern Briefe zugesteckt werden, die im Falle anderslautender Nachrichten geöffnet werden sollten. Errötende Schwestern würden passenden Offizierskameraden vorgestellt, kleine Brüder mit Dauerlutschern und Holzgewehren ausgestattet. Die Verliebten würden verlobt, die Verlobten verheiratet werden. Menschenleben würden um halb drei Uhr nachmittags an unorthodoxen Stellen gezeugt, von eiligen, angeheiterten und größtenteils bekleideten Körpern. Die besten Löffel des Savoy würden eingesteckt, und es würde mit Dingen, die nichts mit Kricket zu tun hatten, Kricket gespielt. Er dachte lieber gar nicht weiter darüber nach.

Zwei andere Offiziere wollten ihn zum Frühstück einladen, doch er lehnte ab. Er brachte eine rasche Entschuldigung vor – alte Tante oder Aneurysma –, die er vergaß, kaum dass er sie geäußert hatte. Doch den anderen schien sie zu genügen. Jedenfalls wirkten sie nicht gekränkt. Alistair war so geschickt darin geworden, für sich zu bleiben, dass es ohne bewusste Anstrengung geschah. Er hätte sich um den ganzen Urlaub gedrückt, wenn Tom nicht darauf bestanden hätte, ihn zu treffen.

Er sah zu, wie sich seine Batterie zerstreute. Gruppen von sechs bis zwölf Männern gingen miteinander davon, jede lachte in ihrer eigenen Tonart. Alistair kannte seine Männer gut, wusste aber nicht, wie sich die Clans bildeten, in denen sie trinken gingen. Er hatte sich um alle gekümmert, als sie unter Beschuss waren, und sie so unterschiedslos behandelt, wie es auch die Kugeln und Granaten taten. Welchem unsichtbaren Gesetz gehorchten sie, wenn sie sich jetzt in Freundesgruppen teilten, die sich quer über die Grenzen ihrer offiziellen Einheiten zusammenfanden?

Natürlich waren die Männer kein Herdenvieh, und doch verstand er nicht ganz, wieso ihre Loyalität gegenüber dieser oder jener Gruppe so heftig war, während für eine andere nur Verachtung übrigblieb. So waren sie nun einmal: Es gab immer diese Gegenströmung, der sie folgten, ohne jemals gegen die Befehle zu verstoßen.

Seine Männer machten sich zu den Kneipen in Bahnhofsnähe auf, in denen man die Sperrstunde stillschweigend aufgehoben hatte. Die Soldaten würden bis zur Dämmerung Ale trinken und dann zu Whisky und Fäusten übergehen. Sie würden, falls verfügbar, gegen die Navy kämpfen oder sonst gegen andere Regimenter, und zuallerletzt blieb noch die RAF, aber nur im Notfall, denn es galt als schlechter Stil, die ohnehin Gebeutelten noch weiter zu demütigen. Sie würden kämpfen, weil es Spaß machte, es einmal ohne 7,2-Zoll-Haubitzen zu tun. In der Morgendämmerung würden sie zurückkehren und ihn »Sir« nennen und mit den Fersen im vorgeschriebenen Abstand voneinander vor ihm strammstehen.

Alistair klopfte die Pfeife am Schuhabsatz aus. Falls der Krieg etwas bewirkt hatte, dann, dass er seine Meinung über jene Sorte Menschen geändert hatte, die niemals in die Tate ging.

Soldaten und gute Gemälde schafften es, jeden Rahmen zu sprengen.

Er nahm ein Taxi nach Belgravia, wo er einen Termin beim Regimentsarzt hatte. Der Fahrpreis betrug zwei Shilling und einen halben Penny, und er reichte dem Fahrer eine Half Crown und sagte, er solle das Wechselgeld behalten. Der Mann dankte ihm mit Segenswünschen, also gab Alistair ihm einen weiteren Shilling Trinkgeld. Er dachte: *Dies könnte der letzte strahlend blaue Morgen sein, das letzte typische Londoner Taxi, der letzte Shilling mit Löwe und Krone.* Ihm kam der Gedanke, dass niemand, der noch nie in einer Schlacht gewesen war, den wahren Wert der Dinge schätzen konnte.

In der Arztpraxis setzte man ihn in ein Wartezimmer mit rosa Teppich, sechs Windsor-Stühlen und einem großen gerahmten Bild des Königs. Als Alistair zu dem Bild aufblickte, kam ihm der König vor wie ein alter Kumpel. Er saß allein und aufrecht da in seiner Paradeuniform, von der pfundweise Orden und Goldborte hingen, die behandschuhte Hand auf den Knauf eines Zeremonienschwertes gestützt. Seine Miene verriet, dass er nicht zögern würde, das Schwert gegen sich oder andere einzusetzen, sollte der Maler von ihm verlangen, die Pose auch nur eine weitere verdammte Minute einzuhalten. Alistairs Knie zuckten, als er sich setzte.

Dies hatte er erst im Krieg verstanden: dass alle Männer von einem Blut waren, dass sie von König bis Diener in einen vollkommenen, starren Formalismus gepresst waren, dem sie sich ständig stillschweigend zu entziehen versuchten. Die Männer mit Schlägereien und billigen Frauen, die Offiziere im Theater und mit teuren Frauen. Mit sich allein wusste sich jeder frei wie ein König, während nur der König sich versklavt wusste. Alistair fühlte sich ganz euphorisch. Dies war der große, allumfassende Witz, den er erst im Krieg verstanden hatte.

Seit dem fürchterlichen Tief von gestern kamen ihm ständig

solche Einsichten, sie sprudelten geradezu aus ihm hervor. Er lachte über sich. Es gab keinen Grund, sich deswegen Gedanken zu machen: Warum sollte man jeden Tag dasselbe fühlen, wo sich die Welt um einen herum doch mit jeder Stunde umgestaltete? Er war zufrieden mit diesem Ansatz und sagte sich das auch. Er war zufrieden mit ... nein, es war schon weg – die Gedanken kamen so schnell – egal. Er war zufrieden mit – nun, er war einfach zufrieden.

Der Arzt rief ihn nach zehn Minuten herein. Ein stattlicher Mann mit Backenbart, der ein weißes Baumwolljackett mit goldenen Rangabzeichen trug, dessen Wirkung in Alistairs Augen irgendwo zwischen onkelhaftem Chirurg und Kellner auf einem Kreuzfahrtschiff lag. Der Arzt blieb am Schreibtisch sitzen und blickte nicht auf, als Alistair hereinkam.

»Heath?«

»Herr Doktor.«

»Setzen Sie sich. Alles in Ordnung, hoffe ich?«

»Ja.«

»Keine Schmerzen, kein ungeplanter Verlust von Gliedmaßen?«

»Ich habe festgestellt, dass ich Meeresfrüchte nicht besonders schätze.«

»Guter Mann«, sagte der Arzt und drückte seinen Stempel aufs Gummikissen.

Er hielt ihn über Alistairs Bescheinigung und blickte zum ersten Mal auf. »Und wie steht's mit der Moral?«

»Meiner oder der der Männer?«

»Ist das nicht das Gleiche?«

»Die Moral ist prima.«

»Frankreich, nicht wahr, und dann von Dünkirchen zurück?«

»Schreckliche kleine Stadt. Kein einziger Fish-and-Chips-Laden.«

»Keine Stimmungsschwankungen, Reizbarkeit, Angstzustände?«

»Nein.«

»Schützengrabenneurose, Rückgraterweichung, simulierte Hottentotterei?«

»Kaum.«

Der Arzt ließ den Stempel niedersausen und schob ihm die Bescheinigung zu. »Erstklassig. Geben Sie dies dem Befehlshabenden, wenn Sie wieder in der Kaserne sind. Ich nehme an, Sie werden bald wieder rausgeschickt?«

»Sieht so aus.«

»Viel Glück. Nehmen Sie Chinin, falls es Kairo wird, nehmen Sie Salz, falls es in die Wüste geht, nehmen Sie Gummi, falls es ein einheimisches Mädchen ist. Gin vermeiden, außer es gibt gutes Tonic Water, nicht mehr als ein Päckchen pro Tag rauchen und alles, was aus Metall besteht, aus der Haut heraushalten. Wegtreten.«

»Danke«, sagte Alistair und erhob sich.

»Sehr schön.«

An der Tür zögerte er. »Da wäre noch etwas.«

»Ja?« Der Arzt fächerte schon die Papiere des nächsten Soldaten auf dem Schreibtisch auf.

»Ein paar der Jungs, mit denen ich mich gut verstanden habe … nun, sie haben es nicht zurückgeschafft. Und jetzt … bleibe ich ziemlich für mich.«

»Das ist auch ganz richtig so«, erwiderte der Arzt. »Immer mit der Ruhe, bis Sie sich besser fühlen.«

Doch Alistair zögerte noch immer und fragte sich, ob er es besser ausdrücken könnte. Soldaten waren groß darin, den Krieg als Schweinehund zu bezeichnen und über die Sauerei zu lachen, die er mit den Nerven anstellte. Aber es war unpassend, mit den Männern zu vertraut zu sein, und bei seinen Offizierskameraden konnte er sich nicht darauf verlassen, dass er die Grenzen wahrte. Manchmal kam er zu sich wie aus einer Trance und hörte sich etwas sagen wie: »… und danach habe ich ihn nicht mehr gesehen.« Womit er anderen die Verantwortung dafür zuschob, die Unterhaltung wieder auf ein erfreulicheres Thema zu lenken. Die Leute waren gutmütig und geduldig, doch er wollte ihnen nicht zur Last fallen und zog es daher vor, sich fernzuhalten.

Und nun machte er zu viel Aufhebens darum. Es war wohl kaum ein Krankheitszustand, oder? Mit ein bisschen Einsamkeit konnte man leben. Männer lebten auch mit Hodenrissen und fehlenden Gliedmaßen. Männer lebten mit ihren Schwiegermüttern, Herrgott noch mal. Er lachte. Ja, schon besser.

Der Arzt schaute ihn an und seufzte. »Hören Sie, alter Junge, wir haben Krieg. Dagegen gibt es keine Pille. Suchen Sie sich ein nettes Mädchen, um auf andere Gedanken zu kommen.«

»Danke«, sagte Alistair und ging nach draußen auf die Straße, recht zufrieden mit der Verordnung. Er sollte sich wirklich mehr aufs Flirten konzentrieren. Selbst im Krieg traf einen eine Frau leichter ins Herz als eine Kugel.

Es war Mittag, er war spät dran fürs Essen mit Tom. Er ging zum Hyde Park und merkte, dass er sich beeilte, was ein gutes Zeichen war. Er hoffte, dass er für Tom der Alte wäre – dass sie dort weitermachen könnten, wo sie aufgehört hatten. Und er war sehr gespannt darauf, endlich Mary kennenzulernen und ihre Freundin Hilda, mit der man ihn verkuppeln wollte.

Als er den Hyde Park betrat, amüsierte er sich damit, sich Mary vorzustellen. Es war ziemlich süß, dass Tom sich ein Mädchen geangelt hatte. Sie musste zuverlässig für zwei sein und war vermutlich durch und durch vernünftig. Aber nicht der Typ Schülersprecherin – er konnte sich nicht vorstellen, dass sich so jemand für Tom entschieden hätte. Er war beileibe kein schlechter Fang, aber eher für ein nettes Mädchen, das selbst gelegentlich übersehen wurde.

Nein, Mary war sicher praktisch veranlagt und führte einen geduldigen Feldzug gegen Toms Neigung, sich über alles den Kopf zu zerbrechen. Sie war hübsch, wenn sie lächelte, wenn auch nicht ganz so hinreißend, wie sein verliebter Freund sie in seinen Briefen geschildert hatte. Sie hatte ein rundliches Gesicht und eine runde Brille, etwas stämmige Beine und einen Hang zu Wollsachen und Ernsthaftigkeit. Mary war ein Klasse-Mädchen: einsatzfreudig, gesellig, die Tochter einer Mutter, die ebenfalls unterrichtete, und eines Vaters, der jeden Tag dreißig Minuten länger arbeitete als vorgeschrieben. Sie war ebenso arm wie Tom, und zu viert würden sie ein fröhliches Essen in dem bescheidenen Restaurant einnehmen, das Tom in seinem Brief vorgeschlagen hatte. »Bloß nicht das Ritz«, wie er sich ausgedrückt hatte.

Nach dem Mittagessen würden sie alle wieder ihrer Wege gehen: Tom und Mary irgendwann zum Traualtar, Hilda in ihre eigene Zukunft und Alistair zu einem Rendezvous mit den versammelten Panzern der Wehrmacht.

Wenn er an den unmittelbar bevorstehenden Einsatz dachte, rührte ihn London mehr denn je. Die gesitteten Rasenflächen im Park, die gelassenen Steinfassaden, die sich über den Eichen am Rand erhoben, die Bügelfalten in der Hose des Polizisten mit den makellosen weißen Armstulpen, der an der Hyde Park Corner den Verkehr regelte. All diese zeitlosen Dinge sah man deutlicher, wenn einem selbst nur wenig Zeit blieb. In vierundzwanzig Stunden würde er in den Zug steigen, dann wäre er weg.

In der Kaserne würde er sein Regiment beim Packen beaufsichtigen. Jeder Gegenstand würde vom Quartiermeister dokumentiert und verstaut und katalogisiert, vom größten Geschütz bis zum kleinsten Kragenstäbchen. Dann der Truppentransporter: Biskaya und Gibraltar, wo es an Deck Wurfspiele für die Offiziere und Freiübungen für die Soldaten geben würde. Danach würde alles von vorn beginnen: der Krieg mit seinen grotesken Schocks, die London aus einem herausschüttelten und einen zu dem machten, was er jetzt war, einem Mann ohne jede Immunität gegen das Wunder dieser Stadt.

Er bemerkte, dass er auf halbem Weg durch den Park stehengeblieben war, ganz still, mit feuchten Augen. Seine Pfeife war ausgegangen. Er stand neben einem Baum. Nein, er hatte sich hinter dem Stamm versteckt. Kalter Schweiß brach ihm aus. Guter Gott: Er hatte umstandslos und instinktiv, wie er es in Frankreich gelernt hatte, eine geschützte Stellung aufgesucht. Während sein Geist umhergestreift war, hatte sein Körper an einem Samstagnachmittag automatisch Schutz gesucht – vor dem Klingeln der Eisverkäufer, gurrenden Tauben, Eichhörnchen, die ihre Faxen machten, um Sandwichkrümel und Nüsse zu erbetteln. Die Serpentine erbebte, als Paare in ungesteuerter Liebe linkisch die Ruder führten. Alistair fasste sich und ging weiter.

Im Park war viel los. Männer in Uniform nickten ihm beiläufig zu. Hübsche Dinger in Kleidern rauschten vorbei und warfen ihm unter Hutkrempen hervor warme Blicke zu. Eine lächelte ihn an, ein umwerfendes Mädchen in WAAF-Uniform, und es war ein so kameradschaftliches Lächeln, dass er zurückgrinste, und als er gerade überlegte, wie er sich nett vorstellen könnte, begann ihre Haut unangenehm zu brodeln und zu schmoren, und die Hand, mit der sie sich übers Haar fuhr, schien einen Moment lang aus splitternden Knochen zu bestehen, die sich scharf durch die weißen Baumwollfinger ihrer Handschuhe bohrten.

»Tut mir leid«, murmelte er und eilte weiter.

»Tut mir leid«, sagte er erneut, als sie schon viel zu weit entfernt war, um ihn zu hören.

Das passierte ab und zu. Es war nur ein ärgerlicher Tic, so wie wenn man eine Schlagermelodie nicht aus dem Kopf bekam.

Wie man sich dann wünschte, das ganze Zeug wäre nie hineingelangt. Doch auch davon würde er sich erholen, dessen war er sich sicher. Die Psyche konnte Atem schöpfen wie ein Mensch, der auf einem Absatz innehielt, bevor er die nächste Treppe in Angriff nahm. Bis dahin munterte man sich auf, wie er es jetzt tat, indem man sich großspurig gab und ›Sleepy Lagoon‹ pfiff. Doch ihm lief immer noch der kalte Schweiß herunter, und es dauerte ein paar Minuten, bis das Gefühl verging, und selbst beim Mittagessen war es noch nicht ganz verschwunden.

Das Restaurant, in dem Tom einen Tisch bestellt hatte, befand sich in Lancaster Gate und war gut besucht. Die Kellner attackierten die Korken mit gutmütiger Hektik und knallten das Tagesgericht so wenig feierlich auf den Tisch, wie das Essen es verdiente: Es roch braun, sah braun aus, kostete einen Shilling Sixpence mit Dessert und ging nicht auf Lebensmittelkarte.

Tom stand auf und winkte ihm von der hinteren Wand aus zu. Alistair winkte zurück und war so damit beschäftigt, sich und seinen Seesack durch die Menge zu manövrieren, dass er die Begleiterinnen seines Freundes erst am Tisch bemerkte. Alistair lächelte, als er vorgestellt wurde, und nickte seinem Freund höflich zu.

»Verzeihen Sie. Sie haben nicht zufällig einen aufgeweckt aussehenden Burschen gesehen, etwa Ihre Größe, aber mit einer traurigen Entschuldigung für einen Bart?«

Tom strich sich übers Kinn. »Er ist ziemlich brav gewachsen, nicht wahr? Und du – du siehst …«

»Ich weiß! Mindestens zwanzig Jahre jünger aus. Das macht die viele frische Luft.«

Sie gaben einander die Hand, und Alistair warf einen Blick auf die Frauen, während er sein Jackett über die Stuhllehne hängte. Was Mary anging, hatte er recht gehabt: Sie war ein wenig schlanker als erwartet, aber da waren die Brille – rund, genau wie er es sich gedacht hatte – und die Stupsnase in dem hübschen, runden Gesicht, das ihn anlächelte, die zu einer modischen Tolle frisierten schwarzen Haare, was schick, wenn auch ein bisschen transatlantisch aussah. Sie schien ein charmantes Mädchen zu sein, und er freute sich für Tom.

Die andere Frau war hinreißend, ein Rotschopf mit lebhaften grünen Augen und einer unbekümmerten, koboldhaften Art. Sie fingerte an ihrer Serviette herum. Das musste Hilda sein. Sie lächelte ihm zu, und er bemerkte leicht nervös, dass er überhaupt nichts dagegen hatte. Er dachte daran, wie es weitergehen würde: Nach dem Essen würde jemand beiläufig vorschlagen, ins Theater zu gehen, und natürlich würden sie beide nebeneinandersitzen, und danach würden sie tanzen gehen.

Sie schaute ihm freundlich und ohne zu flirten in die Augen, und doch spürte er, wie etwas zwischen ihnen vorging.

Sein Magen zog sich zusammen. Er konnte sich den furchtbar melancholischen Schmerz nicht erklären, den ihr offenes, freundschaftliches Lächeln in ihm auslöste. Ein normaler Mann sollte sich darüber freuen. Doch ihr sommersprossiges Gesicht verbrannte vor seinen Augen zu Knochen. Selbst als er blinzelte und ihre Schönheit wiederhergestellt war, lag seine Moral in Schutt und Asche. Morgen wäre er weg, und er ahnte jetzt – aufgrund der bleiernen Traurigkeit, die ihre Schönheit in ihm weckte –, dass er nie mehr zurückkehren würde. Er riss seine Augen von ihr los, fasste sich und sah Tom an.

»Das ist Mary«, sagte Tom und legte den Arm um die Frau, die Alistair soeben umgehauen hatte.

Alistair lächelte tapfer, während das Universum zersplitterte und sich in dieser neuen Konfiguration zusammenfügte, in einer Erschütterung, die keiner der anderen Gäste zu bemerken schien.

»Freut mich«, sagt Mary.

»Mich ebenfalls«, erwiderte Alistair, weil man das eben so sagte.

»Und das ist Hilda«, sagte Tom und nickte zu dem Mädchen mit der Tolle.

»Es ist mir ein Vergnügen«, sagte Alistair.

»Ich hoffe, der ungebetene Gast macht Ihnen nichts aus«, sagte Hilda, und es gelang ihr, strahlend zu lächeln und gleichzeitig absolut besorgt zu wirken. Eine Leistung, die er zu jeder anderen Zeit liebenswert gefunden hätte.

»Sagen Sie's mir, wenn der ungebetene Gast kommt, und dann sage ich Ihnen, ob es mir was ausmacht.«

Hilda lachte, und sie gaben einander die Hand. »Tom erwähnte schon, dass Sie witzig sind.«

»Hat er auch erwähnt, dass ich reich und ein weltberühmter Tänzer bin?«

»Benimm dich!«, sagte Tom, und Alistair schlug die Hacken zusammen und salutierte so gehorsam, dass die beiden Frauen kicherten.

Weißwein wurde serviert, und Tom füllte ihre Gläser. »Dieses Zeug ist eigentlich Champagner, nur hat man die Blasen requiriert, um unserer U-Boot-Flotte Auftrieb zu verleihen. Du wirst sehen, es hat sich viel verändert, seit du losgezogen bist, um Soldat zu spielen.«

»Anscheinend sind die Mädchen noch reizender geworden«, sagte Alistair und grinste den Frauen zu, wobei er sich um Gerechtigkeit bemühte. Seine Augen blieben jedoch an Marys hängen, und er wurde beinahe rot. Sie blieb gelassen.

»Ja, Hilda ist meine reizendste Freundin. Wir sind zusammen zur Schule gegangen.«

»Ich war die graue Maus«, erläuterte Hilda.

»Ganz bestimmt nicht«, erwiderte Alistair und schaute dankbar wieder sie an.

Ein Kellner stellte vier Tagesgerichte so auf den Tisch, dass fast die ganze Sauce auf den Tellern blieb. »Lamm«, verkündete er und verzog sich.

Mary stach mit der Gabel hinein. »Was immer es gewesen sein mag, sein Leiden ist vorüber.«

Tom hob das Glas. »Auf uns alle. Mögen wir so zäh wie das Lamm sein, aber mehr Glück haben.«

»Und auf euch beide«, sagte Alistair mit einer Geste, die Tom und Mary umfasste. Es war Toast und Lehenseid zugleich, und er staunte, dass sein Arm wie von selbst die Bewegung vollzogen hatte.

»Ja, sind sie nicht ein entzückendes Paar?«, sagte Hilda.

Sie lächelte ihn an, er lächelte zurück und erkannte, wie dieser lange Tag ablaufen würde – ablaufen musste – und dass jede Intimität zwischen ihm und diesem absolut netten Mädchen lediglich zum Beweis dienen würde, dass er nicht von Mary in Bann geschlagen war. Es hatte keinen Sinn, sich deswegen anzustellen.

»Also, Hilda, erzählen Sie mir doch etwas von sich.«

Was sie auch tat.

Nach dem Dessert gingen die Frauen zusammen in den Waschraum, und Alistair zündete seine Pfeife an. Toms Wangen waren vom Wein gerötet, sie hatten eine zweite Flasche bestellt, und er zog heftig an einer von Marys Zigaretten.

»Mary ist großartig, was?«

»Tom, sie ist der Hauptgewinn. Eine von tausend Millionen.«

»Nicht wahr? Allerdings« – er beugte sich vor und senkte die Stimme – »ist es nicht immer ganz einfach.«

»Nein?«

»Außerdem muss ich gegen eine innere Stimme ankämpfen, die mir sagt, sie sei zu gut für mich.«

»Die Stimme spricht die Wahrheit. Falls du mal Renntipps von ihr kriegst, sag Bescheid.«

»Du meinst, ich soll das Ganze abblasen?«

»Tom, ich verstehe ja, dass dein Gehirn sehr groß und ständig mit sich selbst über Kreuz ist, aber es ist hoffentlich nicht unfreundlich, wenn ich dich frage, weshalb du sie nicht einfach bittest, dich zu heiraten, und sie selbst entscheiden lässt, ob du gut genug für sie bist.«

»Nun …«

»Glaubst du an die Institution der Ehe?«

»Natürlich.«

»Und stimmst mir zu, dass ein solch wunderbarer Blitz nicht zweimal in dich einschlägt?«

»Na ja, ich denke –«

»Solltest du ihr da nicht so schnell wie möglich einen Ring an den Finger stecken?«

»Ich wollte nur den richtigen Augenblick abwarten.«

»Tom, wir sind mitten in einem Blitzkrieg. Da werden Frauenherzen in einem erstaunlichen Tempo gewonnen. Du kannst ein Mädchen wie sie nicht allein durch die Wildnis laufen lassen.«

Tom sackte leicht in sich zusammen. »Ist es wirklich so einfach?«

Alistair schlug seinem alten Freund auf die Schulter. Der Wein machte ihn warm und entspannt, und es war tröstlich, wieder in die alten Rollen des Weltgewandten und des Unerfahrenen zu verfallen. Der Alkohol machte alles besser. Das Auge sah nicht länger, was aus Körpern wurde: zerbrochene Knochen und arme, weinende Adern, die ihre vertrauten Verbindungen vermissten. Alkohol war wie ein warmes Harz, das lebende Körper umschloss und sie im Bernstein der Gegenwart fixierte.

»Ich freue mich für dich«, sagte Alistair und meinte es ehrlich. »Ich weiß nicht, wie du das geschafft hast, aber Hut ab vor dieser Leistung.«

Tom zog an seiner Zigarette. Die Frauen kehrten an den Tisch zurück: zuerst Mary mit frisch karmesinroten Lippen und einem leichten Hauch von Seife; danach Hilda, deren Frisur frisch aufgeplustert war und die nach *Vol de Nuit* roch.

»Der Laden will einfach kein Grammophon anschaffen«, sagte Hilda und klopfte eine Mentholzigarette aus der Packung. Alistair gab ihr Feuer. Sie legte die Hände um das Feuerzeug und hielt seine Hand einen Moment lang fest. Kein unangenehmes Gefühl. Er betrachtete ihr Gesicht, als sie den ersten Zug nahm. Sie war ein warmes, liebenswertes, undramatisches Mädchen. Ihm blieben noch einundzwanzig Stunden in der Welt.

»Was mögen Sie für Musik?«, fragte Hilda und atmete aus.

»Sagen Sie uns, wie es mit dem Krieg steht«, sagte Mary gleichzeitig und dann: »Oh, tut mir leid.«

»Nein, mir tut es leid«, sagte Hilda.

Alistair schaute mit bescheidener Neutralität zwischen ihnen hin und her. »Ich muss zu meiner Schande gestehen, dass ich von beidem wenig Ahnung habe. Sie werden mich für todlangweilig halten.«

»Ganz und gar nicht«, sagte Hilda.

»In der Tat«, sagte Mary gleichzeitig.

Sie fixierte Alistair mit einem Blick, der, fand er, vor allem amüsiert war. Falls eine gewisse Schärfe in ihm lag, wurde sie vom Wein gemildert. Er trank noch einen Schluck.

»Ich mag die Bigbands.« Er suchte vergeblich nach einem Namen. »Alles, was Schmiss hat.«

»Ich *vergöttere* die Bigbands«, erklärte Hilda. »Bert Ambrose! Harry Roy!«

»Harry Roy! Der versteht was von Musik.«

Er konnte nur hoffen, dass Harry Roy tatsächlich ein Bandleader und kein Affenmaskottchen oder ein neuer Tanz war. Hilda schien erfreut, also war wohl alles in Ordnung. Sie hatte hübsche Grübchen. Er begriff, dass er sie verführte, was sich offenbar schon allein dadurch bewerkstelligen ließ, dass er die

Uniform eines Captain der Royal Artillery so lange anbehielt, bis es angemessen schien, sie abzulegen.

»Wir wissen nur, was in den Zeitungen steht«, sagte Mary und zündete sich nun auch eine Zigarette an.

Alistairs Nerven sprühten Funken, wenn er sie anschaute. Hoffentlich konnte man das nicht in seinen Augen lesen. Wie gewöhnlich Hilda neben ihr wirkte – und wie schäbig sein eigener Wunsch nach Wärme.

Er nahm noch einen Schluck Wein. »Ihr kennt die Gesamtsituation wohl besser als ich. Uns sagen sie nur, was wir unbedingt wissen müssen: ankommen, ranhalten, einquartieren, eingraben.«

»Tom hat erzählt, dass Sie in Frankreich gegen die Deutschen gekämpft haben«, sagte Mary.

Er schaute auf sein Glas. »Ja, kurz.«

»Wie war es?«

In ihrem Gesicht war eine schlichte Besorgnis zu sehen, die er kaum ertragen konnte. Sie wirkte so zärtlich. Er konnte nicht sprechen.

»Liebling …« Tom legte ihr die Hand auf den Arm.

»Oh, Entschuldigung.«

»Nein, es ist schon gut«, sagte Alistair rasch.

Sie wurde rot, und er begriff, dass sie vielleicht auch ein wenig betrunken war. Er war ein Mistkerl, weil er sie verlegen machte. Er fragte sich, was er sagen, wie er aufrichtig antworten und zugleich zeigen konnte, dass ihre Frage nicht deplatziert gewesen war.

Was sollte er ihr sagen? Nichts war angemessen. Die Deutschen waren in starren Fluggeräten mit kreischenden Motoren auf sie herabgestoßen. Unter dem verhärteten Himmel hatten sie die sanft gewellte Ebene mit ihren grauen Panzern überzogen. Sie nahmen den direkten Weg, verachteten die gewundenen Straßen, die seit Jahrtausenden dort entlangführten. Menschen und Tiere waren vor Entsetzen wie gelähmt – das Land besaß keine natürliche Abwehr gegen diese gerade, schwarze Vorgehensweise.

Wie sollte man beim Mittagessen darüber sprechen? Nach den harten Flugzeugen und den harten Panzern waren harte Männer in harten Formationen gekommen, deren Stiefel einen unerbittlichen Takt schlugen. Eine furchtbare Härte, so war es Alistair vorgekommen: eine übernatürliche Härte, vor der gewöhnliche Männer geflohen und der sich außergewöhnliche Männer entgegengeworfen hatten, um zerschmettert und in den weichen französischen Schlamm gemahlen zu werden; die vollkommen regelmäßigen Spuren der Panzer unterschieden nicht zwischen Leiche und Lehm. Er sah die zermalmten, flachgedrückten Gesichter seiner Freunde. Er sah, wie Toms und Hildas und Marys Gesichter zermalmt und flachgedrückt wurden. Lieber Gott – er umklammerte sein Weinglas. Lieber Gott.

»Die Deutschen waren nur gut organisiert. Wenn sie sich das nächste Mal mit uns anlegen, sind wir auch gut organisiert.«

»Sie sind genau wie mein Vater«, sagte Mary.

Alistair war erleichtert, das Thema wechseln zu können. »Und was macht Ihr Vater?«

»Er ist Politiker.« Sie drückte die Zigarette aus und betrachtete ihn mit Ironie und – vielleicht – der Aufforderung, diese mit ihm zu teilen, er konnte es nicht genau sagen.

»Er ist Abgeordneter für das Wensum Valley«, sagte Tom.

»Dann wissen Sie sicher mehr über die allgemeine Kriegslage als ich.«

Mary betrachtete ihre Fingernägel. »Leider sagen sie uns Mädchen nur, was wir unbedingt wissen müssen: ankommen, ranhalten, einquartieren, eingraben.«

Alistair lachte, und Mary grinste ihn spitzbübisch an. Wie rasch sie ein Gespräch drehen konnte.

Hilda, ein wenig verwirrt von der Unterhaltung, schüttelte

die dritte Weinflasche und verkündete, sie sei leer. Sie stand leicht schwankend auf, wobei Besteck klappernd zu Boden fiel.

»So, kommt, raus aus der Kaschemme, irgendwohin, wo's Musik gibt.«

Alistair übernahm die Rechnung – denn wie es so schön hieß, das letzte Hemd hatte keine Taschen –, und sie traten in den heißen, blauen Samstagnachmittag hinaus. Im Hyde Park gingen Mary und Tom Arm in Arm voran, er bildete mit Hilda die Nachhut. Sie hatte ihre Strickjacke um die Schultern gehängt und lächelte mit halb geschlossenen Augen in die Sonne.

»Ist das nicht herrlich?«, sagte sie und nahm seinen Arm. »Da drinnen war es ganz schön stickig.«

»Ja. Herrlich.«

»Lieben Sie nicht auch dieses Gefühl, wenn in London die Sonne herauskommt?«

»Sind alle Ihre Fragen so einfach?«

Sie lachte und lehnte im Gehen den Kopf an seine Schulter. Es war schön, sie neben sich zu haben, und nun, da sie draußen waren und die erste überwältigende Wolke ihres Parfüms verweht war, roch sie warm und ziemlich angenehm. Mary in ihrem Sommerkleid mit dem weißen Strohhut warf den Kopf nach hinten und lachte über etwas, das Tom gesagt hatte. Für Alistair war es die reine Qual.

Sie kauften Eis am Kiosk und aßen es im Gehen. Mary bewegte sich mit dem sorglosen, langgliedrigen Schwung eines Menschen, an dem die gegenwärtige Stunde nicht zu eng und nicht zu locker saß.

Hilda sagte: »Manchmal kann man sofort erkennen, ob ein Mensch in Ordnung ist, nicht wahr?«

»Sie tun es schon wieder«, sagte er.

»Und Sie merken es schon wieder, also sind wir quitt.«

»Es macht Spaß, die Punkte zu zählen, stimmt's?«

Sie stieß ihn in die Rippen. »Sehen Sie? Jetzt haben Sie's kapiert.«

Die Sperrballons hüpften vor den wenigen weißen Schäfchenwolken. Hilda plauderte fröhlich. Wo immer sie hingehen mochten, würde es sicher Wein geben, dachte Alistair.

Sie diskutierten, was sie nun anfangen sollten, es war zu früh zum Tanzen und zu heiß zum Spazierengehen. Eine Show wäre ideal, aber es war keine zu finden, die um vier Uhr nachmittags begann, und sie liefen von einem Theater zum nächsten, bis Mary vorschlug, ins Lyceum zu gehen. Dort trete seit ewigen Zeiten eine Minstrel-Truppe auf, und sie habe einen Schüler namens Zachary, dessen Vater einer der Darsteller sei.

Auf den Werbetafeln an der Fassade tanzten schwarz geschminkte Männer in Frack, Zylinder und weißen Gamaschen den Cakewalk. Ein fetter weißer Mann mit geschminktem Gesicht rief die Menge herbei: *Kommen Sie, Herrschaften, so 'ne Show haben Sie noch nie gesehn, so prima Musik haben Sie noch nie gehört.*

»Muss das sein?«, fragte Tom. »Dieses gezierte Neger-mit-Gehstock-Getue?«

»Aber sie machen das ganz bewusst«, erklärte Mary. »Mit einem Augenzwinkern.«

Tom schaute zu Alistair. »Was meinst du? Immerhin ist es dein Urlaub.«

Alistair hatte gar nicht richtig zugehört und merkte plötzlich, dass sie auf ihn warteten. Der Ausrufer bemerkte ihr Zögern und trat mit einer so einladenden Geste vor sie hin, dass es regelrecht grob erschienen wäre, ihn nicht zur Theaterkasse zu begleiten. Seine Schminke war nicht sehr überzeugend, zwischen dem rußigen Schwarz und dem Kragen blitzte sonnenverbrannte rosige Haut auf.

»Vergessen Sie 'ne Stunde lang alle Sorgen. Wir führn Sie zurück zur Musik und dem Witz und in die friedliche Welt der

Plantagen, wo der gute alte Negerhumor Herz und Seele leicht macht.«

»Müssen Sie so reden?«, fragte Mary.

»Gehen wir rein«, schlug Hilda vor. »Es ist sicher wie im Radio.«

»Viel besser«, sagte der Ausrufer. »Da kann die BBC nich mithalten. Unsre Lieder sind zu lüstern, unsre Scherze zu schlüpfrig, und das alles gibt's gratis zum –« Er wandte sich an die beiden Männer und ließ den Akzent plötzlich weg – »ersten Drink aus einer Auswahl von Bieren, Weinen und Spirituosen, die unter den gegebenen Umständen gewöhnlich nicht verfügbar sind.«

»Ach, na gut«, sagte Alistair.

»Ooooh!«, rief Hilda und klatschte in die Hände.

Tom verzog sardonisch das Gesicht.

»Oh, Tom«, sagte Mary. »Musst du uns wirklich den Tag verderben?«

Alistair stutzte, als er die Schärfe in ihrer Stimme vernahm. Ihm war nicht aufgefallen, dass Tom ihnen etwas verdorben hatte, aber womöglich bemerkte er es einfach nicht mehr, wenn Tage von etwas Subtilerem als Granatsplittern verdorben wurden. Er überlegte, ob ein weiterer Drink helfen würde.

Im Parkett standen Tische, und sie wählten einen nahe der Bühne. Es saß sich angenehm vor dem roten Samtvorhang, das Licht fing sich warm in den vergoldeten Säulen der Vorbühne. Von einem Dutzend anderer Tische erklang Gelächter, und über ihnen in den Rängen summten Gespräche.

Der Wein kam gerade rechtzeitig, bevor sich alle Leute in Knochenstücke und geronnenes Blut verwandelten. Eine weitere Flasche folgte, und sie entspannten sich im weichen, rosigen Schein der Tischlampe. Alistair begriff, dass sein und Hildas Stuhl mit jedem Glas einander näherrücken mussten, so wie es bei Tom und Mary gegenüber war, und irgendwann waren sie wie von selbst paarweise angeordnet. Hildas Hand wanderte zu seinem Knie, Alistairs Arm legte sich um ihre Taille, und es war irgendwie schön und fürsorglich, wie sie einander ignorierten, während ihre Körper all das ganz allein schafften.

Sie lachten besonders laut über einen Scherz, den Mary machte, und widmeten sich mit fasziniertem Interesse einer langen Anekdote, die der arme Tom zu Tode geritten hatte, bevor auch nur von weitem die Pointe in Sicht war, bis es schließlich dunkel wurde. Alle Augen wandten sich zur Bühne und Hildas Körper drückte sich eng an seinen. Er war erfreut und bestürzt zugleich. Durch seine Uniformjacke spürte er ihren raschen Herzschlag, und dessen Flattern stimmte ihn traurig: Eine so winzige Pumpe war das Herz, und das Leben eine so endlose Flut.

Das Publikum wurde still, der Vorhang hob sich. Ein roter Scheinwerfer warf einen dünnen Streifen auf die dunkle Bühne, der emporstieg, bis er zum oberen Rand einer Scheibe und dann zu einem Halbkreis und dann einem ganzen Kreis wurde, der sich über der Bühne erhob. Es war die Sonne, und als sie aufging, färbte sie sich von Rot über Orange zu Weiß. Die Bühnenbeleuchtung ging an und erhellte die Kulissen: ein Blick auf London von einer Anhöhe aus, schimmernde Türme und Sperrballons, die über der weiten, vertrauten Stadt schwebten.

Dort war der Tower mit seinen mittelalterlichen Mauern, dort die St. Paul's Cathedral, die Rom nachahmte, und dort St. Martin-in-the-Fields, der nüchterne griechische Tempel, von unten durchbohrt von diesem hysterischen georgianischen Turm. Alistair sah all das mit überschäumender Freude im warmen Schein der Bühnenbeleuchtung ausgebreitet. Das gute alte London, das alle Jahrhunderte in sich verschmolz, die Tauben fütternde Vagabundin, die alle ihre Kleider gleichzeitig trug.

Als die Sonne über der gemalten Stadt aufstieg, bewegte sich ein Chor aus schwarz geschminkten Sängern auf die Bühne. Ein Dutzend von jeder Seite, sie formten einen Halbkreis vor dem Publikum. Ihr Gesang begann als Flüstern und wurde, während die Sonne emporstieg, lauter.

Bless this house, O Lord we pray,
Make it safe by night and day.

Ob es nun am Wein lag oder der Stadt, die er vermisst hatte, oder an den siebzehn Stunden, die ihm blieben, jedenfalls war Alistair überwältigt, als die Stimmen anschwollen.

Bless these walls, so firm and stout,
Keeping want and trouble out.

Nach dem Choral betrat ein weiß geschminkter Neger in Frack und Zylinder die Bühne und stellte sich als Mr. Interlocutor vor.

»Das ist er!«, flüsterte Mary. »Das ist Zacharys Vater.«

Der Interlocutor beugte sich zum Mikrofon. »In diesen Zeiten der Bedrohung und Furcht, in denen der Feind uns heimsucht und wir von Sorgen niedergedrückt werden, tut es dem Herzen wohl, sich an alte Zeiten zu erinnern, in denen das Leben wenngleich hart, so doch vertraut war und die Neger sich versammelten, um ihre schwere Arbeit mit Gesang und Unbeschwertheit zu erleichtern.«

Einer der Chorsänger trat vor, er hatte dicke, purpurrote Lippen auf sein schwarzes Gesicht gemalt. »Nun, Mistah Interloculator, von Unbeschwertheit weiß ich nix, bin leider nicht der Hellste.«

»Ah, Mister Bones«, sagte der Interlocutor freundlich. »Hätte ich mir doch denken können, dass Sie das sind.«

»Ich bin's immer, Mistah Intercalculator, wann immer ich nachschau. Ich kann mich anstrengen, wie ich will, aber ich wach nie auf und seh aus wie Sie.«

Das Publikum lachte und applaudierte, und Alistair lachte mit. Ein Kick nach dem ergreifenden Choral.

»Sagen Sie mal, Bones, was haben Sie in letzter Zeit denn so getrieben?«

»Na ja, Mistah Innoculator, ich war nachts draußen.«

»Nachts, Bones? Draußen?«

»Ja, Sir, was dachten Sie denn, warum die Leute es ›Blackout‹ nennen?«

Ein Tusch, Becken schepperten. Das Publikum johlte, der Interlocutor schwenkte seinen Stock im Takt, und der ganze Chor trat vor und stimmte eine fröhliche Swingversion von ›Joshua Fit the Battle of Jericho‹ an.

»Sind sie nicht wunderbar?«, fragte Hilda dicht an seinem Ohr.

»Sagenhaft.«

»Was meinen Sie, wie viele sind tatsächlich farbig?«

»Ich denke mal, dieser Bones und mindestens die Hälfte des Chors. Schwer zu sagen bei der ganzen Kriegsbemalung.«

»Sind sie nicht wunderbar?«, fragte Hilda quer über den Tisch.

»Schrecklich gut«, sagte Tom.

»Nur schrecklich«, sagte Mary lachend. »Ich meine, mal ehrlich.«

»Aber sie machen es mit einem Augenzwinkern. Das hast du selbst gesagt.«

»Ich weiß, aber die *Lippen*, Liebling. Die ...« Sie riss die Augen auf.

»Ach was«, sagte Tom. »Es ist lustiger, als ich dachte.«

»Aber so demütigend! Tut mir leid, dass ich euch alle hierhergeschleppt habe.«

Tom gähnte. »Es würde mich nicht überraschen, wenn die allesamt mehr verdienten als ich.«

»Vielleicht sollte ich lieber einen von ihnen heiraten«, meinte Mary und kippte den Rest ihres Weins hinunter.

Alistair zwinkerte Tom zu. Es war ziemlich unterhaltsam, seinen alten Freund in der Bredouille zu sehen. Mary hatte das Zwinkern gesehen und schaute ihn belustigt an – ob sie mit ihm oder über ihn lachte, konnte Alistair nicht erkennen. Er signalisierte dem Hilfskellner, er solle noch eine Flasche Weißwein bringen. Sie hatten aufgehört zu zählen.

Als das Spiritual zu Ende war und der Applaus sich gelegt hatte, klatschte der Interlocutor in die Hände, und eine neue Kulisse senkte sich herab. Jetzt waren sie in Berlin vor einem Reichstag mit schiefen Säulen und Flaggen, die ein umgekehrtes Hakenkreuz zeigten. Auf Standarten war der Reichsadler mit Hängebrüsten und obszönen Strapsen zu sehen. Während das Publikum lachte und buhte, löste sich ein Darsteller aus dem Halbkreis und zerrte eine Seifenkiste in die Bühnenmitte, wo ein Mikrofon bereitstand. Ein Scheinwerfer richtete sich auf ihn.

Der Mann war weiß, und man hatte ein kleines rechteckiges Fleckchen seiner schwarzen Schminke entfernt, damit es wie das Negativ des berüchtigten Oberlippenbärtchens aussah. Er stieg auf die Seifenkiste, geriet durch einen übereifrigen Hitlergruß ins Wanken, kollerte auf den Boden und stieg unter Gelächter erneut auf die Kiste.

Aus dem Off erklang ein Geräusch wie von einem Radio, bei dem der Sender eingestellt wurde. Der Darsteller beugte sich zum Mikrofon und breitete dramatisch die Arme aus.

»Hier spricht Döööiiitschland … hier spricht Döööiiitschland.«

Das Publikum johlte.

»Allein im August hat die deutsche Marine die folgenden

britischen Schiffe versenkt: die HMS *Pinafore*, die *African Queen*, das Good Ship Lollipop.«

»Mein lieber Freund«, sagte der Interlocutor. »Was für ein Unsinn!«

»Ach, Sie glauben mir nicht? Dann sagen Sie mir doch mal, haben Sie irgendeins dieser Schiffe in letzter Zeit im Hafen gesehen?«

»Nein, aber …«

»Eben! Zweifle nie an dem, was das deutsche Radio dir erzählt.«

Er drohte dem Publikum mit dem Zeigefinger, das daraufhin pfiff und grölte.

»Wir zerschlugen den Widerstand in den folgenden Ländern: Xanadu. Eldorado. Atlantis. Wobei wir beim letzten im Trüben fischen mussten.«

»Kommt, lasst uns gehen«, sagte Mary.

»Ach, bitte, nur noch fünf Minuten!«, erwiderte Hilda.

Mary neigte schicksalsergeben den Kopf. Auf der Bühne steigerte sich der Radiosprecher in einen Rausch.

»Ihr Briten habt keine Chance! Wir kennen alle eure Geheimnisse! Wir wissen alles über euer Land!«

»Ach ja?«, fragte der Interlocutor. »Und das wäre?«

»Wir wissen, was euer Führer, der Plinse Tschörtschill, vorhat.«

»Du meinst Mister Winston Churchill.«

Das Publikum applaudierte, als der Name fiel, und der Radiosprecher grinste höhnisch. »Richtig, dieser kleine, dünne Mann. Wir wissen, der hat keinen Mumm. Der greift uns niemals an.«

Aus dem Publikum: »Und ob!«

Und der Radiosprecher: »Nein, macht er nicht.«

Während es hin und her ging, stimmte der Halbkreis der Sänger ein leises Klagen an, das sich hob und senkte, immer lauter wurde, bis der Radiosprecher es zu bemerken schien und die Hand horchend ans Ohr legte.

»Du liebe Güte! Die Sirenen! Aber doch nicht in Berlin!«

Das Publikum jauchzte vor Vergnügen, als der Radiosprecher in Deckung ging. Der Scheinwerfer erlosch, und der Chor setzte seine klagende, auf- und abschwellende Melodie in der Dunkelheit fort. Ein silberner Mond stieg über der Kulisse auf, die jetzt ein verdunkeltes, nächtliches London zeigte. Der wehklagende Chor verweilte auf dem höchsten Ton und hielt ihn summend, so dass er lang und süß über der mondbeschienenen Stadt erklang, bevor er schließlich in ›I Vow to Thee, My Country‹ überging. Hilda weinte. Tom hatte etwas im Auge, und selbst Mary schien milder gestimmt.

Der Vorhang senkte sich zur Pause. Das Licht im Zuschauerraum ging an. Der Interlocutor kam von der Bühne und setzte sich an einen Stutzflügel, der vor der Bühne stand. Er krempelte die Ärmel seines Fracks hoch, schob den Zylinder nach hinten und begann leise Hintergrundmusik zu spielen.

»Warum gehst du nicht hin und sagst Hallo?«, fragte Tom.

»Hör auf. Ich schäme mich.«

»Was hattest du denn erwartet?«, wollte Hilda wissen.

»Mir war nicht klar, dass man sich so *sehr* über sie lustig machen würde.«

Die rechte Hand des Interlocutors plätscherte leicht über die hohen Noten, während die linke die großen Akkorde griff, fest und regelmäßig, ein Dampfhammer, der Formen ausstanzte. Während er spielte, schweifte sein Blick über die Tische, er lächelte ins Publikum, zwinkerte und hauchte dann und wann ein »Danke«, während seine Hände automatisch spielten. Sein Gesicht unter der dicken weißen Schminke war ruhig. Er lächelte zu ihrem Tisch herüber, genau wie zu jedem anderen, und ließ seinen Blick weiterwandern.

»Erkennt er dich nicht?«, fragte Hilda.

»Er ist eben diskret.«

»Für ihn sehen wir alle gleich aus, daran liegt es.«

»Na los«, sagte Tom und drückte Marys Arm. »Nun geh schon hin.«

Alistair bemerkte ihr Unbehagen. »Ich wette, Sie sind nicht sicher, ob er es ist.«

Mary sah ihn dankbar an. »Ganz und gar nicht sicher.«

»Mit all der Schminke könnte er auch die Königin von Saba sein.«

Mary nickte rasch.

»Ich beantrage mehr Wein. Was sagt der Ausschuss dazu?«

»Oh, Wein!«, rief Hilda und klatschte in die Hände, als wäre das eine geniale neue Erfindung.

Alistair gab ein Zeichen, und die Flasche wurde serviert, noch bevor er den Arm ganz ausgestreckt hatte. Er füllte alle vier Gläser nach und vertrieb so die Verlegenheit, die sich eingestellt hatte. Ohne Zweifel könnte man den ganzen Krieg auf diese Weise regeln. Der ganze Trick bestünde darin, dass man, sobald ein hohes Tier nach Artillerie verlangte, stattdessen den Korkenzieher ergriff.

Die Pause endete, die Bühnenbeleuchtung ging an, und der Interlocutor stieg wieder hinauf ins Scheinwerferlicht. Er wartete, bis es im Publikum still war.

»Meine Damen und Herren. Obwohl dies dramatische Zeiten sind, spielt sich das größte Drama unseres Lebens noch immer im Theater des Herzens ab, weshalb unsere nächste Nummer auch ein Liebeslied ist. Doch bevor wir etwas Langsames für Sie singen, denken wir alle einen Moment lang an unsere wahre Liebe. Vielleicht haben Sie Glück und sitzen gerade neben ihr. Oder vielleicht ist sie weit weg, in Übersee. Vielleicht sind Sie sich noch nicht begegnet, haben einander aber schon im Kopf.«

Während er sprach, erklang wieder der Luftalarm. Diesmal

sang ihn nicht der Chor – der Effekt kam von hinter der Bühne, wie bei der Radionummer, und schien aus allen vier Ecken gleichzeitig zu dringen.

»Unser nächstes Lied«, sagte der Interlocutor, »unsere langsame Nummer ist denen gewidmet, die heute Abend nicht bei uns sein können, es ist ein besonderes Lieblingslied von –«

Die Sirenen wurden lauter und schnitten ihm das Wort ab.

»Ist das nicht clever?«, flüsterte Hilda. »Ich frage mich, wie sie das machen.«

Doch Alistair sah den Gesichtsausdruck des Interlocutors. Der Instinkt, den er in Frankreich entwickelt hatte, ließ ihn auf dem Boden nach seiner Uniformmütze tasten. Unter dem Tisch zog er mit dem Fuß den Seesack zu sich heran. Als er danach griff, spürte er die harte Form von Toms Marmeladenglas darin. Er hatte sie mit ihnen allen teilen wollen – mit Scones, falls es im Restaurant welche gegeben hätte –, doch das musste nun warten. So war dieser Krieg: Wenn man es sich gerade gemütlich gemacht hatte, fiel der Feuerschutzvorhang.

Er küsste Hilda auf die Stirn, sagte ihr, sie sei entzückend, und trank einen langen, kühlen Schluck Wein.

Als das Licht anging, sah alles hässlich aus. Der Direktor machte eine Ansage, die niemand verstand. Die Leute schnatterten wild durcheinander, und bald drängten alle zu entgegengesetzten Ausgängen – nicht in Panik, aber auch nicht gerade feierlich –, und niemand kümmerte sich darum, ob er auf fremde Füße trat. Jeder stand jedem im Weg. Niemand schien zu wissen, ob das Theater einen Bunker besaß oder ob sie ihr Glück in den öffentlichen Luftschutzräumen versuchen mussten, und so waren alle nervös und gereizt.

»Was sollen wir machen?«, sagte Mary zu Tom.

Er schaute zu Alistair. »Was meinst du?«

Wie seltsam, dass sie sich an ihn wandten. Nur weil er eine Uniform trug, kannte er sich noch lange nicht mit vergoldeten

Säulen und rosa Samtpolstern aus. Hier im Theater hatten doch sicher die Zivilisten das Sagen. Er lachte, doch ihre Gesichter verrieten, dass das unpassend war. Er hielt sich am Tisch fest. Im Stehen wurde ihm klar, dass er betrunkener war als nötig.

Er schaute auf das Chaos im Parkett, den ersten Rang, auf dem Menschen in unterschiedliche Richtungen drängten. Er hatte keine Ahnung, was er vorschlagen sollte.

»Miss North?«, sagte eine Stimme hinter ihnen.

Der Interlocutor war an ihren Tisch getreten. Alistair sah, wie Mary sich fasste und lächelte.

»Sie müssen mit Zachary Schreiben üben«, sagte sie und gab ihm die Hand.

»Ja?«, sagte der Interlocutor.

»Er benutzt die Zeichensetzung, als wäre sie rationiert, und Großbuchstaben, als wäre er auf eine Goldader gestoßen.«

Über ihnen erklangen ängstliche Stimmen, während die Gäste vom zweiten Rang herunterdrängten.

»Könnte der Rest bis zum Elternabend warten?«, fragte der Interlocutor. »Ich wollte Sie in unseren Schutzraum im Keller bitten.«

»Wenn es keine Umstände macht«, sagte Mary.

»Ich kann mir nicht vorstellen, dass Sie Umstände machen würden.«

Der Interlocutor führte sie hinter die Bühne und von dort in den Keller. Die Decken waren gewölbt, etwa sechs Meter hoch an der höchsten Stelle und nirgendwo niedriger als vier. Der Keller war genauso lang und breit wie das Theater. Er wurde von hundert Glühbirnen erhellt, die an einem mit Stoff verkleideten Kabel hingen.

Der Interlocutor schob sie durch einen schmalen Gang, den man zwischen aufgerollten Kulissen, Holzfassaden und Pappmaché-Pferden freigeräumt hatte, bis sie auf die Darsteller und Theatermitarbeiter stießen, die sich murrend auf Holzbänken drängten. Die allgemeine Stimmung war ärgerlich – die Vorstellung war gut gelaufen, und nun gab es schon wieder falschen Alarm.

»Machen Sie es sich bequem«, sagte der Interlocutor, und alle setzten sich.

»Ist das nicht öde?«, fragte Hilda. »Man sollte die Übungen am Wochenende gesetzlich verbieten.«

Der Interlocutor schob zwei Finger in den Mund und stieß einen Pfiff aus, worauf Zachary hinter einem Regal voller Vorhänge auftauchte.

»Holst du mir die Schüssel?«

Zachary verschwand und kam mit einem Tuch und einer Schüssel Wasser zurück, die er seinem Vater hinstellte. Der Interlocutor klopfte neben sich auf die Bank, und Zachary setzte sich grinsend hin. »Guten Tag, Miss North.«

»Mary, bitte. Außerhalb der Schule brauchst du nicht ›Miss North‹ zu sagen.«

»Schön, dann brauchen Sie mich auch nicht Zachary nennen.«

»Oh. Wie denn dann?«

»›Mr. Lee‹ reicht völlig.«

Mary lächelte. »Na gut, Mr. Lee, ich möchte Sie meinen Freunden Mr. Tom Shaw, Miss Hilda Appleby und Mr. Alistair Heath vorstellen.«

»Guten Tag«, sagte Zachary ein bisschen schüchterner.

»Sag nicht, du wohnst hier unten?«, wollte Hilda wissen, deren Stimme vom Wein ziemlich laut geworden war.

Der Interlocutor, der sich die Schminke vom Gesicht wusch, blickte auf. »Wir haben ein Zimmer über einer Schusterwerkstatt gemietet. Was ganz in Ordnung ist, bis auf das Hämmern. Auf leisen Sohlen geht da gar nichts.«

Tom lächelte Zachary onkelhaft an. »Und du kommst zum Zuschauen her?«

Zachary schaute auf seine Hände. »Ich helfe aus.«

»Ich entschuldige mich für den Jungen«, sagte sein Vater. »Er ist Fremden gegenüber schüchtern.«

Tom fuhr Zachary durch die Haare. »Keine Sorge, wir beißen nicht.«

Alistair beobachtete Tom im stotternden Licht der Glühbirnen und fragte sich, ob sein alter Freund immer so ein Esel gewesen war. Vielleicht ließ die Wirkung des Weins nach und machte Tom unbeholfen und Alistair unfreundlich. Er wünschte, er hätte die Flasche mit nach unten genommen.

»Und was machst du, wenn du hier aushilfst?«, fragte Hilda.

Zachary zuckte mit den Schultern. »Dies und das.«

»Ich nehme ihn mit, damit er immer daran denkt, was er nicht werden soll«, sagte sein Vater. »Der Junge wird Rechtsanwalt oder Arzt.«

Mary lächelte Zachary zu. »Möchtest du das?«

»Klar.«

Sein Vater sagte: »Darum freut es mich auch, dass es in der Schule so gut klappt.«

Zachary schaute Mary an, die Augen flehend aufgerissen. Sie zögerte und lächelte dann. »Er gibt sich unglaublich viel Mühe. Aber davon abgesehen weiß ich nicht, was an Ihrem Beruf so falsch sein soll. Sie sind ganz ausgezeichnet.«

Zacharys Vater drückte das Tuch aus. Das milchige Wasser lief in die Schüssel. »Man kann davon leben. Und wir fallen niemandem zur Last.«

»Ich muss Sie etwas fragen. Wie finden Sie sie eigentlich? Die Show, meine ich.«

Sein Blick war fest. »Wie ich sie finde, Miss North? Ich gehe The Strand entlang und biege nach links in die Wellington Street ab.«

»Aber Sie haben gesagt, Sie wollen mehr für Zachary, und da frage ich mich, ob Sie … in mancher Hinsicht … natürlich ist die Vorstellung ganz fabelhaft … aber finden Sie sie nicht manchmal ein kleines bisschen …«

»Sicher«, sagte Zacharys Vater. »Man will mehr für sein Kind.«

»Aber da Sie … oh, Sie wissen schon, selbst … *involviert* sind, haben Sie da nie – Verzeihung – Zweifel an der Haltung dahinter?«

Zacharys Vater grinste. »Sie sind diejenigen, die gegen das Böse kämpfen. Wir sind nur die Hilfstruppen.«

»Ach, hören Sie auf!«

»Sie alle sind es, denen mein Mitgefühl gilt. Wir geben diese Vorstellung zweimal am Tag, aber bei Ihnen läuft sie ununterbrochen.«

Mary lachte. Hilda überprüfte in einem schildpattbesetzten Taschenspiegel ihren Lippenstift. »Sollten wir nicht längst Entwarnung haben? Wie lange wollen die uns noch hier unten sitzen lassen?«

»Nur bis sie ihre Klemmbretter bestückt haben«, sagte Alistair. »Diese Übungen haken sich nicht von selber ab.«

Hilda lächelte. Alistair lächelte zurück. Es war nett, dass alle lächelten. Obwohl etwas in Hildas Gesicht nicht stimmte. Vermutlich lag es daran, dass der Wein seine Wirkung verlor. Sein Bewusstsein meldete sich in bekannt unerfreulicher Weise zurück, woran er kaum der armen Hilda die Schuld geben konnte. Noch vor zehn Minuten war er durchaus zufrieden gewesen, als sich ihr Körper an ihn drückte. Wenn man mal über das Glück nachdachte, dann nur deshalb, weil es schon verblasste.

Tom sagte: »Ich möchte niemandem auf die Nerven gehen, aber ich hab es nicht so mit unterirdischen Räumen. Mir wird ein bisschen flau, wenn ich ehrlich bin.«

»Hört, hört«, sagte Hilda. »Ich sehe nicht ein, warum wir der Form halber hier unten bleiben sollen. Wieso gehen wir nicht zu Brown's und trinken einen Cocktail? Wir könnten alle –«

Die erste Bombe traf London mit nie geahnter Wucht. Die Erschütterung war ganz unzweideutig. Sie kam durch den Boden. Die Bänke unter ihnen sprangen in die Höhe, alle schrien auf. Dann folgte das Geräusch, ein basstiefer Schock, dessen Echo in den steinernen Gewölben widerhallte.

»Mein Gott …«, sagte Tom. »Das ist es.«

Zachary vergrub den Kopf an der Brust seines Vaters. Dieser hielt ihn fest an sich gedrückt, das Kinn auf dem Kopf des Jungen, die Augen weit geöffnet. Drei weitere Detonationen, noch lauter.

Hilda klammerte sich an Alistair »Oh Gott …« Ihr Atem ging in raschen Stößen.

Alistair tätschelte ihre Hand. »Versuchen Sie, ruhig zu atmen. Hier unten sind wir sicher.«

Zacharys Vater hatte den Mund an das Ohr des Jungen gedrückt. »Dass dich des Tages die Sonne nicht steche noch der Mond des Nachts …«

Mary stand abrupt auf und strich ihr Kleid glatt. »Ich muss in die Schule.«

»Was?«, fragte Tom.

Sie griff nach ihrer Handtasche. »Kommst du mit?«

»Aber wieso …?«

»Ich muss sie sichern. Ich habe die Läden nicht verriegelt, gar nichts.«

Tom war blass. »Aber wir können nicht raus. Es …«

Mary zögerte. Alistair stand auf und führte sie zurück zur Bank. »Es ist nur ein Gebäude. Das kann die moderne Medizin auf jeden Fall retten.«

Hilda keuchte auf. »Meine Eltern!«

»Denen geht es sicher gut«, sagte Alistair. »Sie werden genau wie wir Schutz gesucht haben.«

Es folgte eine Reihe heftiger Schläge, viel lauter und näher. Hilda kreischte, die Darsteller schrien ebenfalls auf.

»Alles in Ordnung!«, rief Alistair. »Es sind unsere. Das ist die Flugabwehr.«

Die Detonationen ließen Staub von der Decke rieseln. Alistair ging durch den Keller und versuchte die Leute zu beruhigen, brachte die Theaterleute dazu, ihre Zigaretten herauszukramen und sich mit zitternden Händen eine anzuzünden. Das hatte er seine Männer immer tun lassen, wenn sie unter Schock standen: rauchen oder Tee kochen, Briefe schreiben oder Stiefel putzen – alles, womit man wieder zu sich selbst zurückfand.

Er setzte sich neben Hilda. Das Grollen der Bomben war jetzt weiter entfernt. Es dröhnte durch den Keller, dass die ungestimmten Saiten eines alten Klaviers misstönend vibrierten.

»Wer hat sich das gewünscht?«, fragte Alistair. »Die schlimmste Melodie, die ich je gehört habe.«

Mary runzelte die Stirn. »Banause. Ihr Soldaten wollt immer alles in Dur.«

»Zu Recht. Und im Viervierteltakt, damit man dazu marschieren kann.«

»Würdet ihr bitte nicht so tun, als wäre das komisch«, sagte Tom.

Alistair nickte entschuldigend. »Ich weiß, es macht keinen Spaß.«

»Nein, tut mir leid. Ich … es ist nur so …«

»Schon gut. Beim ersten Mal ging es mir genauso. Warte, ich weiß, wie ich uns aufmuntern kann. Erinnerst du dich an die Marmelade, die du gekocht hast?«

Er wühlte in seinem Seesack, als die Glühbirnen flackerten und ausgingen. Die Darsteller murmelten erschrocken vor sich hin. Hilda war steif wie ein Brett neben ihm, die Hysterie lauerte knapp unter der Haut. Er wurde mit jedem Knall nüchterner, und mit jedem nervösen Zucken, das durch Hildas Körper fuhr, war ihm weniger danach, sie zu trösten, und mehr nach einer scharfen Zurechtweisung zumute.

Er machte sein Feuerzeug an, damit sie wenigstens ein bisschen sehen konnten. »Hat jemand ein Stück Schnur, an der ich das aufhängen kann?«

»Ich habe Nähgarn«, sagte Mary.

»Gut.«

»Ist die Farbe egal? Ich hätte Rosa, Rot und Weiß zu bieten.«

Alistair begriff, dass sie es nicht ernst meinte. Sein Ärger schwand. Mit dem Nähgarn band er das Feuerzeug an ein Kabel. Er besaß immer noch die alte Geschicklichkeit. Die unstete Flamme ließ ihre Schatten zucken, als wären sie alle keine realen Bestandteile der Gesellschaft, sondern nur eine optische Täuschung.

»Es war nett, dass Sie uns hier heruntergebeten haben«, sagte Mary.

Zacharys Vater lächelte. »Es war nett von Ihnen, dass Sie sich unsere Show angesehen haben.«

»Sie müssen sich unsere auch ansehen. Wir führen vor Weihnachten ein Krippenspiel auf.«

»Haben Sie genügend Kinder für alle Rollen?«

»Ich denke schon. Man braucht eigentlich nur ein Heiliges Paar, einen Engel und einen Erzähler. Die drei Weisen wären noch ganz schön, aber weise Männer wünscht man sich im wirklichen Leben auch oft vergeblich.«

Alistair zwinkerte Tom zu. »Das lässt du dir doch nicht gefallen?«

Doch Tom klammerte sich an der Bank fest und zuckte bei jedem Schlag zusammen. Im flackernden Licht bemerkte Alistair, wie Mary ihn prüfend ansah.

»Sie machen das gut«, sagte Hilda, die den Kopf wieder an Alistairs Schulter gelehnt hatte.

»Ich bin in einem Bergwerk aufgewachsen.«

Sie drängte sich enger an ihn. »Hätten Sie etwas dagegen, den Arm um mich zu legen?«

Bald war das Feuerzeug ausgebrannt, und sie warteten im Dunkeln. Es fielen weitere Bomben, und mit jeder drückte Hilda sich fester an ihn. Bei ein oder zwei besonders lauten Explosionen kreischte sie laut auf. Als sie halb auf seinem Schoß angelangt war, schob Alistair sie hinunter und stand auf.

»Würdet ihr mich bitte entschuldigen? Ich muss mich bei meinem Regiment melden.«

»Kommen Sie wieder zurück?«, fragte Hilda.

»Keine Sorge.«

»Ich wünschte, Sie würden bleiben.«

Ihre Stimme war ein zäher Brei aus Angst, und er entfloh nur zu gern.

Hier und da wurde der Keller von Zigaretten erleuchtet, ein Stück weiter hatte jemand eine Kerze aufgestellt. Alistair tastete sich zur Treppe und nach oben ins Theater. Hier klangen die Flugabwehrgeschütze laut und nah. Der Bereich hinter der Bühne wurde von Blitzen erhellt, die durch die offene Bühnentür drangen. Er bewegte sich dorthin, stolperte über Requisiten und Vorhänge, und dann stand er draußen in der schmalen Gasse neben dem Theater.

Es herrschte Halbdunkel, scharfer Rauch hing in der heißen Luft. Alistair musterte den Himmel, horchte auf die Bomber und die Flugabwehrgeschütze. Suchscheinwerfer durchschnitten die purpurrote Unterseite von etwas, das Rauch oder Wolken sein konnte. Dem Lärm und dem Winkel der Strahlen nach zu urteilen, lag das Zentrum des Angriffs ein ganzes Stück entfernt: eine Meile, vielleicht auch zwei. Unter der Erde, wo alles schaurig widerhallte, war es ihm näher vorgekommen. Er kehrte ins Theater zurück und stöberte im Licht der Blitze herum, bis er auf einem Tisch eine Weinflasche fand. Er lehnte sich gegen den Stutzflügel, nahm einen langen Schluck und schaute nach oben. Die Blitze der Geschütze ließen die goldenen Säulen und den hohen Bühnenrahmen funkeln.

»Ich soll Ihnen sagen, Sie sollen sofort wieder runterkommen.« Er drehte sich um. Mary war aus dem Keller gekommen und beobachtete ihn. Das magische Licht erleuchtete sie, ihr Zigarettenrauch schimmerte silbern.

»Sie sollten lieber selber wieder runtergehen.«

Sie sagte nichts, stand nur mit verschränkten Armen da.

»Haben die anderen Sie geschickt, um mich zu holen?«

»Hilda ist ein tolles Mädchen. Wir sind Freundinnen, seit wir sechs Jahre alt waren. Sie ist mutwillig und loyal und sehr witzig, bis ein Mann das Zimmer betritt, dann halbiert sich ihr IQ auf der Stelle. Aber das ist nur Schüchternheit. Ich bin mir sicher, das Phänomen würde sich legen, wenn Sie sie erst besser kennen.«

»Möchten Sie einen Schluck Wein? Leider habe ich schon aus der Flasche getrunken.«

»Hm. Darum sind mir Zivilisten lieber.«

»Haben Sie Feuer?«

Sie trat auf die andere Seite des Flügels und schob ihm im Austausch gegen die Flasche ihr Feuerzeug hin. Sie nahm einen kleinen Schluck. Draußen feuerten die Flugabwehrgeschütze eine Salve ab, bei der beide zusammenzuckten.

»Sie sollten wirklich wieder runtergehen«, sagte er.

»Nur zu gern. Gleich nach Ihnen.«

»Hilda ist reizend. Es liegt an mir. Ich bin im Augenblick nicht ganz ich selbst.«

»Herrgott, wer ist das schon? Sie sind Armeeoffizier. Ich bin Lehrerin. Die ganze Welt hat sich verkleidet.«

»Ich brauche nur noch ein bisschen Zeit.«

»Schön. Dann warte ich hier mit Ihnen.«

»Ich meinte … ach, egal.«

»Ich weiß, was Sie meinten. Aber Hilda ist wirklich großartig. Sie mag Partys und Bigbands und Schabernack. Erzählen Sie mir jetzt bitte nicht, Sie mögen so was nicht? Sie spielt mir

Streiche und wickelt meine Mutter um den Finger, und einmal hat sie das Auto eines Baronets angezündet, weil er es Oswald Mosley geliehen hatte.«

»Ich glaube, wir lassen das mit der Romanze und werfen sie lieber mit dem Fallschirm hinter den feindlichen Linien ab.«

Mary seufzte. »Ich wünschte, Sie würden sie vorher küssen.«

Alistair trank von dem Wein. Die Blitze, die durch die offene Bühnentür leuchteten, hinterließen grüne Nachbilder auf dem Glas. »Tom ist ein feiner Kerl.«

»Ich weiß. Ich hoffe, Sie haben nicht zu viel hineingedeutet ...«

»Es kam mir nur so vor, als wärt ihr beide ein bisschen ...«

»Es liegt am Krieg. Für Sie da draußen im Kampf ist es eine Sache. Wir sind in der Stadt eingepfercht und entsprechend gereizt.«

»Tom ist Lehrer aus Überzeugung. Ich glaube, er kann es nicht ertragen, dass diese Arbeit unterbrochen wird.«

»Das hat mir sofort an ihm gefallen. Meistens reden Männer darüber, wie man aussieht, aber Tom wollte unbedingt wissen, was ich vom neuen Bildungsgesetz halte.«

Alistair lächelte. »Er kann auch ganz passabel kochen. Er kann völlig demoralisierten Zutaten den Lebenswillen zurückgeben.«

»Und er hat viel für mich riskiert. Es ist seiner Karriere nicht gerade förderlich, dass er mir die Schule lässt.«

»So ist Tom. Ganz und gar selbstlos.«

»Ja, ganz und gar.«

»Ich überlasse ihn Ihnen nur sehr ungern.«

»Es ist Hitlers Schuld.«

»Ganz eindeutig. Der wird sich noch wundern. Ich werde seine Mitbewohnerin verführen, sobald wir Berlin eingenommen haben.«

»Ich hoffe, Sie werden glücklich mit Hitlers Mitbewohnerin.«

»Ich bin jedenfalls froh, dass Sie und Tom glücklich sind.«
»Oh, das sind wir.«
»Das ist schön«, sagte Alistair.
»Und Sie sollten Hilda nicht verurteilen, nur weil sie –«
»Natürlich nicht. Beim ersten Luftangriff ist niemand tapfer.«
Mary trank einen großen Schluck Wein. »Hier oben ist es besser, was? Die Bomben scheinen viel weiter weg zu sein, als wenn man da unten sitzt.«
»Ich vermute, sie greifen den Hafen an.«
Mary schob ihm die Flasche wieder hin. »Sollen wir rausgehen und nachsehen? Ich meine, vielleicht gibt es nur den einen Luftangriff. Den würde ich ungern verpassen.«
Alistair schwieg.
»Was ist?«, fragte sie.
»Sie reden, als ginge es um das Feuerwerk zum Kronjubiläum.«
»Haben Sie etwa Angst?«
»Ja, und das sollten Sie auch.«
»Ich bin erwachsen.«
»Trotzdem will ich nicht, dass Ihnen was passiert.«
»Dann passiert uns eben nichts. Kommen Sie, nur ein kleines Stück.«
Er zögerte. »Na gut.«
»So nah es geht, nur um zu wissen, wie so etwas aussieht.«
Der Himmel draußen war grell erleuchtet. Das Geräusch der Bomben war fern, und man konnte kaum ausmachen, aus welcher Richtung es kam, während das Echo durch die weiße Marmorschlucht des Strand hallte. Das Licht kam in allen Farben aus allen Richtungen. Rauch oder Wolken hingen in tausend Fuß Höhe, sie blühten blau-weiß, wenn die Suchscheinwerfer von unten über sie strichen, und blitzten gelb auf, wenn Flakgranaten sie erhellten. Es war halb acht abends, und die Sonne schien in West und Ost gleichzeitig unterzugehen. Alistair

stand ein Stück von Mary entfernt, und sie schauten von einem Sonnenuntergang zum anderen.

»Was ist das im Osten?«

»Ich weiß es nicht. Eine neue Art Suchscheinwerfer?«

»So rot?«

»Könnte es Lithium sein? Ich wusste gar nicht, dass wir etwas so Leuchtendes haben.«

»Ich wünschte, wir könnten über die Gebäude drüberschauen.«

»Kommen Sie«, sagte Alistair, »wir müssen zurück.«

Mary reckte den Hals. »Aber wir haben noch gar nichts gesehen. Wenigstens bis zum Fluss.«

»Das wird den Luftschutzwarten nicht gefallen.«

»Na und? Sollen sie doch schimpfen. Ich vertraue darauf, dass Sie nicht gleich losheulen.«

Er grinste. »Also gut. Bis zum Fluss, dann gehen wir zurück.«

An der Themse krochen sie unter einer Absperrung hindurch und betraten die halb fertige neue Waterloo Bridge. Die Pontons waren durch ein Gerüst verbunden, das seinen Zweck erfüllte, solange man nicht nach unten sah. Kurz vor der Mitte hatten sie einen guten Blick nach Osten. Sie blieben stehen. Hinter ihnen ging die Sonne unter. Dort, wo sich die Bombardierung konzentrierte, loderten Flammen hunderte Meter in die Luft. Dann und wann schimmerte der blasse Bauch eines Flugzeugs im Licht der Suchscheinwerfer. Die Szenerie spiegelte sich im Fluss, verzerrt und zersplittert auf den öligen Wellen. Sie sahen zu, wie das Feuer in die schwarze Tiefe vordrang, und spürten den Luftzug im Rücken, als die fernen Flammen die Luft ansogen. Sie umklammerten die Brüstung, eine Armlänge voneinander entfernt, und horchten auf das Tosen der fernen Brände.

»Guter Gott«, sagte Alistair schließlich.

Mary sagte nichts, starrte nur auf die Feuersbrunst.

»Alles in Ordnung, Mary?«

Er trat näher und blieb dann stehen, ließ die Hand sinken, die er auf ihren Arm hatte legen wollen.

Sie schaute zu ihm hoch, machte einen halben Schritt zu ihm hin, zögerte. »Wir sollten nicht weitergehen.«

Er lächelte. »Das hier hält vielleicht keine zwei Leute aus.«

Sie sah ihn dankbar an. »Wir sollten zurückgehen. Vorsichtshalber.«

»Ja. Das sollten wir.«

Sie standen mitten auf der Beinahe-Brücke, und Mary sagte: »Ich bin froh, dass wir so weit gegangen sind, wie wir konnten.«

Sie kehrten zurück. Im Westen verblasste der zerrissene Himmel und wurde im Osten heller. Als sie das Lyceum erreichten, blieben sie an der Bühnentür stehen.

Mary sagte: »Sie kommen nicht mit rein, oder?«

»Ich muss mein Regiment suchen. Die Männer regen sich immer gleich auf, wenn sie keine Befehle bekommen.«

»Sie müssen natürlich tun, was richtig ist.«

»Würden Sie Hilda etwas von mir ausrichten? Und Tom?«

»Wenn Sie möchten. Sie werden es sicher verstehen.«

»Du bist eine Wucht.«

Sie sah abrupt zu ihm hoch. »Sind wir Feiglinge, Alistair?«

Ihre Gesichter leuchteten im Licht der Geschütze, und er schwieg.

Im Keller hatte man weitere Kerzen angezündet.

Tom stand auf, als Mary zurückkam. »Alles in Ordnung? Was ist passiert?«

»Er muss zurück zu seinem Regiment. Ich soll euch ausrichten, wie leid es ihm tut.«

Hilda ließ die Schultern hängen. »Aber warum hat es so lange gedauert?«

»Er konnte erst gehen, als die Bombardierung aussetzte.«

»Er ist verrückt«, sagte Tom.

»Es ist nicht so nah, wie es sich hier unten anhört. Sie bombardieren den Hafen.«

»Vielleicht sollten wir alle raufgehen«, schlug Hilda vor. »Man möchte doch nichts verpassen.«

Mary schwieg.

»Ich habe mir schreckliche Sorgen gemacht«, sagte Tom. »Ich weiß, es ist albern.«

Sie setzte sich zu ihm. »Ich war doch nur hier oben.«

»Ich weiß, ich hätte mitkommen sollen. Ich war nur –«

Mary ergriff seine Hand, um ihm zu zeigen, dass es egal war. Nun, da sie wieder im Keller war, begann sie zu zittern. Sie warteten unten in der Dunkelheit.

Nach einer Stunde sagte Mary: »Wäre vielleicht ein Lied …?«

Zacharys Vater legte die Hände um den Mund. »Sind welche von meinen Jungs da drüben wach?«

Einige Stimmen meldeten sich.

»Wie wär's mit einem Lied?«

Einen Moment lang hörte man nichts, nur das Grollen der Explosionen. Dann erhob sich eine einzelne, tiefe Stimme.

The Lord He thought He'd make a man
These bones going to rise again

Weitere Stimmen fielen ein.

Made him from mud and grains of sand
These bones going to rise again

Zacharys Vater stimmte ebenfalls ein, mit geschlossenen Augen, und dann auch Zachary.

The Lord He spoke with monstrous voice
These bones going to rise again
Shook the world down to its joists
These bones going to rise again

Die Stimmen klangen durch den Keller. Hilda, neben der Alistairs Platz freigeblieben war, schaute Mary finster an. Die Stadt erbebte. Mary hielt Tom umschlungen und fuhr ihm durchs Haar.

»Alles wird gut. Wir beide überstehen das.«

»Ja«, sagte er.

»Morgen wird aufgeräumt, und am Montag gehen alle ganz normal zur Arbeit.«

»Na gut.«

»Was wirst du am Montagmorgen als Erstes tun?«

»Keine Ahnung. Alle Schulen inspizieren. Auf Schäden überprüfen.«

»Gut.« Sie drückte seine Hand.

»Danach werde ich wohl die nötigen Reparaturen veranlassen und mich vergewissern, dass die noch geöffneten Schulen über ausreichend Schutzräume verfügen.«

»Das ist gut, Liebling.«

Eve took the needle, Adam took the plow
These bones going to rise again
That's how we're all working now
These bones going to rise again

»Und was machst du am Montagmorgen?«, fragte Tom.

»Ich werde vor meine Klasse treten und ihnen sagen, dass

dieser Kokolores keine Entschuldigung für fehlende Hausaufgaben ist.«

»Zachary könntest du das jetzt schon sagen. Dann bliebe ihm noch Zeit, sie zu machen.«

Sie senkte die Stimme. »Bei ihm bin ich etwas nachsichtiger als bei den anderen. Weil ich glaube, dass etwas mit ihm nicht stimmt.«

»Außer der Hautfarbe?«

Sie starrte ihn an, bis sie sicher war, dass er sie nur aufzog, und gab ihm einen Rippenstoß, als er grinste. »Du blöder Kerl!«

»Was glaubst du, was mit ihm nicht stimmt?«

»Du wirst dich darüber lustig machen, aber ich habe es recherchiert und glaube, dass er wortblind ist.«

Tom stöhnte. »Das gibt's nicht.«

»Doch, ehrlich. Ich habe Aufsätze darüber gelesen.«

»Von irgendwelchen Spinnern. Du meinst es gut – aber überleg doch mal. Wie kann man blind für etwas sein, das vor einem auf dem Papier steht?«

Sie seufzte. »Das weiß ich auch nicht, Liebling.«

»Direkt vor einem.« Er nahm ihre Hände und schlug die Handflächen wie ein Buch auf. »Nicht weiter entfernt als so.«

»Es heißt, das Auge könne es sehen, die blinde Stelle sei im Gehirn.«

»Und ich sage, er strengt sich nicht genug an. Du musst bei ihm die gleichen Maßstäbe anlegen wie bei allen anderen. Wo kommen wir hin mit dieser neumodischen Nachsicht, wenn wir zulassen, dass es Dinge gibt, die man sehen kann und für die man trotzdem blind ist?«

Die singenden Stimmen wurden lauter, und die Bomben lieferten die Perkussion dazu, und die große verwundete Stadt glitt weiter in die Nacht.

»Ach, ich weiß nicht, Liebling. Ich weiß nicht, wo wir hinkommen.«

Alistair erwachte in den grauen Morgenstunden. Die Entwarnung schickte ihr gewaltiges Cis über die Stadt. Sein Körper trieb wie von selbst Kaffee auf, und London wurde neu erschaffen, in konzentrischen Kreisen, die von der Kaffeetasse ausgingen.

Einige Soldaten aus seinem Regiment waren bei ihm. Die meisten trugen Uniform; alle sahen schmutzig und mitgenommen aus. Ein bräunliches kleines Café. Es roch besiegt, nach nasser Holzkohle und Lagerfeuer. Keine Kekse oder Brötchen im Angebot. Alle hielten die Augen gesenkt, die Gesichter waren rußgeschwärzt. Seine Uhr fand sich unerklärlicherweise in seiner Tasche wieder. Sieben Uhr morgens. Er legte sie um. Seine Brieftasche war verschwunden. Er dachte: *Sie haben mir den Urlaub gestohlen.*

Er hatte seine Männer gefunden und ihnen in den Kneipen hinter Waterloo Station einen ausgegeben. Dann waren in der Nähe des Bahnhofs Bomben gefallen, und er hatte die Männer in Gruppen eingeteilt, die den Rettungsmannschaften helfen sollten. Sie hatten mit bloßen Händen Ziegelsteine und Holz weggeräumt, hatten Zivilisten und Teile von Zivilisten ausgegraben. Es war eine Art Wettbewerb entstanden, welche Gruppe die Häuser am schnellsten räumen konnte. Sie fanden eine Erwachsenenhand, die eine Kinderhand hielt, sonst war nichts geblieben. Sie fanden ein Akkordeon, dessen verkohlter Bakelit-Kasten Blasen geworfen hatte. Es hatte geholfen, dass sie betrunken waren.

Nun ging er ins Bahnhofsgebäude, wo ihm der Stationsvorsteher Kaffee anbot und ihm erlaubte, sich im Personalwaschraum zu säubern. Alistair machte den Oberkörper frei und ließ ein dünnes braunes Rinnsal ins Becken laufen. Entweder waren die Hauptleitungen geborsten oder die Feuerwehrpumpen beanspruchten den gesamten Wasserdruck. Er wusch sich so gut es ging, kämmte sich mit den Fingern durch die Haare und nahm vom Stationsvorsteher ein sauberes Hemd an. Der Mann musste ihm helfen, die Knöpfe zu schließen – Alistairs Finger waren voller Blasen und Schnitte.

Er verdrängte die Gedanken an die vergangene Nacht. Das hatte er in Frankreich gelernt: Man konnte recht gut funktionieren, solange man strikt im gegenwärtigen Moment blieb.

Gegen halb neun kehrten seine Soldaten allmählich zum Bahnhof zurück, einzeln und in torkelnden Gruppen. Alistair schlug jedem auf den Rücken und trieb sie in einer Ecke der Ankunftshalle zusammen. Es tat gut, für etwas Einfacheres als sich selbst verantwortlich zu sein. Obwohl der Kater in seinem Kopf hämmerte, stellte er belustigt fest, dass es seinen Männern noch schlimmer ging. Nachdem sie die Rettungsarbeiten abgeschlossen hatten, waren die meisten wohl in die Kneipen zurückgekehrt, in deren Kellern man weiter ausgeschenkt hatte. Es war eindrucksvoll, was das Regiment in vierundzwanzig Stunden und nur mit indirekter Hilfe des Feindes mit sich angestellt hatte.

»Wilde Nacht?«, fragte er einen Mann, der aus einem Schnitt über dem Auge blutete.

»Ja, aber das kriegen sie irgendwann zurück, Sir.«

»Die Deutschen?«

»Die auch. Aber die Navy hatte Glück, dass die Deutschen uns unterbrochen haben.«

Alistair zog ihm wegen Prügelei zwei Shilling vom Sold ab, schrieb ihm einen persönlichen Schuldschein über zwei Shilling aus und ging weiter.

Ein Soldat beschwerte sich. »Hätte die Luftwaffe mir noch eine Stunde gegeben, wär ich bei der Kleinen zum Zug gekommen.«

»Sehen Sie es doch positiv«, sagte Alistair. »Wäre es eine Stunde und eine Minute gewesen, wäre die Kleine womöglich ihrerseits zu etwas Kleinem gekommen.«

Der Mann drehte sich um. »Entschuldigung, Sir, ich hab Sie gar nicht erkannt.«

»Ich erkenne mich selbst kaum wieder. Nie Wein und Whisky mischen, das ist ein Befehl.«

»Außer Sie zahlen wieder, Sir.«

Alistair ging von einem Mann zum nächsten, blieb leicht und unbekümmert. Unter dem Geplänkel war bebender Zorn spürbar. Wenn sie den Deutschen wieder gegenübertraten, würde es persönlich werden.

Seine Mitoffiziere, die deutlich besser aussahen als er, kehrten ebenfalls zurück, und sie machten sich daran, die befriedeten und fügsamen Männer zur strengeren Geometrie des Krieges zu formen. In der Bahnhofshalle reihten sich die Soldaten brav nach Rang auf, während die Offiziere Pfeife rauchten, die Namenslisten abfragten und sich süffisant nach den Männern erkundigten, die noch unentschuldigt fehlten. Um neun, als die Lok des Halb-Zehn-Uhr-Zuges zu dampfen begann und die Männer sich auf dem Bahnsteig aufstellten, nahm das Universum für Alistair allmählich wieder erträgliche Formen an.

Er blickte von der Kompanieliste auf und sah Mary in dem Kleid vom Vortag durch die Bahnhofshalle kommen, unübersehbar inmitten von lauter Uniformen. Sie hatte seinen Seesack dabei, den er im Lyceum liegen gelassen hatte.

Sein erster Instinkt war, in Deckung zu gehen. Sie hatte ihn noch nicht gesehen. Er könnte – und sollte – einfach in den Zug steigen. Stattdessen wartete er und zog an seiner Pfeife. Er konnte den Blick nicht von ihr losreißen. Er fühlte sich ein wenig von sich selbst angewidert, aber er war jetzt zu müde, um den Heiligen zu spielen.

Als die Männer zum Bahnsteig gingen und die Reihen sich lichteten, erspähte sie ihn, lächelte und winkte. Er winkte zurück, seine Brust wurde eng, und nun, da es nicht mehr rückgängig zu machen war, bekam er ein schlechtes Gewissen. Sie eilte zu ihm herüber, doch dann schwand ihr Lächeln, und sie blieb stehen.

»Ich hatte Angst, dir wäre etwas zugestoßen«, sagte sie.

»Ist es auch. Ich habe mir gestern einen bösen Kater eingehandelt.«

»Er steht dir.«

»Sitzt nur ein bisschen eng an den Schläfen. Den anderen geht es hoffentlich gut.«

»Ich habe ihnen gesagt, ich würde nach Hause fahren, um nach meinen Eltern zu sehen.«

»Das kannst du jetzt auch.«

Sie senkte den Kopf. »Ich wäre besser nicht gekommen, hm?«

Er klopfte die Pfeife aus. »Vielleicht.«

Sie blickte auf, einen Funken Zorn in den Augen. »Ich liebe Tom, das weißt du.«

»Das ist gut.«

»Er ist der freundlichste Mann, den ich kenne.«

»Ja, ich mag ihn auch.«

»Wir heiraten ganz bestimmt.«

»Und ich werde mich ganz bestimmt für euch freuen. Lasst es mich wissen, wenn ihr eine Brautjungfer braucht.«

Sie standen wortlos da, während die letzten Soldaten ihr Gepäck zum Zug schleppten und die Lokomotive zischend den Dampf ausstieß.

Mary stellte den Seesack auf den Boden.

»Danke«, sagte er.

»Hilda war stinkwütend.«

»Bist du gekommen, um mir das zu sagen?«

Sie schloss die Augen. »Ich bin gekommen, um mich zu vergewissern, dass es dir gut geht.«

»Tja, du kannst Hilda sagen, dass es mir gut geht.«

»Musst du so …?«

»Es tut mir leid«, sagte Alistair.

»Nein, mir tut es leid. Ich bin einfach nur schrecklich müde.«

»Wenn wir uns erst mal ausgeschlafen haben, werden wir uns gleich ganz anders fühlen.«

Sie brachte ein Lächeln zustande. »Ganz sicher.«

Der Kessel der Lokomotive zischte lauter. Alistair sah, wie die letzten Männer einstiegen. Er nickte den Offizieren zu, die auf dem Bahnsteig warteten und mit theatralischem Amüsement den vermeintlichen Abschied zweier Liebender beobachteten.

Er wandte sich wieder an Mary. »Weißt du, gestern war …«

»Ja. Vielleicht hätte ich Hilda nicht mitbringen sollen. Ich hoffe, es war dir nicht zu arrangiert.«

»Es war lieb von dir und Tom, es zu arrangieren.«

»Ich hatte nicht erwartet, dass du so …«

Alistair tat es mit einer Handbewegung ab. »Hilda ist ein prima Mädchen. Ich bin mir sicher, hätten wir mehr als vierundzwanzig Stunden gehabt …«

»Hätten wir mehr oder weniger Zeit gehabt, wäre alles einfacher gewesen. Wenn es eine Stunde ist, kann man sagen, was man möchte. In einem Jahr kann man sein, wie man ist. Ein Tag ist genau der falsche Zeitraum, um man selbst zu sein, findest du nicht?«

Sie sah ihn verzweifelt an. Er machte einen Schritt auf sie zu, doch die Lokomotive stieß einen Pfiff aus.

»Du solltest gehen«, sagte sie.

Er hielt ihren Blick fest. »Auf Wiedersehen.«

»Ja, auf Wiedersehen.«

Er griff nach dem Seesack und wandte sich zum Gehen.

»Ich hoffe, es wird dir nichts passieren«, sagte Mary.

Er drehte sich um. »Ihr werdet sehr glücklich werden. Tom ist der beste Mensch, den ich kenne.«

Sie zögerte. »Tom hat immer gesagt, du wärst lustig. Ich hatte nicht eine Minute lang erwartet, dass du so schrecklich traurig sein würdest.«

Alistair stellte den Seesack ab, schob die Hände in die Hosentaschen und starrte auf seine Schuhe. »Ich habe Hoffnung. Du nicht?«

»Hoffnung worauf?«

»Dass dieser Krieg ebenso viel Gutes wie Schlechtes bringt.«

»Du klingst wie ein Regierungsplakat.«

Er lächelte. »Nach dem Krieg wird es weniger Distanz zwischen uns allen geben.«

»Ist das deine Theorie?«

»Ich kann sie beweisen. Letzte Nacht waren meine Männer und ich in den Straßen unterwegs, weil wir uns nützlich machen wollten. Wir haben einem alten Mann geholfen, der unter den Trümmern seines Hauses begraben war. Er hatte sich in eine Badewanne geflüchtet. Sie war halb voll mit Löschwasser, und als wir zu ihm vordrangen, schrubbte er sich mit einer Bürste den Rücken, um uns zum Lachen zu bringen. Die ganze Straße war in Fetzen gerissen, und wir hielten uns den Bauch vor Lachen. Verstehst du? So etwas lässt mich hoffen.«

»Versprich mir, daran festzuhalten.«

»Guter Gott, ja. Lieber daran als an einer Badebürste.«

Da lachte sie, hell und unkompliziert, und er lachte auch, und einen Moment lang wurde der Krieg mit seinem tränenreichen Rauch von einem strahlend sauberen Wind davongeweht. Wie erstaunlich, dass sie mit einer winzigen Bewegung ihrer Lippen und einem fast nur angedeuteten Blick so etwas zustande bringen konnte: Selbst erschöpft, mit zerzausten Haaren, im Kleid von gestern, konnte sie die Entfernung zwischen ihnen verschwinden lassen.

Die Pfeife schrillte erneut, ein Offizier rief Alistair zu, er solle einsteigen.

»Also, auf Wiedersehen«, sagte Mary. »Und sorg dafür, dass die Deutschen nicht die besten Plätze kriegen.«

»Auf Wiedersehen, Mary. Viel Glück.«

Er hängte sich den Seesack über die Schulter und ging den Bahnsteig entlang. Er wusste, dies war das Ende – mehr konnten sie einander nicht geben. Er fühlte eine durchdringende Traurigkeit. Doch nun, da ihn der Zug zurück in den Krieg trug, in dem die schweren Stunden einzeln ausgehändigt wurden, ging es nicht an, dass er an sie dachte. Er überließ Mary der Stunde, in der sie da stand, unter dem heißen schwarzen Rauch, der eine Meile weit über der wundgeschlagenen Stadt aufstieg.

2. Teil

Zermürbung

September 1940

Hilda holte sie mittags ab, und sie fuhren mit dem Taxi in den Osten der Stadt, um sich die Schäden anzusehen. Hilda trug Schwarz (sehr melodramatisch, wie Mary fand), war mit einem Taschentuch, das sie sich vors Gesicht drücken konnte, um es vor Rauch und Staub zu schützen, und kniehohen Schnürstiefeln ausgerüstet, da man nicht wissen konnte, wie die Wegbedingungen sein würden. Hilda schien auf eine Mischung aus Begräbnis und Schlacht bei Passchendaele eingestellt, dachte Mary. Sie selbst hatte sich für Pumps und ein hellblaues Tageskleid entschieden.

Als sie nach Bow kamen, erkannte sie, dass Hilda es richtig gemacht hatte. Jedes einzelne Fenster war zerbrochen. Überall im hellen Sonnenlicht lagen Glasscherben verstreut – wenn man die Augen zukniff, schien die Straße voller Juwelen. Gehwege waren gewellt, Mauern gewölbt, Straßenlaternen von der Hitze geschmolzen. Die Senkrechten der Stadt waren besiegt: Es schien, als wären die Bomben mit besonderer Bosheit gegen rechte Winkel vorgegangen. Leitungen waren geborsten, und brackiges Wasser sammelte sich in jeder neu entstandenen Vertiefung. Kinder planschten. Tauben spritzten mit den Flügeln darin.

Da die Straße durch Trümmer blockiert war, hielt der Fahrer an. Hilda öffnete die Tür, und heiße Luft drang herein, schwer von Ruß und Abwässern. Alles rauchte oder dampfte, als hätten sie einen inneren Kreis der Katastrophe betreten. Vor den aufgerissenen Fassaden der ausgebrannten Häuser standen deren Bewohner und starrten sie wie betäubt an. Mary trat aus dem Taxi in eine Pfütze, stinkender Schlamm ergoss sich in Schuh und Strumpf.

»Sollten wir nicht besser zurückfahren?«

»Sei kein Frosch«, sagte Hilda. »Die armen Leute hier haben die Hölle durchgemacht.«

»Aber es kommt mir vor, als würde ich mich an ihrem Elend weiden.«

»Wir sind als Beobachterinnen hier. Und es kommt verdammt noch mal nicht in Frage, dass wir als Einzige nicht mitreden können. Es wird kein anderes Gesprächsthema geben.«

Mary gab nach. Sie hakten sich unter, umschifften Gasflammen, die aus geborstenen Leitungen züngelten, und machten einen großen Bogen um hervorsprudelndes Abwasser.

»Siehst du?«, meinte Hilda. »Darum ist mir das West End lieber.«

»Das ist nicht komisch.«

Hilda sah aus, als würde sie gleich weinen. »Hast du ihn geküsst?«

»Wie bitte?«

»Habt ihr euch geküsst, du und Alistair?«

Mary zögerte. »Sollen wir zu Hause drüber reden?«

»Da haben wir keine Privatsphäre. Entweder schleicht Palmer im Hintergrund herum oder deine Mutter taucht plötzlich neben mir auf wie eine Erscheinung. Das ist kein Heim, das ist ein Spukhaus.«

»Dann in deiner Wohnung.«

»Bei dir ist es nie der richtige Augenblick. Du glaubst, du kannst machen, was du willst, und wir gehen einfach drüber hinweg. Aber was ist mit Tom? Und mit mir?«

»Ich habe Alistair nicht geküsst, wenn du's unbedingt wissen willst.«

»Ich glaube dir kein Wort.«

Mary zuckte mit den Schultern. »Dann eben nicht.«

Hildas Hände zitterten. »Du kannst es mir sagen. Ich verrate Tom nichts.«

»Ach Gott. Wie großzügig von dir.«

»Bitte sei nicht sauer«, sagte Hilda und kaute auf der Unterlippe. »Nur habe ich gesehen, wie du Alistair angeschaut hast.«

Mary lenkte ein. »Na ja, man schaut eben hin. Aber auch wenn das Auge auf Erkundung geht, läuft das Herz noch lange nicht blind hinterher. Außerdem habe ich auch gesehen, wie *du* Alistair angeschaut hast.«

»Aber ich war zum Schauen da und du nicht. Man sollte immer eine unbeteiligte Miene machen, nicht wahr? Das nennt man gute Manieren.«

»Wie du willst. Aber ich habe ihn nicht geküsst.«

»Was habt ihr dann die ganze Zeit gemacht?«

»Wir haben uns unterhalten. Das solltest du auch mal versuchen. Es ist kaum meine Schuld, wenn du deinen Verstand in eine Hutschachtel packst, sobald ein Mann in deine Nähe kommt.«

»Aber du hast nicht das Recht, immer bei den Männern zu wildern, die mir gefallen, nur weil du es kannst.«

»Ich habe nicht gewildert. Ich habe ihm seine Tasche gebracht. Das hatte ich dir auch vorgeschlagen, aber du wolltest ja nicht.«

»Weil ich wütend auf ihn war, begreifst du das nicht? Weil er gegangen ist, ohne sich zu verabschieden. Ich kann ihm schlecht klarmachen, wie wütend ich bin, indem ich ihm mit seinem Gepäck nachlaufe.«

»Schön, du kannst ja mal erzählen, was du nun von deinem Ärger hattest.«

Hilda schnitt eine Grimasse und schaute zu Boden. »Du wärst genauso, wenn es dir passiert wäre.«

»Du hättest ihm nachgehen sollen. Stattdessen hast du mich geschickt.«

»Aber ich hatte Angst!«

»Ich etwa nicht?«

Hilda hob die Hände und ließ sie wieder fallen.

Mary schloss flüchtig die Augen. »Ich schwöre, es war nichts mit Alistair. Ich liebe Tom und bemühe mich sehr, es zu zeigen.«

Hilda sah sie verbittert an. »Und haben sich die Bemühungen letzte Nacht gelohnt?«

»Ja. Denn nur eins ist passiert: Alistair ist mitsamt seinem Seesack in einen Zug gestiegen und Gott weiß wohin gefahren, von wo aus sie ihn wieder an die Front schicken. Falls du ihm also irgendetwas zu sagen hast, solltest du es ihm schreiben. Ich werde nicht mehr an ihn denken. Ich habe einen Mann, den ich liebe, und eine Klasse, die ich unterrichte, und damit ist die Sache für mich erledigt.«

»Das ist so typisch für dich.«

»Ich sage dir mal, wie du mir gerade vorkommst. Diese Trümmer waren gestern noch ein Zuhause. Und du stellst dich drauf und blökst herum. Ich sage es ungern, Hilda, aber manchmal finde ich dich schrecklich verwöhnt.«

Hildas Gesicht verlor alle Farbe.

»Oh nein.« Mary streckte die Hand aus. »Verzeih. Das hätte ich nicht sagen sollen.«

Hilda stieß die Hand weg. »Ich bin froh darüber. Denn ich sage es ebenso ungern, aber ich finde dich seit Jahren unglaublich selbstsüchtig. Ich weiß, dass du Alistair geküsst hast. Ich bin es leid, dir immer zu verzeihen, und werde es nicht mehr tun.«

»Bitte …«, sagte Mary.

»Nein. Leb wohl. Ich gehe allein nach Hause.«

Glas knirschte unter ihren Stiefeln, als sie davonging. Mary sackte gegen eine dampfende Mauer und schaute zum Himmel empor. Aufsteigender Rauch fleckte das Blau, als die Luft von den Bränden am Hafen angesogen wurde. Wie traurig man sein konnte. Sie fragte sich, wie es geschehen konnte, dass Tom so distanziert und Hilda so verbittert und die Welt so ganz und gar zerschmettert war.

Sie sollte nach Hause gehen. In Richtung Westen würden die Straßen allmählich wieder sauber und unbeschädigt werden. Man konnte sich einreden, dass das eigene Leben im Westen, auch wenn es darin ein paar schwelende Stellen gab, insgesamt noch unversehrt war.

Mary nahm den langen Weg, am Embankment entlang. Die Themse war schwarz von Öl. Widerlicher Schaum schoss empor, wann immer die tiefen Strömungen des Flusses auf ein Hindernis stießen: abgestürzte Bomber, Busse, die von Brücken geschleudert worden waren – wer konnte schon sagen, was sich jetzt dort unten fand? Der alte, unveränderliche Fluss war plötzlich unerforscht. Sie schaute hinunter in das schwarze Wasser, auf dem kleine Teiche aus brennendem Öl trieben, die in der Strömung kreisten und strudelten. Lodernde Lastkähne, deren Ankertaue durchgebrannt waren, trieben mit der Flut flussaufwärts. Sie fragte sich, wie weit die Kähne kommen würden. Wenn sie weiterbrannten, würden sie ein wildes Licht auf Pimlico werfen, wo Palmer fraglos jetzt gerade den Tee zubereitete, um ihn pünktlich um vier Uhr zu servieren.

Dezember 1940

Draußen vor Toms Fenster in der Schulbehörde fiel Schnee. Eine Sekretärin brachte einen braunen Briefumschlag von der Royal Air Force. Er sprach ein stilles Dankgebet. Nach der schrecklichen Nacht im Keller des Lyceum hatte er sich freiwillig gemeldet und seither gespannt gewartet. Er drückte die Zigarette in dem blauen Glasaschenbecher aus, der auf seinem Schreibtisch stand, holte tief Luft und riss den Umschlag auf.

Die Tatsachen lauteten folgendermaßen: Er hatte die Prüfung, bei der hundert sprachliche und räumliche Aufgaben in neunzig Minuten gelöst werden mussten, mit Auszeichnung bestanden. Er hatte die Zahlen 9 und 4 auf einer Fläche aus Punkten identifiziert, auf der farbenblinde Männer nichts erkannt hätten. Er hatte 1 (eine) Flüssigunze Urin und 1 (eine) Flüssigunze Venenblut in Glasröhrchen abgegeben, und beide waren untersucht und für so geeignet befunden worden, wie solche Flüssigkeiten es überhaupt nur sein konnten.

Unter der Aufsicht eines schnurrbärtigen Mannes aus Bristol hatte er sich bis auf die Unterwäsche ausgezogen, fünfzehn Liegestütze und acht Klimmzüge absolviert und war ein Seil von fünf Meter Länge und fünf Zentimeter Durchmesser hinaufgeklettert. Er hatte mit Kreuzen in den richtigen Kästchen kundgetan, dass er weder Atheist noch Kriegsdienstverweigerer aus Gewissensgründen war und an keinerlei Allergien litt. Eine Krankenschwester hatte seinen Hodensack umfasst, während er hustete, was in dem Brief jedoch nicht erwähnt wurde.

Weiterhin wurde ihm bescheinigt, er habe alle Fragen, die

man ihm stellte, sehr zufriedenstellend beantwortet. Dem Rekrutierungsoffizier hatte es gefallen, wie Tom die offiziellen Verluste der RAF einbezog. Es waren zwanzig Tote am Tag, ein guter Mann pro Stunde, wie Tom es ausgedrückt hatte. Daran, so hatte er dem Offizier erklärt, könne man den Wert eines Lebens konkret begreifen. Man sah die Stunden als eine Kette, die von Friedenszeit zu Friedenszeit reichte, und sich selbst als williges Glied in der Kette. Der Offizier war von dieser Antwort äußerst angetan gewesen.

Tom konnte es kaum erwarten, Mary den Brief zu zeigen. Seit die Luftangriffe begonnen hatten, waren sie einander so fern. Nichts wurde ausgesprochen, doch er vermisste es, mit ihr durch eine neu entstandene Welt zu gehen, wie sie es nach ihrer ersten gemeinsamen Nacht getan hatten. Er vermisste es, wie sie den Regen unterhaltsam und die Passanten geheimnisvoll gefunden hatten und Brücken für sie nicht nur über den Fluss führten.

Wegen der Bombenangriffe konnten sie einander nachts nicht sehen, wenn Mary bei ihren Eltern im Anderson-Bunker aus Wellblech und er im öffentlichen Luftschutzkeller in der Prince of Wales Road saß. Selbst an den Wochenenden, die sie gemeinsam in der Mansarde verbrachten, blieb ein gewisses Zögern. Sie schienen sich nur aus Höflichkeit zu lieben.

Nun aber hatte er den Brief, der ihn in Marys und seinen Augen neu erschaffen würde. Endlich war das Leben angekommen und aus seinem braunen Umschlag befreit worden.

Im letzten Absatz teilte ihm der Rekrutierungsoffizier bedauernd mit, das Kriegsministerium habe seinen Antrag abgelehnt, da man seine derzeitige Tätigkeit für unverzichtbar halte. Er las den Brief noch einmal, es blieb kein Zweifel. Typisch Behörde, dass sie seinen Berufsstand schonte, seine Gefühle jedoch nicht. Tom saß in seinem leeren Büro, legte den Kopf auf den Schreibtisch und schloss die Augen.

Als er es nicht mehr aushielt, ging er ins Pub gegenüber und trank drei doppelte Whisky. Danach trat er hinaus in den Schnee, lief eine Weile ziellos umher und machte sich dann auf zu Marys Schule. Als er dort ankam, klopfte er sich den Schnee von Schuhen und Mantel, setzte sich auf einen winzigen Stuhl hinten im Klassenzimmer und sah zu, wie sie mit den Kindern das Krippenspiel probte.

Der Retter der Menschheit wurde geboren: Darauf lief es hinaus. Allen würde alles verziehen. Das klang prima. Seine Hände zitterten vor Kälte, also umklammerte er damit seine Knie.

Mary hauchte: »Geht es dir gut?« Er lächelte ihr über die Kinderköpfe zu, während jeder einzelne Nerv in seinem Körper wie ein aufs Äußerste gespannter Draht vibrierte.

Die Kleinen trugen ihre Kostüme. Mary saß am Klavier und spielte eine recht schmissige Version von ›It Came Upon the Midnight Clear‹. Sie verlieh der Melodie einen gewissen Swing, als käme das, was die klare Mitternacht gebracht hatte, geradewegs aus dem Barschrank. Er sehnte sich schmerzlich nach ihr. Es gab nichts, was sie nicht zum Guten wandeln konnte. Es war unerträglich.

Sie hatte ein nettes, vernünftiges Mädchen als Erzählerin besetzt. Betty trat vor, als der letzte Akkord verklungen war. »Vor langer Zeit kam in der Stadt Nazareth ein Engel zu Josef und Maria. Und der Engel sagte …«

Es entstand eine lange Pause, in der alle den Engel anschauten.

Mary flüsterte vom Klavier aus: »Siehe …«

Kenneth erinnerte sich an seinen Text. »Siehe! Eine! Jungfrau! Wird! Schwanger! Sein! Und! Einen! Sohn! Gebären! Und! Sie! Werden! Seinen! Namen! Immanuel! Heißen!«

»Sprich lauter«, sagte Mary. »Ein paar Chinesen haben dich vielleicht noch nicht gehört.«

»Immanuel heißen«, flüsterte Kenneth.

Seine Pappmaché-Flügel waren ihm bis auf die Taille gerutscht. Poppy, als Lamm verkleidet, trat hinter ihn und zog sie wieder zu den Schultern hoch. Gemeinsam bildeten sie ein hybrides Geschöpf, das in keiner Mythologie vorkam. Tom lachte und war gleichzeitig den Tränen nah.

Hoffentlich war er nur erschöpft. Die Bombenangriffe hielten alle wach. Im Büro hatte man sich daran gewöhnt, dass Kollegen plötzlich zur Toilette rannten. Alle wussten, dass sie dort weinten, doch Außenstehende hätten wohl gedacht, die Stadt wäre nicht dem Krieg, sondern einer gewaltigen, angriffslustigen Inkontinenz anheimgefallen.

Er versuchte, sich auf das Stück zu konzentrieren. Thomas, der Toga und Lorbeerkranz trug, rollte in die Mitte der Bühne. Man hatte seinen Rollstuhl mit goldenen Brettern in einen römischen Kampfwagen verwandelt.

Betty sagte: »Es begab sich aber zu der Zeit, dass ein Gebot von dem Kaiser Augustus ausging.«

Thomas rief: »Alle Welt soll geschätzet werden!«

Maud trat mit Zachary vor, beide in Bademänteln und mit Geschirrtüchern um den Kopf und mit gefährlich schwankenden Heiligenscheinen. Maud war ein schüchternes Mädchen und eine recht gute Besetzung für die Jungfrau Maria. Tom fand es gewagt, Josef mit Zachary zu besetzen, und fragte sich, ob Mary es als Witz gemeint hatte. Man könnte die göttliche Herkunft leicht beweisen, da die Gottheit weiß und der Ehemann so dunkel wie das Herz des Herodes war.

Es beunruhigte ihn, dass er nicht wusste, ob sie es als Witz gemeint hatte. Er kannte sie weniger gut als früher. Der Feind warf auch tonnenschwere Zweifel ab.

Er wünschte, er könnte Alistair um Rat fragen. *Alistair, alter Junge*, würde er sagen, *ich bin nicht mehr ganz bei mir. Ich bin erschöpft*. Doch Alistair war jetzt auf Malta und schrieb nur unregelmäßig. Wenn Briefe kamen, waren sie ohne Substanz. Militärisches wurde ausgelassen, Gefühle wurden vermieden, bis nur die alten Witze blieben. Vielleicht war ihre Freundschaft vorbei. Vielleicht konnte ein Mann, der in den Krieg gezogen war, einen Mann, der zu Hause geblieben war, nicht ertragen.

Er umklammerte den winzigen Stuhl und biss vor lauter Elend die Zähne aufeinander.

Betty sagte: »Doch in Bethlehem gab es nirgendwo einen Platz für sie.«

Die Kinder stellten sich zum Singen auf. Sie wurden nach Herrlichkeit aufgereiht, von den Engeln bis hinunter zu den Lämmern. Neben Poppy standen noch zwei weitere Lämmer in weißen Pullovern mit aufgenähten Wattebäuschen. Es waren Beryl, die Schönheit mit dem starren Lächeln und der verstörenden Ruhe, und der Idiot George, der sich inmitten der Truppe kleiner Darsteller erschreckend groß ausnahm, Poppy aber fügsam folgte. Die Lämmer stellten sich neben Caesar Augustus, dem Heiligen Paar, dem Engel und der Erzählerin auf. Als Mary die Melodie auf dem Klavier anstimmte, sangen sie.

No beautiful chamber, no soft cradle bed,
No place but a manger, nowhere for His head;
No praises of gladness, no thought of their sin,
No glory but sadness, no room in the inn.

Tom schwankte wieder zwischen Qual und verzweifelter Lachlust. Ein Retter war auf die Erde gekommen, der heilen und verzeihen konnte, und alle sangen nur davon, dass das örtliche Gästehaus belegt war. Es war eine sehr englische Herangehensweise an einen göttlichen Besuch – etwas, worüber alte Colonels empörte Briefe an den *Daily Telegraph* schrieben.

Und doch war die alte, unveränderliche Geschichte auch tröstlich. Vielleicht würde sich die Kluft zwischen ihm und Mary wieder schließen. Vielleicht lag es nicht nur an ihm – vielleicht waren alle verunsichert. Von der zermürbenden Müdigkeit und Angst, der ständigen Anstrengung, anderen zu sagen: »Wir werden siegen«, während man sich selbst sagen musste: »Ich bin besiegt.«

Nun, da er die Kinder singen hörte, spürte Tom, wie Hoffnung in ihm aufglomm. Vielleicht würde der Krieg doch gewonnen. Mary würde wieder in seinen Armen lachen und das Heulen der Sirenen verstummen.

Als die Kinder zum Ende des Liedes gelangten, spielte Mary leise weiter, und das Heilige Paar legte eine Puppe in eine mit Stroh ausgekleidete Holzkiste.

Betty sagte: »Und sie gebar ihren ersten Sohn und wickelte ihn in Windeln und legte ihn in eine Krippe. Und die Hirten kamen von den Feldern und fragten Josef nach dem Namen des Neugeborenen. Und Josef sagte …«

Lange Pause. »Und Josef sagte …«

Zachary war wie erstarrt, die Augen weit aufgerissen.

»Komm schon, Schatz«, flüsterte Mary, »Josef sagte …«

Zachary brach in Tränen aus, stürzte aus dem Klassenzimmer und schlug die Tür hinter sich zu.

Die Kinder fingen an zu lachen und zu murmeln, bis Mary zweimal in die Hände klatschte. »Kinder! Bitte! Wir üben das Lied noch einmal. Mr. Shaw, würden Sie bitte nach Zachary sehen?«

Tom ertappte sich dabei, wie er eine törichte *Wer, ich?*-Geste machte, und versank unter Marys geduldigem Blick fast im Boden.

Er entdeckte den Jungen vor der Schule, wo er wild in den Schnee trat.

»Es ist dumm!«, schrie Zachary, als er Tom bemerkte. »Es ist ein dummes Stück, und ich will meinen dummen Text gar nicht können!«

Tom wollte schon mit ihm diskutieren, ließ es aber sein und lehnte sich gegen den Vorbau.

Zachary verzog das Gesicht. »Ihnen ist es wohl egal?«

»Es ist nicht gerade ›Hamlet‹.«

»Sie sind betrunken.«

Tom zündete sich eine Zigarette an. »Sag mal, wieso gehst du eigentlich in die Schule?«

»Wegen der Bildung.«

»Und was willst du damit machen?«

»Eine Arbeit finden. Ich gehe nicht zur Minstrel-Show.«

»Wieso nicht?«

»Sie haben sie gesehen. Möchten Sie das machen?«

»Das ginge gar nicht. Es gibt keine weiße Minstrel-Show, oder? Außer vielleicht ›Hamlet‹.«

»Mir egal.«

»Dir ist vieles egal.«

»Das wissen Sie doch gar nicht.«

»Aber du läufst ständig weg. Miss North hat mir deine Zeugnisse gezeigt.«

»Na und?«

»Ich meine ja nur. Wenn du in die Schule gehen willst, warum läufst du dann weg?«

Zachary starrte auf den Boden. »Lassen Sie mich jetzt nachsitzen?«

Tom musste lachen.

»Was ist?«

»Nachsitzen? Nein. Außer du trittst noch mehr Schnee auf mich drauf.«

Zachary hörte auf. »Es ist zu viel, wenn Sie's wissen wollen.«

»Was ist zu viel?«

»Schreiben. Mathe. Wie mich alle in der Klasse anstarren.

Mein Kopf sagt *Ich kann das nicht, ich kann nicht hier sein*, immer lauter und lauter, bis ich weglaufe. Ich will ja bleiben, aber ich kann nicht.«

Tom schlug seinen Kragen hoch.

»Und?«, fragte Zachary.

»Und was? Ich habe keine Ahnung, was mit dir nicht stimmt.«

Zachary zögerte. »Aber Sie meinen, da ist was?«

»Miss North hält dich für wortblind. Mich hat sie noch nicht diagnostiziert.«

»Wieso, was haben Sie denn?«

Tom zuckte mit den Schultern. »Wenn es einen Namen hätte, wäre es vielleicht verzeihlich.«

Der Wind frischte auf und peitschte ihnen Schnee ins Gesicht.

»Wie lange willst du noch hier draußen bleiben?«

Zachary vergrub die Hände in den Taschen und schwieg.

»Wieder reingehen ist schwerer als rauslaufen, was? Soll ich dich reinschieben?«

Zacharys Gesicht blieb ausdruckslos. »Gehen Sie rein, wenn Ihnen kalt ist. Wenn ich Lust habe, komme ich nach.«

Tom überlegte einen Moment, sagte »Na schön« und ging hinein. Als er halb den Flur hinunter war, sagte er über die Schulter: »Das Neugeborene heißt übrigens Jesus. Falls die Hirten noch einmal fragen sollten.«

Eine Pause, das Scharren von Schuhen hinter ihm. Dann: »Ich bin doch nicht zurückgeblieben.«

Tom grinste.

Im Klassenzimmer sagte Betty Oates gerade: »Ein Engel sagte den Hirten, sie sollten von den Feldern kommen und schauen, und die Hirten kamen und staunten.«

George und Poppy hatten miteinander gekichert, ihr Gelächter wurde jetzt hysterisch. Mary am Klavier runzelte die

Stirn. »Wenn eure Eltern morgen zur Aufführung kommen, wollen weder die Engel noch ich irgendwelche Albernheiten hören, ist das klar? Und jetzt bitte weiter.«

Die Kinder sangen ›Stille Nacht‹. Dann zogen sie wieder ihre Schuluniformen an und räumten die Krippe weg. Sie hängten die Heiligenscheine an die Garderobenhaken und gingen zeitig, damit sie vor dem abendlichen Angriff daheim waren.

Mary setzte sich mit Tom hinten ins leere Klassenzimmer.

»Es war gut, dass du Zachary zurückgeholt hast.«

»Ich habe gar nichts getan. Du hattest recht mit dem Jungen. Er ist schon in Ordnung.«

Sie streichelte seine Wange. »Du bist auch in Ordnung.«

»Und du bist … unvergleichlich.«

»Das sagt mein Vater auch immer, nur meint er es nicht so nett wie du. Bringst du mich nach Hause?«

»Ich weiß nicht recht …«

»Ach, mach dir keine Gedanken wegen Vater. Er ist fast nie daheim, und selbst wenn, wird er dir höchstens ein Glas von seinem Weihnachtsglühwein aufdrängen. Palmer bereitet ihn aus Nelken, Kirchenglocken und Dickens zu. Übe schon mal den richtigen Gesichtsausdruck.«

Tom leckte sich über die Lippen. »Einfach superb.«

Mary sah besorgt drein. »Zu viel des Guten.«

Tom versuchte es noch einmal. »Was für ein interessantes Aroma.«

Sie nickte zustimmend. »Du solltest es nicht übertreiben, sonst musst du ein zweites Glas trinken. Das ist schon vorgekommen.«

»Hat das Opfer überlebt?«

»Einmal hat der Hund sich über die Punschschüssel hergemacht. Wir haben ihn unter der Japanischen Zierquitte begraben.«

Sie gingen nach draußen. Der Schnee fiel in reizlosen Klumpen. Auf dem Gehweg verwandelte er sich in grauen Matsch, und bald waren sie beide kalt und nass.

»Prima«, sagte Mary. »Wenn es so weitergeht, gibt es heute Nacht keinen Angriff.«

Tom schaute zum Himmel. »Weißt du was, ich hasse sie wirklich. Ich hätte nicht gedacht, dass ich dazu fähig wäre. Aber es sind wirklich hassenswerte Bastarde.«

»Darum bezeichnen wir sie auch als Feind. Verstehst du jetzt, Liebling?«

Er lächelte. »Ich weiß nicht, was ich ohne dich täte.«

»Du würdest dein Leben in schrecklicher Verwirrung verbringen«, sagte sie fröhlich und griff nach seinem Arm.

Im spärlichen Schutz einer Markise, die zu einem Lebensmittelladen gehörte, blieb er stehen. Das Schaufenster war mit überkreuztem Klebeband versehen, dahinter standen Aufschnittmaschine, Käsedraht und die schwarze Eisenwaage in den leeren Regalen, das Vokabular einer Sprache, die niemand mehr beherrschte.

»Tom? Liebling?«

Ihm wurde klar, dass er immer noch in den ausgehungerten Laden starrte.

»Ich glaube, du solltest mich verlassen«, sagte er.

Der Wind peitschte nassen Schnee gegen ihre Beine. Motoren heulten auf, als Autoreifen im Schneematsch durchdrehten.

Mary sagte: »Sollen wir ins Warme gehen?«

Sie fanden ein Café, gerade zwei Tische breit, mit leeren Zuckerstreuern und einer kahlen Jacob's-Keksvitrine auf der Theke. Sie waren die einzigen Gäste. Sie zogen die Handschuhe aus, behielten Hut und Mantel aber an.

»Ich nehme an, es gibt nichts zu essen?«, sagte Mary zu der Kellnerin.

»Wir haben nur Tee.«

Er wurde in einer braun glasierten Kanne serviert. Wenn man beim Umrühren hineinschaute, konnte man die Hoffnung nähren, er werde stark sein. Man hoffte, wie man in all den zunehmend verwässerten Monaten gehofft hatte, bis man ihn schließlich über den Fingerbreit dünner weißer Milch in der Tasse goss und sah, dass er praktisch durchsichtig war. Die Blätter waren bis zur Erschöpfung ausgekocht worden.

Tom ließ den Teelöffel in der Tasse klirren. »Ich habe versucht, mich zur Air Force zu melden.«

Sie legte die Hand auf seine. »Nein …«

»Ich dachte, ich wäre fähig, auf die verdammten deutschen Flugzeuge zu schießen, nun, da es Selbstverteidigung ist. Aber das Kriegsministerium lässt mich nicht.«

»Oh, Tom …«

»Ich dachte, du wärst vielleicht stolz auf mich, wenn ich eine Uniform trage.«

Sie nahm sein Gesicht zwischen die Hände und drehte es so, dass er sie anschaute. »Hältst du wirklich so wenig von mir?«

»Du bist ein liebes, loyales Mädchen. Aber wir wissen beide, dass es nicht wie früher ist.«

»Natürlich nicht, du Dummkopf. Wir sind tausend Jahre älter.«

»Manchmal stelle ich mir vor, wie es mit einem Mann wie Alistair für dich wäre. Mit einem Mann, der im richtigen Krieg kämpft.«

Sie rührten im blassen Tee. Der nasse Schnee machte die Fenster blind.

»Ich stelle mir das nicht vor«, sagte sie.

»Aber du hast daran gedacht.«

Er wartete. Ihr Teelöffel klirrte in der Tasse.

»Ich bin wohl nicht dafür bestimmt, einen Mann wie ihn zu lieben, dessen Herz der Krieg so schwer gemacht hat.«

»Er musste so werden.«

»Aber wir müssen das nicht.«

»Ach, nein? Mit jedem Tag, den ich hierbleibe, fühle ich mich schlimmer. Man weiß, dass man nicht getötet wird, aber das heißt noch lange nicht, dass man lebt.«

»Bitte …«

Er legte den Kopf in die Hände. »Ich bin nutzlos.«

»Lass das. Wir bekommen dich schon wieder hin. Ein Glas von Vaters Weihnachtswein wird Wunder wirken. Er ist so scheußlich, dass du alle Trübsal vergisst und einfach nur den Tod herbeisehnst.«

Dass sie so unzerstörbar war, machte es nur noch schlimmer. »Bitte. Du wärst so viel glücklicher ohne mich.«

»Aber es wäre nicht mein Leben, verstehst du? Ich habe mich für dich entschieden, und ich liebe dich noch mehr, weil du mich so freundlich bittest, mich *nicht* für dich zu entscheiden.«

Der Geist eines Lächelns stieg in ihm auf. »Du bist völlig verrückt.«

»Meine Mutter nennt es eigensinnig.«

Tom fühlte sich ganz und gar erschöpft, so schwach wie der Tee. Es war erschreckend, dass man dem Zusammenbruch so plötzlich so nah kommen konnte. »Mein Gott, es tut mir leid.«

Sie schüttelte den Kopf. »Wir werden uns abwechseln, einverstanden? Wann immer einer von uns verschüttet ist, wird ihn der andere ausgraben.«

Sie saßen noch ein paar Minuten in dem leeren Café und tranken den Tee, solange er warm war. Ein anderes Paar kam herein und stampfte den Schneematsch von den Schuhen, sie in einem langen Cape mit Kapuze und er in der Uniform eines Marineoffiziers. Die Kellnerin servierte den beiden Kekse, die sie unter der Theke hervorholte.

Mary lachte und griff nach Toms Hand. »Komm schon, raus hier.«

Draußen im Schnee hielten sie die Mäntel am Hals zusammen und gingen Hand in Hand. Obwohl der Wintersturm bitterkalt war, spendete er Trost, denn in dieser Nacht würde es keinen Angriff geben. Später würden sie miteinander schlafen – das war keine Frage –, und vielleicht würde weniger Leidenschaft darin liegen als zu Anfang, dafür aber mehr Wärme.

Während der dunkle Nachmittag in den Abend überging, liefen sie schweigend durch die blinde Stadt. Ihre Schritte wurden vom Schnee gedämpft. Die unermesslichen Schäden lagen verborgen, die Schneewehen hatten Trümmerhaufen als Wolken oder Wellen verkleidet – Gebilde, die, so könnte man erwarten, bei freundlicherem Wetter einfach davongeblasen würden.

Als Licht und Klang zu nichts verblassten, blieben nur sie beide. Unter allem lag die kolossale vergrabene Stadt – die geflickten Rohre und improvisierten Fernmeldeleitungen und die unterirdischen Orte der Zuflucht vor der gewaltigen Zersetzungskraft der Bomben. Im Schnee konnte man all das vergessen.

Vielleicht, dachte Mary, würden sie einander wirklich abwechselnd retten. Vielleicht würde die Stadt überdauern. Fürs Erste konnte sie nur Toms Hand halten. Der Schnee blieb liegen, und man selbst wurde ruhiger.

Die Strahlen der Suchscheinwerfer stiegen von den Dächern auf, nach oben durch den wirbelnden Schnee, und spielten in blau-weißen Kreisen auf der Unterseite der Wolken. Man konnte dem eleganten Strahl bis hoch in den weißen Sturm folgen, der über ganz Europa tobte. Man konnte den gewaltigen Schwung des Winters erfassen und einem dünnen Scheinwerferstrahl wieder nach unten in die wachsame Stadt folgen und erkennen, wie zerbrechlich das war: eine Frau und ein Mann, die einander an der Hand hielten, auf Straßen, die vom Schnee namenlos gemacht waren.

»Ich liebe dich«, sagte sie.

»Wirklich?«

»Lass uns nicht zu meinen Eltern gehen. Es ist nicht weit bis zu dir.«

Ihre warmen Hände schlossen sich nun dringlicher umeinander. Der Schnee würde tauen. Der Wind würde die Wolken vertreiben. Schon die nächste Nacht konnte wieder bombenklar sein.

Dezember 1940

Alistair steuerte das Boot, während Simonson – einer von zwei weiteren Captains der 200th Battery des 10 Heavy Anti-Aircraft Regiment – mit einer Schleppleine Thunfisch angelte. Hier in diesem 14-Fuß-Segelboot, eine halbe Meile vor der Ostküste von Malta, mit einer Brise, die vom makellos glatten Mittelmeer hereinwehte und mit zwei Flaschen einheimischen Biers, die in einem Beutel zum Kühlen im Wasser hingen, schien der Krieg unglaubwürdig und übertrieben.

»Nein, ich fürchte, du musst mir das noch mal erklären«, sagte Alistair und verschob die Ruderpinne ein wenig mit dem Zeh. »Da gibt es einen Mann namens …?«

»Sowieso Hitler«, sagte Simonson. »Axel? Albrecht? Ein Deutscher.«

»Und er will …?«

»Die Welt beherrschen.«

»Die ganze Welt?«

»So wird gemunkelt.«

Alistair runzelte die Stirn. »Obwohl das neben den offensichtlichen Vorteilen auch so viele lästige Pflichten mit sich bringt?«

»Angeblich hat sich der Bursche das genau überlegt und beschlossen, trotzdem weiterzumachen.«

»Hat er mal daran gedacht, wie nervtötend es wäre, sich ständig mit uns herumplagen zu müssen? Oder wie wichtig den Amerikanern ihre Unabhängigkeit ist? In Manhattan würde man es vielleicht nicht gern sehen, wenn plötzlich jemand auftauchte, um den Verkehr zu regeln. Ein Europäer, meine ich.«

»Mein lieber Junge, wir Briten befassen uns seit Jahrhunderten mit solchen Fragen. Man kann nicht erwarten, dass ein Hunne dieselbe Einsicht besitzt.«

Alistair schaffte es, seine Pfeife anzuzünden, während er mit einem Fuß steuerte und mit der Hand, in der er das Streichholz hielt, das Vorsegel trimmte. Er stieß weißen Rauch aus, den der Wind anmutig über den rostbraunen Stoff des Hauptsegels davonblies.

Er sagte: »Dieser Deutsche scheint mir ja ein ziemliches Früchtchen zu sein.«

Simonson zog probehalber an der Schleppleine. »Er hat nur einen Hoden.«

Alistair hob eine Augenbraue.

»Ja, wirklich«, sagte Simonson. »Das ist bekannt.«

Tausend Meilen westlich lag Gibraltar; tausend Meilen östlich Alexandria. Obwohl es kurz vor Weihnachten und das Wasser zu kalt zum Schwimmen war, schien die Sonne angenehm warm, und die beiden Männer trugen weiße Hemden und zivile Hosen. Simonson holte die Schleppleine ein, um zu überprüfen, ob sich der Köder etwa verhakt hatte.

»Zwei Stunden und kein einziger Fang. Diese Fische sind Nazis.«

»Vielleicht benutzt du den falschen Köder.«

Simonson schüttelte den Kopf. »Die Fische machen sich über mich lustig. Die wissen, dass ich ausgehungert bin, und schwimmen sechs Zoll hinter dem Köder her, in ihren silbernen Lederhosen.«

»Im Stechschritt«, sagte Alistair.

»Natürlich. Die fühlen sich wie die Herrenfische.«

Als sie auf die Heckwelle schauten, bemerkten sie eine Treibmine, die darin umherhüpfte. Nur der obere Teil, schwarz, tödlich, mit stacheligen Auswüchsen, durchbrach die Oberfläche. Sie konnten sie nur um Zentimeter verfehlt haben.

»Ah«, sagte Alistair. »Die Wendemarke. Ich muss den Commodore bitten, die Dinger ein bisschen bunter anzumalen.«

Sie wendeten das Boot und schauten sie sich genauer an.

»Meinst du, sie wäre losgegangen, wenn wir sie gestreift hätten? Mit einem hölzernen Rumpf? Oder werden die nur durch Magnetkraft ausgelöst?«

»Wie dringend willst du das herausfinden?«

»Gar nicht.«

»Dann versuchen wir lieber, sie noch einmal zu verfehlen«, schlug Alistair vor. »Wir sollten ohnehin zurückfahren.«

»Oh Gott, haben wir schon Krieg?«

»Sieh es mal positiv: Wenn wir zurückkommen, gibt es Abendessen.«

Simonson stöhnte. Sie würden mit ihrem Regiment in Valletta zu Abend essen, im Fort St. Elmo an der Mündung des Grand Harbour. Nachdem sie sich rasiert und umgezogen hatten, würden sie in die Eingeweide der Festung hinabsteigen, die schon die große Belagerung Maltas im 16. Jahrhundert überstanden hatte. In der Offiziersmesse würden sie an Klapptischen aus Aluminium sitzen und die jämmerlichen Rationen essen, die ihnen die gegenwärtige Blockade bescherte: einen kleinen Brocken Corned Beef, gestreckt mit Mehlsoße und Kartoffeln, und an jedem dritten Tag Maconochie-Stew aus der Dose, das so widerlich war, dass man die ständig schrumpfenden Portionen – es wurde immer schwerer für die Konvois, die Insel zu erreichen – eigentlich nur als Segen betrachten konnte.

Alistair grinste, weil sein Freund so missmutig war. Er holte das Bier ein, während Simonson wieder die Schleppleine auswarf.

Sie steuerten in Richtung Festland, zur St. Paul's Bay, wo der Apostel Paulus Schiffbruch erlitten hatte. Alistair hatte sämtliche Einzelheiten aus der Apostelgeschichte mit den entsprechenden Seekarten abgeglichen und keinen Fehler finden können. Er war jetzt seit drei Monaten auf Malta, und es gefiel ihm, wie die Insel mit ihrer Geschichte lebte. London betrachtete seine Geschichte als in Tonerde eingebettete Legende, die sich jederzeit überarbeiten ließ, als prächtige Unterhaltung von zweifelhafter Genauigkeit, die sowieso aufs Neue hinterfragt würde, sobald der nächste Schlammfischer bei Ebbe in die Themse watete und irgendeine ikonoklastische Scherbe zu Tage förderte.

London war ein Publikumsliebling, ein Protestant, jemand mit freiwilliger Amnesie, der Geschichten ausgrub, um ihre Knochen trickreich neu zu arrangieren. Malta hingegen war dauerhafter Fels, kaum bedeckt von Mutterboden. Die Zeit konnte sich nirgends verstecken und hatte daher die Oberfläche kolonialisiert und lag nun dort in ihrer ganzen Dauer ausgebreitet. Alistair hatte in mit Fossilien durchsetzten Nischen im Kalkstein achttausend Jahre alte Statuen gesehen, die an Heiligenfesten mit Papiergirlanden geschmückt wurden. In einer winzigen dunklen, nach Weihrauch riechenden Kapelle, die er auf der Suche nach einer kurzen Atempause vom Krieg betreten hatte, hatte er etwas entdeckt, das er für einen Caravaggio hielt. Der Priester hatte es weder gewusst noch hatte es ihn gekümmert – er hatte lediglich erklärt, das Gemälde stamme von einem einheimischen Künstler.

Alistair trank sein Bier, während es noch kalt war, und warf die leere braune Flasche über die Schulter in die Tiefe. Die weiße Heckwelle des Bootes zischte durchs Meer.

»Was lächelst du so?«, wollte Simonson wissen.

»Ich habe mit der Morgenpost einen Liebesbrief bekommen.«

Simonson gähnte. »Ich kriege jede Woche drei.«

»Aber meine Familie ist nicht so abstoßend reich wie deine,

also kann ich mir einbilden, dass es an meinem guten Aussehen liegt.«

»Ach, geh zum Teufel.«

»Das Mädchen heißt übrigens Hilda.«

»Danach habe ich nicht gefragt.«

»Aber du warst neugierig.«

»Heath, meine Neugier in Bezug auf dich ist vergleichbar mit Freuds Neugier auf Hysterie oder Mendels Neugier auf Erbsen. Du hilfst mir lediglich, meine Theorien zu bestätigen.«

»Sie heißt Hilda und hat wunderbare Augen, wie ... ich weiß nicht. Wie Augen eben. Sie sind einzigartig.«

Simonson wirkte nachdenklich. »Oh Hilda, mit Augen ohnegleichen, einen einfachen Bürger willst du erreichen.«

Alistair beachtete ihn nicht. »Sie erklärt schon im ersten Absatz, dass sie mich liebt.«

»Wie unglaublich vulgär. Was grinst du so, du Mistkerl?«

»Es schmeichelt mir, dass ich dich zu dieser unwissenschaftlichen Reaktion verleitet habe.«

»Ich kann einfach keine Disziplinlosigkeit leiden, weder bei Frauen noch bei Pferden.«

»Ich werde es Hilda wissen lassen.«

»Du hast doch wohl nicht vor, sie einer Antwort zu würdigen?«

»Ich habe noch nicht darüber nachgedacht.«

Simonson fuhr Alistair durch die Haare. »Schon besser.«

Dabei hatte er das sehr wohl. Wie ehrlich und unkompliziert Hilda gewesen war, als sie sich im Lyceum an ihn gekuschelt hatte. Es wäre praktischer gewesen, sich in sie zu verlieben statt in Mary. Sie hätten die Wochenenden zu viert verbringen können, strahlend lächelnd wie die Paare in den Werbeanzeigen für den Strand von Blackpool.

Er richtete den Bug auf die Bucht.

»Verdammt«, sagte Simonson. »Müssen wir wirklich zurück?«

»Man könnte glatt auf die Idee kommen, du hättest keinen Spaß am Krieg.«

»Ich kann diese Insel nicht ausstehen.«

»Findest du sie nicht exotisch?«

»Heath, ich verabscheue Malta. Wo kein Getreide wächst, ist auch kein Ort für Menschen. Meine größte Hoffnung ist, dass eine Bombe unterhalb der Wasserlinie ein tiefes Loch in die Insel schlägt und sie versenkt, und dann können wir alle mit der Navy nach Hause fahren.«

»Aber die Menschen magst du doch wenigstens.«

»Die verabscheue ich auch. Sie sind nichtsnutzig und dunkel und geradezu widerwärtig loyal. Kaum besser als Nigger.«

»Sie sind sehr gastfreundlich zu uns.«

»Das waren sie auch zu den Phöniziern, den Karthagern, den Römern, den Vandalen, den Byzantinern, den Arabern, den Christen und den Franzosen. Wäre Mussolini fünf Minuten vor uns angekommen, würden die Einheimischen jetzt Puccini pfeifen.«

»Wären wir nicht auch Wirtshausbesitzer, wenn wir zufällig an der Kreuzung wohnen würden?«

Simonson richtete sich auf. »Warum hat England wohl achtundzwanzig Tonnen schwere Mk-X-Artilleriegeschütze an seinen Küsten aufgebaut? Damit wir keine Wirtshausbesitzer werden.«

Alistair lachte. »Hast du immer noch keinen Fisch gefangen?«

Simonson zupfte niedergeschlagen an der Leine. »Es liegt an der deutschen Kriegsmarine, da bin ich sicher. Die funken allen Fischen innerhalb von einer Seemeile unsere Position.«

Als sie noch dreihundert Meter vom Ufer entfernt waren, schoss ein Jagdflugzeug über die Klippen und stieß im Sinkflug beinahe bis aufs Meer hinab. Es kam genau auf sie zu. Alistair sah den Piloten durch die Frontscheibe, die Brille in die Stirn geschoben, wie er sie völlig verblüfft über den Block seines Sternmotors hinweg anstarrte. Alistair konnte gerade noch denken: *Oh, es ist einer von ihren.* Dann war der Jäger direkt über ihnen und verfehlte nur knapp den Mast. Der Luftschraubenstrahl traf die Segel, drückte sie nach hinten und brachte das Boot zum Kentern.

Alistair schnappte in den kalten Fluten nach Luft. Das Boot lag auf der Seite, die Segel flach im Wasser.

»Jetzt müssen wir unseren Tabak mühsam wieder trocknen.«

»Du hast gesagt, du könntest so ein Ding segeln«, sagte Simonson vorwurfsvoll.

»An diesem Ende der Bucht ist der Wind manchmal ein bisschen unberechenbar.«

Sie klammerten sich ans Heck, während Alistair die Segel löste.

»Wir drehen das Boot herum, damit es gegen den Wind liegt, dann drücken wir auf das Schwert, bis wir es aufgerichtet haben. Alles klar?«

Simonson schaute dem Jäger böse nach. »Das war ein Italiener, oder?«

»Ich glaube schon. Er wird uns garantiert als versenkt melden.«

Simonson spuckte Salzwasser aus. »Der fliegt jetzt nach Hause und lässt sich ein Segelboot auf den Rumpf malen. Und von seiner Bodencrew kriegt er eine Fellatio.«

Als sie anfingen, das Boot schwimmend zu drehen, hörten sie, wie sich das Motorengeräusch des Flugzeugs veränderte. Tonhöhe und Lautstärke nahmen zu. Alistair sah die Oberseite der Tragflächen mit den Fasces, den altrömischen Rutenbündeln, und begriff, dass die Maschine gewendet hatte und zurückkam. Sein Verstand kam gar nicht mit, so dass er sich innerlich schon auf den Beschuss vorbereitete, während er noch die enge Kurve bewunderte, die der Jäger beschrieb, bei der er mit der Tragfläche beinahe durch die Wellen schnitt. Die Nase der Maschine richtete sich wieder auf sie. Sie konnten nichts tun. Simonson schimpfte den Piloten leise einen kaltherzigen Mistkerl. Dann donnerte das Flugzeug über sie hinweg, ohne dass ein Schuss abgefeuert wurde.

»Was zum Teufel macht der da?«

»Er nimmt Anlauf. Neu dabei, nehme ich an.«

Der Jäger drehte um und kam erneut zurück. Alistair legte sich ins Wasser zurück, die Fußsohlen als kleinstmögliche Zielscheibe nach oben gekehrt. Als er nach hinten sank, sah er, wie der Italiener die Abdeckung der Pilotenkanzel öffnete. Eine Hand tauchte auf und ließ etwas Weißes fallen, und als die Maschine zum dritten Mal über sie hinwegdonnerte, flatterte der weiße Fetzen aufs Wasser herab. Der Jäger flog davon. Das Motorengeräusch verschmolz mit dem Geplapper der Wellen.

Als klar war, dass das Flugzeug nicht mehr zurückkommen würde, schwamm Simonson los, um das Ding zu holen. Es war ein Stück Papier, zusammengeknüllt, so dass es auf dem Wasser schwamm. Er strich es auf dem umgedrehten Rumpf des Bootes glatt. Die abgerissene Ecke einer Flugkarte. Mit grünem Navigationsstift hatte der Pilot darauf geschrieben: *»Mi dispiace.«*

»Es tut ihm leid«, sagte Simonson. »Dass er uns versenkt hat, nehme ich an.«

Sie klammerten sich an ihr Boot und starrten auf den Punkt am Horizont, wo der Italiener mit dem Himmel verschmolzen war.

»Du hast nie erwähnt, dass du Italienisch kannst«, sagte Alistair.

»Mutter hat ein Haus am Comer See.«

Alistair lachte.

»Was ist?«

»Wie schade, dass man nicht mehr hinreisen kann.«

»Ach, ich weiß nicht. Es kam mir immer sehr umständlich vor, nur wegen Faschismus und Oliven nach Italien zu reisen.«

»Ich mag Oliven ganz gern.«

»Mutter mochte den Faschismus ganz gern. Als der Krieg ausbrach, mussten wir eine Menge Fotos verbrennen.«

Sie richteten das Boot auf und schöpften es vor Kälte zitternd mit ihren Schuhen leer. Als es wieder seetüchtig war, suchten sie nach der Schleppleine. Die hölzerne Spule trieb auf dem Wasser. Simonson begann die Leine einzuholen, doch der Köder war bis auf den Meeresboden gesunken und hatte sich irgendwo verfangen. Während Simonson sich mit der Leine abplagte, lehnte sich Alistair zurück und ließ sich von der Sonne wärmen. Das Wasser klatschte an den Rumpf, die Segel flatterten untätig im Wind. Sturmschwalben krächzten, während sie die Wellen nach Beute absuchten.

Simonson mochte sagen, was er wollte, Alistair gefiel Malta. Das schuldlose blaue Meer machte die Erinnerungen an den Rückzug durch Frankreich erträglicher. Sogar die Blockade tat ihm gut. Nach einigen schlaflosen Nächten, in denen er von Ängsten geplagt wurde, hatte ihn der Mangel an Alkohol wohl gerettet. Jetzt wurde er fröhlich, wenn er dann und wann ein Bier trank – er musste nicht länger Vergessen darin suchen. Er sah die Dinge wieder klar: Hildas Lächeln, wie sie sich rührend bemüht hatte, ihr Make-up frisch zu halten. Ja, er würde ihr schreiben. Sie würde sicher gern von der Wärme hier, dem munteren Treiben der Einheimischen und der kleinen Insel hören, die ganz auf sich gestellt war.

»Wie wär's, wenn du mich mal ablöst«, sagte Simonson.

Er ließ sich auf den Boden fallen und schloss die Augen, während Alistair sich daranmachte, die Schleppleine einzuholen. Es war eine mühsame Arbeit, die Schnur schnitt ihm schmerzhaft in die Hände. Die weiße Leine verschwand tief unten im Blau. Nach wenigen Minuten bemerkte Alistair etwas Graugrünes in dreißig oder vierzig Fuß Tiefe.

»Tangklumpen«, sagte er.

Simonson gähnte. »Ich wurde schon schlimmer beschimpft und von besser aussehenden Männern.«

Während Alistair sich weiter abmühte, kam das Gebilde näher an die Oberfläche und entpuppte sich als etwas, das er früher hätte erkennen müssen, nur widersetzte sich das Denken. Als er nur noch ein paar Meter unter ihm war, konnte Alistair ihn deutlich sehen. Der tote Mann schaute zu ihm hoch, das Gesicht ruhig und klar wie das Wasser, und Alistair schnitt erschauernd die Leine durch. Er steckte das Messer weg und sah zu, wie die uniformierte Leiche sich auf den Bauch drehte und mit wehendem blondem Haar die lange Reise in die Tiefe antrat, wobei sie die Leine wie einen langen weißen Faden hinter sich herzog, bis auch dieser verschwand.

»Verdammt.«

»Hmm?« Simonson öffnete ein Auge.

»Leine gerissen. Ich habe wohl zu fest gezogen.«

»Ich habe drei Shilling dafür bezahlt.«

»Ich kauf dir eine neue.«

»Ach, schon gut. Du bist arm wie eine Kirchenmaus, und da unten gibt es ohnehin nichts zu holen.«

Sie segelten das Boot zum Strand zurück und zogen es über den schmalen Streifen Sand, der zwischen dem Stacheldrahtverhau frei geblieben war. Dort ließen sie das Boot für die nächsten Offiziere liegen, die einen halben Tag Urlaub bekämen.

Ihr Fahrer wartete auf sie. Als das Boot anlegte, hatte er sein knochiges Pferd wieder eingespannt, und sie stiegen in die offene Kalesche, die sie über den holprigen Weg zurück zum Fort St. Elmo brachte.

Die Sonne sank über dem Rückgrat der Insel. Alistair fröstelte, als die Tageshitze schwand. Die Schatten breiteten sich über den gelben Felsen und Steilklippen aus. Zu beiden Seiten der Straße kratzten schwarz gekleidete Frauen in der dünnen Erde der Felder, die nicht größer waren als ein Tennisplatz. Die Klingen ihrer Hacken klirrten, wenn sie auf den Fels unter der Erde trafen. Alistair sah zu Simonson hinüber, dessen feine schwarze Haare noch nass waren. Er war zweiundzwanzig, sah aber jünger aus. Er war muskulös vom Schwimmen und anderen Sportarten und bewegte sich mühelos wie ein Athlet. Seine Augen schimmerten bernsteinfarben im verblassenden Licht. Alistair fand sein Gesicht wunderbar freundlich, was Simonson gewiss in Rage versetzt hätte, hätte er es geahnt. Dieses Gesicht hatte die Angewohnheit, selbst die härtesten Worte mit einem scheuen Lächeln zu unterlaufen.

Simonson wickelte sich in die Pferdedecke und betrachtete stirnrunzelnd die ländliche Idylle.

Alistair grinste. »Hast du auch was gegen Landwirtschaft?«

»Ich denke an die Partys, die wir verpassen. Jeder Brief, den ich bekomme, stinkt nach Champagner und Orchestermusik.«

»Wie ich hörte, macht London die Hölle durch.«

»Alles eine Frage der Perspektive. Wenn man es richtig anstellt, kann man vom sicheren Dach des Claridge's aus zusehen, wie London die Hölle durchmacht. Mein lieber älterer Bruder war seit Kriegsausbruch nicht mehr nüchtern.«

»Macht es ihm nichts aus, zu Hause zu bleiben?«

»Guter Gott, warum das denn? Randolph muss niemandem etwas beweisen, außer dass er der erstgeborene Sohn ist, und dafür hat er eine Urkunde in seinem Safe.«

»Jetzt weiß ich, dass du mich auf den Arm nimmst.«

»Ich bin neidisch, das ist alles. Randy erwacht jetzt gerade in seidenen Laken, eine rosige Geliebte an jeder Seite. Während wir uns an diesen abstoßenden Felsen klammern.«

»Dein Bruder wird sicher auch irgendwann einberufen.«

Simonson schüttelte mitleidig den Kopf. »Du weißt wirklich nicht, wie es funktioniert, was?«

»Ich weiß, wie es bis jetzt funktioniert hat. Aber der Krieg verändert so manches.«

Simonson zog schockiert die Augenbrauen hoch. »Nur wenn wir verlieren. Und selbst für diesen Fall, möchte ich behaupten, hat Mutter ein paar geeignete Fotos versteckt. Eine Familie, die ihr Wappen wert ist, hat es gelernt, sich nach allen Seiten hin abzusichern.«

Alistairs Kleider rochen noch immer nach Salzwasser – er sog an den Manschetten und ein Schauder überlief ihn. Sie waren in der Bucht gekentert, in der der heilige Paulus fast ertrunken war. Sie fuhren über dieselbe Küstenstraße, auf der schon Paulus nach Valletta gegangen sein musste. Die Pferdehufe klapperten, und links und rechts verschmolzen die schwarz gekleideten Menschen mit den dunkler werdenden Schatten. Unterhalb der Straße, um die Landzungen und Zinnen der Bucht, bluteten die Wellen tintenschwarz ins Zwielicht.

Er würde Hildas Brief beantworten, und damit würde wohl etwas zwischen ihnen beginnen. Vielleicht war Liebe letztlich so – nicht der schlingernde Ruck, wenn man über eine gewölbte Brücke fuhr, und nicht der grelle Schein von Feuerwerk, sondern nur die stille Übereinkunft, eine freundlich dargebotene Hand zu ergreifen, bevor das Licht am Himmel ganz erloschen war.

Zuerst aber würde er Tom schreiben. Hilda gegenüber hatte er sich wie ein Schnösel verhalten, doch seinem ältesten Freund gegenüber war er ein unverzeihlicher Esel gewesen. Sobald sie im Fort waren, würde er ihm schreiben. Er würde sich für sein Benehmen entschuldigen und nicht dem Krieg die Schuld daran geben. Er würde Tom um Verzeihung bitten, und wenn Tom ihm verzieh, würde er leichten Herzens an Hilda schreiben.

Jetzt fühlte er sich besser. Die Kalesche holperte über den felsigen Pfad, zwischen Steinmauern hindurch, die älter als Christus waren. Während die kühle, salzige Brise vom Meer herüberwehte und im Osten der erste Stern aufging, hatte er das Gefühl, als hätte ihn der Krieg erneuert.

Dezember 1940

Mary saß am Klavier und lächelte Tom in der ersten Reihe zu. Alle Kinder hatten es geschafft, wenigstens einen Elternteil mitzubringen, was recht beachtlich war, da die Feier um drei Uhr nachmittags an einem Arbeitstag stattfand. Dafür hatten sie alle eine Eins verdient.

In der ersten Reihe saß Zacharys Vater neben Poppys Mutter, daneben saßen die Mutter von Kenneth und beide Eltern von Thomas. Mary kam es vor, als säße Mauds Mutter so weit wie möglich von Zacharys Vater entfernt – doch sie war immerhin gekommen. Der Stern, der über dem Stall aufging, vermochte es immer noch, die Menschen von den Feldern herbeizulocken.

Sie spielte die letzten Akkorde des Liedes, ließ die Hände in den Schoß sinken und nickte den Kindern zu. Betty trat ins Licht des improvisierten Scheinwerfers, den Georges Vater aus einer Lampenfassung und einer leeren Bohnendose gebastelt hatte.

Betty erstarrte, worauf Mary flüsterte: »Vor langer Zeit …«

»Vor langer Zeit«, sagte Betty, »kam in der Stadt Nazareth ein Engel –«

»Sehet!«, brüllte Kenneth. »Eine! Jungfrau! Wird! Schwanger! Sein! Und! –«

»Psst, noch nicht!«, zischte Mary.

Der Junge schlug die Hände vor den Mund, seine Augen quollen hervor.

Betty sagte: »Kam in der Stadt Nazareth ein Engel zu Josef und Maria. Und der Engel sagte …«

Mary sah Kenneth beschwörend an. »Siehe …«, flüsterte sie.

Nichts. Die Eltern in der ersten Reihe wurden unruhig und drehten die Köpfe. Kenneth starrte an die Decke.

»Siehe …«, wiederholte sie, doch es geschah noch immer nichts.

Tom sah sie bedeutungsvoll an und deutete auf sein Ohr. Nun hörte sie es auch, ein leises Grollen. Die Sirenen heulten. Mary spürte den vertrauten Schlag der Angst, sofort gefolgt vom Zorn auf den Feind. Ausgerechnet heute mussten sie früher mit dem Angriff anfangen.

Sie stand vom Klavier auf. »Wir gehen in den Keller. Die Kinder zuerst, still und ruhig, zu zweit, Hand in Hand, wie wir es geübt haben.«

Sie händigte jedem Paar eine Kerze aus, bevor sie die Kellertreppe hinuntergingen. Poppy und George, Maud und Kenneth, Zachary und Betty, dann Beryl allein, weil niemand sie berühren durfte, und schließlich Thomas in den Armen seines Vaters, nachdem sie den Rollstuhl im Flur geparkt hatten.

Tom half ihnen die Treppe hinunter, während Mary in den Heizungsraum ging und Strom, Gas und Wasser abstellte. Sie vergewisserte sich, dass niemand im Klassenzimmer zurückgeblieben war. Dann klemmte sie sich die Christuspuppe unter den Arm, klappte das Klavier zu und stieg in den Keller hinunter.

Es entstand ein wenig Gedränge, als alle einen Platz suchten, und die Erwachsenen lachten nervös. Die Kinder rangelten auf den beiden langen Bänken aus der Turnhalle, die Mary im Keller aufgestellt hatte.

Sie klatschte zweimal in die Hände. »So. Die Erwachsenen rücken die Bänke bitte so weit wie möglich an die hintere Wand und setzen sich dorthin. Der Platz hier vorn soll frei bleiben – das ist die Bühne. Es ist enger als geplant, daher müssen die Hirten ihre Herde bei sich behalten, und der Engel – wo bist du, Kenneth? –, der Engel muss aufpassen, wenn er mit den Flügeln schlägt. Betty und Maud, ihr nehmt die Kerzen in den Gläsern und stellt sie bitte an den Wänden entlang auf den Boden. Ja, dort, wo Platz ist. Und jetzt, Kinder, bitte an eure Plätze, und George holt einen Hocker, damit sich Thomas setzen kann. Sehr gut. Nun, wir machen weiter ab ›Und der Engel sagte –‹«

»Siehe!«, sagte Kenneth. »Siehe!«

Das Publikum klatschte im Kerzenlicht. Die Kinder sprachen ihren Text fehlerfrei, und Mary beobachtete sie, während die fernen Erschütterungen des Angriffs durch die unterirdischen Mauern drangen. Das gelbe Licht der Kerzenflammen schien auf die alten Regale, auf verbeulte Globen und muffige Handarbeiten, es verwandelte die Maibäume in lange Knochen, die weiß in der Dunkelheit schimmerten.

Als es Zeit für das nächste Lied war, nahm Mary ein Glockenspiel aus seinem Kasten, umklammerte die hölzernen Schlägel und runzelte die Stirn. Vielleicht war es schwieriger, als sie gedacht hatte.

Zacharys Vater sagte: »Geben Sie mir das. Welches Lied?«

»›No Room in the Inn‹.«

Er gab zwei Töne vor und nickte den Kindern zu. Er spielte gleichmäßig und ohne unnötiges Getue. Mary schloss die Augen, während die Kinder sangen.

Als Maria und Josef die Puppe in die Krippe alias den Glockenspielkasten gelegt hatten und das letzte Lied verklang, war die Aufführung vorbei, der Angriff jedoch nicht. Die Explosionen waren spürbar, nicht näher, aber auch nicht seltener. Die Kinder drängten sich in die Arme ihrer Eltern und warteten auf die Entwarnung. Alle sprachen im Flüsterton, als würden sie vom Krieg belauscht. Da es nichts mehr zu sehen gab, starrten sie auf die Puppe in der Krippe, die von Kerzen in Gläsern umringt war.

Mary setzte sich neben Tom ans Ende einer Bank. »Na, bist du jetzt in Weihnachtsstimmung?«

»Wie ein Wichtel beim Pfefferkuchenbacken.«

Sie legte den Kopf auf seine Schulter. »Gefällt's dir hier unten?«

Er sah sich kritisch im Keller um. »Eine weibliche Hand könnte nicht schaden.«

Sie gab ihm einen Rippenstoß. »Ich hasse dich.«

»Das ist jetzt deine Schule. Nach dem Krieg, wenn alle wiederkommen, musst du sie wohl zurückgeben, aber wir beide wissen, wer die Stellung gehalten hat, als es darauf ankam.«

»Ach, ich gebe die Schlüssel liebend gern zurück. Es wird eine Erleichterung, nicht mehr das Sagen zu haben.«

»Irgendwie kann ich mir allerdings nicht vorstellen, dass du Anweisungen von Miss Vine entgegennimmst. Nicht nach dem hier.«

»Nein?«

»Ich glaube nicht, dass irgendetwas wieder so wird, wie es war. Sieh uns doch an, hier unten im Dunkeln. Farbige und Krüppel und Verrückte – aber wir halten durch. Wenn die anderen wiederkommen, müssen sie respektieren, was hier geschehen ist.«

Mary gähnte und streckte ihre Beine neben seinen aus. »Ich will es einfach überstehen. Um ehrlich zu sein, ist es mir ziemlich egal, wer sich hier gut fühlt, wenn alles vorbei ist, solange es nicht die Deutschen sind.«

Er grinste. »Mir sind alle egal, außer dir. Wenn es einen Menschen gibt, der –«

Drei kolossale Detonationen pressten ihnen den Atem aus den Lungen und brachten die Kerzen zum Erlöschen. Kinder und Eltern schrien auf. Mary fühlte sich wie betäubt und stellte fest, dass sie plötzlich quer über Tom lag. Sie rappelten sich auf, und Mary suchte in ihrer Tasche nach dem Feuerzeug.

Zachary starrte sie an, die Augen vor Entsetzen geweitet.

»Ganz ruhig«, murmelte sie, die Zunge mit einer Paste aus Ziegelstaub bedeckt. Die Erschütterung machte sie langsam. »Es ist alles gut. Wir sind hier unten sicher.«

Dann eine weitere Explosion, gewaltig und noch näher, die ihr das Feuerzeug aus der Hand schlug. Als sie danach tastete und es wieder anmachte, war Zachary verschwunden. Seine Schritte hämmerten auf den hölzernen Stufen, die aus dem Keller nach oben führten.

»Nein! Warte!«

Sie wollte ihm nachlaufen, doch Tom hielt sie zurück. »Ich hole ihn.«

Er ging und überließ es ihr, bei Kindern und Eltern für Ordnung zu sorgen. Sie zündete die Kerzen in den Gläsern wieder an und prüfte, wer sich verletzt hatte. Zacharys Vater schien eine Gehirnerschütterung zu haben und drehte verwirrt den Kopf hin und her. Der Vater von Thomas hatte sich die Schulter ausgerenkt und saß mit grünem Gesicht auf dem Boden, den Rücken an die Wand gelehnt. Die Kinder waren mit Prellungen davongekommen.

Nachdem sie alle beruhigt hatte, machte sie eine Bestandsaufnahme. Ihr klingelten die Ohren – sie musste sich den Kopf wohl härter als gedacht gestoßen haben –, doch immerhin kamen die Bombeneinschläge jetzt von weiter weg. Sie wusste nicht, wie lange Zachary und Tom schon fort waren – vielleicht fünf Minuten. Sie ging nach oben in den Flur, stolperte auf unsicheren Beinen – anscheinend hatte sie einen Schuh verloren – und wollte nur rasch nach draußen schauen. Sie stieß die schwere Eingangstür auf und sah überrascht, dass es noch taghell war. Die Straße war verlassen und mit Schutt übersät. Mitten in einer Häuserreihe gähnte eine Lücke.

Sie schaute nach oben. Als sie keine Bomber sah, trat sie ein paar Schritte auf die Straße, besann sich dann anders und eilte wieder in den Schutz des Eingangs zurück. Es war lächerlich – es drohten Bomben, kein Regen –, doch als sie in einer Ecke den hölzernen Ständer mit den zusammengerollten Schirmen der Eltern sah, sagte ihr die Stimme der Vernunft, dass ein Schirm wohl besser als gar nichts sei. Sie wollte gerade nach einem greifen, als sie durch die offene Tür ein Kind am Ende der Straße bemerkte. Der Junge war etwa so groß wie Zachary, aber weiß, in weißem Pullover und Shorts, und sie rief ihm zu, er solle herüberkommen. Der Junge starrte sie an, machte zwei Schritte rückwärts und floh.

Sie erwischte ihn erst fünf Straßen weiter, die Bomben fielen jetzt ganz in der Nähe. Als sie Zachary endlich zu fassen bekam, waren seine Augen leer vor Angst. Sie zog ihn in eine Nische hinter einer Mauer und rang nach Luft. Er kauerte mit erhobenen Armen da, als wollte sie ihn schlagen, und sie fragte sich, warum er auf einmal weiß war und sich vor ihr fürchtete. Er weinte milchige Tränen, und sie begriff erst später, dass es ganz gewöhnliche Tränen gewesen waren, die durch den weißen Staub rannen.

»Wieso?«, stieß sie hervor. »Wieso musst du immer weglaufen?«

Seine Brust bebte, und er heulte: »Es tut mir leid … es tut mir so leid …«

Sie schüttelte den Kopf. »Du musst zurückkommen. Wir können nicht hier draußen bleiben.«

»Ich geh nicht wieder in den Keller.«

»Oh doch.«

Halb zerrte, halb schob sie ihn durch den Luftangriff, der um sie herum tobte, und in der Mündung einer Seitenstraße sah sie auf einmal Tom auf dem Gehweg liegen, er schlief im Schnee, während die Strahlen der Wintersonne schräg auf ihn fielen. Es war eine Stressreaktion, von so etwas hatte sie schon gelesen – das Bewusstsein schaltete sich ab, wenn alles zu viel wurde. Sie würde ihn holen müssen, sobald sie Zachary im Keller abgeliefert hatte. (Wie erstaunlich, dass sie in dieser Situation so ruhig blieb, dass sie diejenige war, die alles klar und ohne Panik sah.) Sie schleppte Zachary zurück in die Hawley Street, wo die Bomben wieder ferner schienen, und erlebte dort ein interessantes Phänomen. (Wie sich ihr Vater freuen würde, wenn er erfuhr, wie gefasst seine Tochter in der Krise blieb.) So jedenfalls zuckte es ihr durch den Kopf, als sie Zacharys dünnes Handgelenk umklammerte und den Puls darin spürte, während das Dröhnen der Bomber im Osten verklang: *Ich erlebe ein Phänomen, das von den Bombenangriffen hervorgerufen wird.*

Die Sache war nämlich die: Die Hawley Street war noch da, aber die Schule war weg. Sie lief die Straße zweimal auf und ab, ruhig, aber zügig, zog Zachary am Handgelenk mit sich und suchte nach der Schule. Natürlich würde es eine einfache Erklärung für das Phänomen geben: Vielleicht hatte jemand, der mit der Gegend nicht vertraut war, das Gebäude weggenommen und an der falschen Stelle abgesetzt. Sie musste lachen, denn es war ja lächerlich, dass man etwas so Großes und solide Viktorianisches wie die Hawley Street School nicht wiederfinden sollte. Alles, was sie finden konnte, war ein gewaltiger Haufen roter Ziegelsteine, durchsetzt mit Londoner Gelb. Was für eine dämliche Stelle, um Ziegelsteine abzuladen. Und dann zog sich ihr Magen zusammen, und sie begriff, dass es ein Wahrnehmungsproblem war: dass ihre Gehirnerschütterung schlimmer als vermutet war, dass sie halluzinierte. Es war erschreckend, ergab jetzt aber wenigstens einen Sinn: Zachary war weiß geworden, Tom war eingeschlafen, die Schule hatte sich unerlaubt entfernt. Es war schon komisch, wie der Verstand funktionierte. Sie setzte sich in den dicken weißen Staub und lachte.

Später sagte man ihr, das sei normal bei einem Schock. Jemand kam und nahm Zachary mit. Sie mussten ihre Finger mit

Gewalt von seinem Handgelenk lösen. Und dann konnte sie stundenlang nur denken, was für eine Verschwendung das doch war: Erst am Morgen war ein neuer Karton Kreide geliefert worden, und jetzt war alles hin, alle zwanzig Stangen Kreide. Sie erklärte einer Krankenschwester, dass sie nun eben improvisieren und mit den alten Kreidestummeln an die Tafel schreiben müssten.

Man brachte sie in ein Ruhezentrum und wickelte sie fest in Decken. Man sagte ihr, es würde helfen, wenn sie wie ein Baby eingewickelt sei. Tage vergingen, in denen sie nichts mitbekam, als dass das Tageslicht flackernd aufleuchtete und wieder erlosch. Wie eine Lampe mit Wackelkontakt. Man sagte ihr, man habe keine ganzen Leichen aus der Schule bergen können, nur Teile. Lediglich Toms Leiche hatte man im Ganzen auf der Straße gefunden und wickelte Mary kurz aus, damit sie ihn identifizieren konnte.

Das improvisierte Leichenschauhaus befand sich im Gemeindesaal einer Kirche. Jemand hatte mit rotem Fettstift ein X auf Toms Stirn geschrieben. Es stand für innere Verletzungen. Man sagte ihr, Tom sei durch die Druckwelle einer Bombe getötet worden, weshalb es keine äußeren Merkmale gäbe bis auf dieses X. Mary hörte sie kaum. Ihr war klar, dass die Bombe ihm nichts getan hatte – dass die Todesursache irgendwie mit dem schrecklichen Buchstaben auf seiner Stirn zusammenhing: der Unbekannten in jeder algebraischen Gleichung, der Definitionslücke.

Mary erklärte es der Frau, die sich um sie kümmerte und zwischendurch unterschrieb, wenn wieder Rettungshelfer menschliche Überreste anlieferten, in Pappkartons, welche man bei einem Lebensmittelhändler besorgt hatte.

Ihre Mutter tauchte ab und zu auf und verschwand wieder. Sie sagte Mary, dass die Rettungsmannschaften vier Tage und Nächte in den Trümmern gegraben und so viele Überreste wie möglich geborgen hätten, bevor man Löschkalk hineingeschüttet habe.

Menschen stellten ihr Fragen. Mary antwortete, es gehe ihr ganz gut, vielen Dank. Nein, sie wolle keinen Tee mehr. Ja, sie könne eine Liste der Schüler und Eltern erstellen, die beim Krippenspiel zugegen gewesen seien. Nein, sie und Tom seien nicht verlobt gewesen; sie habe darauf gewartet, dass der arme Mann den nötigen Mut aufbrachte. Nein, sie halte es nicht für bedauerlich, dass Gott ausgerechnet ein Negerkind verschont habe. Nein, sie glaube nicht, dass die Neger das Glück des Teufels hätten. Nein, sie glaube, das arme Kind sei nur deshalb in den Luftangriff gelaufen, weil es ungewöhnlich ungern sitzen blieb, wo es sitzen bleiben sollte. Und ja, sie habe – wenn sie es denn unbedingt so ausdrücken wollten – den Nigger wirklich ziemlich gern.

Danach kamen keine Fragen mehr, und Mary brachte es nicht übers Herz, die Leute mit ihren eigenen zu behelligen. Im Ruhezentrum waren weiß Gott alle erschöpft. Jeder hatte seinen eigenen Kummer – denn jede Bombe, die fiel, bedeutete ein Sterben unter unfassbarem Druck. Trauer war ansteckend, und Mary wollte über ihre eigene genauso wenig sprechen, wie sie in einem überfüllten Zugabteil gehustet hätte, ohne die Hand vor den Mund zu halten.

Und so saß sie da und betrachtete die Wände im schäbigen Gemeindesaal, an dessen Schwarzem Brett noch Kirchenveranstaltungen und Kuchenverlosungen angekündigt wurden, las die Kleinanzeigen von Gelegenheitsarbeitern und Katzenzüchtern.

Sie nahm sich vor, Tom zu danken, wenn sie ihn das nächste Mal sah, weil er Zachary in den Luftangriff nachgelaufen war. Sie begriff sofort, dass das nicht möglich war, doch das Begreifen hinderte sie nicht daran, es auf einen Fetzen Papier zu schreiben und diesen in ihren Ärmel zu stecken: *Bei Tom be-*

danken. Er hatte den Keller verlassen und war mitten in einen Luftangriff gelaufen. Wochenlang konnte sie diese zwei Dinge gleichzeitig glauben: dass er tot war und dass sie sich bei ihm bedanken musste, wenn sie ihn das nächste Mal sah.

Mary beschloss schon ziemlich früh, noch bevor die Tage das hektische Flackern verloren und in ihren üblichen bedächtigen Takt zurückfielen, dass sie nie über das sprechen würde, was sie empfand. Man konnte sich nur von dem Ort wegschleppen, an den man so hoffnungsvoll geeilt war. Man konnte nur, ein Jahr älter, neu beginnen und beschließen, sich so zu verhalten, dass die Druckwelle der Tragödie im eigenen Körper eingeschlossen blieb und sich keinen Zoll weiter ausdehnen konnte.

Dezember 1940

Am ersten Weihnachtstag lud das Regiment die Mannschaften aller Geleitschiffe ein, die sich im Grand Harbour drängten. Im Sonnenschein versammelten sich mehr als tausend Offiziere und Soldaten im Hof von Fort St. Elmo, wo ein Gottesdienst mit neun Bibellesungen, Weihnachtsliedern und einem Gläschen Nelson's Blood stattfand, das die Navy spendiert hatte. Gemäß der fünfhundertjährigen Tradition, die die Gottesdienstordnung bestimmte, wurde der Rum vor dem Gesang ausgegeben.

Alistair konnte angesichts der harten Blockade durch den Feind und des Nachschubmangels nur mutmaßen, dass das Kriegsministerium einen gewaltigen Vorrat an Schuhcreme und Messingpolitur angelegt hatte. Zweitausend schwarze Stiefel schimmerten, als würden sie von einem inneren Licht erhellt. Zwölf Trompeten, acht Posaunen, vier Tuben und ein Euphonium glänzten wie die Rüstung des Achill. Wenn die Männer ausreichend motiviert waren, entwickelten sie selbst in der Machtlosigkeit vollständiger Umzingelung die Fähigkeit, sich selbst in einem geradezu unirdischen Licht erstrahlen zu lassen. Als der letzte Refrain von ›O Come, All Ye Faithful‹ seinem Höhepunkt zustrebte, war Alistair richtig geblendet.

Nach dem Gottesdienst schickte er die Männer seiner Batterie ein zweites Mal ans Rumfass, mit der Anweisung, sich nicht zu sehr danebenzubenehmen. Dann ging er in seine kleine Zelle hoch oben in den Mauern des Forts. Dorthin brachte ihm sein Unteroffizier Briggs einen Luftpostbrief frisch vom Flugplatz. Alistair hätte den Umschlag am liebsten geküsst.

Erwärmt vom Schnaps der Navy, brachte er tatsächlich allen Menschen Wohlgefallen entgegen, selbst jenen mit feindlicher Gesinnung. Es war eine große Geste, dass die Italiener an Weihnachten ein Postflugzeug durchgelassen hatten. Man konnte nur hoffen, dass die eigene Seite sie an einem Kriegsschauplatz, an dem es für Großbritannien besser stand, erwiderte. Zwar fiel ihm nicht ohne weiteres ein solcher Ort ein – aber an Weihnachten konnte man stattdessen auch an Schlittenglöckchen denken.

Auf dem Aerogramm stand als Absender die Anschrift von Toms Eltern. Alistair riss es auf. Wie wunderbar passend, dass Toms Antwort ausgerechnet an Weihnachten eintraf. Vorausgesetzt natürlich, dass Tom ihm in seinem Brief das Debakel im Lyceum verzieh.

Der Brief war von Toms Vater. Die Handschrift war Toms sehr ähnlich, aber kleiner und schräger. Es tue ihm leid, Alistair mitteilen zu müssen, dass Tom am 19. Dezember bei einem Luftangriff getötet worden sei. Da Tom ihn als Bruder empfunden habe, möge Alistair die Shaws als seine Familie betrachten und ihnen schreiben, falls sie jemals etwas für ihn tun könnten.

Alistair legte den Brief beiseite und trat an die Schießscharte, die als Fenster diente. Der Vormittag glitzerte über dem Meer. Im fernen Dunst konnte er undeutlich die blitzenden Signalspiegel der italienischen Blockadeschiffe erkennen. Vergaß man für einen Moment, dass einem die Botschaften Böses wollten, waren sie wunderschön.

Am Metallbecken wusch er mit einem Schwamm den Schmutz der Parade von sich ab. Dann zog er ein frisches Hemd an, und da es noch eine halbe Stunde bis zum Weihnachtsessen war, besuchte er seine Männer im Speisesaal. Sie hatten ebenfalls Post erhalten, und man konnte nie wissen, in welche Stimmung sie das versetzte. Luftpost verströmte die Gewalt des Neuen – sie konnte Überschwang oder Heimweh oder eine seltsame Mischung von beidem hervorrufen –, und ein Offizier tat gut daran, vorbeizuschauen und beruhigende Gelassenheit zu verbreiten. Liebste konnten abgekühlt oder entflammt, Mütter krank oder genesen sein, doch auf die stabile Abschussplattform der QF-Flugabwehrkanone konnte man sich stets verlassen, vorausgesetzt, dass die Lafette an allen vier Ecken perfekt ausgerichtet war. Dies war das Gefühl, das ein Offizier verbreiten sollte.

Er verbrachte zwanzig Minuten mit den Männern, machte Witze über ihre kleinen Kümmernisse und merkte sich die großen und war gerade rechtzeitig zum Dankgebet in der Offiziersmesse. Mit Army und Navy zusammen kamen sie auf sechzig Personen an zwei langen Tischen, Lieutenant Colonel Hamilton führte den Vorsitz. Alistair kam als Letzter und eilte mit einem entschuldigenden Nicken an seinen Platz. Hamilton nickte leutselig zurück und senkte den Kopf zum Gebet.

»Herr, an diesem heiligsten aller Tage danken wir dir für Essen und Munition. Mögen unsere Schiffe durchkommen und die des Feindes verloren gehen.«

Alle sagten »Amen«, und dann servierten die Ordonnanzen etwas, das der Koch aus Semmelbröseln und Bosheit in Dosen hergestellt hatte.

Alistair hob die Ecke seines Gebildes mit der Gabel an. »Ich weiß nicht, ob ich Senf oder Marmelade drauftun soll.«

»Oder ob man es essen oder ihm ein christliches Begräbnis verschaffen soll«, sagte Simonson. »Hat der Weihnachtsmann dir Post gebracht?«

»Diesmal nicht.«

»Wahrscheinlich warst du nicht brav. Der Mistkerl führt Buch, das weißt du doch.«

»Während du …?«

Simonson ließ sein Messer wie ein Offiziersstöckchen kreisen. »Ich habe vier Briefe von drei Mädchen bekommen. Natürlich glaubt jede, sie wäre die Einzige.«

»Ja, und du bist sicher der einzige Millionär, dem sie schreiben.«

»Dein Problem ist, dass du nicht die richtigen Mädchen kennst. Wenn wir Urlaub haben, werde ich dich mal in der Stadt herumführen.«

»Ich fürchte, dass deine Sorte Mädchen mich schon allein mit ihrer blasierten Stimme in ein Häufchen Elend verwandelt.«

Simonson ging nicht darauf ein. »Wenn ich es bis zum Major bringe, bevor wir heimkehren, werde ich zuletzt lachen und nicht mein verdammter Bruder. Als Major – guter Gott, die Frauen, die man da haben kann! Ich werde mir eine umwerfende Debütantin angeln und sie in Samt und Seide gekleidet Randolphs alter Schreckschraube vor die Nase setzen.«

»Da hast du ja Glück, dass die Deutschen das alles so schön für dich arrangiert haben.«

Simonson runzelte die Stirn. »Alles in Ordnung mit dir? Du wirkst etwas verdrießlich.«

»Ich bin müde von der ganzen Aufregung.«

»Verdammt noch mal, Alistair, wenn eine Blaskapelle dich so mitnimmt, was soll denn dann im Kampf passieren?«

»Erinnere mich dran, dass ich dir gelegentlich von meiner kleinen Frankreichfahrt erzähle.«

»Als Austauschschüler?«

»Na ja, nur wurden Schüsse statt Küsse getauscht, falls das auch zählt.«

»Seid ihr noch in Verbindung?«

»Oh, ja. Ich hoffe, sie alle eines Tages wieder zu treffen.«

»Aber mal im Ernst, was ist los?«

Einen Moment lang spielte Alistair mit dem Gedanken, es ihm zu sagen. Doch das wäre nicht richtig. Der Krieg war schließlich ein legaler Radau, ein bunter, lärmender Festzug, ein Wunderwerk des knappen Entkommens. Er war das perfekte Abenteuer, bis jemand das Gegenteil bewies, und es wäre nicht sehr nett gewesen, diesen Gegenbeweis ausgerechnet an Weihnachten zu präsentieren. Da zog man an Knallbonbons, weil sie nur leise detonierten.

Simonson klopfte ihm auf den Rücken und sagte Kopf hoch, und sie aßen, während ihre Mitoffiziere durcheinanderschwatzten. Als Nachtisch hatte der Koch Aprikosen in Dosen aufgetrieben. Sie wurden in winzigen Schalen serviert, in denen die Früchte dennoch verloren wirkten. Jeder Offizier bekam genau zweieinhalb Aprikosenhälften in einem Fingerbreit klarem Sirup. Sie tranken Wasser aus dem Brunnen des Forts, das nach dem gelben Kalkstein der Innenwände schmeckte und dem, was Türken und Mauren im Laufe der Jahrhunderte hineingeworfen hatten.

Hamilton erhob sich und klopfte an sein Glas. »Auf den König.«

Alle standen auf. »Auf den König.«

Sie tranken mit Brunnenwasser auf seine Gesundheit und verließen einzeln und zu zweit den Raum, immer noch hungrig.

Als Alistair allein war, stellte er Toms Glas mit Brombeermarmelade in die Schießscharte und starrte darauf, bis ein dünner Mond über dem Meer aufging.

Januar 1941

Zachary stand an dem Platz, den man ihm im Chor des Lyceum zugewiesen hatte, zwölf Sänger links und elf rechts von ihm, im roten Licht der Bühnenscheinwerfer, die die große London-Kulisse hinter ihnen in Feuer tauchten. Die Monumente der Stadt waren zerschmettert, die Mauern eingestürzt.

Vor ihm in der Bühnenmitte wandte sich der neue Interlocutor mit tiefer Stimme, die er sich von Zacharys Vater abgeschaut hatte, ans Publikum. Wenn Zachary den Rücken des Mannes betrachtete, seine Silhouette im roten Licht, glaubte er tatsächlich, es könnte sein Vater sein. Er versuchte, es durch reine Willenskraft wahr werden zu lassen. Er wollte den Gedanken nicht zulassen, dass es unmöglich war. Sein Vater war verschwunden und hatte keine Leiche hinterlassen, wie ein Magier oder Heiliger.

Doch sobald der neue Interlocutor sprach, wusste Zachary, dass sein Vater nicht mehr da war. »Und so, meine Damen und Herren, denken wir bei unserer letzten Nummer heute Abend an all jene, die in unserer geliebten Stadt, der Stadt der Menschheit, dahingegangen sind. Und wir denken daran, dass es noch eine andere Stadt gibt, die unserer gleicht und doch über ihr steht und wo der Tod keine Macht hat.«

Der Chor begann zu singen, und Zachary stimmte so gut er konnte ein. Während sie sangen, wurden die Scheinwerfer heller, und in ihrem weichen Licht erschien eine neue Kulisse: London, wiederaufgebaut und wiederhergestellt – aber mehr als das. Jeder Turm war höher, jede Brücke breiter, jedes vertraute Wahrzeichen verschönert. Die roten Lichter verwandelten sich von Flammen in die Glut des Sonnenaufgangs. Gelbes und weißes Licht mischte sich ins Rot, bis das ewige London in hellem Tageslicht erstrahlte. Als die Sänger schließlich die Köpfe in den Nacken warfen, um schmetternd den letzten Refrain anzustimmen, stand das Publikum auf. Zachary fühlte nichts außer einer leichten Überraschung, dass man ihnen das abkaufte.

Als sich der Vorhang senkte, nahm ihn der Direktor beiseite. Sie standen in den Kulissen, aus dem Zuschauerraum kam das Murmeln und Füßescharren der aufbrechenden Besucher.

»Alles klar, Großer?«

Zachary lächelte. »Klar.«

»Wie es aussieht, hatte ich dreiundzwanzig Seelen in meinem Chor. Und dich.«

»Tut mir leid. Ich werde mir mehr Mühe geben.«

»Mach das. Hier werden glückliche Neger geboten. Ein trauriges Gesicht in meiner Truppe ist wie ein Loch im Eimer. Da läuft die Magie raus, verstehst du?«

Zachary zuckte mit den Schultern. »Vielleicht kann ich mal eine Pause machen.«

»Und was tun? Solange du in meinem Keller schläfst, musst du auch arbeiten.«

»Ich könnte in der Pause Klavier spielen.«

»Mit dem langen Gesicht? Da würde ich noch eher einen Deutschen nehmen.«

»Ich könnte die Tische abräumen.«

Der Direktor verzog das Gesicht. »Ich habe vierzig Jungs, die für deinen Job im Chor Schlange stehen. Ich würde dich ja rausnehmen, aber dann sagen meine Leute: ›Gib dem Jungen eine Chance, das bist du seinem Vater schuldig.‹ Und ehe ich mich's versehe, habe ich nicht einen Trauerkloß hier, sondern neun. Also sag, warum willst du nicht singen?«

Zachary zuckte wieder mit den Schultern und schwieg.

»Bist du schüchtern? Du hast nämlich eine gute Stimme. Ich würde nicht mit dir zu Parlophone laufen, um eine Schallplatte aufzunehmen, aber ich würde mir auch nicht Blei in die Ohren gießen.«

»Das ist es nicht.«

»Was denn dann? Das ist deine Chance. Willst du lieber auf der Straße leben?«

Zachary ließ den Kopf hängen. »Ich hätte gern was anderes.«

Der Direktor lachte. »Meinst du, wenn du lange genug durchhältst, öffne ich meine große Kiste mit Jobs für Neger, die ihren Namen nicht schreiben können? Was hättest du dir denn so vorgestellt? Papst? Oder lieber Premierminister?«

Zachary sagte nichts, und der Direktor seufzte. »Na schön, dann räumst du eben die Tische ab. Viel Glück beim Trinkgeldsammeln, Lohn kriegst du dafür nicht. Du kannst im Keller schlafen, aber wenn du Geld willst, singst du verdammt noch mal in meiner Show. Verstanden?«

Zachary nickte.

Als die Darsteller gegangen waren, zündete er eine Kerze an und ging allein in den Keller. Er setzte sich mit einer Metallschüssel zwischen den Knien hin und lehnte einen Spiegel am Ende der Bank gegen die Wand. Mit einem Tuch und kaltem Wasser schrubbte er die weiße Farbe um Lippen und Augen weg.

Er verschlang die Hände ineinander. »Tut mir leid, Dad.«

Es kam keine Antwort, obwohl er lange in die Dunkelheit horchte.

»Es tut mir leid«, sagte er noch einmal.

Nichts. Die Dunkelheit im Keller war furchteinflößend. Sie krabbelte und raschelte. Ein Monat hatte ihn noch nicht von der Angst davor kuriert. Er rollte sich unter ein paar alten Vorhängen in der Ecke zusammen, doch der Schlaf wollte nicht kommen.

»Bist du da?«, fragte er so leise wie möglich.

Er wartete. Die Kerze schien zu flackern, was vielleicht hieß, dass sein Vater da war.

»Ich weiß nicht, was ich tun soll.«

In der Stille, in der endlosen unterirdischen Nacht, schien die Kerzenflamme ruhiger zu brennen. Vielleicht wollte sein Vater, dass auch er ruhig wurde. Zachary kniff die Augen zu und zog die Vorhänge vor der Dunkelheit zusammen.

Januar 1941

Mary saß mit Hilda im Zug. Sie waren auf dem Rückweg von Toms Beerdigung. Seine Leiche war die einzige, die begraben werden konnte – an alle anderen Familien hatte sie lediglich Blumen geschickt. Selbst dies war durch den Krieg schwierig geworden, da holländische Blumen nicht als vorrangige Transportware galten und die englischen Treibhäuser ganz auf Nahrungsmittelproduktion umgestellt worden waren. Sie hatte ein paar frühe Schneeglöckchen aufgetrieben, ein paar gehetzte Hyazinthen. Sie hatte gezögert, sie zu schicken, weil sie nicht wusste, ob sie Trost spenden würden.

Hilda rauchte und stach mit einem Drehbleistift auf das Kreuzworträtsel in der *Times* ein.

»Es ist nett, dass du mitgekommen bist«, sagte Mary.

»Ich konnte dich schlecht mit Palmer fahren lassen.«

Mary brachte ein Lächeln zustande. »Palmer hätte vielleicht Brandy mitgebracht.«

»Palmer hätte vielleicht seinen Platz mit dem Verstorbenen getauscht. Das gehört doch sicher zu seinen Pflichten?«

Der Zug stieß kreischend Dampf in die tiefhängenden Wolken. Das machte sie nicht leichter.

Was für eine unmögliche Art und Weise, Toms Eltern kennenzulernen. In der Kirche hatte Mary nicht gewusst, wohin sie sich setzen sollte. Es erschien ihr anmaßend, sich zur Familie zu setzen, daher war sie mit Hilda nach hinten gegangen. Toms Mutter hatte sie wortlos in die erste Reihe geholt. Während des ganzen Gottesdienstes hatte Mary unverwandt auf Toms mit

Lilien bedeckten Sarg geschaut und sich gefragt, woher sie kamen.

»Was für schöne Blumen«, sagte sie danach.

»Ich bin extra nach Cheltenham gefahren«, sagte Toms Mutter.

Tom war tot, und Lilien waren in Cheltenham erhältlich, und beides war gleichermaßen unbegreiflich.

Draußen empfing sie Schneegestöber. Vier Männer, die zu alt oder gebrechlich für den Krieg waren, hatten Toms Sarg an eigens dafür vorgesehenen Seilen in die Erde gesenkt. Der Pfarrer hatte gefragt: »Tod, wo ist dein Stachel?« Es herrschte Einvernehmen, dass man gar nichts fühlen konnte.

Drei Stunden später im Zug war ihr Körper immer noch starr vor Kälte und unterdrückten Emotionen. Der Zug schwankte auf verformten Schienen, als er sich der London Bridge näherte. Beiderseits der Strecke waren tausende Gebäude zerstört.

»Was willst du jetzt machen?«, fragte Hilda.

»Zuerst muss ich Zachary finden.«

»Und was dann? Willst du ihn mit zu deiner Mutter nehmen? Sie wird begeistert sein.«

»Ich fühle mich für ihn verantwortlich.«

»Das bist du ganz und gar nicht!«

»Er war in meiner Klasse und –«

»Und gar nichts. Es war deine Aufgabe, die Klasse in Grammatik zu unterrichten, nicht, irgendwelche Überlebenden zu adoptieren.«

»Du bist einfach schrecklich.«

»Weil du dich lächerlich machst. Wie soll das enden, wenn du ihm nachläufst? Du bist nicht seine Familie, du gehörst nicht mal zu seiner Spezies. Du kannst ihm kein Zuhause geben – dafür sind seine Leute verantwortlich. Und erzähl mir nicht, dass er keine hat, im Theater waren Dutzende davon, fein säuberlich nach Farbe geordnet.«

»Nicht alle Neger sind miteinander verwandt, weißt du.«

Hilda hielt inne, als käme ihr der Gedanke zum ersten Mal. »Ach, es mögen verschiedene Stämme sein, aber ich möchte behaupten, dass sie den Kriegsspeer in solchen Zeiten begraben.«

»Ich sollte mich wenigstens vergewissern, dass ihn jemand bei sich aufgenommen hat.«

»Dann erkundige dich danach, wenn es sein muss. Aber schwöre mir, dass du dem Jungen nichts versprichst, was du nicht halten kannst. Ich weiß, wie stur du sein kannst, wenn du dir etwas in den Kopf gesetzt hast. Du würdest den Jungen ins Exil schicken, weg von seinen Leuten, und wärst selbst eine Ausgestoßene. Ihr würdet euch beide miserabel fühlen.«

»Du hast natürlich recht. Nur –«

»Nur gar nichts. Du musst an dich denken und was du tun willst. Wenn du dein eigenes Leben nicht in den Griff bekommst, kannst du auch anderen nichts nützen.«

»Ich glaube, ich möchte wieder unterrichten.«

Hilda stöhnte entnervt.

»Es würde Tom freuen«, sagte Mary.

»Du kannst nicht dein Leben danach ausrichten, was Tom freuen würde.«

Mary schaute aus dem Fenster und sah die Zerstörung vorbeirollen. Dies war ihre Stadt gewesen: die Clubs und Kirchen, die wohlgeordneten Wahrzeichen. London hatte so perfekt zu ihr gepasst, dass sie seine Gestalt für ihre eigene gehalten hatte. Nun schlug jede Bombe eine Wunde in den Panzer und legte die Nerven darunter bloß.

»Das sagt sich so leicht.«

»Weil es wahr ist«, erwiderte Hilda. »Du musst nach deinen eigenen Vorstellungen leben.«

Die gelockerten Schienen klapperten, als der Zug oberhalb des Embankments entlangschlich. Dampf wogte über dem grauen Fluss. An beiden Ufern waren Fassaden weggerissen,

Gebäude klafften offen. Mary hatte immer geglaubt, sie könnte ertragen, was London ertragen konnte, aber nun lag die große alte Nautilus-Molluske keuchend und geborsten an der Kehle der Themse, dort, wo Süßwasser auf Salzwasser traf.

»Lass uns ins Claridge's gehen«, meinte Hilda. »Du brauchst was Ordentliches zu essen.«

»Ich habe keinen Hunger.«

»Aber du musst was essen. Du bist so durchsichtig wie die Ausreden einer Hure.«

»Ich glaube, ich möchte spazieren gehen.«

»Dann nimm mich wenigstens mit. Du solltest in diesem Zustand nicht allein sein.«

Mary ergriff ihre Hand. »Du hast mehr als genug für mich getan. Du warst immer so anständig zu mir, und ich weiß, dass du es nicht leicht mit mir hast.«

Hilda nickte. »Du bist wie ein untauglicher Jagdhund. Man kann ihn entweder einschläfern oder zum Haustier machen.«

»Ich bin froh, dass du einen Verwendungszweck für mich gefunden hast.«

»Solange du mir nicht auf den Teppich pinkelst. Und versprich mir, mich zu fragen, bevor du auch nur dran denkst, wieder als Lehrerin zu arbeiten.«

Sie umarmten einander auf dem Bahnsteig, und Hilda verschwand im Dampf. Als sie weg war, lehnte Mary sich eine Weile in einer Ecke an die Mauer. Niemand störte sie. Die halbe Stadt weinte an irgendwelchen Mauern.

Danach blieb sie eine Zeit lang auf dem leeren Bahnsteig stehen. Sie nahm sich zusammen, zog ihre Handschuhe an und ging hinaus auf die Straße.

Überall lag Schutt. Badewannen standen im Freien, die gelben Enten darin festgefroren. Betten, in denen Frauen empfangen und geboren worden waren und selbst empfangen und geboren hatten, lagen jetzt still und verbogen da, schaukelten auf

Fußböden, die in der Mitte durchgerissen waren, weinten Daunen auf die Straße. Die Federn wirbelten durch den Schnee. Es war zu viel – wie leicht sie sich inzwischen entmutigen ließ! –, und sie floh in ein Café und trank strohfarbenen Tee. Sie schrieb an den Direktor des Lyceum und erkundigte sich nach Zacharys Verbleib. Nachdem sie den Brief gefaltet und in den Umschlag gesteckt hatte, blieb der schale Geschmack des Klebstoffs in ihrem Mund.

Auf den Landkarten in der Zeitung, die man ihr brachte, drängten sich die feindlichen Hakenkreuze an den benachbarten Küsten – so nah, dass man von der Zeitungsseite aufblickte und Diesel und Schweiß beinahe riechen konnte. Im Atlantik vervollständigten die U-Boote die Umzingelung. Die Innenseiten der Zeitung waren mit endlosen Bekanntmachungen gefüllt. Man hatte die Londoner Bezirke immer weiter unterteilt, als die Nachrichtenwege schrumpften. Lebte man hier, galten zehn neue Vorschriften; lebte man dort, waren es zwölf. Dies war die Stadt, in der sie aufgewachsen war und deren Gesetze bis vor kurzem von Bombay bis Belize Gültigkeit gehabt hatten. Ihre große Stadt wurde belagert. Allmählich überkam sie das gleiche Gefühl wie damals, als sie die Schule übernommen hatte. Letztlich begegnete man dem Feind mit Zorn.

Sie schob den kalten Tee weg und ging durch den Schnee zu Toms altem Büro in der Schulbehörde. In der Eingangshalle klopfte sie sich den Schnee von den Stiefeln und teilte der Empfangsdame mit, sie werde nicht eher gehen, als bis sie mit jemandem gesprochen habe.

Man schickte sie nach oben zu Toms Nachfolger, der Cooper hieß. Er erhob sich halb, um sie zu begrüßen, schien aber zwischen seinem Stuhl und dem Schreibtisch festzustecken.

»Bitte, Sie brauchen nicht aufzustehen.«

Er ließ sich wieder hinuntersinken und entschuldigte sich mit einer vagen Handbewegung für etwas, das ein schlimmer

Rücken oder mangelnde körperliche Beweglichkeit oder Apathie sein konnte.

Cooper war älter als Tom – sie schätzte ihn auf Mitte dreißig. Er war blond und ein bisschen übergewichtig und ließ sich einen Schnurrbart wachsen. Hinter ihm an der Wand hing ein kleines Aquarell von Hampstead Heath, das sie Tom im Sommer geschenkt hatte. Sie hatte gelacht, bis sie nach Luft ringen musste, als Tom es eines Abends, nachdem seine Kollegen gegangen waren, aufgehängt hatte. Er hatte drei Nägel und sieben Flüche gebraucht. Danach waren sie ziemlich indiskret gewesen, und es war sehr viel Papier vom Schreibtisch gerutscht. Toms Schreibtisch war immer so chaotisch gewesen.

Cooper bemerkte, dass sie das Bild betrachtete. »Das ist Hampstead Heath.«

Sie ertappte sich dabei, wie sie automatisch antwortete: »Tatsächlich?«

Wie schnell man sich doch reduzieren ließ. Der Mann machte eine leicht wegwerfende Geste – ob er sie oder die Heide oder das Aquarell meinte, war nicht zu erkennen. »Schrecklich schlecht, leider«, sagte er.

Mary spürte eine Traurigkeit, die so müde war wie sein Verhalten. Natürlich tat der arme Mann das Bild einfach ab. So war die Vergangenheit: Sie überfrachtete die Gegenwart mit Objekten, gegen die die Überlebenden immun waren. Sie saß da, die Handschuhe auf dem Schoß, und zündete sich eine Zigarette an. Er verschränkte die Hände auf dem makellos ordentlichen Schreibtisch und schaute auf seine Manschetten, als hätte sie ihn auch um Erlaubnis bitten können. Toms Aschenbecher stand noch da – das schwere, blaue Glasungetüm mit dem unidentifizierbaren Einschluss in der Mitte, den Mary immer hoffnungsvoll für einen Augapfel gehalten hatte. Da Cooper ihn demonstrativ nicht zu ihr herüberschob, aschte sie ebenso demonstrativ auf den Teppich.

Sie sagte: »Ich möchte einer neuen Schule zugeteilt werden. Am liebsten einer Grundschule, ich könnte aber auch an einer weiterführenden Schule Französisch, Latein und Aufsatz unterrichten, wie es in meiner Akte steht. Ich wäre sofort verfügbar.«

»Meinen Sie nicht«, sagte Cooper nach einem Augenblick, »dass es unter den gegebenen Umständen besser wäre, mit der Arbeit noch zu warten?«

»Worauf warten? Dass die Kinder das Einmaleins vergessen? Dass sie wieder anfangen, die Buchstaben durcheinanderzuwerfen?«

Er gönnte ihr ein kleines Lächeln. »Ich denke, Sie wissen, was ich meine.«

»Aber es geht mir gut. Ich bin unverletzt und kann den Dienst wieder aufnehmen.«

Langes Schweigen. »Muss ich das Problem beim Namen nennen?«

»Geben Sie mir lieber einen Job.«

Cooper wollte ihr Lächeln nicht mehr erwidern. Er stand auf – anscheinend war es doch nicht so schwer – und ging zum Fenster. Er verschränkte die Hände hinter dem Rücken und schaute hinaus in den Schnee.

»Mein Vorgänger war sehr jung und beschloss, einige Schulen wieder zu öffnen. Leider hatte die Begeisterung über die Beförderung sein Urteilsvermögen beeinträchtigt.«

Mary schüttelte den Kopf. »Es war seine Pflicht, für Schulunterricht zu sorgen.«

Cooper sprach jetzt wie zu einem Kind, das beinahe richtig geantwortet hatte. »Unsere Pflicht, da Sie den Ausdruck schon verwenden, besteht darin, die Botschaft zu vermitteln, dass London unter diesen Umständen nicht der richtige Ort für Kinder ist.«

»Und doch gibt es Kinder, die man auf dem Land nicht will.«

»Ich bin nicht für unsere politischen Vorgaben verantwortlich. Diese fordern nun mal eine vollständige Evakuierung.«

»Und was machen wir mit den Krummen und den Farbigen und den Langsamen? Sollen wir sie verrotten lassen, weil die Vorgaben ihre Existenz nicht vorsehen?«

»Wenn Sie auf Haarspaltereien aus sind: Es ist durchaus vorgesehen, dass solche Kinder existieren, nur ist es unangemessen, sie hier zu unterrichten.«

»Finden Sie das, was Sie da sagen, nicht ungeheuerlich?«

Cooper wandte sich vom Fenster ab. »Ungeheuerlich ist, dass sieben Kinder und ihre Eltern tot sind, weil mein Vorgänger Sie die hübsche Schulmamsell spielen ließ, während die Erwachsenen in der Stadt Krieg führen.«

Mary blinzelte einmal, zweimal, bevor sie sich gefasst hatte. Sie musterte den Mann, eine Augenbraue hochgezogen, bevor sie sich die nächste Zigarette anzündete.

Er begegnete ihrem Blick ein wenig unsicher. »Ich vermute, wir würden es beide gern ungeschehen machen.«

Marys Hände zitterten. »Wir haben nicht auf dem Dach Ballett getanzt. Wir waren unter der Erde, im Keller. Jeden Tag sterben Menschen in Kellern.«

»Nicht in meinen Schulen.«

»Sicher, wenn es dort keine Menschen gibt.«

»Sie sind so emotional, weil Sie viel mitgemacht haben. Sie sind jung und charmant, und ich mache Ihnen keinen Vorwurf. Aber mein Vorgänger hätte es besser wissen müssen.«

»Tom war mein Geliebter. Das ist bekannt. Hören Sie doch auf, so zu tun, als wüssten wir das nicht beide.«

»Ich versuche, Ihre Gefühle und den Namen Ihrer Familie zu schützen.«

»Beides können Sie am besten erreichen, indem Sie mich unterrichten lassen. In diesem Bezirk gibt es hunderte von Kindern, das wissen Sie nur zu gut. Man sieht sie auf den Straßen in den Trümmern wühlen.«

»Ich fürchte, ich habe keine Stelle für Sie.«

»Entschuldigen Sie, dass ich meinen Gefühlen nachgegeben habe. Bitte lassen Sie mich wieder unterrichten.«

»Machen Sie eine Pause«, sagte er sanft. »Ich würde es weiß Gott tun, wenn ich nur könnte. Fahren Sie ein paar Wochen weg aus der Stadt, damit der Kopf wieder klar wird.«

Sie wandte sich ab. Das Licht auf dem kleinen Aquarell, das sie Tom geschenkt hatte, war gelb und verspielt. Jenseits der Heide auf dem Bild erstreckte sich London. Damals waren die Wahrzeichen so fest verwurzelt, dass der Künstler den Himmel um sie herummalen musste.

Sie trat ans Fenster. »Was kann ich tun, damit Sie Ihre Meinung ändern?«

Er schwieg. Sie trat näher, streifte leicht seinen Arm, während sie rauchte. »Es muss nicht alles so bleiben, wie es vor dem Krieg war.«

Er schaute sie belustigt an, dann wurde sein Blick ernster.

»Hören Sie, die Mittagszeit ist längst vorbei«, sagte er. »Warum gehen wir nicht etwas essen und unterhalten uns dabei weiter?«

Sie hob den Kopf und ließ ihn in den vollen Genuss ihrer Augen kommen. Einen Moment lang durfte er in ihnen ertrinken.

»Nein, danke«, sagte sie fröhlich. »Ich bin gar nicht hungrig.«

Er schaute sie an und wurde langsam rot. Einen Moment sah er so aus, als wollte er sie schlagen, dann wandte er sich abrupt ab und ließ sie am Fenster stehen. Sie hörte, wie er lautstark Schubladen zuknallte, Hut und Mantel vom Haken nahm und die Tür hinter sich zuschlug.

Sie ging zum Schreibtisch und drückte ihre Zigarette aus.

Das kleine Gemälde von Hampstead Heath hing in seinem goldenen Rahmen im grauen Licht. Kurz ließ sie die Hand auf dem kalten blauen Glas von Toms Aschenbecher ruhen. Sie drehte ihn um seine Achse – zweimal, dreimal – und ließ ihn, wo er war.

»Du fehlst mir«, sagte sie zu dem leeren Büro.

Januar 1941

Sie nannten den neuen Club The Joint. Als existierte er nicht für sich, sondern nur als Bindeglied zwischen Tag und Nacht. Die Bomber erhöhten das Tempo, und die Stadt folgte dem Rhythmus in Synkopen. Wenn ein Angriff die Minstrel-Show unterbrach, eilten die Darsteller samt Publikum in den Keller und gesellten sich zur Bigband, die bereits dort unten wartete. Sie hatten den großen Keller des Lyceum in einen Nachtclub umgewandelt. An einem Ende gab es eine Bühne, am anderen eine Theke und dazwischen Nischen, in denen Soldaten ihr Glück herausforderten.

Zachary holte die Getränke von der Bar und bekam dafür Münzen und Zigaretten. Er hatte seit Wochen den Himmel nicht gesehen. Das war ihm recht. Wenn man den Himmel nicht sah, sah er einen auch nicht. Die Leute tätschelten ihm den Kopf, wenn er ihre Drinks holte. Sie nannten ihn Baby Grand. Alle wurden umgetauft, manchmal zwei- oder dreimal, als wäre ein Mensch dem Krieg einen Schritt voraus, wenn der ihn nicht beim Namen rufen konnte.

Niemand interessierte sich dafür, ob er trank, also tat er es. Er schlief unter der Theke und rauchte wie Bette Davis. Er aß Erdnüsse und kandierte Kirschen, die er vom Boden der Gläser fischte – was immer ihm in die Finger kam. Alle hatten Hunger. Der neue Pianist fand heraus, dass er nur eine Achtelnote nach dem Beat warten und dann fest in die Tasten hauen musste, um einen Swing zu erzeugen, der die Fabrikarbeiterinnen und Flieger auf Urlaub unfehlbar zum Tanzen brachte, selbst wenn sie aufgrund der Rationen noch so geschwächt waren.

Zachary schnappte auch den Klatsch auf, wenn er die Drinks servierte. Anscheinend gab es jede Nacht einen so enormen Verlust von Seelen, dass in den großen Leichenschauhäusern von Clerkenwell und Cheapside inzwischen jede unkenntliche Leiche von einem Dutzend Familien für sich beansprucht wurde. Daher zogen die Mitarbeiter die Überreste mittlerweile aus, versahen Kleidung und Körper mit derselben Nummer und ließen die Familien statt der Leichen deren Habseligkeiten identifizieren. Zachary hatte man nicht gebeten, etwas zu identifizieren. Keine Krawattennadel, keinen Ring. Er fragte sich, ob sein Vater in irgendeinem Grab lag und unter einem neuen Namen betrauert wurde. Er betete unter dem alten Namen für ihn.

Es hieß, dass man, wenn über der Erde nur noch einzelne Körperteile übrig waren, diese wog und nach Gewicht zusammenlegte. Vielleicht hatten dadurch einige der zusammengesetzten Toten mehr als nur ein linkes Bein, doch war wenigstens kein Sarg zu leicht. Die Trinker bemerkten, dass er lauschte, und lachten und sagten: »Was hältst du davon, Baby Grand?« Er sagt: »Klingt gerecht.« Aber er dachte an seinen Vater, der sich nach jeder Vorstellung die weiße Farbe so sorgfältig abgewaschen hatte und nun mit weißen Leichen vermischt worden war.

Zachary trank, was in den Gläsern übrigblieb, und die Bigband spielte fünfundvierzig Minuten pro Stunde, die ganze Nacht durch, und während in Friedenszeiten die Bläser und das Klavier einander in schnellen Wirbeln umspielten, taten sie sich jetzt, um drei Uhr und um vier Uhr morgens, wenn der Luftangriff über ihnen heiß und schwer war und die Tanzfläche auf ihren Balken erbebte und Staub von der gewölbten Kellerdecke rieselte, alle in großen Akkorden zusammen, und der schlanke schwarze Bandleader, das Hemd schweißnaß, lehnte sich über sein schnittiges Mikrofon wie in einen gewaltigen Gegenwind und rief der Menge der weißen Tänzer zu: »Schauen Sie auf Ihre Füße, werte Damen und Herren – solange Sie tanzen können, sind Sie noch nicht tot!« Und Zachary bediente an den Tischen, und die Stadt orchestrierte ihren ungeheuren Vorrat an Leichentüchern und Pappsärgen und gab jede Nacht eine präzise Anzahl davon frei, entsprechend den zu erwartenden Verlusten, die man aus Wolkendichte und Bomberkonzentration errechnet hatte. Der höhlenartige Keller dröhnte. Sicher war man nur, wenn man tanzte oder tot war. London besann sich seines ältesten Rhythmus – die Heiligen gehörten unter die Oberfläche der Stadt –, und so grub man auf den öffentlichen Friedhöfen von Highgate und Nunhead und Kensal Green die alten Gräber um und verstreute die verstimmten alten Knochen, um Platz für neue zu schaffen. Der Feind vergrößerte seine Bomben von fünfhundert auf tausend und zweitausend Kilogramm, und unten im Keller stellten die Bandleader zwei Bands und dann drei Bands zusammen, so dass sich erst sechs farbige Männer und jetzt neun im Bläserrhythmus wiegten und erst zwei Negerdrummer und jetzt drei an ihren Schlagzeugen auf der großen Empore am Ende der Bühne schwitzten, und Zachary erinnerte sich, wie sein Vater mit der linken Hand die schweren Akkorde angeschlagen hatte – Bumm, Bumm, Bumm –, und die unendlichen Friedhöfe der Vororte wuchsen weiter, und die Pendlerzüge brachten mittags die Särge hinaus aus der Stadt und kehrten pfeifend zurück, wobei der Schaffner »Einrückfahrt!« rief. Und die ganze mörderische Nacht lang zerschmetterten die Drummer der Bigband die Zeit, während Steinmetze in dicht gedrängter Chorbesetzung mit stählernen Meißeln und in rhythmischer Perfektion die angenommenen Namen der Toten hämmerten, in Buchstaben, die Zachary nicht lesen konnte. Wie unerträglich, dass der Name seines Vaters verloren war. Wie dünn seine eigenen Gliedmaßen schienen. Er hörte die Musik, und er hörte die Neuigkeiten von oben, und es kam ihm vor, als spielten die Welt oben und die Welt unten jetzt ein und dieselbe Melodie.

Morgens, wenn der Club geschlossen und die Band ihre Instrumente in Samt gepackt hatte, stellte er die Stühle hoch und fegte. Die Dämmerung machte ihn taub mit ihrem Schweigen. Niemand konnte jetzt noch reden. Unter den elektrischen Glühbirnen aß er mit der Band und den Barkeepern, und dann gingen alle, wohin sie wollten, und Zachary rollte sich auf seinem Platz unter der Theke zusammen, wo er niemanden störte.

Wenn er aufwachte, bevor die Menge zurückkam – und die Stühle noch oben und die Bomber weit weg waren –, setzte er sich ans Klavier. Er spielte die ruhigen Stücke, wie sein Vater es ihm gezeigt hatte: leise, mit geschlossenen Augen. Er tat, was er konnte. Sein Vater hatte nicht gewollt, dass er in der Show auftrat, und das tat er auch nicht, und doch war da dieser Schmerz. Er spielte die langsamen Melodien, und manchmal hatte er seinen Vater eine Stunde beinahe bei sich, und dann flutete die Menge wieder herein, und er lächelte und holte ihre Drinks.

Wenn er die Musik seines Vaters spielte, war er fast wieder daheim. Doch eine Melodie hatte keinen festen Platz in der Zeit. Sie war eine Stadt vor der Ewigkeit. Sie war immer nur ein Bindeglied.

Januar 1941

Mary und ihre Mutter lasen die Morgenpost, während sie aufs Mittagessen warteten. Der Theaterdirektor des Lyceum hatte geantwortet: Zachary sei bei guter Gesundheit und werde versorgt, und Mary solle sich keine Gedanken um ihn machen. Sie runzelte die Stirn und steckte den Brief zurück ins Kuvert.

»Was ist?«, fragte ihre Mutter.

»Nur Hilda. Welche Männer ihr gefallen, welche Geschäfte ihr nicht gefallen.«

»Wie fade.«

»Na ja, es ist Hilda, bei ihr klingt es natürlich amüsant.«

»Warum dann das lange Gesicht?«

»Ich mache mir Sorgen um sie. Ich wünschte, sie würde jemand Nettes kennenlernen.«

»Nett und in der richtigen Uniform.«

Mary fragte sich, ob der Direktor es freundlich gemeint hatte, als er schrieb, sie brauche sich keine Gedanken zu machen. Sie waren natürlich argwöhnisch gegenüber Weißen. Vielleicht hatte sie in ihrem eigenen Brief nicht deutlich genug betont, dass sie zu den hilfsbereiten gehörte.

Palmers Schritte waren so leicht, dass sie ihn kaum hörte, als er um eins das Mittagessen brachte. Die Köchin hatte einen gemischten Schwarm kleiner Fische und Krabben in Aspik eingelegt, wobei sie eine Wellenform benutzt hatte. Die Welle lag auf einem Silbertablett und war von einem Salat aus *fruits de mer* umgeben, alles auf einem Bett aus golden gerösteten Samenkörnern, die recht gut als Sand durchgingen.

Marys Mutter setzte die Brille auf, um das Werk zu inspizieren, und ließ Palmer das Tablett ans Fenster halten, so dass das Tageslicht durch die Welle schien.

»Und das Schöne daran ist, dass nichts davon rationiert ist. Die Leute machen so einen Aufstand wegen der vielen Entbehrungen, dabei muss man nur erfinderisch sein. Was meinst du, Liebes?«

»Ich bin erstaunt, dass die Armen noch nicht auf die Idee gekommen sind.«

Ihre Mutter ignorierte die Antwort. »Natürlich ist es nur eine Übung.«

Einen Moment lang – bevor sie begriff, dass das Gericht nur der Prototyp einer voll einsatzfähigen Version war – rätselte Mary, was ihre Mutter meinte. Sie starrte auf die winzigen Geschöpfe, die im Mittagslicht aufblitzten, und fragte sich, auf welche Erfahrung diese Übung vorbereiten sollte. (Ertrinken vielleicht? In Strandnähe? In einer gut gefüllten Ecke des Ozeans?) Sie hatte aufgehört, der unermüdlichen Kampagne aus Diners und Cocktailpartys zu folgen, mit der ihre Mutter ihrem Vater den Weg ins Kabinett erkämpfen wollte.

»Bist du noch anwesend?«, fragte ihre Mutter.

»Entschuldigung. Ich habe kaum geschlafen.«

»Wer tut das schon? Aber du könntest wenigstens eine Meinung äußern.«

Mary blinzelte in die Welle. »Die Krabben sind ziemlich niedlich. Schau dir ihre kleinen Gesichter an.«

»Aber, Liebling, fällt dir nichts auf?«

Mary bemerkte, dass Palmers Arm vor Anstrengung zitterte, während er immer noch das Tablett hoch ins Licht hielt. Das Zittern ließ die Welle vibrieren, als könnte sie jeden Augenblick ihren Gipfel erreichen und in Schaum zerbersten.

»Ich glaube, die Köchin hat den Aspik gefärbt, oder? Ein sehr subtiler Grünton.«

Ihre Mutter stieß ein ärgerliches Schnauben aus. »Ja, aber die Krabben – siehst du das nicht? Die Hälfte von ihnen schwimmt falsch herum. Und sie wären wohl kaum so planlos in der Welle verstreut. Krabben findet man am Meeresboden, wo sie Nahrung suchen.«

»Ich glaube fast, die Köchin hat ihre Lektion in Meeresbiologie vergessen.«

»Spotte ruhig, aber genau darum haben wir einen Probelauf. Oh, Palmer, Sie können das Ding jetzt abstellen. Sehen wir mal, wie es sich schneiden lässt.«

Während Palmer sich mit einem Serviermesser an der Welle zu schaffen machte, informierte Marys Mutter sie über die Tischordnung des kommenden Abends.

»Vater sitzt hier links, der Minister am Kopf der Tafel. Anderson hat dich zu seiner Rechten, damit du ihn zum Lachen bringst, worauf du dich ausgezeichnet verstehst. Und du musst versuchen, deine Figur ein bisschen zur Geltung zu bringen. Du hast nichts als Sackleinen getragen, seit … du weißt schon.«

»Ich bin mir über meine Rolle nicht ganz im Klaren. Soll ich Anderson verführen oder ihn Vater gewogen machen?«

»Wäre ein bisschen von beidem zu viel verlangt? Und sieh mich nicht so an. Ich habe Henry Hunter-Hall nur deinetwegen eingeladen, und er sitzt hier, genau gegenüber von dir. Ihr könnt euch gegenseitig mit den Zehen kitzeln oder was immer junge Leute heutzutage tun, nachdem die Kunst der Konversation verloren gegangen ist.«

»Es ist noch zu früh. Ich war in Tom verliebt – ich glaube, das weißt du.«

»Liebes, du bist zwanzig Jahre alt. Wir haben alle unsere Probeläufe.«

»Du bist erleichtert, dass Tom tot ist.«

»Ganz und gar nicht. Es tut mir immer furchtbar leid, wenn

jemand umkommt, besonders, wenn es jemand ist, den du gernhattest.«

Mary lächelte.

»Was ist?«

»Bei dir hört es sich an, als wäre er ein Pony oder ein Labrador gewesen.«

»Er war nur einfach niemand, den ich als erwachsen und für dich passend erachtet habe.«

»Er wurde getötet, als er einen meiner Schüler retten wollte. Das finde ich ziemlich erwachsen.«

»Ich weiß, es ist herzzerreißend, aber durch solche Prüfungen wird man reifer.«

»Darum also Henry, der mir gegenübersitzt und bei dem ich mit deinem Segen Trost finden soll. Soll ich die Platzkarten mit Toms Blut schreiben oder lieber mit meinem eigenen?«

»Musst du wirklich so sein? Ich möchte doch nur, dass du nach vorn blickst. Henry ist ein liebenswerter Junge aus sehr gutem Hause, und du kannst nicht behaupten, er sei nicht attraktiv.«

Sie sah den Kummer in den Augen ihrer Mutter und fragte sich, ob er schon immer da gewesen war und sie ihn nur erst jetzt, da sie auf die Frequenz der Traurigkeit eingestellt war, wahrnahm.

»Mutter, warst du je in Vater verliebt?«

Ihre Mutter schaute zum Tablett, wo Palmer – bevor er sich entmaterialisierte – die makellose Welle in Scheiben geschnitten hatte.

»Wir hatten großes Glück, einander zu finden.«

»Ja, aber warst du verliebt?«

»Ja, wir hatten großes Glück.«

»Mutter, manchmal weiß ich nicht, ob es dir lieber wäre, wenn ich dir in allem gehorchte und zu deinen gesellschaftlichen Veranstaltungen ginge und einen wahnsinnig passenden

Henry heiratete, oder ob du nicht insgeheim glücklicher wärst, wenn ich einfach ›Zum Teufel damit‹ sagen und so nahe an der Sonne fliegen würde, wie ich es nur wagte.«

»Ja, du hast recht, das weißt du nicht.«

Ein grauer Wind wehte Schneeflocken an den Fenstern vorbei. Als das Schweigen zu viel wurde, sagte Mary: »Hilda meint, wir sollten uns zum Rettungsdienst melden.«

»Hilda beweist erstaunlichen Gemeinschaftssinn.«

»Du weißt ebenso gut wie ich, dass es ihr nur um die Uniform geht.«

»Ich bin froh, dass *du* das gesagt hast.«

»Und, was meinst du, sollen wir?«

»Was?«

»Uns zum Rettungsdienst melden.«

Ihre Mutter holte die Zigarettendose vom Kaminsims. Sie nahm eine Zigarette heraus und schob Mary die Dose hin. Palmer tauchte auf und verschwand wieder, wobei er zwei brennende Zigaretten, einen Aschenbecher aus Onyx und kein Nachbild im Auge hinterließ.

Es war das erste Mal, dass Mary mit ihrer Mutter zusammen rauchte. Sie sagten nichts. Sie konzentrierten sich auf ihre Zigaretten, während der aufgeschnittene, unberührte Aspik in der Hitze des Kaminfeuers allmählich schmolz und Fische und Krabben einzeln und zu zweit in eine ungewisse Zukunft entließ.

Januar 1941

Alistair vermutete, dass die Zahlen nicht ermutigend ausfallen würden, wenn er sie bis zum Ende durchrechnete. Malta war acht Meilen breit und achtzehn Meilen lang – so groß wie London, nur dass man abends nicht so viel unternehmen konnte. Auf diesem wenig verheißungsvollen Felsen – ihrem besten verbliebenen Besitz im Mittelmeer – sollte die hungernde Garnison den vereinten Kräften Deutschlands und Italiens standhalten. Alistair versuchte, die verfügbaren Armeen des Gegners zu zählen, hatte aber nicht genügend Finger.

»Heath?«, fragte Lieutenant Colonel Hamilton.

»Entschuldigung, Sir – ich war gerade ganz woanders.«

»Das wären Sie wohl gern.«

Alistair grinste. »Sir.«

»Informieren Sie die Männer. Ein bisschen aufmunternd, wenn's geht. Jede Art Ansprache, auf die sie hören. Monolog in Blankvers oder Balladenform, was Sie wollen.« Er wedelte mit der Hand, als wäre ihm das alles zu viel. Alistair salutierte und überließ den Alten seinem Papierkram.

Das 10. Regiment der Royal Artillery war entlang der Wallanlage von Fort St. Elmo versammelt. Die Männer saßen zwanglos an die Mauern gelehnt, während der Grand Harbour unter ihnen rötlichgelb im Mondlicht schimmerte. Sie hatten die Neuigkeit bereits erhalten: Der Flugzeugträger *Illustrious* war schwer beschädigt und unterwegs in den Hafen. Nun würde sich die ganze Wut des Feindes gegen die Insel richten, um das große Schiff dort endgültig zu vernichten. Alistair hatte den

Auftrag, den Männern offiziell mitzuteilen, worauf sie sich gefasst machen mussten.

Er schluckte seine Nervosität hinunter, blies in die Trillerpfeife und stand aufrecht da, während zweihundert Männer sich widerwillig aufrappelten, als wäre er ein Fußballschiedsrichter, der das Spiel auch hätte weiterlaufen lassen können. Die Soldaten stellten sich vor ihm in ihren drei Batterien auf, wobei jede in zwei Trupps mit jeweils vier Geschützen unterteilt war. Jedes Geschütz war mit einem Sergeant und sieben MG-Schützen bemannt.

Neben Alistair bezogen die Offiziere Position – fünf Captains und drei Majors. Als Captain befehligte Alistair einen Trupp mit vier Geschützen. Selbst wenn er seine beiden Unteroffiziere und seinen Stellvertreter hinzurechnete, waren ihm nur fünfunddreißig der vor ihm versammelten Männer unterstellt. Es war nervenaufreibend, und ebendarum hielt Hamilton es so – seine Offiziere mussten abwechselnd das gesamte 10. Regiment ansprechen.

Die Männer wurden still und warteten darauf, dass Alistair sich als Genie erwies. Sie beobachteten ihn mit jener Loyalität und Zuneigung, die nur die britische Armee als offenen Sarkasmus tarnen konnte.

Simonson neben ihm flüsterte: »Du hast den Hosenstall offen, alter Junge.«

Alistair zwang sich, nicht hinzusehen.

Simonson wisperte: »Ach, und deine Mutter hat angerufen.«

Alistair ignorierte ihn.

»Ich soll dir ausrichten, dass der Schwanz deines Vaters wie der Arsch deines Hundes schmeckt.«

Alistair musste sich von innen auf die Wange beißen, um nicht zu lachen.

Er trat einen Schritt vor. »Nun, Männer, wie ihr alle wisst, bekommen unsere Lieben daheim es ganz schön auf die Mütze, und sie halten sich prächtig, und jetzt sind wir an der Reihe. Die Admiralität hat uns mitgeteilt, dass einer ihrer Pötte, die *Illustrious*, auf See ein paar ungeplante Umgestaltungen durchlaufen hat. Sie ist jetzt unterwegs hierher, und wir können sicher sein, dass der Feind alles daransetzen wird, sie im Hafen zu versenken.«

»Mit Lamm und Laus«, flüsterte Simonson.

»Wir können vielleicht nicht viel gegen eine Höhenbombardierung ausrichten, aber wie ihr wisst, verfügen wir mit dem 3,7-Zoll-Geschütz über eine sehr effektive Flugabwehr, und wir beabsichtigen, durch koordiniertes Feuer ein Feld zu erzeugen, in dem die feindlichen Sturzbomber nicht operieren können. Schützen, die genaue Positionierung und Justierung der Geschütze wird an eure Sergeants ausgegeben. Es gibt eine abgestimmte Feuerfolge, um eine maximale Reichweite bei minimalem Materialeinsatz zu erreichen. Die Einzelheiten werden –«

Während Alistair sprach, wurden die Männer zunehmend unruhig. Sie schauten an ihm vorbei über die Befestigungsmauern. Er verstummte und drehte sich um.

Die *Illustrious* kam, hoch über den Hafendamm ragend, im Schutz der Dunkelheit in den Grand Harbour gehinkt. Alistair hatte noch nie einen Flugzeugträger gesehen, er war geradezu ehrfurchtgebietend groß. Das Schiff hatte keine Lichter gesetzt, und der Hafen war verdunkelt, doch die Silhouette zeichnete sich vor dem Mondlicht ab. Sie verdeckte den halben Himmel. Die riesigen Turbinen dröhnten, als das Schiff geistergleich hereinglitt. Der Seewind brachte einen schrecklichen Geruch mit: verkohltes Metall und Fleisch, verbranntes Kerosin, austretendes Öl. Niemand sprach. Ein Dutzend Offiziere und zweihundert Soldaten standen volle zwei Minuten schweigend da. Als der Geruch zu schlimm wurde, wandte Alistair sich wieder zu den Männern.

»Also«, sagte er und verzichtete auf die geplante Rede. »Ihr seht, selbst die Italiener können sie kaum verfehlen. An die Geschütze.«

Wieder bei seiner eigenen Truppe, fühlte er sich besser. Er schickte sich an, es jedem Mann so angenehm wie möglich zu machen, ließ Decken und Bettzeug von unten kommen und Thermosflaschen mit dünnem Kakao, die Nacht würde kalt werden. Er schickte seinen Unteroffizier zum Regimentsarzt, um Augentropfen und Benzedrin für die Männer zu besorgen, da er in Frankreich die Erfahrung gemacht hatte, dass sie das Zeug erst nach zwei oder drei Tagen in Gefechtsbereitschaft brauchten, es bis dahin aber keins mehr geben würde. Er teilte jede Geschützmannschaft in zwei Wachdienste über jeweils zwei Stunden ein und verbrachte die lange Nacht damit, sein Revier von einer Viertelmeile abzuschreiten.

Es kamen keine Angriffe.

Als schließlich der Tag grau bewölkt dämmerte und seine Ohren vor Müdigkeit summten, ging er zu den Felsen unterhalb des Forts. Er schaute aufs Meer und dachte an Tom. Die Wellen brachen sich an den Felsen, jede zog sich mit einem verletzten Zischen zurück und machte der nächsten Platz. Nur dafür kamen sie vom Horizont herüber. Alistair betrachtete die Warteschlange. Nicht eine einzige Welle verweigerte den Befehl oder wich ihrer Bestimmung aus. Der Tod war letztlich britisch; das Leben fremdländisch und chaotisch.

Die Wolken klammerten sich den ganzen Morgen über an die Insel, und mittags ließ der Lieutenant Colonel die Geschützmannschaften wegtreten. Eine lange Ruhepause begann. Die Wolkendecke blieb so tief, dass nichts fliegen konnte. Alle Augen spähten unentwegt nach oben. Sobald sich das Grau ein wenig verdunkelte, bemerkten die Männer, das Wetter werde richtig schön. Jede noch so kleine Lücke in der Wolkendecke löste besorgtes Schweigen aus. Bald wurden die Soldaten Koryphäen für die Farbe Grau, konnten die verschiedenen Schattierungen von Asche, Dämmerung und Silber unterscheiden, von Granit, Schiefer und Maus. Ihre nach oben gewandten Gesichter nahmen eine lebensrettende Blässe an.

Sämtlicher Urlaub wurde gestrichen, Offiziere und Mannschaften durften das Fort nicht verlassen. Kein Segeln oder Schwimmen mehr. Am ersten Tag wurden die Geschütze mit neuen Läufen versehen. Granaten wurden herausgeholt und erfasst und zurück ins unterirdische Magazin gebracht. Als es nichts mehr gab, das man hätte einsatzbereit machen können, ließ man die Männer alles Mögliche putzen und polieren. Die in Tarnfarbe gestrichenen Lafetten, Messingteile der Geschütze, die Optik der Feuerleitanlagen. Als der gesamte Artilleriebestand glänzte, ging es mit Essbesteck, Flaggenmasten und Stiefeln weiter. Am Ende des zweiten Tages waren das Fort und sein gesamter Inhalt auf Hochglanz poliert.

Als es nichts mehr zu polieren gab, wurden Wälle aus Sandsäcken bewegt. Die Offiziere des Regiments stellten fest, dass sie ihre drei Batterien in achtstündigen Schichten beschäftigen konnten, indem die Männer der ersten Batterie einen Sandsackwall von A nach B bewegten, die der zweiten ihn von B nach A und die der dritten ihn zurück von A nach B umschichteten, und dass überdies die erste Batterie danach zufrieden wieder ihren Dienst antrat, weil sie ihr Werk unverändert vorfand.

Am dritten Tag der Ruhepause fiel selbst den erfindungsreichsten Offizieren nichts mehr ein, um ihre Männer zu beschäftigen. Nun begann das Himmelsgrau in die ungeschützten Herzen der Soldaten zu sickern. Sie starrten in die gesichtslosen Wolken und sahen feindliche Flugzeuge, wo keine waren. Es gab falschen Alarm und laute Panik. Das Gedächtnis war geblendet, und niemand konnte sich mehr an eine Zeit erinnern, in der sie nicht auf den uralten Befestigungsmauern Wache gehalten hatten. Die Rationen waren mager, der archaische

Hunger verlangsamte das Denken. Die Geister in den alten Steinen suchten sie heim. Die Offiziere grübelten und fuhren mit den Fingerspitzen über die Graffiti vergangener Garnisonen. Männer, die nicht im Dienst waren, wachten nachts schreiend auf und brabbelten, die Türken hätten die Mauern durchbrochen. Im zentralen Innenhof fand man eine blutige Axt, an deren Schneide noch blonde Haarbüschel klebten. Jemand hielt die Haare für menschlich, andere tippten auf eine Ziege. Beim Appell stellte man fest, dass je ein Exemplar von beiden fehlte.

Am vierten Tag war alles still. Der vermisste Mann wurde in einem Dorf im Inneren der Insel gefunden, unverletzt und betrunken.

Alistair versuchte, sich an Toms Gesicht zu erinnern. Schon jetzt konnte er es kaum noch von Duggans unterscheiden. Durch die tiefhängende graue Decke der Erinnerungen konnte er keinen Blick mehr auf ihr altes gemeinsames Leben erhaschen. Stattdessen sah er Mary – ihr kupferrotes Haar, ihr aufmüpfiges Grinsen – und war von sich selbst angewidert.

Er lag auf seiner Pritsche und starrte auf den grauen Metalltisch, auf dem eine Kerze brannte. Die kleine Flamme leuchtete durch Toms Brombeermarmelade und warf einen blutigen Schein aufs Schreibpapier.

In der Morgendämmerung des fünften Tages ging er hinaus, um den Rapport der Wache entgegenzunehmen. Er rauchte seine Pfeife und schaute aufs Meer. Die Brise wehte ihm frisch ins Gesicht. Er sah, wie die rote Sonne sich in einen gewaltigen rosa Himmel emporschob, doch es dauerte eine Weile, bis er begriff, dass die Wolkendecke verschwunden war. Er kniff die Augen vor der Helligkeit zusammen. Der Horizont wurde schon blau. Ein perfekter Bomberhimmel. Er klopfte die Pfeife auf den Steinen aus, fuhr sich mit den Fingern durchs Haar und spürte das vertraute Schlingern vor der Schlacht im Magen.

Es war sechs, die Wachablösung kam vom Fort herauf. Er eilte hin, um sie in Stellung zu bringen, aber noch bevor sie fertig waren, begannen die elektrischen Glocken des Forts zu schrillen. Eine Minute später liefen die Soldaten zu den Gefechtsstationen, und im Fort brach hektische Aktivität aus. Über Valletta und dem ganzen Hafen heulten die Sirenen.

Die Deutschen griffen an, und weitaus schlimmer als die Italiener. Die Deutschen waren unbeirrbar in ihrem Zorn, entluden ihn in einer vorher festgelegten Ordnung. In der nachfolgenden Woche verging keine Stunde, in der ihre Sturz- oder Höhenbomber nicht angriffen. Als die Attacke schließlich in der achten Nacht endete, waren die Männer, die nicht von Granatsplittern durchbohrt oder vom Rückstoß der eigenen Geschütze verstümmelt worden waren, so betäubt von einer Million Detonationen, dass ihre Ohren durch den gelben Staub bluteten, der sie verstopfte. In einem halluzinatorischen Rausch von Amphetaminen und Rauch brachen sie neben ihren Geschützen zusammen. Wie Kinder, die man über jede Erschöpfung hinaus wach gehalten hat, schliefen sie ein, wo sie hinfielen, die Münder offen, die Gesichter still wie der Tod. Die ganze Nacht über senkte sich der feine gelbe Staub, der während der Bombardierung eine Meile weit emporgestiegen war, wie ein Leichentuch über sie.

Als Alistair aufwachte, hörte er nur die Möwen schreien. Er rieb sich den Staub aus den Augen, bis er etwas sehen konnte. Der Himmel war endlich wieder grau, der Hafen schwarz von Öl und von Abwässern verschmutzt. Sämtliche Leitungen im Hafen mussten geborsten sein. Mit der Luft, die sie atmeten, hätte man Farbe abbeizen können.

Er stolperte die steinernen Stufen zum Nachrichtenraum hinauf und nahm den Hörer des Feldtelefons ab, doch die Leitung war tot. Nach acht Tagen und Nächten Bombardierung war nichts mehr mit irgendetwas verbunden. Die Garnison war wie ein Kinderbild, bei dem man die Punkte verbinden musste, und Alistair war sich nicht sicher, ob er es wirklich sehen wollte, wenn es fertig war.

Er war als einzige Menschenseele wach. Er weckte seinen Unteroffizier – hätte er ihn noch etwas fester schütteln müssen, hätte er dem Feind die Arbeit abgenommen. Er hielt den Mann an den Schultern fest, sah ihn streng an und sagte: »Kaffee.«

Briggs sah ihn nur an und schien meilenweit entfernt.

»Kaffee«, wiederholte Alistair. »Kaf-fee.«

»Ja, bitte.«

»Nein, Briggs. Sie sollen ihn machen. Für die Offiziere.«

Briggs salutierte unbeholfen und stolperte davon. Alistair ging an den Geschützen entlang, bis er Simonson gefunden hatte. Er rüttelte ihn wach.

»Was ist los, du schreckliche Kreatur?«, murmelte Simonson.

»Ich wollte sehen, ob du noch am Leben bist.«

»Nein, bin ich nicht, also verschwinde.«

»Ich dachte, es könnte dich interessieren, dass der Krieg vorbei ist.«

Simonson setzte sich im Staub auf und blinzelte zweimal. »Gott im Himmel. Ehrlich?«

»Ja. Telegramm aus London. Sofortige Einstellung aller Kriegshandlungen. Mit dem Truppentransporter heimwärts, noch diese Woche.«

Simonson schloss die Augen und seufzte ekstatisch. »Oh Gott, ich danke dir.«

Alistair gab ihm zwanzig Sekunden, bevor er sagte: »Stimmt nicht.«

Simonson öffnete ein blutunterlaufenes Auge. »Du elender, elender Mistkerl.«

»Ach, keine Ursache. Das war der Dank für die Hilfe, die du mir letzte Woche bei meiner Ansprache geleistet hast. Kaffee?«

»Hoffentlich vergiftest du dich.«

»Briggs macht gerade welchen. Komm in mein Zimmer. Und dann müssen wir die Leute wecken und uns wieder gefechtsbereit machen.«

Simonson betrachtete die Wolken. »Die Deutschen kommen heute nicht.«

»Das brauchen sie auch nicht, wenn wir das hier einreißen lassen. Die schnarchen alle noch.«

Simonson zog sich die Jacke über den Kopf. »Bei den Franzosen hat es auch funktioniert.«

Alistair lachte. »Ich dachte, du willst es zum Major bringen.«

»Ja, damit Proleten wie du für mich die Drecksarbeit machen.«

»Habe ich schon erwähnt, wie viel mir unsere Freundschaft bedeutet?«

Simonson stöhnte nur.

»Doch, ehrlich. Ich freue mich sogar immer ein bisschen, wenn du wieder nicht getötet worden bist.«

Simonson öffnete ein Auge zur Hälfte und grinste anzüglich. »Ah, endlich! Wir treffen uns um Mitternacht in der Dusche. Und kein Wort zur Hausmutter.«

Den Rest des Tages kümmerten sie sich um ihre Leute. Die Verletzten mussten in die Lazarette im Landesinneren gebracht werden; wer vom Kampf schwer mitgenommen war, bekam eine Ruhepause verordnet, und die acht Geschütze der Batterie wurden auf sechs vollständig bemannte Einheiten reduziert. Alles musste repariert, gereinigt und geölt werden. Jedes Geschütz musste neu ausgerichtet und kalibriert werden, jedes Visier, jede Signalleitung musste überprüft und neu installiert werden.

Im labyrinthischen Inneren des Forts war alles aus den Regalen gefallen oder im Chaos an die falsche Stelle geräumt oder gestohlen oder gegessen oder sublimiert worden. Zum Glück war sämtliches Inventar der britischen Armee mit so exakten Montagedokumentationen versehen, dass auch Soldaten, die kaum geschlafen hatten, es aus den Einzelteilen wieder zusammensetzen konnten. Alistair und Simonson machten ihre Batterie wieder gefechtsbereit, indem sie die technischen Handbücher und die Ausrüstungsliste des Quartiermeisters zu Rate zogen. Hätten sie zufällig die falschen Anweisungen erwischt, hätte ohne weiteres auch ein Busbahnhof oder eine kleine Schraubenfabrik dabei herauskommen können, dachte Alistair.

Als es dunkel wurde, schwamm noch immer so viel Schweröl im Meer, dass Alistair fast erwartete, die untergehende Sonne würde es entzünden. Er war zu müde, um klar zu denken. Er stolperte die steinernen Stufen zu seinem Zimmer hinauf und setzte sich auf die Pritsche. Tagsüber war Luftpost angekommen – eine Wellington war durch die Luftsicherung des Feindes geschlüpft –, und auf seinem Schreibtisch wartete ein Brief. Die Handschrift war ihm unbekannt. Er schlitzte den Umschlag auf.

Alistair,
ich hoffe, Sie haben nichts dagegen, dass ich Ihnen schreibe. Sie fühlen sich ohne Tom sicher genauso furchtbar wie ich. Ich bin seine Sachen durchgegangen und habe einen Brief von Ihnen gefunden, in dem Sie ihn um Verzeihung gebeten haben für den Abend, an dem wir beide uns kennengelernt haben. Ich weiß nicht, ob er es noch geschafft hat, Ihnen zu antworten.
Ich dachte, es tut Ihnen vielleicht gut zu hören, dass Tom oft von Ihnen gesprochen hat. Er hat zu Ihnen aufgesehen. Und er hat es nie verwinden können, dass er in London geblieben ist, während Sie an der Front Ihren Hals riskieren. Falls Toms Briefe am Ende distanziert geklungen haben, war das nicht seine Absicht. Manchmal schien er auch von mir

tausend Meilen weit entfernt, obwohl wir am selben Tisch saßen.
Hier sind alle erschöpft nach den vielen Monaten der Bombardierung. Wir alle haben uns voneinander entfernt. Ich will nicht weinerlich klingen, Sie sollen nur wissen, wie es in London ist. Nach dem Krieg wird es wie ein Frühlingsanfang sein, der immer so wunderbar plötzlich kommt. Plötzlich werden die Bäume voll grüner Blätter sein, und wir werden alle ganz verblüfft sein, so wie am Ende jedes Winters. Wir werden denken: Oh, ich hatte ganz vergessen, dass es drei Jahreszeiten gibt, in denen Leben möglich ist. Tom würde nicht wollen, dass wir traurig sind. Heute Morgen habe ich Krokusse an sein Grab gebracht. Ich habe sie, so hübsch ich konnte, arrangiert und bin dann heimgefahren. Auf dem Rückweg war der Zug entsetzlich voll. Ich hatte Hunger. In meinem Abteil saß ein Mann, dessen Lachen mir auf die Nerven ging. Man wächst nicht über das Alltägliche hinaus, nur weil man es sollte. Letztlich legen wir wohl deshalb Blumen auf ein Grab, weil wir uns nicht selbst darauflegen können.
Hilda und ich haben uns zum Rettungsdienst gemeldet. Es könnte ganz aufregend sein, einen Krankenwagen zu fahren – obwohl mein Vater behauptet, dass nur noch mehr Opfer zu beklagen sein werden, wenn man mich fahren lässt. Jedenfalls lassen sie mich nicht mehr als Lehrerin arbeiten. Das ist sehr schade, aber vielleicht haben sie recht. Ich muss immer daran denken, dass meine Klasse noch am Leben sein könnte, wenn ich nicht darauf bestanden hätte, sie trotz der Luftangriffe weiter zu unterrichten. Wir leben, wissen Sie, und selbst ein Maultier wie ich muss lernen. Ich wurde in dem Glauben erzogen, dass den Tapferen vergeben wird, doch in Kriegszeiten ist Mut billig und Milde unmodern.

Sofern ich nichts anderes von Ihnen höre, werde ich weiter die Miete für die Mansarde zahlen. Ich dachte, es freut Sie vielleicht, wenn Sie sie bei Ihrer Rückkehr noch vorfinden. Sie haben drei brauchbare Krawatten im Schrank, vier Hemden, von denen zwei beinahe tragbar sind, und einen Straßenanzug in einem Stil, den ich nur als konventionell bezeichnen kann. Ich bitte um Entschuldigung, falls Ihnen »langweilig« als das passendere Wort erscheint. Ich habe Mottenkugeln hineingelegt, obwohl ich in Versuchung war, etwas Entflammbareres zu verwenden. Lassen Sie mich wissen, was für ein Arrangement Sie wünschen.
Mit besten Grüßen,
Mary North

Alistair legte den Brief beiseite und stand auf. Ein paar Minuten lang blickte er auf den zerstörten Hafen und das krankhaft schwarze Wasser. Dann setzte er sich wieder an den Metalltisch und griff nach einem Aerogrammblatt und einem Bleistiftstummel.

Liebe Mary,
ich danke Ihnen für Ihren freundlichen Brief. Bitte kündigen Sie die Mansarde und lassen Sie mich wissen, was ich Ihnen schuldig bin. Was meine armen alten Kleider betrifft – bestimmt findet sich im Wahlkreis Ihres Vaters ein Bauerntölpel, der sie an seine Vogelscheuche hängt.
Außerdem

Er zögerte. Was hatte sie mit dem »Arrangement« gemeint? Er las ihren Brief noch einmal und fand ihn undurchschaubar. Wenn sie nur Anweisungen erfragen wollte, waren zu viele Krokusse drin. Wenn er mehr sein sollte, vielleicht nicht genug Rosen. Er zerknüllte das Blatt und begann noch einmal neu.

Mary,
falls es Ihnen wirklich nichts ausmacht, hoffe ich, dass Sie die Mansarde behalten, jedenfalls so lange, bis ich Gelegenheit hatte, mich von der alten Rumpelkammer zu verabschieden. Es wäre schön, einen Ort zu haben, der mich an Tom erinnert. Natürlich ist es jetzt Ihre Wohnung, Ihre und seine, also müssen Sie tun, was Sie für

Auch dieses Blatt zerknüllte er. Wollte sie ihn auffordern, von Tom zu sprechen, oder ihm erlauben, es nicht zu tun? Sie vermisste Tom, er vermisste Tom – aber die Lebenden müssen mit den Lebenden leben, auch das klang in ihrem Brief an. Da erschien es unhöflich, sich über Tom auszulassen.

Er rieb sich die Augen. Es war unmöglich. In der gesamten Weltgeschichte gab es nicht einen einzigen Mann, der einen zufriedenstellenden Brief an eine Frau geschrieben hätte, die ihm etwas bedeutete. Wie konnte er es auch nur versuchen, nach acht Tagen und Nächten der Bombardierung? Und doch musste er ihn jetzt schreiben, in der Ruhepause zwischen den Angriffen, damit er ihn mit der nächsten verfügbaren Maschine abschicken konnte. Im Krieg musste man ständig etwas tun, zu dem man noch gar nicht bereit war. Sterben, ja, aber auch leben.

Mary,
verdammt sei die Mansarde, und verdammt seien meine alten Kleider, ich wünschte, ich wäre bei Dir.

Er hielt inne. Vielleicht hatte er alles komplett missverstanden. Nun, da er ihren Brief noch einmal las, schämte er sich. Sie liebte Tom, und Tom war tot, und ihr Brief war der tapfere Versuch, sich zusammenzureißen. Sie war wie ein Kind, das sich selbst Mut machen will, und wünschte sich ein brüderliches Wort, mehr nicht. Er musste ihr sagen, dass das in Ordnung war, dass auch er eine Leere spürte, wenn er an Tom dachte – dass es mit den Toten eben so war, und dass das nicht bedeutete, man hätte sie nicht genug geliebt. Und doch schien der Brief schon nach der oberflächlichsten Entschlüsselung auch »Ich liebe dich – was sollen wir tun?« zu fragen.

Er stützte den Kopf in die Hände und stöhnte. Genau diese Wirkung hatte sie auch auf Tom gehabt – sie hatte seinen armen Freund schier in den Wahnsinn getrieben, weil er ständig grübelte, ob sie ihn wirklich gernhaben konnte. Hätte Alistair das Gefühl haben können, dass Tom aus dem Grab heraus über ihn lachte, wäre alles leichter gewesen. Doch die Wahrheit war genau so, wie Mary es beschrieben hatte. Man spürte die Toten nicht. Sie starben, und dann waren sie weg, und das Herz schmerzte mehr von einem Mangel als einem Übermaß an Gefühlen.

Er hielt Marys Brief in der Hand und atmete seinen Geruch ein: Seife und Zigarettenrauch. Hier war sie, in seinen Händen, diese Stunde ihres Lebens in London.

Er griff nach dem Stift.

Mary,
es ist mir nicht wichtig, was Du mit der Mansarde anfängst. Mir ist wichtig, ob Du glücklich bist. Behalte die Mansarde nicht meinetwegen. Behalte sie nur, wenn Du Dich dort besser fühlst. Bitte überlege Dir das mit der Arbeit als Ambulanzfahrerin noch einmal. Du weißt, die Arbeit bei Luftangriffen ist gefährlich, und Du hast schon genug verloren. Bei meinen Männern erlebe ich oft, dass sie sich nach dem Verlust eines Freundes mitten in die Gefahr stürzen. Zum einen, um ihn zu rächen, aber es ist mehr als das. Ich sage ihnen, dass der Krieg nicht ihre Schuld ist. Ich gebe ihnen die Erlaubnis, sich schuldig zu fühlen, wenn sie selbst sterben, vorher nicht.

Lass Dir nicht einreden, Du könntest nicht mehr unterrichten. Wenn Du gut darin bist, dann unterrichte. Finde einen Weg – ich glaube, Du bist niemand, der Befehlen gehorcht. Der Krieg hat uns alle zu Waisen gemacht – die Welt, die uns geboren hat, ist nicht mehr da, und nun müssen wir uns eben dort nützlich machen, wo wir können.
Dein Alistair

Er faltete das Aerogramm, adressierte es, gab es Briggs und sank auf seine Pritsche.

Sein Brief flog in derselben Wellington von der Insel ab, in der Marys Brief gekommen war. In der Maschine befand sich außerdem ein RAF-Mann mit schweren Verbrennungen, der über Gibraltar nach Hause transportiert wurde. Der Verwundete lag auf einem Teppich aus Postsäcken im schmalen Heck der Maschine. Der Pilot hielt die Wellington in sechzig Fuß Höhe, bis sie außer Reichweite der Flieger der Achsenmächte waren, die von Sizilien aus operierten, stieg dann auf und flog eine hohe Route zwischen Sardinien und der nordafrikanischen Küste.

Sechzig Meilen nördlich von Tunis starb der verbrannte Flieger an seinen Verletzungen. Es passierte ganz still im Dröhnen des Motors, und in seinen letzten Minuten war ihm die betäubende Kälte in dieser Höhe eine Wohltat. Dort, inmitten des süßen Sackleinengeruchs, begriff er, was ihm geschah, und es war schön, in Gesellschaft so vieler sanfter Worte in die Heimat zu sterben. Er sah durch das Seitenfenster der Wellington hinunter auf das endlose blaue Mittelmeer, das das Blut von allen Ufern wusch.

Die Mannschaft der Wellington hatte keine technischen Probleme und begegnete keiner feindlichen Maschine. Der Pilot ließ Algier an Backbord liegen und nahm Kurs auf Gibraltar.

Über dem westlichen Mittelmeer hing eine Wolkendecke, und während sie sich der spanischen Küste näherten, senkte sie sich tiefer. Als der Pilot Funkkontakt zum Tower von Gibraltar aufnahm, musste er schon unter tausend Fuß fliegen, und ein südlicher Wind rüttelte die Maschine hin und her. Der Tower wies den Piloten an, von Osten, vom Atlantik her, zu landen.

Als sie über den Felsen hereinflogen und das Fahrgestell ausfuhren, kam eine heftige Bö von der Seite und erfasste die Maschine, gerade als die Räder aufsetzten. Eine Tragfläche hob sich, die andere prallte gegen den Boden, und die Maschine drehte sich im Kreis und rutschte schließlich am Ende der Landebahn ins Meer. Im kalten Wasser vor Gibraltar sank Alistairs Brief zusammen mit elfhundert weiteren Briefen, dem verbrannten Flieger und den sechs Mann Besatzung bis in dreihundert Fuß Tiefe, und keiner von ihnen gelangte je nach Hause.

Februar 1941

Ein Monat verging ohne Antwort von Alistair. Dann bekam sie einen Brief, in dem man ihr einen Posten als Ambulanzfahrerin anbot. Mary strich ihn auf dem Schreibtisch in ihrem Zimmer glatt. Sie betrachtete ihn stirnrunzelnd und hielt ihre Zigarette einfach irgendwie in der Hand, sollten ihre Finger doch fleckig werden. Der Rauch war ohnehin zum Feind übergelaufen. Früher war er wie etwas gewesen, das sich aus einer Wunderlampe kräuselte. Jetzt rief er nur Erinnerungen wach.

Was sollte sie tun? Nachgeben und sich von ihrer Mutter verheiraten lassen? Oder zum Rettungsdienst gehen und sehen, ob sie dort zu etwas nütze war? Der Krieg konnte jede der beiden Entscheidungen mit der gleichen Wahrscheinlichkeit bestrafen.

Je länger sie darüber nachdachte, desto einschüchternder fand sie jede Wahl. Das Leben zu beginnen war beim ersten Mal der reine Spaß gewesen. Frisch geschlüpft, musste man nur den Sprung vom Ast wagen und über den plötzlichen Luftstrom staunen, der einen trug. Jetzt, mit zwanzig, war es schwer, noch einmal zu beginnen. Man musste vom Boden abheben. Der mitleidlosen Schwerkraft jeden Flügelschlag abtrotzen.

Im Zwielicht, das vom Innenhof hereinfiel, in der Stille, die über der weißen gehäkelten Tagesdecke lag, hatte sie das Gefühl, sich aufzulösen. Ihr Vater war in seinem Wahlkreis. Ihre Mutter rieb sich mit Kaffeeeinladungen und Komitees auf, war geradezu durchscheinend vor Geschäftigkeit geworden. An manchen Tagen lag Mary stundenlang nur auf dem Bett.

Anfangs, bei der Beerdigung und als sie Toms Sachen eingepackt und an Alistair geschrieben hatte, hatte sie eine verzweifelte, knisternde Energie verspürt. Sie war sich sicher gewesen, dass Alistair antworten würde. Sie hatte geglaubt, alles würde gut, und das kleinste Wort hätte ausgereicht, um ihr die richtige Richtung zu weisen. Jetzt krümmte sie sich vor Scham, weil sie sich törichterweise vorgestellt hatte, sie könnte ihm etwas bedeuten. Und es war nicht nur Alistair. Nach dem Brief an den Direktor hatte sie direkt an Zachary ins Lyceum geschrieben und keine Antwort erhalten. Vielleicht bestand darin das Erwachsenwerden: in der Erkenntnis, dass die Welt bereits mit genügend Menschen ausgestattet war und man selbst nicht sonderlich dringend gebraucht wurde.

Sie lag auf dem Bett und starrte an die Decke. Die Stuckleiste stellte ein endloses Seil dar. In jeder Ecke beschrieb das Seil eine Spirale, bevor es sich an der nächsten Wand wieder entrollte. Man konnte dem Seil den ganzen Tag lang folgen.

Unten ertönte ein Klingeln, und dann kam Palmer herauf, um sie ans Telefon zu holen. Sein Ton hatte sich in keiner Weise verändert. Dass er sie weiterhin behandelte, als wäre sie nicht so schrecklich reduziert – als benötigte sie kein besonderes Mitgefühl –, empfand sie als enorme Freundlichkeit. Sie folgte ihm die Treppe hinunter wie ein kleines Mädchen einem Erwachsenen. Nackte Füße auf dem weichen Läufer, mittags noch im Morgenrock. Der Telefonhörer lag auf der Wandkonsole im Flur. Daneben eine Kristallvase, aus der weiße Narzissen hingen.

Es war Hilda. »Und, hast du auch einen Brief bekommen?«

»Ja«, sagte Mary.

»Und sie haben dich genommen?«

»Ja.«

Ein Quietschen kam durch die Leitung, als hätte ein Kätzchen in ein Kazoo gepustet. »Oh, das wird ein Abenteuer!«

Mary lehnte den Kopf an die Wandtäfelung. »Da bin ich mir nicht so sicher.«

»Du hast doch nicht etwa gegrübelt, oder? Das ist wirklich unnötig. Garantiert bekommen wir eine Schirmmütze mit einem Abzeichen.«

»Du weißt, ich habe es nicht so mit Uniformen.«

»Du trägst sie ja auch nicht für dich. Sie locken Männer an wie Katzenminze.«

»Ich bin nicht auf dem Markt.«

»Unsinn, mein Schatz. Ich habe die Zeitansage angerufen. Die Trauerzeit ist vorbei.«

»Du bist unmöglich!«

»Jetzt hör mal zu. Wenn du in Trauer wärst, würde ich dich in Ruhe lassen. Aber du bläst bloß Trübsal. Mit ziemlicher Sicherheit bist du der Grund, aus dem Hitler uns noch immer bombardiert. Du weißt, die Nazis riechen es aus hundert Meilen Entfernung, wenn man Bammel hat.«

»Ich will nur – «

»Hör auf. Sag, dass du die Stelle beim Rettungsdienst annimmst. Ich habe noch keinen Tag in meinem Leben gearbeitet und werde ohne dich sicher nicht damit anfangen.«

Mary starrte auf die Blumen. Die Blüten waren zum Bersten mit Pollen gefüllt. Die Vase färbte das graue Licht überraschend bunt. »Ich bin mir nicht sicher, ob …«

»Ach, komm schon«, sagte Hilda in klagendem Ton. »He Sie, wer immer Sie auch sind, würden Sie bitte den Hörer weglegen und meine Freundin Mary ans Telefon holen?«

»Ich fühle mich, als würde ich *gar* nichts mehr wollen. Früher wusste ich immer genau, was richtig ist.«

»Ja, aber mach dir deshalb keine Sorgen, das hat mich ohnehin wahnsinnig gemacht.«

»Tut mir leid. Ich habe dich nicht verdient.«

»Das Einzige, was du nicht verdient hast, ist das, was dir passiert ist. Natürlich bist du niedergeschlagen. Aber je länger du dich in deinem Zimmer versteckst, desto schlimmer wird es.«

»Ich weiß nur nicht, ob mir die Arbeit beim Rettungsdienst helfen wird. Vielleicht erinnert sie mich nur ständig an das alles.«

»Aber denkst du nicht auch jetzt daran?«

»Immer.«

»Dann ist es doch das Gleiche, nur mit Uniform und Abzeichen. Warum durch deine Gedanken wandern, wenn du mit einer Sirene waghalsig hindurchbrausen könntest? Das Schlimmste, was passieren kann, ist, dass wir jemandem helfen.«

Mary musste lächeln. »Ausgerechnet wir. Man stelle sich vor.«

»Ich weiß! Und jetzt sag nicht, du könntest es dir nicht vorstellen. Mit quietschenden Reifen naht die Rettung – ›Oh, wo ist nur der Verbandsmull hin? Ich war mir sicher, ich hätte ihn in diesen Kasten gelegt, aber der ist plötzlich voller Flitterkram …‹.«

Mary zögerte. »Na ja, wir könnten es eine Weile ausprobieren und sehen, was daraus wird.«

»Das ist der richtige Kampfgeist. Oder er wird's zumindest werden, wenn wir ihm ein bisschen Luft zugefächelt haben.«

Mary schloss die Augen. »Danke.« Und als keine Antwort kam: »Hilda?«

»Ja. – Du hast dich noch nie bei mir bedankt.«

»Siehst du?«, sagte Mary. »Du solltest einfach öfter nett zu mir sein.«

März 1941

Bei Sonnenuntergang meldete sich Mary in der Air Raid Precautions Station, dem Luftschutzposten in der St. Helen's Church in Bishopsgate. Die Kirche war unbeschädigt, man hatte lediglich die Fenster vernagelt. Die Gegend rundherum lag in Schutt und Asche, doch Mary schaute absichtlich nicht hin. Wenn man die großen gelben Hügel aus zerschmetterten Ziegelsteinen nur aus dem Augenwinkel wahrnahm, verwandelte das Gehirn sie in natürliche Umrisse, und der Verstand mit seiner Neigung, einen unglücklich zu machen, kam gar nicht zum Zug.

Ein Mann saß in eine graue Decke gewickelt an einem Tapeziertisch vor der Kirche.

»Ich komme in Kirchenangelegenheiten«, sagte Mary. »Ich bin die neue Pfarrerin.«

Der Mann hob mit geradezu eindrucksvollem Überdruss den Kopf.

»Mary North. Ich soll mich als Sanitätsfahrerin hier melden.«

Er musterte sie. Er war Mitte fünfzig und hager, mit roten Augen und silbrigen Bartstoppeln. Er trug kniehohe Gummistiefel, und seine Jacke war mit Wasserflecken übersät. Sein Atem dampfte im dünnen Licht des Sonnenuntergangs. »Können Sie fahren?«

»Oh, war das etwa eine Voraussetzung für die Stelle?«

Endlich lächelte der Mann. »Ich bin Huw, das eine Ende der Krankentrage. Clive ist das andere Ende. Er wird hier sein, sobald ihm das Geld fürs Bier ausgeht.«

»Freut mich, Sie kennenzulernen«, sagte Mary.

»Nicht mehr lange. Haben Sie das schon mal gemacht?«

»Es ist das erste Mal für mich.«

Er deutete mit dem Daumen über die Schulter. »Der Wagen steht dahinten, falls Sie sich damit vertraut machen wollen. Es gibt keine Glocken oder Sirenen. Es ist wie eine ganz normale Sonntagsfahrt, nur mit Bomben. Die neue Krankenschwester ist schon da – eifriges kleines Ding, ist angeblich schon seit zwei Uhr hier.«

»Meine Freundin Hilda. Sie will nichts verpassen. Wir haben uns zusammen gemeldet.«

»Da wartet man jahrelang, und dann schicken sie einem gleich zwei.«

Der Krankenwagen war eine schwarze Hillman-Limousine mit roten Kreuzen auf den Türen und einem Gestell mit vier Tragen auf dem Dach. Hilda trug einen Uniformmantel, der ihr zwei Nummern zu groß war. Sie räumte die Medikamententasche ein, und als sie aufblickte, rutschte ihr die Mütze über die Augen.

»Sollen wir uns umarmen oder salutieren, was meinst du?«, fragte sie.

»Vielleicht beides, um auf Nummer sicher zu gehen.«

Hildas Armbinde mit dem roten Kreuz glitt bis zum Ellbogen hinunter, als sie den Arm wieder senkte.

»Schlamperei«, sagte Mary. »Ich stecke dir das fest.«

»Danke. Man sollte meinen, ich könnte die richtig anlegen. Immerhin kann ich einen Arm in Umschlag-, Achter- oder Spiraltour verbinden und habe eine nagelneue Bescheinigung, die das beweist.«

»Bei sich selbst ist es immer schwieriger«, sagte Mary, während sie die Armbinde feststeckte.

»Ich hoffe, die schicken uns am Anfang mit einer richtigen Krankenschwester los.«

»Aber das bist du doch. Sieh dich an, du hast Mütze und Armbinde. Fehlt nur noch die am Kragen festgesteckte Uhr.«

»Ich hatte doch bloß zwei Wochen Ausbildung! Ich habe länger gebraucht, um zu lernen, wie ein Gasofen funktioniert.«

»Dann fahre ich, wenn wir einen Verletzten aufnehmen, wohl am besten sehr, sehr schnell ins Krankenhaus.«

»Weißt du, ob wir wirklich diese Helme aufsetzen müssen? Ich sehe damit aus wie ein Pilz. Für euch große Mädchen ist es ja kein Problem, ihr könnt so was tragen.«

»Bei Luftangriffen werden sie ganz schnell modern.«

Hilda zupfte mit den Zähnen an der Unterlippe. »Ja, vermutlich … aber, meine Güte, es ist schwer, aus dieser Uniform etwas zu machen. Ich hab es auch mit der Hose versucht, aber die ist einfach *igitt*. Ich bin seit fünf Uhr auf, weißt du.«

»Du siehst doch gut aus.«

Mary hatte einfach den Rock angezogen, den man ihr gegeben hatte, den Gürtel um die Jacke geschnallt und in jede Tasche ein Päckchen Zigaretten gestopft. Sie zündete sich eine an.

»Oh, ist dir kalt?«, fragte Hilda. »Wir setzen uns in den Wagen.«

Marys Hände zitterten. Das taten sie seit der Katastrophe – sehr lästig –, und es war lieb von Hilda, so zu tun, als läge es nur an der Kälte. Jedenfalls war es angenehm, sich in den Hillman setzen zu können. Mary öffnete das Fenster einen Spalt breit, um den Rauch hinauszulassen. Im Inneren roch es nach Wäsche, die vermutlich in dem Wagen transportiert worden war, bevor man ihn requirierte.

Auf dem Beifahrersitz prüfte Hilda ihr Make-up. Sie zog den Lippenstift nach, klappte den Spiegel zu und sagte: »Alistair hat mir noch immer nicht geschrieben.«

»Das tut mir leid.«

»Es war nur ein Versuchsballon, aber er hätte wenigstens zurückschreiben können.«

Mary konnte ihr nicht in die Augen sehen.

Hilda starrte sie an. »Du schreibst ihm doch wohl nicht auch?«

»Nein«, sagte Mary, da Hildas Frage im Präsens formuliert war.

»Dann ist er wohl schlicht ein Flegel.«

»Ich dachte, du magst ihn?«

»Nur wenn er mich lieber mag. So lautet die Regel.«

Mary nickte. »Geradezu Christus-ähnlich.«

»Du kannst später immer sagen, du seist meine erste Jüngerin gewesen.«

»Ich werde sagen, ich hätte dir die Haare gemacht.«

Hilda schaute auf die Uhr. »Ich habe schreckliche Angst, du auch? Wir würden das nicht tun, wenn es wirklich gefährlich wäre, oder?«

»Weißt du, worüber du dir wirklich Sorgen machen solltest? Es haben sich so viele Mädchen freiwillig gemeldet, dass es nicht mehr exotisch ist.«

»Du meinst, die Männer werden es nicht mehr interessant finden?«

»Genau. Mit Sanitäterinnen kannst du inzwischen die Straße pflastern.«

»Musst du mir alles verderben?«

»Tja, du kannst nicht beides haben. Entweder ist es schneidig und gefährlich oder atemberaubend langweilig und banal.«

»Es hat mir besser gefallen, als ich vor Angst wie versteinert war.«

»Dann sei still und lass mich herausfinden, wie dieses Gefährt funktioniert. Du hattest immerhin eine zweiwöchige Ausbildung. Mir haben sie nur die Busfahrkarte bezahlt.«

Mary betätigte die Pedale und legte nacheinander die drei Gänge sowie den Rückwärtsgang ein. Die Gangschaltung war viel lockerer als die im Austin Windsor ihres Vaters. Es würde ein paar kräftige Flüche brauchen, aber der Wagen schien gerade so fahrbar. Nun, da es endlich so weit war – da der Krieg sie in eine Uniform gesteckt und ihr ein Lenkrad und eine Kupplung zur Verfügung gestellt hatte –, spürte sie eher Resignation als Aufregung. Vermutlich würde von nun an Chaos herrschen, Feuer und furchtbarer Lärm, und dennoch schien es weit weniger abenteuerlich als ihre Schulklasse. Wie ihre Nerven damals gesummt hatten.

»Meinst du, wir bekommen Tee?«, erkundigte sich Hilda.

»Sie haben mir gar nichts gesagt. Du bist doch immer diejenige, die Bescheid weiß.«

»Ich weiß nur Klatsch. Tatsachen vertraut mir keiner an.«

»Vielleicht haben sie Angst, du könntest sie weitererzählen.«

»Also, ich wüsste ganz gern *irgendwas*, auch wenn ich nur hier bin, um Aspirin und Heftpflaster zu verteilen. Die Oberschwester ließ mich die meiste Zeit Bettpfannen leeren, wenn ich eigentlich etwas lernen sollte, also habe ich keinen einzigen gesunden Mann zu Gesicht bekommen.«

»Was auch nicht der Sinn der Krankenpflege ist, oder?«

»Aber ich wollte doch mit den Assistenzärzten Visite machen. So wie sich die Krankenschwestern aufführen, haben die armen Männer keine Chance. Sie sind verheiratet und haben zwei Kinder und einen Labrador, bevor ihr Puls wieder unter hundert ist. Ich frage mich, ob wir aufschreiben müssen, was wir an Material verbrauchen, oder ob es am Ende der Schicht von irgendwem überprüft wird? Und ob wir –«

Mary legte Hilda die Hand auf den Arm. »Du wirst das wunderbar machen.«

Hilda erstarrte. »Merkt man es mir so sehr an?«

»Sie hätten dich nicht zum Dienst eingeteilt, wenn du nicht bereit wärst.«

»Aber ich muss die ganze Zeit darüber nachdenken, was passiert, wenn ich einen Fehler mache. Wenn irgendein armer Kerl schwer verletzt ist und ich ihm nicht helfen kann?«

»Ich dachte, es ginge dir um die Uniform.«

»Ja, aber man findet ja ein menschliches Leben deshalb nicht völlig unwichtig. Ach, hatte ich erwähnt, dass morgen Abend eine Party im Krankenhaus steigt? Alle Mädchen, die im St. Bartholomew's Nachtschicht machen, und so viele Ärzte, wie sie herbeischleppen können, und wenn die Schwestern sie betäuben und fesseln müssen. Anscheinend gibt es einen Burschen in der Gynäkologie, der aus Ethanol einen ziemlich realistischen Martini mixen kann. Er bringt ein ganzes Fass von dem Zeug mit, und dann holen sie Eis aus dem Leichenschauhaus, und jemand bringt ein Grammophon mit. Du kommst doch, oder? Und wirst dir nicht den bestaussehenden Mann schnappen, nur weil du es kannst?«

»Nein, außer du entdeckst ihn als Erste.«

Sie lachten vorsichtig und gedämpft, wie es alle Londoner taten, weil sie wussten, dass der Krieg sich dieses Geräusch als Ziel suchte.

Der Alarm begann um kurz vor halb sechs, und sie gingen in die Krypta der Kirche hinunter, wo der ARP-Bereichsposten eingerichtet war. Huw, der Krankenträger, war schon dort. Der Postenchef und sein Bote nahmen Schadensmeldungen entgegen. Auf einem geschnitzten Kommuniontisch standen zwei ständig klingelnde Telefone und drei volle Aschenbecher. An der Wand hing eine Karte, die einen Ausschnitt von vier Quadratmeilen zeigte. Die Bombeneinschläge kamen näher.

»Jerry ist heute auf Zack«, sagte Huw.

Der Postenchef zog die Nase hoch. »Wir wissen ja wohl alle, dass Jerry an der Brust nuckelt, bis er sechs ist.«

»Und danach rasiert er sich unter den Achseln«, ergänzte Hilda.

Alle zuckten zusammen, als eine Bombe ganz in der Nähe einschlug und die Krypta erbeben ließ.

»Tja«, sagte der ARP-Mann, »jetzt tummeln sich die Kerle

da oben in zwanzigtausend Fuß Höhe, mit Netzstrümpfen unterm Fliegeranzug.«

Mary brachte es nicht fertig, mitzumachen. Sie fand es schwer vorstellbar, dass ein so verweichlichter Menschenschlag ihre Stadt so gründlich zerstören konnte. Als der Postenchef sie schließlich um halb sieben losschickte, war es eine Erleichterung. Mit jeder Minute unter der Erde wuchs ihr Drang, einfach wegzulaufen.

Der Lärm draußen war furchterregend. Vor der Kirche stand eine Flak, ein Bofors-Geschütz, das Dutzende Salven in der Minute abfeuerte. Rote Leuchtraketen stiegen in einen rauchigen Himmel, der von den blau-weißen Lanzen der Suchscheinwerfer durchbohrt wurde. Clive, der zweite Krankenträger, schnarchte auf dem Rücksitz des Rettungswagens. Huw weckte ihn fluchend und zwängte sich neben ihn, während Hilda auf den Beifahrersitz kletterte und den A-Z-Stadtplan aufschlug.

Es war nur eine Viertelmeile, aber die direkten Zufahrtswege waren blockiert. Mary ließ den kleinen Motor des Hillman aufheulen und fuhr so schnell sie es wagte durch die dunklen Straßen und plötzlich auftauchenden Rauchschwaden. Hilda stemmte sich gegen das Handschuhfach und versuchte, im Licht ihres Feuerzeugs den Stadtplan zu lesen.

In der Gravel Lane war ein Gebäude mitten in einer Häuserreihe eingestürzt. Die Fassade war weggesprengt, das obere Stockwerk an der Rückwand heruntergerutscht. Eine Gruppe Sanitäter schleppte zwei Verletzte weg, die sie aus den Trümmern geborgen hatten. Huw und Clive schlossen sich einem Bergungstrupp an, um Dachbalken und Schindeln wegzuräumen und danach Bockleitern aufzustellen, mit denen sie die eingestürzte Decke anheben würden. Sie schickten Mary und Hilda weg. Die beiden konnten nur abwarten.

Mary setzte ihren Helm auf, zündete sich eine Zigarette an und setzte sich auf das Trittbrett des Wagens, die Ellbogen auf die Knie gestützt, eine Hand in den Nacken gelegt, um das Zittern zu unterdrücken. Ein paar Straßen weiter fielen Bomben, erst kamen die Blitze, dann die Einschläge. Die Luft war bitter von schwelendem Holz und verbrauchtem Sprengstoff. Hilda holte die Medikamententasche aus dem Kofferraum.

»Geh in Deckung«, sagte Mary. »Ich hole dich, wenn sie jemanden herausbringen.«

»Was ist mit dir?«

»Ich komme schon klar.«

»Dann komme ich auch klar, oder?«

Sie saßen zusammen auf dem Trittbrett, den Rücken an den Wagen gelehnt, um ein wenig Schutz zu suchen. Ihre Körper machten sich von selber klein.

Hilda sagte: »Es fühlt sich irgendwie falsch an, während eines Luftangriffs draußen zu sein.«

Mary warf ihr einen sardonischen Blick zu.

»Ich meine, es scheint ungezogen. Als ob wir etwas Verbotenes täten.«

Sie warteten.

»Sieh dir die Suchscheinwerfer an«, sagte Hilda. »Hoffentlich behalten sie die nach dem Krieg. Stell dir vor, normale Menschen bekommen das nie zu sehen. Ich frage mich …«

Mary schaute zum Himmel empor. Vielleicht waren die Suchscheinwerfer wirklich schön. Von der kalten Abendluft und den endlosen betäubenden Erschütterungen der Flak fühlte sie sich ganz leer. Hilda plapperte weiter; was sie sagte, war weder irritierend noch erhellend. So hatte Tom während jenes schrecklichen Angriffs geredet. Sie wünschte sich, sie hätte ihn trösten können. Wie elend musste er sich am Ende gefühlt haben. Sie hatte versucht, ihn ehrlichen Herzens zu lieben – so strahlend zu lächeln wie eh und je. Aber er hatte natürlich gewusst, dass es zu Ende war. Er hatte sich so großartig benommen, sich bemüht, keine Szene zu machen. So brach ein gütiges Herz: nach innen, ohne Granatsplitter um sich zu streuen. Der liebe Tom. Ohne den Krieg wären sie vielleicht Freunde geworden.

Der Bergungstrupp hatte die Bockleitern aufgestellt, um das eingebrochene Obergeschoss anzuheben. Als die Lücke groß genug war, kroch ein Mann hinein. Nach einer Minute rief er etwas. Huw und Clive rannten zum Wagen und nahmen eine Krankentrage vom Dach.

»Da drin ist ein Mann. Sie holen ihn raus.«

Mary und Hilda liefen über die Straße, Hilda mit der Arzttasche in der Hand. Sie rief: »Die sollen seinen Kopf nicht bewegen!«

»Sie werden den Kopf kaum da drinnen lassen«, sagte Clive.

Sie warteten. Die Bomber dröhnten weiter, die Explosionen waren immer noch zu hören, schienen jetzt aber weiter entfernt: das ständige bösartige Krachen der 250-Kilo-Bomben und der gelegentliche Donnerschlag einer 1000-Kilo-Bestie, der die ganze Erde erschütterte.

Der Mann wurde nach einigen Minuten auf einer Tür aus Kiefernholz herausgebracht. Sie legten ihn auf der Straße ab. Ein Helfer vom Bergungstrupp leuchtete mit einer Lampe mit Verdunkelungsschirm, der einen schmalen Lichtkegel warf. Der Verletzte hatte die Augen geöffnet.

Hilda kniete sich neben ihn. »War noch jemand außer Ihnen dort drinnen?«

Er schüttelte den Kopf. Hilda tastete seine Arme und Beine ab, und der Mann stöhnte. Sie schnitt ein Hosenbein auf.

»Ihr Knöchel ist leider übel gebrochen. Tut sonst noch etwas weh?«

Wieder schüttelte er den Kopf.

»Ich schiene Ihren Knöchel, und dann bringen wir Sie zum Arzt. Das wird schon wieder.«

Sie verabreichte ihm eine Morphin-Syrette, und gleich darauf entspannte sich sein Gesicht. Sie arbeitete schnell und hatte ihn bald transportbereit. Zum Schluss markierte sie einen Gepäckanhänger mit den Buchstaben T und M und band ihn um das Handgelenk des Mannes. Huw und Clive schnallten ihn auf die Trage, befestigten sie sicher auf dem Dach des Hillman und sprangen hinten hinein. Hilda lotste Mary zum St. Bartholomew's Hospital. Sie lieferten den Patienten ab, dann fuhr Mary sie alle vier zur Kirche zurück.

Unten in der Krypta machte Huw ihnen im orangefarbenen Schein der Glühbirnen Tee. Hilda zitterte so sehr, dass sie den Becher nicht halten konnte.

»Sieh mich nur an!«

»Du hast das prima gemacht.«

»War es in Ordnung? Ich kann mich kaum daran erinnern.«

»Ich hatte keine Ahnung, dass man eine Schiene so sorgfältig umwickeln kann. Eine Minute länger, und du hättest Tutanchamun aus ihm gemacht.«

Hilda lächelte. »Ich dachte, bei den ganzen Bomben sollten wir nicht länger als nötig da herumlungern.«

»Wofür stehen T und M?«

»Das Schild ist für die Notaufnahme. ›T‹ steht für Trauma. ›X‹ bedeutet ›innere Verletzung‹, ›M‹ heißt ›Morphium verabreicht‹. In der Ausbildung haben wir an den Pflegern geübt. Sie haben Verletzte gespielt, und wir haben ihnen die Schilder verpasst. Wir haben auch eigene Codes erfunden. ›S‹ stand für ›scharf‹, ›V‹ für ›vielleicht‹ und ›N‹ für ›Nicht mal, wenn ich fett und der hier der letzte Mann auf Erden wäre‹.«

Mary stand auf und sagte zu den anderen, sie müsse etwas am Wagen überprüfen. Dann saß sie in der Kälte, die Knie angezogen, mit dem Rücken an der Kirchenmauer. Der Angriff dröhnte weiter, manche Explosionen waren ganz nah, doch sie zuckte kaum noch zusammen. Sie dachte an das X, das man auf Tom gemalt hatte. Als sie sich sein Gesicht vorstellte, wollte das X einfach nicht weichen. Es war sogar da, als sie an den Spaziergang in Hampstead Heath dachte, bei dem sie versucht hatte, sich mit ihm im Nebel zu verirren. Als wäre er von Anfang an gezeichnet gewesen – als hätte er gewusst, wie es zu Ende gehen würde.

Sie stieg wieder in die Krypta hinunter, wo inzwischen jemand eine Flasche Rum geöffnet hatte. Eine der freiwilligen Helferinnen hatte Zucker aufgetrieben. Es war nach elf, und vom Mündungsgebiet der Themse rollten Wolken herein, die den Bombern die Sicht nahmen. Die Krypta füllte sich, und es wurde geselliger, während sich der Angriff langsam abschwächte und die Krankenträger zurückkehrten.

»Auf die Nazis!«, sagte Clive. »Auf dass ihr Reich tatsächlich Dritter wird.«

»Auf dass die Nylonstrümpfe ihrer Soldaten keine Laufmaschen bekommen.«

»Auf die Nazis!«, riefen alle, doch Mary mochte nicht in den Trinkspruch einstimmen.

Als ihre Becher leer waren, füllte Clive sie nach. Für den Fall, dass der König vorbeikam, wurde aus Anstandsgründen ein Schuss Tee dazugegeben.

Um drei Uhr morgens war der Angriff so gut wie vorbei. Es gab kein Flakfeuer mehr, keine Detonationen und nur gelegentlich ein leises Dröhnen, wenn noch ein verirrter Bomber den Heimweg suchte. Die Stimmen in der Krypta waren zu einem Murmeln geworden. Manche schliefen in ihre Mäntel gewickelt.

Um halb fünf kam die Entwarnung, und Hilda seufzte erleichtert.

»Gott sei Dank. Es war nicht so schlimm, wie ich gedacht hatte.«

»Gehen wir noch auf die Party?«, fragte Mary.

Hilda nickte und überprüfte ihr Make-up. »Dieser verfluchte

Hitler. Es ist eine Sache, ein Mädchen die ganze Nacht wach zu halten, aber eine ganz andere, wenn man ihr das ansieht.«

»Betrachte es mal positiv. Du hast niemanden umgebracht, und ich habe keinen Kratzer in den Wagen gemacht.«

Sie ließen Clive in einer Ecke schnarchen und gingen mit Huw nach oben. Als sie sich verabschiedeten, erhellte ein Blitz den ganzen Himmel. Der grelle Schein verharrte vor den Augen, dann kam eine gewaltige Explosion, gefolgt von einem krachenden Trümmerregen, der eine halbe Minute anhielt.

»Na wunderbar«, sagte Huw, als es wieder still war.

»Was war das?«

»Zeitzünderbombe. Eine große.«

Hilda setzte den Helm wieder auf. »Mary, hol den Wagen. Ich gehe nach unten und warte auf die Adresse. Huw, würden Sie Clive bitte wecken?«

Sie fuhren wieder los. Die Suchscheinwerfer waren ausgeschaltet, und man sah, wie sich die Brände im Osten als dumpfer orangefarbener Schein an der Unterseite der Wolken spiegelten. Die schmalen Schlitze der Scheinwerfer reichten nicht aus. Zweimal ging es beinahe schief, einmal bremste Mary gerade noch dicht vor einer Mauer, dann musste sie zurücksetzen, um eine verpasste Abzweigung zu nehmen. Sie fühlte sich losgelöst von der Realität. Der Krieg, das Feuer, das Fahren – man sah alles nur durch Schlitze.

In der Billiter Street war sofort klar, dass dies ganz anders werden würde als der erste Einsatz. Eine Menschenmenge drängte sich auf der Straße, in verschiedensten Stadien der Bekleidung von Pyjama bis Wintermantel, und ein Polizist bemühte sich, die Leute auf einer Straßenseite zu halten. Nach der Entwarnung waren alle aus den Luftschutzräumen gekommen und hatten sich auf den Heimweg gemacht. Und jetzt das. Mary hupte und schob sich vorsichtig durch die Menschenmenge.

Im Einschlagzentrum war ein Dutzend Häuser eingestürzt.

Die unmittelbar getroffenen Häuser waren einfach verschwunden, die Gebäude im Umkreis durch die Druckwelle aufgerissen. Es war erst zehn Minuten her, und niemand wusste, in welchen Häusern sich Menschen befunden hatten. Die Leute irrten in der Dunkelheit umher und riefen nach ihren Familien. Weitere Polizisten trafen ein und versuchten, die Menge zurückzudrängen. Eine ARP-Patrouille durchsuchte mit Taschenlampen die zerstörten Häuser.

Eine Frau wehrte sich wild um sich schlagend gegen die Polizisten und schrie hysterisch nach ihrem Sohn.

Mary nahm ihren Arm. »Wir suchen ihn. Sagen Sie mir, wo er ist.«

Die Frau deutete auf ein Haus. Die Fassade war weggerissen, und Mary konnte sehen, wie ARP-Männer mit Taschenlampen die Innenwände ableuchteten. Die Tapete war nicht unbedingt nach ihrem Geschmack.

Die Mutter des vermissten Jungen sagte, sie seien gerade erst aus dem Bunker an der Ecke zurückgekommen und sie habe den Jungen kurz allein im Haus gelassen, weil sie bei einer Nachbarin eine Kerze holen wollte.

»Warten Sie hier.«

Mary betrat mit Hilda das Haus. Sie kletterten über den Haufen Steine, der einmal die Fassade gewesen war. Die ARP-Männer suchten in Wohnzimmer und Küche.

»Jemanden gefunden?«, wollte Mary wissen.

Kopfschütteln.

»Nach oben«, sagte sie zu Hilda.

Sie gingen zusammen hinauf. Das Treppengeländer war in den Flur gefallen, die Stufen hingen nur noch an der Brandmauer. Die Treppe schwankte, hielt aber. Darauf lag ein Läufer mit einem breiten dunklen Streifen in der Mitte. Am Ende der Treppe befand sich ein Badezimmer, sie konnten im Licht des Feuerzeugs sehen, dass es leer war. Die Decke zum Dachboden war heruntergekommen, durch die Dachbalken lugten Fotoalben und Koffer.

Auf dem Flur stank es nach Fäkalien – ein Abflussrohr musste geborsten sein. Von hier gelangte man in zwei Zimmer. Hilda übernahm das erste, Mary das zweite. Sie bewegten sich behutsam, da der Boden an der Straßenseite in der Luft hing und gefährlich schwankte. Mary knipste wieder das Feuerzeug an, schaute sich um, machte es aus, kniete sich im Dunkeln hin und musste sich zum Atmen zwingen. In dem kurzen Aufflackern hatte sie einen Jungen gesehen, der still dalag, mit grauem Gesicht, der Körper mit den Fetzen eines blauen Flanellpyjamas und einer übelriechenden Masse bedeckt, die aus dem kaputten Rohr gedrungen sein musste.

»Hilda«, sagte sie. »Kannst du bitte ganz schnell kommen?«

Draußen schrie die Mutter, die Angst in ihrer Stimme nun, da sich der Lärm der Menge gelegt hatte, noch entsetzlicher. Mary vergewisserte sich, dass die Stelle, an der sie kniete, von der Straße aus nicht sichtbar war. Dann machte sie das Feuerzeug wieder an und stellte es auf eine umgekippte Spielzeugkiste.

»Oh«, sagte Hilda, als sie hereinkam.

Sie knieten sich neben den Jungen. Hilda legte das Ohr an seinen Mund.

»Hörst du was?«

Hilda schüttelte den Kopf. Die Masse stammte nicht aus einem kaputten Rohr. Die Eingeweide des Jungen hingen heraus.

»Sollten wir nicht auf seine Brust drücken?«, fragte Mary.

»Woher soll ich das wissen?«, entgegnete Hilda mit schwacher Stimme. »Vielleicht macht es das noch schlimmer.«

»Wie sollte es noch schlimmer werden?«

Hilda kniete ganz still da, den Rücken gerade.

»Hilda, sag schon, was sollen wir tun?«

»Ich glaube, es könnte hoffnungslos sein.«

»Aber wir müssen etwas tun. Du musst doch in der Ausbildung irgendwas für so einen Fall gelernt haben.«

»Es tut mir leid«, sagte Hilda und schlug die Hände vors Gesicht.

Der Junge hatte braune Haare, war schmal, acht oder neun Jahre alt. Seine Augen standen offen und sein graues Gesicht war in einer Qual erstarrt, die man schwer ertragen konnte. Im Zimmer hingen Postkarten: Umrisse aller Flugzeugtypen. Auf der Kommode lag eine Trophäensammlung, wie Jungs sie hatten: Eisensplitter, eine Granathülse aus Messing von einer Bofors-Flak, ein gemartertes Stück Aluminium, das aussah, als wäre es einmal geflogen. Draußen schrie die Mutter mit heiserer Stimme: »Mäuschen! Mäuschen!«

Mary stand auf, nahm ihr Feuerzeug und verließ das Zimmer. Draußen auf dem verzogenen Treppenabsatz überkam sie Übelkeit. Der Streifen in der Mitte des Treppenläufers war gar kein Muster. Er wurde immer breiter, während der Sisal alles aufsaugte. Mary zündete sich eine Zigarette an. Der Junge war unten gewesen, als die Bombe eingeschlagen war, hatte sich in sein Zimmer geschleppt und war dort gestorben.

»Hilda?«

Hilda kam heraus und Mary reichte ihr die brennende Zigarette. Hilda konnte sie nicht halten, also drückte Mary sie an ihre Lippen, während Hilda daran zog und ausatmete.

»Was machen wir hier? Was machen wir beide hier?«

Hilda presste die Hände auf den Bauch. »Hör auf.«

»Weißt du noch, nach dem ersten Angriff? Wir haben ein Taxi genommen, um uns die Bescherung anzusehen.«

»Aber das haben alle getan, es war nicht nur –«

Mary fiel ihr ins Wort. »Meinst du, wir haben jetzt genug gesehen?«

»Aber jetzt ist es anders. Wir helfen.«

»Tatsächlich? Wie viele Zimmer habt ihr in eurer Wohnung?«

»Ich weiß, worauf du hinauswillst, aber –«

»Ist das nicht fürchterlich? Ich habe ehrlich nie gezählt. In unserem Haus gibt es zwei Dutzend Zimmer, würde ich sagen, und sechs bei euch, und in Pimlico ist kaum eine Bombe gefallen. Wenn wir wirklich helfen wollten, würden wir die Bewohner dieser ganzen Straße bei uns aufnehmen, statt in den Trümmern zu graben.«

»Wir tun, was wir können.«

»Wir kommen nachts und fliegen in der Morgendämmerung zurück nach Westen. Wir sind Leichenfresser. Wir sind Ungeheuer.«

Hilda schloss die Augen und ließ den Kopf gegen die Wand sinken. »Was sollen wir deiner Meinung nach tun?«

»Ich weiß es nicht. Wir haben nie irgendwas getan, oder? Wir können nichts außer Konversation.«

»Dann geh und rede mit dem Polizisten, der bei der Mutter ist. Er soll sie irgendwoanders hinbringen. Dann holst du Huw und Clive. Schnell, solange ich noch kann.«

Mary starrte sie an, dann hatten sie einander verstanden.

»Oh«, sagte sie.

Als Mary mit Huw und Clive zurückkam, hatte Hilda den toten Jungen in den Teppich gewickelt, den er in seinem Zimmer vollgeblutet hatte. Sie rollten den Treppenläufer ebenfalls auf, luden beide Rollen auf Tragbahren, breiteten die üblichen grauen Decken darüber und befestigten sie auf dem Dach des Hillman.

Als es dämmerte und die Sonne hinter den Rauchschwaden aufging, lieferten sie den Jungen in Moorgate ab. Hilda vermerkte im Register des Leichenschauhauses in Schönschrift, dass das Kind in seinem eigenen, wohlgepflegten Heim sofort gestorben sei und nicht gelitten habe. Das würde die Mutter lesen, wenn sie die Leiche ihres Sohnes abholte.

Sie gingen auf die Party und betranken sich an entgegengesetzten Enden des Raumes ganz übel. Hilda ging mit einem Fliegerleutnant weg. Mary ging mit kreiselndem Kopf und der Gewissheit, dass sie ihrer Mutter so nicht gegenübertreten konnte. Am Taxistand nannte sie die Adresse der Mansarde.

Sie saß im Taxi, die Wange ans Fenster gedrückt, und sah hinaus auf London mit seinen eingeschlagenen Zähnen und geblendeten Augen. Alles stürzte auf sie ein, zum ersten Mal seit der Katastrophe. Die ganze Leere der Welt verschlang sie, und sie rollte die Stirn am Glas hin und her. Es lag keinerlei Sinn darin – das war das Unerträgliche. Der Krieg bestand aus zehn Millionen durchtrennten, vibrierenden Nerven. Lauter losen Enden.

Zuvor war das Leben eine Tradition gewesen, eine Neigung zur Vergebung, ein Rückhalt im Alltäglichen. Die Stadt, die sie liebte, war eine Stadt der Platanen gewesen, die seit drei Jahrhunderten hier wuchsen; der Brücken, die verstärkt wurden, als die Pferde dem Dampf wichen; großer koordinierter Bemühungen, bei denen man sich aufs Zusammenspiel aller Komponenten verlassen konnte: eine Stadt der Symphonien. Nun aber konnte jedes Licht ohne Vorwarnung ausgelöscht werden. Als sie den toten Jungen gesehen hatte, hatte sie an Zachary gedacht. Ein Kind ging so leicht verloren wie ein Shilling. Und hatte man das erst begriffen, mochte das Herz zwar weiterschlagen, doch man lebte von nun an Arm in Arm mit den Betrauerten. Sie wusste jetzt, weshalb ihr Vater nie über den letzten Krieg gesprochen hatte und Alistair nicht über diesen. Es wäre den Lebenden gegenüber unfair.

Als sie ihr Ziel erreichte, war sie blass, und der Taxifahrer fragte: »Alles in Ordnung, Mädchen?«, und sie lächelte munter und sagte: »Ja, danke.«

Die Mansarde roch noch immer ein bisschen nach Tom. Sie schaltete das Elektroöfchen an, zog die Schuhe aus und legte sich auf sein Bett. Als sie die Augen wieder öffnete, hatte Tom ihr in einem seiner üblichen Einmachgläser, die Marys Versuchen, sie durch angemessenere Trinkgefäße zu ersetzen, hartnäckig widerstanden, Tee gemacht. Sie setzte sich auf, um ihn zu küssen, denn sie wollte ihm so gern zeigen, dass alles in Ordnung war, und als sie ihn küsste, wachte sie auf, und es war Mittag.

Sie wusch sich das Gesicht am Waschbecken in der Ecke, benutzte kaltes Wasser und ein kleines graues Seifenfossil. Alles, was noch in der Mansarde war, gehörte Alistair. Sie hatte Toms Sachen schon vor Wochen gepackt und an seine Mutter geschickt. Als alles, was er besessen hatte, verpackt und beschriftet und Caesar im letzten Karton verstaut war, aus dem nur die Schwanzspitze herausragte, füllten Toms Besitztümer sechs mittelgroße Kartons. Sechs Kartons blieben von einem Mann.

Mary ging in Alistairs Zimmer, öffnete den Schrank und betrachtete seine leeren Kleidungsstücke. Sie drückte die Hemden ans Gesicht. Dann bemerkte sie, dass eine Manschette ausgefranst war, suchte Nadel und Faden und setzte sich hin, um sie auszubessern. Nadelarbeit war nicht ihre Stärke. Zu Hause lautete die Regel, dass das Dienstmädchen alles machte, was mehr Geschick erforderte als Kartengeben, und Palmer alles hob, was schwerer war als der Arm eines Grammophons.

Sie zwang sich, geduldig zu sein, die Stiche klein und säuberlich zu setzen. Sie hatte etwas zu tun. Wenn sie schon nicht viel zum Krieg beitragen konnte und es auch nicht über sich brachte, sich auf die Seite ihrer Mutter zu schlagen und ihn völlig zu ignorieren, konnte sie wenigstens diese ausgefransten Kanten flicken.

Als sie fertig war, hängte Mary das Hemd wieder in Alistairs Schrank. Und da sie zumindest noch die nächste Stunde leben musste und Papier und Stift verfügbar waren, setzte sie sich an Alistairs wackligen Tisch und schrieb ihm noch einmal.

März 1941

Einen ganzen Monat lang blies ein kalter, herrischer Nordwestwind. Die Belagerung zog sich immer enger um die Insel. Die Großkampfschiffe des Feindes kreuzten schwarz und wölfisch knapp unterm Horizont, wo die Küstenartillerie sie nicht erreichen konnte. Seine Kriegsflugzeuge legten weiße Seile um die blaue Himmelskuppel und woben ein Netz, in dem die Insel verhungern sollte.

Nur Alistair war glücklich.

Alistair,
ich habe eines Deiner Hemden geflickt, obwohl es ein scheußliches Hemd ist, das man besser in Streifen reißen und zu einem Seil flechten sollte, und dann Deinen Schneider daran aufhängen. Ich habe noch nie ein Hemd für jemanden geflickt, Du kannst Dich also glücklich schätzen. Ob ich nun mit dem Rest Deiner Garderobe fortfahren soll oder nicht (was Du mir freundlicherweise mitteilen könntest), Dein scheußliches blaues Hemd ist geflickt.
Herzlichst,
Mary

Seit Marys Brief es durch die Blockade geschafft hatte, waren Alistair die Millionen Tonnen Material, die es nicht schafften, gleichgültig. Auf der Insel herrschte Mangel an Treibstoff, Glühbirnen, Aspirin und Margarine. Seinem Regiment fehlte es an neuen Läufen für die Geschütze. In den Magazinen war nach derzeitigem Verbrauch nur noch für fünf Tage Munition. Inselbewohner und Soldaten fingen an, Hunde zu essen, und begannen mit denen, die kein Halsband trugen.

Alistair kümmerte es wenig. Er lachte aus vollem Hals, wenn Simonson die Briefe seiner heuchlerischen Freundinnen vorlas. Im Chor ahmten sie die vornehmen Knightsbridge-Stimmen nach. Die Eintöpfe wurden magerer, das Fleisch wich Knochen, die wieder und wieder gekocht wurden, bis das Mark verschwunden und nur noch Lauge übrig war.

Alistair machte es nichts aus. Das Brot enthielt zuerst ein Achtel Sägemehl und dann drei Sechzehntel und dann ein Fünftel. Er nahm es achselzuckend hin. Er begann eine gewisse Solidarität mit den holzbohrenden Insekten zu verspüren und heiterte seine Männer mit Käfer-Pantomimen auf. Bald darauf aßen sie ohnehin Insekten. Alistair organisierte Käferjagden und kreierte eine Trophäe – den Pokal der Fülle, mit Gravur –, die dem Mann zustand, der die meisten Käfer pro Tag gesammelt hatte.

Obst war gar nicht zu bekommen. Die Zähne der Männer wurden locker. Die einheimischen Kinder in ihren schwarzen Sonntagshosen, deren Knie gelb vom Staub waren, bekamen einen ruhelosen Blick wie Falschspieler oder Poeten. Alistair schmuggelte Kräcker für sie in der Hosentasche.

Mary,
ich weiß nicht, was Du gegen mein Hemd hast. Es kommt irgendwann wieder in Mode, man muss nur vorausschauend denken.
Wie lästig, dass ich nicht nach London eilen kann, um Dir persönlich zu danken, aber es ist etwas ganz Seltsames geschehen. Die Achsenmächte, die eigentlich nicht zur Sentimentalität neigen, haben Malta mit der größten jemals da gewesenen Dichte an Kriegsflugzeugen und

Schiffen eingekreist, nur um mich davon abzuhalten, Dich zu sehen. Ich vermute, dass sie drüben bei Dir das Gleiche tun. Wir dürfen uns geschmeichelt fühlen.

Alistair konnte nicht aufhören zu lächeln, so boshaft und raubgierig die Bomber auch waren. Manchmal blieb den Zivilisten nur eine Stunde am Tag, um aus den Bunkern zu kommen, die Fäkalien auszukippen, sich nach Petroleum anzustellen und die neuen Trümmerhaufen zu registrieren, die sich anstelle uralter Straßen erhoben. Dann kamen die Bomber zurück, und alle flohen wieder unter die Erde. Die Oberfläche wurde fremd, die Unterwelt vertraut.

Manchmal geriet Alistair in einen Angriff und musste mit den Inselbewohnern abtauchen. In den neolithischen Begräbniskammern, in denen man die alten Knochen beiseitegeschoben hatte, in den römischen Katakomben, die mit Miniaturbildern der Jungfrau Maria neu geweiht worden waren, in den kalten, tropfnassen Tunneln, die man gerade erst in den gelben Fels getrieben hatte, schauten ihm die Väter der zusammengekauerten Familien in die Augen, während die Wände bebten. Die Kinder wimmerten, die Mütter wiegten sie, und Alistair stimmte in ihre Gebete ein: Herz Jesu, Herz Mariä, lass die Bomben ins Meer oder auf die Felder fallen.

Alistair,
ich weiß gar nicht, worüber Du Dich beklagst – eine feindliche Blockade ist doch gar nichts. Stell Dir mal vor, was ich die ganze Zeit in Pimlico durchmache, umzingelt von den zweitklassigen Subjekten namens Chelsea und Belgravia. Das ist die Hölle.
Hier hättest Du reichlich Gelegenheit, Deine restaurativen Talente einzusetzen, falls Du Dich traust. Ich ersuche um

baldiges persönliches Erscheinen. In Uniform, wohlgemerkt, auf Deinen Modesinn ist eindeutig kein Verlass.
Stets nach Höherem strebend,
Mary

Wann immer Luftpost durchkam, vergaß Alistair den Hunger. Zu allen anderen Zeiten war er wie besessen davon. Eines frühen Morgens stellte er das Glas mit Toms Brombeermarmelade in den hellen Lichtstrahl, der durch die Schießscharte in seinem Zimmer fiel. Durch die Öffnung bot sich ein Schussfeld, das die Zufahrten zum Hafen abdeckte. Umgekehrt ließ sie das volle Licht der aufgehenden Sonne herein und feuerte es durch das Marmeladenglas. Die Farbe hellte sich mit dem Stand der Sonne auf, wechselte von venös zu arteriell. Jedes winzige Kernchen, gefangen in seiner Grundmasse, warf einen schwarzen Schatten.

Schärfe durchflutete seinen Mund. Wie weit hatte er das Glas jetzt mitgeschleppt? Wie viele Zelte und Kasernen und Forts hatte es mit ihm geteilt? Er hatte einmal gehofft, den Inhalt nach Kriegsende mit Tom zu essen; nun hoffte er, es mit an Toms Grab zu nehmen. Er würde doch jetzt nicht schwach werden. Dennoch lieferte ihm sein Verstand unaufgefordert endlose Gründe, weshalb es vernünftig wäre, das Glas zu öffnen.

Früh am Morgen war es besonders schwer, wenn er sich kurz nach dem Aufwachen Brunnenwasser ins Gesicht spritzte und ein bitteres, gelbes Glas davon trank, um seinen Magen zu füllen. Das Wasser schmeckte nach Malta, uralt und rezessiv, mit Schießpulver und Blut getränkt. Der Stein war porös, der Hunger unstillbar. Alistair legte die Hände um das Glas und begann, am Deckel zu drehen. Er zwang sich, innezuhalten, und griff stattdessen zum Stift.

Mary,
Du gibst Dich wie üblich Illusionen hin. Die Uniform ist weitaus schlimmer als jede zivile Kleidung – sogar meine. Das würdest Du erkennen, wenn Du nicht vom schieren Glanz dieses Krieges geblendet wärst. Man trägt ein Koppel mit Schulterriemen (das Dir sicher viel besser stehen würde als mir) und eine Mütze mit einem glänzenden Lederschirm. Ohne die legitimierende Wirkung von Waffen, Feind etc. würde dieses Kostüm von nicht mehr und nicht weniger zeugen als dem Vorhandensein einer blühenden Perversion in der Psyche des Trägers. Deine Handschrift lässt übrigens genau das Gleiche erkennen.
Stets nach tieferen Einsichten strebend,
Alistair

Heute sollte die Batterie abgelöst und nach Fort Bingemma im Nordwesten der Insel verlegt werden, das abseits der Stadt auf einer Klippe stand und zur Befestigung der Victoria Lines gehörte. Es war auch höchste Zeit. Alistairs Männer waren kaputt. Sie liefen herum wie Schlafwandler. Drei von seinen fünfunddreißig waren tot, sieben aus Simonsons Trupp. Die Bombardierung hatte sechsundachtzig Tage und Nächte nicht nachgelassen. In den Hügeln würde sich das Regiment neu formieren und ausrüsten können. Auf dem Land gäbe es vielleicht auch etwas mehr zu essen.

Alistair schaute ein letztes Mal aufs Meer. Der Nordwestwind fuhr kreischend durch die Signalmasten der Schiffe, die im Grand Harbour ankerten. Die Wellen rollten heran, wie sie es immer getan hatten. Am Horizont hing der Dunst aus den Schornsteinen der Kriegsschiffe und hielt die Insel in der Zeit gefangen.

An: Cpt. Alistair Heath, RA
Von: Mairie & Northe, Rechtsanwälte
Betrifft: Verleumdung

Sir,
unsere Mandantin, Miss Mary Anne Elizabeth North, wohnhaft London SW1, hat uns beauftragt, Ihnen mitzuteilen, dass sie eine strafrechtliche Verfolgung anstrengen wird, falls Sie nicht umgehend und vollständig in schriftlicher Form Ihre boshafte Verleumdung zurücknehmen, unsere Mandantin gebe sich Illusionen hin. Ihre Bemerkungen bezüglich ihrer Handschrift wird unsere Mandantin durchgehen lassen, wünscht aber, dass wir Sie über eine Tatsache in Kenntnis setzen, die Ihre eigenen Briefe hinreichend belegen, nämlich, dass die schriftlichen Auslassungen unserer Mandantin den Ihren nicht nur kalligraphisch, sondern auch kompositorisch weit überlegen sind.
Stets mit juristischer Hochachtung
Mairie & Northe

Als Alistair aufblickte, sah er überrascht, dass Krieg war. Wieder war es ihr gelungen, das alles mit einem Trick verschwinden zu lassen. Er schnürte seinen Seesack zu, hängte ihn über die Schulter und setzte die Uniformmütze auf, bevor er ins grelle Licht des Innenhofs trat.

»Heath! Da bist du ja, du fauler Mistkerl!«

»Simonson«, sagte Alistair und salutierte so präzise, wie die Situation es verlangte.

»Steig in den Laster, na los. Man könnte meinen, du hättest keine Lust auf Urlaub.«

Alistair stieg auf den Beifahrersitz des Bedford. Simonson ließ den großen Benzinmotor an und legte sofort den ersten

Gang ein, um keinen Tropfen Treibstoff zu verschwenden. Ihre Soldaten waren in einer Flotte requirierter Wagen und Fuhrwerke vorausgefahren, die meisten von Pferden gezogen. Sie waren in unregelmäßigen Abständen aufgebrochen, um die feindlichen Flugzeuge nicht aufmerksam zu machen, denen sie inzwischen kaum noch etwas entgegenzusetzen hatten. Alistair und Simonson fuhren über die große Zugbrücke des Forts hinaus. Der Quartiermeister hatte ihnen eine volle Ladung Artilleriegranaten sowie genügend Benzin mitgegeben – exakt mit einer Metallpipette abgemessen –, um gerade eben ans Ziel zu gelangen, vorausgesetzt, bergab ließen sie den Laster rollen.

Simonson steuerte sie durch die Ruinen von Valletta. Alistair kurbelte das Seitenfenster hinunter und genoss die Wärme des frühen Morgens. Es war genau die richtige Tageszeit für die Fahrt aus der Stadt. Die Sonne brannte noch nicht zu heiß. Die Fliegerasse der Luftwaffe waren noch in Sizilien am Boden und signierten Fotos von sich oder taten, was immer sie zwischen den Angriffen auf eine schutzlose Insel eben taten.

Der Laster rumpelte durch die gewundenen Schluchten, die man in der Trümmerwüste freigeräumt hatte. Jedes Gebäude schien eine endlose Wiederholung des immergleichen gelben Steinblocks – zwei Fuß lang, ein Fuß breit, ein Fuß hoch. Es war das Atom der Zivilisation, der größte Bestandteil, den zwei Männer gemeinsam anheben konnten.

Simonson schaute stirnrunzelnd durch die staubige Windschutzscheibe. »Sieht aus wie meine Alphabetklötze, nachdem Randy die Burg entdeckt hatte, die ich daraus gebaut hatte.«

»Hast du in letzter Zeit mal von deinem lieben Bruder gehört?«

»Ach, der schreibt nicht. Es würde mich wundern, wenn er lesen könnte.«

»Haben sie ihn noch nicht einberufen?«

Simonson schaute Alistair mit genüsslicher Herablassung

an. »Mein lieber Junge. Die müssen auch ein paar gute Männer dabehalten. Sonst kommen wir womöglich von unserer Vergnügungsfahrt nach Hause und verlangen die Schlüssel zum Königreich.«

»Wäre das so schlimm?«

»Du lernst nicht gerade schnell. Vielleicht bist du ein bisschen zurückgeblieben?«

»Früher warst du sicher mal witzig.«

»Zu viele Verluste in letzter Zeit, Alistair, sonst nichts.«

Alistair schaute ihn an. Simonson starrte geradeaus auf die Straße. Es war das erste Mal, dass Simonson ihn mit Vornamen angesprochen hatte.

»Ich dachte, das kümmert dich nicht weiter. Dass dir nicht viel an den Männern liegt.«

Simonson bremste und stellte den Motor ab. Er zog die Handbremse an und suchte in seiner Uniformjacke nach den Zigaretten.

»Anfangs war es auch so. Als Dryden getötet wurde, dachte ich, na ja, sein Problem. Und dann erwischte es Norris – so ein mieser Schütze –, und ich war einfach nur froh, dass es nicht jemand Nützliches wie Carter getroffen hatte.«

Alistair nickte. »Ich bin mir sicher, selbst tot trifft Norris nicht schlechter als zu Lebzeiten.«

»Genau. Jedenfalls hatte ich die Männer nie so gern wie du. Ich kann sie kaum verstehen und dachte immer, ich hätte nicht mehr Gefühle für sie als für eine Katze. Aber dann, in der folgenden Woche, wurde Carter getötet, und ich weiß noch, wie ich auf seine Leiche hinuntergeschaut habe. Wir haben ihn an seiner Armbanduhr erkannt. Sein Gesicht war nicht mehr da, wo es hingehörte, und das machte mich wütend. Ich weiß gar nicht, warum. Er war ja kein sonderlich hübscher Mann. Und doch weiß ich, dass ich dachte: Ich werde dich selbst begraben. Du weißt, wie schwer es ist, auf dieser Insel ein Grab auszuheben. Eine Handbreit Erde und darunter massiver Fels. Aber ich hätte es getan, wenn die Männer mich gelassen hätten. Und dann wurde Vickers getötet und Cullen und Casey und Urquhart – alle in dieser einen schrecklichen Woche, weißt du noch? –, und seitdem bin ich *entsetzlich* wütend. Ich verabscheue es, Offizier zu sein.«

Er stieß den Rauch aus und drückte die Daumen auf die Augen.

Alistair klopfte ihm auf die Schulter. »Es könnte schlimmer sein – du könntest Major werden.«

Simonson ergriff seinen Arm und ließ ihn nicht los. »Du wirst sehen, all das bleibt an uns hängen.«

»Du meinst, nach dem Krieg?«

»Die Männer werden uns verabscheuen. Falls welche von den armen Schweinen übrigbleiben.«

»Die Männer hassen die Offiziere nicht.«

»Es ist die Funktion der Männer, uns zu hassen. Die Tatsache, dass du das nicht verstehst, beweist nur deine mangelnde Gesellschaftsfähigkeit.«

Alistair grinste. Simonson ließ den Motor an. »Mein Bruder wird nicht einberufen, und England wird sich nicht ändern. Es wurde aus ganz speziellen Steinen errichtet, genau wie diese verdammte Insel. Wenn sie den Schutt wiederverwenden, wirst du erkennen, dass man ihn nur auf eine einzige Weise zusammenfügen kann.«

»Ich wette fünf Pfund, England wird nach dem Krieg anders sein.«

»Oh, verschone mich.«

»Meinst du nicht, wir sollten alle freundlicher zueinander sein? Ich hoffe, dass Klassenzugehörigkeit weniger und Überzeugung mehr bedeuten wird. Ich hoffe, wir werden Fehler, die wir im Zusammenhang mit beidem begehen, bereitwilliger vergeben.«

»Ich wette fünf Pfund, dass wir das Ende des Krieges nicht erleben.«

»Das ist eine Wette, die du nicht einlösen kannst.«

»Siehst du?«, sagte Simonson.

Er ließ die Kupplung kommen. Sie holperten durch die Befestigungsmauern, die die Stadtgrenze markierten. Es waren ausgezeichnete Befestigungen, die sich bei der nächsten osmanischen Invasion sehr bewähren würden. Gegen deutsche Luftangriffe waren sie jedoch nutzlos.

Vielleicht hatte Simonson recht, und ihr Regiment würde die Belagerung nicht überstehen. Sie versteinerten allmählich vor Hunger. Sie suchten hinter Steinmauern Schutz. Sie bemalten ihre Laster und ihre Helme und ihre Waffen, damit sie wie Steine aussahen, als könnte das auf magische Weise Härte auf sie selbst übertragen. Sie sahen Bruchsteinmauern, wenn sie nachts die Augen schlossen. Manchmal, wenn man besonders hungrig war, nahm der allgegenwärtige gelbe Kalkstein die Farbe von Cheddar an, und wenn die feindlichen Fallschirmjäger schließlich kämen, würde er ihnen ähnlich viel Schutz gewähren.

Alistair legte den Notizblock aufs Armaturenbrett und holte einen Bleistiftstummel heraus.

An: Mary North, c/o Mairie & Northe
Von: Allis, Terre & Heythe, Rechtsanwälte
Betrifft: Besichtigungstour über die Insel Malta

Madam,
unser Mandant Alistair Heath (Cpt., RA) hat uns angewiesen, Ihnen sein

»Mein Gott«, sagte Simonson, »ihr seid wie verknallte Schulkinder, die sich heimlich Zettelchen schreiben.«

Alistair schaute ihn nachsichtig an. »Na und?«

»Der Lehrer sagt, wir haben Krieg.«

»Es ist doch nur Spaß.«

»Es ist grässlich, das mit anzusehen. Du bist also verliebt – schön für dich. Aber du musst es ja nicht allen unter die Nase reiben.«

»Ach komm, Simonson, du weißt doch, in Wirklichkeit habe ich nur Augen für dich.«

Er schaute hinüber, aber Simonson starrte unverwandt auf die Straße. Alistair steckte den Notizblock wieder ein.

Am Stadtrand wichen die Befestigungen einer baumlosen Ebene mit kleinen Feldern, jeweils nicht größer als ein Vorortgärtchen, die bis zum Horizont von einem Maßwerk aus Bruchsteinmauern durchzogen waren. Unfruchtbares Land mit trockenen, gelben Grasbüscheln. Jämmerliche Orangen und Artischocken kämpften in der dünnen gelben Erde. Staubige Feigenkakteen erhoben sich entlang der Mauern, und in den Gräben wurzelten Karden und dünner Bambus in unsichtbarer Feuchtigkeit. Es gab kleine, felsige Böschungen, die sich farblich nicht von den Steinmauern unterschieden, so dass das Auge kaum zwischen Natur und von Menschenhand Errichtetem unterscheiden konnte. Und es war einem auch egal. Es war ein elendes Land, um das niemand eine Mauer gezogen hätte, wenn etwas Besseres zu finden wäre.

»Verdammt«, sagte Simonson, »es tut mir leid.«

»Nein, du hast ganz recht.«

»Du musst schreiben, wann und was du willst. Kümmere dich nicht um mich und meine sauren Trauben.«

»Ich hätte nichts gegen ein paar saure Trauben. Bin heutzutage nicht mehr wählerisch.«

Simonson lächelte, doch nicht so, dass sich die Spannung ganz gelegt hätte. Über ihnen donnerten vier Messerschmitts in einem asymmetrischen V heran, unangefochten und frohlockend im Blau. Simonson schwenkte von der Straße ab, sie sprangen aus dem Führerhaus und warfen sich in den Graben. Sie lagen eine Minute lang mit den Händen über dem Kopf da, während der Fluglärm verklang. Entweder hatten die Deutschen sie nicht bemerkt oder sie nicht der Munition für wert befunden.

Simonson und Alistair kletterten aus dem Graben, setzten sich in den Schatten einer gelben Mauer und klopften sich den Staub ab. Schwarze Bienen summten im Thymian, der neben der Straße wuchs. Hunde bellten von einem Bauernhof zum nächsten. Vögel stießen einsilbige Rufe aus, rau und unschön, als beschrieben sie die Landschaft. Der Wind wehte kleine Staubwirbel von der Straße auf. Eidechsen schlängelten sich durch den Dreck, und von weither donnerten die Küstenbatterien.

Simonson blickte über das zerstörte Land. »Weißt du, wer mich vermissen würde, wenn diese Flugzeuge uns erwischt hätten? Niemand.«

Alistair zuckte mit den Schultern. »Ich würde dich vielleicht vermissen.«

Simonson schien ihn nicht zu hören. »Es wäre leichter, weiterzumachen, wenn sich jemand um einen scherte.«

»Was ist mit deinen drei netten Freundinnen?«

»Wenn ich stürbe, würden sie die Trauer vielleicht eine Zeit lang wie eine Brosche tragen.«

»Ich dachte, du magst diese Mädchen.«

»Der Plural sagt alles, nicht wahr?«

»Dann solltest du dir vielleicht eine aussuchen.«

»Es gibt keinen Unterschied zwischen ihnen, verstehst du? Sie verbringen alle den Morgen im Bett und den Nachmittag im Claridge's. Sie sind von tausend anderen nicht zu unterscheiden. Sie sind Glühwürmchen.«

»Während du richtiges Feuer willst.«

»Musst du dich über mich lustig machen? Du kennst mich weniger, als du glaubst.«

»Ich mache mich nicht über dich lustig. Na ja, nur ein bisschen.«

»Du hast gut reden.«

Alistair hob die Hände. »Es tut mir leid.«

Sie stiegen schweigend ein und fuhren weiter, während Alistair im Kopf den Brief an Mary aufsetzte.

hat uns angewiesen, Ihnen sein uneingeschränktes Bedauern über seine rufschädigenden Bemerkungen auszusprechen, die lediglich aus einem Zustand glücklicher Zerstreuung erwuchsen, welcher durch die zahlreichen ungeahnten Vorzüge seines gegenwärtigen Aufenthaltsortes hervorgerufen wurde.

Als sie über eine Anhöhe fuhren, sahen sie etwa eine Meile vor sich eine Rauchsäule aufsteigen, die beim Näherkommen dicker wurde. Alistair war so langsam vor Hunger, dass er sie kaum bemerkte.

Speis und Trank auf der Insel können einen Mann vor Wonne ganz schwindlig machen. Die foie gras *hat nur einen einzigen Fehler, nämlich, dass sie im Überfluss vorhanden ist. Der Kaviar ist durchweg ausgezeichnet, so dass man seiner schon überdrüssig wird.*

Die Rauchsäule war jetzt eine halbe Meile hoch und genau auf ihrem Weg.

Es gibt diverse entzückende einheimische Rituale, von denen viele mit Feuer verbunden sind.

»Wir sollten besser anhalten«, sagte Simonson.

»Mm?«

»Wir haben dreitausend Pfund Artilleriegranaten geladen, es wäre vielleicht schlauer, nicht damit durch offene Flammen zu fahren.«

Simonson brachte den Bedford in sicherer Entfernung zum Feuer zum Stehen. Sie stiegen aus, um nachzusehen, was los war.

In einem Dorf, das aus zwei- bis dreihundert Häusern bestand, brannte die Kirche. Ein zerstörter Bomber und die Leichen seiner Besatzung lagen verstreut daneben. Flammen schlugen über die Straße, und es stank nach brennendem Kerosin. Menschen rannten in die Kirche und wieder heraus, um das Inventar zu retten.

Dann wären da die Kunstschätze, die die Einheimischen bereitwillig zur Schau stellen.

Es sah aus, als würde das Feuer bereits von selbst erlöschen. Die Gebäude waren natürlich alle aus Stein, es gab kaum Holz, das in Brand geraten konnte, und als das Kerosin verbrannt war, blieb nur zorniger Ruß, der in die hitzeflimmernde Luft stieg. Auf dem kleinen gepflasterten Platz vor der Kirche hatte sich eine Menschenmenge versammelt. Alistair und Simonson drängten sich hindurch.

Es handelt sich um eine Freiluftkultur, und man langweilt sich nie, da es auf dem Dorfplatz immer etwas zu erleben gibt.

Ein deutscher Flieger lag am Boden, die Dorfbewohner standen um ihn herum und traten und spuckten nach ihm. Durch ein Hosenbein ragte ein spitzer Knochen. Sein Mundwinkel war zerrissen, die Wange hing wie ein Lappen herunter und entblößte eine Reihe blutiger Backenzähne. Er flehte seine Peiniger in gutem Englisch an, das nur durch seine Verletzung beeinträchtigt wurde.

»Verdammt«, sagte Simonson.

Die Einheimischen sind den Briten gegenüber gastfreundlich, bei anderen ausländischen Touristen hingegen weniger zuvorkommend.

Alistair schüttelte heftig den Kopf und zwang sich, in der Gegenwart zu bleiben. Nach monatelangem Hungern schaltete sein Verstand nur langsam um. Der feindliche Flieger schaute zu ihm auf. Alistair spürte, wie seine Kehle eng wurde. Es war eine Szene, wie er sie auf dem langen Rückzug durch Frankreich schon erlebt hatte. Wenn man als Flieger abspringen musste, erschoss man sich besser auf dem Weg nach unten als den Leuten in die Hände zu fallen, die man bombardiert hatte.

»Lasst den Mann in Ruhe!« Alistairs Stimme ging im Lärm unter. »Lasst ihn!«

Die Menschen schauten durch ihn hindurch. Einige grinsten. Es war ein schlechtes Zeichen, dass keine Frauen und Kleinkinder in der Menge waren. Das Böse sandte warnende Wellen aus.

Ein Junge von elf oder zwölf Jahren, der ein sauberes weißes Hemd, eine schwarze Hose und eine schwarze Stoffmütze trug, trat dem Deutschen lachend zwischen die Beine. Der Flieger krümmte sich wie ein Fötus, wobei sich der zerschmetterte Knochen in die Erde bohrte. Er schrie auf, worauf ihn ein Mann ebenfalls trat.

»Bitte! Ich wollte nicht gegen euch kämpfen! Gott schütze den König!«

Ein Mann griff sich eine Hand voll Erde, drückte den Kopf des Fliegers nach hinten und stopfte sie ihm in den blutigen, protestierenden Mund. Der Mann stöhnte erstickt. Ein violetter Brei aus Staub und Blut drang in Klumpen durch den Riss in seiner Wange. Die Menge lachte, da der Witz jetzt auf Kosten des Feindes ging. Wie erfreulich, dass die ganze große Logistik aus Armeen und Staaten, aus zahllosen Millionen kämpfender Männer und Material jederzeit und an jede beliebige Koordinate auf der Karte eine schlagende Pointe liefern konnte.

Das Feuer aus dem abgestürzten Flugzeug war ausgebrannt. Der Qualm blieb einem in der Kehle hängen. Immer mehr Dorfbewohner drängten sich um den verletzten Mann.

»Ich bin britischer Offizier!«, rief Alistair. »Lasst den Mann in Ruhe!«

Er stellte sich zwischen den Deutschen und die Menge, aber sie drängten ihn weg. Er bekam Ellbogen in Hals und Solarplexus und fand sich keuchend im Rücken der Menge wieder. Den Deutschen konnte er nicht mehr sehen.

Simonson nahm seinen Arm. »Komm. Du kannst nichts anderes erwarten.«

»Meinst du das ernst?«

»Die wurden seit Monaten bombardiert. Was sollen wir denn machen?«

»Ich möchte, dass du mir hilfst«, sagte Alistair, zog seinen 38er aus dem Halfter und drehte den Zylinder, um die Ladung zu prüfen.

»Herrgott noch mal! Wir haben eineinhalb Tonnen hochexplosive Ladung im Wagen, und der Feind ist schon in der Luft. Du weißt, wie viele Männer gestorben sind, um die Munition herzubringen, und jetzt sollen wir sie offen herumstehen lassen, während du den gerechten Kolonialherrn spielst? Der Mann stirbt so oder so – du hast ihn doch gesehen.«

»Ja, aber ich werde die Leute erschießen, bevor ich zulasse, dass sie ihn quälen.«

»Ohne mich, Alistair, ich werde keinen Laster voller Munition aufgeben, nur damit du ein reines Gewissen hast.«

Sie starrten einander an.

»Schön«, sagte Alistair.

Er ging um Simonson herum und spannte den Hahn seines Revolvers. Er feuerte fünf Schüsse in die Luft, worauf das Johlen verstummte. Die Einheimischen drehten sich um, zuerst verblüfft, dann wurden die Gesichter finster.

»So«, sagte Alistair. »Ich an eurer Stelle würde vielleicht das Gleiche tun. Aber ihr solltet jetzt heimgehen. Ich habe eure Gesichter nicht gesehen und werde mir eure Namen nicht notieren.«

Er stand da, den Enfield auf den Boden gerichtet, und schaute auf seine Schuhe. Der Wind wehte den Staub dagegen. Er bemerkte langsame Bewegungen an seinem Blickfeldrand, es wurde leerer, heller. Als er wieder hinsah, war der Platz verlassen bis auf den Flieger, der sich am Boden krümmte.

Er steckte den Revolver ein, knöpfte das Halfter zu und kniete sich neben den Mann. Der arme Teufel lag mit dem Gesicht nach unten und versuchte mühsam, durch seine zerschmetterte, blutige Nase Luft zu bekommen. Als Alistair seinen Kopf drehte und anfing, den Schmutz aus dem Mund zu entfernen, sah er, dass der Mann keine Augen mehr hatte. Die Augenhöhlen bluteten nicht – sie waren mit gelbem Staub verschlossen wie der Mund. Blutiger Schaum drang zischend aus den Nasenlöchern, als er um Luft rang. Alistair entfernte den Dreck, bis der Mann in keuchenden Stößen atmen konnte, bei denen Blut hervorsprühte.

»Es tut mir so leid«, sagte Alistair.

Er umfing den Kopf des Mannes. Die schwarzen Haare waren klebrig vom Blut, der gelbe Staub war darin festgebacken.

Er war älter als Alistair – etwa Ende dreißig. Vor einer Stunde war er noch geflogen, mit sauber geknoteter Krawatte.

»Was haben sie dir nur angetan. Es tut mir verdammt leid.«

Die Kiefer des Mannes schlossen sich blitzartig um die Kante von Alistairs rechter Hand. Die zersplitterten, entsetzlich scharfen Zähne drangen ihm bis auf den Knochen. Alistair schrie auf. Er schlug dem Mann mit der freien Hand gegen den Kiefer, aber die Zähne bissen nur noch fester zu. Alistair wollte sich losreißen, doch die Qual verlieh dem Mann furchtbare Kraft. Er zog Alistair zu Boden.

»Hör auf!«, schrie Alistair. »Bitte! Ich will dir doch nur helfen!«

Aber der Mann wusste nicht mehr, was mit ihm geschah. Er griff nach Alistairs Kehle, drückte ihm die Daumen in die Luftröhre. Mit dem freien Arm versuchte Alistair ihn wegzustoßen. Funken glitten quer über den blauen Himmel, der zu Indigo verblasste und dann schwarz wurde.

Ein Schuss ertönte, die Daumen lösten sich von seiner Kehle. Alistair holte tief und rasselnd Luft. Die Zähne um seine Hand lockerten sich und ließen los. Alistair rollte sich durch den Staub weg. Als er wieder Luft bekam, rappelte er sich hoch und kam auf die Knie. Simonson, der dem Deutschen seitlich in den Kopf geschossen hatte, zielte noch mit dem Revolver. Er sah angewidert aus, und seine Lippen bewegten sich lautlos.

»Steh auf«, sagte Simonson schließlich.

Erst nach einer Weile begriff Alistair, dass er gemeint war. Er erhob sich unsicher. In seiner Hand fehlte ein nahezu vollkommener Halbkreis. Das Blut lief in den Staub. Zwischen ihm und Simonson lag der Deutsche auf dem Rücken, die Arme ordentlich neben dem Körper ausgestreckt.

»Wie bitte?«, fragte der Deutsche.

Simonson und Alistair starrten ihn an. Blut und gelbe Flüssigkeit quollen aus einem Loch in der Schläfe des Mannes und einem weiteren in der gegenüberliegenden Wange.

»Wie bitte?«, sagte der Mann erneut.

Diesmal schoss Simonson ihm in die Brust. Alistair vermutete, dass eine unüberwindliche Höflichkeit ihn veranlasst hatte, zu warten, bis er sicher war, was der Mann sagen wollte. Der Körper des Deutschen bäumte sich zweimal auf und entspannte sich dann. Er holte lange und zischend Luft und fragte: »Verzeihung, ich glaube, Sie sprechen Englisch?«

Simonson senkte die Pistole und schaute Alistair zornig an.

»Ich bin verwirrt«, sagte der Flieger. »Vielleicht hatte ich einen Unfall. Entschuldigen Sie … mein Englisch.«

»Ihr Englisch ist ausgezeichnet«, sagte Alistair.

»Sie sind … zu freundlich.«

Alistair kniete sich neben den sterbenden Mann. »Es tut mir leid.«

»Bitte lassen Sie mich gehen. Nehmen Sie mich nicht gefangen. Ich habe Angst … um meinen Sohn. Er ist … nicht kräftig, und ich habe … Angst, dass er … Entschuldigung …«

Der Mann rang nach Luft. Blutiger Schaum quoll aus seinem Mund.

»Schon gut«, sagte Alistair. »Schon gut.«

»Wenn ich … gefangen werde … könnte er in der Schule … schikaniert werden … und …«

Simonson stieß Alistair beiseite und schoss dem Deutschen erneut in die Brust. Der zerstörte Mund des Mannes mahlte, als er wieder Luft holen wollte. Danach schoss Simonson dreimal hintereinander auf ihn, die Kugeln zerstörten den Bauch. Blut und Flüssigkeiten drangen durch die dunkle Fliegerjacke.

»Und …«, sagte der Mann, »und …«

»Ich habe keine Kugeln mehr«, sagte Simonson.

»Und das … Kind ist … so … so …«

Alistair zog seinen Revolver, zielte rasch und feuerte mit zugekniffenen Augen. Es war kein guter Schuss, die Kugel traf den Mann seitlich an der Stirn, riss einen Teil der Kopfhaut ab und legte den Schädel frei, ohne in ihn einzudringen. Die Wucht der Kugel hatte den Kopf zur Seite gerissen. Es war auch Alistairs letzte Kugel. Der Mann holte noch einmal Luft und noch einmal.

Alistair fiel auf die Knie und tat das einzig Mögliche, ergriff zwei Hand voll gelben Staub und drückte ihn dem Mann in den Mund. Er spürte noch immer den heißen Atem, der aus den Nasenlöchern zischte, also drückte er die Nase zu und hielt den Körper fest, bis der Kampf vorüber war.

Danach stand er auf. Alistair und Simonson betrachteten schweigend den Mann, ganz und gar nicht sicher, ob er wirklich tot war. Falls der Krieg etwas bewiesen hatte, dann, dass das Leben sich den Instrumenten, mit denen Soldaten ausgestattet waren, unerwartet heftig widersetzen konnte.

Simonson zündete sich eine Zigarette an. »Das verzeihe ich dir nicht.«

»Nein«, sagte Alistair, »das würde ich wohl auch nicht tun.«

»Wir müssen los. Wir schicken einen Begräbnistrupp, wenn wir in Bingemma sind.«

»Ich würde ihn lieber sofort beerdigen.«

Simonson schüttelte den Kopf. »Ihr werdet euch beide dadurch nicht besser fühlen.«

Die Malteser, die alles von ihren Hauseingängen aus beobachtet hatten, traten auf die Straße und klatschten ironisch Beifall. Das Geräusch hallte über den Platz, während Simonson und Alistair zurück zum Laster gingen.

Zwischen den gelben Steingebäuden nahm der kalte Nordwestwind vor der rußgeschwärzten Kirche seine Arbeit auf und bedeckte den toten Mann langsam mit Staub.

März 1941

Mary kam um zehn vor vier bei der Kirche an, der Rauch ließ es vorzeitig dämmern. Die Stadt roch nach Ziegelstaub und Holzkohle. Es war still – die Leute waren früh in die Bunker gegangen.

»Gut geschlafen?«, fragte Huw.

»Hab von Ihnen geträumt.«

»Also wirklich! Die Kleine ist schon hinten.«

Mary gesellte sich zu Hilda ins Fahrerhaus des Hillman. Auf dem Hof hinter der Kirche war die Mauer eingestürzt und gab den Blick auf ein Gelände frei, das früher Bishopsgate gewesen war. Im Nieselregen suchten Jungen in kurzen Hosen in den Ruinen nach Granatsplittern und Messing.

»Sieh dir das an«, sagte Hilda. »Sie sagen, wir werden siegen, aber wie nur?«

»Vater meint, die Stadt muss unter die Erde verlegt werden, wenn es so weitergeht.«

»Wie furchtbar.«

»Es würde wohl Lüftungsschächte und Oberlichter geben.«

»Na, dann freue ich mich schon. Bekommen wir auch Wandgemälde mit bewaldeten Tälern und Seelandschaften?«

»Betrachte es mal in einem positiven Licht«, meinte Mary. »Es könnte – «

»Unter der Erde gibt es kein Licht. Es ist einfach dunkel.«

»Dann müssen wir unser Bestes geben, mit Öllampen und religiösen Gesängen.«

»Das klingt ganz reizend. Vielleicht versuche ich mein Glück trotzdem lieber an der Oberfläche.«

»Das werden sie nicht zulassen. Auch nachdem wir gewonnen haben, sagt Vater, muss man jederzeit bereit sein. Die Gesellschaft wird durchorganisiert, und die Leute werden dort leben, wohin man sie schickt, und die Arbeit machen, die man ihnen zuteilt, und immer kampfbereit bleiben. Vater sagt, das wäre unser großer Fehler gewesen nach dem letzten Krieg. Dass wir die Leute einfach haben drauflosleben lassen.«

»Ja, das war herrlich.«

»Vater sagt, so was hält etwa zwanzig Jahre. Dann kann jeder, der halbwegs organisiert ist, alles mit uns machen.«

Mary schaltete gegen den Nieselregen die Scheibenwischer ein, und der Schutt wurde noch deutlicher sichtbar.

Hilda sagte: »Wozu soll man noch leben wollen, wenn das die Zukunft ist?«

»Wir könnten Hobbys haben.«

»Eines meiner liebsten Hobbys ist Tee. Sollen wir in die Krypta gehen und Tee trinken?«

»Kümmert dich denn die Zukunft der Zivilisation gar nicht?«

»Nein. Mich kümmert, dass Alistair meinen Brief immer noch nicht beantwortet hat.«

»Oh«, sagte Mary.

»Ich kann nicht aufhören, an ihn zu denken. Hast du überhaupt kein Mitgefühl?«

Marys Herz zog sich zusammen. »Es tut mir leid.«

»Ach, ist ja nicht deine Schuld. Komm, gehen wir Tee trinken.«

Bald heulten die Sirenen bis zu ihrem durchdringenden Cis hinauf und stürzten wieder hinab, bevor sie sich von neuem emporschwangen. Die ersten Bomben fielen, und die Nacht begann, und man schickte sie los, um die ersten Verwundeten zu holen.

Clive war schon betrunken, bevor sie losfuhren. Huw war weiß vor Müdigkeit. Sie luden zwei Verstorbene ein und waren auf halbem Weg zum Leichenschauhaus, als in einer Kurve beide Leichen vom Dach auf die Straße flogen. Clive und Huw hatten vergessen, die Tragbahren festzuschnallen. Die Männer schickten sich an, die erste Leiche einzusammeln, und wollten sie auf das Kommando eins, zwei, drei anheben, stellten aber – nach zwei Versuchen und einem längeren wirren Intermezzo vor den Schlitzscheinwerfern des Wagens – schließlich fest, dass Clive die Arme der einen Leiche und Huw die Beine der anderen angehoben hatte. Mary sah zu, wie sie fluchend von vorn begannen.

Sie sagte so leise wie möglich: »Ich habe Alistair geschrieben.«

Hilda sah starr geradeaus und schwieg.

»Tut mir leid. Falls das etwas zählt.«

»Es tut dir leid …«

»Ich habe einen Zeitraum abgewartet, der mir anständig erschien. Ich hätte ihm nicht geschrieben, wenn ich gedacht hätte, ihr kämt zusammen.«

Hilda schaute noch immer geradeaus. »Wer hat zuerst geschrieben? Du oder er?«

Mary legte den Kopf aufs Lenkrad. »Ich nehme es dir nicht übel, dass du wütend bist.«

»Wütend ist nicht das richtige Wort. Du machst das, seit wir Kinder waren.«

»Ich weiß. Es tut mir leid, Hilda.«

Im nutzlosen Scheinwerferlicht bugsierten die Männer eine Leiche auf die Bahre. Dann hoben sie die Bahre so ungeschickt an, dass die Leiche wieder herunterrollte.

»Bei jeder Party bist du mit dem nettesten Mann weggegangen. Und der zweitbeste Junge, den ich geküsst habe, hat die Augen zugemacht und dabei an dich gedacht.«

»Ich verspreche, es kommt nicht wieder vor.«

»Ach, ist Alistair der Letzte, den du mir wegnimmst?«

»Ich wollte nicht, dass das passiert.«

»Wann hast du es gemerkt?«

»Als ich ihm die Tasche zum Bahnhof gebracht habe.«

»Du hast ihn also doch geküsst.«

»Nein.«

»Hat er deine Hand gehalten?«

»Nein. Ich war noch mit Tom zusammen, hast du das vergessen? Du weißt nicht, wie es war.«

»Wieso? Meinst du etwa, ich wäre noch nie verliebt gewesen? Ich habe diese Gefühle auch, Mary. Ich mag hoffnungslos sein, aber ich habe sie. Nur bist du immer rechtzeitig zur Stelle – stimmt's? –, um mich vor der Liebe zu bewahren.«

Mary schloss die Augen. »Bitte entschuldige.«

Hilda sagte nichts. Eine Swingmelodie erklang am Rand von Marys Bewusstsein, irgendwo im weißen Rauschen: eine Phantommelodie. Niemand schlief.

Als die Leichen wieder aufgeladen waren, fuhr Mary zum Leichenschauhaus. Es dauerte eine Ewigkeit, alles vom Dach zu holen, da die Männer diesmal auf Nummer sicher gegangen waren und die Bahren besonders gut befestigt hatten. Ihre kalten Hände kämpften mit den Knoten. Mary konnte nur mühsam verhindern, dass ihr Kopf aufs Lenkrad sank.

»Es wird schwerer«, sagte Hilda.

»Was?«

»Zu glauben, dass man das ertragen kann.«

Sie musste entweder ihre Freundschaft oder die Bomben meinen. Zehntausende waren gestorben, und wer übrigblieb, war krank vor Elend. Dies war eine Eigenschaft des Krieges, vor der einen niemand warnte: dass der Tod die Krankheit der Lebenden war, ein Gift, das sich im Körper sammelte.

Als Clive und Huw schließlich die leeren Tragbahren wieder aufs Dach geschnallt hatten, fuhr Mary zur Kirche zurück. Sie waren alle zu müde, um in den Keller zu gehen. Sie blieben einfach sitzen und hörten Musik auf Toms Aufziehgrammophon, das Mary jetzt im Wagen deponiert hatte. Clive reichte eine Flasche herum. Sie schickten sich an, so betrunken zu werden, dass sie die Arbeit tun konnten, die auf sie wartete, aber nicht so betrunken, dass sie sie nicht mehr tun konnten. So weit das Auge reichte, erstreckten sich Trümmer im orangefarbenen Feuerschein.

»Für dich ist es in Ordnung«, sagte Hilda. »Aber ich habe niemanden.«

»Du wirst jemanden finden. Warte nur ab.«

»Wenn du dich bloß selbst hören könntest.«

Die Traurigkeit versteinerte.

Der Postenchef klopfte mit einer neuen Adresse ans Fenster. Mary nahm die Nadel des Grammophons herunter und fuhr los. Hilda lehnte den Kopf ans Beifahrerfenster und sah den Flakgeschossen zu.

Ihr Ziel war in Farringdon, weit weg von ihrem üblichen Revier, und als sie ankamen, wimmelte es schon von Krankenwagen und Feuerwehr. Ein Bürogebäude war über dem Luftschutzkeller darunter eingestürzt, die Trümmer standen in Flammen. Die Rettungsmannschaften hatten einen Zugang zum Keller freigelegt, und Clive und Huw schlossen sich ihnen an, um die Verwundeten herauszuholen. Die Feuerwehrleute hatten die Schläuche auf den dampfenden Schutt rund um den Tunnel gerichtet, und die Krankenträger kamen durchweicht heraus.

Hilda nahm die Medikamententasche und ging wortlos hinüber. Nach einer Minute konnte Mary es nicht mehr ertragen und folgte ihr. Der Zugangstunnel begann unter einer gebogenen stählernen Oberschwelle und führte eine steile Treppe hinunter, die sich mit Schutt gefüllt hatte, als das Gebäude einstürzte. Man hatte sie so weit freigelegt, dass man gebückt nach unten gehen konnte. Vom Dach des Tunnels strömte eiskaltes Wasser.

Das schwache Licht der Flammen ergab sich der Dunkelheit, die nur noch von einigen Taschenlampen durchbrochen wurde. Mary schürfte sich die Knie an scharfen Trümmern auf und prallte mit dem Helm so heftig gegen einen Balken, dass sie einen Moment lang wie betäubt war. Rufe drangen aus der Dunkelheit. Sie zwang sich, weiterzugehen.

Der Tunnel mündete in etwas, das Mary für einen großen Wassertank hielt, in dem aus irgendeinem Grund die Rettungsleute im wirren Schein der Taschenlampen bis zu den Oberschenkeln durchs Wasser wateten.

»Wo ist der Bunker?«, fragte sie einen der Männer.

»Na, hier.«

Sie musste ihn verständnislos angesehen haben, denn er sagte: »Das ist Löschwasser. Alles überflutet.«

Die Überlebenden hatte man wohl schon hinausgebracht, hier unten waren nur noch Helfer. Mary sah, wie sie ins schwarze Wasser tauchten, lange unten blieben und keuchend wieder hochkamen.

Hilda kam zu ihr gewatet. »Sie suchen nur noch nach Leichen. Lass uns gehen.«

Mary machte einen Schritt nach vorn, als plötzlich etwas Schweres von hinten gegen ihre Beine prallte und sie nach unten stieß. Sie landete auf den Knien, bis zur Brust im Wasser. Hilda ergriff ihren Arm, um sie hochzuziehen. Mary wollte aufstehen, aber sie konnte nicht. Im kalten Wasser ging ihr Atem in keuchenden Stößen.

Hilda schob die Hände unter ihre Achseln. »Komm schon, steh auf. Wir sind alle erschöpft.«

Mary tastete mit den Händen nach ihren Beinen. Etwas wie ein schwerer Balken – anscheinend ein Metallträger – drückte in ihre Kniekehlen. Ihre Kniescheiben bohrten sich in den unebenen Schutt auf dem Boden. Sie stemmte sich gegen das Metall. Es rührte sich nicht. Ihre Knie sanken nur noch tiefer in den Schutt, es tat weh. Sie griff nach unten und tastete an dem Träger entlang nach links und rechts, doch er war länger als die Spanne ihrer Arme.

Ein Helfer platschte durchs Wasser und leuchtete mit der Taschenlampe. »Alles in Ordnung hier?«

»Es tut mir sehr leid. Ich scheine eingeklemmt zu sein.«

Sie lächelte, denn das war alles, was man in einer peinlichen Situation tun konnte. Der Helfer ließ Hilda die Lampe halten, während er sich neben Mary kniete und an dem Träger zerrte. »Das Ding sitzt ganz schön fest, was? Haben Sie Schmerzen?«

»Nur wenn ich mich bewege. Albern, nicht?«

»Schön ruhig bleiben, meine Liebe, wir bringen das in Ordnung.«

»Vielen Dank«, sagte Mary. Bis der Mann gesagt hatte, sie solle ruhig bleiben, war sie gar nicht auf den Gedanken kommen, dass es Grund zur Beunruhigung geben könnte.

Hilda hielt ihre Hände. Weitere Helfer kamen dazu und tauchten, holten hier und da einen Ziegelstein oder eine Stange nach oben, doch was immer sie festhielt, war zu schwer, um es anzuheben. Mary bekam mit, dass der Träger an beiden Seiten in Beton gegossen und der Beton wiederum unter anderen Trümmern begraben war. Sie bemerkte, wie nervös die Männer klangen, und wie sehr sie sich bemühten, ihr keine Angst zu machen.

Dann gingen sie methodisch vor, tasteten unter Wasser nach Blockaden, versuchten herauszufinden, wie man den Träger bewegen konnte. Das Geräusch plätschernden Wassers klang laut durch die Stille. Hilda löste ihre Haarklammern und steckte Marys Haare nach hinten, damit sie ihr nicht in den Mund rutschten.

»Sei ein Schatz und kümmere dich danach um meinen Lippenstift«, sagte Mary zähneklappernd.

»Du hältst dich gut.«

Das Wasser im Keller stieg – wie Mary jetzt klar wurde – um etwa zwei Zentimeter pro Minute. Seit sie hier kniete, war es von ihrem Brustbein bis zum Halsansatz gestiegen. Es strömte jetzt stärker von der Decke, da der Schutt darüber gesättigt war. Einige Helfer wateten hinaus, und Mary schaute ihnen in Panik nach, bis jemand erklärte, sie würden Pumpen aufstellen.

»Was können wir tun?«, fragte Mary.

Hilda schaute sie seltsam an. »Nur das.«

Mary begann zu kämpfen. Sie stemmte sich so fest sie konnte gegen den Träger, ohne sich um den Schmerz zu kümmern, mit dem das Metall in ihre Waden schnitt. Bäumte sich auf und warf sich hin und her, und als die Helfer ihre Arme festhielten, wehrte sie sich auch dagegen. Das Wasser floss in Sturzbächen von der Decke.

Als es ihren Mund erreichte, legte Mary den Kopf in den Nacken, um ihr Gesicht frei zu halten. Das Wasser stieg bis zu ihren Ohrläppchen.

Hilda drückte ihre Hände, bis sie wieder ruhig war. Im flackernden Licht der Taschenlampen sah Mary ihren Blick. Und begriff, dass das Allerschrecklichste mit ihr geschehen würde. Die Traurigkeit kam. Wurde stärker. Das Wasser war jetzt über ihren Trommelfellen, dämpfte die Geräusche der Helfer, die letzte, verzweifelte Versuche unternahmen.

Mary fühlte sich unerträglich elend, weil Kenneth Cox gestorben war. Seine Stimme lebte noch – das war das Schlimme. Niemand konnte dem Jungen jetzt sagen, er solle leiser reden, und so brüllte er noch immer, irgendwo in der unmöglichen Musik, die sie durchflutete. Die Trauer strömte aus den Feuerwehrschläuchen auf sie herunter.

»Es ist alles nur ein Traum«, sagte Hilda. »Schsch, es ist nur ein Traum.«

»SCHSCH!«, brüllte Kenneth. »Es! Ist! Nur! Ein! Traum!«

Es war eine Qual, dass er nicht mehr da war, eine Qual, dass die hübsche Beryl Waldorf stumm und ungetröstet gestorben war, eine Qual, dass Betty Oates noch immer lächelte, selbst wenn Mary die Augen schloss. Sie bog den Oberkörper vor und zurück. Sie kämpfte gegen den Träger, der sie niederdrückte, und es war mehr, als sie ertragen konnte, viel mehr, und sie begriff, dass sie nie wirklich an den Tod geglaubt hatte – weder daran, wie schnell er einen traf, noch wie unergründlich traurig er war –, bis zu diesem Moment, in dem er plötzlich da war.

Sie stöhnte in der Dunkelheit, und dann spürte sie einen scharfen Kratzer, als Hilda in ihren Arm stach, durch den Stoff ihrer Jacke und Bluse, mit der Nadel einer Morphin-Syrette.

Hilda schaute ruhig auf sie herunter. »Schsch. Nur … ein … Traum.«

Nach einer Minute hatte Mary ihren Atem unter Kontrolle, und die Kälte des schwarzen Wassers war vergangen. Wärme breitete sich vom Bauch bis zu ihrem Rückgrat aus. Das Gefühl war fremd und doch vollkommen vertraut und gut. Sie spürte Hildas Hände, die ihr Gesicht hochhielten. »Alles gut.«

Es war Mary immer noch bewusst, was mit ihr geschehen würde, doch nur so, wie man sich eines Kreuzworträtsels bewusst ist. Es war etwas Schwieriges, mit dem man sich beschäftigte oder eben nicht. Das Morphium war pure Erleichterung, und sie begriff, dass die Droge eine simple und gnädige Sache war, ebenso angemessen wie ein Verband für eine Schnittverletzung.

»Besser?«, fragte Hilda.

Mary vermutete, dass es eine Antwort darauf gab. Das Wasser reichte ihr fast bis zu den Lippen. Wie hübsch Hilda war, wie leuchtend und beständig im unsteten Schein der Taschenlampen. Mary sah ihre Freundin an, die Debütantin, die sich daran gewöhnt hatte, mit keinem anderen Schutz als Armbinde und Blechhelm durch den Bombenhagel zu laufen und die Leichen von Fremden heimzubringen.

Mary kam es vor, als hätte Hilda eine ganz einfache Frage gestellt. Gewiss konnte sie darauf antworten. Als das erste Rinnsal in ihren Mund lief, schmeckte das Wasser ziemlich seltsam. Wie kalt es war, wie scharf von Ruß und Ziegelstaub. Wie seltsam, dass London in sie einsickern wollte. Sie lächelte, doch dabei strömte das Wasser herein, sie sollte wohl besser den Mund schließen und durch die Nase atmen, solange sie noch konnte.

Wie herrlich jeder Atemzug war. Wie sonderbar, dass man es nie zuvor bemerkt hatte.

Sie war sich sicher, dass Hilda sie etwas gefragt hatte.

Mit dem Morphium erkannte sie – und wie offensichtlich das doch eigentlich war –, dass jeder Atemzug vollkommen war. Dieses Wissen war immer da gewesen, unbemerkt und ganz eindeutig. Wie sonderbar, dass man es nie gesehen hatte. War das eine spezifische Unfähigkeit, gab es einen toten Winkel im Verstand? Oder übersah man es, weil es sich so gehörte? Es wäre sicher nicht sehr wohlerzogen, umherzulaufen und dauernd zu bemerken, dass jeder Atemzug herrlich war. Sie kicherte, und das Wasser flutete herein, bis sie den Mund wieder schloss.

Der qualvolle Tod ihrer Kinder dröhnte noch immer in einer unverminderten Kakophonie – ja, sie war sich dessen vollkommen bewusst –, doch das Leid war nicht länger ihres allein. Es war einfach da: Man konnte es deutlich hören und ihm gefasst lauschen und die einzelnen Stimmlagen und Noten erkennen, die großen Motive und kleineren Phrasen voneinander unterscheiden. Sie trauerte um jeden stillen Seufzer, den Beryl Waldorf ausgestoßen hatte. Jeder ängstliche Ton in Thomas Essoms Stimme zerriss ihr das Herz. Sie hörte jede harmonische Schwingung im Quietschen der Kreide, als sie Toms Namen hinter ihren eigenen an die Tafel schrieb. Natürlich: Niemand starb wirklich. Das Leben verweilte. Jeder Atemzug würde ewig bestehen, eingeschrieben in die Erdschichten der Stadt. Und eben weil das so offensichtlich war, erschien es plötzlich unbegreiflich, dass der Feind sich die Mühe machen sollte, hochexplosives Material in ein Metallgehäuse zu packen, es unter heftigen Kämpfen durch die Luftabwehr zu schaffen und aus zwanzigtausend Fuß Höhe über einer Stadt der Unsterblichen abzuwerfen.

Hilda sah sie mit fragend hochgezogenen Augenbrauen an, und Mary begriff, dass dies schon länger der Fall war, vielleicht schon ewig. »Besser?«, fragte Hilda noch einmal oder vielleicht war es noch das erste Mal: Das Wort löste sich im Grundwasser der Stadt auf, das Wort ohne Ende.

Mary kämpfte darum, den Mund in der Luft zu halten. »Ja, danke. Viel besser.«

Hilda schien den Tränen nah.

»Es tut mir leid, dass ich nicht netter zu dir war«, sagte Mary.

»Oh, es muss dir nicht leidtun, es …« Hilda schaute nach oben ins Schwarz. »Es …«

Mary sah, wie der unvollendete Satz in die Nacht hinaufschwebte und dort zur Ruhe kam, in leuchtenden Punkten am äußersten Rand des Himmels schimmerte. Denn so waren ja die Sterne entstanden: ein jeder das Ende eines unvollendeten Gedankens, ein jeder eine Antwort, die man schon immer gekannt hatte. Natürlich wusste sie, dass dies nicht der Himmel und die Sterne waren, nur die Taschenlampen der Helfer und die schwarze Kellerdecke, aber sie wusste auch, dass es ein und dasselbe war.

Und dann begriff sie – als das schwarze Wasser über ihre Nase und die Augen stieg, als das Licht der Sterne im Wasser verschwamm –, dass dieser Atemzug ihr letzter war. Sie lächelte, atmete aus und versank.

Hilda drückte ihre Hände. Natürlich, sie beide hatten einander immer gekannt. Sie waren eine Person – sie und Hilda und

Alistair und Tom. Sie waren zu weit in die unerträgliche Dunkelheit gegangen und glitzerten nun dort, zu weit auseinander, um einander Trost zu spenden, aber auch nicht so verstreut, dass ein gottgleiches Auge sie nicht zum Sternbild machen konnte.

Die Nacht dauerte einen Moment, dann ewig.

In der Dunkelheit zeichnete sich Hildas Gesicht vor den Taschenlampensternen der Retter ab, kam durch das Wasser auf sie zu. Hildas schwarze Haare schwebten in Strähnen vor dem Licht. *Jetzt muss sie sich neu frisieren lassen*, dachte Mary. *Warum versinkt sie mit mir zusammen?*

Und dann drückte Hilda die Lippen auf ihre, und Hildas Finger hielten ihr die Nase zu, und Mary spürte, wie Hildas Atem, scharf vom Tabak und unsagbar vollkommen, in sie strömte. Der Atem blieb in ihr, schimmernd und wundervoll. Mary behielt den Atem in sich, bis das Leben aus ihm gewichen war, und schickte ihn dann an die Oberfläche. Sie sah, wie die silbernen Blasen vor dem Licht nach oben stiegen. Gleich darauf kam Hildas Mund wieder herunter und atmete erneut in sie hinein.

Wieder und wieder atmete Hilda, und Mary lernte, nur zu atmen, wenn Hilda die Lippen auf ihre drückte. Wie lange das so ging, und wie still. Als das Wasser schließlich sank und die Wörter in die Welt zurückkehrten und sie Hilda sagen hörte, sie müsse jetzt allein atmen, war Mary so abhängig von Hildas Lippen geworden, dass sie zuerst gar nicht wagte, ohne sie zu atmen. Sie presste ihr Gesicht an Hildas, klammerte sich an sie, und Hilda musste sie ein paarmal sanft wegschieben, bis Mary begriff, dass ihr Mund wieder über Wasser war.

Der Wasserspiegel ging zurück. Die Helfer hatten es geschafft, die Ansaugleitungen der Löschwagen in den Keller zu verlegen, und pumpten ihn jetzt rasch trocken. Mit einem Hydraulikheber hoben sie den Träger, unter dem sie eingeklemmt war. Sie legten sie auf eine Tragbahre, wickelten sie in Decken und brachten sie nach oben. Hilda schrieb ihr mit Fettstift den Buchstaben M auf die Stirn.

Die Leute sagten, sie habe viel Blut verloren. Mary hörte es durch die träge Verzerrung, die das Morphium erzeugte, aber es fiel ihr schwer, einzelne Wörter zu verstehen. Der Träger hatte wohl ihr linkes Bein verletzt, das nun blutete. Alle bewegten sich jetzt schneller, sie sah sie hin und her eilen. Wie komisch sie aussahen. Weil sie nicht begriffen, dass man nur Luft brauchte. Nur diesen einen perfekten Atemzug; dann diesen; dann den nächsten. Hilda band ihr Bein ab. Wie albern. Sie wickelten sie in weitere Decken, und dann hoben Clive und Huw ihre Tragbahre auf das Dach des Hillman. Jemand fuhr, unmöglich schnell. Der Hillman quietschte und schlingerte. Mary dachte, *hoffentlich haben sie nicht vergessen, die Welt an mir festzuschnallen.*

Hier war der indigoblaue Himmel, voll lärmender Sterne. Mary schaute zu ihnen hinauf, zu den ungelöschten Milliarden. Wie couragiert sie verblassten. Ohne viel Aufhebens und immer schneller verloren die Sterne ihre Helligkeit. Und als sie sich verdunkelten, wurden freundlich und allmählich und still die Sterne und die Nacht eins. Es ging ganz sanft. Als Letztes blieb der Klang – irgendwie schön – des letzten verirrten feindlichen Bombers, der heimwärtsdröhnte durch die Luft, die immer da gewesen war. Die Luft, die nun still wurde, die noch da sein würde, nachdem er verschwunden war. Die zeitlose Luft, kaum aufgestört durch seinen Flug.

April 1941

Der Scirocco wehte Staub von Afrika herüber. Selbst mittags warf die Sonne ein rotes Licht über die Insel. Der Wind wehte sechs Tage lang, so trocken, dass nackte Haut rissig wurde wie gebrannte Erde, und so heftig, dass die ausgemergelten Kinder sich nicht dagegenstemmen konnten und in den zerstörten Gassen von Nische zu Nische taumelten. Die Steinchen, die der Wind mit sich trug, scheuerten ihre Beine auf, bis sie bluteten.

Das Meer war gerippt und verfärbt vom Staub. Die Kämme der Wellen, die sich an der Südwestküste brachen, erblühten karmesinrot unter dem verdunkelten Himmel, ihre Täler waren purpurn. Die Inselbewohner schleppten ihre Fischerboote durch die letzten verbliebenen Korridore zwischen Minen und Stacheldrahtverhau den Strand hinauf. Im roten Licht rollten sie die Segel ein, falteten die verschlissenen Netze und beschwerten sie mit Steinen.

In Fort Bingemma zerrte der Wind den Himmel über die unverglaste Schießscharte in Alistairs Zimmer. Er verschloss sein Bewusstsein vor dem Geheul und entfernte den Verband von seiner rechten Hand, wo ihn der Flieger gebissen hatte. Der Mull ließ sich ohne Schmerzen lösen, zog aber klebrige, gelbe Fäden. Es roch nicht gut – doch hier roch gar nichts gut, sagte sich Alistair. Nach einem Jahr Belagerung war alles auf der Insel verdorben, einschließlich des Wassers, mit dem man sich wusch.

Die ganze Handkante war jetzt verschwunden, nachdem der

Arzt des Forts immer mehr entfernt hatte. Die Infektion wollte sich nicht herausschneiden lassen. Sein kleiner Finger ließ sich nicht mehr bewegen, während der Ringfinger in einem langsamen Rhythmus zuckte, den Alistair nicht selbst dirigierte. Im tiefsten Teil der Wunde schimmerte undeutlich eine Sehne. Zum Glück war das Licht so schlecht.

Mit der linken Hand schlug Alistair eine Dose Sulfa-Puder auf den Tisch, um die Klumpen darin zu zerkleinern. Er streute eine Prise davon in die Wunde. Sein Kopf schwärte. Die Kopfschmerzen waren übelkeiterregend, zogen sich durchs Rückgrat bis hinunter in die Leber. Das Fieber schüttelte ihn. Der Körper konnte sich kaum noch wehren. Nicht wenn das Brot zu einem Viertel aus Sägemehl bestand und das einzige Wasser aus dem Schlamm am Grund des Brunnens kam.

Als er aufstand, um die Dose ins Regal zu stellen, sah er Sterne. Von ihm war wenig geblieben. Von ihnen allen. Offiziere und Soldaten schleppten sich in Uniformen herum, die ihnen drei Nummern zu groß waren, in alle Gürtel wurden neue Löcher gestanzt, alle Kragen saßen lose. Sie waren eine Garnison aus dürren Jungs, die ein Soldatenstück aufführten. Es hätte ihn nicht überrascht zu entdecken, dass Bartstoppeln und Narben mit Schminke aufgemalt waren.

Fingernägel bluteten. Alle husteten. Seit Wochen starrten die Männer von der Brustwehr auf die Terrassen hinunter, die sich über den Steilhang zogen. Dort wurden unter strenger Aufsicht die Feldfrüchte für die Rationen der Insel geerntet. Es war für die hungernden Männer kaum auszuhalten, dass sechzig Fuß unter ihnen Mandeln und Aprikosen reiften. Die Garnison hatte inzwischen Spitznamen für jeden Bauern, jede Terrasse, jeden Baum. Die Artilleriebeobachter der Batterie benutzten ihre Spezialferngläser mit Neigungsmesser, die auf von Sandsäcken gestützte Stative montiert waren, um das Heranreifen jeder einzelnen Feige zu überwachen, gaben ihr eine Nummer im militärischen System und führten Buch über den Tag, an dem sie geerntet würde.

In letzter Zeit hatten die Männer den Früchten militärische Ränge verliehen: Die Birne mit dem fetten Hintern war ein Major, die selbstgefällige Pflaume ein Brigadier. Wenn geerntet wurde, salutierten sie vor den Lastwagen, die zum Lagerhaus fuhren. Aß ein Bauer hinter einer Mauer eine Tomate, wussten es die Männer. Sie reihten sich auf der Brustwehr auf und schlugen empört Topfdeckel aneinander. Und noch immer stand Toms Glas mit Brombeermarmelade ungeöffnet vor der Schießscharte in Alistairs Zimmer. Wenn er es öffnete, würde der Staub in alles eindringen, das ihm wichtig war.

»Ich denke mal, du wirst die Hand verlieren, was?«

Simonson war in der Tür aufgetaucht. Er betrachtete Alistairs Wunde. Alistair nahm einen sauberen Verband und wickelte ihn darum.

»Wenn ich sie verliere, kannst du kommen und den Stumpf anglotzen.«

»Ich finde, du solltest mich ›Major‹ nennen.«

Alistair zog müde eine Augenbraue hoch. »Im Ernst? Sie haben dich zum Major gemacht?«

»In ihrer unergründlichen Weisheit. Sobald sich ein Konvoi mit zwei kleinen Messingabzeichen durchkämpfen kann, wirst du sie auf diesen Schultern sehen.«

»Was ist mit Anderton?«

»Ich habe nie geglaubt, dass er zum Major taugt, du etwa? Außerdem ist er letzte Nacht umgekommen. Sein Wagen ist bei Valletta ins Meer gestürzt – der Wind hat ihn glatt von der Straße geweht.«

»Früher mochte ich deinen Sinn für Humor.«

»Ich könnte mir so was nicht ausdenken. Nach alldem hier – vom Wind getötet. Stell dir vor, du musst das der armen Frau schreiben.«

»Ich nehme an, sie werden es ›im Einsatz gefallen‹ nennen.«

»Und dass er sich verdient gemacht hat et cetera.«

»Also dann«, sagte Alistair und salutierte mit der verbundenen Hand. »Major.«

Simonson erwiderte den Gruß. »Heath.«

»Du hast jetzt den Befehl über die Batterie?«

»Sie gehört mir, mir allein, mein Alter. Logan übernimmt meinen Trupp. Du kannst deinen behalten, wenn du möchtest. Oder ganz schnell die Hand verlieren, dann schicke ich dich mit dem nächsten verfügbaren Schiff nach Hause. Mit etwas Glück werdet ihr torpediert.«

Alistair bemühte sich, jeden Ausdruck aus seinem Gesicht zu verbannen.

»Hätte sich dieser Hunne bloß die Zähne geputzt«, sagte Simonson.

Alistair wünschte, er würde gehen. Simonson stöberte im Zimmer, nahm Bücher in die Hand und las die Titel. Er zeigte auf ein Regal, in dem Alistair Flaschen mit Terpentin und Farbverdünner aufbewahrte. »Was ist das?«

»Damit reinige ich die Wunde.«

Simonson zog den Stöpsel aus einer Flasche Azeton, roch daran und zuckte zurück.

»Herrgott! Wenn du das in deine Wunde kippst, fängt sie Feuer. Wofür benutzt du es wirklich?«

»Ich betanke damit eine Schwadron winziger feindlicher Bomber, auf die meine Männer zur Übung mit Miniaturflaks schießen. Danach machen wir Tee in unserem Puppengeschirr.«

»Ach komm. Mal ehrlich.«

»Ich restauriere ein Gemälde, Sir. So wie vor dem Krieg, Sir.«

»Das war in einem anderen Leben. Was meinst du, ob die Tate noch steht?«

»Kann ich nicht sagen.«

»Wer kann das schon? London könnte in Schutt und Asche liegen, ohne dass wir es wissen. Es könnte ein Ministerium für Schriftverkehr geben, das die Briefe unserer Freundinnen fälscht.«

Alistair versuchte, nicht darüber nachzudenken. Er hatte seit einem Monat nichts von Mary gehört. Eine Zeit lang hatte sie ihm täglich geschrieben, und dann, ganz plötzlich, nicht mehr. Alle anderen hatten Post bekommen. Dann und wann wurde ein Postflugzeug abgeschossen, aber es war unwahrscheinlich, dass kein einziger Brief von Mary durchgekommen sein sollte.

Simonson betrachtete den Farbverdünner. »Was restaurierst du denn?«

»Nicht weiter wichtig. Einheimischer Künstler.«

»Na los, ich würde es gerne sehen.«

»Tut mir leid, es ist privat.«

Simonson schloss flüchtig die Augen. »Alistair, es ist Wochen her. Wir hatten eine kleine Kabbelei. Na und?«

»Ich habe dich in eine unhaltbare Lage gebracht.«

»Nein, du hast getan, was anständig war. Es tut mir leid, dass ich dir nicht eher zu Hilfe gekommen bin.«

Sie reichten sich die Hand – Alistair musste die linke benutzen –, während roter Sand durch die Schießscharten wehte. Simonson hielt Alistairs Hand eine halbe Minute fest, bevor er sie losließ. »Früher war ich nicht so ein Idiot, weißt du.«

»Wir haben uns alle verändert. Ich zum Beispiel war mal Ginger Rogers.«

»Das erklärt, warum die Männer so auf dich stehen.«

»Das Bild liegt unter dem Bett. Falls es dich wirklich interessiert.«

»Hol es raus.«

»Hol es doch selber, fauler Hund.«

Simonson kauerte sich neben die Pritsche und zog das Bild heraus. Er wickelte es aus und stellte es aufs Bett. Es war eine

Madonna mit Kind im Stil Caravaggios – die Frau in einem karmesinroten Kleid, das Kind mit bernsteinfarbener Haut, das strenge Chiaroscuro durch eine Rußschicht abgeschwächt. Der vergoldete Rahmen maß einen Meter mal eins zwanzig und war an der linken Seite, von der das Licht auf das Gemälde fiel, blasig und verkohlt. Das Bild vermittelte den Eindruck eines friedlichen Augenblicks, beschienen von der Restwärme einer Katastrophe.

»Wo hast du das her?«

»Es wurde aus der Kirche gerettet, in die das Flugzeug gestürzt ist.«

»Du bist noch mal hingefahren?«

»Der Priester hat es mir zum Restaurieren gegeben.«

»Als Buße?«

»So in der Art.«

Simonson trat an die Schießscharte und schaute hinaus, die Hände in den Taschen. »Du weißt, dass wir den Feind töten dürfen? Dass es sogar gern gesehen wird?«

Alistair sagte nichts. Sein Kopf pochte, und das Fieber kroch ihm den Rücken hinunter. Er wusste nur, dass es ihm guttat, das Gemälde wiederherzustellen. Er mochte das leicht verärgerte Lächeln der Madonna, als hätte jemand etwas nicht sehr Wichtiges umgestoßen, das nun aufgekehrt werden musste. Als hätte sie gerade eben leise vor sich hin geflucht. Er mochte die honigfarbene Haut des Kindes, die Farbe, die nicht vom Wind abgescheuert oder durch Erschütterungen rissig geworden war. Er mochte den sauberen Geruch des Farbverdünners, der den tristen Rußgestank vertrieb.

»Es ist ein schönes Bild«, sagte Simonson.

»Nicht wahr?«

Die beiden standen da und betrachteten es.

»Man vergisst«, sagte Simonson.

»Vergisst was?«

Er wedelte gereizt mit der Hand. »Ich weiß nicht. Frauen. Licht. Ach, mach weiter.«

Er wandte sich zum Gehen. Der Wind heulte und ließ den Turm erbeben.

Alistair sagte: »Ich habe nichts von Mary gehört.«

Simonson machte einen Schritt zurück in den Raum. »Dafür gibt es eine plausible Erklärung. Sie hat erkannt, wie hässlich du bist.«

»Hast du von deinen gehört?«

»Ach, Alistair, die schreiben mir ohne Unterlass und ohne Verstand. Ich weiß Bescheid über die Speisekarte bei Black's und die Kleider bei McIntie. Ich bin bestens über die neuesten Modeausdrücke informiert und dass das Wort ›Krieg‹ déclassé ist – den bezeichnet man nun als ›die Unannehmlichkeit‹. Wie du siehst, weiß ich alles, nur nicht, was ich ihnen antworten soll. Ich kann schlecht zurückschreiben, dass wir nur noch Haut und Knochen sind. Dass der Feind uns mit einem scharfen Blick ins Meer befördern könnte.«

»Vielleicht solltest du ihnen schreiben, wie es ist, und damit die Spreu vom Weizen trennen.«

»Drei Frauen zu haben passt mir gut. Man muss schon ein ziemlicher Trottel sein, um sich für eine zu entscheiden. Ich weiß gar nicht, warum du so gut darin bist.«

Später führte Alistair seinen Trupp unter dem ungestümen Himmel zur Gartenarbeit in den Festungsgraben. Die Viktorianer hatten den vorhandenen Graben belassen, die Wälle erhöht und so das Fort errichtet, das den westlichen Teil der Victoria Lines verteidigte, die wiederum den Grand Harbour – den Mittelmeerstützpunkt der viktorianischen Royal Navy – gegen eine Landinvasion von Norden schützten.

Wie Alistairs Männer oft und gern herausstrichen, war der Festungsgraben wie geschaffen, um etwas, das nicht länger existierte, gegen etwas zu schützen, das nie wieder geschehen würde. »Gut, ihr Schlauköpfe«, sagte Alistair, »dann könnt ihr ebenso gut Kartoffeln drin pflanzen.«

Er teilte seinen Trupp in die vier Geschützmannschaften ein, wie er es seit zwei Wochen täglich machte, und schickte jede aus sieben Mann bestehende Gruppe los, um einen Streifen Erde umzugraben und Kartoffeln zu setzen. Er schätzte, dass man während einer zweistündigen Schicht, die von vier bis sechs Uhr nachmittags dauerte, einen Abschnitt von etwa dreißig Meter Breite kultivieren konnte. Mehr als zwei Stunden Arbeit erlaubten die Rationen nicht. Auch so schaute Alistair während der Arbeit bisweilen in die hageren Gesichter seiner Männer und auf ihre hervorstehenden Rippen und stellte dann fest, dass seine Uhr wohl nachging. Gewöhnlich verkündete er um Viertel vor, es sei jetzt sechs.

Heute war es so schlimm wie noch nie. Die Männer schwitzten und fluchten im blutigen Licht, während der Staubsturm über dem Festungsgraben kreischte. Die ausgedörrte Erde widersetzte sich den Spaten und musste mit Hacken gelockert werden, bevor man die Klumpen in Säcke stecken und gegen die Steinmauern des Forts schlagen konnte. Erst dann erinnerte das Zeug entfernt an Erde. Und kaum waren die kostbaren Saatkartoffeln in die flachen Furchen gesetzt und mit dem fauligen Wasser aus der Küche und dem Urin der Männer gewässert, backte alles sofort wieder hart zusammen. Schwer zu glauben, dass in Terrakotta etwas wachsen konnte.

Alistair konnte mit seiner verletzten Hand nicht helfen. Er machte sich so nützlich wie möglich, brachte den Männern Wasser und dachte sich kleinere Aufgaben für die Schwächeren aus, um ihnen ein wenig Erleichterung zu verschaffen. Um kurz vor fünf stießen die Männer beim Graben auf etwas anderes als Fels. Als Alistair die tiefe Öffnung sah, befahl er dem gesamten Trupp, fünfzig Meter wegzutreten.

Die Hacken hatten einen Hohlraum freigelegt, in dem sich

ungezündetes explosives Material befinden konnte. Die Öffnung war etwa einen Meter breit, und Alistair trat vorsichtig an den Rand. Er legte sich flach hin, schaute in das Loch hinunter und wartete, bis sich seine Augen an die Dunkelheit gewöhnt hatten. Auch hier, im Wind, konnte er seine Hand riechen.

Jetzt konnte er den Boden des Lochs sehen, es war nicht tief. Er ließ sich vorsichtig hinunter. Seine Füße berührten den Grund, während Kopf und Schultern noch über der Erde waren. Er bedeutete den Männern, zurückzubleiben, und duckte sich unter die Oberfläche. Mit hämmerndem Kopf wartete er, bis ihm die Galle nicht mehr in die Kehle stieg. Nun, da ihn die Männer nicht sehen konnten, erlaubte er sich, einen Moment die Augen zu schließen, um wieder zu sich zu kommen.

Er zündete ein Streichholz an. Knochen schimmerten auf. Die Grube war klein, nicht mehr als anderthalb Meter lang. Es waren menschliche Knochen, drei Skelette, von Ost nach West ausgerichtet, die Füße zum Sonnenuntergang. Sie hatten weder Schädel noch Hände. Alistair kauerte auf Rippenknochen, die unter seinen Schuhen knackten.

Es war die vierte solche Grube, die sie im Festungsgraben entdeckt hatten. Diesmal gab es keine Artefakte, nichts, mit dessen Hilfe ein Laie die Knochen datieren konnte. Es änderte ohnehin nichts an der Geschichte. Die Insel war so oft umkämpft gewesen und der Boden so undurchdringlich hart, dass man nirgendwo lange graben musste, um zu erfahren, was aus den vorangegangenen Garnisonen geworden war.

Er schloss wieder die Augen. Wie schön es wäre, sich zwischen die Knochen zu legen und still zu sterben.

Er zündete noch ein Streichholz an. Diese Männer hatten es noch ganz gut getroffen. Mit etwas Glück hatten sie die Köpfe vor den Händen verloren. Vor einer Woche hatten sie in einer anderen Grube ein Skelett gefunden, bei dem jeder längere Knochen gebrochen war und rostige Überreste von Nägeln im

Rückgrat steckten. Man konnte nicht wissen, wer das getan hatte – Malta war eine achttausendjährige Geschichte voller Nägel. Er wollte nicht, dass seine Männer darüber nachdachten, während sie auf die feindlichen Fallschirmjäger warteten.

Alistair schob Kopf und Schultern wieder in den Wind, nahm seine letzte Kraft zusammen und stemmte sich mit dem gesunden Arm hoch. Er ging zu den Männern und ließ sie wegtreten. Sie zerstreuten sich im Staub, gegen den Wind gebeugt. Man sah jeden Höcker ihrer Wirbelsäule.

Briggs behielt er zurück. Sie sprachen ein paar Worte über den Knochen, schlitzten Sandsäcke mit dem Bajonett auf und füllten die Grabgrube auf. Nach sechs Uhr waren sie fertig, und Alistair war so erschöpft, dass er nicht mehr scharf sehen konnte. Er schleppte die Kopfschmerzen in sein Zimmer und wickelte den Verband ab. Gelbes Gift quoll hervor. Er kochte Wasser auf dem Primuskocher, gab Salz dazu, ließ es abkühlen und säuberte die Wunde.

Hinter der Schießscharte ging die Sonne unter. Das Kreischen des Windes legte sich ein wenig. Er zündete eine Lampe an und drehte den Docht herunter, um möglichst wenig Petroleum zu verbrauchen. Dann lehnte er das Gemälde an die Wand. Der vergoldete Rahmen schimmerte im Schein der Lampe. In diesem intimen Licht wirkten die Figuren am besten. Er schlief im Sitzen ein. Als er aufwachte, merkte er, dass er im schwachen Schein der nahezu erschöpften Lampe die verletzte Hand nach dem Gemälde ausgestreckt hatte. Er starrte auf die sterbende Hand vor sich und fragte sich einen Moment lang, welchem armen Teufel sie wohl gehörte.

April 1941

Palmer brachte das Morphium in einer braunen Glasflasche mit Pipette im Stöpsel. Mary fand das sehr raffiniert. Ihr gefiel einfach alles an der Tinktur – dass sie so nüchtern und medizinisch roch, dass ein paar Tropfen auf der Zunge gegen Gefühle halfen und dass Palmer sie problemlos beschaffen konnte. Seit sie aus dem Krankenhaus entlassen worden war, erschien er zuverlässig alle drei Stunden mit einem Zinntablett – nicht mit dem silbernen, da ihr Vater noch im Wahlkreis unterwegs war. Er nahm das braune Fläschchen und ein Glas Eiswasser vom Tablett und stellte beides auf Zinnuntersetzer, deren Unterseite mit grünem Filz bezogen war, daneben eine Porzellanschale mit Obst.

Danach entmaterialisierte sich Palmer und überließ es Mary, sich das Morphium nach Belieben selbst zu verabreichen. Das war angemessen, da es damit in die Kategorie der Heilmittel fiel, die man im stillen Kämmerlein nahm, und nicht in die der Mixgetränke, Cocktails oder Stärkungsmittel, die auf Bestellung zubereitet und dann eingenommen wurden, während sich der Butler für den Fall, dass die Mischung zu wenig Selleriesalz oder Magenbitter aufwies, im Hintergrund bereithielt. Auch die kleine Obstschale war passend, da Obst – genau wie Morphium – etwas war, das man je nach Lust und Laune zu sich nehmen konnte oder auch nicht.

Mary fand Palmer so gewissenhaft human, dass sie es nicht über sich brachte, ihn um drei Uhr morgens aus dem Schlaf zu klingeln, wenn sie verschwitzt aus den Albträumen erwachte, die sie nicht losließen. Stattdessen saß sie im Bett, die Decken um sich gezogen, die Augen weit geöffnet, während Halluzinationen ihrer toten Kinder von innen an den Kleiderschranktüren kratzten. Kenneth Cox flüsterte hinter dem Kaminschirm, hinter dem Drehspiegel, hinter ihrem Kopf, so dass sie sich ständig umschauen musste.

Es dauerte furchtbar lange, bis Palmer um sieben mit dem Tablett kam, und dann fiel es ihr schwer zu warten, bis er die Vorhänge geöffnet und die Zeitung zurechtgelegt und den neu erschienenen Tag entfaltet hatte. Erst wenn er verschwunden war, konnte sie über das Morphium herfallen und die rote Gummiknolle drücken, bis sie die sieben zitternden Tropfen aufgezogen hatte, die der Arzt ihr verschrieben hatte, und die weiteren zehn Tropfen, um die der Arzt die Lage unterschätzt hatte.

Mary legte sich wieder aufs Bett und zerfloss im makellosen Morgen.

Da ihre Finger um neun noch zu entspannt für filigrane Tätigkeiten waren, brauchte sie die Hilfe ihrer Mutter, um sich anzukleiden.

»Du solltest das Zeug so bald wie möglich aufgeben«, sagte ihre Mutter, während sie Marys Bluse zuknöpfte. »Ich weiß nicht, was du für den heutigen Tag geplant hast, aber es sieht nicht so aus, als wäre eine erfolgreiche Interaktion mit Gegenständen oder Personen dabei.«

»Du weißt doch, ich nehme das Morphium nur, bis die Wunde verheilt ist.«

Ihre Mutter griff nach der Bürste und machte sich an Marys Haaren zu schaffen. »Liebling, es ist schon einen Monat her. Wenn dir irgendetwas abgetrennt worden wäre, würde dir niemand das Schmerzmittel missgönnen. Aber du bist eine North. Wir brechen nicht wegen einer Fleischwunde zusammen.«

»Der Arzt sagt, das Hinken wird bleiben.«

»Dann verbringst du den Rest deines Lebens, wenn es sein muss, im Sitzen, aber bitte nüchtern.«

Mary starrte aus dem Fenster, versteifte sich gegen den Zug der Bürste. Sie schaute zu, wie sich die frisch gewaschenen Wolken zerstreuten und auflösten. Das Auge war ein außergewöhnliches Instrument. Wie rätselhaft, dass es sich auf jene winzige, weit entfernte Taube richten konnte – genau da drüben – und eine Sekunde später auf einen Gegenstand, der nur in der Erinnerung existierte. Sie sah sich am selben Fenster stehen, fünf Jahre alt, im Mund ein orangefarbenes Bonbon, das sie gelegentlich herausnahm, um zu sehen, wie viel noch übrig war, und durch das durchsichtige Glas der Süßigkeit die langsam zerfließende Stadt zu betrachten.

»Mary!« Ihre Mutter legte die Bürste mit Nachdruck hin. »Ich lasse nicht zu, dass du dich ruinierst. Sag mir, was du heute vorhast, beim Abendessen erwarte ich einen Bericht. Warum schreibst du nicht an diesen Mann da draußen?«

»An Alistair? Oh nein. Ich habe ihm seit meiner Verletzung nicht geschrieben.«

»Warum denn nicht, um alles in der Welt? Der arme Kerl muss außer sich sein.«

»Das Glück, das ich Hilda weggenommen habe, ist keines mehr für mich. Ich hoffe, Alistair wird das verstehen.«

»Aber es war dir so ernst mit ihm!«

Mary versuchte, das Gesicht ihrer Mutter scharf zu sehen. »Du hast doch immer behauptet, ich sei kein ernsthafter Mensch.«

»Dann mach wenigstens einen Spaziergang. Nimm einen Regenschirm mit und schau bei Hilda vorbei.«

»Hilda schläft. Du weißt, wir arbeiten nachts.«

»Schluss mit diesem ›wir‹. Du wirst nicht zum Rettungsdienst zurückgehen. Hättest du nur auf mich gehört …«

»Dann wäre ich jetzt Mrs. Henry Hunter-Hall, würde in Gloucestershire leben und den Wildhüter ausschelten, weil er die Köpfe von Wilderern aufs Zaungitter gespießt hat.«

Ihre Mutter machte sich wieder mit der Bürste ans Werk. »Wäre das denn so schrecklich, Liebling? Das hübscheste Ding in Brimscombe-and-Thrupp zu sein?«

»Lieber würde ich sterben.«

»Das bist du beinahe.«

»Ja, aber daran sind wohl eher die Deutschen schuld.«

»Nein, du bist schuld, weil du ihnen in die Quere gekommen bist. Es gibt ein Dutzend Möglichkeiten, wie eine junge Frau mit deinen Fähigkeiten ihrem Land dienen kann, die alle sicherer und der Sache zuträglicher sind. Verachtest du beispielsweise deinen Vater, weil er lieber im Parlament als auf der Straße dient?«

»Natürlich nicht. Aber ich habe dem Kriegsministerium die Entscheidung überlassen, wie ich dienen soll, und sie haben mich zur Lehrerin gemacht. Daraus ergab sich alles andere.«

Ihre Mutter wandte sich ab. »Natürlich haben alle anderen Mütter nach Whitehall geschrieben. Aber wenn man sich in der Position deines Vaters befindet, muss man sehr vorsichtig sein, wo man Einfluss nimmt. Ich mache mir größte Vorwürfe. Ich hätte nie gedacht, dass das Kriegsministerium so unfähig sein und dich in den ganz normalen Lostopf werfen könnte.«

Mary küsste sie auf die Wange. »Es macht mir wirklich gar nichts aus.«

»Weil du berauscht bist, Liebling. Mir macht es sehr viel aus. Was nutzt einem der eigene Einfluss, wenn man ihn nur für Fremde verwenden kann?«

»Aber ich bin glücklich dabei. Ist es nicht das, was zählt?«

»Du bist noch nicht so weit, eigene Entscheidungen zu treffen. Sieh nur, wohin dich das gebracht hat.«

»Wohin denn? Ich sitze doch hier, im selben Zimmer wie du.«

»Und bist meilenweit entfernt. Es bringt mich um, dich so liederlich zu sehen.«

»Du bringst mich um, Mutter. Du hasst meine Entscheidungen, triffst aber keine eigenen. Wir laufen auf Zehenspitzen über deine Teppiche und warten auf irgendeine imaginäre Erfüllung an irgendeinem erhofften Tag in der Zukunft, an dem Vater den Menschen Gutes tun wird. Und bis dahin leben wir nicht unter Menschen. Wir schwimmen in Aspik.«

Die raschen Aprilwolken jagten weiße und graue Schatten durchs Zimmer.

»Dein Vater war meine Entscheidung. Aber du warst meine Freude. Du magst mein Leben verachten, weil es eng ist, es mag dir bedeutungslos erscheinen, aber denk bitte nicht, es würde mir nichts bedeuten. Und je enger es wird, desto beängstigender finde ich es, weil alles, was mir bleibt, so kostbar ist.«

Ihre Mutter hatte Tränen in den Augen, doch Mary fühlte gar nichts.

April 1941

Mary war, hinkend, unterwegs zum Lyceum. Die Krater im Straßenbelag des Strand waren lästig, doch schon hatten Witzbolde Schilder neben die tiefsten Löcher gestellt: GRAND CANYON und REISE ZUM MITTELPUNKT DER ERDE, 1 HALF CROWN. London glitt vorüber, seine vormittägliche Menschenmenge teilte sich, um sie durchzulassen. Es roch nach allen möglichen Sorten von Rauch: Zigaretten, Pfeifen, Lokomotiven, Kohleöfen und Dachbalken. Der Eingang des Theaters war von Granatsplittern vernarbt, ansonsten aber unbeschädigt. Der Direktor sagte, Zachary sei nicht da, doch Mary ging trotzdem in den Keller, da er sie nicht daran hindern konnte. Er würde wohl kaum Hand an sie legen.

Die leere unterirdische Tanzfläche war klebrig von Schweiß und Bier. Die elektrischen Glühbirnen – bei weitem nicht mehr so säuberlich aufgereiht wie einst – störten das zerfasernde Licht des Morphiums. Ein Gefühl durchzuckte sie, aber das musste nicht von Dauer sein. Sie tastete sich zwischen den zusammengewürfelten Tischen und Stühlen hindurch. Der Keller war verlassen, doch von der Theke am anderen Ende ertönten Kinderstimmen. Sie ging hinüber.

Die Theke bestand aus unbearbeitetem Holz und war überall verstärkt, da ein gewisses Maß an Tanzerei auf ihr unvermeidlich war. Die Gläser in den Regalen waren von der unzerbrechlichen Sorte. Sie vermisste die Leichtigkeit der Dinge – den Geist, aus dem heraus man alles in der Welt so fein wie möglich gemacht hatte, weil man annahm, dass sich die darauf einwirkenden Kräfte in einem manierlichen Rahmen bewegen würden. Sie stellte ihre Tasche ab, holte das Morphiumfläschchen heraus und nahm ein Dutzend Tropfen. Sie spähte über die Theke.

»Wird man hier auch bedient?«

Zacharys Kopf tauchte hinter der Theke auf. Er sah sie wachsam an. »Sind Sie wütend?«

»Ganz und gar nicht. Hast du meinen Brief bekommen?«

Er schüttelte den Kopf. »Ich dachte, Sie hassen mich.«

»Sollte ich das? Du hast mir vermutlich das Leben gerettet.«

Hinter der Theke erschien der Kopf eines farbigen Mädchens, mit Zahnlücken und einem leichten Schielen. Mary schätzte sie auf sieben. »Ich bin Molly.«

»Ich weiß«, sagte Mary.

»Woher?«

»Du hast es mir gerade gesagt.«

Molly grinste. »Wollen Sie mal an meinem Zahn wackeln?«

»Danke, sehr gerne.«

Es war ein vorderer Backenzahn im Unterkiefer, der wirklich ganz schön wackelte. Es war ungeheuer befriedigend, ihn vor und zurück zu stupsen. Molly plapperte weiter. Anscheinend hatte sie ihre Eltern verloren und die Minstrel-Darsteller kümmerten sich um sie und Zachary. Die beiden Kinder schienen es als naturgegeben hinzunehmen.

»Wie viele Rationsbücher habt ihr beide? Wirklich? Gar keins?«

»Wir essen hier unten«, sagte Zachary.

»Was genau? Ihr seid beide schrecklich dünn.«

»Kekse. Brot. Was immer sie verkaufen.«

»Wirklich? Leute kommen hier runter und nehmen von Kindern Geld für Essen?«

»Und für Milch und Süßigkeiten.«

»Wann habt ihr zum letzten Mal Eier, Fleisch oder Obst gegessen?«

Mollys Unterlippe begann zu zittern. »Kriegen wir jetzt Ärger?«

»Ihr kriegt höchstens Skorbut.« Sie packte jedes Kind an einem Arm und marschierte mit ihnen hinaus in die Gasse. Die beiden blinzelten in der Helligkeit. Zachary trug ein fleckiges weißes Hemd und eine schwarze Fliege. Er brauchte einen Haarschnitt, nein, sieben.

»Sie dürfen Molly nicht verraten, dass ich nicht lesen und schreiben kann«, flüsterte er.

Mary schaute zu ihr hinüber. Das Mädchen trug ein violettes Kleid mit weißen Schleifen. Sie starrte zum Himmel hinauf, als könnte ihn jemand fortschicken.

»Fände sie es schlimm?«

»Ich habe gesagt, ich wäre schlau. Sie wissen schon – damit sie bleibt.«

Mary lächelte. »So funktioniert es nicht.«

»Wie denn dann?«

»Menschen bleiben, wenn sie können.«

Er schaute zu ihr auf. »Wie geht's Ihnen?«

»Danke, gut.«

Dieser finstere Blick, mit dem eine schwache Antwort bedacht wurde. Jahre vergingen. Beinahe wären Gefühle in ihr hochgestiegen. Der Krieg ging zu Ende, und Schösslinge sprossen aus dem Schutt.

Mary blinzelte. Es war das Morphium. Dadurch schlängelte sich die Zeit wie ein Fluss, ließ hier und da eine Schleife ohne Vorwarnung verwaist zurück, einen kleinen isolierten Flussarm der Erinnerung, der keinen blassen Schimmer hatte, wie er dorthin gelangt war. Sie sah wieder den Blick, mit dem Zachary sie am Tag der Evakuierung abgewiesen hatte. Als er seine imaginäre Zigarette wegschnippte, hatte in seinem Gesicht auch ein Anflug dieser Traurigkeit gelegen, die über jeden Trost hinausgewachsen war.

Sie ließ die Kinder in der Gasse warten, während sie im Strand ein Taxi heranwinkte. Als es hielt, öffnete sie die Tür, und die Kinder purzelten hinein. Das Gesicht des Fahrers im Rückspiegel war sehenswert.

»Wo wollen Sie denn mit den kleinen Hottentotten hin?«

»Nach Piccadilly, wohin sonst? Ins Ritz.«

»Wenn Sie meinen«, sagte der Fahrer.

Molly legte den Kopf auf Zacharys Schulter und schlief ein. Er schaute auf die Stadt hinaus. Der Fahrer beobachtete sie angewidert im Rückspiegel. Als es ihr lästig wurde, lächelte Mary den Mann freundlich an und sagte: »Sie sind aus Timbuktu, müssen Sie wissen. Ich habe sie gegen sechs bunte Perlenschnüre und eine Daguerrotypie des Königs eingetauscht. Ein guter Handel, nicht?«

Der Fahrer wurde rot. »Mir wären die Perlen lieber wie diese Kinder.«

»Lieber *als* die Kinder«, sagte Mary, worauf der Mann sie aussteigen und die letzte halbe Meile zu Fuß gehen ließ.

»Ich dachte, ich wäre der Dummkopf«, sagte Zachary.

Mary sah ihn an. »Ja, aber das ist ganz und gar deine Schuld, weil du pechschwarz bist, das begreifst du doch.«

Er lächelte zum ersten Mal an diesem Tag. »Warum sind Sie gekommen?«

Sie nickte zu Molly, die vor ihnen herhüpfte. »Ich war eifersüchtig, weil du so viel Aufmerksamkeit bekommst.«

»Nein, ehrlich.«

»Ich dachte, du wärst vielleicht einsam.«

»Ich muss mich um Molly kümmern.«

Na schön, dachte sie, *aber würde es dich sehr stören, wenn ich dabei bin?*

Trotz der unverhohlenen Qualen, die das Personal vom

Oberkellner abwärts litt, reichte der Name ihres Vaters, um ihr einen Tisch im Ritz zu sichern. Mary und die Kinder wurden so weit von den anderen Gästen weggesetzt, wie es der große Speisesaal erlaubte. Ein Paar beschwerte sich dennoch und verlangte einen noch entfernteren Tisch. Mary winkte ihnen zu.

»Das sind meine«, verkündete sie laut. »Von verschiedenen Vätern, glaube ich – man verliert ein wenig den Überblick.«

»Madam«, sagte der Kellner, »dürfte ich Sie bitten, Rücksicht auf unsere Gäste zu nehmen.«

»Herr Ober«, sagte Mary, »dürfte ich Sie bitten, uns Tamworth-Schinken, milden Käse, Brötchen, aufgeschnittene und mit Zitrone beträufelte Avocados – sie sollen ja nicht braun werden –, Cumberland-Würstchen, Scones mit und ohne Rosinen, Marmelade, aber bitte nicht Pfirsich, Kakao, aber nicht zu heiß, zwei große Orangen und einige dünn geschnittene hart gekochte Eier zu servieren.«

»Hühner- oder Enteneier?«, fragte der Kellner, der sich allmählich erholte.

»Was immer noch Eier legt. Ach, und Kaffee. Und einen Aschenbecher.«

»Sehr wohl. Wäre da sonst noch etwas?«

»Das kommt drauf an, ob jemandem schlecht wird«, sagte Mary.

»Sehr wohl, Madam.«

Die Kinder schauten mit großen Augen zu, wie sich der Kellner zurückzog.

»Ist es nicht vielleicht verboten, dass wir hier drinnen sind?«, erkundigte sich Zachary.

»Verboten gehören diese Leute hier. Euer einziges Verbrechen besteht darin, dass ihr hungrig seid.«

Mary trank Kaffee und würzte die dritte Tasse mit ein paar Tropfen Morphium. Sie schaffte ein halbes Scone. Die Schlaflosigkeit zog ihr den Magen zusammen, und die Droge verdarb ihr ohnehin den Appetit. Am anderen Ende des Speisesaals spielte ein Pianist ›An der schönen blauen Donau‹. Mary sah zu, wie die Kinder alles aßen, was auf dem Tisch war, mit dem nächststehenden anfingen und mit der Butter aufhörten, die sie aus der Schale leckten, als es kein Brot mehr gab, auf dem sie sie verteilen konnten. Sie reichten sie hin und her, ohne große Förmlichkeit, aber einen Mangel an Manieren konnte Mary auch nicht feststellen. Zachary überließ Molly, die sehr klein und zerbrechlich war, das letzte Restchen. Das Mädchen legte den Kopf auf das makellose weiße Tischtuch und schlief wieder ein, mit offenem Mund und senkrecht herunterhängenden Armen.

Die anderen Gäste musterten sie über ihre gebügelten Zeitungen hinweg. Mary wurde klar, dass es sich nur noch um Minuten handeln konnte, bis die Nachricht von dieser Szene Pimlico erreichte. Dank des Morphiums konnte sie erkennen, dass es ihrer Mutter gegenüber unfair war, und sich dennoch nichts daraus machen.

Zachary wischte sich das Gesicht am Tischtuch ab. »Darf ich eine Zigarette haben?«

»Erst mit dreizehn. Sag mal, kümmerst du dich gern um Molly?«

»Ist schon in Ordnung.«

»Du machst das gut.«

»Ich mache gar nichts gut.«

»Unsinn. Du bist ein begabter Musiker und ein erstklassiger Klebstoff-Esser.«

»Jeder sollte lesen und schreiben können. Das haben Sie selbst gesagt.«

»Ich habe mich geirrt. Ich habe einen Mann begraben, der lesen konnte, getötet von Menschen, die schreiben können.«

Sie versuchte, sich eine Zigarette anzuzünden, doch die

Flamme und das Zigarettenende wollten nicht zusammenkommen. Zachary musste ihr Handgelenk führen.

»Danke«, sagte er.

»Wofür?«

»Dass Sie nach mir gesucht haben.«

Das hatte sie wohl getan. Und saß nun, wie es schien, mit zwei Negerwaisen im Ritz. Die Gäste starrten sie an, ganz steif vor Verachtung. Und da war sie also – oh, sie war ja immer noch hier – und hatte im Moment keine genaue Vorstellung davon, wie sie hierhergelangt war.

Mai 1941

Der Wind schob ein Wolkenfloß über die Insel, und die Bombardierung setzte sechs Tage aus. Alistair kehrte mit der Batterie aus dem Hochland zurück nach Fort St. Elmo. Am Meer war es kühler, und die Offiziere entdeckten wieder eine gewisse Lebendigkeit in sich. Als der Wind ein paar sizilianische Fischer in den Grand Harbour blies – ihr Motor hatte einen Kolben verloren –, heckte Alistair einen Plan aus, der Simonson so gut gefiel, dass er damit zum Lieutenant Colonel ging.

Die Sizilianer wurden an Land geholt und eingeladen, im Gegenzug für ihr Leben auf eine Fotografie von Mussolini zu spucken. Danach bat man sie zu einem Festmahl. Es gab gebratenes Fleisch und richtiges Brot, ein Grammophon und Brandy. Die Offiziere des Royal Naval Dockyard reparierten den Motor der Fischer, wobei sie mit Decken ausgepolsterte Paradeuniformen trugen und Melodien von Gilbert and Sullivan pfiffen, und sie vergaßen auch nicht, ein Porträt des Königs am mittleren Schott der Kabine anzubringen, mit sternköpfigen Messingsschrauben, die sich nur mit einem ganz bestimmten, von der Royal Navy ausgegebenen Schraubenzieher wieder lösen ließen.

Dann wurden die Fischer von der auf Hochglanz polierten Mahagonibarkasse des Admirals der Mittelmeerflotte Seiner Majestät unter weißer Flagge durch das Minenfeld des Hafens hinausgeleitet. Sie kamen mit der Nachricht nach Hause, dass es der Insel sehr viel besser ging, als der Feind vermutet hatte, und die Invasion daher besser noch aufzuschieben sei.

Die Soldaten falteten ihre Paradeuniformen und zogen wieder die ausgefransten, stinkenden Kampfanzüge an, in denen sie seit Monaten lebten. Das Dieselöl wurde aus dem Tank der Admiralsbarkasse gelassen, weil man es für die elektrischen Generatoren im Fort benötigte. Der Admiral selbst, der die gleichen Rationen wie die Männer erhielt, stellte fest, dass er kaum den Arm zum Salut heben konnte, als ihm sein Stellvertreter mitteilte, die Operation sei erfolgreich verlaufen.

Die Essensreste, die die Fischer übriggelassen hatten, wurden in einem Korb gesammelt und ins zentrale Depot gebracht, um damit die Suppe für die hungernde Garnison anzureichern.

»Nun«, sagte Simonson, die Füße auf Alistairs Metalltisch, »du magst kein schöner Mann sein, aber ich gebe zu, dein Plan ist geglückt.«

Alistair schwankte leicht, setzte sich auf die Pritsche und schloss die Augen.

»Alles in Ordnung?«

»Gib mir einen Moment. Geht gleich wieder.«

Simonson zündete eine Zigarette an, lehnte sich auf seinem Stuhl zurück und atmete aus. »Ich glaube nicht, dass es gleich wieder geht, Alistair.«

»Ich auch nicht.«

»Meinst du, wir können dir jetzt den Arm abnehmen?«

»Der Arzt meint noch immer, ich könnte ihn behalten.«

»Der Arzt ist nur noch hier, weil wir keinen besseren mehr kriegen. Er ist ein Kurpfuscher, wie er im Buche steht, und ich möchte wetten, er hat bloß Veterinärmedizin studiert.«

»Dann kann ich ja froh sein, dass er mich noch nicht eingeschläfert hat.«

»Aber er bringt dich auf seine Weise um, oder? Diese Infektion einfach weitermachen zu lassen. Sieh dich doch an – es geht schon bis zur Schulter.«

Alistair versuchte, durch die Übelkeit hindurch zu denken.

»Die Männer, die bei ihm unters Messer kamen, haben aber nicht viel Glück gehabt.«

»Wir würden dir einen Chirurgen von der Navy besorgen. Die nehmen dich an Bord, knipsen den Arm ab und schicken dich mit einer Ration Rum zurück. Wir müssten nur achtgeben, dass sie dir nicht einen eisernen Haken samt Papagei verpassen – du kennst ja die Navy.«

Alistair hielt den Arm schützend umfangen. »Ich bin mir nicht sicher.«

»Denk an dein Mädchen. Sie würde dir den Kopf zurechtrücken.«

»Sie schreibt noch immer nicht.«

»Aber ich werde *ihr* schreiben müssen, wenn du an dieser Infektion stirbst. Und du weißt, wie sehr ich solche Briefe hasse.«

»Hör auf damit. Es macht mich nervös, wenn du so lästig wirst.«

»Ich werde nur lästig, wenn du unbedingt sterben willst. Sei ein braver Junge und lass dir den Arm abnehmen. Dann kann ich dich evakuieren lassen. Es gibt eine Warteliste für Krüppel und Entstellte. Sobald du auf Platz eins rückst, fliegen sie dich in der Postmaschine nach Hause.«

»Ich möchte lieber hierbleiben und helfen.«

»Tot bist du keine Hilfe.«

Die Sirenen heulten. Simonson stand müde auf.

»Viel Spaß«, sagte Alistair.

»Denkst du über das nach, was ich gesagt habe, und gibst mir eine Antwort?«

Alistair zögerte, dann nickte er.

»Guter Mann.« Simonson setzte die Mütze auf und ging hinaus, und die Garnison verkroch sich wieder in ihrem Schneckenhaus, um die nächsten Prügel einzustecken.

Alistair blickte über den Hafen. Er hörte die Flugzeuge, bevor er sie sah. Sie kamen wie immer von Norden, und er richtete den

Feldstecher auf sie. Es waren Heinkels, am Horizont aufgereiht, darüber ihre Begleitjäger. Die RAF hatte den Bomben nichts entgegenzusetzen, also hatten die deutschen Jäger nichts zu tun. Alistair stellte sich vor, wie sie Luftakrobatik übten und die Manöver der anderen nach ästhetischen und technischen Gesichtspunkten bewerteten, während tief unter ihnen die schmuddeligen Heinkels ihre hochexplosiven Exkremente ausstießen.

Mit dem Feldstecher konnte man durch die Frontscheibe gelegentlich einen Blick auf einen Bomberpiloten erhaschen. Sie trugen noch Jacken und Krawatten beim Einsatz. Alistair versuchte, die Gesichter der Piloten zu erkennen, aber sie waren zu weit entfernt. Er hätte gern gewusst, wie der Feind aussah, wenn er sich der maltesischen Küste näherte.

Alistair verfolgte die Bomber, bis sie beinahe über ihm waren und die Mauern die Sicht verdeckten. Im Fort eröffneten die Flaks das Feuer. Es war nicht das unablässige Trommelfeuer von vor einem Jahr. Nun, da sie wenig Munition hatten, gaben sich die Schützen Mühe. Die Bomben begannen zu fallen. Alistair war zu schwach, um in den Bunker zu gehen, setzte sich auf eine leere Munitionskiste und nahm den Pinsel in die linke Hand. Die Explosionen wirbelten Staub auf, die Körnchen drangen in den Verdünner.

Er hatte das ganze Gemälde gesäubert, etwa zwanzig Quadratzentimeter pro Tag. Nun, da sie vom Ruß befreit war, erwies sich die Madonna als hinreißender Fang. Sie ließ Alistair den Hunger und die Übelkeit der Infektion vergessen. Er unterschied schon lange nicht mehr zwischen seiner Mary und jener, die er Zentimeter für Zentimeter restaurierte. Bomben hämmerten ums Fort nieder, rissen Krater in den großen Innenhof. Alistair achtete nicht darauf. Er arbeitete kaum, blickte meist nur die Maria an. Das Gift in seinem Arm verlangsamte das Denken.

Er hatte mit dem Saum des Kleides begonnen und sich an

den verborgenen Falten hinaufgearbeitet, die Mischung der Verdünner perfektioniert und gelernt, welch minimaler Druck ausreichte, um die Schicht aus Schmutz und Ruß zu entfernen. Danach hatte er sich an die zentralen Teile des Kleides gewagt und weltliche Rotschattierungen enthüllt. Als Nächstes kamen die Haare, unvollkommen, hier und da wirr, aus dem Gesicht gekämmt, doch ansonsten kaum gezähmt. Nach zwei Monaten vertraute er seiner Technik genug, um die Hände und schließlich das Gesicht freizulegen.

Er schaute von Maria zum Jesuskind, für das er eine brüderliche Zuneigung entwickelt hatte. Der Maler hatte den Jungen offenkundig nicht sehr gemocht – vermutlich hatte sich kein Künstler je sonderlich für das Kind interessiert, dessen Gegenwart nur als Vorwand diente, um sich mit dem Modell zu treffen. Hier war also der unerwünschte Christus, der unbequeme Christus, Christus, der winzige Anstandswauwau. Ein rußiger, mopsartiger Jesus, der gefüttert werden wollte. Alistair hatte tagelang an dem Gemälde gearbeitet, bevor er bemerkte, dass Maria einen Heiligenschein hatte, das Kind jedoch nur einen Topf, der im Hintergrund auf einem Tisch stand und in dessen Rand sich zufällig das Licht fing. Der Tisch war so tief im Schatten und der Topf so sehr mit dem Hintergrund verschmolzen, dass nur der Maler – oder der Restaurator – den Trick durchschauen konnte. Alistair spürte, wie sich sein Herz vor Mitgefühl für den Jungen zusammenzog. Was vielleicht die Absicht hinter dem Ganzen war.

Die Bombardierung ließ nach, und Alistair schleppte sich zur Schießscharte, um den feindlichen Bombern nachzusehen. Er war inzwischen froh, wenn sie davonkamen. Er hob den Feldstecher und sah zu, wie die letzten über die Wellen flohen, wie ihre Hecks verzweifelt gierten und lange Rußstreifen hinter sich herzogen. Es war ein langer Krieg gewesen, da zog jeder Rauch hinter sich her. Erstaunlich, wie leicht man dem Feind verzeihen konnte. Der hatte auch nie Verbrüderung versprochen, nur Bomben. Was Alistair Tom angetan hatte, war schlimmer. Mary musste zu dem gleichen Schluss gelangt sein. Vermutlich schrieb sie darum nicht.

Nun, da der Angriff vorbei war, sammelten sich die Männer im Innenhof. Alistair sah zu, wie sie das schmutzige Gras ernteten, das in den Rissen zwischen den Pflastersteinen wuchs. Sie kauten mit langsamen Kieferbewegungen. Schießübungen hatte man vor Wochen eingestellt, körperliche Übungen ganz verboten. Ohne anderslautenden Befehl hatten die Männer Anweisung, gar nichts zu tun.

Durch den Feldstecher sah Alistair, wie Kinder aus dem Schutt jenseits der Mauern des Forts auftauchten. Sie entzündeten winzige Feuer aus zerbrochenen Möbeln und rösteten Schnecken an Stöcken. In den Gassen zogen Männer ihre eigenen Pferdewagen und Karren. Die Pferde waren längst im Eintopf gelandet. Hunde waren ausgerottet. Dies war jetzt am schlimmsten: die Stille nach einem Angriff. Früher hatten sich die Hunde lautstark empört, doch die Insel bellte nicht mehr.

Sein Kopf pochte. Er würgte, aber es kam nichts.

Später brachte Simonson ihm seine Ration. Es waren ein sechzig Gramm schwerer Klumpen von etwas, das sie Brot nannten, und eine halbe Dose von irgendeinem Brei. Er schaute gleichgültig zu, wie Simonson die Flaschen mit Farbverdünner beiseiteschob und das Essen hinstellte. Simonson ließ sich schwer auf den Stuhl fallen, warf die Mütze weg und rieb sich von innen den Staub aus dem Kragen.

»Willst du das nicht essen?«

»Du kannst es haben«, sagte Alistair.

»Führe mich nicht in Versuchung.«

»Ich esse es später.«

»Wie du möchtest. Guter Blick auf den Angriff von hier oben?«

»Ganz herrlich.«

Alistair nahm das Glas mit Brombeermarmelade vom sicheren Platz auf dem Boden und stellte es wieder in die Schießscharte. Simonson schluckte. Alistair genoss es, dass sein Freund die Augen nur mühsam vom Glas lösen konnte.

»Warum willst du das Zeug nicht essen?«

»Ich mag lieber Erdbeer. Wie war der Angriff?«

»Wir haben zwei einheimische Schützen verloren. Zammit und Sillato. Schon wieder eine Verschlussexplosion. Zammits Kinder sind weinend ans Haupttor gekommen. Zwei Jungen und ein kleines Mädchen, die der Wind hätte wegwehen können wie Distelwolle.«

»Diese Geschütze sind nicht sicher.«

»Aber die armen Kerle machen solche grundlegenden Fehler. Anscheinend hatte Zammit den Verschluss erst halb zu, als Sillato rief, das Geschütz sei schussbereit.«

»Lass Sicherungen für die Abzüge machen und verbinde sie durch Ketten mit den Verschlüssen. Haben die Ketten die richtige Länge, ist der Abzug erst frei, wenn das Geschütz ordentlich verschlossen ist.«

Simonson runzelte die Stirn. »Meinst du?«

»So haben wir es in Frankreich gemacht, wenn wir französische Schützen einsetzen mussten.«

Simonson schaute zu dem Bild hinüber. »Willst du den Rahmen nicht reparieren?«

»Mir gefallen die Brandspuren. Er erzählt seine eigene Geschichte.«

»Wie du willst. Es hängt sowieso bald in Berlin.«

»Das meinst du nicht ernst.«

Simonson seufzte. »Unter dir haben die Männer nie solche Fehler begangen.«

»Damals waren sie auch nicht so hungrig.«

»Du willst mir schmeicheln.«

»Aber es stimmt. Du bist nicht der allerschlechteste Major der Armee.«

Simonson schnaubte. »Jetzt weiß ich, dass du stirbst.«

Alistair schraubte die Verdünnerflaschen zu. Es war schwer, die Verschlusskappen mit einer Hand anzubringen. Simonson, der ihm hätte helfen können, schaute nur zu.

»Lass mich nicht betteln. Lässt du dir den Arm abnehmen?«

»Warum bestehst du darauf?«

»Weil ich will, dass du evakuiert wirst, bevor der Feind mit dem Fallschirm abspringt. Du weißt nur zu gut, dass es dann aus mit uns ist, und ich würde mich besser fühlen, wenn du kameradschaftlich genug wärst, mich alleine sterben zu lassen.«

»Wie selbstsüchtig von dir.«

»Nicht wahr? Wäre trotzdem nett, wenn du mir den Gefallen tust.«

»Als wir uns kennengelernt haben, war ich dir zu gewöhnlich.«

»Vielleicht habe ich inzwischen erkannt, dass die niederen Ränge auch ihre – niederen – Verdienste haben.«

»Dieser Krieg ist wirklich hilfreich. Macht uns zu besseren Menschen, nur um uns umzubringen.«

Simonson grinste.

»Was ist?«

»Hört sich an wie Harrow.«

»Vermisst du es?«

»Sehr. Bis auf das Essen. Oh Gott, nein, auch das Essen.«

»Ich sehe dort nach dem Rechten, wenn ich zu Hause bin.«

Simonson blickte ruckartig auf. »Du lässt dir also den Arm abnehmen?«

»Aber sorg bitte dafür, dass sie den gesunden dranlassen.«

»Die Chancen stehen nicht schlecht. Mindestens fünfzig zu fünfzig. Ich sage der Navy Bescheid, dass sie sofort ihren besten Chirurgen ausnüchtern sollen.«

Mai 1941

Als ihre Mutter Palmer anwies, ihr kein Morphium mehr zu geben, zog Mary in die Mansarde und nahm die letzten beiden braunen Glasfläschchen mit. Sie würde ihrer Mutter ein bisschen Zeit geben, um wieder zur Vernunft zu kommen.

Östlich von Pimlico war London hoffnungslos zerstört, was absolut offensichtlich war, Mary aber keinen Kummer bereitete. Der unmögliche Realismus des Opiats wich der unmöglichen Realität des Krieges aus. Die beiden waren wie Öl und Wasser. Selbst wenn man durch irgendetwas aufgerüttelt wurde, trennten sich Tag und Droge in eine Million geschäftiger Tröpfchen, die einander umflossen und sich wieder mit der eigenen Art vereinigten. Und schon hatte man alles im Griff, war genau zur rechten Zeit beschwingt.

Im Lyceum probte Bones am Stutzflügel ›Hitler Has Only Got One Ball‹, wobei er den Pianopart auf die grobe Melodie reduzierte und den Text in wimmerndem Näseln sang. Nach der ersten Strophe gingen schlagartig die Scheinwerfer auf der Bühne an und enthüllten eine Bigband und vierundzwanzig Minstrel-Darsteller, die eine wuchtige Reprise des Songs anstimmten, mit dichten Harmonien und einem hinreißenden Swing. Der Effekt war überwältigend, und Mary lachte begeistert, als sie in den Keller ging.

Beim Klang ihrer Schritte tauchten drei Köpfe hinter der Theke auf. Zachary, Molly und ein neuer Junge von etwa neun Jahren mit geschwollenen Augen und einem grünen Filzhut.

»Wer zum Teufel bist du?«, fragte der neue Junge.

»Ich muss doch sehr bitten«, sagte Mary. »Es heißt: Wer zum Teufel sind *Sie*? Oder eleganter: Wer in *drei Teufels Namen* sind Sie? Ich bin Mary. Freut mich, dich kennenzulernen.«

Er verdrehte die Augen. Dann stieß er einen Rauchring aus. Mary begriff, dass er die Hand nach ihrer Zigarette ausgestreckt hatte, als wäre es die natürlichste Sache der Welt, und dass sie ihm die Zigarette zerstreut gegeben haben musste, weil er sie auf dem falschen Fuß erwischt hatte.

»Gib sie mir sofort zurück, du Landplage!«

Er schaute sie überlegen an und stieß den Rauch durch die Nase aus. »Ich bin Charles.«

Sie riss ihm die Zigarette aus der Hand.

»Sie sind high, was?«

Mary lächelte. »Sei nicht albern.«

Er riss die Augen auf. »Meinen Sie, ich sehe nicht, wenn Leute high sind? Wir haben Bigbands hier. Wir haben Musiker hier.«

Sie wollte protestieren, gab dann auf und stützte sich auf die Theke. »Ich wurde verletzt. Ich nehme es nur, bis die Wunde verheilt ist.«

»Was ist es? Opium?«

»Morphium.«

»Was ist das denn? Stärker oder schwächer?«

»Meine Güte, Charles, woher soll ich das wissen? Meine Familie bevorzugt Sherry.«

»Sie können ja kaum gradeaus sehen.«

»Du meinst also, ich soll damit aufhören.«

Charles schüttelte den Kopf. »Ich meine, Sie sollten *teilen*.«

»Ganz sicher nicht.«

»Nur ein bisschen, zum Probieren.«

»Sei nicht albern.«

»Dann seien Sie nicht … lächerlich.«

»Dann sei du nicht so absurd.«

Er legte die Fingerspitzen aneinander. »Dann seien Sie nicht so … absonderlich.«

»Vokabular: zwei plus«, sagte Mary. »Aber der Hut: vier minus.«

Das perfekte Grinsen, mit dem Jungs einen absoluten Sieg genossen.

»Ich entschuldige mich für Charles«, sagte Zachary.

Sie lachten und schubsten einander. Da waren sie nun, unter die Erde gejagt, und doch hatte man ihnen – soweit Mary es beurteilen konnte – noch nicht alle Freude ausgetrieben.

Sie unterrichtete die drei in Lesen und Aufsatz, bis sie müde wurden, und sagte dann zu Zachary: »Wann hast du zuletzt das Tageslicht gesehen?«

Da er sich nicht sicher war, ließen sie die beiden jüngeren Kinder unten und gingen hinauf in einen Tag, der langsam besser wurde. Der Rauch der nächtlichen Feuersbrunst hatte sich verzogen, doch die Luft war noch stumpf vom Dunst. Die Sonne war eine flache weiße Scheibe. Mary hatte Zachary untergehakt, und die anderen Passanten bedachten sie mit bösen Blicken. Mary erwiderte die Blicke mit einem Lächeln. Es war eine Besonderheit der Briten, dass sie zweihundertfünfzig Bombennächte stoisch ertrugen, während der Anblick von ihr mit einem Negerkind das Anstandsgefühl unerträglich verletzte.

»Es geht Ihnen besser«, sagte Zachary und schaute zu ihr auf.

»Ich bin froh, dass du dich so gut hältst. Mit Charles und Molly hast du sicher viel zu tun.«

»Charles ist nicht so schlimm. Er redet nur. Molly ist schlimmer.«

»Was, die kleine Molly?«

»Sie stiehlt.«

»Nein! Und ich wollte schon nachsehen, ob ihr Flügel an den Schultern wachsen.«

»Sie stiehlt mein Trinkgeld und kauft davon Brötchen.«

»Gibt sie dir wenigstens was ab?«

»Was glauben Sie wohl?«

»Warum bist du dann so fröhlich? Gewinnst du einen Preis, wenn London endlich zerstört ist?«

»Ich weiß nicht. Ich bin eben einfach froh.«

Sie legte ihm den Arm um die Schultern. »Dummbart.«

Er lehnte den Kopf gegen sie. »Selber.«

»Arbeite an deinem Wortschatz. Du willst doch nicht, dass Charles dich übertrumpft.«

»Nein, will ich nicht, Sie … Dussel.«

»He, was fällt dir ein!« Sie kniff ihn in den Arm.

Sie lachten, und dann hob eine entgegenkommende Frau die blau behandschuhte Hand und schlug Mary mitten ins Gesicht. Der Schock ließ sie stürzen, helle Lichtpunkte blitzten vor ihren Augen.

Zachary kniete über ihr, eine Hand unter ihrem Kopf, damit er nicht das Pflaster berührte, und strich ihr mit der anderen die Haare aus dem Gesicht.

»Schon gut«, sagte sie. »Alles in Ordnung.«

Sein Schock war zu viel für sie. Sie nahm sich zusammen und schaffte es, sich aufzusetzen. Er sah aus, als würde er gleich weinen.

»Nicht. Es ist nicht deine Schuld«, sagte sie.

Sie schaute sich nach der Frau um, die sie geschlagen hatte, doch die war anscheinend nicht stehengeblieben. Da war nur die Stadt, in unversöhnlichen Fragmenten.

»Hilf mir auf. Es ist wirklich nichts.« Sie lächelte zum Beweis. »Sollen wir zum Fluss gehen und uns neu formieren?«

Das Wasser der Themse floss wie immer, und der sanfte Wind roch nach Meer. Die sonnengegerbten Schauerleute taten ihre Arbeit, während die braune Flut unter ihnen anschwoll. Mary dachte, dass womöglich wirklich alles in Ordnung war.

Doch als sie sich auf die Mauer gesetzt hatten und sie der Stadt den Rücken kehrte, begann sie zu schluchzen. Sie konnte nicht aufhören.

»Es ist gut«, sagte Zachary. »Es ist gut.«

»Das ist es nicht.«

Ihre eigene Stimme schockierte sie – schrill, spröde. Die Attacke hatte das letzte Morphium aus ihrem Körper vertrieben. Ihr Gesicht brannte, wo sie der Schlag getroffen hatte, doch ihr Körper kribbelte vor Kälte. Ihre Knochen knackten. Ihre Hände zitterten so sehr, dass sie Zachary bitten musste, das Morphiumfläschchen aus ihrer Tasche zu holen. Er hielt ihren Kopf und brachte es irgendwie fertig, ihr ein Dutzend Tropfen zu verabreichen. Die Scham hatte sie hinter sich gelassen, es war ihr egal, dass Zachary sah, was aus ihr geworden war.

Nach wenigen Minuten vertrieb eine warme, versöhnliche Güte den Schmerz aus ihren Knochen.

Zacharys Augen waren auf sie gerichtet.

»Du hast recht«, sagte sie heiser. »Ich höre damit auf.«

»Entschuldigung«, sagte Zachary und warf das braune Fläschchen in die Themse.

»Oh«, sagte Mary. Noch war es ihr egal. Das Morphium betäubte die Verzweiflung über sein Verschwinden. Die schlimmste denkbare Möglichkeit – dass kein Morphium mehr da sein könnte – ließ sich nur durch Morphium heilen.

Was für eine perfekte Falle. Und ganz allein ihr Werk. Hilda hätte es nicht besser machen können. Dann heulten die Sirenen los. Sie stiegen hoch und höher, und sie war erstaunt über das Klopfen in ihrer Brust, als sie im Sturzflug wieder herabstießen.

Mai 1941

Im Theater unterrichtete Mary die Kinder den ganzen Nachmittag. Für Zachary erfand sie ein Spiel: Die Buchstaben auf einer Seite waren feindliche Soldaten, die er gefangen hatte und einzeln verhören musste. Gab er den Buchstaben keine Chance, ihre Geschichten aufeinander abzustimmen, konnten sie auch nicht verschwörerisch durcheinanderwirbeln und sich verändern und ihn verwirren. Sie ließ ihn jeden Buchstaben mit beiden Daumen isolieren und laut aussprechen. Auf diese Weise machte er bald gute Fortschritte, und sie bemerkte wieder seine leicht enttäuschte Miene, als er erkannte, dass Lesen doch keine Hexerei war. Sie hatten alle so viel Spaß dabei, dass Mary in dem fensterlosen Keller jegliches Zeitgefühl verlor und, als der Angriff begann, mit den Kindern unter der Erde festsaß.

Es war die bisher schlimmste Bombennacht. Die Erde bebte und zerfloss. London schien zu bluten. Mary sah verblüfft, wie rote Flüssigkeit an den Kellerwänden herunterströmte und sich in Pfützen auf der Tanzfläche sammelte. Es schien unmöglich, dass irgendjemand dies überleben konnte, und als die Entwarnung kam, klang sie wie eine unwirkliche Fanfare. Es war, als hätte ein Magier eine Münze hundert Meter in die Höhe geworfen und auf der Kante landen lassen.

Sie ließ die Kinder schlafen und ging nachsehen, ob die Mansarde noch stand. Das tat sie, wenn auch ohne Fensterscheiben. Es kümmerte Mary nicht. Was zählte, war, dass sie im Mülleimer das letzte weggeworfene Morphiumfläschchen fand, in dem noch ein paar Tropfen waren. Sie nahm sie, ließ Wasser in die Flasche laufen, schüttelte sie und trank. Als ihr häuslicher zumute wurde, kehrte sie den Boden. Das Fensterglas klirrte wunderschön, als sie es aufs Kehrblech schob. Dies würden die besten Komponisten von nun an schreiben: Orchesterpartituren für Besen und zerbrochenes Glas. Sie warf die Morphiumflasche zu den Scherben. Sie lächelte, weil das so sinnreich war. Indem man sie kurzerhand zu dem kaputten Glas warf, ließ man die ganze Episode hinter sich.

Den Morphiumentzug würde sie ohne weiteres verkraften. Sie ordnete ihn in die Kategorie von Bedrängnissen ein, um die mutlose Menschen viel Aufhebens machten, die aber von jemandem, der dazu erzogen war, einen Pullover anzuziehen, statt sich über die Kälte zu beklagen, durchaus ertragen werden konnten. Der Entzug würde eher melancholisch als qualvoll werden – so wie wenn man nach einem Urlaub in Devon in den Zug nach Hause stieg.

Der Maimorgen blies ungehindert herein. Selbst der Rauch wirkte nach der abgestandenen Luft im Theaterkeller wie ein Stärkungsmittel. Mary konnte keinen Tee finden. Sie schaute auf London hinaus, aber die Stadt hatte ihr wohl auch keinen Tee zu bieten – sie stand da in betäubter Stille, bedeckt mit einem Leichenhemd aus weißer Asche. Flammen züngelten hier und da in den Ruinen.

Irgendwo würde sie vielleicht ein offenes Café finden. Sie zog einen Mantel von Alistair über, krempelte die Ärmel auf und ging hinaus. Nichts hatte geöffnet. Sie wanderte zum Fluss hinunter. Die Wellen waren ängstlich und blass. *Tee*, dachte sie, als sie sich halbwegs erinnerte, weshalb sie hergekommen war. Das Wort hallte bedeutungslos durch ihren Kopf – *Tee-eee*.

Mary setzte sich auf die Mauer am Embankment. In der Morgenstille bewegte sich kein Verkehr in den Straßen. Frauen mit aschgrauen Gesichtern und Augen wie Kohlestücke fegten Glas und Mörtel zu säuberlichen Haufen, Splitter und Kiesel zu säuberlichen Haufen, säuberliche Grabhügel für alles, was verloren war. Mary fing an, sich unbehaglich zu fühlen. Diese Musik klang nicht länger schön. Das Zischen der Besen trug ein Flüstern in sich: dass das Leben zerbrochen und dahin war. Dass alles Leben, das geblieben war, nicht von der guten Art war, die eigensinnig neu auf dem Schutt baute.

Bis auf das Geräusch der Besen herrschte Stille. London war ein Grammophon, das angehalten worden war, ohne Kurbel, um es wieder aufzuziehen. Es roch nach kaputten Abwasserkanälen, entweichendem Stadtgas und verkohltem Holz, das nass war von den Feuerwehrschläuchen.

Warum hatte sie das bisher nicht bemerkt? Der zeitlose Mechanismus, mit dem sich die Stadt erneuerte, hatte versagt. Frauen warteten jetzt nur und fegten. Absperrseile umgaben ungezündete Sprengkörper. Kreidekreuze kennzeichneten Türen, die die Rettungsmannschaften noch nicht geöffnet hatten. Mary dachte an die Leichenschauhäuser, in denen die nicht abgeholten Toten in sinnloser Anordnung lagen, Reihe um Reihe, jede Leiche mit einem X im Register markiert. Der Punkt, auf den sie bei Kriegsausbruch zugeeilt war, war verschwunden, wie alle Fixpunkte. Ein X markierte nur noch das Ungezündete, Ungesichtete, Ungetröstete. Man wartete – beim schleifenden Rhythmus der Besen – auf eine nicht näher definierte Auferstehung.

Das alles überwältigte sie. Alle ihre Sinne waren wundgescheuert vom Splitt, den das Morphium auf seinem Rückzug hinterließ. In der Themse sammelten sich die wunden Herzen dieser Welt. Der blassbraune Strom war unendlich. *Oh* – erinnerte sie sich vage – *ich wollte eine Tasse Tee.* Vor ihr lag die Themse, unendlich und unerklärlich. Wie braun sie war. *Oh,* dachte sie, *ich wollte Tee.* Vor ihr lag die Themse … *Oh.*

Hilda kam im Nachthemd an die Tür. Die linke Seite ihres Gesichts war bandagiert, der Verband mit Sicherheitsnadeln befestigt, das Auge abgedeckt. Blut drang hindurch.

»Was ist passiert?«, fragte Mary.

Nach einer Pause sagte Hilda: »Es ist wohl meine Wange.«

»Meine Güte, Hilda …«

»Oh, Mary, dein Gesicht! Sehe ich so schrecklich aus?«

Mary zwang sich zu lächeln. »Es sieht immer schlimmer aus, als es ist.«

»Komm doch rein.«

Hilda bewegte sich vorsichtig, hielt den Hals schmerzhaft gerade. Mary folgte ihr in die kleine Küche. Sie ließ Wasser in den Kessel laufen und stellte ihn auf den Herd. Der Druck war schwach, das Gas brannte nur mit winziger Flamme.

»Ich hoffe, du magst deinen Tee langsam«, sagte Mary.

Hilda sackte am Küchentisch zusammen. Mary umarmte sie. »Was ist passiert?«

»Neue Fahrerin. Dummes kleines Ding. Die ganze Nacht sind wir den Bomben ausgewichen, und dann fährt sie mit uns geradewegs in eine Blindgängerabsperrung, und natürlich ist das garstige Ding hochgegangen.«

Mary drehte sich der Magen um. »Oh, Hilda, es tut mir so leid.«

»Wie schlimm mag es sein? Sie wollten es mich nicht ansehen lassen.«

»Tut es weh?«

»Scheußlich. Als würde man noch immer hineinschneiden.«

»Hast du Morphium?«

Hilda schaute sie an. »Fragst du für mich oder für dich?«

Mary schloss kurz die Augen. »Für uns beide.«

»Ich versuche, kein Morphium zu nehmen, so lange es geht.«

»Wenn du so weiterzitterst, stürzt das Haus ein.«

»Aber sie brauchen es für die Soldaten. Wir waren wirklich gedankenlos.«

Mary ergriff ihre Hand. »Aber wie soll man es sonst durchstehen?«

»Wie normale Menschen. Wir müssen lernen, aus eigener Kraft zu leben, ohne Hilfe.«

Mary schwieg. Nach einer Weile sagte Hilda: »Tut mir leid.«

Mary schüttelte den Kopf. »Hast du wenigstens Verbandszeug? Es blutet durch. Lass mich den Verband wechseln.«

Hilda schluckte. »Im Schrank über dem Waschbecken.«

Mary holte Verbandszeug und Desinfektionsmittel. Dann wies sie Hilda an, sich auf dem Stuhl nach hinten zu lehnen, während sie die Sicherheitsnadeln löste.

»Tut es weh?«

»Nur ganz furchtbar.«

»Ich bin so vorsichtig wie möglich.«

Der Verband löste sich, zog geronnenes Blut und safrangelbes Wundsekret mit sich. Hilda schrie auf.

»Entschuldigung«, sagte Mary. »Tut mir leid!«

Hilda zitterte.

»Du solltest dein Gesicht nicht anfassen. Bitte, du darfst es nicht berühren.« Mary hielt Hildas Hände mit einer Hand fest, tauchte einen sauberen Verband in das Desinfektionsmittel und reinigte die Wunde. Es war schwer, es gründlich zu machen – sie zitterte beinahe ebenso sehr wie Hilda.

Als sie fertig war, musterte sie Hildas Gesicht. »Jetzt musst du mir sagen, wo das Morphium ist.«

Hilda wimmerte leise. »Ist es so schlimm?«

»Sag mir, wo es ist, Liebes, dann hole ich dir den Spiegel.«

Hilda zögerte. Die linke Gesichtshälfte voller Blut, die rechte voller Angst.

»Sei tapfer.«

Hilda schloss die Augen. »Handtasche.«

»Braves Mädchen.« Mary holte zwei Syretten, und sie nahmen jede eine.

Hilda holte tief und erschauernd Luft. »Du hattest natürlich recht.«

»Zigarette?«

»Ja.«

Mary schaltete das Radio ein. Die Kentucky Minstrels spielten ›Love's Old Sweet Song‹. Das scharfe Mittagslicht floss weicher in den Nachmittag.

»Soll ich dich frisieren?«, fragte Mary nach einer Weile.

Keine Antwort. Von Hildas vergessener Zigarette tropfte traurige Asche.

Mary befeuchtete Hildas Haare und machte sich mit Haarnadeln und Bürste an die Arbeit. Hilda war locker und schläfrig und kippte immer wieder der Bürste entgegen, so dass Mary ihren Kopf wieder aufrichten musste. Sie saßen da in warmem Schweigen, das Radio lief, während Mary arbeitete. Schließlich war Hildas Frisur wiederhergestellt, die kühne Welle des Deckhaars mit unsichtbaren Haarklammern unerreichbar für die Gesetze der Physik gemacht.

»Wie sieht es aus?«, fragte Hilda.

»Prima. Soll ich den Spiegel holen?«

»Oh ja, bitte.«

Nachdem Mary den Spiegel auf den kleinen Resopaltisch gestellt hatte, hielten sie einander an den Händen und schauten gemeinsam hinein. Es waren drei Schnitte, die alle am linken Wangenknochen begannen. Der tiefste verlief nach hinten bis zum Ohr. Der längste in einer Kurve abwärts fast bis zum Kieferansatz. Der grausamste in Richtung Auge, das er knapp verfehlte, doch auf der anderen Seite der Augenhöhle tauchte er wieder auf, durchschnitt die Augenbraue und lief in einem bösen Zweizack auf der Stirn aus. Die Schnitte waren genäht worden, wenn auch nicht sehr gut. Mary stellte sich die Szene im Krankenhaus vor: die schlimmste Bombennacht, der Boden blutverschmiert.

»Du hast es schon viel besser gemacht als letztes Mal«, sagte Hilda.

»Danke.«

»Der Trick besteht darin, die Haare von Anfang an fest einzurollen. Danach geht es wie von selbst.«

»Habe ich dir eigentlich erzählt, dass der arme Huw getötet wurde?«

»Oh je«, sagte Mary, weil das Morphium es in etwa so schwerwiegend erscheinen ließ wie ein Brötchen, das bergab davonrollt.

»Und auch Clive, gleichzeitig.«

»Du meine Güte«, sagte Mary und fragte sich, ob Hilda auch tot war, und erkannte dann, dass sie das natürlich nicht sein konnte, denn sie war ja hier. Es war schwer, im Kopf zu behalten, wer tot war und wer nicht.

Hilda betrachtete sich im Spiegel. Zuerst sanft, dann mit einem durchdringenden Geheul begann das Wasser endlich zu kochen.

»Oh«, sagte Mary, die den Kessel ganz vergessen hatte.

Draußen vor dem Küchenfenster neigte sich die Stadt dem Abend zu. Mary schaute hinaus und erinnerte sich daran, dass Krieg war. Sie hatte in der braun glasierten Kanne Tee gemacht, aus Blättern, die schon einmal verwendet worden waren. *Stimmt ja*, dachte Mary. *Ich wollte doch Tee trinken.*

Etwas an der Haltung von Hildas Schultern hatte sich verändert. Ihr Hals wirkte wieder steif. Es war eine spröde Schärfe in Hilda und auch darin, wie Mary Hildas Stimmung erkannte. Mary konnte es sich nur schwer erklären. Das Morphium hatte mehrere Ebenen, die von unten, aber nicht von oben zu erkennen waren.

Ohne die Augen vom Spiegel zu wenden, sagte Hilda: »Vermutlich werde ich dich hassen, wenn die Wirkung nachlässt.« Der Gedanke schien sie selbst zu überraschen.

Mary goss ihnen Tee ein, an dem sie beide nicht das geringste Interesse hatten, und machte sich daran, Hildas Gesicht wieder zu verbinden.

Hilda sagte: »Das wäre nicht passiert, wenn du gefahren wärst.«

»Du weißt, das mit dem Rettungswagen war zu viel für mich. Ich musste aufhören.«

»Ich habe nur weitergemacht, weil ich dachte, du kommst zurück. Jetzt hast du mir alles weggenommen. Jeden Mann, der mir je gefallen hat, und auch noch mein Aussehen.«

Mary befestigte den Verband mit einer Sicherheitsnadel, obwohl es die Frisur ein wenig verdarb. »Ich habe versucht, das mit Alistair wiedergutzumachen. Du weißt, dass ich ihm nicht mehr geschrieben habe.«

»Das kannst du ruhig wieder tun. Er wird mich jetzt nicht mehr wollen. Niemand wird mich wollen.«

»Das darfst du nicht sagen.«

»Du siehst es doch.«

»Bitte«, sagte Mary, ohne selbst zu wissen, was sie meinte.

Hilda antwortete nicht. Das Radio knisterte und swingte.

Mary steckte die letzte Sicherheitsnadel in den Verband. »Es wird heilen, weißt du.«

»Als ob irgendetwas jemals heilt.«

Ihre Augen verhakten sich im Spiegel, und Mary bemerkte eine Trostlosigkeit in Hildas Gesicht, die sie nicht aushalten konnte. Die ganze Welt war zersplittert, die Teile strebten auseinander. Das Morphium wurde beim Auskühlen härter. Bald würde es auch zersplittern.

Draußen schien es zu dämmern. »Ich sollte gehen«, sagte Mary. »Die Angriffe …«

Hilda kippte ihre Handtasche auf dem Tisch aus. Lippenstift

und Schlüssel fielen klirrend heraus. Rationsbuch, Hutnadeln, ein Dutzend Morphium-Syretten.

»Was machst du da?«

»Nimm alle mit, wenn dir etwas an mir liegt.«

»Warum?«

»Weil man mit sich selbst leben muss.«

Mary wollte ihre Hand nehmen, doch Hilda ließ es nicht zu.

»Bitte …«

»Geh einfach. Bevor die Wirkung ganz nachlässt und ich dir sage, was ich von dir halte.«

Mary senkte die Augen. »Das hast du schon.«

»Geh bitte. Ich glaube, ich kann dich nicht mehr ertragen.«

Mary betrachtete die Syretten auf dem Tisch, wohl wissend, dass sie sie zurücklassen musste, und auch, dass es unmöglich war. Sie nahm sechs davon, wandte sich ab und verließ ohne ein weiteres Wort die Wohnung. Das Letzte, was sie von Hilda sah, waren ihr schmaler Rücken und der gepanzerte schwarze Schwung der Haare.

3. Teil

Wiederherstellung

Juli 1941

Alistair wies Briggs an, das Gemälde in Decken zu wickeln und in den Innenhof des Forts zu tragen. Er folgte Briggs nach unten. Auch nach einem Monat fiel es ihm noch schwer, ohne seinen Arm das Gleichgewicht zu halten. Man merkte gar nicht, wie sehr ein Arm still und leise zum allgemeinen Gleichgewicht beitrug, indem er hier gegensteuerte, dort einen kleinen Schubs gab. Wer hätte gedacht, dass das Leben ein Zirkuskunststück war, das außerordentliche Anmut und Balance erforderte.

»Wie geht's Ihnen, Sir?«, fragte sein Unteroffizier.

»Gut, danke, Briggs.«

»Das ist nicht wahr, oder?«

»Nein«, sagte Alistair. »Gehen Sie zum Quartiermeister, er soll mich mit einem neuen rechten Arm ausstatten, ich wäre ihm sehr verbunden.«

»Sie haben ziemliche Schmerzen, nicht?«

»Aber überlegen Sie mal, welche Schmerzen mir erspart bleiben. Ich kann mir nie wieder mit dem Hammer auf den Daumen hauen. Ich bin es, der Mitleid mit euch haben sollte.«

»Danke, Sir. Kann ich sonst noch etwas tun?«

»Linke Jackentasche. Pillendose. Nehmen Sie bitte zwei raus und besorgen mir einen Schluck Wasser.«

Der Mann holte die Pillen und brachte Alistair eine Feldflasche. In Wahrheit war der Schmerz lästig, noch schlimmer als vor der Amputation. Das Phenacetin half nur wenig, und es schien ewig zu dauern, bis seine Evakuierungsnummer an der Reihe war. Er war immer noch Nummer 80 auf der Liste, und die Postmaschine flog nur einmal täglich, vorausgesetzt, die Feindeinwirkung ließ es zu. Oft kletterte die Nummer nach oben und rutschte dann wieder nach unten, wenn irgendein hohes Tier für einen Favoriten seine Beziehungen spielen ließ. Das Postflugzeug nahm höchstens zwei Verletzte mit, manchmal nur einen. Es hing davon ab, wie viel die Inselgarnison in die Heimat geschrieben hatte.

»Sonst noch etwas, Sir?«, fragte Briggs.

Sein Unteroffizier war nur noch Haut und Knochen, es tat weh, ihn anzusehen. Alistair vermutete, dass er selbst nicht besser aussah. Er nickte zu dem Gemälde hinüber.

»Wir müssen das in eine Kirche nahe dem Bingemma-Einschnitt bringen. Ich möchte, dass Sie den Quartiermeister mit allen Ihnen zur Verfügung stehenden Tricks überreden, uns einen Lastwagen und eine Ration Benzin zu überlassen. Bedenken Sie, dass ich drei Monate an der Restaurierung des Gemäldes gearbeitet habe. Es ist meine bisher beste Arbeit, und sie zurückzubringen ist mir sehr wichtig. Meinen Sie, Sie können den QM überreden, kein Spielverderber zu sein?«

Briggs dachte nach. »Ich sage ihm, es wären Landkarten für die Pläne zur Invasionsabwehr, Sir. Falls das nicht klappt, sage ich ihm, dass ich weiß, wofür er die Vaseline Seiner Majestät verwendet.«

»Vielen Dank, Briggs, Sie sind ebenso flugs wie gerissen. Bringen Sie mir den Wisch vom QM, und ich unterschreibe ihn.«

Etwas später fuhr Briggs mit dem Bedford vor und verstaute das Gemälde auf der Ladefläche. Alistair öffnete die Beifahrertür und mühte sich auf den Sitz. Briggs steuerte den Wagen über die Zugbrücke, die Tore des Forts schwangen hinter ihnen zu, dann waren sie draußen im blauen Morgen.

Alistair schloss die Augen, er war zu müde, um sich zu unterhalten. Immerhin war die Übelkeit der Infektion verschwunden. Stattdessen verspürte er etwas wie Trauer. Er musste den Arm irgendwie geliebt haben. Er wusste nicht, was aus ihm geworden war – ob man ihn verbrannt oder begraben hatte. Man hatte über sein Ableben kein Wort verloren. Es gab kein Ritual, wenn man auseinanderfiel, die Gesellschaft zog es vor zu warten, bis man ganz verschwunden war.

Der Chirurg hatte Alistair eingehend über alle medizinischen Details informiert. *Exartikulation im Ellenbogengelenk, Musculus pronator und Hautlappen werden über den Stumpf gefaltet und mit Stichen fixiert, das Ganze unter Anästhesie durch intravenöse Barbiturate. Wie hört sich das an, alter Junge? Noch Fragen?*

Keine, hatte Alistair gesagt, da die offensichtliche Frage – wie kann ich das ertragen? – unwillkommen schien. Die Operation wäre weniger beängstigend gewesen, hätte der Chirurg auch nur ansatzweise eingestanden, dass es schrecklich für einen Menschen war, wenn ihm das geschah. Vielleicht gab es einfach bestimmte Vorgänge – wie ein Skalpell zu schwingen oder eine 3,7-Zoll-Flak abzufeuern –, die die Zielperson immer schwerer treffen würden als den Ausführenden.

Der Lastwagen schlingerte und schwankte auf den zerstörten Straßen. In den Intervallen zwischen den tiefsten Schlaglöchern wirkte die Bewegung durchaus beruhigend.

»Das ist schon was, Sir, nicht wahr?«

Alistair öffnete die Augen. Briggs deutete auf die weite Landschaft jenseits der Mauern von Valletta.

»Ach, es gefällt Ihnen? Mir auch.«

»Die Leute bemühen sich so um einen. Es ist wie Liverpool, nur mit Strand.«

»Wollen Sie später mal hier Urlaub machen?«

»Nach dem Krieg komme ich mit meiner Frau her, dann eröffnen wir ein Pub.«

»Gute Idee. Germanisch oder eher traditionell?«

»Ich glaube, dass bei den Einheimischen der englische Stil besser ankommt – zumindest für die nächsten tausend Jahre.«

»Ich sehe, Sie haben schon alles geplant.«

»Sie nicht, Sir?«

»Ach, ich weiß noch nicht, was ich nach dem Krieg mache. Aber so sind wir Offiziere. Jeder Streifen auf den Epauletten steht für etwas Wesentliches, das wir nicht begreifen.«

»Das haben *Sie* gesagt, Sir.«

Sie fuhren noch ein Stück, und dann zerschmetterte eine 20-Millimeter-Granate aus einer Messerschmitt die Windschutzscheibe und durchschlug Briggs' Körper auf Höhe des Brustbeins, danach den Fahrersitz. Vier weitere Granaten folgten, von denen zwei das Führerhaus trafen und zwei die Plane durchschlugen. Splitter durchbohrten die Benzintanks und setzten sie in Brand. Alistairs Instinkt beförderte ihn aus dem Führerhaus und in den Straßengraben. Er sah zu, wie der Lastwagen langsam von der Straße rollte und in Flammen aufging. Briggs gab kein Geräusch von sich, während er verbrannte. Der Lastwagen explodierte in orangefarbenem Gebrüll und Wolken von schwarzem Dieselruß.

Alistair suchte den Himmel ab, doch der Jäger war nicht mehr zu sehen. Er kroch aus dem Graben und näherte sich so weit es ging, wobei er das Gesicht mit der linken Hand vor der Hitze schützte. Die Plane des Lastwagens war verbrannt, die Metallringe wölbten sich über der glühenden Asche. Er ging zum Führerhaus, schaute nach Briggs und wünschte, er hätte es nicht getan. Dann suchte er auf beiden Straßenseiten die Gräben ab, in der Hoffnung, dass das Gemälde hinausgeschleudert worden war.

Die Straße schlängelte sich in beide Richtungen über niedrige Hügel, der gelbe Schotter verschmolz mit dem gelben Gras der Böschungen und den gelben Mauersteinen. Er bekam seine Pfeife nicht an.

Nach einer Stunde kam ein Einheimischer mit einem Eselkarren vorbei. Sie sprachen ein Gebet für Briggs, und Alistair fuhr hinten auf dem Karren zurück. Im Fort meldete er den Zwischenfall und hielt sich bis zur Steintreppe auf den Füßen, wo er schließlich in die Knie sank, bevor er seine letzten Kräfte zusammennahm, um in sein Zimmer zu gelangen. Er wollte nur ein paar Minuten die Augen schließen – sich sammeln –, doch beinahe sofort begannen die Glocken des Forts zu schrillen.

Der nächste Angriff rollte heran, die Bomber zerrten ihre Schatten übers himmelblaue Meer. Alistair nahm Toms Marmeladenglas aus der Schießscharte und stellte es auf den sicheren Boden. Er setzte sich auf die Pritsche und holte das Phenacetin heraus. Fast hätte er Briggs gerufen, damit er Kaffee machte.

Nach dem Angriff kam Simonson mit einem Aerogramm herein. Er ließ es auf Alistairs Schreibtisch fallen, nahm seine Mütze ab und warf sie nach Alistair.

»Ich will verdammt sein, wenn ich weiß, warum dir jemand schreibt. Ich habe übrigens zwei Briefe bekommen, falls du dich fragen solltest, wer von uns beiden beliebter ist.«

Alistair griff nach dem Brief. Simonson setzte sich auf den Stuhl und streckte die Beine aus.

»Weißt du, was mich am Feind am meisten beunruhigt? Diese Gewalt. Er scheint zu glauben, damit könnte man alle Probleme lösen. Manchmal frage ich mich, wie wir auf Dauer miteinander auskommen sollen.«

»Bitte mach jetzt keine Witze«, sagte Alistair. »Briggs wurde heute Morgen getötet.«

Simonson sagte nichts.

»Es war meine Schuld«, sagte Alistair. »Ich habe mich von ihm fahren lassen, und wir wurden beschossen. Ich wollte mein Gemälde zurück in die Kirche bringen.«

»Keine andere Ladung?«

»Keine.«

»Kein anderer Zweck für die Fahrt?«

»Leider nicht. Ich habe die Anforderung gefälscht – habe geschrieben, wir würden Invasionskarten zu den äußeren Forts bringen.«

Simonson schloss die Augen.

»Einen Bedford habe ich auch verloren. Verbrannt. Du bekommst meinen Bericht.«

»Was ist mit dir? Bist du in Ordnung?«

Alistair stand auf, wobei er nur mühsam das Gleichgewicht hielt. »Briggs hatte eine Frau.«

»Kinder?«

»Nein.«

»Immerhin.«

»Ich muss ihr schreiben«, sagte Alistair.

»Tu das, und dann schaust du nach vorn, statt zu grübeln. Sei freundlich zu ihr. Schreib, er sei bei einem Verbindungseinsatz durch Feindeinwirkung umgekommen.«

»Ja. Aber dir sage ich die Wahrheit, Douglas. Weil du mein vorgesetzter Offizier bist.«

»Und was soll ich deiner Meinung nach tun? Dich vors Kriegsgericht stellen?«

»Das wirst du wohl müssen, oder? Wenn der Lieutenant Colonel meinen Bericht sieht, wird dir kaum etwas anderes übrigbleiben.«

Simonson erhob sich und lief auf und ab. »Du bist ein erstklassiger Offizier und müsstest eigentlich schon längst in London und ausgemustert sein. Du bist erschöpft und hast schlechtes Urteilsvermögen bewiesen, das ist alles.«

»Es ist nicht so, als hätte ich ein Pfund Margarine gestohlen. Ich habe Briggs getötet.«

»Der Feind hat ihn getötet, und du musst damit leben, so gut du kannst. Ich an deiner Stelle würde die Leben, die du gerettet hast, dagegen in die Waagschale werfen.«

»Aber wer führt denn über so etwas Buch?«

»Gott der Allmächtige, du Idiot, und wenn er den Überblick verliert, fragt er mich, weil ich dein vorgesetzter Offizier bin.«

Alistair hatte das Aerogramm wieder und wieder geistesabwesend in der Hand gedreht und bemerkte erst jetzt, dass es von Hilda war. Der Geist seiner rechten Hand wollte instinktiv nach der Lasche des Umschlags greifen und den Daumen darunterschieben, bevor er – mit einem Gefühl absoluter Überraschung, das Alistair teilte – erkannte, dass sie nicht existierte. Alistair verlor das Gleichgewicht, weil sein linker Arm die Bewegung des rechten Phantomarms ausgleichen wollte, und kippte seitlich auf die Pritsche. Das Aerogramm flatterte zu Boden. Während Alistair sich mühsam aufrichtete, griff Simonson danach. »Lass mich das machen.«

»Bitte nicht«, sagte Alistair. »Ich bin nicht in der Stimmung, es zu lesen.«

Simonson ignorierte ihn und öffnete den Brief.

»He, entschuldige mal«, sagte Alistair.

»Stell dich nicht so an! Wir können ein bisschen Abwechslung gebrauchen.«

Lieber Alistair, ich schreibe Ihnen unter schwierigen Umständen.

Mary wurde getötet, dachte Alistair. Sein Blut floss langsamer.

Ich halte es für meine Pflicht, Ihnen mitzuteilen, dass Mary sich unerhört verhält.

Alistair wurde ganz schwindlig vor Erleichterung.

»Mary ist dein Mädchen, oder?«

»Da bin ich mir nicht so sicher.«

»Das ist man sich nie. Und wer ist diese Hilda?«

»Ihre Freundin. Gib her, na los.«

Simonson hielt den Brief außer Reichweite. »Deine Mary scheint diese Hilda ganz schön geärgert zu haben.«

Ich will gleich zur Sache kommen. Sie sollten es erfahren, da Mary Ihnen, wie ich weiß, geschrieben hat.

»Aber das hat sie nicht, oder?«

»Seit Monaten nicht.«

»Das behauptest du«, sagte Simonson.

»Lies einfach weiter. Oder gib mir den Brief.«

Simonson riss ihn weg.

Leider muss ich Ihnen sagen, dass sie die Arbeit beim Rettungsdienst aufgegeben hat und dem Morphium verfallen ist. Aus Loyalität hätte ich ja gesagt, das sei allein ihre Sache, doch unsere Freundschaft ist vorbei, und ich fühle Ihnen gegenüber eine Verpflichtung, während ich Mary nichts mehr schuldig bin. Sie sollen wissen, dass ich Sie von dem Moment an, als wir uns bei der Hand hielten, bewundert habe.

»Du Hund!«

»Aber so ist es nicht«, protestierte Alistair.

»Ach? Sehen wir mal, was Hilda sagt.«

Am schlimmsten ist, dass Mary sich mit Negern abgibt. Sie verbringt ganze Tage im Lyceum und tut, als wäre das die natürlichste Sache der Welt. Vermutlich hört sie nur auf das, was ihr das Morphium rät. Natürlich ist es schrecklich für ihre Eltern. Ihr guter Name leidet darunter – ich brauche Ihnen nicht zu sagen, was die Leute reden.

Simonson stieß einen Pfiff aus. »Das ist wirklich allerhand.«

»Ich bin mir sicher, es ist gar nichts.«

»Natürlich ist es nicht gar nichts. Verdammt, Mann – du siehst aus, als hätte dich der Teufel bei den Eiern.«

Seien Sie versichert, dass ich nicht die Hoffnung hege, es könnte wieder etwas zwischen uns entstehen. Meine Umstände haben sich verändert, und ich wäre ohnehin keine attraktive Wahl für Sie. Daher habe ich mich entschlossen, die Dinge zwischen uns damit zu beenden, dass ich Ihnen mit der Ehrlichkeit begegne, die ich Ihnen für die Freundlichkeit schulde, mit der Sie mir einst begegnet sind.

»Wie hat sie unterschrieben?«, fragte Alistair.

»*Mit besten Grüßen.*«

»Verstehe.«

»Du denkst sicher, ›Mit verbitterten Grüßen‹ wäre passender, aber du wirst sehen, dass sie recht hat. Wenn auch nur die Hälfte von dem stimmt, was sie schreibt, bist du ohne Mary besser dran und kannst dieser Hilda dankbar sein, dass sie dich gewarnt hat.«

»Ich möchte gern Marys Seite der Geschichte hören.«

»Ich wäre nicht so neugierig. Nigger sind Nigger, mit denen gibt man sich nun mal nicht ab. Und Morphium – mein Gott. Ein übles Zeug. Das ist nur was für Ärzte und Huren.«

Alistair lief rot an. »Es wurden Kinder getötet, die Mary unterrichtet hat. Und ein Freund von mir, mit dem sie so gut wie verlobt war, wurde ebenfalls getötet. Da sollte man nachsichtig sein.«

»Alistair, man kann nachsichtig sein, wenn jemand erschöpft ist und Schmerzen leidet und es an Urteilsvermögen fehlen lässt. Aber Morphium und Schwarze? Die Frau ist vollkommen abgestürzt.«

»Frauen stürzen anders als wir. Wir sterben, indem unser Herz stehenbleibt, sie sterben, weil ihres nicht aufgeben will.«

»Ach, hör doch auf, Alistair. Sie ist kaputt.«

»Das glaube ich nicht. Man kann alles wiederherstellen. Wenn man nicht daran glaubt, wie soll man das hier ertragen?«

»Man hat keine Wahl. Was die Entscheidung leichter macht.«

Alistair seufzte. »Egal, ich habe sie gern. Ein Arzt hat mir mal gesagt, ich solle mir ein nettes Mädchen suchen, um auf andere Gedanken zu kommen – und wenn ich an Mary denke, gelingt mir das.«

»Du gibst sie also nicht auf?«

»Geht nicht. Ärztliche Anweisung, weißt du.«

»Na, dann geht der Brief der armen Hilda ganz schön nach hinten los.«

»Ach, Hilda ist gar nicht so übel. Sie ist witzig und ziemlich hübsch und … ach, in einem anderen Leben hätte ein Mädchen wie sie …«

»Ja, aber es ist ein ziemlich verzweifelter Brief.«

»Es ist ein ziemlich verzweifelter Krieg.«

Simonson legte Alistair den Arm um die Schultern, und sie schauten aufs Meer hinaus.

»Was machen wir nur mit dir?«

»Da ist nichts zu machen. Ich nehme die Strafe an, die der Lieutenant Colonel für angemessen hält. Und bis dahin organisiere ich eine Beerdigung für Briggs.«

»Briggs hätte nichts dagegen, wenn du es sein lässt. Das finde ich an den Toten so bewundernswert – sie bitten einen nie, etwas zu tun, was sie nicht selbst tun würden.«

»Trotzdem würde ich mich schlecht fühlen, wenn ich mich nicht um den Gottesdienst kümmere.«

»Wie wär's, wenn du stattdessen nach Gibraltar fliegst und von dort ein Schiff nach England nimmst?«

»Es dauert noch Wochen, bis meine Nummer an die Reihe kommt.«

»Nun, der Evakuierungsbefehl ist das eine, gesellschaftliche Verbindungen das andere. Ich bin mit dem halben Sanitätsführungsstab im Internat gewesen. Ich könnte dafür sorgen, dass du in der nächsten Maschine sitzt.«

»Ich bin nicht scharf darauf, einem anderen Mann den Platz wegzunehmen.«

»Dann bleibst du ewig hier, weil andere Männer nur zu gern deinen nehmen. Na los, wir können dich hier raushaben, bevor der Lieutenant Colonel den Bericht auch nur gelesen hat. Du würdest uns beiden einen Gefallen tun – er hätte nämlich ebenso wenig Spaß daran, dich zu bestrafen, wie ich.«

»Dann holt es mich in London ein.«

»Oder auch nicht. Wenn ich in diesem Krieg etwas gelernt habe, dann, dass kein Spalt zu klein ist, als dass ein Verfahren nicht hindurchfallen könnte.«

»Hör dir nur an, wie wir reden. Wer hätte das vor einem Jahr gedacht?«

»Damals hatte man das Überleben noch nicht erfunden. Man kann sich kaum erinnern, wie wir vorher gelebt haben, was? Leicht – ohne uns Sorgen um irgendwas zu machen.«

»Glaubst du, wir werden je wieder so leben?«, fragte Alistair.

»Wer weiß? Mit genügend Champagner und Äther …«

»Wenn wir bis ans Ende unserer Tage betrunken bleiben, erinnern wir uns vielleicht nicht an das hier.«

»Das wird systematisches Trinken erfordern. Wir müssen betrunken bleiben in Städten, Orten und Dörfern. Und auf den Hügeln und Feldern – wie geht es doch gleich …?«

»… und an den Stränden und auf den Landeplätzen.«

»Ja, genau. Auch in den unzugänglichsten Ecken und Winkeln müssen wir betrunken bleiben.«

»Und mit wachsendem Selbstvertrauen und wachsender Stärke in der Luft, vergiss das nicht.«

Sie lehnten die Schultern kameradschaftlich aneinander und schauten aufs Meer. Vielleicht stimmte es, dachte Alistair, dass es wieder September werden würde. Die Menschen würden die frische, kühle Morgenluft genießen und nicht mehr an die Woche denken müssen, in der der Krieg erklärt wurde. Vielleicht würde es eine solche Generation geben. Die Brombeeren würden reifen, sorglose Hände würden sie pflücken, Marmelade würde zum Abkühlen in Gläser gegossen. Und die Marmelade würde nur nach Marmelade schmecken. Niemand würde die Gläser wie Reliquien aufbewahren. Man würde die Marmelade auf Toast essen und sich nichts dabei denken und kaum einen Blick aufs Etikett werfen.

Er begriff, dass er mit dem Krieg fertig war. Er konnte nicht aufhören, den feindlichen Flieger zu sehen, der an gelbem Staub erstickte. Er konnte nicht aufhören, den brennenden Briggs zu riechen. Es war zu viel. Er hatte alles gegeben, was man von ihm verlangt hatte: hatte gekämpft, wenn man kämpfen konnte, sich zurückgezogen, wenn Rückzug ratsam erschien, und war standhaft gewesen, wenn nichts anderes übrigblieb. Er hatte sich selbst nicht an erste Stelle gesetzt, sich nicht geschont oder mehr genommen, als ihm zustand. Er hatte sein Bestes getan, um seinen Männern zu helfen, und jetzt wollte er nichts anderes mehr als nach Hause und sehen, ob er Mary helfen konnte. Verglichen mit der gewaltigen Verderbnis des Krieges schien die eigene kleine Fäulnis vielleicht nicht verzeihlich, aber auch nichts Besonderes.

»Wusstest du, dass ich mich freiwillig gemeldet habe?«, fragte Alistair.

»Brav. Und?«

»Würdest du mich verachten, wenn ich auf dem gleichen Weg wieder ginge?«

»Ich wäre stinkwütend, wenn du es nicht tätest.«

Alistair zögerte. »Dann, glaube ich, nehme ich dein freundliches Angebot an.«

»Sehr vernünftig. Das Essen auf dieser Insel ist wirklich nicht wie im Prospekt beschrieben.«

Alistair wollte Simonson die Hand geben. Wieder überraschte ihn sein rechter Arm damit, dass er nicht vorhanden war, und er geriet ins Schwanken und kippte beinahe um. Simonson hielt ihn fest.

»Ich hole dich um Mitternacht ab. Versuch, bis dahin nicht umzufallen.«

Sie verließen das Fort zu Fuß, unter einem verschwenderischen Sternenhimmel. Kurz nachdem sie aufgebrochen waren, gab es einen Angriff, und die Bomben hinter ihnen warfen flackernde Schatten auf die Straße nach Südwesten. Es waren fünf Meilen bis zur Landebahn von Luqa, und sie sprachen unterwegs kein Wort. Obwohl sie nebeneinandergingen, waren sie einander fern. Vielleicht war dies das einzig mögliche Ende eines Krieges, dachte Alistair: Auch wenn man sich in einer dichtgedrängten Menge gemeldet hatte – heim kehrte man allein.

Auf der Landebahn wartete die Wellington bereits mit laufenden Motoren. Ein Sanitäter eilte ihnen entgegen. Alistair spürte Übelkeit.

»Also«, sagte Simonson, »leb wohl.«

Sie gaben einander die linke Hand.

»Leb wohl«, sagte Alistair. »Ich weiß gar nicht, wie ich –«

»Dann lass es. Fang gar nicht erst an.«

»Du wirst mir fehlen, Douglas.«

Simonson wischte sich kurz über die Augen. »Ja, ich hoffe mal, dass ich dem Feind auch fehlen werde, auf seinen Abschusslisten.«

Sie umarmten einander. Der Sanitäter half Alistair die Stufen hinauf und in den Bauch des Flugzeugs. Sie brachten ihn im Heck unter, auf einem Haufen Postsäcke, gaben ihm eine Schaffelljacke und sagten ihm, er solle sich nirgendwohin bewegen, wohin sich das Flugzeug nicht auch bewegte. Die Motoren wurden lauter, die Räder holperten auf der unebenen Landebahn, und Malta verschwand in der Nacht.

Alistair legte sich auf die Säcke. Sowie sich die Tür der Maschine geschlossen hatte, war der Krieg vorbei. Die heiße, nach Thymian duftende Luft von Malta war draußen geblieben. Hier drinnen in der Kälte, wo es nach Sackleinen und Treibstoff roch, war London schon ganz nah. Sie würden in Gibraltar landen und ihn in einen Konvoi nach England umladen. Es würde Kinder und Frauen und Nahrung geben und Kleidung, die nicht braun war. Alistair schlief bis fünfzig Meilen vor Gibraltar, als der Pilot die Maschine aufs Meer setzte.

Alistair erwachte in einem wilden Chaos aus Geschrei und aufspritzendem Wasser. Die Wucht des Aufpralls schleuderte ihn und alle Postsäcke zum Navigator hin. Wasser drang durch die Risse in der Leinwandhaut des Rumpfes. Sie schafften es durch die Luke in der Pilotenkanzel nach draußen.

Die fünf von ihnen, die die Notwasserung überlebt hatten, klammerten sich an die beiden Gummiflöße. Vom warmen, glasigen Meer aus schauten sie zu, wie der Triebwerksbrand, der zum Absturz geführt hatte, mit einem anhaltenden Zischen erlosch. Eine Rauchfahne stieg im Mondlicht auf, das Flugzeug versank mit der Nase voran. Danach war es still.

Sie trieben auf einem flachen silbernen Meer unter einem flachen silbernen Himmel, die Schweißnaht zwischen beiden wasserdicht und fugenlos. Es wurde kühl. Stundenlang passierte nichts, und es gab nichts zu tun. Dann, als die Sonne riesengroß und blutig aufging, kam Wind von Westen auf. Der Wind färbte das breite rote Band, das die aufgehende Sonne aufs Wasser malte, schwarz.

Auf den kleinen gelben Flößen war nicht genügend Platz für alle, also wechselten sie sich ab, immer zwei Männer auf einmal durften für fünfzehn Minuten aus dem Wasser. Alistair wurde eine halbe Stunde zugestanden, weil der fehlende Arm das Wassertreten ermüdender machte.

Er streifte die Schuhe ab und ließ sie versinken. Ihm kam der Gedanke, dies könnte der uferfernste Punkt sein, an dem ein britischer Armeeoffizier jemals ein Paar Armeeschnürschuhe verloren hatte. Ein weiteres Verbrechen fürs Anklageprotokoll.

Ab neun begann die Sonne ein wenig Wärme zu verbreiten, doch der Wind frischte auf. Die Männer auf den Flößen wurden von der Bewegung seekrank, und für die im Wasser wurde es noch schwerer, sich festzuhalten. Für Alistair, der nur eine Hand hatte, war es ein Kampf. Er würgte, wenn er den Kopf nicht hoch genug halten konnte und Salzwasser in seinen Mund drang. Die anderen halfen ihm, so gut es ging, aber auch sie wurden zusehends erschöpfter.

Als er wieder auf dem Floß lag, kam eine Bö, und er kippte ins Wasser. Diesmal sank er mehrere Fuß tief und kam nur wieder nach oben, weil der Navigator tauchte, um ihn hochzuziehen. Er gelangte keuchend an die Oberfläche und schaffte es gerade so, sich festzuklammern.

Er versuchte, nicht an ihre Überlebenschancen zu denken. Während seine Kräfte nachließen, begannen ihn Kleinigkeiten zu belustigen. Er dachte an die lange Kette von Ereignissen, die ihn an diesen Ort geführt hatte, wo er nun in einem gewaltigen, leeren Meer mit vier Fremden im Wasser schaukelte. Letztlich hatte ein schlichter Triebwerksbrand sie erledigt. Ohne feindliche Hilfe. Vielleicht war es in Kriegszeiten ein winziger Sieg, nicht vom Krieg getötet zu werden. Er musste lachen und konnte nicht begreifen, weshalb ihn die anderen so ernst ansahen.

Um die Mittagszeit legte sich der Wind, und das Wasser glitzerte. Sie zogen sich alle aus und ließen die Kleidung versinken. Alistair dämmerte weg und wachte wieder auf. Wieder und wieder kam er zu sich, den Arm durchs Halteseil des Rettungsfloßes gehakt. Jedes Mal fragte er sich, wo er war. Er merkte nicht, wie die Sonne unterging. Er wachte wie üblich heftig zitternd auf, doch diesmal war es dunkel. Über ihnen zuckten Blitze über den Himmel. Um ihn herum sprachen die anderen mit leiser Stimme.

»Wenn wir zum Brighton Pier kommen, legen wir einfach an und kaufen Fish and Chips, was?«

»Und ein Pint Bier dazu.«

»Tom, bist du das?«, fragte Alistair.

Niemand antwortete. Die Blitze machten ihre Augen ganz kalt, dachte er.

Zwischen dem Donnergrollen hörte er laute Stimmen. Er lauschte angestrengt. Männer riefen ihn beim Namen, doch er wusste nicht, was sie von ihm wollten. Er rief zurück, aber sie hörten ihn nicht. Ihre Stimmen lösten sich auf in einzelne Rufe. Vielleicht waren es seine Männer, die Befehle brauchten.

»Durchhalten!«, schrie er. »Einfach festhalten!«

Er hörte das Entsetzen in ihren Stimmen und wollte ihnen helfen, sie trösten.

Es gab keinen Mond und keine Sterne. Er rief, es tue ihm leid, und irgendwann bemerkte er, dass Duggan sich neben ihm ans Floß klammerte. Alistair war froh, denn jetzt würde Duggan ihm helfen. Duggan würde auch seinen Männern helfen, und Alistair kniff die Augen zu und dämmerte weg.

Im Schlaf ertönte ein tieferes Gebrüll, noch unter dem Geräusch der Wellen. Es wurde lauter und drang in seine Träume, bis er erwachte, weil Duggan ihn an der Schulter rüttelte.

»Los, los, H-Heath, b-beeil … d-dich!«

Alistair öffnete die Augen, die vom Salz geblendet waren. Suchscheinwerfer strichen übers Meer. Sie kamen aus derselben Richtung wie das Brüllen. Die Lichter färbten das schwarze Meer silbern. Gischt schimmerte auf, wenn die kleinen Flöße einen Wellenkamm erklommen. Das brüllende Geräusch wurde überwältigend.

Seine Männer riefen ihn wieder, und er sah, wie ihre grauen Rücken um ihn herumsprangen, und als er sie rief, verwandelten sie sich von Männern in Delphine und wieder in Männer, im zuckenden Strahl der Suchscheinwerfer. Alles bewegte sich. Das Meer wogte, überall um ihn herum schrien Stimmen, und Alistair überkam eine bodenlose Trauer um seine Männer, ungesehen an so einem einsamen Ort. Er murmelte die Worte, die er bei so vielen Begräbnissen gesprochen hatte. *Nun tröste uns wieder nach der Zeit, in der du uns Plagen schicktest, und nach den Jahren, in denen wir Ungemach erlitten haben.* Gischt füllte seinen Mund, und er würgte. Seine Hand löste sich vom Floß, und er war allein im Meer, sank nackt hinab.

Unter den Wellen waren immer noch die Lichter, heilig und kalt, sie schnitten durch die Oberfläche. Simonson versank mit ihm. Zusammen schauten sie auf die Lichter. Mary war auch da und Tom und der feindliche Flieger und Briggs und alle Männer, die Alistair verloren hatte. Alle waren wiederhergestellt. Während die Lichter und das Brüllen erstarben, sanken sie alle zusammen in das warme, ewige Meer.

Duggan nahm seine Hand. »Na, komm schon, H-Heath. Wir bringen dich nach H-Hause.«

September 1941

Es war sechs Wochen her, dass Mary Alistair schließlich wieder geschrieben hatte, und vor einem Monat hatte sie eine Antwort von seinem vorgesetzten Offizier, einem Major Simonson, erhalten. Alistair galt als verschollen, vermutlich tot. Der Major übermittelte sein Bedauern und bat, ihr sagen zu dürfen, dass Captain Heath ein mutiger Offizier gewesen sei, der in den höchsten Tönen von ihr gesprochen habe.

Das Morphium half. Es reichte den Kummer weiter, nach London, an die Stadt, wo sich jede Tragödie vervielfältigte. Man konnte ihn vorerst dort lassen, in der Stadt der stehengebliebenen Uhren, bis zu dem Tag, an dem …

Mary begann umherzuwandern. Ihr Bein heilte, obwohl das Hinken wiederkam, wenn sie zu weit lief. Sie machte gern eine Pause auf den Stufen vor der National Gallery und schaute hinunter auf den Trafalgar Square. Der letzte schwere Bombenangriff war Monate her. Der Platz war voller Liebespaare. Wie sie lachten! Als hätte sich die geschwärzte Welt bereits erneuert. Jeder Anblick war ihnen erfreulich, jede Zerstreuung ein Vergnügen. Mary hatte ganz vergessen, wie unterhaltsam es war, streitende Tauben an den Brunnen zu beobachten.

Sie glaubte noch immer, Alistair könnte überlebt haben. Die Behörden mochten ihn für »vermutlich tot« halten, aber so waren Behörden eben. Vermutungen waren immer vulgär, während das Leben manchmal gnädig war. Sie betrachtete derweil die Liebenden auf dem Trafalgar Square, um es nicht zu verlernen. Auf dem sonnenüberfluteten Platz schmiegten sich die

Paare aneinander und waren dabei ständig in Bewegung. Ihre Finger verschränkten sich, ihre Arme umfingen die Taille des anderen – als wäre das Leben nicht auf ihrer Seite, als könnte es einen Keil in jeden Spalt treiben, den sie zwischen sich erlaubten. Während Mary sie beobachtete, kam ihr der Gedanke, dass ihre eigenen Chancen schlecht standen. Es waren die Liebenden, die dem Glück am wenigsten vertrauten.

Wie zwanglos sich die jungen Frauen bewegten. Sie sah sie lachen und erröten. Sie waren voller Hoffnung und Helium, ein reizender Anblick. Wie sie selbst vor zwei Jahren.

Als es zu viel wurde, ging sie zum Embankment hinunter und setzte sich auf die Granitmauer. Sie fuhr mit den Fingern über die eisernen Delphine, die um die Laternenpfähle schwammen. Das braune Wasser unter ihr wirbelte alles auf, was verloren war, und sie hatte kein Morphium mehr. Es war immer schwieriger geworden, es zu beschaffen, und nun war es aufgebraucht. Als die Wirkung endgültig nachließ, merkte sie, dass sie keine Ahnung hatte, woher sie noch welches bekommen sollte.

Bei Ebbe sah man häufig Leichen, drüben auf den schlammigen Landzungen bei den Pontons der halb fertigen Waterloo Bridge. Ob sie schon lange tot und nur jetzt erst vom Schlamm freigegeben worden oder jüngst Verzweifelte waren, konnte Mary nicht erkennen. Leichen lagen nicht sauber auf dem Boden, so wie im Film. Im echten Leben schienen sie wie in die Erde gesät. Die Toten waren schmutzig, halb vergraben, manchmal kaum von dem Schlamm oder Schutt zu unterscheiden, der sie umgab. Erst wenn man viele Leichen gesehen hatte, begriff man, welch unbewusste Mühe man sich ständig gab, um Hände und Gesicht und Kleidung sauberzuhalten. Die Oberflächen der Welt waren so schmutzig, dass die Lebenden sie nur mit Fingerspitzen und Schuhsohlen berührten. Wie schmuddelig es war zu sterben, sich diese Mühe nicht mehr zu machen.

Die Liebenden sahen zu den Toten auf den schlammigen Landzungen hinunter. Mary beobachtete, wie sie sich aneinanderschmiegten und den Blick wieder auf den Horizont richteten. Die Grundregel besagte, dass Liebende nach Osten blickten, zum Meer. Sie zwang sich, ebenfalls dorthin zu schauen.

Ein Boot wurde an den Stufen zum Embankment entladen – eine Lieferung fürs Parlament. Bei einer Kiste ging der Deckel auf, es waren Orangen darin, die ersten, die sie seit Monaten gesehen hatte. Sie rollten über den grauen Granit und hüpften die schlammbraunen Stufen hinunter. Sie fielen platschend in den braunen Fluss und hüpften wieder hoch, so lebendig, dass Mary nach Luft rang. Ihr kamen die Tränen, weil sie begriff, wie trostlos die Welt geworden war, wie grau-braun, wie kurz davor, endgültig zu verblassen. Sie drückte die Hände vor den Mund und schaute zu, wie die Orangen mit der Flut flussaufwärts trieben. Sie waren so … so … *orange.*

Verwirrung überkam sie. Die Wellen hoben und senkten sich. Die Orangen waren nicht mehr zu sehen. War Alistair tot, während das Leben weiterging? Es war zu bestürzend. Sie wusste nicht mehr, ob sie den Brief von Major Simonson wirklich erhalten oder nur davon geträumt hatte. Man träumte so vieles. Das Problem bestand darin, dass das Morphium so überzeugend war – während das Leben einfach weitermachte, als stünde es außer Konkurrenz, was die Überzeugungskraft betraf, und folglich weniger real erschien. Unterdessen wagten sich all die Liebenden, ganze Legionen, nur um des Nervenkitzels willen auf das Gerüst der Waterloo Bridge. War es möglich, dass sie keine von ihnen war? Die Verwirrung wuchs, bis sie in Schrecken mündete. Mary hielt sich die Augen zu.

Ein Golden Retriever stemmte neben ihr die Pfoten auf die Mauer und leckte ihr übers Gesicht. Mary blickte auf und fand sich Nase an Nase mit dem Hund, der vor Leben übersprudelte, als hätte er die 45-fache Dosis genommen. Er legte den Kopf schief, blinzelte, zitterte vor schrankenloser Freude.

»Hallo, du«, sagte Mary.

Ein Mann tauchte auf – groß, in RAF-Uniform. »Entschuldigen Sie bitte.«

»Warum, was haben Sie denn angestellt?«, fragte Mary und grinste instinktiv ein wenig.

Der Mann lachte. »Der Hund, meine ich. Oh, alles in Ordnung mit Ihnen?«

»Schon gut. Es geht gleich wieder.«

»Aber Sie sind ganz durcheinander. Kann ich etwas für Sie tun? Sie zu einer Tasse Tee einladen?«

Mary starrte den Mann an. Er überschlug sich fast, um sie zu trösten. Doch als sie den Mund zu einer ihrer üblichen Bemerkungen öffnen wollte, brachte sie es nicht fertig. Sein Aussehen tat weh, seine Freundlichkeit machte sie elend. Sie spürte sein Negativbild, das Fehlen, das ein Mann zurückgelassen hatte.

»Es tut mir leid«, sagte sie. »Bitte gehen Sie einfach.«

»Aber Sie sind durcheinander«, wiederholte er, den Kopf im gleichen Winkel geneigt wie der Hund, so als ob alle Grade des Durcheinanderseins einfach zu kurieren wären – vielleicht, indem man ein Stöckchen warf.

Wie nett es wäre, sich bei ihm unterzuhaken – mit ihm in ein Café zu gehen. *Wenn ich nicht tot wäre*, dachte sie.

»Es tut mir leid«, sagte sie noch einmal und floh.

Das Hinken war jetzt schlimmer, Schmerz schoss durch ihren Körper. Mehr als einmal kehrte die Verwirrung zurück, und sie musste stehenbleiben. Es hatte angefangen zu regnen, ohne dass sie es gemerkt hatte, und nun schlich sich die verdunkelte Nacht an sie heran. Aus den Tanzkellern drang Musik. Der Swingbeat hämmerte, und heißer Dampf aus ausgeatmetem Zigarettenrauch und körperlichen Ausdünstungen stieg durch die Luftschächte und Gitter, als wäre die Stadt aus dem

Magma solcher Rhythmen geformt und nur durch den nüchternen englischen Regen vorübergehend verfestigt.

Sie war abwechselnd verzweifelt und euphorisch. Manchmal stolperte sie, dann wieder kam es ihr vor, als bewegte sie sich ganz mühelos, sie glitt nach links und rechts, um die Regenschirme vorbeizulassen, eins-zwei-drei, tanzte Walzer auf dem Gehweg, während die Keller unter ihr swingten. London hatte sich stets darauf verstanden, in zwei Taktangaben zugleich zu leben – Sofort und Immer –, jede in Hörweite der anderen.

Ihr brach kalter Schweiß aus, und sie begriff, dass sie besser nicht allein und ohne Morphium in die Mansarde zurückgehen sollte. Es war das gleiche Gefühl, das sie am Fluss überkommen hatte: nicht, dass sie sich vorsätzlich umbringen wollte, aber dass sie es nicht merken würde, wenn sie es tat.

Es war sonderbar, wie sich die Dinge an einen anschlichen: die Nacht und diese Gefühle. Man war dazu erzogen, jede Neigung zur Verzweiflung zu verachten. Doch es schien, dass die Dunkelheit das wusste und Wege fand, einen dennoch zu erwischen. Sie war geduldig und subtil, maß genau, wie viel Licht das Herz noch abgab.

Mary kam zu sich, umgeben vom Dampf der Nachtclubs, und konstatierte überrascht, dass ihre Zigarette nur halb geraucht war. Sie verspürte eine Angst, die an Panik grenzte, und eilte weiter. Erst am Lyceum blieb sie stehen. Die Minstrel-Show war in vollem Gang, und sie ging durch die Bühnentür hinein.

Im Keller war es still bis auf das Gelächter und den Applaus von oben. Die Kinder saßen auf der niedrigen Bühne, wo die Band während der schlimmsten Bombenmonate gespielt hatte. Inzwischen war der Nachtclub wieder nach oben gezogen. Zachary saß am Klavier, während Molly und Charles sich stritten und Ruth, die neu hinzugekommen war, in einer Ecke schmollte.

Als Zachary Mary sah, hörte er auf zu spielen. »Was ist passiert?«

»Gar nichts«, sagte sie und lächelte die Kinder strahlend an. »Ich würde mich nur gern einen Moment hinsetzen.«

Sie erwachte Stunden später, in Decken eingewickelt. Ihr Körper war schweißnass und wurde von einem unerbittlichen Schmerz gepeinigt. Molly hielt ihre Hand. Zachary kniete neben ihr und legte ihr ein Tuch auf die Stirn.

»Sie sind ohnmächtig geworden«, sagte Molly.

Sie setzte sich hin und schaute sich um. Ihre Gelenke waren mit heißem Glas gefüllt.

»Oh …«, sagte sie. »Oh …«

Zachary wandte sich an Molly. »Geh spielen.«

Mary nahm sich zusammen. »Zachary«, sagte sie mit ihrer Lehrerinnenstimme. »Würdest du bitte zu jemandem gehen, der so was nimmt, und mir eine Dosis Morphium holen?« Dann fügte sie listig hinzu: »Sag nicht, dass es für mich ist.«

Sein Gesicht! Als hätte sie ihn gebeten, jemanden zu ermorden. Zu dumm, dass sie ihm Geometrie beigebracht hatte, aber keinen Sinn für das Wesentliche.

»Geh bitte. Irgendjemand muss doch was haben.«

»Ich kann nicht.«

»Es ist ganz einfach. Du ziehst die Schuhe an und gehst!«

Er wich ihrem Blick aus. »Rauchen Sie stattdessen eine Zigarette.«

Er holte sie aus ihrer Handtasche und zündete ihnen beiden eine an. Sie versuchte nicht, es ihm zu verbieten. Er hatte sich wie selbstverständlich ihrer Macht entzogen. Er betrachtete das glühende Ende, als enthielte es verlorene Sommer, und löschte dann die halb gerauchte Zigarette – er zerdrückte sie nicht, sondern rollte die Spitze hin und her, bis sie erloschen war, um sie für später aufzuheben. Mary rauchte ihre, bis sie ihre Lippen versengte.

»Bitte.«

Er schob ihr eine Haarsträhne aus den Augen und hinters Ohr. Sein *Nein* war unausgesprochen und daher umso lauter. Ihre Stimmung – die zu einer blassen Verzweiflung abgekühlt war – kochte wieder hoch zu zorniger Gereiztheit.

»Nach allem, was ich für dich getan habe! Du tust, als wärst du ein Mann, bist aber nur ein undankbares Kind. Ich hätte wissen müssen, dass deine Sorte nie auf den rechten Weg findet.«

Er zuckte mit den Schultern.

»Du bist wirklich unverbesserlich!« Sie konnte nicht verhindern, dass ein schwaches Grinsen ihre Mundwinkel kräuselte. »Du bist ein fauler, undankbarer Nigger, der keinen Finger rührt, um anderen zu helfen.«

Er sagte nichts.

Sie hob warnend die Hand. »Schau mich nicht so an. Ich komme aus einer guten Familie, und ohne dich wäre ich jetzt bei ihnen. Ich wünschte, ich hätte nie nach dir gesucht. Ich wünschte, ich wäre nie in diesen widerlichen Negerclub gekommen.«

Zacharys Gesicht veränderte sich überhaupt nicht. Das Licht schien dunkler zu werden, und sie wusste nicht, ob es Kerzen im Keller gab. Sie wusste nicht, ob man noch Kerzen bekam. Sie war sich nicht sicher, ob Licht überhaupt noch hergestellt wurde.

Ihr Zorn war verflogen. Sie konnte sich nicht daran erinnern, dass sie jemals zornig gewesen war. Zurück blieb nur ein Gefühl der Furcht: dass die Dunkelheit sie hier finden könnte. Und dann war da der Junge. Sie zitterte unter ihren Decken, während seine Augen sich in Alistairs verwandelten. Sie stöhnte und wandte sich ab.

Nun spürte sie den Blick des Krieges auf sich. Ihr Verstand war zersplittert, jedes Fragment von seinen lauten Stimmen durchdrungen. Sie kämpfte darum, in der Mitte ein Bild von sich selbst am Leben zu erhalten: Sie eilte willigen Herzens durch die Stadt, zu einer Stelle, die mit einem X markiert war. Sie trug ihren Skipullover. Ja, das war es. Der Krieg war erklärt worden, und das war aufregend, und dann war es schrecklich. Das Schwerste am Leben war, dass es mit einem leichten Herzen begann.

»Sie dürfen kein Morphium mehr nehmen«, sagte Zachary.

Sie riss die Augen auf und starrte ihn an, fragte sich, wie es möglich war, dass er noch hier war, unverändert, während sie die Decken umklammert und mit zugekniffenen Augen das Grauen der Ewigkeit durchlebt hatte.

»Was?«, flüsterte sie.

»Keins mehr.«

»Nur ein bisschen. Zur Linderung.«

»Nein.«

»Bitte …«

»Nein.«

»Du bist grausam, weil du es noch nicht verstehst«, sagte sie und schloss die Augen.

Sie schlief, und als sie aufwachte, war ihr Verstand klar. Alistair war gekommen. Sie setzte sich auf, ihr Herz jubilierte. Er sah genauso aus wie bei ihrer letzten Begegnung, auf dem Bahnsteig in Waterloo. Er legte die Hände um ihr Gesicht, und sie ließ sich küssen. Orangefarbene Funken schwebten durch die Nacht. Die kalte Luft im Keller ließ sie zittern, und sie klammerte sich an seine Wärme. Ach, die langsamen Tanzmelodien, die sie gehört hatten, als es noch Nadeln für die Grammophone gab. Seine Augen waren Glühbirnen, und als sie in sie hineinstarrte, wurde ihr klar, dass sie wach war und allein dasaß.

»Ah …«, flüsterte sie und löste sich wieder auf.

Als sie wach wurde, war sie in ihre Decken gewickelt, bebte monoton im Dämmerlicht der Lampen. Zachary war bei ihr.

»Danke, dass du zurückgekommen bist. Was ich gesagt habe, tut mir schrecklich leid.«

Zachary holte etwas aus der Tasche. »Ich hatte kein Geld. Der Direktor sagt, Sie können es ihm später geben.«

Schon beim Anblick der Morphin-Syrette durchflutete sie Erleichterung. Sie hatte einfach nur vergessen, wie es war, lebendig zu sein, und nun war ihr der Trick wieder eingefallen. Sie streckte die Hand aus. »Danke.«

Zachary hielt die Syrette in der Faust. Sie betrachtete hingerissen und aufmerksam seine Hand, die glatte braune Haut und die rosa Nagelbetten. »Bitte …«

»Wissen Sie noch, wie Sie immer nein gesagt haben, wenn ich eine Zigarette wollte?«

»Das hätte sich nicht gehört.«

»Das hier gehört sich nicht für Sie.«

Sie zwang sich zu lächeln. »Unsinn, Schätzchen. Es ist bloß Medizin. Wie Aspirin.«

»Aspirin nennt mich nicht Nigger.«

Sie schaute von seiner Hand zu seinem Gesicht. »Bitte …«

»Sie können es haben, wenn Sie wollen. Aber dann kommen Sie nicht mehr her. Vielleicht sind Sie was Besseres, aber es ist nicht so, wie wenn wir nicht ohne Sie leben können.«

»*Als ob* wir nicht ohne Sie leben könnten.«

»Wie wenn wir nicht leben können, ohne dass Sie uns sagen, dass es *als ob* heißt.«

Er streckte ihr die Hand hin. Sie keuchte auf. Sie brauchte die Syrette mehr, als sie je irgendetwas gebraucht hatte.

»Wollen Sie sie?«, fragte Zachary.

»Nein, danke«, sagte Mary, versuchte zu lächeln und brach in Tränen aus.

Den ganzen Tag und die ganze Nacht hindurch passte Zachary auf, während sie zwischen Schlaf und Wachen dämmerte. Einmal setzte sie sich auf und sagte Poppy Brown, sie solle aufhören, Kreide zu essen. Sie rief Kenneth Cox zur Ordnung, weil er nie still saß. Gegen Mittag sprach sie Französisch, schlief dann ein. Später fand eine lange, gemurmelte Konversation statt. Sie flüsterte wieder und wieder, es tue ihr leid. Zachary verließ ihr Lager und schaute nach den anderen Kindern. Ruth weinte, und Charles und Molly beachteten sie nicht. Zachary holte sie zu sich und Mary. Er wärmte Wasser auf einem Primuskocher, und Ruth wusch Marys Gesicht und Hände, während sie halb bewusstlos dalag. Ruth weinte noch immer.

»Was ist los?«, fragte Zachary. »Ist es, weil dich die anderen ärgern?«

Sie schüttelte den Kopf, dass ihre Zöpfe flogen.

»Hast du Hunger?«

Wieder schüttelte sie den Kopf. Er nahm ihre Hand, doch sie stieß ihn weg. Dröhnendes Gelächter drang von oben aus dem Theater. Es musste die Nachmittagsvorstellung sein. Er presste die Hände an die Schläfen, um die Erschöpfung zu vertreiben. Er zündete sich eine Zigarette an und wünschte, er wüsste, was er sagen sollte. Er wünschte sich, ein älteres Kind würde ins Lyceum kommen, damit nicht mehr er allein die Verantwortung trug. Er wünschte sich, es würde jemand kommen, um den man sich nicht zu kümmern brauchte.

»Magst du Süßigkeiten? Ich könnte dir welche besorgen.«

Ruth zuckte mit den Schultern und sagte nichts.

»Was ist mit deiner Puppe? Soll ich dir dein Püppchen holen?«

Ruth verlor wieder die Fassung. Zachary fand keinen Trost in sich, den er an sie weitergeben konnte. Es war so, wie es in der Show geheißen hatte: Es war Krieg, und sie waren Neger, und selbst ihre Seite war nicht auf ihrer Seite. Sie hatten nur sich selbst: neunzehn Minstrel-Darsteller, neun Musiker und vier Waisenkinder, belagert in einer belagerten Stadt. Hätte er seinen Vater noch gehabt, hätte die Situation ihn vielleicht stark gemacht – sogar stolz. Die Darsteller waren freundlich zu ihm, doch trotz aller Nähe spürte er, dass er nicht dazugehörte.

Sein Vater hatte sich mehr für ihn gewünscht als die Arbeit in einer Minstrel-Show, und nun, da sein Vater nicht mehr da war, fühlte er sich der Show nicht mehr verbunden. Das Leben hielt ihn an diesem Ort fest, sonst nichts. Es gab nicht mal ein Grab, das er besuchen, keinen festen Ort, von dem aus er sein eigenes Leben beginnen konnte. Solange sein Vater verloren war, war Zachary es auch. Er konnte Ruth nur umarmen und ihr sagen, dass alles gut würde. Genau das, was auch die Plakate der Regierung behaupteten.

Als er sich Mary zuwandte, war sie wach.

»Zachary … kannst du mir etwas besorgen?«

Seine Brust wurde eng. Er wusste, sie wollte Morphium.

»Tut mir leid«, flüsterte sie. »Ich bin so hungrig.«

Er holte ihr Kaffee, Brot und Margarine. Er spielte für sie Klavier. Abends kehrte das Fieber zurück, und sie redete stundenlang mit einem Mann namens Alistair. Sie diskutierte mit ihrer Mutter, mal wütend, dann wieder weinend und flehend. Als das Fieber endlich nachließ, schlief sie ein. Er holte die anderen Kinder, und sie hielten die Nacht über abwechselnd Wache.

Als der Morgen kam und Mary immer noch friedlich schlief, strich Zachary ihr Haar auf dem Kissen glatt. Er stand da und streckte sich, um die Krämpfe der Nacht zu vertreiben. Dann aß er alle Kekse auf, die er finden konnte, spielte ein bisschen Klavier, injizierte sich aus reiner Neugier die Morphin-Syrette in die Schulter und ging hinaus auf die Straße. Er lachte laut, während die große, wieder aufbaubare Stadt im Sonnenaufgang erglühte und die alten Londoner Steine in den Schutthaufen in einem langsamen Rhythmus ein- und ausatmeten, der fraglos Swing besaß.

Dezember 1941

In der Morgendämmerung prasselte der Regen aufs Mansardendach und drang hier und da tropfend herein. Mary streckte die Hand aus und probierte. Nun, da das Morphium ihren Körper längst verlassen hatte, empfand sie alles außergewöhnlich klar. Die Dinge verschoben und verzerrten sich nicht mehr. Erst jetzt erkannte sie, wie sehr man die würdevolle Unbeweglichkeit unbewegter Dinge lieben konnte.

Seit Mai hatte es keinen großen Luftangriff mehr gegeben. Natürlich konnte es wieder losgehen – Mary merkte, dass sie immer weniger vom Krieg erfuhr, je länger er dauerte. Jedenfalls wuchs er noch immer, zog weitere Länder in sich hinein, und wenn er ausreichend groß geworden war, würde er vielleicht zurückkehren und sich London holen. Die Zeitungen druckten keine Lagekarten mehr ab, was darauf schließen ließ, dass die Lage entmutigend war. Sie konzentrierte sich auf die Sorgen, gegen die sie etwas unternehmen konnte. Zachary beherrschte noch immer nicht das kleine Einmaleins ab sieben. Charles musste dazu gebracht werden, den Zirkel nicht als Waffe zu benutzen. Der Krieg dehnte sich aus, und die Welt schrumpfte zusammen.

Das Gedächtnis zog sich in seine alten Grenzen zurück und drängte nicht mehr in die sichtbare Welt. Gefühle ordneten sich wieder der Kontrolle unter, die auszuüben man sie als Kind gelehrt hatte: Erfreuliche Empfindungen durften hervorsprudeln, dunkle Gedanken kamen in Quarantäne. Der Regen peitschte auf das Oberlicht und strömte an der Scheibe hinunter. Es war ein steter, selbstsicherer Regen, er fiel aus einem gewaltigen, düsteren Himmel, der sich aufs Bleiben eingerichtet zu haben schien.

Am frühen Morgen klopfte es: die Vermieterin mit der Post. Mary bedankte sich und ging zurück ins Bett, wo sie die Umschläge aufschlitzte. Der erste war ein Bettelbrief von ihrem alten Mädchenpensionat, das sie einlud, einer neuen Generation Mädchen zu helfen, gesellschaftsfähig zu werden. Der zweite war ein Aerogramm von Major Simonson.

Liebe Miss North,
verzeihen Sie, dass ich Ihnen erneut schreibe. Ich nehme an, die Armee hat Ihnen mitgeteilt, dass Alistair in Sicherheit ist, vermutlich jedoch keine Details genannt.

Mary legte den Brief auf die Bettdecke und starrte darauf. Es war zu früh am Morgen, um zu weinen. Sie lehnte sich ans Kopfende und kniff die Augen zu. Ihre Finger kratzten über die Decke. Es war, als wollte ihr Körper sich vergraben.

Als sie den Brief ganz gelesen hatte, saß sie eine Weile wie betäubt da.

Ich weiß nicht, wie es zwischen Ihnen beiden steht, und möchte nicht neugierig sein, aber man hat mir mitgeteilt, dass Alistair keine Briefe schicken oder empfangen darf. Ich weiß nicht, ob man Sie darüber informiert hat.
Nachdem er seinen Arm verloren hatte, sollte Alistair ausgemustert und nach Hause geschickt werden, aber es gab möglicherweise Unregelmäßigkeiten mit der Rückführungsliste. Diese wurden bekannt, als Alistair nach der Notwasserung seines Flugzeugs gerettet und von der Navy nach Gibraltar gebracht wurde.
Um es kurz zu machen, Alistair wurde zu zwölf Monaten

Gefängnis wegen unerlaubter Entfernung von der Truppe verurteilt. Er wird die Strafe in Gibraltar verbüßen. Ich habe versucht, sie aufheben zu lassen, habe Alistairs selbstlosen Dienst und seine Verwundung angeführt. Meine Bemühungen waren vergeblich, und ich hoffe sehr, dass Sie beide mir verzeihen. Alistair stand zwar unter meinem Befehl, doch ich schreibe Ihnen als sein Freund.

Mary las den Brief noch einmal. Sie verschlang die Finger ineinander und löste sie wieder. Die Welt wurde größer. Es war so lange her, dass sie sich zu den Glücklichen gezählt hatte, dass sie jegliche Immunität gegen den Schock dieses Gefühls verloren hatte. Die Freude war zunächst beunruhigend und fremd.

Nach einer Stunde fragte sie sich, was sie tun sollte. Als Zivilistin konnte sie nicht nach Gibraltar reisen. Und offenbar konnte sie Alistair auch nicht dorthin schreiben. Sie dachte nach, hatte aber keine Idee. Letztlich befand sie zögernd – doch es verdarb ihr kaum die Laune, weil sie so beschwingt war –, dass es wohl angebracht sei, mit ihrer Mutter zu sprechen.

Sie zog den Regenmantel an und hinkte durch den Graupelschauer ins unberührte Pimlico. Die weiße Stuckfassade ihres Elternhauses am Warwick Square, der klassische Säulenportikus und der Balkon im ersten Stock mit den gestutzten Buchsbäumen zeigten, dass die Dinge, die sie durchlebt hatte, hier keine Rolle gespielt hatten. Sie stieg die sechs Stufen zur schwarzen Tür mit dem Löwenklopfer hinauf, und als sie die Hand hob, schwang die Tür auf. Es war unergründlich wie eh und je, welcher Mechanismus aus Hausmädchenblicken und geheimen Signalen im Haus verriet, dass sich jemand der Tür näherte.

»Guten Morgen, Miss Mary.«

Sie trat ein, als wäre nichts gewesen. »Hallo, Palmer. Geht es Ihnen gut?«

Palmer beantwortete das mit einem winzigen Zucken der Augenbraue, mit dem er sein eigenes Wohlbefinden in die Kategorie jener Dinge einordnete, die ohne Bedeutung waren. Mary stellte fest, dass ihr Regenmantel bereits über seinem Arm hing.

»Wir erwarten Madam um elf zurück. Möchten Sie im Morgenzimmer am Kamin warten?«

»Ja, das mache ich. Danke.«

Ein kaum merkliches Nicken. Palmer war so unveränderlich, dass Mary plötzlich nicht mehr sicher war, ob sie sieben Monate oder sieben Stunden weg gewesen war. Sie setzte sich auf das grüne Sofa im Morgenzimmer. Palmer servierte auf dem Zinntablett Kakao mit goldbraunen Mandelkeksen und einem Hauch von Bedauern.

»Falls Miss nicht Sherry bevorzugt?«

»Selbst für ein Ungeheuer wie mich wäre das noch ein bisschen früh.«

Er verzog keine Miene. »Ich werde es mir merken.«

Ihre Mutter kam nach Hause, mit Unmengen von Schnittblumen und Anweisungen, wie sie anzuordnen seien. Ihr ergrauendes Haar war zu einem straffen Knoten zurückgesteckt. Als Mary in den Flur trat, entwich eine einzelne Strähne und schwebte im winterlichen Luftzug nach oben.

»Hallo«, sagte Mary.

»Liebling«, sagte ihre Mutter, als wäre dieses Wort gemäß dem dritten Newton'schen Gesetz zwingend erforderlich.

»Ich hoffe, ich komme nicht ungelegen«, sagte Mary.

Ihre Mutter ließ sich den Mantel abnehmen. »Dir ist doch klar, dass du jetzt keine Szene machen darfst. Dein Vater ist *so* dicht davor, ins Kabinett berufen zu werden – er kann jederzeit zurückkommen, möglicherweise mit einem Gast. Wir haben uns alle Mühe gegeben, nicht mal die falschen Zeitschriften auszulegen, geschweige denn … ich muss wohl nicht deutlicher werden. Oh, du hast geweint.«

»Nein, aber …«, sagte sie mit schwacher Stimme, und dann kamen ihr die Tränen, und sie spürte die Arme ihrer Mutter um sich. »Ich bin so müde, Mama.«

»Natürlich bist du das, Liebling … oh, du hast uns so gefehlt.«

Die Haustür fiel mit einem säuberlichen Klick hinter ihrer Mutter ins Schloss, und der Krieg war gedämpft. Wie erleichtert das eigene Herz war, sich wieder dem altbekannten Rhythmus der Hausmädchen anzupassen. Alles würde wieder gut. Sie würde Alistair wiederhaben, es erschien noch immer nicht ganz real. Er hatte einen Arm verloren – und wenn schon. So etwas konnte heutzutage leicht passieren. Die Besen raschelten leise, als sie durch die stillen Zimmer des Hauses fegten. Die Staubwedel schlugen gegen die Stangen des Treppengeländers. In der Eingangshalle stand ein Weihnachtsbaum mit venezianischem Glasschmuck in einem großen Messingtopf.

Mary folgte ihrer Mutter in den Salon, wo Palmer Tee in blauem Porzellan auftrug. Er servierte ihn Mary so, wie sie ihn zuletzt bevorzugt hatte: ohne Milch, aber mit drei Stück Zucker, das Morphium hatte sie zur Naschkatze gemacht.

»Vielen Dank, Palmer, aber wenn es nicht zu viel Mühe macht, hätte ich den Tee gern wie früher.« Sie sagte es sehr entschieden, damit ihre Mutter es verstand.

»Sehr wohl«, erwiderte Palmer in dem neutralen Ton, den er stets anschlug, ob es nun um ein Taxi oder die Auferstehung ging. Er servierte ihr einen Tee ohne Zucker und zog sich in seine eigenen wohlbemessenen Grenzen zurück.

»Mama«, sagte Mary. »Es tut mir alles so leid.«

»Ach, pscht. Niemand kann von dir Vollkommenheit erwarten, nach all den Verlusten. Du wirst dein Zimmer so vorfinden, wie du es verlassen hast.«

»Danke – aber ich ziehe nicht wieder ein.«

»Ach nein?«, fragte ihre Mutter leichthin, als hätte Mary ein

Baiser abgelehnt. »Aber es wäre so schön, dich Weihnachten daheimzuhaben.«

»Es ist so: Ich muss dich um einen Gefallen bitten.«

»Ich verstehe. Du bist wieder ganz du selbst, immerhin.«

»Ich habe seit Monaten kein Morphium angerührt.«

»Das freut mich. Das warst nicht wirklich du. Sollen wir es einfach vergessen? Du hast deinem Vater keinen irreparablen Schaden zugefügt, vorausgesetzt, wir beide, du und ich, machen jetzt eine umfassende Tour durch die Salons. Wenn man dich so sieht, werden die Gerüchte völlig unglaubwürdig scheinen. Du wirst feststellen, dass ich die Verletzung, die du im Dienst am Vaterland erlitten hast, ein wenig aufgebauscht habe – das macht dir hoffentlich nichts aus –, da sie deine mehr oder weniger unverhüllte Indiskretion überdecken konnte.«

»Das mit der Szene im Ritz tut mir leid.«

»Mir auch. Ins Ritz mit einem Trupp Nigger? Falls das ein Denkzettel für mich sein sollte, wäre es weniger schmerzhaft gewesen, ihn an einen Stock zu binden und mich damit zu schlagen.«

»Musst du sie ›Nigger‹ nennen? Sie haben dir nichts getan.«

»Außer meine Tochter morphiumsüchtig zu machen.«

»Im Gegenteil, Mama. Einer von ihnen hat mich von dem Zeug weggebracht.«

Ihre Mutter blinzelte. »Aber ich frage mich – warum? Von all den Leuten, mit denen ein Mädchen Umgang pflegen könnte.«

»Ich pflege keinen Umgang mit ihnen. Ich unterrichte sie.«

»Nun, es stört mich, dass du das auf meine Kosten tust. Die Eltern dieser Kinder sollten dir wenigstens ein Gehalt zahlen. Haben sie überhaupt Eltern? Man hört, dass vor allem die Väter nicht mehr Familiensinn haben als Fische.«

»Ich glaube nicht, dass ich den Kindern mehr gebe, als ich von ihnen bekomme, aber ich werde auf das Geld von euch verzichten, wenn es dir lieber ist.«

»Was willst du denn dann von mir, wenn es weder um Geld noch um einen vernünftigen Rat oder die schlichte Möglichkeit geht, deinen armen Vater glücklich zu machen?«

Mary ergriff die Hand ihrer Mutter. »Der Mann, von dem ich dir erzählt habe. Alistair. Ich liebe ihn.«

Ihre Mutter starrte sie an. »Du willst mir jetzt nicht etwa erzählen, dass er aus einer Familie von Faschisten kommt oder so etwas? Du machst es einem wirklich nicht leicht.«

»Er stammt aus einer guten Familie. Vor dem Krieg war er Restaurator in der Tate.«

Mary spürte, wie sich die Hand ihrer Mutter entspannte. »Wenn du sagst, aus einer guten Familie ...«

»Wir kennen sie nicht, falls du das meinst. Aber du musst dir einfach vorstellen, dass es Familien gibt, die in unseren Kreisen zwar unbekannt sind, aber dennoch um dieselbe Sonne kreisen, und zwar ohne Sonnenfinsternis oder Indiskretion.«

»Dann sind es wohl Sozialisten.«

»Tatsächlich? Du musst mir eines Tages unbedingt erklären, wie du das erkennst.«

Ihre Mutter zog die Hand zurück. »Warum ahne ich, dass die Sache einen Haken hat?«

»Alistair hat auf Malta einen Arm verloren und –«

»Mein Gott, na und? Er kann sich ja einen neuen wachsen lassen.«

Mary lächelte. »Ich liebe dich, Mutter. Genau das habe ich auch gedacht.«

»Du bist ein liebes Mädchen. Wenn du nicht so unmöglich wärst, würde ich dich nur halb so sehr lieben. So wie du hätte ich sein können, wenn ich je den Mut gefunden hätte, meiner Mutter zu sagen, sie soll sich um ihren eigenen Kram kümmern.«

»Und so wie du zu sein würde ich mir erhoffen, wenn ich die Familie über mein eigenes Wohl stellen könnte. Ich weiß, ich war selbstsüchtig. Ich werde keine Szene im Ritz mehr machen, aber ich kann auch nicht Mrs. Henry Hunter-Hall werden, sosehr es euch helfen würde.«

Ihre Mutter seufzte. »Ich bin mir sicher, es gibt einen akzeptablen Mittelweg. Und ich weiß, gleich wirst du nachsichtig lächeln, aber du wirst feststellen, dass ohnehin alles anders ist, wenn du erst verheiratet bist. Unsere Leidenschaften werden gedämpft – nun, das ist vielleicht nicht der beste Ausdruck – unsere Leidenschaften werden leichter und lasten nicht mehr so schwer auf uns. Glaubst du, ich wäre keine Idealistin gewesen, als ich so alt war wie du? Ich war für das Frauenwahlrecht. Ich habe mich an Laternen und Ähnliches gekettet.«

»Warum hast du damit aufgehört?«

»Vermutlich wirst du sagen, dass ich mich stattdessen an deinen Vater gekettet habe.«

»Aber du bist doch glücklich, oder?«

»Glücklich? Du meine Güte, gibt es das Wort im Krieg überhaupt?«

»Aber der Krieg berührt dich kaum.«

»Vermutlich denkst du, dass mich nichts berührt.« Ihre Mutter nahm eine Zigarette aus Marys Packung und zündete sie mit leicht zitternden Händen an.

»Mutter …«

»Ich brauche kein Mitleid. Ich glaube noch immer, dass es unsere Pflicht ist, eine verbesserte Welt zu hinterlassen. Glaubst du, du wirst diesen Alistair heiraten?«

»Ich weiß es nicht. Er ist weit weg, und wir haben nicht darüber gesprochen. Aber, ja, ich hoffe es.«

»Du musst dir deinen Ehemann nämlich sorgfältig aussuchen, weil seine Ideale die deinen ersetzen. Aus Idealen werden Ambitionen, und Ambitionen brauchen Verbündete, und Verbündete erfordern Abendgesellschaften und Galas und Tischordnungen.«

»Meinst du nicht, dass es nach dem Krieg zwischen Männern und Frauen anders wird? Meinst du nicht, dass wir an der Schwelle zu etwas Neuem stehen?«

»Man sollte einen roten Teppich für all die Schwellen knüpfen, an denen wir schon gestanden haben.«

Mary lächelte. »Ich bin froh, dass es dir gut geht.«

»Lenk nicht ab. Worum wolltest du mich bitten?«

»Es geht um Alistair, Mama. Er wird in Gibraltar festgehalten.«

»Nun ja, es ist Krieg.«

»Von der Armee, meine ich. In einem … du weißt schon. In einem Gebäude.«

»Aber wieso?«

Mary sprach betont ruhig. »Sie sagen, er habe sich unerlaubt entfernt. Man hat ihn zu zwölf Monaten verurteilt.«

Ihre Mutter stellte die Teetasse mit einem leisen Klirren ab. »Palmer? Bitte bringen Sie uns ein wenig Brandy.«

Und wieder erschien das Zinntablett, diesmal mit Gläsern und Karaffen. Palmer platzierte es auf einem Beistelltisch und gab etwas Sirup in beide Gläser. Er schälte eine Orange und hängte einen Schalenspan in jedes Glas. Er drückte die Schalen leicht mit einem Stößel, fügte einen Spritzer Bitter hinzu und goss eine Einheit Brandy in jedes Glas, zuletzt gab er etwas Eis dazu.

Mary nippte. Ihre Mutter leerte ihr eigenes Glas in einem Zug und stellte es ab. »Du bist fest entschlossen, uns das Leben so schwer wie möglich zu machen.«

»Es tut mir leid, wirklich. Es mag so aussehen, aber ich hoffe, du weißt, dass ich nicht die Welt durchstreife und nach irgendeiner neuen Schande suche, die ich über euch bringen kann.«

»Ein Deserteur? Da wäre mir ein Nigger fast lieber gewesen.«

Mary riss sich zusammen. »Fernbleiben ist nicht das Gleiche wie Desertieren. Vater ist die halbe Zeit nicht hier, und dennoch werden seine Bücher abgestaubt.«

»Lass das.«

»Entschuldigung.«

Ihre Mutter schwieg einen Moment. »Sag mir, wie die Lage ist.«

»Ich glaube, Frankreich hat ihn aus dem Gleichgewicht gebracht. Er kam gerade von dort, als wir uns kennenlernten. Er hat wer weiß wie viele seiner Männer gerettet, aber das alles hat ihn furchtbar mitgenommen. Ich weiß, dass er auf Malta sein Bestes gegeben hat. Und ich kann mir nicht vorstellen, wie es ist, einen Arm zu verlieren. Du etwa?«

Ihre Mutter sagte nichts.

Mary wurde rot. »Wie können sie einen Mann für einen einzigen Fehler verurteilen?«

»Was soll ich dazu sagen? Als Abels Blut zum Herrn schrie, wollte es sich vermutlich darüber beklagen, dass es vergossen wurde. Und nicht an die frohen Jahre der Brüderlichkeit erinnern.«

»Aber Alistair hat niemanden ermordet. Vielleicht ist er nur ein wenig zu früh gegangen.«

»Das ist ein Krieg, keine Party. Man kann nicht einfach gehen, wenn es einem zu öde wird.«

»Ich weiß, Mama, aber –«

»Dein Vater ist in Ypern oder Pozières auch nicht *ein wenig zu früh gegangen*. Dann hätte ich ihn nämlich nie geheiratet.«

»Aber er würde Alistairs Fall gewiss besser verstehen als jeder andere.«

»Das Verständnis deines Vaters für unerlaubtes Fernbleiben reicht möglicherweise nicht weiter als bis zu der Entfernung, in der sich das Erschießungskommando aufstellt.«

»Aber wir sind doch inzwischen schon weiter. Gibt es immer noch keinen Mechanismus für Vergebung?«

»Was soll ich dazu sagen?«

»Würdest du Vater bitten, seinen Einfluss geltend zu machen?

Ein Brief von ihm ans Kriegsministerium hätte enormes Gewicht. Er müsste Alistair nur ein Charakterzeugnis ausstellen.«

»Bist du deshalb zu mir gekommen? Um diesem Mann aus der Patsche zu helfen?«

Mary machte sich klein und sagte nichts.

»Verstehst du, was mich das kosten würde, wie viel von meinem Einfluss auf deinen Vater – meinem Kapital – ich dafür einsetzen müsste? Ich habe meine eigenen Ziele, wie du bemerkt hättest, wenn du überhaupt jemals etwas bemerken würdest. Hinzu kommt, dass mein Kapital sich jedes Mal verringert, wenn ich dich verteidigen muss. Ist dir eigentlich klar, wie loyal ich dich ihm gegenüber vertreten habe? Und jetzt verlangst du, dass ich mich noch tiefer in seine Schuld begebe und meine eigenen Hoffnungen deinen unterordne.«

»Es tut mir leid, ich würde dich nicht bitten, wenn ich nicht müsste.«

»Wenn ich das für dich tue, muss der andere Unsinn aufhören. Kein Tropfen Morphium mehr, nie wieder.«

»Natürlich. Das verspreche ich.«

»Und du wirst beim Kriegsministerium um einen neuen Einsatz bitten. Wenn man dich wieder zum Rettungsdienst schickt, wirst du annehmen. Wenn man dich in die Fabrik schickt, ziehst du den Overall an, ohne mit der Wimper zu zucken. Ich will, dass der Name dieser Familie wieder für Pflichtgefühl steht.«

»In Ordnung.«

»Und du wirst wieder bei uns wohnen, bis du verheiratet bist. Du wirst mich ohne Murren zu Vorträgen und Kaffeeeinladungen begleiten. Ich werde deine Zeit nicht über Gebühr beanspruchen, erwarte aber, dass du mit der Gesellschaft Frieden schließt. Wenigstens so weit, dass deine Hochzeit, wenn sie denn kommt, auf der Gesellschaftsseite und nicht in der Klatschspalte steht.«

Mary ließ den Kopf hängen. »Schön.«

»Und du musst aufhören, dich mit Negern abzugeben. Ich werde dir den Gefallen tun, sie Neger zu nennen, und du erwiderst ihn, indem du die Verbindung zu ihnen abbrichst. Du wirst weder ihre Aufführungen besuchen noch ihre Brut unterrichten.«

»Aber Mutter –«

»Du erweist ihnen keine Freundlichkeit, wenn du so tust, als könnte man ihnen helfen. Sie haben ihre Welt, und wir haben unsere, und dazwischen kann es nicht mehr Verkehr geben als zwischen Himmel und Erde.«

»Und so bekommen unsere Kinder das Land und ihre Kinder die Bombenangriffe? Wie kannst du von mir verlangen, Frieden mit einer Gesellschaft zu schließen, die einen solchen Krieg führt?«

Marys Mutter setzte sich neben sie. »Bitte. Ich war in deinem Alter genauso.«

»Du meinst: ehrlich?«

»Darauf lasse ich mich nicht ein. Die Jungen sehen die Welt, die sie sich wünschen. Die Alten sehen die Welt, wie sie ist. Nun sag mir, was ehrlicher ist.«

»Na gut«, sagte Mary. »Alles andere, was du verlangst, werde ich tun, da ich allein den Preis dafür bezahle. Doch ich werde nicht aufhören, diese Kinder zu unterrichten.«

»Aber warum nur, Liebes?«

»Weil alle darauf bestehen, dass ich es lasse.«

»Und du bist nicht auf die Idee gekommen, dass alle recht haben könnten?«

»Sie sind blind für das, was falsch ist. Ich sehe, dass dieser Krieg die Reichen nicht berührt und die Armen ausbombt, und doch verlieren weder Reich noch Arm ein Wort darüber. Ich sehe Negerkinder in Kellern hocken, während weiße Kinder sich auf dem Land erholen, und doch bitten mich beide Lager, bloß keinen Staub aufzuwirbeln. Sieh uns doch an. Wir sind eine Nation glorreicher Feiglinge, bereit, alles Böse zu bekämpfen, nur nicht unser eigenes.«

Ihre Mutter ergriff ihre Hand. »Genug. Falls du dich auf Verhandlungen einlassen willst, denk bitte daran, dass ich dieses Spiel schon länger spiele als du. Du willst, dass ich mich für Alistairs Entlassung einsetze, und ich habe meine Bedingungen genannt. Du kannst deine eigenen hinzufügen, aber tu bitte nicht so, als wäre dir ein Prinzip wichtiger als ein Ehemann. Was ist denn mit dem Glück von Alistair, der im Gefängnis vor sich hin fault? Steht es dir zu, das gegen deine Ideale aufzuwiegen?«

»Du verurteilst ihn vielleicht zu einem Jahr in seiner eigenen Gesellschaft, Mutter. Aber ich verurteile ihn nicht zu fünfzig Jahren mit einer Heuchlerin.«

»Bitte bestrafe uns nicht so. Was immer wir dir angetan haben, sei mutig und spuck es aus. Aber tu nicht so, als würdest du diese Nigger deiner Familie vorziehen.«

»Es sind nur Kinder, Mama, und *sie* haben mir geholfen, ohne Bedingungen zu stellen.«

Sie schauten einander an.

»Müssen wir das wirklich ausfechten?«, fragte ihre Mutter. »Vielleicht können wir die Entscheidung aufschieben, bis wir ruhiger geworden sind. Nur komm bitte Weihnachten nach Hause, Liebling. Lass uns wieder eine Familie sein.«

Mary verfiel auf den Trick ihrer Mutter, zu lächeln, wenn es keine andere Antwort gab.

Ihre Mutter erhob sich. »Gut, denk darüber nach. Ich gehe aus, um mich ein wenig zu sammeln. Ich komme um sechs zum Abendessen zurück, und du lässt Palmer wissen, ob wir dich erwarten können. Bist du hier, wenn ich zurückkomme, gehe ich davon aus, dass meine Bedingungen akzeptabel sind. Bist du weg, sollten wir einander eine Weile besser nicht sehen.«

»Mutter …«, sagte Mary.

»Sechs Uhr. Komm bitte nicht zu spät – das könnte ich nicht ertragen.«

»Es tut mir so leid, Mama.«

Mary sah, wie ihre Mutter sich zum Lächeln zwang. Und so lächelten sie beide und küssten einander präzise *hier* und *hier* auf die Wange – denn das Herz war nicht das Fundament guter Manieren, und auch wenn es brach, durfte es sie nicht untergraben.

Nachdem ihre Mutter gegangen war, saß Mary da, die Ellbogen auf den Tisch gestützt. Sie zündete sich eine Zigarette an, blies den Rauch durch die Nase, und das alte Haus atmete mit ihr aus. Nun, da ihre Mutter weg war, konnten die Hausmädchen singen, während sie oben die Betten machen. Aus der Küche klang Topfgeklapper, und die Köchin fand etwas zu lachen.

Nach einer Weile spürte Mary eine Gegenwart im Raum, eine leichte Beugung des Lichts.

»Palmer?«

»Miss Mary?«

»Könnten Sie mir noch einen kleinen Brandy bringen? Nur so, ohne Drumherum?«

»Sehr wohl.«

»Und würden Sie mir ein Taxi rufen? Und meine Mutter wissen lassen, dass ich es leider nicht zum Abendessen schaffe?«

Es entstand eine ungewohnte Pause.

»Verzeihen Sie, Miss Mary, aber ich möchte sichergehen, dass ich Ihre Nachricht richtig verstanden habe. Ich soll Madam sagen, dass sie nicht mit Ihnen rechnen kann?«

»Danke, Palmer, dass Sie es wie immer richtig verstehen.«

Eine Pause. Ein Atemzug. Und dann, ausdruckslos: »Sehr wohl.«

Als Palmer mit dem Brandy zurückkam, brachte er ihn auf dem schweren Silbertablett. Mary blickte auf. »Oh, ist mein Vater schon aus dem Parlament zurück?«

»Erst heute Abend, Madam.«

»Dann …?«

Sein neutraler Blick. »Verzeihen Sie mir, Miss North.«

»Oh, Palmer …«

»Haben Sie noch einen Wunsch?«

»Nein, danke. Das wäre alles.«

»Sehr wohl.«

Als die Haustür eine halbe Stunde später hinter ihr zufiel, entdeckte Mary Hilda auf dem Rücksitz des wartenden Taxis.

»Was machst du denn hier?«

Hildas Narben waren höckrig und rau, ihre verwirrte Miene verzerrte sie noch mehr. »Ich dachte, du hättest nach mir gefragt.«

»Ich habe nichts dergleichen getan.«

»Oh … aber Palmer hat am Telefon gesagt, ich würde dringend gebraucht.«

»Und du bist um meinetwillen gekommen?«, fragte Mary.

»Ich habe dich schrecklich vermisst.«

Mary zögerte nur einen Moment. »Dann solltest du besser aussteigen, oder? Wir können schlecht spazieren gehen, während du da drinnen sitzt.«

Mary bezahlte den Taxifahrer, hakte Hilda unter, und sie gingen durch den Regen. Sie sprachen zuerst über Kleinigkeiten, da man tunlichst mit den einfachen Knoten begann, wenn man Fäden wieder aneinanderknüpfen wollte.

Später sagte Mary: »Alistair ist am Leben.«

Hilda schlug die Hände vor den Mund.

»Ich liebe ihn«, sagte Mary. »Hasst du mich deswegen?«

»Nein, ich freue mich für dich.«

»Du hast mir nämlich auch gefehlt.«

Hilda ergriff ihre Hände. »Komm übers Wochenende zu mir in die Wohnung. Ich habe ein breites Sofa, ein Radio und so viel Leitungswasser, wie du nur trinken kannst. Außer, du musst ins Lyceum.«

»Vielleicht wird es allen guttun, wenn ich mir ein freies Wochenende gönne. Wir beide sind Menschen begegnet, die in Flammen standen und sich weniger angestellt haben als Kinder, die man zum Lesenlernen zwingt.«

»Du bist ohnehin eine furchtbare Lehrerin.«

»Danke. Und du eine nutzlose Krankenschwester.«

»Du kommst also?«

»Danke, sehr gern.«

Sie gingen nach Nordosten zu Hildas Wohnung, wobei die unbeschädigten Straßen allmählich der allgemeinen Zerstörung wichen. Die Graupelschauer wurden dichter. Auf der Höhe des Regent's Canal war nur noch ein schmaler Weg zwischen den Trümmerhaufen geräumt worden.

»Kümmere dich nicht um das Chaos«, sagte Mary. »Ich werde hier Cottages für dich bauen – kleine, strohgedeckte Häuschen, wie in Lowestoft – und dafür sorgen, dass in jedem einzelnen ein gutaussehender, lediger Mann wohnt.«

»Hochgewachsen?«

»Du wirst eine Leiter brauchen, um diese Prachtexemplare zu küssen. So eine kleine Trittleiter, wie man sie in Bibliotheken findet.«

»Dunkelhaarig?«

»Ich werde sie straßenweise ordnen. Dunkelhaarig, blond, witzig, reich. Willst du mehr als eine Eigenschaft, klopfst du einfach an einer Kreuzung.«

»Uniform?«

»Was immer du möchtest. Soldat, Matrose, Kraftfahrer. Jedes Haus hat eine eigene Verkleidungskiste.«

»Ich glaube, dein neues London wird mir sehr gefallen.«

»Dann mache ich dich zur Bürgermeisterin«, sagte Mary mit einer großzügigen Handbewegung.

»Das ist wohl das Beste. Denn du wirst viel zu sehr mit Alistair beschäftigt sein.«

Mary sah das kleine Zucken im Lächeln ihrer Freundin. »Es tut mir leid, Hilda.«

»Nicht nötig. Du wirst ihn heiraten, oder?«

»Er ist in Gibraltar im Gefängnis.«

Hilda blieb stehen. »Warum?«

»Er hat Malta früher verlassen, als er sollte.«

Hilda sah niedergeschlagen aus. »Weißt du, ich habe ihm geschrieben. Dass du vor die Hunde gegangen wärst.«

Mary dachte darüber nach. »Das war nicht gelogen.«

»Ja, aber es war trotzdem nicht richtig. Kein Wunder, dass ich allein bin.«

»Hör auf. Du lernst bald jemanden kennen.«

»Aber wie? Es gibt keine Partys mehr. Oder vielleicht gibt es überall Partys, und keiner sagt mir Bescheid.«

»Ja, das wird es wohl sein. Ich habe dich immer als sehr uncharmant und unbeliebt empfunden.«

»Aber ich habe die Narben«, sagte Hilda. »Sie sind das einzig bekannte Gegengift zu mir.«

»Dann suchen wir dir eben einen Mann mit passenden Narben.«

Hilda lächelte.

»Siehst du?«, sagte Mary. »Wenn du das machst, bist du hübsch.«

»Seit unserem Streit habe ich es nicht oft gemacht.«

»Ich auch nicht. Von nun an denken wir einfach immer daran, dass der Trick darin besteht, nicht zu streiten. Wie konnten wir das bloß vergessen?«

Hilda schniefte, wandte ihr Gesicht zum grauen Himmel und fing die Graupel mit der Zunge auf. »Schwer zu sagen«, sagte sie. »Vielleicht haben sie irgendwas in die Bomben getan.«

Dezember 1941

Mary zog Regenmantel und Südwester an und trat hinaus in den Morgen. Bei dem kalten Wetter hinkte sie wieder stärker, als sie durch den Regent's Park ging und einen großen Bogen um den verlassenen Zoo machte. Die Oberfläche des Sees war vom Regen aufgewühlt, über die Ruderboote waren Planen gezogen. Die Parkwächter warteten im Musikpavillon darauf, dass sich das Wetter besserte. Sie rauchten Pfeife, ihre Kleidungsstücke waren eingerollt und festgesteckt, wo Gliedmaßen fehlten. Die kahlen Eichen mit ihren uralten Stämmen stützten einen kummervollen Himmel.

Sie ging durch Marylebone und Fitzrovia, die nichts von den schlimmsten Bombenangriffen gespürt hatten. Nur wenige Lücken verunzierten die georgianischen Häuserreihen, die Trümmer hatte man beseitigt. Die übriggebliebenen Krater waren mit Regenwasser gefüllt, so dass sich in den leeren Stellen zwischen den Häusern der Himmel spiegelte und aus jedem Verlust nicht unbedingt Schönheit, zumindest aber ein ruhiger Nachbar wurde.

Mary ging zum Embankment hinunter und schaute über den weiten Bogen, den der Fluss vom Parlament bis Blackfriars beschrieb. Sie hielt sich nicht mehr für längere Zeit hier auf, aber es war unmöglich, die Gewohnheit der Liebenden, flussabwärts zum Meer zu blicken, ganz abzulegen. Sie zog den Regenmantel am Hals zusammen und eilte weiter zum Lyceum.

Dies war der beste Augenblick des Tages, die Vorfreude auf ihre Klasse. Im Keller lebten jetzt neun farbige Kinder. Es hatte den Krieg gebraucht, um Londons Herz freizulegen, das weiße Kinder der Fliehkraft und Negerkinder der Schwerkraft unterwarf. Wenn alles vorbei war, würde Miss Vine die Schule wieder öffnen, und die Lehrerinnen würden so tun, als wäre nichts geschehen. Sie würden aus den improvisierten Klassenzimmern eine Tugend machen und sich selbst für stoisch halten, ohne die geringste Ahnung, dass das Leben sich ohne sie weitergekämpft hatte.

Im Zuschauerraum legten die Darsteller gerade eine Pause bei den Proben ein. Sie saßen auf Kisten und gefalteten Vorhängen und rauchten.

»Guten Morgen, Miss North«, rief Bones ihr zu. Mary blieb am Fuß der Bühne stehen.

»Guten Morgen, Mr. Bones. Wie läuft das Minstrel-Geschäft?«

»Wie üblich – danke der Nachfrage –, also abhängig davon, wie viele von Ihren Leuten so nett sind, Eintrittskarten zu kaufen. Wie läuft das Unterrichten?«

»Wie üblich, danke, zwei Schritte vor und anderthalb zurück, also netto ausgedrückt ein halber Schritt vorwärts.«

Er trat an den Bühnenrand. »Hätten Sie eine Minute Zeit für mich, Miss North? Oder, als Bruch ausgedrückt, das Sechzigstel einer Stunde.«

Sie setzten sich auf Klappsitze in einer oben liegenden Sitzreihe, wobei sie einen Platz zwischen sich frei ließen.

»Was Sie für unsere Kinder tun«, sagte er. »Das ist sehr freundlich. Obwohl ich auch immer wieder höre, dass Sie besser nicht jeden Tag kommen sollten.«

Sie lächelte. »Es wundert mich nicht, dass die Kinder das sagen. Aber man lernt Schreiben und Rechnen nun mal am besten durch tägliche Übung. Ich versuche, es unterhaltsam zu gestalten, aber es gibt keinen Ersatz für die tägliche Plackerei.«

Bones schaute auf seine Hände. »Dass man sagt, Sie sollten seltener kommen. Das kommt nicht von den Kindern.«

»Oh.«

»Nicht, dass wir nicht dankbar wären. Was Sie für sie getan haben, ist grandios. Ich sehe Kinder schreiben, die vorher nicht mal lesen konnten. Ich sehe Kinder, die nicht reden wollten, und plötzlich betteln sie mich ständig um Geld an.«

»Nun, dann …«

»Nur ist es so, dass diese Dinge nicht immer gut enden. Verstehen Sie?«

»Ich bin mir nicht ganz sicher. Es schadet ihnen nicht, etwas zu lernen. Ganz im Gegenteil: Wenn ihre Mitschüler vom Land zurückkehren, müssen sie sich ihnen gegenüber behaupten.«

»Wir sagen nicht, dass sie nicht lernen sollen. Vielleicht fragen wir uns nur mit allem Respekt, ob *Sie* am besten geeignet sind, sie zu unterrichten.«

Auf der Bühne probten die Darsteller eine Slapstick-Nummer mit einem langen Brett und allen erwartbaren Konsequenzen. Mary hatte nie darüber nachgedacht, wie viele Männer eins übergezogen bekommen mussten, bevor so etwas lustig wurde.

»Es ist so«, sagte Bones, »wir haben hier unsere Arbeit und unser Theater, und eine Art Zuhause für die Kinder, die ihre Familie verloren haben. Solange wir unter uns bleiben, kümmert sich keiner darum. Man lässt uns in Ruhe. Sobald die Leute aber glauben, dass wir uns unter sie mischen wollen, erregen wir Aufmerksamkeit. Die für uns wie Tageslicht für Vampire ist, verstehen Sie? Es gibt eine Art Abmachung zwischen dem Leben und dem farbigen Entertainer. Ihre Leute überlassen uns eine Ecke der Nacht, und wir verdunkeln dafür nicht Ihren Tag.«

»Aber ich komme nicht mit Pauken und Trompeten. Ich benutze die Bühnentür und unterrichte im Keller.«

»Sie mögen unseren Ort diskret betreten, Miss North, aber ich frage mich, wie vorsichtig Sie den Ihren verlassen.«

»Ich prahle nicht mit dem, was ich tue, falls Sie das meinen.«

»Wissen Ihre Freunde Bescheid? Ihre Eltern?«

»Ja –«

»Und heißen sie es rückhaltlos gut?«

»Nein, aber das ist kaum –«

»Also werden sie mit anderen darüber reden, und diese Leute reden auch wieder. Haben wir eine Lizenz für alle Vorstellungen, die wir geben? Ist es uns erlaubt, Alkohol auszuschenken? Besitzt irgendeins dieser verwaisten Kinder Adoptionspapiere oder ein Rationsbuch? Man gestattet uns den Trost unserer kleinen Gemeinschaft, weil es mühsamen Papierkram bräuchte, uns zu vertreiben. Unsere Hautfarbe ist uns verziehen, solange niemand offiziell von ihr Notiz nimmt.«

Mary ließ den Kopf hängen. »Sie wollen, dass ich nicht mehr komme.«

»Es geht nicht um das, was ich will, Miss North. Wir alle sind Ihnen zugetan. Aber Sie dürfen nicht glauben, dass die Kinder ohne Sie nicht unterrichtet würden. Ich mag nicht über Ihre Bildung verfügen, aber ich kann ihnen die Sprache beibringen. Und der Direktor – na, er wird keine mathematischen Theoreme mit ihnen durchnehmen, aber mit Buchführung hat er schon mal zu tun gehabt.«

»Und wenn ich einfach nicht mehr so oft käme?«

Er schürzte die Lippen. »Na schön. Wie wäre es, wenn Sie heute damit anfingen?«

Und so war sie auf dem Weg nach draußen, bevor sie auch nur den Regenmantel ausgezogen hatte. Sie fragte sich, ob die Monate voller Morphium ihre Widerstandskraft geschwächt hatten. Oder ob es am Alleinsein lag, das einen härter, aber brüchig werden ließ.

Es traf sie immer wie ein Schlag, wenn sie aus dem Lyceum

kam und sich der Flut weißer Gesichter im Strand gegenübersah. Es folgte eine Phase der Akklimatisierung, bis man die weiße Haut nicht mehr sonderbar fand. Kurz erschien sie einem unnatürlich und ziemlich schrecklich, so als hätten alle Leute eine Krankheit oder ein Bleichmittel angewandt. Und der Augenblick, bevor man begriff, dass man zu ihnen gehörte – war ein Augenblick außerhalb der Zeit, so als wäre man zu abrupt aufgestanden.

Januar 1942

Die vier Einheimischen, die Captain Braxtons Leiche die Klippe zum Fort St. Elmo hinauftrugen, hatten sich bemüht, sie anständig herzurichten, die Glieder einigermaßen gerade gerückt und ein Hemd um den zerschmetterten Kopf gewickelt. Simonson hatte ihnen als Dank einen Schuldschein über Petroleum ausgestellt, bevor er den Arzt den Toten in einen Sarg umladen und diesen zunageln ließ. Die Nägel mussten aus den Türpfosten des Forts gezogen und auf einem Amboss gerade gehämmert werden.

Simonson drückte etwas aus, das sie immer noch als Zigarette bezeichneten, und zupfte sich die bitteren Krümel von der Zunge. Sein Kopf pochte heftig.

Seine Batterie verfügte noch über siebenundsiebzig Mann, da war Braxton bereits abgezogen. Die Rationen reichten für dreißig. Je mehr Männer er verlor, desto mehr blieb für die anderen – dies war eine Eigenheit ihrer taktischen Situation. Wenn ein Angriff kam, wusste man nicht, ob man die Männer mit Stahlhelmen in die Bunker oder in Sporthosen auf die Brustwehr schicken sollte. Gelegentlich beseitigte ein Offizier diese und andere Ungewissheiten ein für alle Mal für sich, indem er in der Dämmerung einen Spaziergang unternahm und nicht stehenblieb, wenn er an die Klippen kam.

Vermutlich sollte man einen Selbstmörder bemitleiden, doch Simonson hasste den Toten dafür. Ohne Alistairs Humor war die Insel tödlich für seine Stimmung geworden. Es war, als würde unsichtbare Galle aus den Bombenkratern steigen. Er verabscheute jeden einzelnen gelben Felsen. Da es nichts zu essen gab, rauchte er unentwegt, bis der Rauch in jede Lücke zwischen seinen Körperzellen drang. Es schien nur noch reine Gewohnheit, dass sich nicht auch seine Person wie der Rauch auflöste.

Den ganzen Morgen plagten ihn seine Untergebenen. Captain Appleby und Captain Fisk hatten sich gestritten, wessen Geschütz den neuen Lauf bekommen sollte, den man durch die Blockade gebracht hatte. Simonson warf eine Drei-Pence-Münze in den Flur und ließ sie hinterherrennen, um die Frage zu entscheiden. Lieutenant Spencer meldete sich mit der Mutmaßung, er werde ja wohl nun, da Braxton den Posten verlassen habe, zum Captain befördert. Fünf Minuten später tauchte Lieutenant Cooper auf, um – nicht ohne nebenbei anzumerken, sie seien doch beide in Harrow gewesen – darauf hinzuweisen, dass er und nicht dieser anmaßende Spencer als Nächster dran sei.

So ging es den ganzen Tag weiter, während der Feind angriff. Es regnete Blut und Schwefel, und die Freibeuter krochen aus den unterirdischen Räumen des Forts. Major Huntley-Chamberlain, der hoffte, sein Favorit Ives werde den vakanten Posten erhalten. Und Major Hall, der kam, um sich für Williams zu verwenden.

Als es dämmerte, bestellte Lieutenant Colonel Hamilton ihn endlich in sein Büro. Zum ersten Mal seit Wochen verspürte Simonson etwas wie Dankbarkeit. Hamilton musste gemerkt haben, wie überlastet er war, und hatte beschlossen, etwas zu unternehmen. Simonson zog sein sauberstes Hemd an, blies den Staub von der Mütze und eilte nach unten in den Kommandoraum.

Hamilton schaute von seinen Papieren auf, als Simonson klopfte.

»Üble Sache mit Braxton.«

»Schrecklich, Sir.«

»Verheiratet?«

»Nein. Nur Eltern.«

»Wenigstens das. ›Im Kampf gefallen‹, nehme ich an?«

»Der Brief geht heute Abend raus.«

»Schön. Setzen Sie sich.«

Simonson nickte. Er schlug die Beine übereinander und legte die Mütze auf sein Knie. Vermutlich würde er vorübergehend ans HQ ausgeliehen. Man durfte es nicht als Urlaub betrachten – man sollte die zusätzliche Verantwortung wertschätzen –, doch die Aussicht, von seinem täglichen Kommando entbunden zu werden, erfüllte ihn mit Erleichterung.

Hamilton wandte sich wieder seinen Papieren zu. Er blätterte im wöchentlichen Verpflegungsbericht des Quartiermeisters und schien vorzuhaben, das ganze Ding von vorn bis hinten zu lesen. Simonson fühlte ein leises Unbehagen. Je länger man warten musste, desto schwerer fiel es einem in der Regel, sich über das zu freuen, was einen erwartete. Er richtete die Augen auf die Karte der Insel, die an der Wand hing, als könnte er durch intensive Begutachtung die Belagerung durchbrechen.

Hamilton las den Bericht zu Ende, nahm einen roten Stift und machte auf mehreren Seiten sorgfältige Randbemerkungen. Diese Menge an Keksen durfte ausgegeben werden; soundso viel Unzen Aspirin wurden dem Krankenrevier zugeteilt. Schließlich nahm er die Lesebrille ab, zündete sich eine Zigarette an und schob ein maschinengeschriebenes Blatt über den Tisch.

»Können Sie mir das erklären?«

Er lehnte sich auf dem Stuhl zurück und sah zu, wie Simonson das Dokument las. Es war die unterzeichnete Aussage eines Unteroffiziers aus Luqa, in der dieser zugab, Heath auf Anweisung der Royal Artillery an die erste Stelle der Evakuierungsliste gesetzt zu haben.

Simonson blickte auf. »Der arme Kerl hat das völlig missverstanden. Ich habe keinen besonderen Druck ausgeübt und ganz gewiss keinen Befehl erteilt.«

»Dann muss er ausgesprochen dämlich sein.«

Simonson lächelte schwach.

»Sie finden das amüsant, Simonson?«

»Ich hatte gehofft, Sie hätten gute Neuigkeiten für mich.«

Hamilton stand auf, trat an das schmale, vergitterte Fenster und schaute in den dunklen Hof, wo vierhundert Männer weisungsgemäß auf dem Boden lagen, um ihre Kräfte zu schonen. »Ich weiß, dass Sie mit Heath befreundet waren. Sie waren zusammen schwimmen. Und segeln.«

»Ich versuche, allen Mitoffizieren gegenüber freundlich zu sein.«

»Sie beide waren doch wie Pech und Schwefel.«

»Nicht wirklich, Sir. Heath bedeutet mir nicht mehr als alle anderen.« Noch während er es aussprach, schämte er sich so sehr, wie sein Hunger es erlaubte. Wie gut es gewesen war, mit Alistair über dies und das reden zu können, während die Sonne sie bräunte und das einheimische Bier die Verantwortung milderte, die sie tragen mussten. Sie hatten sich nebeneinander ausgestreckt wie Hundewelpen und gelacht, bis ihnen der Bauch wehtat. Sie hatten etwas ausgestrahlt, das selbst den Feinden nicht entging. Die Hände der Kampfpiloten hatten am Zündschalter gezögert. Sprengminen hatten sie um wenige Zoll verfehlt.

»Also«, sagte Hamilton. »Wie es aussieht, war Heath nicht nur ohne gültigen Evakuierungsbefehl an Bord dieses Flugzeugs, es wurde auch – wie in mehreren anderen Fällen – an der Reihenfolge der Evakuierungsliste herumgepfuscht. Was jetzt von höherer Stelle untersucht wird. Sind Sie ganz sicher, dass Sie keine Freunde waren?«

»Um ehrlich zu sein, fand ich Heath recht gewöhnlich. Wenn

ich gelegentlich etwas mit ihm unternommen habe, lag es daran, dass er mir leidtat.«

»Nur damit ich Sie richtig verstehe: Er stand Ihrer Ansicht nach gesellschaftlich unter Ihnen?«

»Er konnte natürlich nichts dafür, aber ja, darauf läuft es hinaus. Außerdem wäre er nicht der Erste, der etwas gedreht hätte, um von der Insel zu kommen.«

»Nein, aber er wäre der Erste aus einem ehrenvollen Regiment. Ich hoffe, der Unterschied bedeutet Ihnen noch etwas.«

»Ja, Sir.«

»Sie sagen also, Heath hätte irgendwelche Beziehungen spielen lassen, und Sie hätten nichts damit zu tun?«

»Verdammt, ja.«

»Und wenn ich Heath nun die gleiche Frage stellte, würde er zweifellos sagen, dass Sie Ihre Beziehungen hätten spielen lassen und er nichts damit zu tun hatte.«

»Wenn er halbwegs bei Verstand ist, wird er hoffentlich genau das sagen.«

Sie sahen einander an, während der alte Krieg eine weitere Minute seines bogenförmigen Verlaufs hinter sich brachte.

»Verstehe«, sagte Hamilton schließlich.

»Es tut mir sehr leid.«

»Wissen Sie, womit ich heutzutage meine Zeit verbringe? Das HQ erteilt mir Befehle, die geradezu übernatürlich erscheinen. Dieser Mindestkalorienbedarf muss gedeckt, jene tödlichen Wunden müssen geheilt, die Naturgesetze müssen aufgehoben werden. Als wären wir keine Soldaten, sondern Heilige.«

»Ich kann mich an eine Zeit erinnern, in der wir Menschen waren.«

»Ja. Ich nehme an, damals hätten Sie Heath nicht alles auf seine Kappe nehmen lassen.«

Simonson schloss die Augen. Letzte Woche hatte ihm eine seiner Freundinnen geschrieben: Catherine hoffte, er habe Spaß. Er dachte daran, wie er mit ihr in Oxford gewesen war. Ihre Haare, die nach Erdbeeren rochen. Ihr Stak-Kahn, der zwischen den Wiesen über den Cherwell trieb. Seine fröhliche Inkompetenz beim Staken. Die Sommersonne, die alles ins Gedächtnis brannte und ihr Gelächter, noch während es erklang, unsterblich machte.

Draußen begann der nächste Angriff. Der Hof leerte sich, als alle an die Geschütze rannten.

Simonson stand auf. »Ich sollte zu meinen Männern gehen.«

»Sie bleiben, wo Sie sind. Was sollte ein Mann wie Sie ihnen nützen?«

Simonson setzte sich wieder. Die Bomben fielen, erschütterten die Erde, verstärkten seine Kopfschmerzen, bis ihm war, als müsse sein Schädel bersten. Blutige, mitgenommene Offiziere brachten Meldungen herein – die Verbindung zum HQ war abgeschnitten; Geschütz Nr. 9 ein Totalverlust; Grandfield und Barlow tot.

Hamilton setzte sich an den Schreibtisch und nahm die Meldungen nacheinander entgegen.

»Und?«, fragte er in einer Atempause. »Verstehen Sie jetzt meinen Standpunkt? Ich habe nämlich die ganze Nacht Zeit. Wir können das hier so lange machen, wie Sie wollen.«

Weitere Meldungen gingen ein.

»Ach, schauen Sie«, sagte Hamilton und schob eine Schadensmeldung über den Tisch. »Dem Bombenschützen an Nr. 9 – Sie wissen schon, der aus Newcastle – hat es den vorderen Teil des Fußes weggerissen. Sollen wir ihm eine Evakuierungsnummer geben oder lieber unsere Beziehungen spielen lassen?«

Simonson hielt sich den schmerzenden Kopf, während die Bomben ihn zerfetzten.

»Interessant«, sagte Hamilton und legte den Hörer des Feldtelefons auf. »Eine zweite Verlustmeldung von Nr. 9. Er –«

»Schon gut«, sagte Simonson, »Sie haben Ihren Standpunkt deutlich gemacht.«

Der Krieg würde sie alle zermahlen, bis nur die bittere, verstockte Wut blieb, die in der Mitte seines Schädels hämmerte. Der Krieg würde zum wahren Herzen jedes Einzelnen vordringen, so wie er sein eigenes Herz gefunden hatte: erzürnt, weißglühend, ungetröstet.

Der Angriff ließ nach, die Geschütze verstummten. Bevor die Entwarnung ertönte, hörte man den stotternden Lärm beschädigter Flugzeuge, die die Flucht ergriffen.

»Ich hoffe, Sie sehen auch meinen Standpunkt«, sagte Simonson. »Wenn man jemanden gernhat, muss man für ihn tun, was man kann.«

»Ungeachtet der Gesellschaftsordnung?«

»Ungeachtet der Evakuierungsordnung.«

»Sie haben also eine Abkürzung für Heath genommen. Ich sage nicht, dass es unnatürlich ist, nur ungebührlich. Für einen Offizier.«

»Ich gestehe nichts«, sagte Simonson.

»Dann müssen wir es nach Vorschrift machen. Einer von Ihnen hat seine Beziehungen spielen lassen, und wenn Sie es nicht waren, muss es logischerweise er gewesen sein. Also werde ich dem befehlshabenden Offizier in Gibraltar telegrafieren, dass er Heath danach fragt. Und wenn der, wie Sie sagen, halbwegs bei Verstand ist, wird er jegliches Mitwissen abstreiten und sich damit Verkürzung oder Erlass seiner Strafe erkaufen. Ich gehe davon aus, dass er das tun wird, Sie auch?«

Simonson drehte wortlos seine Mütze in den Händen.

»Nur müssten Sie sich ganz sicher sein – nicht wahr? –, dass Heath Ihre zynische Grundhaltung teilt. Sonst kann es durchaus passieren, dass er sich wie ein Ehrenmann verhält und die alleinige Schuld auf sich nimmt und seine vollen zwölf Monate im einsamsten Gefängnis des Empire absitzt. Was er in seinem Zustand vielleicht nicht mal überlebt.«

»Bitte. Ich habe verstanden.«

»Dann gebe ich Ihnen bis zur Morgendämmerung Zeit, um darüber nachzudenken. Danach erwarte ich Ihre Antwort. Wegtreten.«

Simonson drehte sich auf der Schwelle noch einmal um. »Sir, warum müssen Sie das tun?«

»Ich würde darauf verzichten, wenn wir Brot hätten. Aber alles, was ich den Männern geben kann, ist Fairness.«

Simonson setzte sich in seinem Zimmer auf die Pritsche. Ein beschädigter Mond schob sich vorsichtig aus dem Meer herauf. Das stimmte ihn verdrießlich. Man wäre von allen Sorgen befreit, wenn Mond und Sonne nicht ständig aufkreuzen würden wie Besucher im Krankenhaus. Er wünschte, die Deutschen würden sich mal etwas Mühe geben und diese zwei ein für alle Mal erledigen.

Die Ordonnanz hatte einen neuen Stapel Papiere gebracht und auf seinem Schreibtisch angeordnet. Alistair hatte Simonson das Glas Brombeermarmelade geschenkt, mit dem er nun die Unterlagen beschwerte. Er rieb sich die Müdigkeit aus den Augen und setzte sich hin, um den Einsatzbefehl für den nächsten Tag zu verfassen. Geschütz Nr. 1 würde eine volle Besatzung bekommen, Nr. 2 eine halbe, Nr. 3 … aber es war ohnehin egal. Die Magazine waren leer.

Seine Augen wanderten zu dem Marmeladenglas, durch das jetzt das Mondlicht schien. Das tiefe Rubinrot traf ihn mitten in den Hunger. Er konnte sich kaum davon lösen. Speichel überflutete seinen Mund. Er spuckte aus und zündete sich noch eine bittere Zigarette an.

Falls Alistair zu dumm war, um alles abzustreiten, war das

doch seine Sache. Simonson spürte, wie er, noch überrascht und gedemütigt von dem Gespräch mit Hamilton, zitterte. Wie konnte Alistair ihn in diese Lage bringen? Das war das Enttäuschende an den Jungs von öffentlichen Schulen: Sie hämmerten an die Tür und hatten keine Ahnung, wie man sich zu benehmen hatte, wenn man drin war.

Wieder fiel sein Blick auf das Marmeladenglas. So lästig Alistair auch sein mochte, die Marmelade zu essen wäre Verrat – er sollte sie aufbewahren, sie nach Kriegsende mit Alistair zusammen essen. Aber es konnte wohl nicht schaden, den Deckel zu öffnen und daran zu riechen. Das würde die Menge an Marmelade in keiner Weise verringern. Und wie viele Monate war es her, dass er etwas anderes als Rauch gerochen hatte? Geschützrauch, Zigarettenrauch, Pfeifenrauch, den Rauch von Bränden an Land und auf See, Nebelvorhänge, die zur Tarnung gelegt wurden. Er war neugierig, ob er überhaupt noch etwas anderes riechen konnte. Er schraubte den Deckel ab und atmete ein. Er versuchte es noch einmal. Nichts.

Es gab zwei Möglichkeiten – entweder war die Marmelade geruchlos oder er hatte die Fähigkeit verloren, Gerüche wahrzunehmen, die weniger brutal waren als Rauch –, und beide waren gleichermaßen trostlos. Er schraubte den Deckel wieder zu und griff nach seinem Stift, war aber zu hungrig, um zu arbeiten.

Vielleicht würde Alistair jede Kenntnis bestreiten, dann wären sie beide aus dem Schneider. Simonson verspürte eine flüchtige Hoffnung, die gleich wieder erstarb. Natürlich würde Alistair nichts dergleichen tun.

Er schaute wieder auf die Marmelade. Was hatte er außer seinem Geruchssinn verloren? Es war bekannt, dass der Gefechtsstress nach und nach alle Sinne betäubte. Am meisten fürchtete er, seinen Willen zu verlieren. Man sagte, das Ich ergebe sich schrittweise, bevor es endgültig zusammenbrach. Seine Brust verkrampfte sich in Panik. Wenn er nun auch nichts mehr schmecken konnte?

Wieder schraubte er den Deckel ab, schöpfte mit dem stumpfen Ende seines Stifts etwas Marmelade heraus und kostete.

Überall auf der vertrockneten Insel füllten sich Bombenkrater mit Regenwasser. Sie liefen über, wurden von allem Gift gereinigt, bis das Wasser, das sich in ihnen sammelte, süß war. Bald erblühten darin die ersten grünen Algen. Sonderbare kleine Geschöpfe zuckten und vermehrten sich in der Fülle. Ihre winzigen Körper erbebten in lautlosem Gelächter. Sie lebten und starben, und ihre klingenden Formen trieben nach unten in die Tiefe, und als das Sediment üppiger wurde, wurzelten Pflanzen darin und reckten sich zum Licht, Heilpflanzen und Giftkräuter und Lilien. Ihre Blätter entrollten sich, und ihre Stiele schüttelten sich vor Lachen. Finken kamen und ruhten sich auf den Stielen aus, die Blätter zitterten, die Vögel schaukelten wie Turner, ihr Gelächter erschütterte die Luft. Dann kamen noch mehr Regenfälle und Jahreszeiten und frühe Abende mit einem so zarten, schimmernden Licht, dass das Lachen das Licht kräuselte und das Licht in sich selbst verwandelte und das Licht wiederum zu den wellenförmigen Körpern von Liebenden wurde. Catherine schaute zu ihm auf, während der Fluss sich um die Wiesen schlang.

Simonson hatte den Kopf in die Hände gelegt. Es war das Wunderbarste, das er je geschmeckt hatte. Wie müde er gewesen war, wie verloren.

Er schraubte den Deckel wieder auf die Marmelade und stellte das Glas auf die Unterlagen. Man fand neue Verwendungsmöglichkeiten für die Ausstattung, die einem blieb. Er würde Hamilton die Wahrheit sagen und den Krieg als Sergeant beenden, der wegen Knöpfen und Schuhen herumbrüllte.

In der Morgendämmerung rasierte und kämmte er sich und ging hinunter in den Kommandoraum.

»Sir«, sagte er zu Hamilton. »Heath wusste von nichts. Er hatte erst kurz zuvor seinen Arm verloren, er hatte Briggs verloren, mit dem er befreundet war, und er war nicht in der Lage, ein Urteil zu fällen. Ich habe Heath angewiesen, das Gemälde zurück in die Kirche zu bringen, und bin schuld daran, dass Briggs und der Lastwagen verloren gegangen sind. Ich habe Heath befohlen, an Bord der Maschine zu gehen. Er hatte nichts damit zu tun, ebenso wenig das Sanitätskommando. Ich habe gesagt, es sei ein Befehl von oben.«

Hamilton trat hinter dem Schreibtisch hervor und gab Simonson die Hand.

»Douglas, Ihnen ist klar, dass ich diesen Bericht wirklich schreiben muss? Dass dadurch alles auf Sie zurückfällt?«

»Es ist mir klar. Und es tut mir leid, dass ich Sie darum bitte.«

»So bekommen Sie wenigstens eine Ruhepause.«

Simonson versuchte zu lächeln. »Immerhin etwas.«

Hamilton seufzte, setzte sich wieder und nickte zu der Landkarte von Malta hinüber. »Nun, da wir offen reden können, was würden Sie tun, wenn Sie das Sagen hätten? Unter Berücksichtigung unserer Kräfte und der verbleibenden Vorräte und der Tatsache, dass der Feind in der Lage ist, jederzeit jede Stelle mit Fallschirmjägern zu erreichen?«

Simonson betrachtete die Landkarte. »Ich glaube, ich würde die Männer fragen, Sir.«

Hamilton blinzelte. »Ich hätte Sie nicht für so demokratisch gehalten.«

»Ich meine, ich würde nach Freiwilligen fragen. Einige würden sich ohnehin ergeben, sobald sie die Möglichkeit dazu haben, und es erscheint mir sinnlos, Männer zum Kampf zu zwingen, wenn sie ein Leben in Gefangenschaft ertragen können. Und es gibt andere, die lieber Widerstand leisten werden, obwohl der Ausgang offensichtlich ist. Ich glaube, wir alle sind lange genug hier und wissen, was wir tun würden.«

»Sie würden unsere Truppe also aufteilen?«

»Ja, in zwei Lager. Das eine ergibt sich, das andere hält die Stellung.«

»Und zu welchem der beiden Lager gehören Sie?«

Simonson lächelte. »Wer weiß schon, was mehr Mut erfordert – in der Schlacht zu sterben oder sinnlos zu leben? Ich nehme an, es zerreißt uns alle.«

Hamilton musterte stirnrunzelnd die Landkarte. »Leider haben wir ohnehin nur eine Insel zur Verfügung.«

März 1942

Mit dem ersten heftigen Südweststurm des Jahres erreichten die Amerikaner London. Sie kamen mit dem Wind im Rücken in Lastwagen von Southampton herauf. Ihr Konvoi war von der muskulösen Sorte. Die Straßen wurden notfalls verbreitert, kräftig gebaute Bulldozer, die sie aus Maine mitgebracht hatten, schoben die zerbombten Häuser mit einem Achselzucken beiseite. Als sie die Hauptstadt erreichten, staunten sie, wie winzig sie war, wenngleich die Offiziere zu höflich waren, es auszusprechen. Die Sehenswürdigkeiten hatten auf den Fotos größer gewirkt. Die Briten selbst waren auch ziemlich klein.

»Sagen Sie das bitte noch mal mit Ihrem Akzent«, bat ein Lieutenant, der Mary nach dem Weg gefragt hatte. Sie tat es, und beide mussten lachen. Zu entdecken, dass man einen Akzent hatte, war unerwartet und köstlich.

Mary hatte die Kolonne die Straße entlangrollen sehen, als sie auf dem Weg zum Lyceum war. Die Kinder waren schon draußen, um zuzusehen, und es war völlig aussichtslos, sie an einem solchen Tag unterrichten zu wollen. Stattdessen hatte sie sich zu ihnen gesellt, ein säuberlich und dem Alter nach geordnetes Grüppchen auf dem Gehweg, das selbstgebastelte amerikanische Flaggen schwenkte.

»Was hat es denn mit den ganzen Negern auf sich, Ma'am?«, fragte der Lieutenant.

»Ach, Sie werden feststellen, dass in Großbritannien fast jeder farbig ist. Hat man Ihnen das bei der Einsatzvorbereitung nicht mitgeteilt?«

Der Lieutenant schaute sie perplex an. »Nein, Ma'am.«

»Nun, das überrascht mich. Bis zur schottischen Grenze sind wir alle pechschwarz. Erst nördlich davon hat sich die Rasse ein wenig verwässert.«

»Und Sie, Ma'am?«

»Ich bin ein Albino. Ach, nun schauen Sie nicht so besorgt. Es ist ganz in Ordnung, wenn man sich erst mal an die Diskriminierung gewöhnt hat.«

Sie ließ die Klasse salutieren, als er lachend und kopfschüttelnd in den Lkw stieg.

Mary wandte sich an Zachary. »Hattest du sie dir so vorgestellt?«

»Ich dachte, sie wären wie mein Vater.«

Der sehnsüchtige Ausdruck auf seinem Gesicht verdrängte kurz die Lässigkeit. Mary verkniff sich ein Lächeln.

»Hattest du gedacht, sie würden weiße Handschuhe tragen und auf einem Stutzflügel spielen?«

»Ich dachte, es wären schwarze Leute dabei.«

»Hitler bekämpft sie nur getrennt. Er ist ein Snob.«

»Schauen Sie sich das an. Schauen Sie nur, wie viele Soldaten das sind.«

»Und alle sind gekommen, um uns zu retten. Jetzt kann ich dir ja verraten, dass ich mir allmählich Sorgen gemacht hatte.«

»Jetzt gewinnen wir, oder?«, fragte Zachary.

»Ich weiß nur, dass es guttut, jemanden neben sich zu haben. Ich glaube nicht, dass wir allein noch lange durchgehalten hätten.«

»Und was ist mit Ihnen?«

»Ach, ich bin doch nicht allein. Ich habe Freunde und Familie.« Sie sah ihn an. »Und ich habe …«

Er berührte sie am Arm. »Wenn Sie mich jemals brauchen, kann ich kommen und Ihnen helfen. Wenn Sie sich im Theater melden, finden Sie mich, wo immer ich bin.«

Sie lächelte und dachte, wie reizend das für einen Jungen seines Alters war. »Danke, aber ich komme schon zurecht. Das ist …«

Sie verstummte, als sie bemerkte, wie eindringlich er sie ansah. Der Konvoi rollte weiter. Bei der nächsten Lücke würden die Kinder die Straße überqueren, zum Theater hinübergehen, und sie würde hier zurückbleiben. Sie begriff, dass dies nun feststand. Der Konvoi rollte weiter, und sie blieb zurück. Die bedeutenden Augenblicke des Lebens waren trauriger, weil man sie stets mit dem Gewöhnlichen in Einklang bringen musste: mit Fahrplänen, mit Lücken im Verkehr.

»Gut«, sagte sie. »Vielen Dank.«

Ein paar Minuten später war es so weit: Der Strom ließ nach. Man hörte wieder Stimmen, nicht nur Motorenlärm. Man blickte auf, und da war die Gelegenheit. Es blieb keine Zeit für große Reden – die Kinder überquerten die Straße, solange sie konnten. Und dann kamen wieder Soldaten in ihren Zweitonnern, in endloser Reihe, die ihr den Blick auf ihre Klasse versperrte. Die Amerikaner kamen in einem unendlichen Strom, um die Pacht des Bösen auf Erden zu beenden. Alle fragten sich, welche Belastungen für das Herz und den Mut das mit sich bringen würde, doch es hieß, dass sie Treibstoff und Vorräte für zwei Jahre dabeihatten. Ihre Bulldozer donnerten, rote Funken sprühten aus den Schornsteinen. Der Konvoi nahm kein Ende. Der Asphalt dröhnte, und die Kinder jubelten. Londons lange Belagerung war vorüber.

Die Soldaten standen breitbeinig auf den Ladeflächen und salutierten lässig vor den Kindern. Sie zogen die Augenbrauen hoch, als sie die gewaltigen Trümmerberge sahen, die sich zu beiden Seiten der Straßen türmten, weil die Einheimischen zu entkräftet waren, um sie wieder zu Gebäuden anzuordnen. Die Amerikaner waren hochgewachsene, wohlgenährte Männer, die volle Rationen bekamen und es offenkundig absurd fanden, dass die Erschöpfung in ihrer gemeinsamen Sprache das letzte Wort behalten sollte. *Wie kommt das?*, hörte Mary sie einander über den Motorenlärm zurufen. *Wie kommt es bloß, dass sie es einfach so gelassen haben?*

April 1942

Nach vier Tagen im Public Record Office hatte Zachary den Namen seines Vaters endlich gefunden. Er hatte nicht um Hilfe gebeten, er hatte keine gewollt.

Nun brachte der Wind auch Regen. Zachary suchte sich den dichtesten Baum in der Kastanienallee, um sich unterzustellen. Die Sonne schien hell zwischen den Schauern, und das Licht fiel grün durchs Laub. Dohlen pickten an den Wegrändern. Sie hüpften zwischen den Grabsteinen umher, suchten Würmer, die der Regen nach oben gelockt hatte, und halfen ihnen ans Licht.

Neben dem Namen seines Vaters, den er erkannte, weil er ihm so vertraut war, hatte im Register gestanden: EHZT NOLNOD CMETYRE. Er hatte die Stirn gerunzelt und die Wörter noch mal gelesen: Manchmal konnte er sie gefügig machen. Er hatte versucht, sie aus dem Augenwinkel anzuschauen, sie zu überraschen. EZTA NALDON MCFETRY.

Der Regen würde sich bald verziehen. Die Dohlen zupften am Moos, das auf den Gräbern durch den Kies wuchs. Zachary zündete sich eine Zigarette an. Er hatte auf einen Regentag gewartet, weil er hier allein sein wollte.

EATS NNLDNN CEMTHGY. Er hatte die Daumen nebeneinandergelegt und jeden Buchstaben einzeln gelesen, wie Mary es ihm beigebracht hatte. Er hatte ein Buchstabengefängnis aus seinen Daumen gemacht und es über das erste Wort geschoben. E … A … S … T. Er hatte das Wort für sich wiederholt und dann den ganzen Satz befragt. EAST LONDON

CEMETERY. Neben der Ortsangabe war die Nummer eines Massengrabes verzeichnet.

Es hörte auf zu regnen. Wasser tropfte von den Kastanienblättern, das umgekehrte Spiegelbild der Stadt in jedem Tropfen. Zachary trat unter dem Baum hervor und ging zwischen den nummerierten Gräbern an den Rändern des Friedhofs entlang. So viel Erde war frisch umgegraben. Noch vor dem Gras würde hier Unkraut wachsen.

Das Grab seines Vaters war mit einer zwei Zoll großen Metallplakette auf einem Holzpflock versehen. Die Grabstelle maß drei mal sechs Meter, ihre Grenze war mit Holzpflöcken und grünem Bindfaden markiert. Man wusste nicht, wie viele Leute hier begraben waren. Zachary blieb eine Weile stehen. Löwenzahn bedeckte die Grabstelle. Es roch nach nasser Erde.

»Tut mir leid, dass es so lange gedauert hat«, sagte er.

Im Rampenlicht hatte sein Vater am Ende jeder Vorstellung das Publikum angesprochen: *Für jene, die heute Abend nicht bei uns sein können.*

Zachary schnippte die Zigarette weg. Er konnte jetzt beginnen. Er würde es im Süden versuchen, jenseits der Themse. Es hieß, dass Leute seiner Art es dort versuchen konnten. Am anderen Flussufer warteten flache Schutthalden auf sie. Die Möglichkeit, auf Schutt zu bauen, zog nur Leute wie sie an. Er glitzerte nicht im Licht, versprach nichts, es gab nur das, was sie mitbrachten.

Zachary versuchte, sich nicht zu fürchten. London war ein sich aufhellender Himmel. Es war die letzte Stunde eines Milchzahns. Es war eine Stadt, die darauf brannte, zu beginnen.

Mai 1942

Hilda goss sich Tee ein, den Ellbogen auf den Küchentisch gestützt, und las noch einmal Simonsons Nachricht.

Es war sehr tapfer von Ihnen, ein Foto in Ihren letzten Brief zu legen. Das ist wahrhaftig eine schlimme Bescherung – Sie müssen am Boden zerstört sein. Diese Haartolle muss weg, das steht fest. Was die Narben betrifft, begreife ich nicht, warum Sie einen solchen Aufstand darum machen – die fallen doch kaum auf. Es ist ohnehin nur Ihr Gesicht – darum hat man uns allen zwei gegeben.

Sie hielt das Aerogramm an ihre Wange. Es roch nach Rauch und Postsäcken. Durchs offene Fenster gurrten Tauben auf ihre leicht medizinische Weise, als wären sie ein Linderungsmittel für das Herzweh aller Weltstadtbürger.

Da Simonson kein Foto zur Hand hatte, hatte er mit blauer Tinte ein Selbstporträt gezeichnet. Er hatte sich ziemlich mager und bärtig dargestellt, mehr Schiffbrüchiger als Soldat. Auf dem Bild trug er die Streifen eines Sergeants und brüllte die Männer auf dem Exerzierplatz an. Hilda fand es liebenswert, dass die Degradierung ein so wunder Punkt war. Sie beschloss, ihm verschiedene Abzeichen zu nähen, die selbst erfundene Ränge darstellten, und sie den nächsten Briefen beizufügen.

Sie haben geschrieben, es sei clever von Alistair gewesen, uns beide zum Briefeschreiben zu bewegen, aber für so klug halte ich ihn nicht. Es wird nur eine schlichte visuelle Assoziation seinerseits gewesen sein, da Sie ziemlich hübsch sind und ich ausgesprochen gut aussehe. Außerdem möchte ich sämtliche Lügen korrigieren, die er Ihnen möglicherweise aufgetischt hat. Er mag behaupten, ich würde mit mehreren Mädchen korrespondieren – aber in Wirklichkeit habe ich nur Tinte für Sie.

Hilda lächelte. Und wenn der Mann auch zügellos durch die Gegend schrieb – es war ihr egal. Sie fand seine Briefe charmant und sorglos, so neu wie London im Mai.

Durchs Fenster kam das Rumpeln des Verkehrs. Auf der Straße unter den Sperrballons vollendeten Paare wieder die Gedanken des anderen. Riemchenschuhe waren der letzte Schrei der Saison, die Rocksäume drei Zentimeter nach oben gewandert. Die Hauptstadt besann sich wieder auf sich selbst. Hilda schloss die Augen und atmete den Geruch des Briefes ein. Wie schön es wäre, sich zu verlieben – wie vollkommen dieses uralte, neue Gefühl.

Juni 1942

»Also, ich bin wie ein Klavier«, sagte Hilda. »Ich brauche Männer, die mich bewegen.«

»Und Simonson?«, fragte Mary.

»Mir gefällt die praktische Katalogbestellung.«

Sie saßen im Ritz an einem Tisch, der von der Tür aus zu sehen war. Mary breitete die Hände auf dem weißgestärkten Tischtuch aus. »Aber es gibt immer irgendwelche Probleme bei der Lieferung, oder? Ach, warum bin ich nur so ängstlich?«

»Zu wenig getrunken«, sagte Hilda und schnippte mit den Fingern, sowie sie die Diagnose gestellt hatte. Zwei weitere Gin Fizz tauchten auf.

»Danke, dass du mitgekommen bist«, sagte Mary. »Ich weiß, es ist albern, aber ich konnte nicht allein auf ihn warten.«

Sie wischte die Asche weg, die den Aschenbecher verfehlt hatte, und rückte die Blumenvase zurecht, so dass das Licht des Kronleuchters, der mitten im Raum hing, darauffiel.

»Hat er gesagt, wann er kommt?«

»Direkt von Waterloo, er kommt mit dem Neun-Uhr-Zug.«

»Also jeden Augenblick. Hör auf zu zappeln, sonst lasse ich dich vom Kellner narkotisieren.«

»Ich will ja nur, dass alles perfekt ist, wenn er kommt. Ich könnte es nicht ertragen, wenn ihn nach alldem irgendeine Kleinigkeit vergrault.«

»Er hat es auch ausgehalten, als ich ihm geschrieben habe, dass du ein Wrack bist. Da wird ihn ein bisschen Asche auf dem Tischtuch kaum vergraulen.«

»Du hast ja recht«, sagte Mary und dachte bei sich, dass Hilda völlig unrecht hatte. Das Herz besaß zwei Kammern, eine war stoisch, die andere launisch. Wer konnte schon sagen, ob es nicht die jahrelange Trennung und die abrupten Wendungen des Schicksals ertragen konnte und dann von einer falsch platzierten Vase, einem Lippenstiftfleck am Zahn, einem Aschestäubchen abgestoßen war?

»Ich wollte dich schon die ganze Zeit fragen«, sagte Hilda, »wo du diesen Hut herhast?«

»Von White's in der Burlington Arcade. Gefällt er dir?«

»Ich könnte ihn auffressen.«

»Vielen Dank. Die Federn sind echter Phönix.«

»Und dein Kleid ist genau richtig. Mehr Dekolleté, und du würdest aussehen, als ob du es drauf anlegst; weniger Dekolleté, und du würdest aussehen, als ob du lieber nicht willst.«

Wenn Hilda in Form war, konnte man ihr schwer widerstehen – und es machte ohnehin Spaß, wieder im Ritz zu sein, das Mary offenbar schneller verziehen hatte als ihre Familie. Hier hatte man eine ganz eigene respektvolle Umgangsweise mit den Namen der Gäste: Man erinnerte sich nur daran, wenn sie nüchtern waren. Der Pianist am Flügel spielte etwas von Schumann.

Allmählich glaubte Mary fast, dass alles gut gehen könnte. Nachdem Alistair entlastet worden war und auf den Heimtransport wartete, hatten sie einander fast wöchentlich geschrieben. Sie hatte gebeichtet, dass sie die Chance, ihren Vater einen Brief schreiben zu lassen, der Alistairs Strafe vielleicht verkürzt hätte, nicht genutzt hatte. *Aber wenn Du Deine Ideale nicht hättest,* hatte er geschrieben, *wärst Du genau wie die anderen und würdest nichts anderes tun, als bei Black's Champagner zu trinken.* Alistair seinerseits fand es schwer zu glauben, dass sie ihn nicht verachtete, weil er sich in der Evakuierungsschlange vorgedrängt hatte. Aber vielleicht war das auch Liebe:

die Übereinkunft, dass einen das, was der andere getan hatte, nicht kümmerte, weil es zu dieser bestimmten Zeit an diesem bestimmten Ort eben nötig gewesen war.

Im Licht des Kronleuchters näherten sich Männer im Straßenanzug in diskreter Flugbahn ihrem Tisch, angezogen vom Sog der Sehnsucht, abgeschwächt vom Zwang guter Manieren. Sie bemerkten Hildas Gesicht zu spät und beschrieben einen hastigen Schlenker. Einige hatten sich eine Eröffnung zurechtgelegt, die sie schnell hinunterschluckten. Andere taten unterschiedlich geschickt so, als wollten sie nur auf die Toilette gehen.

Hilda schaute in ihren dritten Gin. »So wird es mein Leben lang sein.«

»Das darfst du nicht denken.«

»Da fällt es schwer, gute Laune zu bewahren. Meinen die, ich wäre durch und durch zerschnitten?«

Mary war betrunken genug, um Hildas Narben zu berühren. »Was ist das da drauf? Heilsalbe?«

»Das ist Make-up, verdammt.«

Mary zog die Hand zurück. »Entschuldige.«

»Nicht, dass es etwas nützen würde. Ich könnte eine Karnevalsmaske tragen, und die Narben wären trotzdem sichtbar.«

»Na und? Zur Hölle mit den Lackaffen und Faulenzern. Eine Million bessere Männer wird aus dem Krieg heimkommen, und die brauchen kein Mädchen, das brav zu Hause abgewartet hat. Wenn Simonson deine Narben sieht, wird er einen Menschen sehen.«

»Ich fürchte, dass er nicht hinsehen will. Dass er nicht daran erinnert werden will.«

Mary lehnte sich zurück und sah dem sich kräuselnden Rauch ihrer Zigarette nach. »Was für einen Mann willst du überhaupt?«

»Groß. Witzig. Nie Klassenbester und hat auch nie Bienen die Flügel ausgerissen.«

»Ja, aber ich meine wirklich? Wenn all das vorbei ist, und mal angenommen, wir siegen –«

»Oh, aber wir werden siegen, oder? Jetzt, wo die Amerikaner dabei sind?«

»Ja, aber es gibt so viel Durcheinander zu beseitigen. Ich meine nicht nur den Wiederaufbau. Wir müssen die Gesellschaft wieder zusammensetzen, und zwar besser als vorher.«

Hilda prustete.

»Was ist?«

»Wir wünschen uns ganz unterschiedliche Dinge von einem Mann. Du wünschst dir ernsthaft jemanden, der dir hilft, die Gesellschaft zu reformieren.«

Mary lächelte. »Während du …?«

»… während ich mir nur einen großen Mann und einen steifen Drink wünsche. Du könntest die Adjektive sogar tauschen.«

Mary schaute über die Tische, jeder eine weiße Welt aus gestärktem Damast, die um den großen Kronleuchter kreiste, jede dieser Welten wiederum umrundet von Monden aus Frauen und Männern, die lachten und tranken, einander verdeckten und sich verfinsterten. Wie steuerlos man letztlich war. Wie beherrscht von unbeherrschten Kräften.

Hilda berührte ihre Hand. »Du bist nicht ärgerlich, oder?«

»Überhaupt nicht.«

Nun aber zauderte ihr Herz. Monatelang hatte sie sich so heftig an die Vorstellung von Liebe geklammert, dass sie eine furchterregende Möglichkeit gar nicht erwogen hatte: dass sie Alistair letztlich doch nicht liebte – dass sein großes Verdienst darin bestand, sie nur so gekannt zu haben, wie sie war, bevor sie auseinanderbrach, während ihre große Feigheit darin bestand, ihm nicht gestanden zu haben, dass sie jetzt weniger war. Sie war nicht mehr das Mädchen, das durch fallende Bomben gelaufen war wie durch Nieselregen. Sie hatte das, was sie außergewöhnlich machte, verloren, und sobald er das erkannte, würde er sie auch nicht mehr lieben.

Sie verkrampfte die Hände im Schoß. Wie gut kannten sie einander denn? Sie und Alistair hatten nie die zivile Entwicklung erlebt, bei der die Liebe in kleinen, umkehrbaren Schritten wuchs, stufenweise, bei Tanz und Dinner, bei denen aus Freude kaum merklich etwas Feierliches wurde. Sie hatten nichts als einen Luftangriff und einen Augenblick in Waterloo Station und zwei Pfund Aerogramme, die vielleicht eines Tages beim Aufräumen eines Dachbodens in einem Koffer entdeckt werden und zusammen mit alten Büchern und Tassen in einer Abfalltonne landen würden.

»Aber du siehst so trübselig aus.«

»Sei nicht albern.«

»Du bekommst kalte Füße, was?«

»Es ist nur … ich meine, was, wenn – oh, Hilda, ich kann mich kaum an sein Gesicht erinnern.«

»Das ist nur die Panik, Strohkopf.«

»Meinst du?«

»Er hat sich ein bisschen verspätet, sonst nichts, und du bekommst Angst, als stündest du schon am Altar. Ich wette, Alistair geht's genauso – er hockt in einem Pub um die Ecke und trinkt sich Mut an. Tief durchatmen – genau so! Richtig tief durchatmen.«

Mary fühlte sich ein bisschen besser. Neue Drinks kamen und verstärkten die Wirkung.

»Weißt du was«, sagte Hilda, leckte Gin von ihrem Strohhalm und richtete ihn auf Mary. »Hol sein Foto raus.«

Mary lachte. »Ich werde nicht hier sitzen und ihn anhimmeln.«

»Weißt du, was dein Problem ist?« Hilda begann, in Marys Tasche zu wühlen. »Deine Mutter hat allen gesunden Menschenverstand aus dir herausgezüchtet. Schau mal«, sie warf die bräunliche Vignette von Alistair zwischen Asche und Untersetzer. »Sieh ihn dir an und sag mir, dass du nicht in ihn verliebt bist.«

Wie oft hatte Mary Alistairs Foto angestarrt. Früher hatte es sie einfach froh gemacht.

»Ach, ich weiß nicht. Was soll ich denn sagen?«

»Dass er schön ist. Dass du ihn liebst. Nur das.«

»Aber es ist so lange her, und ich bin so ein Wrack. Ich kann mich kaum erinnern –«

»Dann überleg mal, wann der Funke übergesprungen ist. Denk an den Augenblick, in dem du in diese Augen geschaut und gedacht hast: *Ich will ihn und niemanden sonst.* Ich kann mich weiß Gott daran erinnern.«

Mary starrte auf Alistairs Porträt. Es wäre nicht nett, Hilda zu sagen, dass es nicht seine Augen gewesen waren, sondern sein Rücken. Dass sie ihn brauchte, hatte sie erst mit Sicherheit gewusst, als er sich auf dem Bahnsteig in Waterloo von ihr abgewandt hatte. Wie ihr Herz in die Tiefe gestürzt war – als nähme der Sturz kein Ende. Die Stunde, in der der Krieg ihn ihr genommen hatte, war der erste und letzte Moment gewesen, in dem sie ohne jeden Zweifel wusste, dass sie ihn liebte.

Man wusste nur wirklich, was man empfand, wenn etwas endete. Und dennoch – hier war eine Welt der weißen Tische, die auf einem Neuanfang bestand. Und hier war auch Alistair, dem ein Diener die Tür aufriss. Hier war Alistair, groß und hager, der Kronleuchter regnete Licht auf ihn herab. Hier war er in seiner Uniform, lächelnd und etwas unsicher auf den Beinen, den leeren rechten Ärmel festgesteckt. Hier war Alistair, der ihrem Blick begegnete.

Mary stand auf, stieß ihr Glas um. Gin sickerte ins Tischtuch und färbte den roten Plüsch des Teppichs dunkler.

»Alistair«, sagte sie, so überwältigt, dass sie vergaß, ihn zu umarmen, und ihm stattdessen nur die Hand reichte. Es war lächerlich – und dass sie ihm die Rechte gab, die er mit der linken Hand ergreifen musste, machte es nur noch schlimmer.

»Hallo, Mary.«

Sie lösten sich voneinander. Er hob den Arm und ließ ihn wieder fallen, hilflos. »Tut mir leid, dass ich mich verspätet habe. Es kamen ein paar Deutsche dazwischen.«

Mary brachte ein Lachen zustande, Alistair auch.

»Hallo, Alistair«, sagte Hilda. »Ist Ihnen Gin recht?«

»Gin? Wunderbar. Hallo, Hilda, wie geht es Ihnen?«

»Bin gleich zurück«, sagte sie und überließ ihnen den Tisch.

»Ihr armes Gesicht …«, sagte Alistair, als Hilda in einem Bogen zur Toilette ging.

»Granatsplitter.«

Der Gin kam, und Alistair trank einen Schluck. Er verzog das Gesicht und machte große Augen.

»Gut?«, fragte Mary.

»Beinahe hätte ich vergessen, wofür wir kämpfen. Und du siehst noch schöner aus.«

»Das ist sehr nett von dir. Aber der Krieg … Ich bin viel älter.«

Alistair schaute sie so zärtlich an, dass sie das Gefühl hatte, sich aufzulösen. Es konnte doch noch gut gehen mit ihnen, dachte sie. Sie musste sich einfach nur bemühen, es diesmal langsam anzugehen. Um etwas wieder zusammenzufügen, brauchte das Leben länger, als um es zu zerreißen, aber das hieß nicht, dass es nicht schön werden würde, vorausgesetzt, man unternahm Spaziergänge auf dem Land und hörte im Radio nur Musik.

»Das Wetter hast du sicher nicht vermisst«, sagte sie. »Während du weg warst, hat es fast die ganze Zeit nur geregnet.«

Alistair betrachtete den Salon des Ritz – das Gelächter, die Lichtkristalle, die der Menge schmeichelten. Er sagte: »Ich dachte, ich würde es nicht hierher zurückschaffen. Ich ging gerade unter, als uns die Navy aus dem Wasser gezogen hat. Ich ging unter, und dann hörte ich dieses gewaltige Dröhnen, das von den Motoren des Rettungsbootes kam, aber ich dachte, es wäre das Ende. Sie mussten mich wiederbeleben.«

Die Wörter reihten sich mühsam aneinander, und Mary platzte hinein mit: »Und natürlich hat es im Januar viel geschneit.«

Hilda tauchte wieder am Tisch auf, frisch gepudert und entschlossen. »So, dann lasse ich euch Turteltauben mal allein.«

Mary griff nach ihrem Arm. »Du darfst nicht gehen.«

Hilda verstand ihre Panik falsch und küsste sie auf beide Wangen. »Keine Sorge, mir geht's gut. Ich schaue morgen in der Mansarde vorbei und höre mir alle Neuigkeiten an.« Sie warf Mary einen beschwipst-bedeutungsvollen Blick zu. »Aber ich komme nicht vor Mittag.«

»Oh, Hilda, du brauchst wirklich nicht –«

»Unsinn. Und jetzt seid brav, ihr beiden, und wenn ihr nicht brav sein könnt, seid anderen wenigstens ein warnendes Beispiel.«

Sie verschwand mit einem Winken, schlängelte sich zwischen den Tischen hindurch. Ein Kellner dämpfte das Licht des Kronleuchters. Der Pianist legte eine Pause ein.

»Auf Malta war es meist sonnig«, sagte Alistair. »Aber es wehte oft ein schrecklicher Wind.«

»Ich war so verzweifelt, als ich hörte, dass du vermisst warst«, sagte Mary gleichzeitig.

Ihre Hände auf dem Tischtuch konnten den Abstand zwischen sich nicht überwinden.

Der Pianist setzte sich wieder und spielte ›La Campanella‹. Sie bestellten weitere Drinks. Alistair stopfte seine Pfeife – gar nicht so ungeschickt mit der einen Hand, dachte Mary. Ein Kellner trat hinzu, um sie mit einer Lampe aus geschliffenem Glas anzuzünden. Das Personal im Ritz besaß die Angewohnheit, sich murmelnd für jede noch so vollkommene Handlung zu entschuldigen. Die Angestellten rochen nach nichts und hatten Gesichter, die keine Anforderungen an Auge oder Herz stellten. Sie verschmolzen mit den Schatten, zeichneten sich nicht als Silhouette vor dem Kronleuchter ab. Sie entzogen sich der Wahrnehmung wie Zauberer oder Väter. An den Nachbartischen plauderten die Gäste, als wäre das Leben nicht bemessen, während die Kellner die Asche wegtrugen.

»Ich sollte dich wohl warnen –«, sagte Mary.

»Ich wollte dir sagen –«, sagte Alistair.

»Nur zu«, sagte Mary.

»Du zuerst, bitte.«

Jemand dämpfte den Kronleuchter noch weiter, bis sein Licht dunkler wirkte als die Abwesenheit von Licht. Die hohen Töne des Klaviers perlten einzeln in jener dünnen Stimmlage, in der man die Saiten und die Hämmer hören konnte.

»Was wolltest du sagen?«, fragte Alistair.

»Ach, gar nichts. Und du?«

»Nur dass … ach, es hat Zeit.«

Die Drinks wurden serviert. Der Pianist spielte einige Nocturnes von Chopin. Schwarz gekleidete Kellner lösten sich vom schwarzen Hintergrund und zündeten Marys Zigarette an. Man musste nur an Feuer denken, schon kam Feuer, als hätte der Gedanke eine Lunte durch die Luft gelegt. Man musste nur einen Drink brauchen, und die Zugkraft des Bedürfnisses ließ den Drink auf einem schweren Tablett erscheinen, in einem Glas, das mit weißer Baumwolle gehandhabt worden war. So könnte es vermutlich die ganze Nacht weitergehen, dachte Mary: Für jedes lösbare menschliche Bedürfnis wurde eine darauf abgestimmte Lösung angeboten – und dies mit erlesener Präzision, die sich bis zum äußersten Ende des Möglichen erstreckte. Diese quälende Dienstbeflissenheit bildete die perfekte Antithese zum Krieg. Wie seltsam, dass die Anstrengung und ihr Fehlen einem gleichermaßen Angst einjagten.

»Mary, geht es dir nicht gut?« Alistair legte ihr die Hand auf den Arm.

»Doch, doch, alles bestens.«

Und natürlich würde es ihr bestens gehen: Sie würde Konversation machen, wenn die Luft dafür geeignet war, und lachen, wenn Gelächter passender schien. Es war nett, dass die Drinks weiterhin kamen, denn das Glühen, das sie in einem hervorriefen, war fantastisch.

Er zog die Hand weg. »Was sollen wir jetzt machen?«

»Man kann hier gut essen – obwohl es schon ziemlich spät ist – oder wir könnten in ein Café in Haymarket gehen, oder, falls du nicht hungrig bist, vielleicht auch noch ins Kino.«

»Ja, aber ich meinte eher, was du für uns möchtest.«

Mary umklammerte die Tischkante. Der Raum kreiste um den Kronleuchter. Ihr weißer Planet rotierte durch den vornehmen, schwarzen, verrauchten Weltraum.

»Entschuldige«, sagte Alistair. »Das war voreilig. Achte bitte nicht auf mich – so war ich nach Frankreich auch. Darum wollte ich dich vorhin warnen.«

»Schon gut. Ich habe mich so darauf gefreut, dich zu sehen. Ich dachte, ich wüsste, was ich tun soll, wenn du erst da wärst. Es tut mir leid.«

Er nickte und wandte sich ab, schaute zu den anderen Tischen, wo die Gäste in klareren Umlaufbahnen schimmerten.

»Auf Malta, unter der Blockade, würden sie es nicht für möglich halten, dass die Leute zu Hause so leben. Man kann sich nicht vorstellen, wie hungrig alle auf der Insel sind.«

»Ich kann es mir vorstellen«, sagte sie und spürte sofort, wie albern das klang.

Er lächelte, freundlich, doch sie sah sich jetzt, wie er sie sehen musste. Bevor er kam, hatte sich ihr Londoner Kreis im hellen Kronleuchterlicht wie der Äquator ausgenommen. Nun sah sie, wie klein das alles war. Wie eitel sie in ihrem Nest gesessen und es mit Spiegeln ausgepolstert hatte. Sie war eine Lehrerin, die niemand brauchte, eine Tochter, deren Eltern an ihr verzweifelten. Und hier war Alistair, ein Mann, der dem Feind die Stirn geboten hatte, während sie stolz darauf gewesen war, ihrer Mutter die Stirn zu bieten. Saß sie wirklich an diesem Tisch, mit ihrem neuen Federhut, und fragte sich, ob sie ihn liebte?

»Es tut mir leid«, sagte sie noch einmal.

Sein Gesicht war angespannt und blass. »Aber was denn nur?«

»Verzeih mir«, sagte sie und stand so abrupt auf, dass ihr Stuhl umkippte. »Bitte, Liebling, verzeih mir.«

Sie floh in die verdunkelte Nacht, in die zerstörte Stadt jenseits der tröstlichen Kronleuchter.

Einen Moment wollte Alistair ihr nachlaufen. Doch er fürchtete, dass er die Situation missverstanden haben musste. Etwas Ungeheuerliches musste an ihm sein, das sie vertrieben hatte. Er war noch kaputter, als er geglaubt hatte.

Er saß in seiner Uniform an dem verlassenen Tisch, während ein Kellner wortlos und gelassen den Stuhl aufstellte. Der Pianist spielte weiter. Marys Platz wurde abgeräumt: Glas und Untersetzer landeten auf einem verzinkten Tablett, die Asche wurde vom Tischtuch gebürstet, bis keine Spur von ihr geblieben war. Wie schnell Menschen verschwinden konnten. Sein Körper trauerte, während seine Gedanken sich mühsam erinnern wollten, wie er hierhergelangt war. Er hatte ihre Leiche bis zur Kaserne getragen und war bewusstlos im Wachhaus zusammengebrochen. Nein, so war es nicht gewesen. Er hatte das Marmeladenglas nicht geöffnet, das sie ihm gegeben hatte, sondern bis Kriegsende behalten.

Nein, so war es auch nicht. Er hatte sie geliebt.

Die Chance, dass er noch dort saß, war winzig, und als Mary ihn sah, nahm sie den direkten Weg zwischen den Tischen hindurch, ohne sich um die indignierten anderen Gäste zu kümmern. Als sie atemlos neben Alistair auftauchte, schien er überrascht.

»Mary?«

»Dieser Ort hier«, sagte sie. »Das bin nicht ich. Du kannst von mir denken, was du willst, aber das wollte ich dir sagen.«

Er stand auf, wobei er sich am Tisch abstützen musste. »Welcher Ort ist denn mehr wie du?«

»Ich habe keinen eigenen Ort mehr.«

»Und gibt es einen, an dem du dich zumindest besser fühlst?«

»Ich mag den Fluss. Ich bin manchmal dorthin gegangen, als du vermisst warst.«

»Sollen wir jetzt dorthin gehen?«

»Ich weiß nicht. Es ist schon spät.«

Er sah auf die Uhr. »Um wie viel Uhr schalten sie die Themse aus?«

»Bist du wütend auf mich?«

»Nein. Aber ich dachte, du wärst enttäuscht.«

Ein Kellner war neben ihnen aufgetaucht, unsicher, ob er Cognac oder die Mäntel bringen sollte.

»Was möchtest du machen?«, fragte Mary.

»Spazieren gehen, wenn du magst. Einfach drauflos.«

»Ich bin langsam mit meinem Bein, nur als Vorwarnung.«

»Gut, ich übernehme die Sprints und du den Handstand.«

Draußen ging ein unabgenutzter Mond auf. Er beleuchtete die Achse von Piccadilly und schickte ihre Schatten westwärts. Als sie zum Embankment hinuntergingen, wurde Marys Stimmung – die sich flüchtig verbessert hatte – wieder düster. Sie konnte sich nur bei Alistairs linkem Arm einhaken, doch da es ihre linke Körperseite war, die Unterstützung gebraucht hätte, gingen sie voneinander getrennt. Die unangenehme Schwerfälligkeit dehnte sich bis in die Stille zwischen ihnen aus. Auch die Themse war keine große Hilfe. Mit ihren silbernen Wellenkämmen in der sanften Nachtluft hätte sie Mary lieb und vertraut sein sollen, doch sie sah nur die ölige Schwärze der Wellentäler und spürte den ernüchternden Temperaturabfall auf der Haut.

Sie gingen am Fluss entlang nach Süden. Das Parlament wirkte im Licht indigoblau. Die Platanen von Millbank waren hier und da von Bomben zersplittert. Sie sprachen über diese kleinen Dinge, dankbar, wenn sich ihnen ein Thema bot.

Als sie die Tate erreichten, sahen sie, dass die Bomben die Dächer weggerissen hatten. Alistair, erschüttert, wollte hinein und es sich anschauen. Die Mosaikböden drinnen waren zerstört, der Regen hatte die Fliesen herausgespült. Am Fuß der Treppe lag ein Berg aus zehntausend bunten Marmorsplittern, blau gefärbt vom Mondlicht.

Alistair ging hinein, und Mary blieb zurück, stocherte mit dem Zeh im Durcheinander. Es schien sinnlos, ihm zu folgen, nun, da er sie gesehen hatte, wie sie war. Sie war immer nur ein Abdruck in Londons geologischen Schichten gewesen, der aus geerbtem Geld und gutem Aussehen bestand. Wie angetan sie von diesem Abdruck gewesen war, sie hatte ihn für etwas Eigenes gehalten. Doch es gab Tausende wie sie, und Tausende würden folgen und ebenfalls glauben, sie hätten das Muster überwunden. Es würde zahllose kleine Rebellionen geben, zahllose Mütter, denen man trotzte. Und nach dem Krieg würden all diese Fliesen aufgehoben und wieder dort eingefügt, wo sie herausgefallen waren.

Sie stand unter der zerschmetterten zentralen Kuppel und zündete sich eine Zigarette an. Das Geräusch des Feuerzeugs hallte durch den leeren Raum und ließ Tauben durch die Kuppel flattern.

Was konnte sie noch für ihn sein? Und doch gab es immer

neue Tage, denen man entgegentreten musste. Vielleicht sollte sie wieder nach Hause gehen. Sobald sich die Gelegenheit bot, würde ihre Mutter die Hunter-Halls einladen. Mary würde sich an den Platz setzen, den man ihr zuwies, was dann über alles Weitere entschied. Letztlich war die Gesellschaft nicht so kompliziert. Man musste nur dem eigenen Namen von der Tischordnung bis zum Aufgebot und weiter bis zum Grabstein folgen.

Sie drückte die Zigarette aus und tastete sich durch die Düsternis dorthin, wo Alistair verschwunden war. In den Galerien wuchs ein blasser Pilz an den aschegrauen Wänden empor. Tausend helle Rechtecke zeugten davon, wo Gemälde gehangen hatten und wohin man sie wieder hängen würde. Wie töricht es war, immer noch zu hoffen, Alistair könnte sie lieben. Und dennoch folgte sie ihm in die Dunkelheit, wohl wissend, dass sie sich selbst nicht entkommen konnte. Wenn der Krieg vorbei war, würden die Evakuierten zurückkehren. Die Zootiere würden in Lastwagen verladen und in ihre alten, mit Schildern versehenen Käfige zurückgebracht. Die Welt konnte ihrem Muster nicht entkommen.

Die Messingplaketten mit den Titeln der Gemälde waren noch an die Wände geschraubt. Sie schimmerten dumpf im Mondlicht. Genau hier hatten die Constables und Turners gehangen. Hier hatte sich *Ophelia* befunden, und hier würde sie wieder sein, Fetzen alter Melodien singen.

Schritte näherten sich, und sie drehte sich um.

»Warum bist du vorhin weggelaufen?«, fragte Alistair.

»Ich konnte mich selbst nicht ertragen. Du hast so viel durchgemacht. Und dann ich und mein kleines Elend und das Ritz«, sie vergrub das Gesicht in den Händen. »Das Ritz.«

Er sah sich um. »Dieser Ort fühlt sich auch nicht mehr nach mir an. Ich glaube, ich bin nicht scharf darauf, ihn zu reparieren.«

»Glaubst du, wir könnten – falls du es ertragen kannst … wir könnten versuchen, einen Ort für uns zu finden?«

Sein Gesicht wurde ein wenig härter, und er sagte nichts.

»Alistair?« Ihr Herz raste.

»Ich weiß es nicht. Meinst du, du wärst glücklich?«

»Meine Mutter meint, im Krieg gäbe es das Wort überhaupt nicht.«

»Es ist mir egal, was deine Mutter meint.«

»Ich würde versuchen, glücklich zu sein. Weißt du, es kann auch lustig sein mit mir. Ich hoffe, wir können wieder so werden.«

»Ich würde dich vielleicht enttäuschen«, sagte er. »Ich kann nicht mehr schlafen. Mit meinem Kopf stimmt etwas nicht.«

»Aber wir alle enttäuschen einander – nicht? –, und es ist nicht das Ende.«

»Ich weiß nicht. Vielleicht war es richtig, dass du weggelaufen bist.«

Sie ließ die Hände sinken. »Du hättest mir nachkommen können! Ich hätte nur ein freundliches Wort gebraucht. Ich weiß nicht, wie wir anfangen sollen, nun da wir es endlich könnten.«

»Es tut mir leid. Ich wünschte, ich hätte dich nicht gehen lassen.«

»Und ich wünschte, ich wäre nicht weggelaufen. Aber so war es doch von Anfang an mit uns, nicht wahr? Wir sind immer knapp davor. So knapp davor, Liebling.«

»Hatten wir von Anfang an unrecht?«, fragte Alistair. »Als wir so getan haben, als hätten wir uns nicht ineinander verliebt?«

»Ich hatte unrecht. Es war feige von mir, es Tom nicht zu sagen. Verachtest mich deswegen?«

Er schüttelte den Kopf. »Ich hätte dir sagen sollen, dass ich dich liebe. Hätte es etwas geändert?«

»Es würde jetzt etwas ändern. Meinst du, du könntest mir sagen, ob du es noch tust oder nicht? Beides wäre in Ordnung. Ich bin sicher, dass es mutiger wäre, es auszusprechen.«

Sie lehnte sich neben ihn an die Wand der Galerie, einen Arm breit entfernt, und sie betrachteten das Muster der fehlenden Gemälde.

»Ich weiß nicht, was ich dir darauf antworten soll«, sagte er. »Ich kann nicht mehr wie früher fühlen. Diese Bilder haben mich einmal bewegt.«

»Ich habe dich einmal bewegt.«

Er ergriff ihre Hand. »Ich war schon so weit unten, bevor sie mich rausgezogen haben. Es tut mir leid.«

Sie sah auf ihre Hand in seiner. »Zumindest kümmert es dich noch.«

»Es bekümmert mich, dass dir dein Bein wehtun muss. Und ich bin bekümmert, weil ich dich sicher traurig mache. Ich bin bekümmert wegen tausend Dingen, die ich gern für dich besser machen würde.«

»Dann … würdest du es trotz allem versuchen, Alistair? Könntest du mich mit der Zeit wieder lieben?«

»Ich habe solche Angst, dass ich es nicht kann.«

»Und ich habe solche Angst, dass ich es immer tun werde.«

Sie küsste ihn, und sie standen eine Weile da, ohne etwas zu sagen. Mary spürte das Gewicht des Schweigens, aber es lag keine Traurigkeit darin, weil das Schweigen noch nicht die Chance gehabt hatte, aus dem Herzen zu gleiten und sich im Gewöhnlichen festzusetzen. Wenn sie beide achtgaben, kam es vielleicht nie so weit. Vielleicht bestand die wirkliche Aufgabe der Liebenden darin, sich von Theatern und Bahnhöfen fernzuhalten, von Marmeladengläsern und Bilderrahmen, von all den alltäglichen, kriegerischen Dingen, die einen durch die Zeit besiegen wollten. Schon sich Liebe zu erhoffen, dachte Mary, war eine Falle, wenn man Liebe sagte und Waffenstillstand meinte. Vielleicht war es töricht, sich etwas Eindeutigeres vorzustellen – denn das Herz verkündete keinen Sieg. Das Herz verkündete nur Vergebung, für die es keinen pompösen Präzedenzfall gab und keine Kapitulationsurkunde.

Ihr Bein trug sie nicht mehr, und sie sank zu Boden. Alistair setzte sich neben sie. Sie saßen ein kleines Stück voneinander entfernt in der leeren Galerie – nicht so weit, dass sich das Leben leicht zwischen sie drängen konnte, aber auch nicht so eng beieinander, dass es ausgeschlossen war. Sie starrten auf das Muster aus helleren grauen Formen, wo die Bilder hätten hängen sollen. Durch die Löcher im Dach und die Risse in den Wänden sickerte das Licht der Stadt herein – ihrer alten Stadt mit den geordneten Gezeiten, die zum Meer zurückkehrten.

Und dann ging im Osten über dem Fluss eine lebhafte rote Sonne auf, die Mary vollkommen überraschte. Sie hatte gar nicht schlafen wollen. Der Tag war durch die zerbrochene Kuppel eingedrungen und überflutete die Wand der Galerie. Er blendete sie, und sie musste blinzeln, bis die Welt wiederhergestellt war. Neben ihr lag Alistair in den Ruinen, die Augen geschlossen, ganz unversehrt und ohne ein Zeichen auf der Stirn. Der schnelle, grelle Schock des Lichts zwischen der Wolkendecke und dem östlichen Horizont: etwas Unvorstellbares, dachte Mary, das Leben. Es waren Messingplaketten, die von der Wand gelöst wurden. Es war eine Fliese, die im Muster fehlte. Es war Luft, die man noch atmen konnte, falls zur Vergebung auch Tapferkeit kam.

Nachwort des Autors

Während der schrecklichen Belagerung Maltas wurde mein Großvater mütterlicherseits, Captain Hill von der Royal Artillery, beauftragt, sich um Randolph Churchill, den brillanten, aber zügellosen Sohn des britischen Premierministers, zu kümmern. »Passen Sie auf ihn auf, David«, sagte der Major General, als er ihm die außerordentliche Aufgabe übertrug, »und sorgen Sie mit allen Mitteln dafür, dass er nicht in Schwierigkeiten gerät.«

Der Roman begann damit, dass ich mich fragte, was diese Anweisung genau bedeuten sollte. Die Achsenmächte hielten die Insel Malta seit zwei Jahren im Würgegriff, so dass Garnison und Inselbewohner unter einer fortgeschrittenen Hungersnot litten. Über diesem Schauplatz wurde nun der arme übergewichtige Randolph mit dem Fallschirm abgeworfen. Es war heiß, und er wollte schwimmen gehen, also nahm mein Großvater ihn mit an den Strand, den die Offiziere nutzten und an dem man ihnen einen dünnen Streifen zwischen Minen und Stacheldrahtverhau gelassen hatte.

Randolph sollte auf Malta Männer für die eben ins Leben gerufene SAS rekrutieren. Ein Angebot, das für die hungernden Offiziere mehr als verlockend war: Man erhielt volle Rationen und entkam der Insel, wenn man sich für das Kommando meldete. Da er Randolph geholfen hatte, dafür zu werben, wäre es meinem Großvater kleinlich vorgekommen, sich nicht selbst zu melden, und er sprang später hinter den feindlichen Linien in Nordafrika ab.

Randolph galt als mutig bis zum Irrwitz und schlenderte gern mitten durchs feindliche Feuer, um Befehle zu überbringen. Die Gefahr bestand, dass er sich auf Malta fröhlich umbringen oder – schlimmer noch – gefangen nehmen lassen würde. In der entscheidenden Phase des Zweiten Weltkriegs wäre der Sohn des britischen Premierministers eine nicht unbedeutende Geisel gewesen. Man hatte meinen Großvater mit einer guten Ausbildung, einem Webley Mk-IV-Revolver und einem herrlich zweideutigen Befehl ausgerüstet.

Meinen Roman begann ich als eine Art Theaterstück, in dem ich die Machtdynamik zwischen den beiden Männern ausloten wollte. Doch Randolph war letztlich die falsche Hauptfigur. Ich stellte fest, dass mich mein Großvater mehr interessierte – ein tapferer Mann, wenn auch belastet von dem Handikap, dass er das Leben vor allem als Gelegenheit betrachtete, lustige Geschichten zu erzählen und Segelschlitten zu bauen und seinen Enkelkindern ›Charlie und die Schokoladenfabrik‹ vorzulesen. Im Roman findet sich etwas von Randolph in der Figur des Simonson wieder, aber den wirklichen Randolph – der auf seine Weise ein großer Mann war – überlasse ich seinen ausgezeichneten Biographen.

Stattdessen reiste ich nach Malta und versuchte, die Erfahrungen meines Großvaters nachzuvollziehen. Ältere Inselbewohner waren so freundlich, meine Fragen geduldig und ausführlich zu beantworten – ich gehöre zur letzten Generation von Schriftstellern, die noch mit Menschen reden können, die den Zweiten Weltkrieg erlebt haben. Ich schaltete mein Handy aus und schlief nur an Orten, an denen mein Großvater einquartiert gewesen war.

Meine beiden Großväter dienten bei der Artillerie. Wo sie einmal stationiert waren, findet man bis heute die großen Betonplattformen, auf denen die Geschütze positioniert wurden, und auch die Mauern und Zinnen, die damit verteidigt wurden. Und so konnte ich, wenn mir mein Großvater von einem bestimmten Ort auf Malta erzählt hatte, wo er stationiert gewesen war, genau diese Stelle aufsuchen.

Ich ging auch auf Militärfriedhöfe. Mein Großvater hatte mit Kugelschreiber die Namen einiger Toter notiert, die er gekannt hatte, und ich hatte sie abgetippt. Hier sah ich die vertrauten Namen in Stein gemeißelt: Ich fuhr sie mit den Fingern nach. Die Traurigkeit des Krieges überkam mich dort in einer ungeahnt direkten Weise. Ich hatte schon gehört, dass solche Orte manchmal diese Wirkung haben können. Dennoch war es überraschend und überwältigend.

Die Friedhöfe auf Malta unterscheiden sich von anderen Alliiertenfriedhöfen, da hier unter jedem Stein vier, fünf oder gar sechs Männer begraben sind. Ich fragte nach dem Grund, und man sagte mir grinsend, ich könne ja mal versuchen, an einer beliebigen Stelle der Insel ein Loch zu graben. Ich entdeckte, dass es über dem gelben Fels von Malta selten mehr als fünfzehn Zentimeter Erde gibt. Männer auf Hungerration hatten einfach ihr Bestes getan und den Kalkstein mit stumpfen Hacken aufgebrochen. Beim Schreiben fühlte ich mich ähnlich. Das Buch würde seinem Thema unweigerlich nicht gerecht werden. Doch vielleicht besteht ebendarin die Arbeit eines Romanschriftstellers – ein kleines Loch zu graben, in dem viele Menschen untergebracht werden müssen.

An meinem letzten Tag auf der Insel fuhr ich nach Bingemma, wo mein Großvater eine Zeit lang in einem alten viktorianischen Fort stationiert gewesen war, hoch oben auf einem Felsen, der eine weite Ebene überblickt. Ich hatte meinen Notizblock dabei und wollte eigentlich auf der Brustwehr des Forts mit dem Roman beginnen. Doch ich musste feststellen, dass es sich in Privatbesitz befindet, baufällig, mit Stacheldraht abgesperrt und bewacht von Hunden der Sorte, die erst beißt und später fragt.

Der Wind wirbelte Staub und Plastiktüten vor den zerfallenden Mauern auf. Die Zugbrücke war voller Gerümpel und alter Küchengeräte. Der Graben, in dem mein Großvater schwach und verzweifelt einen Acker angelegt hatte, war überwuchert – nicht nur von Büschen, sondern von ausgewachsenen Bäumen. Auf dem Boden lagen Spritzen. Es war ein verlassener, entweihter Ort. Letztendlich begann ich den Roman nicht dort – mir wurde klar, dass ich noch gar nicht wusste, wie ich ihn beginnen sollte. Stattdessen nahm ich meinem Großvater einen kleinen Stein mit, der aus den bröckelnden Mauern gefallen war. Ich habe ihm den Stein nie gegeben. Ich befürchtete, die Fotos von seinem zerfallenen Fort könnten ihn traurig machen. Vermutlich war die Sorge unnötig. Höchstwahrscheinlich hätte er sich gefreut, dass er den Ort überdauert hatte.

Mein Großvater starb, während ich an dem Roman schrieb – was, wie er gesagt hätte, nicht unbedingt an mir lag. Ich bedaure, dass er das Buch nie gelesen hat. Ich hatte den dritten von fünf Entwürfen fertig, aber beschlossen, ihm den Roman erst dann zu lesen zu geben, wenn er mir perfekt erschien. Wie dumm von mir. Bitte gestatten Sie mir den einen Rat, den ein Schriftsteller geben kann: Scheue dich nie, einem geliebten Menschen einen Entwurf von dir zu zeigen.

Mein Großvater David Hill segelte wirklich zum Spaß mit einer 14-Fuß-Jolle zwischen den Minen hindurch, die vor Malta im funkelnden Meer trieben. Er überprüfte wirklich den Bericht über Paulus' Schiffbruch in Kapitel 27 der Apostelgeschichte, indem er ihn mit den betreffenden Seekarten abglich. Er meldete sich freiwillig am Tag des Kriegsausbruchs und entfernte sich aus Gründen, die nie geklärt wurden, fünf Wochen lang unerlaubt von der Truppe – worauf ihn sein Colonel bei seiner (ebenso ungeklärten) Rückkehr mit einem Blick auf die Uhr und den Worten »Warum so spät?« begrüßte.

Abgesehen von den oben genannten Tatsachen hat die Figur

des Alistair in meinem Roman nur wenig mit meinem Großvater gemein – und die Handlung ist völlig erfunden. Der Roman ist von meinem Großvater inspiriert und würde ohne ihn nicht existieren, beruht aber nicht auf seiner wahren Geschichte.

Die Geschichte beginnt natürlich in London. Mary North wurde aus dem gleichen Grund zur Hauptfigur, aus dem Randolph Churchill es nicht wurde: weil Tapferkeit mehr Tiefe hat, wenn man viel hat, für das es sich zu leben lohnt. Auch hatte ich inzwischen gelernt, mich auf die Geschichte meiner Familie zu besinnen, statt mir anzumaßen, die Geschichte der Welt zu kennen. Wenn ich nur ein kleines Loch graben konnte, sollte sein Rand zumindest sorgfältig geglättet sein. Zur Figur der Mary inspirierten mich Margaret Slater, meine Großmutter väterlicherseits, die während des Luftkriegs in Birmingham Rettungswagen fuhr, und Mary West, meine Großmutter mütterlicherseits, die eine eigene Schule mit angeschlossenem Kindergarten betrieb.

Keine meiner Großmütter ließ sich je dazu bewegen, über den Krieg zu sprechen, unsere Fragen taten sie mit einem Lächeln und einer Handbewegung ab. Als Kinder gewannen wir den Eindruck, dass der Krieg kurz, ungemütlich und kaum der Rede wert gewesen war – in etwa wie ein verregneter Campingurlaub. Wer hätte gedacht, dass Margaret, eine Künstlerin, einen Rettungswagen durch den Bombenhagel gesteuert hatte? Wer hätte gedacht, dass Marys erster Verlobter neben ihr in einem Kino in Ostlondon starb, bei einem Luftangriff, der sie um ein Haar ebenfalls getötet hätte und dessen Narben sie bis an ihr Lebensende trug?

Als sich die reale Mary 1941 wieder verlobte, mit meinem Großvater David, während der Verdunkelung, schenkte er ihr einen Ring mit neun Diamanten – einen für jedes Mal, dass sie einander getroffen hatten. Ein paar Tage später ging David an

Bord eines Truppentransporters, der ihn nach Malta brachte, und sie sahen einander drei Jahre nicht. Sie gehörten zu einer Generation, die rasche Entscheidungen traf, aus Tapferkeit und Instinkt heraus, und deren Hoffnung immer am seidenen Faden hing. Sie mussten dem Leben und einander enorm vertrauen. Sie schrieben mit Tinte Briefe, die Wochen oder Monate brauchen würden, falls sie überhaupt ihr Ziel erreichten. Weil ein Brief so viel bedeutete, gaben sie sich darin ganz – als könnte es bald kein Papier, keine Tinte, keine mit Leben erfüllte Hand mehr geben.

Wir haben noch alle Briefe, die David an Mary geschrieben hat. Ihre Antworten blieben nicht erhalten – das Schiff, auf dem das ganze kostbare Bündel heimkehren sollte, wurde von einem U-Boot versenkt.

Als ich das Projekt begann, hätte ich vielleicht gesagt, dass ich eine kleine, persönliche Geschichte über den Zweiten Weltkrieg schreiben wollte in der Hoffnung, darin das Heuchlerische heutiger Kriege aufzuzeigen – denen die meisten von uns unpersönlich gegenüberstehen und die nicht mit Sieg oder Niederlage, sondern mit einem im Kalender festgelegten Datum und der Annahme enden, dass wir uns niemals mit dem Feind versöhnen. Ich wollte, dass sich die Leser nach der Lektüre fragen, ob Vergebung auf nationaler Ebene möglich oder nur zwischen mutigen Individuen erreichbar ist.

Beim Schreiben merkte ich jedoch, dass ich ein noch kleineres Loch grub. Nun hoffe ich, dass die Leser das Buch einfach als ehrlichen Ausdruck des Staunens eines kleinen Mannes betrachten, der von Titanen abstammt und zu den Höhen emporblickt, aus denen er herabgefallen ist.

Das linke Foto zeigt meinen Großvater David Hill (rechts im Bild) bei der SAS 1944 in Algerien. Das rechte Foto stammt ebenfalls von 1944 und zeigt meine Großeltern David und Mary. Es wurde von einem polnischen RAF-Offizier aufgenommen, der im selben Hotel wohnte, in dem sie ihre Flitterwochen verbrachten.

Dank

Mein Freund Matt Rowley sagte mir, ich solle den Roman liegen lassen, an dem ich gerade arbeitete, und lieber diesen hier schreiben. Danke, Matt.

Mit meinem Freund und australischen Verleger Matt Richell habe ich viele erfreuliche und faszinierende Gespräche über die Struktur des Romans geführt, und von ihm ist viel in diesem Buch enthalten – seine Gegenwart wie auch seine plötzliche Abwesenheit. Matt starb bei einem Surfunfall, während ich an dem Roman schrieb. Ich vermisse ihn sehr. Er war witzig, inspirierend, großzügig und unermüdlich. Wie Hannah weiß und ihre Kinder hoffentlich später einmal verstehen, bin ich nicht der einzige Schriftsteller, den er ermutigt hat, über seine eigenen Grenzen hinauszugehen. Er war tapfer und hat das Leben schön und dauerhaft geprägt.

Wie ein Planet mit Zwillingssonnen retteten mich meine Agenten Peter Straus und Jennifer Joel vor der Finsternis. Peter war ungeheuer freundlich und geschickt und Jenns Beitrag als Lektorin so gewaltig, dass sie mir Coach und Co-Autorin wurde. Auch kann ich Nikki Barrow, Amber Burlinson, Kristin Cochrane, Suzie Dooré, Jonathan Karp, Kiara Kent, Drummond Moir, Marysue Rucci, Francine Toon und Carole Welch gar nicht genug für ihr unermüdliches Engagement und die vielfältige Hilfe danken.

Insbesondere möchte ich mich bei Marysue Rucci für ihre Ehrlichkeit bedanken, als ich auf dem falschen Weg war und sie darauf bestand, ich könnte den richtigen finden. Ihre Ermutigung und Kenntnis glücklicher Zufälle der Kriegszeit retteten den Roman davor, aufgegeben zu werden.

Sehr dankbar bin ich auch Damian Barr, der sich früh für das Projekt begeisterte und mich in seinem berühmten Literary Salon aus dem in Arbeit befindlichen Manuskript lesen ließ. Seine Freundlichkeit verlieh mir das nötige Selbstvertrauen, um weiterzuschreiben.

Dank an Sarah Ager von der BBC, die mir viele Stunden der *Kentucky Minstrels*-Radioserie heraussuchte, die tief in den Archiven vergraben lagen. Und an Michael Pickering von der Loughborough University, dessen Buch *Blackface Minstrelsy in Britain* (Ashgate 2008) mir das Tor zu allen weiteren Recherchen über die vielleicht beliebteste – und heutzutage aus Bequemlichkeit wohl vergessenste – Form leichter Unterhaltung in Großbritannien aufstieß, die bis in die 1970er Jahre bestanden hatte.

Ähnlich ging es mir mit *The Evacuees* von B. S. Johnson (Gollancz 1968), das mir als Ausgangspunkt diente, um die Wirklichkeit hinter den allgemein akzeptierten Evakuierungsgeschichten zu verstehen. Wichtige Grundlagen waren auch der *Evacuation Survey*, Hg. R. Padley (Routledge & Sons 1940) und *Out of Harm's Way* von Jessica Mann (Headline 2005).

Der Bericht über die Bruchlandung eines Wellington-Bombers auf Gibraltar, der im Roman vorkommt, stützt sich auf George Beurlings Bericht in *Malta Spitfire* (Oxford University Press 1943), der den Absturz einer Liberator überlebte.

Ich danke der Commonwealth War Graves Commission, weil sie mir half, Gräber auf Malta zu finden, und die Militärfriedhöfe mit einem Respekt erhält, der weit über bloße Pflichterfüllung hinausgeht.

Ein ganz herzliches Dankeschön an alle Leser, die mir während der Arbeit an diesem Buch freundliche Worte geschrieben oder sich großzügig über meine Romane geäußert haben. Eine Zeit lang bin ich wirklich auf dem Zahnfleisch gegangen, und falls Sie zu denjenigen gehören, die mich ermutigt haben, gehört Ihnen eine Zeile des Romans. Sie dürfen sich gern eine aussuchen.

Ich möchte mich bei Clémence und unseren Kindern bedanken, die mir immer geholfen haben, durchzuhalten. Ebenso bei meiner Familie und meinen Freunden. Ich danke euch.

Chris Cleave
London, September 2015